W0460933

DROEMER

Über den Autor:

Christian Kraus wurde 1971 in Hamburg geboren. Nach dem Studium der Humanmedizin und Promotion an der Universität Hamburg war er lange als Arzt und wissenschaftlicher Mitarbeiter im Zentrum für Psychosoziale Medizin, Psychiatrie und Psychotherapie des Universitätsklinikums Hamburg Eppendorf tätig.

Seit 2006 ist er Facharzt für Psychiatrie und Psychotherapie und arbeitet heute als niedergelassener ärztlicher Psychotherapeut und Psychoanalytiker mit eigener Praxis in Hamburg.

Christian Kraus ist verheiratet und hat eine Tochter.

»Nichts wird dir bleiben« ist nach »Töte, was du liebst«, sein zweiter Psychothriller.

CHRISTIAN
KRAUS

NICHTS WIRD DIR BLEIBEN

Psychothriller

DROEMER

Besuchen Sie uns im Internet:
www.droemer.de

FSC
www.fsc.org
MIX
Papier aus verantwortungsvollen Quellen
FSC® C083411

Redaktion: Dr. Clarissa Czöppan
Covergestaltung: NETWORK! Werbeagentur, München
Coverabbildung: plainpicture/Werner Kaiser
Satz: Adobe InDesign im Verlag
Druck und Bindung: CPI books GmbH, Leck
ISBN 978-3-426-30706-9

2 4 5 3

Und es erhob sich ein Streit im Himmel: Michael und seine Engel stritten mit dem Drachen; und der Drache stritt und seine Engel, und siegten nicht, auch ward ihre Stätte nicht mehr gefunden im Himmel. Und es ward ausgeworfen der große Drache, die alte Schlange, die da heißt der Teufel und Satanas, der die ganze Welt verführt, und ward geworfen auf die Erde, und seine Engel wurden auch dahin geworfen.

Die Bibel, Johannesoffenbarung. Kapitel 12, Vers 7–9

Für meine Eltern, Lisa und Eugen Kraus

Prolog

Eine Frau liegt auf einer Pritsche und starrt an die Decke. Wie an vielen ihrer Tage ist die nackte Glühbirne, die dort oben an einem Stromkabel baumelt, das einzig Helle, das einzig Tröstliche in ihrem Leben.

Sie streicht sich mit den Händen über den Bauch. Prall ist er, wie ein riesiger Gummiball.

Nur selten blitzen Worte durch den dichten Nebel, der ihren Verstand umwabert. Worte, die beschreiben, was mit ihr geschieht. Dann liegt sie starr da, atmet, so flach sie kann, und wartet, dass sie sie wieder vergisst.

Vergessen ist gut, der Nebel ist gut, leider verschluckt er nicht ihre Angst vor den Krämpfen, die in immer kürzeren Abständen in ihren Leib schießen.

Eine neue Schmerzwelle rollt heran. Die Frau bäumt sich auf, unterdrückt einen Schrei, ihre Finger krallen sich in die Matratze.

Es soll aufhören, wird aber heftiger. Als würde ihr eine urwüchsige Kraft die Eingeweide zerreißen.

Es ist wieder weg. Sie sinkt zurück, ihr Körper entspannt sich. Sie spürt etwas Nasses, fasst sich zwischen die Beine. Eine warme Flüssigkeit sickert aus ihr heraus.

Dann packt sie eine mächtige Faust, reißt sie in eine Welt von Schmerz und Blut. Sie atmet, tobt, schreit, presst die Hände auf den Unterleib. Es scheint erneut kein Ende zu nehmen.

Aber es endet doch.

Sie stemmt sich hoch, greift nach unten und hebt ein kleines, blutverschmiertes Ding in die Höhe. Es hängt an einer schleimigen Schnur, die sich wie ein Aal aus ihrem Körper herauswindet. Das Ding zappelt mit den Beinchen.

Ein Baby.

Das Wort ist da, klar und strahlend, ihm folgen unzählige Echos.

… ein Baby, ein Baby, ein Baby …

Ein Junge.

… Junge, Junge, Junge …

Sie zieht ihn zu sich. Er sieht ihr aus riesengroßen tiefblauen Augen mitten ins Herz.

Das Glück scheint in ihr zu explodieren. Reines, wahres Glück. Das Baby wackelt mit den Händchen, schürzt die Lippen, macht süße Geräusche. Und sie versteht, dreht sich auf die Seite und schiebt es an ihre Brust. Die Warze gleitet in seinen Mund. Ihr Sohn drückt sein winziges Gesicht in ihren Busen und saugt sich an ihr fest.

Nach Momenten stillen Glücks lässt er sie los. Ihr Junge gluckst zufrieden, schließt die Augen. Sie zieht eine Decke über sich und ihr Kind.

Zum ersten Mal, so kommt es ihr vor, fühlt sie sich nicht allein. Zum ersten Mal ist sie glücklich. Sie wiegt sich in dem Gefühl, taucht darin ein, als wäre sie selbst ein Baby in den sanften Händen einer liebevollen Mutter. Sie dämmert dahin.

Und ist mit einem Schlag wieder wach.

Die Faust kehrt zurück und packt sie ein zweites Mal, rüttelt und zerrt an ihr, sie schreit erneut, presst und atmet.

Als es endet, liegt ein weiteres Baby zwischen ihren Beinen, in einem See aus Blut und Schleim.

Sie schaut es an. Es ist ebenfalls ein Junge, dünner als der andere, die Haut blasser.

Zwei, es sind zwei, oh Gott.

Mit einem kann sie es versuchen, denkt sie. Mit einem kann sie es schaffen. Aber der da ist zu viel. Der da muss weg.

… muss weg, muss weg, muss weg …

Der da verzieht das Gesicht, Blut schießt in seinen Kopf und färbt ihn knallrot, er reißt sein winziges Maul auf und brüllt sie an. Ein zorniger, gieriger Schrei.

Sie zuckt zurück, legt schützend eine Hand um das Köpfchen des Ersten, dass er nicht aufwacht und sich erschreckt.

Sie mag das dünne, schreiende Ding nicht weiter ansehen. Mag es nicht anfassen, nicht länger sein Gebrüll hören.

Aber das Baby zwischen ihren Beinen schreit und schreit.

1

Er führte sie in einen Raum und schloss die Tür. Tiefe Dunkelheit lag wie ein schwarzes Tuch auf ihren Augen. Die trockene Luft kratzte im Hals.

»Licht!«, sagte ihr Begleiter. Eine Deckenlampe flammte auf und brachte den nackten Putz an den Wänden zum Leuchten.

In der Mitte des Zimmers stand eine Liege, auf der ein junger Mann festgeschnallt war.

Sebastian. Also hatten sie ihn erwischt.

Er war mit einem grünen Hemd bekleidet, wie man es im Krankenhaus trug, und atmete schwer. Die Deckenlampe schien ihn zu blenden. Er kniff die Augen zusammen, nur um sie voll panischer Angst sogleich wieder aufzureißen.

Gurte an den Unterarmen und den Fußknöcheln und weitere um die Hüfte und um den Hals sorgten dafür, dass er allenfalls mit den Händen und Füßen wackeln und den Kopf in Richtung Tür drehen konnte. Nicht einmal lautere Geräusche konnte er von sich geben. In seinem Mund steckte ein Stoffknebel.

Ihr wurde schummerig. Sie befürchtete zu schwanken, oder gar bewusstlos zu werden und umzukippen. Das würde sie verraten. Dann könnte sie sich gleich neben Sebastian auf die Bahre legen.

Reiß dich zusammen!, sagte sie sich. Irgendwie hielt sie sich auf den Beinen.

Der Mann an ihrer Seite umfasste sie mit seinem linken Arm, zog sie an sich. »Kennst du den Jungen?« Die Frage klang so beiläufig, als würde er sich nach der Farbe ihrer Zahnpasta erkundigen.

Der Geruch seines Rasierwassers kroch in ihre Nase. Irgendwas Teures, das einen auf unaufdringliche Weise benebelte.

Sie zuckte mit den Achseln. »Sebastian. Hab ihn ein paarmal gesehen.« Die Worte kamen mit der gebotenen Gleichgültigkeit und Herablassung. »Warum?«, fragte sie.

Statt einer Antwort presste er sie fester an sich. Sie spürte die Rippen seines mageren Oberkörpers und darunter das Pochen seines Herzens. Ruhig und kräftig pulsierte es. Ein mächtiger Motor, der ihn antrieb und Schlag für Schlag seinen Zielen näher brachte. Unaufhaltsam.

Sie hatte keine Ahnung, ob er ihr die Lüge abnahm. So mühelos er in den Motiven und Gefühlen anderer Menschen lesen konnte, so undurchdringlich blieb er selbst. Egal. Wenn er etwas wusste, würde sie es früh genug erfahren.

Er.

Natürlich kannte sie seinen Namen. Sie kannte noch vieles mehr von ihm, was ihr eine privilegierte Stellung verschaffte innerhalb der Organisation, die er wahlweise als seine Firma oder seine Familie bezeichnete. Seinen Namen keinesfalls auszusprechen, ihn nicht einmal zu denken, gehörte zu den ungeschriebenen Gesetzen.

Hinter ihnen trat ein zierlicher Asiat im weißen Kittel ins Zimmer.

Erneut musste sie sich beherrschen. Diesmal, um nicht angewidert zusammenzuzucken. Der Weißkittel wurde von allen Doktor Hu genannt. Ob nach dem englischen Wort für »wer« oder nach dem Laut, mit dem man Kinder erschreckt, wusste niemand genau. Gepasst hätte beides.

Hu war eine lebende Legende. Ihr war nicht bekannt, ob er wirklich Arzt war, aber zweifelsfrei kannte er sich mit der menschlichen Anatomie aus. Nur hatte das, was er tat, nichts mit Heilen zu tun. Der Mann, in dessen Klammergriff sie noch immer gefangen war, hatte angeblich ein Vermögen hinlegen und eine Reihe alter Gefallen einfordern müssen, um ihn von der chinesischen Mafia abwerben und in seinen Dienst stellen zu können. Eine Investition, die sich offensichtlich bezahlt machte. Den meisten reichte die bloße Drohung, den Doktor hinzuzurufen. In Ausnahmefällen musste er persönlich erscheinen, und ganz selten zur Tat schreiten. Eigentlich eine unglückliche Entwicklung für jemanden, der von sich behauptete, nicht wegen seines horrenden Honorars zu arbeiten, sondern aus purer Freude. Paradox. Er war so gut in dem, was er tat, dass er es kaum zu tun brauchte.

Sebastian, der arme Tropf, legte es offenbar darauf an, zu dem überschaubaren Kreis von Menschen zu gehören, an denen der Doktor seine Künste zur Anwendung brachte.

Mit seinem freundlichen Gesicht und den sanften Augen hätte Hu gut den weisen Lehrer in einem Kung-Fu-Film mimen können. Wenn er ging, schien jeder seiner Schritte durch ein Kissen aus Luft abgefedert zu werden. Er konnte fließend Deutsch und beherrschte angeblich ein knappes weiteres Dutzend Sprachen.

»Guten Tag.« Der Doktor nickte ihnen zu. »Wie ich sehe, ist alles trefflich vorbereitet.«

Sie hatte keine Zweifel, dass seine leise, leicht vibrierende Stimme das Angstzentrum im Gehirn eines jeden Menschen in Alarmbereitschaft versetzte – ob er nun Englisch, Chinesisch oder Kisuaheli redete.

»Fangen Sie an, Doktor«, sagte ihr Begleiter.

Hu trat an die Liege, machte sich an Sebastians Ellenbeuge zu schaffen und brachte einen Metallständer in Stellung, an dem eine schwere Glasflasche über einem Plastikschlauch baumelte.

Angst vertrieb das Blut aus Sebastians Gesicht. Er stöhnte, seine geweiteten Augen fixierten den Weißkittel.

Was tun sie dir an, diese Schweine, dachte sie. Sie hielt es nicht mehr aus. Scheiß drauf, wenn sie sich verriet!

Sie wand sich aus dem Griff des Mannes an ihrer Seite, drehte sich Richtung Tür.

»Was ist?«, fragte er.

»Ich will das nicht sehen. Es widert mich an.«

»Ich habe dich nicht gebeten zu gehen.«

Die paar Worte genügten, um sie brav nicken und an ihren alten Platz zurücktrotten zu lassen.

Sie hatte keine Wahl. Keine, bei der sie am Leben bleiben würde.

Hu war ganz in seine Tätigkeit vertieft. »Über diese Infusion verabreiche ich Ihnen ein Relaxans«, sagte er zu Sebastian. »Ein feines Medikament, das Ihre Muskulatur einschließlich Ihrer Atmung vollständig lähmt.« Er überprüfte den Sitz der Kanüle in Sebastians Ellenbeuge, summte zufrieden. »Ein gebräuchliches Mittel. Bei Operationen genauso wie bei Hinrichtungen.« Der Doktor grinste. »Mit dem Unterschied, dass die Personen in den genannten Fällen vorher mit einem Hypnotikum in Tiefschlaf versetzt werden. Darauf verzichten wir heute.« Sein Grinsen verbreiterte sich, und er sah hoch, als erwartete er Beifall. »Sie werden alles bei vollem Bewusstsein erleben.«

Er drehte an einem Plastikrädchen auf halber Höhe des Infusionsschlauchs. Aus der Flasche tropfte eine bräunliche Flüssigkeit in einen daumendicken, durchsichtigen Zylinder und kroch von dort weiter in den dünnen Plastikschlauch. Wie ein sich in die Länge streckender Wurm.

Hu verband den Schlauch mit der Kanüle an Sebastians Arm.

Der rüttelte an den Fesseln, wütete und tobte, aber natürlich waren seine Möglichkeiten beschränkt. Sein Kopf flog hin und her. Vom Doktor an der einen Seite der Liege zu ihr und ihrem Begleiter auf der anderen.

Sie zwang sich, ruhig hinzusehen.

»Sie sollten es zuerst in den Zehen merken. Von dort zieht es langsam die Beine hoch«, sagte Doktor Hu. »Es folgen die Hände und Arme, dann das Gesicht. Das Atmen wird Ihnen schwerfallen, und Sie können die Augen kaum mehr bewegen.« Er lachte. »Also überlegen Sie sich gut, wohin Sie als Letztes sehen wollen. Der Anblick bleibt Ihnen einige Minuten erhalten. Während Sie ersticken.«

Jetzt machte Sebastian doch Geräusche. Trotz des Knebels erreichte sein Stöhnen eine beachtliche Lautstärke.

»Es sei denn …« Doktor Hu zog eine Spritze aus der Kitteltasche und hielt sie dem Jungen vor die Nase. »Dieses Antidot würde Sie vor dem Tod bewahren. Das Gegengift.«

Sebastian schien das schmale Plastikteil mit den Augen greifen zu wollen.

Er wird reden, dachte sie. Keine Frage. Er wird sein Leben retten. Und ihres vernichten.

Der Doktor ließ die Spritze wieder in den Tiefen seines Kittels verschwinden. »Dieses wunderbare Pharmazeutikum hebt die Wirkung des Relaxans innerhalb von Sekunden auf. Sagen Sie unserem Freund, was er wissen will. Dann werde ich die Infusion sofort stoppen und es Ihnen injizieren.«

Hu hob den Kopf, wies auf den Mann, dessen Namen sie nicht denken wollte. »Er hat versprochen, Ihr Leben in diesem Fall zu verschonen. Ihnen ist bekannt, dass er sein Wort immer hält, nicht wahr?«

Das stimmt, dachte sie. Es gehörte zu seinem Spiel. Ein weiteres ungeschriebenes Gesetz. Dieselbe Hand, mit der er einem uneinsichtigen Verräter die Kehle zerdrückte, reichte er dem reuigen Sünder zur Versöhnung.

Er bluffte nicht. Das hatte er nicht nötig. Sie spürte, wie sich ihr Hals zuschnürte.

»Ach ja«, sagte Doktor Hu. »Falls Sie sich gegen das Ersticken entscheiden, zögern Sie nicht zu lange. Damit Sie noch sprechen können. So, jetzt liegt es allein an Ihnen.«

Mit seinen letzten Worten zog er Sebastian den Knebel aus dem Mund.

Sie hielt den Atem an.

Sebastian machte keinen Mucks. Ob er sich mit seinem Tod abgefunden hatte, oder ob es schon die Wirkung des Medikaments war – er lag schlapp auf der Liege. Lediglich seine Augen regten sich. Ihr war, als suchte er ihren Blick.

2

Auf dem Boden lag ein schwarzer Briefumschlag. Er lag da, als hätte der Tod persönlich ihn dort hinterlassen.

Thomas Kern stellte seine Teetasse auf das Tischchen neben der Eingangstür. Normalerweise stand dort ein Strauß frischer Blumen in einer Vase und sorgte für einen natürlichen Farbklecks im sonst grauen Flur. Aber der hartnäckige Regen hatte ihn von seinem montagmorgendlichen Gang zum Blumenhändler abgehalten.

Er hob das Kuvert vom Parkettboden auf. Nicht der Tod, jemand aus Fleisch und Blut musste es unter dem Türspalt durchgeschoben haben. In den ein oder zwei Minuten, in denen er sich in der Küche den Tee aufgegossen hatte. Weit konnte dieser Jemand seitdem nicht gekommen sein.

Thomas riss die Praxistür auf und lauschte, und tatsächlich hallten vom unteren Ende des Treppenhauses hastige Schritte zu ihm herauf, gefolgt vom Geräusch der sich öffnenden und schließenden Haustür. Der geheimnisvolle Bote hatte feuchte Schuhabdrücke und eine Tropfspur auf den glatt gebohnerten Holzdielen und Treppenstufen hinterlassen.

Aus dem Fenster gucken brachte nichts. Thomas' Praxisräume lagen im hinteren Bereich des Hauses. Die Fenster des Behandlungszimmers, der beiden Toiletten und der Küche wiesen zum Innenhof. Wenn er den Kurier zu Gesicht bekommen wollte, müsste er schon hinterherrennen.

Er dachte an den Regen, schloss die Tür und wandte seine Aufmerksamkeit lieber dem Umschlag zu.

Das Kuvert war nicht beschriftet. Es war ein edles Teil aus festem Papier, auf der Rückseite war ein Blumenmuster eingeprägt. Er öffnete es und zog einen gefalteten Zettel aus dem blütenweißen Seidenfutter, das die schwarze Briefhülle auskleidete. Der Text war auf ähnlich schwerem Edelpapier geschrieben, mit blauer Tinte und in graziler Handschrift.

Hallo Doktor Kern,
als Erstes müssen Sie mir versprechen, meinen Brief unbedingt bis zum Ende zu lesen! Bevor Sie irgendetwas anderes tun.
Danke!

Er wusste sofort, wer die Verfasserin war. Die feine Schriftführung, das teure Papier und die Bitte, aus der unverstellter Eigensinn und Dreistigkeit sprachen. Es passte perfekt zu Jennifer Rädler, einer jungen Frau Ende zwanzig, die ihn vor einigen Tagen in seiner Praxis aufgesucht hatte. Auf Empfehlung einer Freundin, hatte sie gesagt.

Thomas war im Laufe seines Berufslebens allen möglichen Patienten in allen erdenklichen Lebenslagen begegnet. Trotzdem hatte ihn ihr Anblick …

Fasziniert, dachte er. Entsetzt traf es vielleicht besser.

Spindeldürr war sie. Die sehnige Gestalt eines Menschen, der sich bis an die Grenze zur Selbstaufgabe verbiegen konnte, ohne zu zerbrechen. Schwarze Schminke um die Augen, schwarze Haare, schwarzer Nagellack, schwarze Nietenlederjacke.

Es war ihre Farbe.

An den Ohren hingen bizarr geformte Steine, klar, ebenfalls in Schwarz.

An ihrem Hals krochen die Ausläufer einer gruseligen Tätowierung Richtung Kopf. Dünne, behaarte Beinchen, die in spitzen Krallen endeten. Die Kreatur, die auf der Haut ihres Oberkörpers hauste und die Fänge in ihren Hals zu bohren schien, musste eine schaurige Kreuzung aus Riesenspinne und Alienmonster sein. Eines der Tentakel war über die linke Wange bis zum unteren Rand des Auges vorgekrochen. Ein Blutstropfen, der wie eine rote Träne aussah, schien an der Stelle auszutreten, wo die Kralle ins Unterlid stach.

Noch bevor sie sich auf den angebotenen Stuhl gesetzt hatte, war ihm jede erdenkliche psychiatrische Diagnose durch das Hirn gerattert: Anorexie, Persönlichkeitsstörung, paranoide Psychose, Drogen. Ja, ganz sicher Drogen.

Vielleicht zu verrückt und süchtig, als dass er ihr in seiner Psychotherapiepraxis weiterhelfen konnte.

Doch dann hatte sie ihn angesehen und begonnen zu reden. Und das hatte alles geändert.

Der Brief, ach ja. Für einen Augenblick hatte er ihn fast vergessen. Er las weiter.

Sie sind in Ordnung, Doktor Kern, das habe ich sofort gecheckt, als wir miteinander gesprochen haben. Aber seitdem ist mein Leben komplett aus den Fugen geraten. Sie können mir nicht helfen. Für mich gibt es nur einen Ausweg.

Jennifer

Der Baukran. Verdammt, dachte Thomas. Jennifer hatte ihn erwähnt. Die Kraft schwand aus seinen Beinen. Er schwankte, seine Hand fand den kleinen Tisch zum Abstützen. Durch den seitlichen Druck geriet das Tischchen in Schieflage. Die Tasse mit dem Tee segelte über den Rand, krachte auf den Boden und ergoss ihren dampfenden Inhalt auf das Parkett vor der Tür.

Thomas beachtete das Malheur zu seinen Füßen nicht weiter. Er starrte auf die Zeilen, die er gerade gelesen hatte.

Er wurde nicht schlau aus ihren Andeutungen, aber eines war glasklar. So unmissverständlich wie die grellen Scheinwerfer eines Lastwagens, die einem im nächtlichen Dunkel auf einer schmalen Landstraße, die keinen Platz zum Ausweichen bot, entgegenrasten.

Es würde in einer Katastrophe enden.

Falls er nicht sofort etwas unternahm.

Er könnte die Polizei anrufen, den Sachverhalt schildern und die Beamten alles Weitere erledigen lassen. Das wäre professionell.

Und würde zu lange dauern. Wenn er mit seiner Vermutung richtiglag, Gott bewahre, dass es so war, blieben nur wenige Minuten.

Also hing es an ihm. Er stürzte aus der Tür und hastete das Treppenhaus hinab.

Der Regen stand wie eine Wand vor der Haustür und ließ die Farben und Formen der Welt da draußen verschwimmen. Die dunklen Wolken über den Häusern schienen das Licht aus dem Straßenzug zu saugen. Aber das war jetzt nicht wichtig. Er sprang auf den Gehweg und rannte los. Die Nässe umschloss ihn, und bereits nach ein paar Sekunden konnte er nicht mehr unterscheiden, ob das Wasser von oben auf ihn herabfiel oder von den Füßen zu ihm hochspritzte. Den Gehsteig hatte er für sich. Neben ihm, auf der mit Kopfstein gepflasterten Fahrbahn, kämpfte sich ein einsamer Kleinwagen durch den Regen.

Thomas stolperte hinter dem fahrenden Auto auf die Straße, erreichte den Fußweg auf der gegenüberliegenden Seite, rannte weiter und kam endlich an die Ecke, an der die Gasse in die vierspurige Hauptstraße mündete.

Er stand vor der Baustellenzufahrt.

Der Platz war so groß wie drei oder vier Fußballfelder und mit einem massiven Drahtzaun abgesperrt. Am Rand einer metertiefen Baugrube, aus der in den nächsten Monaten ein Bürogebäude erwachsen sollte, ragte das Skelett des mächtigen Kranturms in den trüben Himmel. Rundherum waren Gittermatten, Plastikrohre und Betonstreben aufgestapelt. Rad- und Schaufelbagger und mehrere Lastwagen ertrugen stumm ihre kalte Dusche. Die Arbeiter mussten in einen der Bauwagen geflüchtet sein.

Thomas sah nur einen einzigen Menschen. Lieber hätte er mit seiner Ahnung nicht recht behalten.

»Jennifer!« Sein Ruf war nicht halb so laut wie beabsichtigt, und erst jetzt merkte er, wie sehr ihn der kurze Sprint aus der Puste gebracht hatte.

Der Anblick der schwarz gekleideten Gestalt, die mit entschlossenen Bewegungen an der Metallleiter des Krans in die Höhe kletterte, ließ ihn den Rest an Luft aus sich herausholen.

»Jennifer!«

Sie hielt inne, drehte den Kopf in seine Richtung. Und kletterte weiter.

»Nein!«, schrie er. Er rannte durch die Zufahrt auf den Platz. Der vom Regen aufgeweichte Sand lutschte an seinen Schuhen. Nach wenigen Schritten stand er am Fuß des Krans.

Er sah nach oben, und ihm wurde schwindelig.

Jennifer Rädler verharrte gute fünfzehn Meter über ihm in den Metallstreben und blickte in die Tiefe. Ob sie ihn ansah oder die Entfernung zum Boden abschätzte, konnte er nicht erkennen. So oder so schien sie nicht höher hinauszuwollen.

»Jennifer, tun Sie das nicht!«

Tun Sie sich das nicht an, dachte er. Und mir auch nicht.

»Wir sollten reden. Kommen Sie da runter. Oder Sie zwingen mich, zu Ihnen raufzukommen.«

Absurder Gedanke. Bei allem, was ihn mehr als einen Meter vom Erdboden entfernte, war bei ihm Schluss. Seine Tochter Natascha hatte sich als Achtjährige darüber lustig gemacht, dass er sich im Schwimmbad gerade einmal auf den Startblock traute, während sie sich mit Begeisterung vom Fünfer gestürzt hatte. Im Gegensatz zum klaren Wasser der Badeanstalt bot der Aufprall auf dem schlammigen Boden der Baustelle eine höchst reale Gefahr.

»Jennifer, bitte!«

Dicke Regentropfen zerplatzten in seinen Augen und verschleierten die Sicht. Er musste blinzeln, sah durch den trüben Film, wie seine Patientin langsam den Kopf schüttelte.

Seine Finger fuhren nach vorn, und ehe er begriff, was er tat, hatte er seine Schuhe aus dem Matsch gezogen und die untersten Sprossen der Leiter erklommen.

Jennifer lehnte sich nach vorn, allein ihre linke Hand hielt noch eine Strebe umschlossen und verhinderte ihren Sturz.

»Hey, was ist da los?« Eine männliche Stimme, für die lautes Brüllen eine gewohnte Ausdrucksform zu sein schien, dröhnte über die Baustelle.

Aus einem der Baustellenwagen drängten Gestalten ins Freie. Drei Bauarbeiter. Sie winkten mit den Armen, rannten Richtung Kran. Jennifer hatte sie ebenfalls bemerkt. Ihr Blick huschte zu den Männern hinüber, dann senkte sie den Kopf. Jetzt war Thomas sicher, dass sie ihn ansah.

Bildete er sich den flüchtigen Ausdruck von Bedauern in ihrem Gesicht nur ein? Falls ja, währte die Einbildung kurz. Jennifer löste den Griff ihrer linken Hand und stieß sich mit den Füßen vom Krangerüst ab. Und in diesem Augenblick, als es kein Zurück mehr gab, veränderte sich ihre Mimik.

Keine Einbildung. Jennifer lächelte.

Sie sauste neben ihm in die Tiefe.

Und schlug mit einem widerlichen, vom matschigen Schlamm gedämpften Geräusch auf dem Boden auf.

Thomas hing keine zwei Meter über ihr an der Leiter und ertrug nicht, was er sah und hörte. Gerne hätte er die Augen geschlossen und sich die Ohren zugehalten, selbst wenn er dabei selbst vom Kran gefallen wäre. Aber es ging nicht. Die Eindrücke fluteten auf ihn ein und überschwemmten seinen Verstand. Mit einem letzten Rest an Willen zwang er sich von der Leiter herunter. Der Boden, den Thomas betrat, hatte sich verändert. Es war derselbe Schlamm wie vor wenigen Minuten, klar, aber es war, als könnte er jetzt jederzeit nachgeben und ihn selbst in eine namenlose Tiefe stürzen lassen. Seine Beine zitterten. Er klammerte sich mit der Hand an eine der unteren Sprossen.

Jennifer lag regungslos auf dem Rücken im Matsch und rührte sich nicht. Ihr Kopf war widernatürlich zur Seite abgeknickt, in den Augen keine Spur mehr von Leben. Ihre rechte

Schulter und der dazugehörige Arm hatten sich ins Erdreich gebohrt und schienen nur noch durch die Lederjacke ihre normale Form zu bewahren.

Thomas war unfähig, sich zu rühren. Er sah und hörte alles, aber sein Körper fühlte sich taub an, als wäre er eine Puppe, auf der zufällig ein echter Kopf saß. Regenwasser lief ihm in kalten Rinnsalen über das Gesicht. Sogar das nasse Gefühl endete unterhalb des Hemdkragens.

Die Arbeiter erreichten den Kran, bauten sich um die leblose Frau herum auf, warfen sich hilflose Blicke zu. Wortfetzen fielen. Jemand zückte sein Telefon. Einer beugte sich über sie, tastete am Handgelenk und am Hals nach einem Puls, öffnete schließlich den Reißverschluss der Lederjacke und drückte halbherzig auf ihren Brustkorb.

Es vergingen Minuten, bis einer der Männer Thomas ansprach. »Sind Sie … ihr Vater oder so?«

Er war unfähig zu sprechen. Zumindest konnte er den Kopf schütteln.

Irgendwann blitzte Blaulicht über den Platz. Zwei Sanitäter in roten Jacken mit Koffern in den Händen hetzten heran, ihnen folgte ein dritter Mann, den ein Aufnäher auf der Brust als Notarzt auswies. Er kniete sich neben Jennifers leblosen Körper und tastete an ihrem Hals und Kopf herum, während er sich von den Bauarbeitern das allzu Offensichtliche schildern ließ. Er zückte erst ein Lämpchen und leuchtete ihr damit in die Augen, dann ein Stethoskop, das er unter dem Shirt auf ihrem Brustkorb hin und her schob.

»Intubieren?«, fragte einer der Roten. »Reanimation?«

Der Notarzt schüttelte müde den Kopf.

3

Er hatte Jennifers Brief zusammen mit dem schwarzen Umschlag auf dem Tischchen im Flur zurückgelassen. Dort lag er noch immer, als Thomas in seine Praxis zurückkehrte, über die Teepfütze stieg und die Tür hinter sich schloss.

Ihr Abschiedsbrief. Als sie ihn geschrieben und unterm Türspalt durchgeschoben hatte, war sie noch am Leben gewesen. Jetzt befand sie sich, wenn er die Polizisten richtig verstanden hatte, die kurz nach dem Notarztteam auf der Baustelle eingetroffen waren, in einem Behelfssarg auf dem Weg ins rechtsmedizinische Institut.

Mit zitternden Fingern nahm er den Zettel erneut zur Hand.

Hallo Herr Doktor Kern,
als Erstes müssen Sie mir versprechen, meinen Brief unbedingt bis zum Ende zu lesen! Bevor Sie irgendetwas anderes tun.
Danke!

Mist, dachte er. Er hatte als Jennifers Psychotherapeut versagt. Ebenso als ihr Lebensretter. Und er hatte offenbar nicht einmal das befolgt, was sich jetzt als ihr letzter Wunsch an ihn herausstellte.

Die junge Frau hatte an den unteren Rand des Briefpapiers einige weitere Sätze gequetscht. Sie musste sich mit dem verbliebenen Platz verschätzt haben, denn von Zeile zu Zeile wurde ihre Schrift kleiner. Er las:

PS:
Es ist extrem wichtig, dass Sie
1. mir nicht hinterherlaufen.
2. auf keinen Fall die Polizei einschalten.
3. mich vergessen, so schnell Sie können.

Sofort war das taube Gefühl wieder da und die Angst, sich auf nachgiebigem Grund zu befinden. Er widerstand der Versuchung, sich irgendwo festzuhalten. Die Sätze purzelten durch seinen Verstand, ohne im Entferntesten einen Sinn zu ergeben. Er las die Nachricht erneut, diesmal von Anfang bis Ende. Das Resultat blieb dasselbe.

Er legte den Brief zurück auf den Flurtisch. Er würde ihn der Polizei übergeben, das stand außer Frage. Zumindest etwas, das er tun konnte. Auch, wenn er damit ein weiteres Mal gegen ihre Wünsche verstieß.

Die Taubheit wich dem Gefühl von Kälte. Kein Wunder, er war komplett durchnässt. Seine Hose und sein Hemd klebten an ihm wie eine schlammige Haut, und statt Schuhen trug er matschige Klumpen an den Füßen.

Noch eine Sache, die er machen konnte. Er befreite sich von Schuhen und Socken, stapfte ins Bad und trocknete Gesicht, Haare und die nackten Füße notdürftig mit einem Handtuch.

Heißer Tee, fiel ihm als Nächstes ein.

Gott! Jennifer war lebendig gewesen, als er seinen letzten Tee samt Tasse auf dem Fußboden verteilt hatte.

Er warf das Handtuch auf die Pfütze im Flur, hob die Tasse auf und nahm sie mit in die Küche. Dort setzte er neuen auf.

Die ersten Schlucke spülten einen Hauch von Wärme in seine klammen Eingeweide und schienen auch sein Gehirn wieder auf Betriebstemperatur zu bringen.

Erstens: Er würde seinen Patienten für diesen Tag absagen müssen. Zweitens: Er brauchte eine Dusche und frische Klamotten. Und drittens: Er musste mit jemandem über all das reden. Mehr als alles andere. Sonst zersetzte es seinen Verstand.

Sein Mobiltelefon lag auf dem Schreibtisch in seinem Behandlungsraum.

Er wählte Leas Handynummer. Er hatte kaum Hoffnung, sie zu erreichen. Und falls er sie erreichte, hätte er nicht gewusst, was er sagen sollte. Trotzdem tat es gut, die Stimme seiner Frau zu hören. Selbst wenn es nur ihre Mailboxansage war.

Laut Handyuhr war es Viertel nach zehn. Klar, Lea war in einem Meeting, einem Kundengespräch oder einer Strategiekonferenz. In Frankfurt, München oder Düsseldorf, irgendwo, wo sie ihren Beitrag zum Wohlergehen der Finanzwirtschaft leistete.

Sinnlos, ihr eine Nachricht zu hinterlassen.

Nach kurzem Zögern probierte er eine zweite Nummer. Diesmal hatte er mehr Glück.

4

Bis zum verabredeten Termin blieb etwas Zeit, um seinen Patienten für den Rest des Tages abzusagen, rasch mit dem Auto nach Hause zu fahren und sich zumindest äußerlich in einen menschenwürdigen Zustand zu versetzen.

Thomas legte ein zweites Handtuch aus der Praxis auf den Fahrersitz seines Hyundai, um mit der Nässe und dem Dreck der Baustelle nicht auch noch den Wagen zu besudeln, und fuhr an den westlichen Stadtrand Hamburgs. Als sie vor knapp fünfzehn Jahren hierhergezogen waren, war ihnen die verkehrsberuhigte Straße mit den kleinen Einfamilienhäusern und den gepflegten Vorgärten wie ein grünes Idyll inmitten einer lärmenden Betonwelt erschienen. Perfekt für die kleine, glückliche Familie, die sie damals gewesen waren.

Inzwischen gehörten Worte wie »Rentnergetto« oder »Resterampe« zu den vornehmeren Beschreibungen, mit denen Lea und Natascha über die Siedlung herzogen.

Tascha erlebte die Zeit bis zum Abi ihrem Verhalten nach als Schikane ihrer Eltern an der siebzehnjährigen Tochter. Sie träumte von einem Internat und einem Auslandsstudium in den Staaten oder in Australien. Hauptsache, weit weg.

Und auch Leas Träume waren in den letzten Jahren auf Reisen gegangen. Ohne ihn.

Die Reifen des Wagens rollten über eine dicke Schicht Laubblätter, mit denen der Herbst den Autostellplatz garniert hatte. Der verwilderte Vorgarten, der bröckelnde Putz an der Außenfassade und ein paar lose Dachschindeln riefen nach Handwerkern, zumindest nach engagierten Hausbesitzern. Er und Lea ignorierten die Rufe schon seit Jahren.

Immerhin hatte der Regen nachgelassen.

Thomas stieg aus dem Auto, eilte zum Haus, schloss die Haustür auf. Bevor er in den Flur trat, zog er die Schuhe von den Füßen und hielt sie in die Höhe. Er hatte sie nur notdürftig vom Matsch befreien können.

Handgenähte Wildlederschuhe, Lea hatte sie ihm letztes Jahr zum Geburtstag geschenkt. Noch während er sie aus der edlen Schmuckbox gezogen hatte, hatte sie seine ausgetretenen Görtzlatschen im Restmüll entsorgt. »Jemand muss ja dafür sorgen, dass man mit dir unter Leute kann«, hatte sie gesagt und dabei süffisant gelächelt. Das Lealächeln. »Glückwunsch zum Fünfundvierzigsten, Schatz.«

Das konnte niemand so gut wie sie. Einem bitteres Gift in den Rachen träufeln und dann einen Zuckerwürfel hinterherschmeißen. Früher hatte er es an ihr geliebt. Wenn sie sich mit beißender Ironie über spießige Nachbarn oder die trutschigen Mütter von Nataschas Freundinnen lustig gemacht hatte.

Thomas deponierte die Matschschuhe auf der Fußmatte, legte die durchnässte Kleidung an die Kellertreppe und huschte nackt ins Badezimmer im ersten Stock.

Fast hoffte er, dass das warme Duschwasser zusammen mit der Kälte und dem Dreck auch einen Teil der Erinnerungen vom Vormittag wegspülte. Aber so einfach war es natürlich nicht. Hoffentlich konnte das Gespräch, das er gleich führen würde, dazu beitragen.

5

Thomas hatte Doktor Oberhauser vor über zwanzig Jahren kennengelernt. Nach Jahren als Assistenz- und später Oberarzt in der Psychiatrie war es für ihn damals Zeit gewesen für etwas Neues. Lea hatte nach ihrem BWL-Studium erste Karriereluft in der Finanzwelt geschnuppert, und Natascha hatte allenfalls als vage Zukunftsvorstellung in ihrer beider Köpfen existiert. Psychoanalyse hatte Thomas schon lange fasziniert, also hatte er sich an Oberhausers Institut beworben, war angenommen und dessen Lehranalysand geworden. Sein Lehranalytiker hatte da noch mindestens achtzig Pfund weniger auf die Waage gebracht und war seinem biologischen Alter höchstens um wenige Monate vorausgeeilt. Inzwischen war Doktor Oberhauser nicht nur in Sachen Psychoanalyse, sondern auch physisch ein Schwergewicht, was seiner uneingeschränkten Autorität keinerlei Abbruch tat. Er trug seinen stattlichen Bauch wie eine Auszeichnung für ein sattes Leben vor sich her. Thomas sah in dessen Gesicht weniger die dicken Tränensäcke und das dichte Netz aus roten Äderchen, sondern hellwache Augen, hinter denen ungetrübte Vitalität und Neugierde vibrierten. »Dann erzählen Sie mal, warum ich heute auf den Mittagstisch im Borchers verzichte«, begrüßte er ihn.

Es kostete Thomas Überwindung, die schrecklichen Bilder des Vormittags in Sprache zu kleiden. Mehrmals stockte er, rang nach Worten und kämpfte gegen Tränen. Als die Rohfassung geschafft war, stemmte Oberhauser sich aus seinem Ledersessel. »Ein Glas Wasser? Oder lieber einen Cognac?«

»Für mich bitte nur Wasser.«

Der alte Analytiker füllte ein Wasserglas aus einer Karaffe und ein Schnapsglas aus einer rotbraunen Flasche, die er aus einem Schrank neben dem Schreibtisch gezogen hatte und sogleich wieder darin verschwinden ließ.

Er wartete geduldig, bis Thomas getrunken hatte.

»Schreckliche Sache«, sagte er dann. »Es ist furchtbar, eine Patientin auf diese Weise zu verlieren. Und Sie hatten wirklich nur eine einzige Sitzung? Was wissen Sie denn von ihr?«

Thomas versuchte, die Informationen aus dem Gespräch in eine sinnvolle Reihenfolge zu bringen, bevor er weitersprach. »Sie ist ein Wildwuchs, im wahrsten Sinne des Wortes.« Beiläufig stellte er fest, dass er noch immer in der Gegenwartsform von ihr sprach. »So alltägliche Basics – ein Dach überm Kopf, medizinische Versorgung, Sportverein und vieles andere hat sie erst kennengelernt, als sie im Vorschulalter nach

Deutschland kam. Ist ihr schwergefallen, sich in alldem zurechtzufinden, aber gleich mehrere Lehrer hatten einen Narren an ihr gefressen. Wundert mich nicht.«

Oberhauser brummte. »Dieselben Eigenarten, die Sie an ihr faszinieren … fasziniert haben?« Für eine Sekunde schien auch er vergessen zu haben, dass Jennifer mitsamt ihren Eigenarten von einem Kran in den Tod gesprungen war.

Thomas nickte. »Sie hatte eine wundervolle Stimme. Glasklar, weich, sie hätte es sicher zu was bringen können als Sprecherin oder Sängerin. Ihr Aussehen war tiefste Dunkelheit, aber ihre Stimme war das reine Licht. Sie hatte eine ungewöhnliche Art zu sprechen. Sehr einfach, auf den Punkt, oft schnodderig und frech. Aber auf eine Weise, die man ihr nicht übel nehmen konnte.«

»Verstehe«, sagte Oberhauser und nippte an seinem Cognac. »Wo ist sie denn groß geworden?«

»Ihren Vater hat sie nie kennengelernt, so hat sie es erzählt«, sagte er. »Ihre Mutter hat in einer Art Hippie-Kolonie auf einer kanarischen Insel gelebt. La Gomera, glaube ich. Ein Sammelbecken von Aussteigern, Esoterikern und, na ja, Verrückten.«

»Die waren ja spät dran.Wissen Sie mehr über die Mutter?«

»Eine Hippiefrau, die als Jugendliche alle Zelte in Deutschland abgebrochen hatte. Sie hat Jennifer in dem Camp zur Welt gebracht und dort großgezogen.«

»Geschwister?«

»Sie hat eine ältere Schwester erwähnt.« Thomas zuckte die Achseln. »Jennifer hat … hatte an die Zeit durchweg positive Erinnerungen. Es gab keinen Spielplatz und keinen Sportverein, natürlich nicht. Aber die Mutter hat sich offenbar sehr liebevoll um ihre Töchter gekümmert. Sie und eine Handvoll andere Hippies haben sie unterrichtet.«

»In was denn?« Oberhauser schmunzelte. »Handauflegen und Geisterbeschwörung?«

»Das Ganze hat ein jähes Ende gefunden. Die Mutter ist verunglückt, und die spanischen Behörden haben das Camp aufgelöst und die Mädchen nach Deutschland gebracht. In eine Pflegefamilie.«

»Hm.« Der Dicke ruckte schwerfällig auf seinem Sessel herum, versenkte seinen massigen Körper tiefer in dem weichen Lederpolster. »Erzählen Sie mal, wie Ihre erste Begegnung war.«

Thomas dachte an den Augenblick des Aufeinandertreffens. Er beschrieb sein stilles Entsetzen über Jennifers Äußeres und die Tätowierung sowie seine intuitive Abneigung gegenüber der jungen Frau, die schlagartig in Sympathie umgeschlagen war, als sie begonnen hatte zu sprechen. »Was kostet es, mit Ihnen zu reden?«, hatte sie gefragt.

Er hatte ihr seinen Stundensatz genannt. »Wir können das Gespräch über die Krankenkasse abrechnen«, hatte er gesagt. »Dazu bräuchte ich Ihre Versichertenkarte.«

Sie fasste in die Innentasche ihrer Lederjacke und zog einen Briefumschlag mit Geldscheinen daraus hervor, zählte neunzig Euro ab und legte sie auf den Tisch. »Keine Krankenkasse. Und das hier muss unter uns bleiben. Sie unterliegen doch der Schweigepflicht, oder?«

Thomas nickte. »Sieht ja aus, als hätten Sie eine Bank ausgeraubt.« Er musterte die Scheine, als könnte er an ihrem Aussehen erkennen, woher sie stammten. Und ob Dreck an ihnen klebte.

»Die Kohle ist sauber, wenn Sie das meinen. Sie gehört mir. Klar so weit?«

»Okay.« Er schlug die Beine übereinander. »Also, Frau Rädler, was kann ich für Sie tun?«

»Sagen Sie Jennifer. Das ist mein Name. Der Name Rädler gehört meiner Mutter. Ihr allein. Ich werde Ihnen nicht vertrauen können, wenn Sie mich so nennen. Und darum geht es doch, oder? Dass ich Vertrauen zu Ihnen aufbaue.«

»Also gut. Jennifer.« Er fand sie gerade noch jung genug, um sie mit ihrem Vornamen anzureden.

Sie nickte. Als Nächstes sah sie sich aufmerksam in seinem Behandlungszimmer um. Thomas versuchte, von ihrer Mimik auf ihre Eindrücke zu schließen, aber ihr ernster Gesichtsausdruck ließ wenig nach außen dringen. Sie musterte den Schreibtisch (ordentlich aufgeräumt, fast etwas zwanghaft, riet er ihre Gedanken), die Behandlungscouch (schlichtes Teil aus Naturleder, liegen da wirklich Patienten drauf?) und das bis zur Zimmerdecke aufragende Bücherregal (bis zum Rand vollgestopft mit Büchern; hat der die alle gelesen?).

Die Musterung endete bei ihm. »Sie sind verheiratet.«

Es war eine Feststellung, keine Frage. Der schlanke Goldring an seiner rechten Hand war ihr offenbar nicht entgangen. »Haben Sie Kinder?«

Inzwischen hatte er sich auf ihre nassforsche Art eingestellt. »Sie scheinen sehr interessiert an meinen persönlichen Verhältnissen«, sagte er.

»Das war keine Antwort.«

»Ich werde Ihnen auf vieles antworten. Auf manches aber nicht. Zum Beispiel, wenn es um mein Privatleben geht.«

Ihre Augen scannten ihn noch etliche Sekunden. »Na gut«, sagte sie dann.

»Also noch mal. Was kann ich für Sie tun?« Er griff nach seinem Schreibblock, auf dem er sich während der Vorgespräche Notizen machte.

»Nein!«, sagte sie. Ihre Körperhaltung versteifte sich.

»Bitte?«

»Keine Aufzeichnungen! Sie dürfen nichts aufschreiben, weder jetzt noch später! Ich will auch keine Quittung oder so.«

»Warum ist das so ein Problem?«

»Ist halt so. Wenn Sie mitschreiben, werde ich nichts sagen.«

Sie nahm ihn mit einem entschlossenen Blick ins Visier. Auch über diesen Punkt würde sie nicht mit sich verhandeln lassen.

Thomas legte den Block zur Seite. »Ich schlage Folgendes vor: Ich biete Ihnen bis zu drei Terminen an. Zu Ihren Bedingungen. Sie zahlen bar, ich schreibe nichts auf. Sie können alles ansprechen, was Sie bewegt. Ich kann Sie kennenlernen und Sie mich. Aber wenn wir danach weiterarbeiten wollen, müssen wir uns noch mal über die Regeln einer Therapie unterhalten. Einverstanden?«

Sie dachte kurz nach. Dann zückte sie erneut ihren Briefumschlag, packte weitere hundertachtzig Euro auf den Tisch und lehnte sich in ihrem Sitz zurück.

»Vielleicht brauche ich Hilfe«, sagte sie. Ihre Stimme hatte auf einmal leise und zerbrechlich geklungen.

»Sie hat Sie offensichtlich getestet«, sagte Oberhauser. »Und verlangte absolute Kontrolle.« Er schwenkte das Cognacglas fachmännisch in der rechten Hand. »Was war ihr Problem?«

»Sie hat lange herumgedruckst und letztlich nur Andeutungen gemacht. Sie sei in eine große Sache verstrickt. Das richte sie zugrunde. Sie sehe keinen Weg, sich da herauszulösen. Sie habe Angst vor dem, was passieren könne. So etwas. Und dann immer wieder die Frage, ob unser Gespräch wirklich vertraulich sei.«

»Was haben Sie gedacht, was mit ihr ist?«

»Ich dachte an eine schwierige Beziehung, eine sadomasochistische Verstrickung. Vielleicht ein Zuhältertyp, der sie bedrohte und beherrschte. Jemand, der sie in ähnlicher Weise kontrollierte, wie sie es mit mir versucht hat.«

»Ergibt Sinn.« Oberhauser nickte, dachte nach. »Wissen Sie, wie die Mutter ums Leben gekommen ist?«

Thomas war, als würde ihm eine Hand ins Genick greifen. Eine, die vorher stundenlang in einem Eisfach gelegen hatte. »Sie ist auf Gomera von einer Klippe ins Meer gestürzt. Angeblich ein Unfall.« Es war ein offensichtlicher Zusammenhang, aber er hatte ihn bisher übersehen.

»Angeblich!« Oberhauser schnalzte mit der Zunge. »Also womöglich ein Suizid? Dann ist die junge Frau ihrer Mutter quasi hinterhergesprungen.«

Thomas nickte. Das eisige Gefühl im Nacken hielt sich hartnäckig. Er rollte mit dem Kopf und den Schultern dagegen an. »Ich hatte sie nach Selbstmordgedanken gefragt. Sie hat das glaubhaft verneint. Den Baukran hat sie allerdings gegen Ende der Stunde einmal erwähnt. Sie war auf dem Weg in die Praxis daran vorbeigekommen.«

»Was hat sie gesagt?«

»Dass man von dort oben, wie hat sie sich ausgedrückt, ganz anders auf alles gucke. Verdammt.« Die kalte Hand wanderte seinen Rücken runter. »Ich hätte sie intensiver befragen müssen.«

»Na, na, na!« Oberhauser hob den Zeigefinger in die Höhe, als wollte er Thomas ermahnen. »Fangen Sie damit nicht an. Oder wenn Sie bereits angefangen haben, hören Sie sofort auf.« Er hob und senkte den Finger im Takt seiner Worte. »Sie trifft keine Schuld. Sie haben vieles richtig gemacht. Das allermeiste, möchte ich meinen.«

Thomas nickte. Die Absolution aus dem Mund seines Lehranalytikers tat gut.

»Ich tippe auf wahnhafte Psychose.« Oberhauser zog den Finger wieder ein. »Gewürzt mit realen Zutaten.«

Er schob ein paar allgemeine Gedanken hinterher, erzählte von einer eigenen Patientin, die sich vor Jahren das Leben genommen hatte. Aber aus seiner belehrenden Stimme und seinen zunehmend unruhigeren Beinen sprach vor allem, dass er Thomas allmählich loswerden wollte. Vermutlich, um doch noch was vom Mittagstisch seines Lieblingsrestaurants abzukriegen.

Das war okay. Thomas fühlte sich tatsächlich besser, er bekam sogar selber Hunger. Oberhauser entließ ihn mit einem aufmunternden Schulterklopfen.

6

Thomas öffnete die Haustür. Aus dem Obergeschoss dröhnte die monotone Bassfolge dessen, was Natascha als ihre Lieblingsmusik bezeichnete. Lea hielt dagegen, indem sie lautstark mit Küchengeschirr klapperte. Trotz des Krachs hörte sie offenbar, wie er die Tür zuzog. Denn sie donnerte etwas, das nach der Eisenpfanne klang, in die Spüle, rauschte an ihm vorbei durch den Flur und zog die Tür des Gästeklos auf, aus dem unverkennbar Zigarettengeruch drang.

»Kannst du unserer Tochter bitte klarmachen, dass sie im Bad nicht rauchen darf? Dass sie überhaupt nicht rauchen darf?«

Trotz der nervösen Flecken auf ihrer Stirn und ihren Wangen, trotz der zusammengekniffenen Augen, die die Falten betonten, die in den letzten Jahren in ihrem Gesicht aufblühten, trotz Kittelschürze und Gummihandschuhen sah Lea toll aus.

Einzelne Strähnen ihrer braunroten Haare tanzten vor ihren

Augen und fielen verspielt auf ihre Schultern. Sie erinnerten ihn an die Leichtigkeit, die jahrelang ihr Zusammensein geprägt hatte.

Zu gerne hätte er sie in die Arme genommen. Ihren Körper gespürt, der am Strand im Bikini ebenso Blicke auf sich zog wie im schicken Kostüm auf einem Vorstandsmeeting. Ihren ureigenen Duft geatmet, den er unter ihren teuren Parfüms sofort herausroch. Ihre Nähe genossen, nach der er sich noch immer sehnte.

Er hätte sagen wollen, dass Natascha seit der Grundschulzeit auf derlei plumpe Ermahnungen nur mit umso stärkerer Renitenz reagierte. Dass Nataschas Provokation ihr Versuch war, mit ihrer Mutter in Kontakt zu treten. Und dass der Streitmodus momentan wohl die einzige Möglichkeit war, die ihrer Tochter zur Verfügung stand.

Es gab vieles mehr, was er ihr sagen wollte. Aber seine Worte erreichten sie schon lange nicht mehr.

Lea stapfte Richtung Küche.

Thomas entschied sich für den einfacheren Weg. Rauf ins Obergeschoss.

Natascha antwortete nicht auf sein Klopfen, also betrat er ihr Reich ohne ausdrückliche Erlaubnis.

»Hey, Tascha!« Er musste schreien, um den Krach zu übertönen. Sie saß in einem dünnen Feinripphemd und Leggins auf ihrem Bett und war komplett auf ihr Smartphone fixiert. Die knallroten Riesenkopfhörer dienten offenbar allein dem Zweck, ihre dunkle Mähne in Form zu halten.

Seine Tochter sah nicht einmal vom Handy auf.

Thomas kniete sich vor eine der Bassboxen, bewegte stumm die Lippen und gestikulierte mit den Händen, als würde er etwas sagen.

Tascha sah ihn an, erst genervt, dann amüsiert. Sie zog die

Kopfhörer herunter und warf ihr Telefon neben sich auf die Bettdecke, die mit dem schwarz-weißen Konterfei von Che Guevara bedruckt war. Das Mobiltelefon landete knapp unter Ches rechtem Auge.

»Hi, Daddy!« Sie sprang auf, drehte die Musik zumindest so weit runter, dass er die Bässe nicht mehr in den Eingeweiden spürte, und fiel ihm in die Arme.

»Alles klar so weit?«, fragte er.

Sie löste sich von ihm, kraulte ihm wie beiläufig durch seine dichten, lockigen Haare, in deren schwarze Farbe sich in den letzten Jahren unverkennbare Grautöne geschlichen hatten, und erzählte von den Bereichen ihres Lebens, an denen sie ihre Eltern noch teilhaben ließ: Drei in Mathe (»Hätte besser sein können. Ich hatte es drauf.«), Fahrrad hat 'nen Platten (»Kannst du das reparieren? Bitte, Papa!«) und Konzertpläne fürs Wochenende (»Rebecca hat Karten. Ich darf doch mit, oder? Wir sind spätestens um eins zurück.«).

Thomas genoss die seltene Vertrautheit mit seiner Tochter, hörte geduldig zu und nickte an den passenden Stellen.

»Mama fliegt heute Abend nach Frankfurt«, sagte sie unvermittelt. »Wollen wir Pizza bestellen?«

Schön, dass ich das auch erfahre, dachte er. Er schluckte herunter, was in seinem Inneren schon lange zu einem Kloß aus Enttäuschung, Traurigkeit und Wut verschmolzen war.

»Pizza? Klingt gut!«, sagte er. »Ich kümmere mich drum.«

»Bist ein Schatz, Daddy.« Tascha drückte ihm einen feuchten Schmatzer auf die Stirn.

Er ging wieder runter. Lea stand im Flur. Sie hatte ihr Küchenoutfit abgestreift und checkte den Inhalt ihrer Handtasche.

»Im Kühlschrank ist gedünstetes Gemüse«, sagte sie. »Könnt ihr euch in der Mikrowelle aufwärmen. Mein Taxi kommt in zwanzig Minuten, und ich muss mich noch frisch machen.«

»Du fährst weg? Wusste ich gar nicht.« Inzwischen wusste er es zwar, aber so leicht wollte er es ihr nicht machen.

»Nach Frankfurt«, sagte sie. »Heute Abend landet die Delegation aus Südkorea.« Sie legte das Täschchen auf die Flurkommode. »Morgen ist den ganzen Tag Meeting. Das geht nicht mit dem Computer von zu Hause aus. Karsten meinte, es wäre gut, wenn ich gleich bei der Begrüßung dabei wäre.«

Von einem Computer kann man sich zwischen zwei Terminen nicht vögeln lassen, dachte er bitter. Obgleich Thomas kaum daran zweifelte, hatte Lea nie zugegeben, dass mit ihrem Chef mehr lief, als in ihrer Stellenbeschreibung stand. Für ihn wäre ein solches Geständnis allenfalls der noch ausstehende letzte Beweis, dass er sie verloren hatte. Für sie wäre es ein ungeschickter Schachzug, mit dem sie unnötige Schuld für das schleichende Verenden ihrer Ehe eingestanden und ihr gleichzeitig den Gnadenschuss verpasst hätte. Das war nicht ihr Stil. Lea tötete mit Gift.

»Warst du am Vormittag noch mal hier? Was ist mit deinen Schuhen passiert?«

»Ich hatte ... einen schlimmen Tag.« Er wollte nicht, dass sich Tränen in seinen Augen sammelten. Aber die fragten nicht nach seiner Erlaubnis.

»Thomas! Was ist denn los?« Sie trat an ihn heran. Ihr mitfühlender Blick, der Geruch und ihre Stimme stachen ihm ins Herz.

»Eine Patientin ... sie hat sich heute ...«

Die Haustürklingel zerriss den Moment alter Vertrautheit. Lea schaltete augenblicklich in den Businessmodus. Offenbar dachte sie, dass ihr Taxi schon gekommen sei.

Tascha sprang die Treppe herunter. »Das ging ja schnell mit der Pizza!«

Im Sichtfenster der Haustür erkannte Thomas die Umrisse zweier Gestalten.

Er stutzte. Taxifahrer und Pizzaboten rückten nicht mit Verstärkung an.

Er trat an die Tür, öffnete. Zwei Männer standen vor ihm, einer in den Fünfzigern, der andere noch keine dreißig. Der Jüngere, ein dicklicher Typ mit teigiger Haut und rotblondem Wuschelkopf, hielt einen zusammengerollten Zettel wie einen kleinen Schlagstock in der Hand. Der Ältere war ein hageres Kerlchen mit großer, krummer Nase und dünnem Haar. Er schwenkte am lang gestreckten Arm einen Ausweis durch die Luft. »Kriminalpolizei«, sagte er. »Sie sind Doktor Kern, nicht wahr? Ich bin Hauptkommissar Hensel. Der da ist mein Kollege, Kommissar Barbe. Wir haben einen Hausdurchsuchungsbeschluss. Hätten Sie die Freundlichkeit, uns reinzulassen?«

»Thomas, was ist los?«

Ehe er auf Leas Frage antworten konnte, rauschten die beiden Kripoleute an ihm vorbei in den Flur. Ihnen folgten drei weitere Beamte, die neben der Tür gewartet hatten.

»Wow!« Tascha fand den Polizeiaufmarsch wohl eher spannend als beängstigend. Fehlte nur, dass sie ein Foto machte, um es auf Instagram zu posten.

Lea schaltete zwei Gänge hoch. »Was hat das zu bedeuten? Das dürfen Sie nicht.« Sie stellte sich in die Flurmitte und breitete die Arme aus. Wie eine Adlermutter, die ihr Nest gegen Eierdiebe verteidigen wollte. Tatsächlich stoppte sie damit den Vormarsch der Beamten. Der hagere Hauptkommissar hätte sie um ein Haar angerempelt.

»Doch!«, sagte er. »Zumindest steht das auf dem Zettel, den Kommissar Barbe bei sich trägt.«

Lea riss dem jungen Polizisten den zusammengerollten Bogen aus der Hand. »Mein Bruder ist Anwalt«, sagte sie. »Ich werde ihn das überprüfen lassen!«

»Natürlich.« Der Beamte nickte. »Und während Sie das tun, machen wir uns an die Arbeit.«

Seine Leute schoben sich zu beiden Seiten an ihr vorbei. Lea rollte das Papier auseinander.

Thomas löste sich aus seiner Erstarrung, trat von der Tür in die Mitte des Flurs. »Worum geht es überhaupt?«, fragte er. Er hatte am Vormittag auf der Baustelle den hinzugerufenen Polizisten seine Personalien genannt und beschrieben, was passiert war. Aber warum eine Hausdurchsuchung?

Hensel drehte sich zu ihm. »Sagt Ihnen der Name Jennifer Rädler etwas?«

»Sie war meine Patientin«, sagte er. »Sie hat sich heute Morgen das Leben genommen. Das habe ich Ihren Kollegen bereits gesagt.«

»Wir haben in der Wohnung der Frau einen Brief gefunden«, sagte der Hauptkommissar. »Jennifer Rädler beschuldigt Sie darin, sie vergewaltigt zu haben.«

»Thomas!« Lea starrte ihn an. Sie stand hinter dem Kripomann, hielt den Durchsuchungsbeschluss in die Höhe. Das Blut schien aus ihrem Gesicht zu verdampfen. »Was hast du getan?« Ihr Blick war ein Fallbeil, das in Thomas' Brust niedersauste und sein Herz in zwei Hälften hackte.

»Ich habe gar nichts …« Er stammelte. Sein Mund war so trocken, als hätte er einen Löffel Sand gegessen. »Sie hat einen Abschiedsbrief unter den Türspalt meiner Praxis geschoben. Deswegen bin ich ihr nachgerannt.«

»Aha.« Hensel schob seinen Kopf dichter an Thomas heran. »Und wo ist dieser Brief?« Er sah aus wie ein hungriger Geier, der ein verwundetes Tier näher in Augenschein nahm. War es schon Zeit, mit dem Schnabel zuzustoßen und ein Stück Fleisch herauszureißen?

»In meiner Praxis.« Thomas wich einen Schritt zurück.

»Wir waren eben da«, sagte der Kripomann. »Ursprünglich hatten wir gehofft, Sie dort anzutreffen. Um Sie zu bitten, uns für eine Durchsuchung hineinzulassen.«

»Das ist kein Problem. Fahren wir doch gleich hin!«

Hensel schüttelte den Kopf. »Dafür ist es zu spät.«

»Ich verstehe nicht. Wie meinen Sie das?«

»Es ist nichts da. Computer, Aktenordner, Aufzeichnungen. Briefe. Alles weg. Die Tür war aufgebrochen.« Der Hauptkommissar zuckte vor, hing mit seiner Geiervisage wieder vor Thomas' Gesicht. »Ist das nicht ein merkwürdiger Zufall?«

7

Der Schwarze Turm lag im südlichen Teil der Hamburger Hafencity. Es war ein Gebäude von unheimlicher Eleganz. Im Bedeutungsschatten so berühmter Bauwerke wie der Elbphilharmonie und dem Marco-Polo-Tower wurde er in den wenigsten Reiseführern erwähnt. Falls doch, nannten ihn die Autoren ehrfürchtig »den Monolithen«. Wenn man von unten auf die emporragenden Glasfronten hochschaute, wurde man fast automatisch neugierig, was sich in den sieben Stockwerken jenseits der dunklen Fassade abspielen mochte. Und war eigentlich ganz froh, es nicht so genau zu wissen.

Hinter einem dieser Fenster stand Jessica und blickte auf die Welt da draußen. Die Hafencity am frühen Vormittag – das waren Singles oder junge Paare im Businesslook, die aus einem der angesagten Wohnhäuser auf die sauber gefegten Straßen traten und sich erst mal einen Coffee to go holten, bevor sie weiterzogen, um die Welt zu retten. Das waren Pendler, die aus der Stadt oder dem Umland kamen und hier zur Arbeit gingen. Das waren Linien- und Touristenbusse, die durch die Hafencity kurvten. Jessica sah eine Schulklasse von vielleicht zwanzig Kindern. Zwei Lehrerinnen gaben ihr Bestes, um die Horde vom U-Bahnhof Überseequartier in Richtung Elbphilharmonie zu bugsieren.

Auch die ersten Touristen stapften über die nahe gelegenen Plätze und durch die Straßen. Diejenigen, die auf den Schwarzen Turm aufmerksam wurden, warfen meist ein paar verstohlene Blicke auf das Gebäude, trollten sich aber rasch wieder. Als ob sie spürten, dass es nicht ratsam war, sich zu lange seinem Einfluss auszusetzen. Selten schaute jemand zurück.

Jessica beneidete diese Leute. Sie waren frei. Sie konnten sich einfach umdrehen und ihrer Wege gehen.

Nur widerwillig beendete sie ihre stille Betrachtung und wandte sich um. Nicht alles, was hier drinnen passierte, war dunkel. Es gab eine lichte Seite, und für die mussten E-Mails verfasst, Telefonate geführt, Seminarkonzepte ausgearbeitet, Termine organisiert und Rechnungen geschrieben werden. Trotz allem, was in den letzten Tagen geschehen war.

Sie trat vom Fenster weg, setzte sich hinter ihren Schreibtisch und zog die Computertastatur zu sich heran.

Von der Tür kam ein Geräusch. Es sollte wohl ein Klopfen sein, war aber eher ein vorsichtiges Kratzen.

»Ja?«

Die Tür ging auf, und Jessica sah einen Toten. Vor Schreck presste sie sich die Hände vor den Mund.

Sebastian. Sie hatte ihn doch sterben sehen. Doktor Hu hatte ihm ein Medikament gespritzt, und er war bei vollem Bewusstsein erstickt.

Nein, tot war er nicht. Er hing in der Tür, dünn und zittrig. Der fehlenden Farbe in seinem Gesicht und den hervorquellenden Augen nach hatte nicht viel gefehlt. »Verdammt!«, brachte sie hervor.

Sie stand vom Schreibtisch auf und trat auf ihn zu. Unentschlossen, ob sie ihn in die Arme schließen oder ihm mit der gläsernen Wasserflasche auf dem Beistelltisch den Schädel zertrümmern sollte. Um das zu vollenden, was der Doktor offenbar in der allerletzten Sekunde abgebrochen hatte.

»Ich habe ausgepackt.« Sebastians krächzende Stimme klang auch mehr tot als lebendig. »Nachdem du rausgegangen warst. Hu hat mir das Gegengift gespritzt, und ich habe ihnen erzählt, was ich weiß.« Er torkelte einige Schritte Richtung Schreibtisch. »Ist noch nicht lange her, dass ich meine Füße wieder bewegen kann.«

»Du hast Jennifer verraten«, platzte es aus ihr heraus. »Es ist deine Schuld, dass sie sich umgebracht hat.«

Sebastian zuckte zusammen. Er schwankte, und für einen Moment sah es aus, als würde die Wucht ihrer Worte ihn zu Boden schleudern. »Ich habe sie geliebt.« Er hielt sich wacker auf den Beinen. »Sie haben eh alles gewusst.«

»Das ergibt doch keinen Sinn.« Sie schüttelte den Kopf. »Jennifer wollte von hier weg, okay. Sie wusste, dass er das nicht dulden würde. Aber deswegen wäre Jennifer nicht von einem Kran gesprungen.«

»Und doch hat sie es getan.« In Sebastians Augen bildete sich ein roter Glanz. »Jenni war zu unvorsichtig. Es hätte nichts geändert, wenn ich geschwiegen hätte. Mein Tod hätte sie nicht gerettet.«

»Rede dir das ruhig ein. Dadurch wird es nicht wahrer.« Sie schüttelte den Kopf. Am liebsten hätte sie seinen gepackt und mit einem festen Ruck vom Hals gerissen. »Du hast sie ans

Messer geliefert. Und mich gleich mit.« Sie feuerte einen eisigen Blick auf ihn ab. »Warum bist du nicht einfach gestorben?«

Sebastian stieß einen Schwall Luft aus. »Ich bin hier, um dich zu warnen.«

»Zu warnen? Vor ihm? Vor Mr Krake?«

Sebastians Augen weiteten sich vor Schreck. »Du darfst ihn so nicht nennen. Du solltest ihn überhaupt nicht beim Namen nennen.« Unwillkürlich blickte er zur Tür. Als könnten Jessicas Worte Mr Krake heraufbeschwören wie einen rachsüchtigen Geist.

»Deine Fürsorge bricht mir das Herz«, sagte sie. »Was weiß er?«

»Dass Jennifer dich in ihre Pläne eingeweiht hat. Dass du ihr Geld gegeben hast.«

Genug für Mr Krake, um ihr ein Date mit seinem chinesischen Folterdoktor zu verschaffen. Sie musste sich dringend etwas einfallen lassen, um ihn zu besänftigen. Jessica atmete tief durch.

Sebastian beugte sich zu ihr vor. »Er ist außer sich«, flüsterte er. »So habe ich ihn noch nie erlebt. Du weißt, wie viel Jenni ihm bedeutet hat.«

Es reichte. Sie ging auf ihn los, Sebastian zuckte zurück. »Wie viel sie ihm bedeutet hat, sagst du?« Sie packte ihn am Hemdkragen und schüttelte ihn. Allein ihre anflutende Angst hielt sie davon ab, seinen Hals zu packen und zuzudrücken. Wie hatte Jennifer sich in so einen Jammerlappen verlieben können? »Und was, glaubst du, hat sie mir bedeutet?« Sie ließ ihn wieder los.

»Es tut mir echt leid.« Sebastian starrte auf den Boden, knetete die Finger.

»Was hast du noch?«, fragte sie.

Er blickte hoch. »Er ist hier. Im Turm. Und er hat Hu zu sich gerufen.«

Die Nachricht vertrieb schlagartig ihre Wut. Jessicas Herzschlag schien auszusetzen, und unwillkürlich fing sie an, die Sekunden zu zählen, bis sie tot oder bewusstlos vor Sebastian auf den Teppich sinken würde. Es wäre nicht das Schlechteste. Ein schnelles, sauberes Ende. Keine dieser endlosen Sauereien, auf die Doktor Hu sich spezialisiert hatte.

Aber ihr Herz schlug weiter. Also würde sie eine Lösung finden müssen. »Scheiße«, flüsterte sie. Jetzt huschte ihr eigener Blick Richtung Tür.

Sebastian nickte. »Du musst sofort verschwinden«, sagte er. »Noch ist es nicht zu spät.«

»Natürlich ist es zu spät. Es war schon immer zu spät.« Sie konnte sich ein hysterisches Lachen nicht verkneifen. »Wie stellst du dir das vor? Ich kann hier nicht einfach rausmarschieren und dem Wachdienst unten einen schönen Tag wünschen.«

Ihr Telefon brummte auf dem Schreibtisch. Es war ein dezentes, freundliches Geräusch, doch in ihrem Kopf verwandelte es sich in einen schrillen Alarmton.

Das war er. Mr Krake. Daran gab es keinen Zweifel. »Jessica«, würde er sagen. Mit seiner Schmeichelstimme, die sich einem in die Gehirnwindungen schlich und an der Stelle festsaugte, wo der freie Wille zu Hause war. »Hast du bitte eine Minute Zeit für mich?«

Wenn sie da ranging, hatte sie verloren.

»Das Treppenhaus«, sagte Sebastian. »Im Erdgeschoss gibt es einen Notausgang, der hinten aus dem Gebäude herausführt. Du musst dich beeilen.«

Die Farben und Formen um sie herum schienen sich aufzulösen. Als wäre ihre gesamte Existenz ein Bild aus Wasserfarbe, über das Sebastian gerade einen Eimer Wasser ausschüttete. Er hatte recht. Natürlich. Aber …

»Wo soll ich denn hin?« Ihre Stimme zitterte. »Er wird mich überall finden.«

»Hier. Nimm das!« Sebastian zog einen Briefumschlag aus der Gesäßtasche seiner Hose und reichte ihn ihr. Ein paar Fünfeuroscheine, ein paar Zehner und Zwanziger. Und sehr viele Fünfziger.

»Das ist alles, was ich auf die Schnelle auftreiben konnte.«

»Danke!« Es rutschte ihr heraus, und sie hasste sich dafür. Ihm dankbar sein zu müssen für das Geld, mit dem er sich allzu offensichtlich von seiner Schuld freizukaufen versuchte. Aber sie brauchte Bargeld. Sonst könnte sie auch gleich in Mr Krakes Büro gehen und Doktor Hu die Hände schütteln.

»Schon gut.« Sebastian nickte, trat einen Schritt zur Seite und machte so den Weg zur Tür frei. Den Weg raus aus dem Büro. Raus aus dem Schwarzen Turm, raus aus ihrem bisherigen Leben. »Benutze falsche Namen!«, sagte er. »Geh nicht zurück in deine Wohnung! Schmeiß dein Handy weg! Vergiss deine Kreditkarten, E-Mail-Accounts und all das! Damit lockst du ihn auf deine Fährte.«

Jessica nahm ihre Jacke, steckte den Umschlag mit dem Geld in die Innentasche und ging. Das Treppenhaus war menschenleer. Sie fand den Notausgang im Erdgeschoss. Er war mit einem Alarm gesichert, den sie auslösen würde, wenn sie das Gebäude verließ.

Egal. Es würde einige Minuten dauern, bis die Wachen auftauchten. Bis dahin war sie weg.

Sie trat durch die Tür ins Freie, und es schien so einfach zu sein. Sie marschierte seitlich um den Schwarzen Turm herum. Auf der Freifläche vor dem Haupteingang sah sie eine Touristengruppe, die sich offenbar sattgesehen hatte und gerade aufbrach. Jessica mischte sich unter sie und ging mit ihnen. Jeder Schritt, der sie von diesem Ort entfernte, fühlte sich ein wenig leichter an. Sie schaute nicht zurück.

8

An einem Kiosk kaufte Jessica eine Tageszeitung, zahlte mit einem Zwanzigeuroschein aus Sebastians Briefumschlag. Von dem Wechselgeld löste sie eine Tageskarte für die S-Bahn und fuhr Richtung Flughafen. Auf dem Weg dorthin zückte sie ihr Handy und suchte im Telefonverzeichnis eine Festnetznummer mit Frankfurter Vorwahl. Die erste, die sie fand, war die des Büros einer gemeinnützigen Stiftung, die sich deutschlandweit für junge Migranten engagierte. Sie wählte und legte sofort wieder auf, sobald sich am anderen Ende eine Frauenstimme meldete. Jessica schaltete ihr Handy aus, entfernte zur Sicherheit noch die SIM-Karte und den Akku. Am Airport kaufte sie mit ihrer Kreditkarte ein Ticket für einen Linienflug, der am frühen Nachmittag nach Brüssel abheben sollte. Dann nahm sie die Bahn zurück zum Hauptbahnhof, betrat den dortigen Servicepoint und verließ ihn kurz darauf mit einem ICE-Fahrschein nach Frankfurt. Zuletzt holte sie sich in einem Backshop ein belegtes Brötchen und eine Flasche Wasser, schlenderte zum nahe gelegenen Omnibusbahnhof und stieg in einen Bus, der abfahrbereit wartete. Er würde sie in zwei Stunden in Nonstop-Fahrt nach Berlin bringen. Den Fahrpreis zahlte sie bar direkt beim Fahrer.

Der Bus war gut zur Hälfte gefüllt. Sie trat durch den Mittelgang bis nach hinten und zählte vier Geschäftsleute, zwei Mütter mit Kindern, eine Gruppe Jugendlicher mit Rucksäcken und sieben Senioren. Mit ihrem Businesskostüm gehörte sie zweifellos zu den besser angezogenen Reisenden, aber sie glaubte nicht, dass sie allzu sehr auffiel. Spätestens als das Fahrzeug sich in Bewegung setzte und Minuten später auf die Ausfallstraße Richtung Berlinautobahn abbog, schienen alle mit sich selbst beschäftigt zu sein, und irgendwann, auf halber Strecke in die Hauptstadt, wich endlich auch ihre Anspannung und ging nahtlos in eine überwältigende Müdigkeit über.

Sie drückte sie weg. Es fiel ihr schwerer, als sie gedacht hätte, aber wenn sie in etwas gut war, dann war es Selbstbeherrschung. Schlafen war nicht angesagt. Es war viel zu früh, sich in Sicherheit zu wiegen.

Sie war dem gierigen Schlund dieses furchtbaren Kraken entkommen. Sie hatte ihm ein paar Köder hingeworfen, auf die er sich in seinem verletzten Stolz stürzen konnte. Allerdings wusste sie besser als die meisten anderen, wie lang und mächtig seine Arme waren. Vielleicht gab es auf der ganzen Welt keinen Platz, an dem sie je vor ihm sicher war. Aber falls es diesen Ort gab, würde sie ihn finden.

Irgendwie dämmerte sie doch weg. Als sie hochschreckte, hatte der Bus sein Ziel erreicht und öffnete die Türen. Sie stieg als Letzte aus. Der Himmel über Berlin trug das gleiche triste Grau wie in Hamburg. Sie winkte ein Taxi heran und nannte dem Fahrer, einem gelangweilt dreinblickenden jungen Mann mit Dreitagebart – Typ Langzeitstudent, der längst vergessen hatte, für welches Fach er sich mal vor Jahren eingeschrieben hatte –, Straßennamen und Hausnummer.

Jessica hatte sich die Adresse nie irgendwo aufgeschrieben. Auf keinen geheimen Zettel, den sie zwischen den Seiten ihres

Lieblingsbuchs versteckt hätte. Sie hatte sie keinem Tagebuch anvertraut, keinem Kalender und sie schon gar nicht auf irgendeinem Computer oder Smartphone gespeichert. Nein. Sie hatte sie auswendig gelernt. Vor fünfundzwanzig Jahren, als sie das letzte Mal mit der Frau gesprochen hatte, die sie damals Tante Betty genannt hatte. Es war ein kurzes Gespräch gewesen, und es hatte mit einem Versprechen geendet: »Falls je der Tag kommt, an dem du wegwillst von ihm«, hatte Betty gesagt, »wenn du es dir gut überlegt hast und es wirklich ernst meinst, werde ich dir helfen. Dann, und nur dann, melde dich bei mir. Und bis dahin vergiss, dass es mich gibt.«

Und da stand sie nun. Ein unscheinbares Mietshaus in einem tristen Straßenzug im Westen Berlins. Keine Gegend, in die jemand wegen der schönen Umgebung und der freundlichen Nachbarschaft ziehen würde.

Jessica hatte keine Ahnung, ob Elisabeth Parey, wie Tante Betty mit vollem Namen hieß, hier nach wie vor wohnte. Ob sie überhaupt noch am Leben war, und, falls ja, ob sie sich an Jessica erinnern würde.

Lauter Unwägbarkeiten. Und trotzdem, so traurig es war: Tante Betty war der einzige Mensch, der ihr eingefallen war, an den sie sich wenden konnte.

Mit klopfendem Herzen suchte sie die Klingelschilder ab und fand tatsächlich den richtigen Namen. Sie klingelte und zählte die Sekunden.

Zwischen elf und zwölf ertönte eine blechern klingende Stimme aus einem Lautsprecherschlitz: »Ja, bitte?«

»Ich bin's. Jessica. Heute ist der Tag gekommen, Tante Betty.« Sie holte tief Luft und fing erneut an zu zählen.

Bei sechs ging der Summer.

Im vierten Stock erwartete sie eine geöffnete Wohnungstür. »Tante Betty?« Jessica durchschritt einen winzigen Flur. Direkt gegenüber führte eine ebenfalls offene Tür weiter ins Wohnzimmer. Ein schlichtes, kleines Omazimmer mit langen weißen Gardinen vor dem Fenster, Couchtisch und Plüschsessel. Kakteen in allen Größen und Formen waren auf der Fensterbank, einer Wandkommode und halbhohen Schemeln auf dem Fußboden verteilt. An einer Wand hing ein riesiges Foto, auf dem ein von dunklen Felsen umrahmter Strandabschnitt im Licht der untergehenden Sonne abgebildet war.

Die Frau, die mit verkniffenem Gesicht inmitten ihrer kleinen Welt stand, hatte mit der Tante Betty von früher nichts mehr gemeinsam.

Von der großen, vor Vitalität übersprudelnden Frau in ihrer Erinnerung war nur eine dünne Hülle geblieben. Eine Hülle, deren zitternde Hände sich auf einen Gehwagen stützten und der ein Sauerstoffgerät über eine um den Kopf gewickelte Sonde Luft in die Nase blies. Unverkennbar, dass der Tod seinen kalten Arm um Elisabeth Parey gelegt hatte und es nur eine Frage der Zeit war, bis er endgültig zudrückte.

»Hallo, Tante Betty.«

Der Hauch eines Lächelns huschte über das faltige Gesicht, und das gehörte eindeutig der Frau aus Jessicas Vergangenheit.

Sie hatten zu dritt am Strand gestanden. Jessica war damals ein Schulkind gewesen, Jenni noch ein kleines Mädchen, das mit seinen ständigen Fragen nervte. Die heiße kanarische Sonne brannte auf ihre Köpfe, eine sanfte Brise trug die Hitze des afrikanischen Kontinents über den Atlantik auf die Insel. Oben an der Straße wartete ein dunkles Auto. Ein Mann sah durch das heruntergekurbelte Fenster zu ihnen hinab. Ein Vertreter des deutschen Konsulats, der sie und Jenni von Gomera wegschaffen und in ein Land bringen sollte, das sie nur aus Erzählungen kannten.

»Er wird dich finden«, sagte Betty zu ihr. »Er wird euch beide finden und zu sich holen. Aber falls je der Tag kommt, an dem du wegwillst von ihm …«

Sie hatte ihre Berliner Adresse genannt und Jessica gedrängt, sie so lange zu wiederholen, bis sie es ohne Fehler schaffte. Da hatte Tante Betty gelächelt und erst ihr, danach Jennifer über den Kopf getätschelt.

»Du solltest nicht hier sein.« Tante Bettys krächzende Stimme holte sie zurück. Das Lächeln war aus dem runzeligen Gesicht verschwunden und einem ängstlichen, fast panischen Blick gewichen. Elisabeth Parey taumelte. Jessica sprang nach vorn, packte sie am Arm, der sich dünn und brüchig anfühlte wie ein Ast aus morschem Holz, und hielt sie auf den Beinen. Sie saugte Luft durch ihre Nasensonde. Ihre Pupillen weiteten sich. »Du musst sofort verschwinden. Bevor …« Die Augen zuckten in Richtung einer verschlossenen Tür, die zum Nebenzimmer führte.

Jessica erstarrte. Wie unbeschreiblich dämlich von ihr, herzukommen. Sich hier in Sicherheit zu wähnen. Zu glauben, dass Mr Krake ihr ausnahmsweise nicht mindestens einen Schritt voraus war. Die Tür zum Nebenraum schlug auf. Zwei Männer traten ein.

Sie kannte die beiden. Ihre echten Namen waren Robert Knocke und Mirko Keulig, aber Jessica nannte sie immer Knochen und Keule. Wo Doktor Hu einen Dietrich benutzte, um die Tür zum Willen eines Menschen zu knacken, bevorzugten sie Brecheisen und Vorschlaghammer. Es waren Schläger vom Kiez, deren natürlicher Lebensweg es vorgesehen hätte, kurz und intensiv zu leben und gewaltsam zu sterben. Doch dann war Mr Krake gekommen und hatte sich ihrer angenommen. Er hatte ihnen schicke Wohnungen besorgt, ihnen einen Kleiderschrank mit Anzügen, Hemden und Krawatten hineingestellt, sie mit dem nötigen Kleingeld ausgestattet und ihnen erklärt, dass sie mit Rauchen, Trinken und Herumhuren aufhören mussten. Auch das Prügeln mussten sie lassen, es sei denn, sie taten es auf sein Geheiß. Das Gesamtpaket hatte die beiden offenbar überzeugt.

»Mach es dir nicht schwerer als nötig, Jessi«, sagte Knochen. Er war schlanker, dafür größer als sein Kumpan, und er lispelte, weil er sich bei irgendeiner Schlägerei ein Stück seiner Zunge abgebissen hatte. Wehe dem, der sich darüber lustig machte. Er hielt einen kleinen Leinensack in den Händen. »Es wird wehtun, wenn du dich wehrst.« Knochen baute sich breitbeinig vor ihr auf und brachte seine Arme in Stellung. Gleichzeitig ging Keule im Bogen um sie herum, offensichtlich, um ihr den Weg zum Flur abzuschneiden. Im Gegensatz zu seinem Kumpel trug er die Spuren der Vergangenheit sichtbar im Gesicht. Eine fette, kreisrunde Narbe zierte seine Stirn. Offenbar hatte sich sein Schädel mal mit etwas noch Härterem angelegt.

»Bitte!« Tante Betty faltete die Hände vor der Brust. »Ihr habt versprochen, ihr nichts zu tun.« Ihr musste klar sein, dass selbst der, dem ihre Geste üblicherweise galt, hier nichts ausrichten konnte. »Es tut mir leid, Jessi. Es tut mir so unendlich leid. Ich wünschte, ich könnte dich vor ihm beschützen.« Die alte Dame machte ein Geräusch, das mit mehr Atemluft ein Schmerzensschrei geworden wäre. Mit ihren Seelenqualen würde sie allein zurechtkommen müssen. Jessica hatte genug damit zu tun, ihre Haut zu retten.

Sie stürzte Richtung Wohnungstür, aber Keule hatte natürlich mit diesem Manöver gerechnet. Mit zwei Schritten war er bei ihr und packte sie am Arm. Ein Griff, der es gewohnt war, Haut, Muskeln und Gelenke zu zerquetschen.

»Letzte Warnung, Jessi!«

Drauf geschissen. Sie war es sich und ihrem Stolz schuldig,

vor Mr Krakes Vasallen nicht kampflos zu kapitulieren und sich von ihnen in einen verdammten Sack stecken zu lassen.

Sie versuchte, sich aus Keules Griff zu winden, was sich anfühlte, als würde sich ihr Oberarm in Fleischmus verwandeln. Sie trat nach seinem Schienbein und seinem Schritt, und irgendwas erwischte sie auch mit dem Fuß, aber Keule lachte nur. Als würde es langsam anfangen, ihm Spaß zu machen.

Ein kurzer Spaß. Knochen war jetzt hinter ihr. Er drehte ihr den freien Arm so weit auf den Rücken, dass ihre Schulter krachte. Ein Tritt in die Kniekehle ließ sie zu Boden sinken. Der Sack flog heran, und es wurde dunkel.

9

Walter Goldman stand vor der Glasfront eines Cafés im Hamburger Osten. Eines dieser abgehalfterten Stadtviertel, in denen sich die einfachen Leute in ihrem Elend noch heimisch fühlen konnten und nicht von hippen Bars, teuren Restaurants und luxuriös sanierten Wohnungen für zugezogene Yuppiefamilien verdrängt wurden.

Zufrieden betrachtete er sein Spiegelbild im Fenster. Er trug seinen einzigen Anzug, ein dunkelbraunes Teil, das er vor Jahren im Schlussverkauf bei C&A geschossen hatte. Das zugehörige Hemd spannte etwas über dem Bauch, saß ansonsten aber picobello. In dem Outfit war er hier ein König.

Zeitcheck: 11.45 Uhr.

Er enterte den Innenraum, der nach Kaffee, billigem Parfüm und alten Menschen roch, baute sich vor dem Tresen auf und bestellte bei der Bedienung, die ihrem Äußeren nach gut die Quelle all dieser Gerüche sein konnte, zwei Tassen Filterkaffee.

Sie schenkte ein, er musterte die Gäste. Fünf Rentnerinnen, jede einzeln an einem Tisch, machten sich über das »Angebot des Tages« her, das auf mehreren Kreidetafeln beworben wurde: Kaffee satt und ein Mettbrötchen für nur drei Euro. Welcher Rentner konnte da widerstehen?

Das junge Pärchen an einem der Fensterplätze fiel aus dem Rahmen. Die mussten sich hierher verirrt haben.

Ja, und dann sie.

Seine Zielperson saß allein in einer Ecke. Zu ihren Füßen ruhte eine prall gefüllte Einkaufstüte, vor ihr dampfte ein Teekännchen, daneben stand ein halb geleertes Glas Sekt. In der Hand hielt sie eine Frauenzeitschrift. Er würde ihr Alter etwas nach oben korrigieren müssen. Durch die Fensterscheibe hatte er sie auf höchstens Mitte dreißig geschätzt, und er irrte sich selten. Aber der Zeitschrift nach musste er locker fünf bis zehn Jahre draufschlagen. Keine Frau unter vierzig las dieses Zeug.

Egal.

Er schritt zu ihr, stellte das weiße Geschirr auf den Tisch und wartete, bis sie von ihrer Weiberpostille aufsah. Anfang vierzig, dachte er. Trotzdem sah sie gut aus. Braune Mähne, schöne, helle Haut, volle Lippen. Gute Figur, soweit er das bei der sitzenden Frau beurteilen konnte.

»Kaffee?«, fragte er.

Sie wirkte überrascht, vielleicht sogar belustigt. Dennoch schüttelte sie den Kopf. »Danke, ich habe Tee.« Ein Anflug von Misstrauen blitzte in ihren Augen. Blau, mit einem Stich ins Graue. Hübsch.

»Kennen wir uns? Warum wollen Sie mir etwas ausgeben?«, sagte sie.

Er setzte ein Lächeln auf, das er bereits in seinen Zwanzigern vor dem Spiegel geübt hatte. Er nannte es das C-und-V-Lächeln: charmant und verwegen, eine Mischung aus George Clooney und Daniel Craig. »Ich dachte mir, wenn ich heute Abend draufgehe, möchte ich zumindest vorher noch einmal mit einer schönen Frau Kaffee trinken.«

Sie riss ihre hübschen blauen Augen auf, und er nutzte die kurze Zeit der Irritation, um sich zu ihr zu setzen. »Entschuldigen Sie, ich wollte Sie nicht erschrecken!«

»Haben Sie nicht.« Sie sah ihn an, fuhr sich mit der Zunge über die Lippen, was ihnen einen feuchten Glanz verlieh.

Hammer. Was könnte sie mit diesem Mund und diesen Lippen nicht alles an seinem Körper anstellen?

Sie leerte ihr Sektglas mit einem Schluck, zog eine der Kaffeetassen zu sich, nippte daran, und Goldman wusste, dass er gewonnen hatte. Er spürte, wie sich seine Hose ausbeulte. Zum Glück verdeckte der Tisch seinen Schritt.

Sie hieß Birgit, und natürlich fragte sie, was er meinte. Er druckste herum, ließ sie ein wenig zappeln, bis er zunächst mit seiner Visitenkarte und dann mit seiner Geschichte rausrückte.

Auf der Karte stand in fetten Buchstaben:

Walter Goldman
Privatdetektiv

Und, etwas bescheidener:

Observation – Sorgerechtsklärung – Personenüberprüfung
diskret – effizient – preiswert

Darunter die Handynummer.

Seine Geschichte: Eine wohlhabende Industriellenfamilie, deren Namen er natürlich nicht preisgeben durfte, hatte ihn in einem Entführungsfall engagiert. Die Entführer waren ebenso gut organisiert wie skrupellos. Ihre immense Lösegeldforderung hatten sie zusammen mit einem herausgerissenen Zehennagel des Entführungsopfers zugestellt, woraufhin seine Auftraggeber die Nerven verloren und die Polizei eingeschaltet hatten. Heute Abend sollten die Übergabe des Geldes, die Herausgabe der Entführten und der anschließende Zugriff der Polizei stattfinden. Seine Rolle dabei war wichtig und gefährlich. Lösegeld übergeben, Frau in Empfang nehmen und schleunigst in Deckung gehen, bevor das Feuerwerk begann. Gut möglich, dass es klappte. Er schätzte die Chancen auf fifty-fifty.

Sie saugte seine Geschichte auf wie ein trockener Schwamm einen Tropfen heißes Wasser.

Diese dumme Nuss.

Birgit wohnte ein paar Straßen weiter. Sie war alleinerziehend, wie er gedacht hatte, ihr Sohn Sören war bis nachmittags in der Schule.

Sturmfreie Bude.

Ihr Junge war, wie er auf dem kurzen Weg vom Café in ihre Wohnung erfuhr, ein unruhiger, aufgeweckter Siebenjähriger. Jeden Abend brachte sie ihm einen warmen Kakao ans Bett und erzählte ihm Gutenachtgeschichten, bis er eingeschlafen war.

Das interessierte Goldman eigentlich nicht die Bohne, trotzdem musste er sich unwillkürlich vorstellen, wie diese einfache, aber herzensgute Frau am Bett ihres Sohnes saß, mit ihm sprach und ihm liebevoll durch die Haare streichelte.

Ein Anflug von Schmerz rumorte in seinem Bauch.

Scheiße, was war denn das?

Er verscheuchte das kitschige Bild aus seinem Kopf, atmete tief ein und aus, und der Druck verschwand. Wahrscheinlich vertrug er die Kaffeehausplörre nicht gut. Die Wohnung spiegelte Birgits Bemühen, sich und ihrem Jungen trotz schwieriger Umstände ein hübsches Nest zu bewahren. An der Flurwand hingen Urlaubsfotos und Selbstgemaltes von Sören. Fleißige Hände hatten das Frühstücksgeschirr neben die Spüle geräumt. Auf der Anrichte standen zwei leere Sektflaschen. Stille Begleiter einsamer Abende. Das Wohnzimmer war, soweit er das vom Flur aus sehen konnte, mit einfachsten Mitteln notdürftig eingerichtet, lediglich im Kinderzimmer hatte sie an nichts gespart. In den Regalen türmten sich Bücher und allerlei Spielsachen. Auf dem Boden wand sich die Rennstrecke einer riesigen Carrera-Bahn.

Goldman fühlte sich außerordentlich wohl in dieser Wohnung. Ein ungewöhnlicher Gedanke schoss ihm in den Kopf. Er könnte die Sache abblasen. Sich mit Birgit an den Küchentisch setzen, ein Glas warmen Kakao trinken und sich Geschichten aus ihrem langweiligen Leben anhören.

Warmer Kakao! Scheiße! Er hatte seit fünfzig Jahren keinen warmen Kakao mehr getrunken! Er war nicht hier, um einzuziehen.

Auf der Kommode im Schlafzimmer stapelten sich geöffnete Briefe, Zeitschriften und ein paar Schmachtschinken. Das Bett war frisch bezogen. Als ob sie auf jemanden wie ihn nur gewartet hätte.

Birgit hängte seinen Anzug und sein Hemd ordentlich über einen Stuhl, ihre eigenen Klamotten landeten auf der Sitzfläche.

Hammer, sah sie gut aus. Die Unterwäsche hatte sie sich was kosten lassen, die war nicht vom Schlussverkauf. Und sie kam gleich zur Sache. Sie drückte ihn rücklings aufs saubere Laken, streifte ihm die Unterhose über die blassen Schenkel und stürzte sich auf seinen Schwanz. Erst mit den Händen. Und dann, ja, tatsächlich mit dem Mund.

Wahnsinn, wie ich das immer hinkriege, dachte er und ließ den Kopf auf das Kissen sinken.

Aber etwas stimmte nicht. Sie merkte es natürlich.

»Was hast du?« Sie kam hoch. »Gefalle ich dir nicht?«

»Doch, sehr sogar.« Rattenscharf sah sie aus. Warum zum Teufel bekam er keinen Ständer? Vor einer halben Stunde im Café hatte er einen Dampfhammer in der Hose gehabt, und jetzt strahlte jeder Rollmops mehr Potenz aus als der schlaffe Stummel zwischen seinen Beinen.

Er zupfte mit der Hand an seinem Pimmel herum, aber der zog sich immer weiter zurück, bis nur noch eine kümmerliche Hautfalte übrig blieb.

Scheiße noch mal!

Seine Wahrnehmung verschob sich auf unheimliche Weise. Die Wände des Schlafzimmers schienen sich auszudehnen und wieder zusammenzuziehen. Das Bett unter ihm fühlte sich auf einmal an wie eine Luftmatratze auf hoher See. Bei Windstärke zehn.

Unwillkürlich griff er nach einem Kissen und bedeckte seine Schande.

»Soll ich was anders machen?«, fragte sie.

»Das muss … es könnte … es geht vielleicht ein bisschen zu schnell. Wir kennen uns schließlich erst seit einer halben Stunde.«

Er hörte sich selbst beim Stammeln zu. Was für einen Bullshit er da redete. Er musste hier weg. Augenblicklich!

»Tut mir leid«, sagte er. Er sprang in seine Kleidung, trat auf das Hosenbein und wäre beinahe der Länge nach auf dem Flurteppich gelandet. Irgendwie schaffte er es, sich anzuziehen. Er flüchtete aus der Wohnung.

Kurz darauf saß Walter Goldman wieder im Café. Diesmal allein. In seinen Filterkaffee hatte er sich einen ordentlichen Schuss Rum geben lassen. Um den Schock zu betäuben.

Was zur Hölle war nur mit ihm los? Noch vor Minuten war sein Vertrauen in die eigene Standfestigkeit für ihn unerschütterlich gewesen. Ein Naturgesetz wie die Schwerkraft. Alles fiel von oben nach unten, und er stand wie eine Eins. Das war jetzt passé. Immer wieder spulte sein Gehirn den Birgit-Film ab, in dem er so jämmerlich versagt hatte.

Zumindest benebelte der Rum seine Gedanken. Wider Erwarten lockte der Alkohol sie in lange vergangene Zeiten. Unvermittelt fiel ihm Carla ein, eine zwanzigjährige spanische Kellnerin mit Haaren auf den Zähnen und Wärme im Herzen. Eine der wenigen Frauen, in die er sich verliebt hatte. Wie lange war das her? Fünfundzwanzig Jahre? Eher dreißig. Er hatte seine letzten Kröten zusammengekratzt und sich sogar von seinen kasachischen Nachbarn Geld geliehen, um ihr nach allen Regeln der Kunst den Hof zu machen. Damals hatten die Gefühle ihm irgendwie die Potenz zerschossen. Die Nacht, in der er ihr seine Liebe hatte gestehen wollen, war zu seinem sexuellen Armageddon geworden. Teufel noch mal, was hatte er gelitten. Carla hatte seine Hängepartie nicht einmal dramatisch gefunden, aber er selbst hatte sich gefühlt, als würden sich Körper und Verstand in Schleim verwandeln und in einem imaginären Abfluss versickern. Er war davongerannt und hatte erhebliche Anstrengungen unternommen, um Carla nie wieder unter die Augen treten zu müssen. Der Ärger mit den Kasachen wegen der fünfhundert Mäuse war da noch das kleinere Übel gewesen.

Monatelang hatte er sich an keine Frau mehr herangetraut. Bis er an einem Sonntagvormittag nach einer durchzechten Nacht auf der Reeperbahn …

Ja, das war es! Das hatte ihn damals geheilt. Warum sollte es nicht noch mal funktionieren?

Er schlug mit der flachen Hand auf den Tisch. Die Tasse klapperte so laut, dass die Rentnerin am Nachbartisch von ihrem Sudoku abließ, um sich zu ihm umzudrehen und ihn mit einem missbilligenden Blick zu tadeln.

Das war ihm schnuppe. Er holte sein Mobiltelefon heraus, ging ins Internet, und es dauerte weniger als zwei Minuten, bis er seine Wahl getroffen hatte.

10

»Hallo, komm rein.«

Sie hieß Stella und drückte ihm einen Kuss auf die Wange. Der Name war natürlich genauso falsch wie ihre prallen Titten, die knallroten Fingernägel und die grellblonden Extensions. Sie trug einen dünnen Morgenmantel aus schwarzem Stoff, darunter blitzte außer nackter Haut nur ein weißer Slip hervor. »Wie heißt du? Willst du ein Glas Sekt?«, fragte sie ihn.

»Walter«, sagte er und kam sich vor wie ein kleiner Junge, der bei einer strengen Lehrerin vorsprechen musste. Seine Beine fühlten sich weich an, und in seinem Kopf staute sich Hitze. Der Rum im Kaffee war wohl keine gute Idee gewesen. »Ich hätte gerne Wasser.«

Sie bugsierte ihn auf die Bettkante, holte ein gefülltes Glas und stellte es auf einen Tisch neben dem Bett, auf dem bereits eine Box mit Papiertüchern und ein rosa Kästchen, wahrscheinlich mit Kondomen, standen.

»Ficken und Blasen kommen hundertfünfzig die Dreiviertelstunde. Safe, versteht sich. Zungenküsse kosten extra.« Sie musterte ihn flüchtig. »Dreißig«, sagte sie, und er fragte sich, ob er damit über oder unter ihrem Durchschnittspreis lag.

»Alles bar und im Voraus. Ausgefallene Wünsche kosten mehr.« Sie sah ihn erwartungsvoll an.

»Nein, nein«, sagte er. »Nur das Übliche. Keine Küsse.«

Bloß nichts, das auch nur entfernt an Gefühle erinnern konnte.

Er zog drei Fünfziger aus seiner Geldbörse, sein letztes Geld, wie er beiläufig feststellte. Egal, wenn es ihn von seinem Formtief heilte, war dieses Date jeden Euro wert. Er reichte ihr die Scheine. Sie ließ ihn auf dem Bett zurück, mit gestrecktem Rücken, die Hände zwischen die Beine geklemmt, und verschwand im Nebenzimmer. Als sie zurückkam, waren Geld und Morgenmantel verschwunden.

»Du hättest es dir ruhig schon gemütlich machen können, Walter.«

Sie stellte sich vor ihn, legte seine Hände an ihre Brüste. »Oder magst du es gerne im Sitzen?«

Wahnsinn, dachte er. Solche Klassetitten hatte er bisher nur in Filmen gesehen. Sie waren nicht mal besonders groß, ungefähr Apfelsinengröße, aber außen weich wie Seide und innen fest wie ein Tennisball. Waren die am Ende sogar echt?

»Bist etwas schüchtern, was?«, fragte sie.

»Nein! Vielleicht!«, stammelte er.

Sie ließ ihn eine Zeit lang an ihren Möpsen rummachen, dann schob sie ihn rücklings aufs Bett und zog ihm Hose und Unterhose herunter.

Sie gab sich wirklich Mühe. Sie streichelte seine Oberschenkel, kraulte seine Eier, drückte ihm sogar zwei oder drei trockene Küsse auf den Pimmel.

Es war ein reines Trauerspiel, das von Minute zu Minute erbärmlicher wurde. Verflucht noch mal, sein Schwanz schien sich vor ihren Berührungen zu verstecken. Von einer halbwegs brauchbaren Erektion war er ungefähr so weit entfernt wie der HSV von der Teilnahme an der Champions League.

Stella ließ sich von der offensichtlichen Erfolglosigkeit ihrer

Bemühungen nicht verunsichern. Sie melkte mit ihren Fingern an seinem schlaffen Teil herum, dass es fast wehtat.

Tränen schossen ihm in die Augen. Teufel, verdammter! Jetzt fang ich noch an zu flennen. »Hör bitte auf!« Seine Stimme klang nach Kloß. Er räusperte sich.

»Okay.« Sie sah ihn freundlich an, legte sich neben ihn und streichelte über seine Brust. »Kleine Pause? Oder doch ein Gläschen Sekt zur Entspannung? Geht aufs Haus.«

»Nein. Danke.« Er kam sich nackt vor, was er schließlich auch war, griff nach seinen Hosen und zog sie an.

»Bisschen massieren?«, fragte sie. »Was soll ich tun? Ich bin deine gute Fee, ich erfüll dir fast jeden Wunsch.« Ihre Hand wanderte an ihm hoch, endete oben am Kopf. Sie kraulte ihm durchs Haar. Das fühlte sich tatsächlich gut an.

»Ja, das«, sagte er. Er ruckte ganz auf das Bett, nahm sich eines der Kissen und schob es sich unter den Nacken. Stella kniete schräg hinter ihm. Er konnte sie nicht sehen, aber er genoss die zärtliche Berührung ihrer Finger auf seiner Kopfhaut.

Und dann passierte ihm etwas, das ihm zuletzt in den längst verschütteten Urzeiten seiner Kindheit widerfahren sein mochte.

Er weinte.

Goldman wusste nicht, wie ihm geschah. Aber die Tränen fanden ihren Weg auch allein. Bilder von früher ratterten durch seinen Kopf, und zwischen dem Schluchzen sprudelten Worte heraus.

»Ich erinnere mich an die Mutter meines besten Freundes«, sagte er. »Er hieß Olli, und wir sind draußen auf den Garagen herumgeklettert. Ich bin abgerutscht und habe mir die Jeans aufgerissen. Von der Pobacke bis zum Knie. Ich hatte Schiss, weil es schon Prügel gab, wenn ich nur einen winzigen Matschfleck auf der Hose hatte. Olli hat mich mit zu seiner Mutter geschleppt, und die hat mich getröstet. Sie hat mich einfach in den Arm genommen und mir über den Kopf gestreichelt.«

So wie du jetzt, wollte er sagen, aber ein Schwall frischer Tränen hinderte ihn am Sprechen.

»Gab nicht viel Liebevolles, hm?« Stellas Stimme drang zu ihm, leise und sanft, und seine Tränendrüsen gaben Vollgas.

»Nein!« Er weinte es heraus. »Keine Liebe. Es gab Ermahnungen, Schimpfe. Schläge mit dem Stock, Schläge mit dem Gürtel, Schläge mit dem Kochlöffel.«

»Mmh«, machte sie.

Stock stimmte.

Gürtel und Kochlöffel nicht. Aber Stella hörte zu, brummte und summte zu seinen Erzählungen, und das tat so gut. Beinahe schöner als Sex.

Er erzählte weiter. Von Vaters Sauftouren und Mutters geheimnisvollem Koma, in das sie verfiel, sobald Walter von der Schule nach Hause kam. Immer mehr Anekdoten fielen ihm ein.

»Einmal musste ich ihn aus seiner Stammkneipe holen. ›Schaff deinen nichtsnutzigen Vater ran‹, hat Mutter gebrüllt und mit Schlägen gedroht. Ich bin los, keine zehn Jahre alt, mitten in der Nacht. Es hat geregnet. Die Kneipe war dunkel und laut, und der kalte Regen draußen war tausendmal besser als die stinkende Hitze drinnen. Die Luft bestand aus Schnapsdämpfen und Zigarettenrauch. Und mein Papa mittendrin. Auf seinem Schoß saß eine Frau mit dickem Busen, und sie brüllten sich gegenseitig versaute Sachen in die Ohren. Bevor ich bei ihm war, hat mich ein fremder Mann gepackt und in ein Hinterzimmer geschoben. Dort musste ich …«

Er schluckte und spürte, wie Stella hinter ihm den Atem anhielt.

»Mich von ihm anfassen lassen«, beendete er den Satz. Stella atmete weiter. »Als ich später mit Papa nach Hause kam, hat Mama mich trotzdem verprügelt.«

Schon merkwürdig, dachte er. Die Geschichte war weitgehend erfunden. Das war sein eigentliches Problem, wurde ihm klar. Die meisten Gedanken verwandelten sich in Lügen, sobald sie seinen Mund passierten und zu Sprache wurden. Er konnte es nicht verhindern. Er bemerkte es ja kaum.

Aber die Tränen, die er weinte, und der Trost, den er von Stella bekam, fühlten sich verdammt echt an.

»Ich glaube, du brauchst Hilfe«, sagte sie.

Er zuckte zusammen. »Was meinst du?«

»Von einem Therapeuten. Einem Psychologen. Jemand zum Reden. Der kann dir besser helfen als ich.«

»Ich spreche doch gerade. Ich will zu keinem Seelenklempner. Ich will wieder zu dir kommen.«

»Ich weiß nicht.«

Das klang etwas halbherzig. »Bitte! Ich flehe dich an!«

»Aber nur, wenn du zahlst.«

»Schon klar.« Er kuschelte seinen Kopf tiefer in das Kissen. Das wohlige Gefühl kehrte zurück. »Weißt du, ich habe ein paar echt miese Eigenschaften.«

»Miese Eigenschaften?« Misstrauen mischte sich in die Stimme hinter ihm. »Behalt das für dich«, sagte sie. Die Streichelbewegung stockte. Das war nicht gut.

»Aber ich bin gewiss kein schlechter Mensch oder so.«

»Aha«, machte sie. Und streichelte weiter.

»Ich steige Frauen hinterher, seit ich sechzehn bin. Ich lüge. Sehr viel. Sogar einiges von dem, was ich dir eben erzählt habe, ist gelogen.«

»Hör auf damit!«

»Das ist nicht so einfach, wie du vielleicht denkst. Ich lüge, um Frauen ins Bett zu kriegen. Und wenn ich mit ihnen fertig bin …«

»Ich will solchen Mist nicht hören.« Sie zog ihre Hand zurück, rutschte von ihm weg. »Bist du so ein verdammter Psycho oder was?« Ihre Stimme sprang um mindestens zwei Oktaven in die Höhe, nur haarfein am hysterischen Kreischen vorbei.

Er verstand nicht, was passierte. Gerade war es so herrlich vertraut gewesen. Er öffnete sein Herz, wie er es noch nie getan hatte. »Aber Stella! Meine liebe Stella, ich …«

Sie stellte sich neben das Bett, die Arme vor den nackten Brüsten verschränkt. »Reden ist okay. Aber deine perverse Lügenscheiße kannst du für dich behalten.« Sie fasste mit ihren Zehen nach seiner Unterhose, die vor dem Bett auf dem Boden lag, und lupfte sie aufs Bett. Als ginge eine ansteckende Krankheit davon aus.

»Zieh dich an und hau ab!«

Seine Anzughose flog der Unterhose hinterher, landete auf seinen Beinen. Es folgte sein Hemd.

Goldman fühlte sich, als hätte sie ihm einen Eimer mit Eiswasser über den Kopf gegossen. Die Sache entwickelte sich ja noch schlimmer als vorhin im Schlafzimmer von Birgit. Mit zitternden Fingern tastete er nach seinen Sachen. Beim Versuch, in die Unterhose zu schlüpfen, verhedderte er sich in den Öffnungen.

Scheiße. Er war zu blöd, um in die eigene Unterhose zu finden.

»Verschwinde und such dir einen verdammten Psychologen!«

Jetzt zog sie ihre Schublade auf, kramte darin herum und holte eine kleine schwarze Sprayflasche hervor.

Das fehlte gerade. Dass sie ihm eine Ladung Reizgas verpasste.

Er hob die linke Hand in die Höhe, in der Hoffnung, sie damit zu beschwichtigen. Mit der rechten zog er die Unterhose so hoch, wie es ging. Scheiß auf die richtige Öffnung.

Stella verbarrikadierte sich in der Zimmerecke gegenüber der Tür, funkelte ihn böse an und zielte mit dem Spray auf ihn.

Goldman griff den Rest seiner Kleidung und stolperte aus dem Zimmer.

11

Wer auch immer Thomas' Praxis geplündert hatte: Er hatte ganze Arbeit geleistet. Die Räuber hatten den gesicherten Aktenschrank aufgebrochen und jedes digitale Speichermedium und sämtliche Zettel, auf denen mehr als zwei Worte standen, mitgehen lassen. Er vermisste seinen Laptop, eine externe Festplatte, einen USB-Stick, ein paar alte CDs sowie alle handschriftlichen Patientenakten und Aufzeichnungen.

Ein Desaster, nicht nur für ihn. Er würde seine Patienten darüber informieren müssen, dass deren hochsensible Daten abhandengekommen waren.

Ein weiterer Punkt auf der Liste der unangenehmen Dinge, die er zu erledigen hatte: Die Diebe hatten die Praxistür aufgehebelt. Auch das war eines seiner dringlicheren Probleme, denn sie ließ sich nicht mehr verschließen und musste repariert werden. Aber erst mal war der Anwalt dran, mit dem er um drei verabredet war.

Er sah auf seine Uhr. Ein Luxusteil von A. Lange & Söhne. Ein Geschenk Leas, natürlich. Der x-te Versuch seiner Frau, ihn zu dem Mann zu formen, den sie gerne hätte. Zumindest zeigte es die Zeit an: Es war kurz vor drei.

Thomas stapfte unschlüssig in seinem Therapieraum umher. Unglaublich. Der oder die Einbrecher hatten sogar zerrissene Notizzettel aus seinem Papierkorb aufgesammelt und mitgenommen.

Er fühlte sich leer und verletzt. Wie ausgeweidet. Jetzt, bei Tageslicht, sah es erheblich trostloser aus als letzte Nacht, als er in Begleitung von Hauptkommissar Hensel und dessen Assistenten die Räume betreten hatte.

Der Ermittler hatte aus seinem Verdacht keinen Hehl gemacht. Dieser Geier von Polizist ging davon aus, dass Thomas selbst es gewesen war, der seine Praxis leer geräumt hatte. Um Beweismaterial verschwinden zu lassen. Statt den oder die Einbrecher zu suchen, hatten sie ihn auf dem Kieker.

In was war er da nur hineingeraten? Wie konnte es sein, dass Jennifer ihm vorgeworfen hatte, sie vergewaltigt zu haben? Jedes Mal, wenn er daran dachte, schob sich ein drückender Schmerz durch seinen Bauch, als hätte er eine Handvoll Geröll verschluckt, das ihn von innen zermalmte. War sie womöglich paranoider gewesen, als er gedacht hatte? Hatte sie ihn in ihr Wahnerleben eingewoben und war zuletzt wirklich überzeugt gewesen, dass er sich an ihr vergangen hatte?

Er zwang sich zur Ruhe, sah erneut auf die Uhr. Wann kam nur endlich dieser Anwalt? Thomas brauchte dringend jemanden, der ihm half, sein Gedankenwirrwarr zu entflechten. Und diesen aufdringlichen Kommissar in die Schranken zu weisen, der es darauf angelegt hatte, ihn vor den Augen seiner Familie fertigzumachen.

Das war schlimm.

Schlimmer war, dass Lea diesem Geier glaubte. Er hatte es in ihrem Gesicht gesehen.

Klar, sie hatte seinetwegen ihren Flieger verpasst. Und damit die Begrüßung der koreanischen Delegation und vermutlich eine heiße Nacht mit ihrem Chef im Fünf-Sterne-Hotel. Aber das erklärte nur einen Teil des verachtenden Blicks, mit dem sie ihn gemustert hatte. Als hätte er sich in ein widerliches Insekt verwandelt.

»Entschuldigung! Doktor Kern?«

Thomas zuckte zusammen. Ein Mann im dunklen Anzug stand im Flur und steckte den Kopf ins Behandlungszimmer. Er musste die Praxistür geräuschlos aufgedrückt und sich bis zur Zimmertür geschlichen haben. Thomas musste unbedingt das kaputte Schloss reparieren lassen.

»Herr Eckert?« Nur Rechtsanwälte und Hausierer waren dreist genug, Räume zu betreten, ohne zu klingeln. Und Hausierer gab es nicht in dieser Gegend.

Der Anwalt nickte und trat mit festen Schritten in den Therapieraum. Er war ein Bär von einem Mann. Ein alter Bär. Bestimmt zwei Meter groß und eher dick als muskulös, aber man sah ihm an, dass es in jüngeren Jahren andersherum gewesen sein musste. Der Händedruck war entsprechend. Der Mann hatte dichtes Haar, in dem sich das Grau allmählich gegen das Schwarz durchsetzte, und ein Gesicht, das sich trotz unverkennbarer Alterszeichen etwas Jugendliches, ja, fast Spitzbübisches bewahrt hatte. Ein Mann, dachte Thomas, den man unwillkürlich sympathisch fand. Ob man wollte oder nicht. Er war mit einem Anzug von der Sorte bekleidet, die in Kaufhäusern im Eingangsbereich an runden Ständern hingen. Lea hätte so ein Teil an ihm sofort mit einem abfälligen Kommentar bedacht.

Thomas hatte sich seinen zukünftigen Anwalt anders vorgestellt. Smarter. Seriöser. Aber wenn stimmte, was er über Eckert gehört hatte, steckte in dem Billiganzug ein erfahrener, mit allen Wassern gewaschener Strafverteidiger. Einer, der sich nicht dafür zu schade war, Thomas dort aufzusuchen, wo das Drama seinen Anfang genommen hatte.

»Sieht ja übel aus hier.« Eckert stemmte seine Pranken in die Hüften und begutachtete mit fachmännischem Blick die Bescherung. »Alles weg, was nicht niet- und nagelfest ist, was?«

»Die können doch unmöglich glauben, dass ich das alles selber weggeschafft habe«, sagte Thomas.

Der Anwalt drehte sich zu ihm, zuckte mit den Achseln. Polizisten glauben halt, was sie glauben wollen, schien er mit der Geste auszudrücken.

»Nachdem Jennifer …« Das Geräusch und der Anblick seiner auf dem Boden aufschlagenden Patientin blitzten durch seinen Verstand. Sein Hals schnürte sich zusammen. Er musste sich räuspern. »Nachdem meine Patientin abgeholt worden ist, bin ich in die Praxis zurückgekehrt und war noch höchstens zehn Minuten hier. Dann erst wieder in Begleitung der Polizei.«

Eckert sagte nichts, aber er nickte, und sein aufmunternder Gesichtsausdruck lud Thomas ein, weiterzuerzählen.

»Ich bin erst nach Hause gefahren, habe geduscht und war anschließend bei einem befreundeten Kollegen. Er heißt Doktor Oberhauser. Er kann das Treffen bezeugen.« Die Steine im Bauch meldeten sich zurück. »Unglaublich, mir vorzuwerfen, ich hätte … etwas Sexuelles … mit meiner Patientin …« Er atmete tief aus.

Eckert kniff die Augen zusammen und sah ihn unverhohlen an. »Und, Hand aufs Herz, da ist absolut nichts dran?«

Der Blick und die Frage trafen Thomas wie ein nasser Waschlappen mitten ins Gesicht. »Nein, rein gar nichts«, brach aus ihm heraus, noch bevor er sich wieder fangen konnte.

»Okay!« Eckert blinzelte ihm zu. »Entschuldigung, aber diese Frage war leider unvermeidlich.«

Der Strafverteidiger stapfte im Raum umher. Er zog scheinbar wahllos ein Buch aus dem Regal, ein Ratgeber für Patienten mit sexuellen Funktionsstörungen, steckte es zurück, ging weiter zur Behandlungscouch und drückte mit den Fingern in das Leder der Liegefläche.

Thomas musterte seinen Anwalt. Er trug ausgetretene Lederschuhe. Am unteren Ende der Hosenbeine waren einzelne Schmutzflecken eingetrocknet. Jetzt fing er an, leise eine Melodie zu summen. Einen deutschen Schlager aus den Siebzigern. Als ob er gerade vergessen hätte, dass er nicht allein war.

Sein Misstrauen erwachte und wanderte als heißes Pochen an seinem Rücken hoch bis zum Kopf. Er sah erneut nach der Uhrzeit. Es war kurz nach drei. Eckerts Kanzleigehilfin hatte ihren Chef für ungefähr 15 Uhr angekündigt. Und dabei dreimal betont, dass der Anwalt direkt vom Gericht komme, weswegen er sich locker um eine halbe Stunde verspäten könne.

Unwillkürlich bewegte sich Thomas Richtung Flur. Das heiße Pochen klopfte auf seinen Schädel. Wach endlich auf!, schien es zu sagen. Thomas trat einen weiteren Schritt zur Flurtür.

»Ihre Mitarbeiterin hatte zugesagt, mir Ihren Anwaltsvertrag per Fax zukommen zu lassen, als ich heute Vormittag mit ihr telefoniert hatte. Frau … Wie heißt sie doch gleich? Sie hatte so eine interessante Stimme.«

Die Frau, mit der Thomas gesprochen hatte, hieß Fee. Er hatte sich den Namen leicht merken können, weil sie tatsächlich geklungen hatte wie eine Frau aus einem Märchen. Allerdings wie eine uralte Hexe mit Kehlkopfentzündung.

Für den Bruchteil einer Sekunde zuckten die Augen des Mannes, als hätte er Thomas' aufkommenden Argwohn bemerkt. Sofort vertiefte sich sein Lächeln. »Ich sage immer Mäuschen zu ihr.« Er zwinkerte. »Wir pflegen einen lockeren Umgangston in der Kanzlei. Sie haben nicht zufällig einen Kaffee?«

»Kaffee? Ja, klar, entschuldigen Sie meine Unhöflichkeit«, sagte Thomas. »Nehmen Sie doch so lange Platz.«

Der kräftige Kerl nahm den Ledersessel am Kopfende der Behandlungsliege ins Visier, und Thomas setzte sich in die Küche ab. Dort zog er sein Smartphone aus der Hosentasche und hatte Sekunden später die Homepage des Anwalts auf dem Display. Der echte Johannes Eckert grinste ihn an wie ein Haifisch einen Schwarm Sardinen. Schlankes Profil, aalglattes Zahnpastalächeln, so ziemlich das optische Gegenteil des Mannes, der es sich gerade nebenan im Praxisraum gemütlich machte.

Wer zum Teufel war der Typ?

Zusammen mit der Frage tauchten zwei weitere, mindestens ebenso wichtige auf: Was wollte er? Und war er gefährlich?

Einen Moment war Thomas versucht, schnurstracks über den Flur ins Treppenhaus zu verschwinden. Unten an der Straße könnte er die Polizei rufen.

Die Polizei? Er stellte sich das schadenfrohe Geiergesicht von Hauptkommissar Hensel vor, wenn er ihm erklärte, dass sich ein Mann, höchstwahrscheinlich ein Reporter, unter falschem Namen in seine Praxis geschlichen habe.

Ein Anflug von Wut ließ ihn die Faust zusammenballen. Nein, er würde nicht vor diesem dreisten Kerl aus seiner Praxis flüchten. Er stapfte zurück ins Behandlungszimmer. Statt einer Kaffeetasse hielt er das Handy mit dem Foto des echten Anwalts in der Hand.

Der fremde Kerl hatte es sich wider Erwarten nicht im Sessel gemütlich gemacht. Er stand vor dem Tisch, hatte eine Hand locker auf die Kante gestützt und sah sich um. Als stellte er sich vor, wie es wäre, wenn dies sein Büro, sein Schreibtisch, seine Bücher wären.

Ihre Blicke trafen sich. Der bubenhafte Ausdruck verschwand schlagartig aus dem Gesicht des Fremden und wich einer Mischung aus Scham und Verunsicherung. Der falsche Strafverteidiger musste ihm sofort angesehen haben, dass er ihn enttarnt hatte. Das machte es eigentlich unnötig, ihm das Handy mit dem Beweisfoto unter die Nase zu halten. Thomas tat es trotzdem, und die Wirkung war verblüffend. Der Mann schien zusammenzuschrumpfen wie ein ehemals praller Luftballon, bis nur noch eine armselige schlaffe Hülle übrig blieb. Thomas wollte nicht so fühlen. Aber der Kerl tat ihm auf einmal leid.

»Also, wer sind Sie, und was wollen Sie?« Seine Stimme klang deutlich weniger grimmig als beabsichtigt.

Wie auf Knopfdruck straffte sich die Körperhaltung des Mannes wieder, die Souveränität fand zurück in dessen Gesicht. Statt einer Antwort versenkte er seine Hand in der Innentasche seines Jacketts und zog einen kleinen Zettel daraus hervor. Eine Visitenkarte auf dünner Pappe, die an den Rändern ausgefranst war. Darauf stand:

Walter Goldman
Privatdetektiv
Observation – Sorgerechtsklärung – Personenüberprüfung
diskret – effizient – preiswert

»Das ist ein schlechter Witz, oder?«

Goldman betrachtete ihn mit einem seligen Lächeln, in das Thomas am liebsten seine Faust gerammt hätte.

»Sie sollten in Ihrer Situation nicht so vertrauensselig sein.

Schon gar nicht gegenüber Fremden. Stellen Sie sich mal vor, ich wäre von der Polizei. Oder von der Presse.«

»Okay, Sie haben mich verarscht, weiß der Teufel, aus welchem Grund.« Thomas schüttelte den Kopf. Er konnte noch immer nicht fassen, dass er sich vor diesem Typen zum Affen gemacht hatte. »Ich hoffe, Sie hatten Ihren Spaß. Jetzt verschwinden Sie, bevor ich vergesse, dass ich einen Berufseid geschworen habe.«

Das Lächeln wich erneut aus Goldmans Gesicht. Schneller, als jeder Fausthieb es vermocht hätte. Blut schoss in den Kopf des Mannes und färbte die Haut dunkelrot, dass Thomas befürchtete, es würde ihm die Augen aus den Höhlen drücken. »Nein, bitte nicht!« Jetzt liefen ihm tatsächlich Tränen über die Wangen. »Ich wollte Sie nicht verärgern. Ich will …«

Der Gefühlsausbruch konnte unmöglich echt sein. Oder doch? »Was wollen Sie?«, fragte Thomas, und seine Stimme klang wieder viel milder als beabsichtigt.

»Ich brauche Ihre Hilfe. Ich habe Sie im Internet gefunden. Sie sind ein erfahrener Therapeut. Und Sie behandeln Patienten mit sexuellen Problemen.«

Es dauerte einige Sekunden, bis Thomas die Worte in einen sinnvollen Zusammenhang bringen konnte. Was glaubte dieser Kerl eigentlich, sich noch alles erlauben zu können.

»Wie Sie ja nun wissen, habe ich ein Strafverfahren am Hals. Vergessen Sie es. Wenn Sie tatsächlich einen Therapeuten suchen, gebe ich Ihnen Adressen von Kollegen.«

»Bitte schicken Sie mich nicht weg. Es ist dringend.«

»Dann verlieren Sie am besten keine Zeit und besorgen sich rasch einen Termin. Bei jemand anderem.«

»Es geht um Leben und Tod. Alles kommt mir sinnlos vor.«

Mist, dachte Thomas. Er nahm dem Mann, der sich innerhalb von Sekunden von einem Bären in ein Riesenbaby verwandelt hatte, die Dramatik nicht ab. Aber falls er wirklich suizidal war, durfte er ihn nicht einfach wegschicken. Schon gar nicht nach den Ereignissen vom Vortag.

»Zehn Minuten«, sagte er und wies mit der Hand auf eine Sitzecke gegenüber von dem Behandlungssofa. »Nicht länger. Ich treffe gleich den Anwalt, für den Sie sich ausgegeben haben. Wenn der kommt, müssen Sie gehen.«

Ein vorsichtiges Lächeln fand zurück in Goldmans Gesicht.

12

Thomas verlor seine strenge Zeitvorgabe rasch aus den Augen. Und seine Wut über das betrügerische Auftreten des Privatdetektivs verrauchte innerhalb kürzester Zeit.

Walter Goldman berichtete tränenreich, wie seine Potenzstörung ihn seines wichtigsten Lebensinhaltes beraubt hatte – dem Verführen alleinstehender Frauen.

Thomas kam sich vor wie in einer Nachmittagstalkshow im Privatfernsehen: Hilfe, mein Leben hat keinen Sinn mehr.

Bei Licht betrachtet, kam die Störung nicht auch nur in die Nähe einer Frage um Leben und Tod. Nicht nur hierbei übertrieb Goldman maßlos. Nachdem der wuchtige Kerl seiner Beschämung hinreichend Ausdruck verliehen hatte, schien er sich über ausgiebige Schilderungen seiner Verführungskünste wieder aufbauen zu wollen. Die meisten dieser Stammtischgeschichten fand Thomas unglaubwürdig. Die Kompensation einer Selbstwertstörung durch pathologisches Lügen. Gleichwohl konnte er sich dem Charme von Goldmans Erzählstil nicht entziehen. Gäbe es nicht gerade Wichtigeres, hätte Thomas sich gut zurücklehnen und den sexuellen Prahlereien lauschen können wie der gut eingesprochenen Hörbuchfassung eines im Hamburger Arbeitermilieu spielenden Schmuddelromans.

Irgendwann unterbrach Thomas' Mobiltelefon Goldmans Monolog. Der abgehetzt klingende echte Rechtsanwalt Eckert kündigte an, was bereits eingetreten war: eine ordentliche Verspätung. Jetzt sei er aber auf dem Weg und in spätestens einer Viertelstunde in der Praxis.

Goldman schien zu realisieren, dass seine Zeit ablief. Die Mimik des Detektivs bekam einen geschäftsmäßigen Ausdruck. Er lehnte sich im Stuhl nach vorn. »Ich schlage Ihnen etwas vor«, sagte er und verzichtete damit auf das schlüpfrige Finale der Geschichte, in der eine verwitwete Zahnärztin ihm ihre Liebe gestand und ihm an die Wäsche wollte, während er mit offenem Mund und frei gebohrter Zahnwurzel auf ihrem Behandlungsstuhl saß. »Einen Deal, bei dem wir beide gewinnen.«

»Da bin ich aber gespannt.«

»Ich bin echt am Ende.« Goldmans Gesicht unterstrich die Bedeutung des Satzes mit herabsinkenden Mundwinkeln. »Ich brauche einen Therapeuten, der mir da heraushilft. Jemanden wie Sie.«

»Das sagten Sie bereits.«

»Ja, richtig.« Er fuhr sich mit den Fingern durch den grau melierten Haarschopf. »Es ist ja nicht zu übersehen, dass Sie mindestens so tief in der Scheiße stecken wie ich. Besuch von der Polizei. Ermittlungsverfahren der Staatsanwaltschaft. Praxis ausgeräumt.«

Und das ist nicht einmal das Schlimmste, ergänzte Thomas in Gedanken die Aufzählung. Worauf wollte Goldman hinaus? »Und was brauche ich Ihrer Meinung nach?«

»Jemanden wie mich.« Die Mimik des kräftigen Mannes veränderte sich von einer Sekunde auf die andere. Mit dem gewinnenden Lächeln, das er jetzt zum Besten gab, hätte er jeden Job als Staubsaugervertreter ergattert. »Einen Privatdetektiv, der herumschnüffelt. Der seine Nase tief in Ihre Scheiße steckt und rausfindet, was eigentlich los ist.«

Er schwieg einen Augenblick, offenbar in der Hoffnung, so die Wirkung seiner Worte zu verstärken. »Das ist mein Deal«, sagte er dann. »Sie behandeln mich. Ich glaube, dass Sie gut sind und das können. Im Gegenzug finde ich heraus, in was Sie da hineingeraten sind, und helfe Ihnen, wieder herauszukommen.«

Guter Gott, dachte Thomas. Das konnte er unmöglich ernst meinen. Aber doch, psychologisch machte es Sinn. Der Möchtegernermittler suchte händeringend eine neue Aufgabe, um die gewaltige Lücke in seinem Ego zu schließen, die der Verlust seiner Potenz hinterlassen hatte.

Natürlich kam das nicht infrage. Goldman benötigte eine reguläre Therapie, keine wilde Kumpanei. Und Thomas brauchte einen seriösen Anwalt und keinen aufgeblasenen Privatermittler.

»Das wird nichts«, sagte er. »Das widerspricht so ziemlich jeder Grundregel von Arzt-Patient-Verhältnis.«

Goldman zuckte mit den Schulten. »Wenn wir uns gegenseitig vertrauen, reicht das.«

Thomas schüttelte den Kopf. »Es geht nicht.« Er erhob sich von seinem Stuhl. »Ich gebe Ihnen den Namen eines Kollegen, an den Sie sich wenden können.«

Goldman sah aus, als hätte Thomas ihm mit seinen Bemerkungen den Stecker gezogen. »Nein, vielen Dank. Nicht nötig.« Er drückte sich vom Sitz hoch, schlurfte Richtung Tür.

So mochte ihn Thomas dann auch nicht ziehen lassen. »Hören Sie!«, sagte er. »Es ehrt Sie, dass Sie mir helfen wollen. Aber Tatsache ist, dass ich Ihre Dienste gar nicht benötige. Gleich kommt der Anwalt, für den ich Sie gehalten habe. Er wird die Ermittlungsakte einsehen, und dann ist es eine Sache von Tagen, vielleicht Stunden, bis die Vorwürfe gegen mich ausgeräumt sind. Okay?«

Goldman stand mit hängendem Kopf im Türrahmen, drehte sich zu ihm um. »Ich hoffe für Sie, dass Sie recht behalten. Meine Erfahrung ist eine andere. Wenn man bis zum Hals in der Scheiße steckt, kommen die Leute und trampeln so lange auf einem herum, bis der Kopf auch noch darin versinkt.«

13

»Was nehmen Sie für einen?«

»Gibt's normalen Kaffee? Oder 'ne Cola?«

»Öffnen Sie die Augen, Barbe! Was glauben Sie, wo wir hier sind?«

In einem Albtraum, dachte Barbe. In Wirklichkeit war es eine Smoothiebar und nach allem, was er gehört hatte, Hauptkommissar Hensels bevorzugter Aufenthaltsort.

Jens Barbe musterte die Unmengen an frischem Gemüse und Früchten, die hinter einer Glastheke ausgelegt waren. Von den meisten wusste er nicht einmal den Namen.

»Ich empfehle Ihnen den mit Brokkoli und Rhabarber«, sagte sein Vorgesetzter und grinste. »Kommen Sie, ich lade Sie ein. Wo wir sozusagen Partner sind.«

Partner war eine schöngeredete Beschreibung für das streng hierarchische Verhältnis, das der Hauptkommissar von der ersten Sekunde an zwischen ihnen durchgesetzt hatte. Hensel dachte, machte und sprach, Barbe hörte zu, befolgte die Anweisungen und redete nur, wenn er dazu aufgefordert wurde.

Akten aus dem Archiv besorgen? Okay! Den Dienstwagen aus der Tiefgarage holen? Klar, sofort! Den Oberstaatsanwalt belügen, dass Hensel gerade außer Haus und nicht erreichbar sei? Kein Problem! Und jetzt ein Smoothie. Warum nicht? Würde ihn nicht umbringen.

Er nickte, und Hensel bestellte zweimal Brokkoli-Rhabarber in XL-Größe.

Barbe hatte sich nie viel aus Gemüse gemacht. Interessanter war da schon die gertenschlanke Asiatin hinter der Theke, die das gesunde Zeug mit flinken Fingern in einen Mixer verfrachtete, der es mit dem Lärm einer Flugzeugturbine innerhalb von Sekunden in eine rostbraune Pampe verwandelte, die sie wiederum in zwei Gläser füllte. Sie brachte ihnen die Smoothies an den Tisch, lächelte ihn auf eine Weise an, die sein Herz beinahe in die Hose rutschen und dort Unfug anstellen ließ, und verschwand wieder hinter ihrer Theke.

»Wie ich sehe, stehen Sie ja doch auf junges Gemüse«, sagte Hensel.

Barbe spürte, wie ihm das Blut ins Gesicht schoss. Er hatte der Frau sicher nicht unanständig lange hinterhergeschaut. Trotzdem musste sein Chef mit seiner legendären Spürnase etwas bemerkt haben.

Der Hauptkommissar stürzte sich wie ein Junkie auf den dickflüssigen Gemüsedrink. Barbe begnügte sich vorerst damit, mit dem Strohhalm darin herumzurühren.

»Du brauchst Haare auf den Zähnen und auch sonst ein dickes Fell«, hatte Barbes Kumpel Ralf ihm beim Dienstantritt am Kommissariat vor einigen Tagen prophezeit, als festgestanden hatte, mit wem er zukünftig zusammenarbeiten würde. »Aber wenn du nach zwei, maximal drei Wochen nicht heulend zusammengebrochen bist und nach deiner Oma schreist, wird er dich respektieren. Und dann lernst du bei Hensel mehr als bei jedem anderen.«

Also runter damit.

»Ist es nicht lästig, so zu heißen wie ein Fisch?«

»Ein Fisch?« Barbe tat verdutzt. »Ich dachte immer, der Name stammt von einem alten ostpreußischen Adelsgeschlecht.«

Hensel grinste. »Die legendären Barben? Aus dem ehrwürdigen Haus der Karpfen und Brassen? Vergessen Sie es, da hat Sie jemand verarscht.«

Barbe lutschte einen kleinen Tropfen von seinem Strohhalm. Puh, der Geschmack machte der Farbe alle Ehre. »Trinken Sie das Zeug regelmäßig?«, fragte er seinen Chef.

»Mehrmals täglich.« Der Hauptkommissar hatte bereits das halbe Glas geleert. »Allergien, Magengeschwür, Bluthochdruck und so 'n Scheiß. Mein Leibarzt meinte, ich solle dringend mein Leben ändern, wenn ich den Teil meiner Pension, den meine Ex-Frau nicht einkassiert, noch genießen will. Auf die Gesundheit.« Hensel hob das Glas zum Mund und versenkte den Rest mit drei tiefen Schlucken.

»Meine polnische Oma hat immer gesagt, man soll nichts zu sich nehmen, was aussieht, als wäre es bei einem Kranken unten rausgekommen.«

Hensel setzte das Glas ab. Der Smoothie hatte ihm einen braunen Schnurrbart verpasst, den er mit der Zunge bearbeitete.

»Weisheiten aus einem anderen Jahrtausend.« Er wies mit seiner Geiernase Richtung Tresen. »Wenn Sie junge Frauen wie die da beeindrucken wollen, sollten Sie im einundzwanzigsten Jahrhundert ankommen. Wer außer Ihnen benutzt noch ein abgegriffenes Notizbuch?«

»Es ist ein Geschenk. Zum Abschluss der Polizeiakademie.«

»Von Ihrer Großmutter?« Hensel grinste. Er nahm seinen Strohhalm in die Hand und zielte damit auf Barbes Getränk. »Ich kann Ihnen aus medizinischer Sicht nur raten, das auszutrinken. Aber wenn Sie partout nicht wollen …«

Barbe schob ihm das Glas rüber. »Darf ich offen sprechen?«

»Natürlich. Sofern Sie das Echo ertragen.« Der Hauptkommissar stürzte sich auf die zweite Portion.

»Ich habe mich gefragt, warum Sie diesen Psychologen so hart rannehmen. Der Überfall am frühen Abend, die Hausdurchsuchung in Anwesenheit der Familie.«

»Psychiater«, korrigierte Hensel. »Er ist Psychiater und Psychoanalytiker. Glauben Sie mir, ich weiß genau, was ich tue.«

»Wir zerstören das Leben eines Mannes. Eines Psychotherapeuten, der kranken Leuten hilft. Und das bei einer derart dünnen Beweislage.«

»Moment!« In Hensels Stimme mischte sich ein schneidender Unterton. Er taxierte Barbe mit seinen kalten hellblauen Augen. Ein Blick, der, so kam es ihm vor, das Blut eines Menschen in Eis verwandeln konnte. »Sie haben etwas über mich gehört, habe ich recht?«

Zwei, maximal drei Wochen, hatte Ralf gesagt. Das wird hart.

Barbe hielt dem Blick stand. »Nun ja …«

»Raus damit.« Hensel kniff die Augenlider zusammen, bis nur noch schmale, blau funkelnde Schlitze übrig blieben. Er beugte den Kopf vor, als wollte er ihn mit seiner riesigen Geiernase aufspießen.

Hätte er das Thema bloß nicht angeschnitten, dachte Barbe.

Aber jetzt gab es kein Zurück. »Man erzählt sich eben Geschichten im Kommissariat. Und da habe ich mir gedacht, Sie könnten voreingenommen …«

Hensel knallte das Glas auf den Tisch. So laut, dass Barbe zusammenzuckte. Etwas vom Smoothie schwappte über den Rand des Gefäßes und bildete eine braune Lache auf der Tischplatte.

»Sie wissen gar nichts, ist das klar?« Hensels Stimme schnitt in sein Ohr wie eine Rasierklinge in ein Stück rohes Fleisch. »Sie haben nichts gehört. Und das nächste Mal, wenn die lieben Kollegen mit ihrem Getratsche beginnen, gehen Sie raus oder halten sich die Ohren zu, verstanden? Kein Wort mehr davon.«

Befangen. Eindeutig, dachte Barbe. Aber natürlich sagte er nichts, sondern nickte nur brav.

Hensels Diensthandy erlöste ihn aus der heiklen Lage.

Der Hauptkommissar ging ran. »Ja?« Er lauschte kurz. Was er hörte, ließ seine Augen erneut aufblitzen. »Nein, nicht zur Kriminaltechnik«, sagte er. »Das dauert viel zu lange. Ich möchte es erst selbst sehen. Holen Sie einen dieser Computerfritzen und bereiten Sie alles vor.«

Er steckte das Handy weg. »Sie haben die gestohlenen Sachen aus der Praxis des Therapeuten gefunden«, sagte er und warf Barbe einen Blick zu, der Bände sprach. Bände vom Instinkt erfahrener Kriminalbeamter, die wussten, wann sie zupacken und wann loszulassen hatten, und die sich nicht von naseweisen Jungkommissaren in die Parade fahren lassen wollten. »In einem geklauten Lastwagen, auf einer Autobahnraststätte.« Er schlürfte den Rest des Smoothies aus dem Glas, erhob sich von seinem Stuhl. »Auf geht's. Ich schätze, Sie kommen doch noch zu Ihrem Kaffee.«

Normalerweise machte Hensel einen großen Bogen um das Kommissariat und sein dortiges Büro. Eine Allergie gegen Teppichkleber, hatte er mal gesagt, ungeachtet der Tatsache, dass in den meisten Räumen Linoleum verlegt war. Aber jetzt schien er nicht schnell genug dorthin zu kommen. Er wies Barbe an, den Wagen direkt vor dem Gebäude zu parken, dem Halteverbot zum Trotz, stieg aus und verschwand hinter der Eingangstür. Jens Barbe hastete hinterher. In Wahrheit reagierte der Hauptkommissar wohl nicht auf den Bodenbelag ihrer Dienststelle allergisch, sondern auf deren Mitarbeiter. Hensel rauschte wortlos durch den Empfangsraum und den angrenzenden Gang und überließ es Barbe, den anwesenden Beamten eine flüchtige Begrüßung zuzurufen. Die Kollegen antworteten mit mitfühlendem Nicken. Sie kannten Hensel und seine Marotten.

Der Laptop aus dem Lastwagen war auf dem Tisch in einem kleinen, fensterlosen Raum aufgebaut und bereits hochgefahren. Ein Kriminaltechniker in Barbes Alter mit Siebzigerjahreschnurrbart und Hard-Rock-Café-T-Shirt saß davor und navigierte durch Dateiordner. Er trug Latexhandschuhe, um das Gerät nicht mit zusätzlichen Spuren zu kontaminieren.

Wenig später flimmerte ein wackelig aufgenommener Film auf dem Computermonitor. Ein dürres Mädchen, dem Anschein nach kaum zehn Jahre alt, lag mit ängstlichem Gesicht und gespreizten Beinen vor einem Mann, von dem nur der blasse Unterleib zu erkennen war.

»Oh verdammt!« Jens Barbe kniff reflexhaft die Augen zusammen, und er war froh, dass er den Gemüsedrink verschmäht hatte. Spätestens jetzt wäre er ihm hochgekommen.

»Sehen Sie ruhig hin«, sagte Hensel. Wenn ihm der Anblick dieser Bilder etwas ausmachte, und Barbe konnte sich nicht vorstellen, wie jemandem so etwas nichts ausmachte, dann ließ der Hauptkommissar es sich nicht anmerken. »Solche Filme schaut sich Doktor Thomas Kern in seiner Mittagspause an. Von wegen voreingenommen.« Sein Gesicht nahm einen fast trotzigen Ausdruck an. »Ich schätze, wir werden unserem Doktor noch heute einen weiteren Besuch abstatten.«

14

Direkt vor dem Haus parkte ein Auto, das Thomas nicht kannte. Ein dunkler Passat mit Hamburger Kennzeichen. Er blockierte die Zufahrt, sodass Thomas seinen Wagen auf dem Sandweg abstellen musste.

Er quetschte sich an dem unbekannten Wagen vorbei, marschierte zum Eingang und schloss die Haustür auf. Tascha schlich mit blassem Gesicht unten im Flur herum.

»Hallo, Tascha, alles klar?«

Keine stürmische Begrüßung. Keine spöttische Bemerkung über seine altbackene Kleidung. Nicht einmal demonstrative Nichtbeachtung, weil sie sauer war oder etwas immens Wichtiges zu tun hatte. Seine Tochter sah ihn mit starren Augen an, als wäre nicht der geheimnisvolle Besitzer des Passats, sondern er der Fremde in diesem Haus. »Was ist los?«, fragte er.

»Dieser Polizist ist wieder da«, sagte sie. Dann schluchzte sie.

»Ey, Tascha. Komm her!« Thomas streckte die Arme nach ihr aus. Worte und eine Geste, die für sie beide im Verlauf der Jahre selbstverständlich und vertraut geworden waren. Das hatten sie sich selbst während Nataschas heftigster Pubertätsstürme bewahrt: Tascha weinte höchst selten. Aber wenn, war es ihr unmissverständliches Versöhnungssignal: Time-out, alles auf null. Weinen, Umarmen, Trösten. Das war ihr persönlicher heißer Draht, der sogar dann noch funktionierte, nachdem Tascha ihr gesamtes Waffenarsenal in Stellung gebracht oder bereits abgefeuert hatte. Das Leben war kompliziert mit einem heranwachsenden Teenager. Manches war zum Glück einfach geblieben.

Thomas trat mit offenen Armen auf seine Tochter zu. Doch statt sich in den Arm nehmen zu lassen, drehte sie sich weg und sauste die Treppe rauf. Ihr verzweifeltes Schluchzen begleitete die stampfenden Schritte, der Knall ihrer Zimmertür bildete den Schlussakkord.

Er sah ihr nach, das laute Geräusch hämmerte durch seinen Kopf. Thomas fühlte sich unwirklich und taub. Er verstand die Welt nicht.

»Da bist du ja.« Lea lehnte im Türrahmen des Wohnzimmers, auch ihr Gesicht war wie versteinert und verstärkte sein Gefühl, zu Hause nicht willkommen zu sein.

Sein Herz krampfte sich zusammen. Was war hier los?

Hinter ihr schob sich eine hagere Gestalt ins Blickfeld. »Hauptkommissar Hensel kennst du ja bereits«, sagte Lea mit eisiger Stimme. »Er hat Neuigkeiten.«

15

Jessica hatte sich früher einmal gefragt, wie es wohl wäre, mit einem Sack über dem Kopf und auf den Rücken geschnürten Händen stundenlang im Kofferraum eines Autos herumgefahren zu werden. Sie hatte solche Szenen in Spielfilmen gesehen und gedacht, dass es möglich sein musste, sich nach einigen Augenblicken der Unruhe und Panik halbwegs zu fokussieren, um die Situation zu analysieren, vielleicht sogar die Hände und den Kopf zu befreien und einen Fluchtplan zu schmieden.

Leider war es in Wirklichkeit genau umgekehrt.

Die ersten Minuten war sie hellwach und konzentriert gewesen. Ihre geschärften Sinne hatten die Anfahr- und Stoppbewegungen des Fahrzeugs registriert, dessen ungefähre Fahrgeschwindigkeit und das Abbiegen nach links oder rechts. Sie hatte geschlussfolgert, dass die Route vom Stadtgebiet auf eine Ausfallstraße und von dort auf eine Autobahn geführt hatte, aber wohin es ging, blieb reine Spekulation. Richtung Osten vielleicht. Mr Krake unterhielt hervorragende Kontakte nach Polen und ins Baltikum. Oder zurück nach Hamburg, falls er sie im Schwarzen Turm zur Rede stellen und auf die Argumentationshilfe seines Folterdoktors zurückgreifen wollte.

Doch je länger die Fahrt dauerte, umso mehr tastete die Angst nach ihr. Wie Hunderte winzige Würmer schien sie aus der Kofferraumverkleidung hervorzuquellen, an Armen, Beinen, Rücken, Bauch und Hals hochzukriechen.

Das ist der Luftmangel, sagte sie sich und zwang sich, weiterhin ruhig durch die Nase zu atmen. Zu wenig Sauerstoff, zu viel Kohlendioxid, Übersäuerung im Blut, das verursachte Beklemmung.

Eine simple Erklärung. Kein Problem. Sie war stark. Sie hielt das aus.

Ein weiterer Gedanke tröstete sie. Jessica glaubte nicht, dass Mr Krake sie töten wollte. Dann hätte er seine Schläger beauftragt, sie mit einer Kugel in den Kopf oder einem Strang um den Hals beiseitezuschaffen. Knochen und Keule hätten sich nicht lange bitten lassen. Sie hätten Jessicas Leben beendet, ohne mit der Wimper zu zucken, und sich über den frühen Feierabend gefreut.

So aber ließ er seine Muskelschergen mit einer Gefangenen im Kofferraum quer durch die Republik, vielleicht sogar über die Staatsgrenze fahren. Das würde er nicht riskieren, wenn er nicht etwas von ihr wollte.

Also hatte sie eine Chance.

Und trotzdem rückte ihr die Angst von Minute zu Minute dichter auf die Pelle. Die Nasenlöcher schienen immer kleiner zu werden und kaum noch Luft durchzulassen. Ihr Brustkorb schnürte sich zusammen. Irgendwann konnte sie nicht mehr anders, als den Mund aufzureißen und gierig nach Luft zu schnappen.

Eine schlechte Idee.

Statt Sauerstoff geriet der Stoff des Leinensacks zwischen ihre Lippen. Trockener Staub verklebte ihren Rachen, und die Angst packte zu. Jessica spuckte und hustete, sie warf erst den Kopf hin und her, dann den ganzen Körper. Sie stieß gegen die Innenverkleidung des Kofferraums, die stumpfen Schläge erinnerten sie auf schmerzhafte Weise an die Enge ihres Gefängnisses, und zur Atemnot gesellte sich ein mieses Beklemmungsgefühl, das sich augenblicklich zu nackter Panik steigerte. Die Luft langte nicht zum Atmen – zum Schreien reichte sie irgendwie doch.

Jessica kreischte, wand sich in den Fesseln, bäumte sich auf und krümmte sich in alle erdenklichen Richtungen, bis sie vor Erschöpfung nicht mehr konnte. Ihre Beine zuckten ein paar Mal und verharrten in stummer Betäubung. Die Panik blieb. Wie eine rotierende Fräse in ihrem Verstand, die einfach nicht stehen bleiben wollte.

Jessica fühlte sich wie ausgewrungen, als der Wagen endlich anhielt und das Motorgeräusch erstarb. Sie hatte jedes Zeitgefühl verloren. Es mochten Minuten vergangen sein, eher Stunden. Ihre Haut glühte, die Kleidung war durchgeschwitzt, und sie hatte sich in die Hose gepinkelt. Aber jetzt war es hoffentlich vorbei. Die plötzliche Stille fegte wie ein kühler Wind über sie hinweg.

Ihr Körper quälte sich ins Leben zurück. Ihr Verstand erwachte aus dem Albtraum und war zu einem ersten ermutigenden Gedanken fähig: Was auch immer kam, es konnte nicht schlimmer sein als das, was sie durchlitten hatte.

Die Kofferraumklappe wurde geöffnet. Kräftige Hände hoben sie heraus, stellten sie auf ihre Füße und hielten sie fest. Stehen ging nicht, ihre Beine waren taub und hingen wie zwei Holzstelzen an ihrem Leib.

Sie saugte die Luft ein, die sich trotz des staubigen Beutels vor ihrem Gesicht köstlich frisch und kühl anfühlte. Ihre Sinne stürzten sich gierig auf jede noch so kleine Wahrnehmung. Sie waren draußen, so viel war klar. In einiger Entfernung fuhren Autos vorbei, sie hörte Blätter im Wind rascheln und das leise Plätschern eines Flusses oder Sees.

Jessica zwang sich zu ruhigem Atmen. Jetzt würde es drauf ankommen. Sie würden ihr den Sack vom Kopf ziehen. Sie würde Mr Krake gegenüberstehen. Er würde ein paar Worte sagen, eine Frage stellen oder sie einfach erwartungsvoll anschweigen. Von dem, was sie dann sagte, hing ihr weiteres Schicksal ab. Höchstwahrscheinlich ihr Leben.

Also reiß dich gefälligst zusammen!

Sie bewegte ihre Beine und registrierte erfreut, dass ihr Körper allmählich wieder funktionierte.

Die kräftigen Hände von Knochen und Keule machten sich an ihr zu schaffen. Sie lösten die Fesseln von ihren Hand- und Fußgelenken und legten ihr etwas Schweres um die Hüften und zurrten es fest. Es fühlte sich an wie ein Gürtel, an dem Gewichte aus Eisen oder Blei befestigt waren. Die zusätzliche Masse stellte ihre aus dem Tiefschlaf erwachenden Beine auf eine Belastungsprobe.

Dann zogen sie ihr den Leinensack vom Kopf.

Und Jessica erkannte, wie sehr sie sich geirrt hatte.

Es war später Abend. Diffuses Licht, das von einer entfernten Laterne stammen mochte, erhellte die Konturen einer sich seitlich und hinter ihr erstreckenden Böschung. Sie stand auf einem schmalen Absatz. Vor ihr ging es gut zwei Meter in die Tiefe. Dort unten funkelten die Spiegelbilder ein paar einsamer Sterne auf einer ansonsten tiefschwarzen Wasserfläche, die eine geradezu lebensfeindliche Kälte ausstrahlte.

Hier war niemand, der mit ihr reden wollte. Es würde keine Fragen geben und keine Antworten, mit denen sie um ihr Leben kämpfen konnte.

»Tut uns leid, Jessi.« Die Lispelstimme von Knochen. »Befehl ist Befehl.«

Er gab ihr einen Schubs. Sie zog reflexhaft den rechten Fuß vor, um nach Halt zu suchen.

Aber da war nichts.

Sie trat ins Leere und fiel nach vorn.

Die Welt drehte sich ein- oder zweimal, dann kam das Wasser, packte sie mit kalten, nassen Händen.

16

Der schwere Gürtel zog sie unerbittlich in die schwarze Tiefe. Eisiges Wasser legte sich an ihre Haut, drängte in ihre Nasenlöcher und Ohren. Du gehörst jetzt mir, schien es zu flüstern. Der steigende Druck presste auf ihre Augen und ihre Trommelfelle.

Schon nach wenigen Sekunden endete der Sinkflug auf einem schlammigen Untergrund. Sie war am Boden angekommen.

Noch bin ich nicht tot, sagte sie sich. Denk nach, Jessi!

Atmen war jetzt erst mal kein Thema. Aber sie schwamm regelmäßig und konnte lange die Luft anhalten, wenn es sein musste. Und ihre Hände waren frei.

Konnte sie sehen? Sie öffnete die Augenlider einen Spalt, das kalte Nass schnitt wie ein Skalpell in die Hornhaut ihrer Augen. Sie zwang sich, sie offen zu halten. Dunkle Flocken wirbelten durch eine fast undurchdringliche Schwärze.

Sie versuchte, sich aufzurichten. Ihre Hände und Füße versanken im Schlick, und der Gewichtsgurt ließ sie auf die Seite kippen.

Ein leises Brennen in der Lunge kündigte an, dass die Luft knapp wurde. Endlich schaffte sie es in den Stand und konnte sich vom Grund abstoßen. Sie ruderte zusätzlich mit den Armen, aber das Ding an ihrer Hüfte war zu schwer und zog sie sofort wieder herunter.

Das Herumgeturne kostete nur wertvolle Luft. Wie zur Bestätigung brummte ihr Brustkorb, und das urmächtige Verlangen, einfach tief einzuatmen, bedrängte ihren Willen.

Sie ignorierte es. Sie musste den Gürtel loswerden.

Sie fasste mit den Fingern danach, beugte den Kopf und versuchte, durch das flockige Dunkel etwas zu erkennen. Es war ein breiter Kunststoffgurt, an dem massive Gewichte befestigt waren. Sie tastete daran entlang, um eine Schnalle oder einen Knoten zu finden.

Da war nichts! Verdammt.

Panik flammte in ihr auf, sie zerrte wild an dem Teil. Es löste sich keinen Millimeter.

Nichts zu machen, Jessi. Du hast gekämpft bis zum Schluss, altes Mädchen. Jetzt ist es vorbei.

Sie schloss die Augen.

Öffnete den Mund.

Über ihr an der Wasseroberfläche rauschte etwas heran. Eine Gestalt schoss auf sie zu. Hände griffen nach ihr, versuchten, sie hochzuziehen, tasteten an ihr herum und fanden den Gürtel.

Das Brennen in Jessicas Brust wurde unerträglich, und ihre Sinne schwanden. Doch sie spürte, wie der schwere Gurt sich von ihrer Hüfte löste. Der fremde Retter packte sie unter den Armen, stieß sie beide vom Boden ab. Sie schossen in die Höhe. Gerade, als Jessica sicher war, das Bewusstsein zu verlieren, tauchte ihr Kopf raus aus dem Wasser und rein in die Luft!

Ihre Kehle war wie zugeschnürt, und für den Bruchteil einer entsetzlichen Sekunde fühlte es sich so an, als könnte sie nicht einatmen. Aber dann löste sich der Krampf, Jessica atmete und atmete.

Ihr Helfer hielt sie an der Oberfläche, zog sie weg von der Mauer, von der Knochen sie gestoßen hatte …

Tut uns leid, Jessi. Befehl ist Befehl.

… hin zum gegenüberliegenden Ufer, wo eine mit dichtem Gestrüpp bewachsene Böschung ans Wasser reichte.

Er zog sie heraus, und minutenlang konnte Jessica nicht mehr tun, als zu atmen und zu husten.

»Geht's wieder?«

Er hatte seine Hand um ihre Schulter gelegt, keine Ahnung, wie lange schon, und sah sie an.

Im Schummerlicht sah sie dunkle Augen und lockige Haare, die an seinem Kopf klebten.

Sie nickte, richtete sich auf, wischte sich Wasser und Tränen aus dem Gesicht.

Sie saßen am Ufer eines Kanals. Die gegenüberliegende Seite war gute zehn Meter entfernt. Oberhalb der Mauer führte dort die schmale Böschung hinauf zu einer Straße. Sie sah weder Autos noch Menschen.

»Ich habe gehört, wie du ins Wasser gesprungen bist.« Ihr Retter war ein junger Kerl. Groß, sportliche Figur, mit Jeans und Shirt bekleidet, beides natürlich komplett durchnässt. »Keine gute Zeit zum Baden.« Er lächelte unsicher.

»Ich bin nicht gesprungen. Ich wollte mich nicht umbringen, wenn du das meinst.«

»Was wolltest du denn?«

»Ich wurde gestoßen.«

»Im Ernst?« Er riss die Augen auf, blickte an ihr rauf und runter, als ob er so einen Beweis für ihre Behauptung finden könnte. »Jemand hat dir einen Bleigurt umgelegt und dich ins Wasser geschubst? Er wollte dich ertränken?«

Jessica schnaufte. Das Brennen in der Lunge hatte nachgelassen, jetzt spürte sie langsam, wie ausgekühlt sie war. Sie strich sich mit den Händen das Wasser aus den Haaren und schlang ihre Arme um ihre Brust. »Sie. Es waren zwei.«

»Puh, okay.« Er flüsterte, sah sich nach allen Seiten um. »Sind die noch in der Nähe?«

Jessica zuckte mit den Achseln. »Keine Ahnung. Ich glaub nicht.«

»Ich ruf die Polizei«, sagte er. »Ich habe ein Handy.« Seine

Jacke lag ein paar Schritte oberhalb ihres Sitzplatzes. Er holte sie, tastete nach der Innentasche und zog sein Telefon heraus.

»Nein! Wirst du nicht«, sagte Jessica. »Wenn du das tust, sind wir tot.«

17

»Also noch einmal für Dummies: Da sind zwei Typen, die dich schnappen, im Kofferraum ihres Autos verschleppen, dir einen Bleigurt umlegen und dich in den Alsterfleet werfen? Du hast keine Ahnung, wer die sind. Aber die Polizei willst du nicht rufen, weil du befürchtest, dass die mit deinen Entführern unter einer Decke stecken?«

Jessica nippte an einem Becher. Heißer Tee mit einem Schuss Rum. Sie konnte sich nicht erinnern, je etwas Besseres getrunken zu haben. »Ich geb zu, das klingt nicht sehr überzeugend.«

»Es klingt, als würdest du mich für einen Idioten halten.«

Sie nickte und sah ihm tief in die Augen.

Der kurze Weg in seine Wohnung hatte ihr genügend Zeit verschafft, um herauszufinden, mit wem sie es zu tun hatte. Fast erschreckend, wie leicht ihr das inzwischen fiel. Mr Krake wäre stolz auf sie.

Er hieß Manuel, war zweiundzwanzig und damit zehn Jahre jünger als sie selbst. Ein süßer Bengel und augenscheinlich einer von der draufgängerischen Sorte. Sonst wäre er ihr nicht hinterhergesprungen. Und hätte sich nicht von dem Notruf bei der Polizei abbringen lassen, wohl wissend, dass er durch den

Anruf das kleine Abenteuer mit der geheimnisvollen Frau abrupt beendet hätte. Der Typ Mann, der auf einer Südseeinsel lieber auf eine Palme klettern, eine Kokosnuss pflücken, sie mit einer Machete aufschlagen und sich die frische Milch in den Mund laufen lassen würde, statt sich an der Strandbar einen Batida de Côco zu bestellen.

Also hatte er sein Handy wieder weggesteckt, Fahrrad und Sporttasche vom Weg aufgehoben, ein Handtuch herausgezogen und es ihr gereicht. Und ihr angeboten, mit in seine Wohnung zu kommen.

Er musste gespürt haben, dass er erst mal keine Antworten von ihr erwarten konnte, und so hatte er von sich erzählt, während sie zitternd neben ihm hergetrottet war. Manuel jobbte als Fitnesstrainer in einem Sportstudio. Er träumte von einer Weltreise, bevor er BWL, Politik oder Soziologie, vielleicht auch alles zusammen studieren würde.

Er war nicht auf den Kopf gefallen. Ein junger Mann, so hätte es Mr Krake ausgedrückt, aus dem etwas werden könnte, wenn er dem richtigen Lehrer in die Hände fiel. Damit hätte er natürlich sich selbst gemeint.

Das Wort Wohnung war eine grobe Überhöhung der mickerigen Einzimmerbude, in der Manuel lebte. Die Behausung eines Menschen, der gesteigerten Wert darauf legte, jederzeit innerhalb von zehn Minuten all sein Hab und Gut in zwei Reisetaschen verstauen und abhauen zu können.

Manuel fand sie offensichtlich attraktiv, und er war im Flirten weit weniger mutig als beim Retten Ertrinkender. Er war nervös in seinem Zimmer auf und ab gegangen, während sie sich in seinem winzigen Badezimmer von den nassen Klamotten befreit hatte. Und hatte verschämt zu Boden gestarrt, als er ihr ein T-Shirt und eine Jogginghose durch den Türspalt gereicht hatte.

Geradezu niedlich.

Jessica senkte den Blick, atmete etwas gepresst. »Ich halte dich nicht für einen Idioten. Aber so liegen die Dinge nun mal.«

»Hör mir zu, Elisabeth.«

Auf die Schnelle war ihr kein besserer Name eingefallen als der ihrer Tante Betty.

Er fasste ihren Kopf mit den Händen, hob ihn vorsichtig in die Höhe und kam ganz nahe, als wollte er sie küssen. Seine Mundwinkel zuckten vor Nervosität.

Der gehört mir, Mr Krake, dachte sie. Manuel war ihr in die Hände gefallen. Es war ein Kinderspiel, ihn um den Finger zu wickeln. Sie brauchte jemanden wie ihn für ihre Flucht. Einen Jungspund, den sie kontrollieren konnte und der sie bedingungslos unterstützen würde, ohne Probleme zu machen.

»Wir beide wissen, dass du mich belügst«, sagte er. »Du wirst deine Gründe haben. Wenn du deine Geheimnisse für dich behalten willst, ist das okay. Aber du sollst wissen, dass du mir vertrauen kannst.«

Er war direkt vor ihr. Sie spürte seinen Atem auf ihrem Gesicht. Puh, wirklich, ein verdammt hübscher Bengel.

»Ich will, dass du mich küsst«, sagte sie. Und zumindest das war nicht gelogen.

18

Thomas ersparte sich und Lea den Kampf um das Schlafzimmer. Stattdessen schnappte er sich am frühen Abend sein Bettzeug und schlich in den ausgebauten Dachboden, während Tascha sich in ihrem Zimmer hinter dröhnender Musik verschanzte und Lea im Wohnzimmer ununterbrochen telefonierte. Offenbar gab es reichlich Menschen, die mit den Neuigkeiten versorgt werden mussten.

An Schlaf war nicht zu denken. Thomas wälzte sich auf dem butterweichen Gästesofa herum. Ein Wort mit sechs Silben, das er nicht im Entferntesten mit sich in Verbindung bringen konnte, hatte sein ohnehin brüchiges Familienleben pulverisiert.

Kinderpornografie.

Hauptkommissar Hensel hatte nicht viel sagen müssen. An seiner Stelle hatte Lea bereitwillig die Rolle der Chefanklägerin übernommen und nachgebetet, was der Polizist ihr bereits vorher anvertraut haben musste: Die Polizei habe etwas auf seinem gestohlenen Computer gefunden. Bilder. Oder Videos. Oder beides. Natürlich werde alles akribisch ausgewertet. Selbstverständlich gelte die Unschuldsvermutung auch für ihn, und die Kripo ermittele in sämtliche Richtungen. Das waren Hensels Worte gewesen.

Keiner wird dir glauben, du perverse Drecksau. Schaufele dir ein Loch und verschwinde darin, so schnell du kannst, hatte sein Gesicht gesagt.

Thomas hielt sich an den Rat seines Strafverteidigers und schwieg zu allen Vorwürfen. Aber sobald der Hauptkommissar verschwunden war, ergriff er das Wort.

Er sagte Lea, er beschwor sie, dass er keine Ahnung habe,

wie der Vergewaltigungsvorwurf entstanden sei und wie die Kinderpornos auf seinem gestohlenen Rechner gelandet waren. Dass er unschuldig sei und sich alles aufklären werde.

Lea hörte ihm schweigend zu, mit verschlossenem Gesicht, die Arme vor dem Oberkörper verschränkt. Am Ende schüttelte sie den Kopf. »Ich würde gerne sagen, dass ich dir glaube«, sagte sie. »Nur leider ist es nicht so.«

Thomas schnaufte. Eine Welle von Wut flutete seine Gefühlswelt. Über einem tiefen See von Verzweiflung. »Vielleicht kommt dir das alles ja sogar ganz gelegen«, sagte er.

»Wie, bitte, meinst du das?« Leas Stimme bekam einen schneidenden Unterton.

»Es ist der perfekte Vorwand für dich, um unsere Beziehung zu beerdigen. Und die ganze Schuld an unserem Scheitern mir in die Schuhe zu schieben. Dem Mann, der schon lange nicht mehr deinen Erwartungen entspricht. Der sich nicht als nette Staffage auf Geschäftsessen vorzeigen lässt. Der sich vorgeblich an einer Patientin vergriffen hat und Kinderpornos auf seinem Rechner hat. Weg mit ihm. Das ist doch so viel einfacher, als dass wir uns gemeinsam fragen, wann und warum wir uns eigentlich verloren haben. Das meine ich.«

Lea presste die Lippen aufeinander, schüttelte den Kopf. Und schwieg. Kein Einlenken, natürlich nicht. Nicht einmal eine gezielte Replik oder zumindest ein Wutausbruch. Sie hatte ihn einfach an sich abprallen lassen. Das Loch, so fühlte es sich an, hatte sich bereits ohne sein Zutun unter ihm aufgetan. Es war gewaltig und verschlang ihn und seine vertraute Welt.

Im Haus wurde es still. Tascha hatte ihre Musik runtergedreht oder ausgemacht und sich offenbar schlafen gelegt. Lea klapperte im Badezimmer herum, während ihr Handy weiter im Minutentakt brummte und klingelte. Jede eingehende Kurznachricht, in der Leas Freunde und Familie, sicher auch ihr

Chef Karsten, sich über ihn empörten und ihr Mut zusprachen, drückte ihn tiefer in sein frisch geschaufeltes soziales Grab.

Thomas hatte sich lange nicht so einsam gefühlt.

Der Schlaf kam nicht, ihn zu holen. Er schlich nicht einmal ums Haus. Stattdessen leuchtete ihm das blassweiße Licht der Nacht durch das Veluxfenster in der Dachschräge ins Gesicht. Sein Blick fiel auf die Dachbodenklappe in der Decke. Dort oben befand sich etwas, das ihn jetzt zu rufen schien: »Ich bin hier. Du hast mich vielleicht vergessen, aber ich dich nicht. Komm, hol mich, meine Zeit ist gekommen!«

Er stand auf, knipste das Licht an, zog die Luke an einer daran befestigten Kordel zu sich herunter, klappte die an der Innenseite montierte Treppe auf und stieg auf den Dachboden.

Das, was er suchte, hatte er seit Jahrzehnten nicht mehr in der Hand gehalten, ja, nicht einmal daran gedacht. Trotzdem fand er es, fast unheimlich schnell, unter einem staubigen Teppich und einer Tüte mit ausgedienten Winterklamotten.

Es war ein alter, eingedrückter Schuhkarton, die Verpackung für die Art Billigschuhe, die Lea so verachtete.

Dieses Pappteil enthielt den Grundstein, auf dem er sein späteres Leben hatte aufbauen müssen. Inzwischen kam es ihm so vor, als hätte er es über einem riesigen Hohlraum errichtet.

Er stieg wieder hinunter, klappte die Treppe zusammen, schloss die Dachluke und setzte sich aufs Gästebett.

Er hob den Deckel vom Karton.

Ein vergilbter Zeitungsartikel aus dem Lokalteil einer Hamburger Tageszeitung. Unter der Schlagzeile *Säugling aus Müllwohnung gerettet* waren auf verblassten Zeilen die ersten elf Monate seines Lebens niedergeschrieben.

Darunter lagen drei Fotos. Er zog sie heraus. Das Schicksal hatte Corinna Stahmer, der Frau, die ihn auf die Welt gebracht hatte, eine gewaltige Portion Wahnsinn beschert. Die Aufnahmen dokumentierten ihren fortschreitenden Verfall. Von der ältesten, einem Schwarz-Weiß-Bild, das vielleicht mal ein Bewerbungsfoto gewesen war, lächelte ihm eine dunkelhaarige Frau entgegen. Es lagen unverkennbar Wärme und Herzlichkeit in ihren Augen, gleichwohl konnte er kaum anders, als die blasse Haut und die dezent verzerrten Mundwinkel als erste, frühe Anzeichen ihrer Erkrankung zu interpretieren.

Seine Mutter.

Lange Zeit hatte er dieses Wort nicht denken, geschweige denn aussprechen können, ohne dass ihn schier übermächtige Gefühle zu verschlingen drohten. Er hatte etliche Jahre seiner Lehranalyse bei Doktor Oberhauser damit verbracht, diese Gefühle freizulegen, zu ergründen, wieder zu erleben und zu ertragen. Bis er sie hatte wegpacken können wie diesen alten Schuhkarton mit Erinnerungsstücken.

Corinna Stahmer war verrückt gewesen. Schizophren und schwerst paranoid, wie er es heute ausdrücken würde. Sie hatte ihn heimlich und ohne Unterstützung in einer kleinen Einzimmerwohnung in einem riesigen Betonklotz von Mietshaus entbunden. Einem Wohnbunker, in dem die Menschen bereits mit ihrer eigenen Existenz überfordert waren und sich nicht weiter um die Nachbarn scherten.

Kaum vorstellbar, wie sie das geschafft hatte. Sie hatte ihn ein knappes Jahr vor der Welt geheim gehalten, bis Anwohner die Polizei informiert hatten. Wohl weniger aus Fürsorge als aus Ärger über die Lärmbelästigung. Der Zeitungsartikel beschrieb, dass der elf Monate alte Thomas immer wieder minutenlang mit einer Blechtasse gegen ein Heizungsrohr geschlagen hatte. Als hätte er auf sich und seine Not aufmerksam machen wollen.

Corinna Stahmer musste ihn körperlich ausreichend versorgt haben. Er hatte annähernd Normalgewicht gehabt, als

Mitarbeiter des Kindernotdienstes ihn ihr aus den Armen gerissen hatten. Seine Mutter hatte wie tot in ihrem alten Holzbett gelegen, das Baby auf ihrem Bauch fest an sich gedrückt, und mit aufgerissenen Augen an die Decke gestarrt. Eine stille, beklemmende Symbiose. Sie hatte ihn mitgenommen auf ihrem Trip ins Nirgendwo.

Das zweite der drei Fotos war Monate später in der Klinik entstanden. Die Frau, die laut Zeitungsartikel schreiend und um sich schlagend vom Ordnungsamt in die geschlossene Psychiatrie verfrachtet worden war, hatte zerzauste Haare, ein ausgemergeltes Gesicht und Augen, die vor Hass und Verzweiflung aus den Höhlen zu quellen schienen.

Die Ersatzeltern, die Thomas in Pflege genommen und später adoptiert hatten, hatten ihr Bestes gegeben, um die Spuren, die das erste Lebensjahr in seine Seele gebrannt hatte, zu beseitigen. Sein Adoptivvater Klaus hatte als Nervenarzt eine kleine, heimelige Praxis im Osten Hamburgs geführt, seine Adoptivmutter Marie hatte ihren Job als Kinderkrankenschwester bereitwillig ruhen lassen und sich um den lang ersehnten Familienzuwachs gekümmert. Beide hatten ihm, solange sie lebten, Sicherheit und Stabilität im Übermaß geboten. Ihm früh und kindgerecht von seiner leiblichen Mutter erzählt und sich in späteren Jahren sogar um ein Treffen bemüht. Dazu war es nicht mehr gekommen.

Das letzte Foto war kurz vor dem Tod seiner Mutter aufgenommen worden. Es zeigte eine Frau, die heftig vorgealtert und aus deren Augen jegliches Leben verschwunden war.

Thomas hatte wenige Wochen vor seinem zehnten Geburtstag von ihrem Selbstmord erfahren. Sie hatte sich erhängt. Seine Adoptiveltern hatten es ihm schonend beigebracht, dennoch hatte ihn die Nachricht in seine erste schwere Krise gestürzt. In einen Gefühlsstrudel, der in der Tiefe seiner Seele entsprang und den er nicht stoppen konnte. Der ihn verschlang wie der gierige Schlund eines übermächtigen Monsters. Tage-, nein, wochenlang träumte er davon. Schreiend und schweißgebadet schreckte er Nacht für Nacht hoch, aus dem Schlaf gerissen vom Anblick schwarz funkelnder Augen, die ihn aus einem diffusen Halbdunkel anstarrten. Einer Klaue mit spitzen Krallen, die nach ihm griff. Vom feuchten, erdigen Geruch aus dem Schlund einer Kreatur, deren Form und Umrisse mit der Dunkelheit verschmolzen. Das Biest verschlang ihn mit einem einzigen, blitzschnellen Happs, und dann begann der tiefe Sturz in eine immerwährende Finsternis, die alle Wahrnehmungen, alle Gefühle, alle Gedanken und Erinnerungen auf ewig auszulöschen schien.

Klar gab es diese Kreatur nicht wirklich, das hatte er bereits damals gewusst, wenn sein Atem sich beruhigt hatte, die Angsttränen getrocknet und die furchtbaren Eindrücke verblasst waren. Sie war, das hatte er Jahrzehnte später begriffen, der Versuch seiner kindlichen Psyche gewesen, überwältigende Gefühle in Bilder zu verwandeln. Damit sein überforderter Verstand sich zumindest an irgendetwas hatte klammern können – statt gänzlich verrückt zu werden und seiner Mutter in die Welt des Wahnsinns zu folgen. Doktor Oberhauser hatte es in einer denkwürdigen Therapiestunde erstmals in Worte gefasst: »Sie haben Angst vor dem Nichts. Vor der schrecklichen seelischen Leere, die Sie mit Ihrer Mutter geteilt haben.«

Seine Mutter hatte nur ihn gehabt. Sie hatte ihn an sich gekettet, mit Kettengliedern aus wahnhaft verzerrter Mutterliebe, sozialer Isolation und räumlicher Enge. Mit ihm war ihr das Einzige entrissen worden, das ihrem Leben einen Halt gegeben hatte. Sie war endgültig in den Strudel gestürzt, und mit ihr ein Teil von ihm. Dieser älteste, früheste Kern seiner selbst, der für immer mit ihr verbunden blieb.

Thomas verstaute Bilder und Zeitungsartikel im Karton,

verschloss ihn und stellte ihn neben das Sofa auf den Boden. Er löschte das Licht und legte sich in sein Behelfsbett. Und fast meinte er, dass die Dunkelheit um ihn herum selber zum Leben erwachte, als denkendes, fühlendes Geschöpf, das ihn aus glänzenden Augen anglotzte, an ihn herankroch, ihn bedrängte und betastete. An ihm zog, ihn mitriss, verschlang und fallen ließ in einen Traum ohne Licht. Er fiel und fiel.

Erst der neue Tag fing ihn auf. Als er erwachte, war es hell. Er lauschte eine Weile und wartete mit dem Aufstehen, bis er sicher war, dass weder Lea noch Tascha noch zu Hause waren. Er hätte ihnen nicht unter die Augen treten wollen.

Vor der Haustür im Flur stand ein Koffer. Einer von den alten, die seit Jahren im Keller vergammelten. Er war leer. Ein Briefumschlag klemmte am Tragegriff.

Er zog ihn heraus, seine Hände zitterten, als er ihn öffnete und den DIN-A4-Zettel auffaltete.

Leas Handschrift:

Bitte geh! Nimm dir das Nötigste und verschwinde!!

Thomas zerknüllte das Blatt zu einer handlichen Kugel und schleuderte sie durch den Flur. Sie prallte ohne nennenswertes Geräusch gegen die Tür und kullerte über die Fliesen. Außer dass es in seiner Schulter zog, hatte er damit nicht viel ausgerichtet. Nach Leas Brief war der Reisekoffer das Naheliegendste. Er probierte ein paar zögerliche Fußtritte. Das tat ganz gut. Er trat mit voller Wucht immer wieder in die weiche Seitenverkleidung und beförderte das Ding zweimal durch den Flur.

Gerne hätte er dazu geschrien. Nur wusste er nicht, was.

Schließlich lag der Koffer zerfleddert auf den Flurfliesen. Seine Zehen schmerzten. Immerhin war ein Teil seiner Wut verraucht. Es dauerte leider nur Sekunden, bis an dessen Stelle eine schwer erträgliche Leere und Ratlosigkeit traten.

Was sollte er jetzt tun?

19

Manuel hatte sie geküsst. Richtig gut sogar. Und er hatte kein Theater gemacht, als sie ihm signalisiert hatte, dass mehr als dieser Kuss erst mal nicht drin war. Er hatte keine Fragen gestellt, sondern sie einfach in den Armen gehalten.

Jessica schlief wie ein Baby. Der nächste Morgen weckte sie mit Vogelgezwitscher, Sonnenstrahlen und dem Blubbergeräusch von Manuels Kaffeemaschine, und der vorherige Tag mit all seinen Schrecken kam ihr vor wie ein düsterer Traum, der im hellen Tageslicht rasch verblasste.

Manuel stand in der Zimmerecke, die den Namen Küche selbst dann nicht verdient hätte, wenn sie außer mit Spüle und Kühlschrank zumindest noch mit einem Herd oder einer Mikrowelle ausgestattet gewesen wäre.

Er trug Shorts, war ansonsten nackt. Er hatte zwei Keramikschalen, Kaffeetassen, eine Tüte H-Milch und Löffel auf einem Tablett zusammengetragen und durchstöberte die Schränke, offenbar auf der Suche nach Essen.

Er hatte keine Ahnung, dass sie ihn beobachtete. Manuel streckte sich geschmeidig nach einer Müslipackung im obersten Regal und brachte die Muskelstränge an seinem Rücken zum Tanzen.

Hübsch anzusehen.

Es hatte etwas Unschuldiges. Jessica gab ihm ein, höchstens zwei Jahre, bis er kapieren würde, dass er mit seinem Aussehen und seinem Verstand so gut wie jede haben und dabei mühelos die Bedingungen diktieren konnte. Spätestens dann wäre es mit seiner Schüchternheit vorbei. Aber noch hatte sie leichtes Spiel mit ihm.

Sie gähnte lautstark und räkelte sich aus der Bettdecke.

Er drehte sich herum und kam zu ihr ans Bett. »Hey, du hast lange geschlafen.« Er bekam einen roten Kopf, knetete seine Finger, wusste offenbar nicht, wo er hinschauen sollte. Das T-Shirt, das sie trug, war hochgerutscht und entblößte ihren flachen Bauch.

»Ich zieh mir rasch was an, dann gibt's Frühstück.« Er hastete zu einem Stuhl, über dem seine Jeans und sein Pulli hingen, und konnte nicht schnell genug in die Hose schlüpfen.

Er brachte ihr das Tablett ans Bett, schenkte Kaffee ein. »Wenn du bleibst, besorg ich für morgen Toast und Schokocreme«, sagte er.

»Klingt verlockend.«

Schweigend löffelten sie ihr Müsli.

»Und was passiert bis dahin?«, fragte er.

Sie zuckte mit den Achseln, sah an sich herunter und zupfte an der Jogginghose, die er ihr zusammen mit dem Shirt gegeben hatte. »Ich brauche Klamotten«, sagte sie. »Mehr weiß ich auch noch nicht.«

»Wohnst du denn überhaupt in Hamburg?«

Sie nickte. »Aber da kann ich unmöglich hin.«

Zumindest hatte sie ihre Papiere und das Bargeld, das Sebastian ihr gegeben hatte. Beides steckte in der Innentasche ihrer Jacke und war komplett durchgeweicht.

Manuel rührte mit dem Löffel in seiner Müslischale.

»Wenn du mir verrätst, was los ist, kann ich dir vielleicht

mehr bieten als einen trockenen Schlafplatz und ein Studentenfrühstück.«

Sie sah ihn eindringlich an, als schätzte sie die Verlässlichkeit seiner Worte ab. Tatsächlich hatte sie sich schon gestern Abend überlegt, was sie ihm erzählen würde. Das meiste davon würde sogar stimmen.

»Also gut.« Sie schwenkte ihre halb gefüllte Kaffeetasse in der Hand. Das dunkle Getränk erinnerte sie unangenehm an das schwarze Wasser im Fleet. »Es gibt da einen sehr mächtigen Mann, für dessen Organisation ich gearbeitet habe. Ich wollte da raus, bin abgehauen, seine Leute haben mich geschnappt.« Es wurde eng in ihrer Brust, und sie atmete tief ein und aus.

»Die haben dich zur Strafe in den Kanal geschmissen?«

Sie nickte. »Zur Strafe. Als Warnung für andere. Damit ich ihm mit dem, was ich weiß, nicht gefährlich werden kann.« Jetzt packte er sie, der Schrecken des Vortags. Die bodenlose Panik im Kofferraum …

Gott, ich habe mir vor Angst in die Hose gepisst!

… und ihr nächtlicher Badeausflug.

»Ich hatte tatsächlich mit allem abgeschlossen. Wärst du nur einen Augenblick später gekommen, läge ich jetzt tot da unten im Schlamm.«

Er stellte seine Müslischale auf den Boden neben das Bett, umfasste ihre Schultern und zog sie an sich.

»Gern geschehen!« Die Berührung fühlte sich erschreckend schön und vertraut an, und er lächelte mit einer Wärme und Offenheit, die ihr direkt ins Herz fuhr. Für eine Sekunde spürte sie den Impuls, sich in seine Arme fallen zu lassen – und ihm die ganze Geschichte zu erzählen.

Wahnsinn. Wach auf, Jessica. Dein Leben ist kein Ort zum Träumen. »Es gibt einfach keinen Ort auf dieser Welt, wo ich sicher bin vor ihm«, sagte sie.

»Nein, im Gegenteil.« Manuel schüttelte den Kopf. »Jetzt bist du an fast jedem Ort sicher. Er geht davon aus, dass du tot bist.«

Schlaues Bürschchen, dachte sie.

»Und was ist das für eine Organisation?«

Sie schälte sich aus seiner Umarmung. »Das kann ich dir nicht sagen. Wahrscheinlich weißt du schon zu viel. Falls sie mich finden und erfahren, dass wir Kontakt hatten, bist du in großer Gefahr.«

»Wenn sie mich schnappen, will ich doch wenigstens wissen, wofür ich das Leben lasse.«

»Das ist nicht witzig.«

»War auch nicht witzig gemeint.«

Jessica sah den Mut und die Entschlossenheit in seinem Blick. Stand ihm gut.

»Wir können noch immer zur Polizei gehen«, sagte er.

»Auf keinen Fall.«

»Du vertraust denen nicht?«

»Er hat überall seine Leute. In vielen Firmen, in wichtigen Behörden, in der Politik. Menschen, die ihm gegenüber absolut loyal sind. Sie würden für ihn durchs Feuer gehen.«

»Wenn es welche gibt, die für ihn durchs Feuer gehen, gibt es auch die, die ihn ans Messer liefern wollen. Die müssen wir aufspüren. Die können dich beschützen.«

Sie schüttelte den Kopf. »Ich wüsste, an wen ich mich wenden müsste.«

»Und warum tust du es dann nicht?«

»Ich will es nicht.« Sie zuckte mit den Achseln. »Ich kann es nicht.«

»Wieso?« Er setzte sich vor sie. »Er hat dich entführt. Er wollte dich töten. Du musst dich wehren!«

»Weißt du …« Sie sah ihn an. Jetzt wurde sie vertraulicher, als sie wollte. Vielleicht ging es nicht anders. Womöglich war

es sogar hilfreich. Es würde ihren Retter stärker an sie binden.
»Er macht üble Sachen, keine Frage. Aber er ist kein schlechter Mensch. Ich verdanke ihm viel. Wahrscheinlich so gut wie alles. Ich könnte ihm nie schaden. Das Einzige, was ich will, ist meine Freiheit.«

»Also gut.« Er verkniff den Mund, als kaute er auf ihren Worten herum wie auf einem Stück Knorpel. »Deine Entscheidung.«

»Wirst du mir trotzdem helfen?« Ihre Stimme zitterte.

Er nickte fest.

»Ich muss dir was verraten«, sagte sie. »Elisabeth ist nicht mein richtiger Name.«

Er schmunzelte. »Hatte ich auch nicht geglaubt. Wie heißt du denn wirklich?«

»Ich heiße Hannah.«

»Okay. Hannah.« Wieder dieses verwegene Lächeln. »Was ist unser Plan?«

Statt einer Antwort zog Jessica ihn zu sich.

20

Thomas hatte vergeblich versucht, einen alten Schulfreund zu erreichen, und war von dessen Mailbox vertröstet worden. Zwei Kollegen aus dem Ausbildungsinstitut: ebenfalls Fehlanzeige. Seinen Anwalt Johannes Eckert hatte er immerhin persönlich erreicht und ihn über die neuen Vorwürfe informiert. Der hatte zwar geduldig zugehört, aber letztlich darauf verwiesen, zunächst die Ermittlungsakte einsehen zu müssen, bevor er tätig werden konnte. Doktor Oberhauser schien wie vom

Erdboden verschluckt. Bei einem Mann seiner Leibesfülle brauchte es dafür ein ordentliches Loch. Ihn hatte Thomas mehrfach angerufen und ihm auf den Anrufbeantworter gesprochen. Oberhauser kannte die Geschichte mit Jennifer. Er kannte Thomas. Und er hatte mehr Lebenserfahrung als jeder andere Mensch, der Thomas einfiel. Der alte Analytiker würde wissen, was zu tun war.

Oberhauser rief nicht zurück. Schließlich verlor Thomas die Geduld und fuhr zu dessen Praxis, ungefähr zu der Zeit, zu der Oberhauser üblicherweise seine Mittagspause begann. Thomas' alter Lehrer praktizierte in Räumlichkeiten im vierten Stock eines modernen Bürogebäudes, das er sich mit Ärzten verschiedener Fachrichtungen, Rechtsanwälten, Steuerberatern und einem Finanzdienstleister teilte. Eine schwere Glastür führte in einen großzügig gehaltenen Flur. Thomas überlegte, ob er die Treppen oder den Fahrstuhl nehmen sollte, als sich die Fahrstuhltür aufschob und der füllige Mann heraustrat. Er passte gerade eben durch die Öffnung.

»Herr Kern.« Die Stimme des alten Analytikers klang kühl, beinahe frostig.

»Hallo, Herr Oberhauser. Tut mir leid, dass ich Sie überfalle. Aber ich bin in ziemlicher Not. Ich würde gerne noch mal mit Ihnen reden, wenn es möglich ist.«

Kein Händedruck. Oberhauser verzog kaum merklich das Gesicht. Die Schiebetür schloss sich hinter ihm.

»Wir haben über Sie gesprochen«, sagte er. Er stand vor ihm wie ein unüberwindbarer Berg aus Willen und Fleisch, dem gegenüber Thomas sich auf einmal dünn und zerbrechlich vorkam. Es war eine schlechte Idee gewesen, hierherzukommen.

»Wer ist wir? Worüber haben Sie gesprochen?«, schaffte er zu fragen.

»Die Kollegen im analytischen Institut. Wir haben über Sie

und Ihre …« Er räusperte sich. »… Probleme geredet. Wir sind alle recht schockiert. Niemand fällt ein vorschnelles Urteil. Aber wir, Sie eingeschlossen, brauchen etwas Zeit, um den Schock zu verarbeiten. Wir denken, es ist das Beste, wenn Sie sich eine Auszeit nehmen.«

»Eine Auszeit? Was meinen Sie damit?«

»Keinen Kontakt zu Patienten und zu den Kollegen. Klären Sie die Dinge auf. Sobald alle Vorwürfe vom Tisch sind, melden Sie sich zurück. Es geht auch darum, möglichen Schaden von unserer Berufsgruppe fernzuhalten. Ich hoffe, Sie verstehen das. Sie wissen doch, wie schnell die Leute reden. Wie schnell sich Gerüchte verbreiten.«

Offenbar reichten dazu eine Nacht und ein Vormittag, dachte Thomas. Er nickte und verabschiedete sich.

21

Irgendein Notprogramm ließ Thomas den Hyundai sicher durch die Stadt steuern. Aber emotional hatte die Begegnung mit Oberhauser ihm den K.-o.-Schlag verpasst.

Er spürte, wie die alte Angst in ihm erwachte und anschwoll. Das Monstrum mit der Krallenhand und dem Höllenschlund, gegen das er vor Jahrzehnten in den Kampf gezogen war.

Noch vor wenigen Tagen war er überzeugt gewesen, das Biest vor Jahren besiegt, zerlegt und in handlichen Einzelteilen für immer entsorgt zu haben.

Ein Irrtum? Hatte es sich nur tot gestellt? Hatten er und Oberhauser es allmählich in den Tiefschlaf gesäuselt?

Vielleicht hatte er das schlafende Mistvieh nur einfach in den tiefsten Kerker seiner Seele verbannt und ein Bollwerk in Form seiner bürgerlichen Existenz darauf errichtet. Frau und Kind, Haus, Auto, sicherer Job und die ganzen sonstigen Auswüchse seines spießigen Lebens. Womöglich hatten die Mauern deswegen besonders dick und massiv sein müssen. Damit das Biest gar nicht erst auf dumme Gedanken kam, falls es mal gähnte und durch ein Auge blinzelte.

Der Autopilot in seinem Kopf hielt an roten Ampeln, reihte sich korrekt in Autoschlangen ein und bog an den richtigen Stellen ab.

Thomas dachte an Lea, und etwas in der Herzgegend zog sich schmerzhaft zusammen. Sie war seine Ehefrau, die Mutter seines Kindes, die Liebe seines Lebens. Wäre es nach ihm gegangen, hätte alles so bleiben sollen.

War er in den schützenden Mauern so träge geworden, dass eine lebenshungrige Frau wie Lea sich mit ihm irgendwann auch wie eingesperrt fühlen musste? So schwach und unglaubwürdig, dass sogar seine Tochter sich von ihm abwandte?

Falls ja, hatte er es ordentlich versemmelt. Lea und Natascha schenkten den Vorwürfen der Polizei mehr Glauben als seinen Unschuldsbeteuerungen. Sein Leben lag in Schutt und Asche, und das Ungeheuer reckte und streckte sich, testete die Festigkeit seines Verlieses und musste feststellen, dass die bröckelnden Mauern seiner wachsenden Kraft nichts entgegenzusetzen hatten.

Wie ferngesteuert fand er einen Parkplatz und machte sich von dort auf den Weg in Richtung des einzig verbliebenen Ortes, der sich noch nach einem Zuhause anfühlte.

Er drückte die Haustür auf, ein schwarzes, massives Teil aus Holz, das ihm unendlich schwer vorkam, und schlurfte die Treppe hinauf, die von Schritt zu Schritt steiler und länger zu werden schien. Die Praxistür war noch immer kaputt und erinnerte ihn zum wiederholten Mal daran, den Handwerker anzurufen. In seinen geplünderten Räumen winkte ihm die Trostlosigkeit aus jeder Zimmerecke zu. Er sank auf den Schreibtischstuhl und stützte den Kopf auf die Hände.

Verdammt. Er hatte nicht einmal eine schlechte Angewohnheit, mit der er seine Verzweiflung betäuben konnte. Er vertrug kaum Alkohol und mochte die härteren Sachen nicht. Drogen hatte er als Jugendlicher mal probiert und war seitdem davon kuriert.

Wenn man bis zum Hals in der Scheiße steckt, kommen die Leute und trampeln so lange auf einem herum, bis der Kopf auch noch darin versinkt. Das hatte Walter Goldman gestern gesagt. Zu einer Zeit, als Thomas gedacht hatte, dass sich alles rasch aufklären und erledigen würde. Leider war das Gegenteil eingetreten.

Die Visitenkarte lag auf dem Schreibtisch, wo Goldman sie liegen gelassen hatte. Er nahm sie in die Hand. Sie war aus dünnem Papier, wirkte billig und abgegriffen und roch muffig und sagte damit deutlich mehr über ihren Besitzer als der großspurige Text. Sollte er diesen Hochstapler wirklich anrufen? Das schräge Angebot annehmen, das er ihm unterbreitet hatte?

Thomas' Auswahl an Verbündeten war in kürzester Zeit auf null geschrumpft. Also, was hatte er zu verlieren? Er gab sich einen Ruck und tippte die Nummer von der Karte in sein Mobiltelefon.

»Ja?« Goldman ging sofort ran. Seine Stimme klang leise und verzerrt. Die Mobilverbindung war schlecht.

»Hier ist Doktor Thomas Kern. Erinnern Sie sich an mich? Wir haben gestern miteinander gesprochen.«

»Natürlich erinnere ich mich an Sie«, sagte Goldman. »Ich habe Ihren Anruf erwartet.«

22

»Da drüben steht Andy, seht ihr? Der ist ja so süß!« Rebecca zog die Vokale von »so« und »süß« künstlich in die Länge. Und als ob das nicht reichte, rollte sie dabei mit ihren hellblauen, in schwarzem Kajal ertrinkenden Augen.

Kein Zweifel. Damit hätte sie die Rolle der Dramaqueen in jeder Teenagerkomödie ergattert. »Ich glaube, ich werde mich mit ihm verabreden«, sagte sie. »Bin gespannt, wie weit er geht beim ersten Date.«

Du meine Güte, dachte Natascha. Rebecca konnte sich nicht einmal die Schuhe zubinden, ohne daraus eine Show zu machen. Trotzdem nickte sie ihr zu und versuchte, begeistert auszusehen.

»Fandest du nicht Micha soo süüß?« Marie, die Dritte im Bunde, sah auf die Uhr ihres Mobiltelefons. »Oh, stimmt, es ist nach zwölf. Das mit Micha war ja heute Vormittag.«

Erwischt! Marie hatte es voll drauf, Rebeccas affektierte Sprechweise zu imitieren. Mit ihrem Zynismus sprach sie Natascha so was von aus der Seele. Leider waren Maries Qualitäten damit bereits erschöpft. Die Perfektion ihres Make-ups und der Sitz ihrer Frisur waren für sie die tagesbestimmenden Ereignisse. Egal ob in Somalia gerade eine Hungersnot wütete oder im Nahen Osten Bomben explodierten.

»Haha. Urkomisch!« Rebecca machte eine wegwerfende Handbewegung und schielte zu den Jungs rüber, die keine zehn Meter entfernt die Köpfe über einem ihrer Handys zusammensteckten und versuchten, wichtig und geheimnisvoll auszusehen. »Micha ist öde. Der kriegt stundenlang den Mund nicht auf, und wenn doch, redet er wirres Zeug. Und habt ihr sein Tattoo gesehen? Das geht gar nicht.« Rebecca verzog den Mund zu einem schiefen Grinsen. »Ich meine nicht das auf seinem Oberarm.« Sie warf Natascha einen spitzen Blick zu. »Vielleicht ist der ja was für dich, Tascha? Ich glaub, der steht auf Psychokram und Weltschmerz. Hat jemand von euch Zigaretten?«

Psychokram und Weltschmerz. So dachte Rebecca über sie.

Wie Natascha dieses Leben hasste. Nach Schulschluss mit diesen strunzdoofen Zicken abzuhängen, die sie mangels Alternativen ihre Freundinnen schimpfen musste. Zigaretten rauchen, die im Hals kratzten und von denen ihr schlecht wurde. Und von Typen schwärmen, die sie nicht die Bohne interessierten, eben weil sie waren, was sie waren: kleine Jungs, denen die Pubertätshormone die letzten Reste von Verstand aus dem Hirn gespült hatten. Andy, Rebeccas neuer Auserwählter, kannte ungefähr tausend verschiedene Ausdrücke für Geschlechtsverkehr in ungefähr hundert Sprachen. Aber er wusste weder den Namen der letzten Friedensnobelpreisträgerin noch des UN-Generalsekretärs. Und Micha? Der hielt Philosophie für eine gehobene Ausdrucksform für Oralsex und Amnesty International für eine amerikanische Großbank.

Marie zog eine Packung Lucky Strike und ein Feuerzeug aus ihrer Umhängetasche und bot sie den Freundinnen an.

Klar rauchte Natascha mit. Sie hatte sogar selbst Zigaretten. So ’ne blaue Schachtel, die sie am Kiosk vor der Schule gekauft hatte. Der asiatische Verkäufer dort nahm es mit dem Altersnachweis nicht so genau.

Ihre Mutter war ausgeflippt, nachdem sie das Gästeklo eingeräuchert hatte. Immerhin. Dafür konnte man seine Gesundheit ruhig mal aufs Spiel setzen.

Rebecca hauchte mit spitzen Lippen Rauch aus dem Mund. »Sag mal, stimmt es, dass dein Dad auf Kinder steht? Ist ja voll krass.«

Rebeccas Frage traf Natascha wie eine Faust in den Bauch. Sie verschluckte sich am Zigarettenrauch und hustete eine graue Wolke aus. »Da ist nichts dran«, sagte sie mit kratziger Stimme. »Ihm wurde was untergejubelt. Das wird sich bald aufklären.«

Was sollte sie schon sagen? Dass ihr Vater ein Pädophiler war, der sich an Fotos von missbrauchten Minderjährigen aufgeilte? Der eine Patientin vergewaltigt hatte? Gott!

Marie nickte zustimmend, aber Rebecca standen die Widerworte ins Gesicht geschrieben: Das behaupten diese Perversen doch alle. Oder sogar: Vielleicht hat er dich ja auch angefasst. Zum Glück hielt sie die Klappe und schielte wieder zu den Jungs.

Gequirlte Scheiße. Mama hatte mit den Anschuldigungen offenbar kein Problem. Klar regte sie sich über ihn auf, noch viel mehr als sonst. Sie schimpfte und fluchte zu jeder Gelegenheit, nur nahm Natascha ihr das nicht ab. Mutter war nicht irritiert oder erschüttert darüber, dass Papa so eine üble Seite hatte. Sie ärgerte sich in erster Linie, dass ihr eigenes Leben, insbesondere ihr Job, dadurch komplizierter wurde. Was mit Papa geschah, war ihr egal.

Und was war mit ihr? War sie ihrer Mutter auch egal?

Ihr wurde schummerig im Kopf, und das lag bestimmt nicht an den Zigaretten. Sie musste hier weg.

»Ich hau dann mal ab. Wir sehen uns«, sagte sie und schnippte die angerauchte Kippe auf den Boden. Um ein Haar hätte sie dabei Maries rosa Pumps erwischt.

Sie ließ eine Gruppe Unterstufenschüler passieren, die im Laufschritt versuchten, ihren Schulbus zu erreichen, und sie fast über den Haufen rannten, und schlenderte weiter die Straße hinunter.

Auf halbem Weg stand ein Typ. Ein Junge, nein, eher schon ein Mann. Er trug No-Name-Turnschuhe, Bluejeans und einen hellblauen Pulli, nix Besonderes. Er hatte lockige Haare ohne nennenswerte Frisur. Kein Undercut, kein blasierter Side Swoop, nichts von dem, was die Typen aus ihrer Schule so mit ihren Köpfen anstellten. Auffällig an ihm waren seine dunkelbraunen Augen, die ihm zusammen mit der schwarzen Mähne einen südeuropäischen Touch verliehen und sie unwillkürlich an romantische Abende mit Lagerfeuer und Gitarre denken ließen. Und die drei Buttons, die an seinem Rucksack hafteten: von Greenpeace, Amnesty und Antifa.

Genau die gleichen steckten an ihrer Umhängetasche.

Natascha wünschte, sie hätte heute Morgen nicht diese dämlichen lila Lederpumps angezogen, die Rebecca sooooo toll fand, auf denen sie aber kaum gehen konnte und die sie auf hundert Meter Entfernung als eingebildete Zicke brandmarkten. Zu spät. Sie stakste an dem Typen vorbei Richtung Bushaltestelle und versuchte, sich so normal wie möglich zu bewegen. Bloß nichts versuchen, um ihn zu beeindrucken. Nicht mit den Fingern durch die Haare fahren. Kein blödes Anlächeln. Und schon gar keine Art Gang, die mehr ausdrückte als die Absicht, von A nach B zu kommen.

Natascha ging weiter und kam sich erst recht vor wie ein umherwackelnder Zombie. Sie brachte die Füße durcheinander und stolperte.

»Hey!«, sagte er und packte sie am Arm.

Natascha spürte, wie ihr das Blut ins Gesicht schoss, so heftig, dass man ihre rote Birne wahrscheinlich sogar aus dem Weltraum sehen konnte. Sein Griff hielt sie fest. Und mit seinen romantischen braunen Augen schaute er sie an.

Scheiße. Sie musste unbedingt etwas voll Lässiges sagen. Was würde Rebecca wohl in so einer Situation tun?

Sie biss sich auf die Unterlippe. Du willst keine blöde Tussi sein, Tascha! Also benimm dich gefälligst nicht wie eine!

Sie schnaufte durch, dann hob sie den Kopf und sah ihn an. »Alles in Ordnung.« Zum Glück klang ihre Stimme weder piepsig noch überdreht. »Ich bin nur gestolpert.« Sie lächelte. »Ich fürchte, diese Pumps sind einfach nichts für mich.«

Er ließ sie wieder los. »Dann schmeiß sie doch weg, bevor du dir die Haxen brichst.« Er hatte eine angenehme, ruhige Stimme mit einem frechen Unterton. Er sah sie ernst an, aber sein Mundwinkel zuckte, als müsste er ein Grinsen unterdrücken.

»Geniale Idee.« Sie bückte sich und zog sich die Dinger samt Socken von den Füßen und stand jetzt barfuß vor ihm.

»Du machst das ja wirklich. Krass! Tut das nicht weh?«

»Ich bin mal fast einen ganzen Sommer über ohne Schuhe gelaufen«, sagte sie. »Das war eine Aktion der Antifa-Gruppe unserer Schule. Barfuß gegen Rechts. Wir waren damit sogar in der Zeitung.«

Sie hob Pumps und Söckchen in die Höhe und wagte ein paar vorsichtige Schritte mit nackten Füßen. »Zu sechst haben wir angefangen, vier haben bis zu den Herbstferien durchgehalten.« Sie stopfte die Sachen in ihre Umhängetasche. Wegschmeißen mochte sie die lila Treter dann doch nicht.

»Cool«, sagte er. »Ich bin übrigens Marc.« Jetzt lächelte er. Auf seinen Wangen bildeten sich süße Grübchen.

»Natascha«, sagte sie. »Aber alle nennen mich Tascha. Musst du auch in die Richtung?« Er nickte, und sie setzten sich in Bewegung. Tatsächlich war es kein Problem ohne Schuhe.

»Was machst du hier?«, fragte sie. »In meine Schule gehst du nicht.«

»Ich habe auf dich gewartet.«

Natascha blieb abrupt stehen. Ein frostiges Gefühl kroch ihren Rücken hoch. »Du hast was?«

Er schmunzelte. »Keine Sorge. Ich stell dir nicht nach oder

so. Ich habe dein Foto auf der Schulhomepage entdeckt. Du wirst da als Ansprechperson eurer Antifa-Gruppe genannt.«

»Das stimmt.« Ihr Misstrauen war schon wieder verflogen.

»Klar hätte ich dir auch 'ne Mail schreiben können. Aber nachdem ich dein Bild und deine Texte gesehen habe, wollte ich dich unbedingt persönlich kennenlernen.«

Puh. Das war mal ein Kompliment, das voll auf die Zwölf ging.

»Die Gruppe ist tot«, sagte sie schnell. »Alle weg. Zwei sind von der Schule abgegangen, einer ist weggezogen, und eine hatte eh nur mitgemacht, um den zu beeindrucken, der weggezogen ist.«

Tot, ja. Das brachte es so ziemlich auf den Punkt. Und statt politische Themen zu diskutieren und Aktionen zu planen, hing sie jetzt mit Rebecca und Marie rum und plapperte über Jungs und Mode.

»Mach doch bei uns mit!«, sagte Marc. Er steuerte auf einen braunen Golf zu, der aussah, als könnte er sich, wenn überhaupt, nur noch mithilfe eines Abschleppers fortbewegen. Auf der Heckklappe pappten Aufkleber mit Städte- und Ländernamen. Paris und London waren die am nächsten gelegenen. Dazu kamen Istanbul, Bangkok, Buenos Aires, Kapstadt und Tokio.

»Wow, warst du da überall schon?«

»Noch nicht.« Er lachte. »Aber bis ich dreißig bin, will ich an jedem dieser Orte gewesen sein.« Er zog einen Schlüssel aus der Hosentasche. »Komm, ich fahr dich rum!«

»Okay!«

Klar war es dumm. Seit sie denken konnte, war ihr eingetrichtert worden, niemals zu einem fremden Mann ins Auto zu steigen. Nur hatte sie sich immer dicke, schmierige Typen jenseits der fünfzig vorgestellt, die nach Zigarettenrauch und

Kräuterschnaps stanken. Da war Marc so ziemlich das genaue Gegenteil. Also, Tascha, bleib cool.

Sie stieg ein, er fuhr los, und die Themen flogen nur so hin und her zwischen ihnen. Der Brandanschlag auf die Flüchtlingsunterkunft letzte Woche. Die Protestkundgebung gegen die geplante Abschiebung einer afghanischen Familie am Rathaus. Eine Unterschriftensammlung gegen den Ausbau des Kohlekraftwerkes an der Süderelbe. Es fühlte sich an, als könnten sie über jedes einzelne Thema stundenlang diskutieren. Marc war klug und witzig, das war unverkennbar. Er kannte sich extrem gut aus und konnte super argumentieren. Und da war noch etwas, das sie zunächst nicht in Worte fassen konnte. Selbst bei übelsten Themen bewahrte er sich sein stilles Lächeln auf den Lippen. Das ist alles bedeutsam, schien es zu sagen, aber, glaub mir, es gibt Dinge, die unendlich wichtiger sind.

Das kannte sie nicht. Es irritierte sie. Und faszinierte sie sogleich.

Die Fahrt hätte ewig weitergehen können, aber viel zu schnell bog er in ihre Straße ein.

»Hier kannst du mich rauslassen. Da vorne wohne ich.«

»Gut.« Er bremste behutsam ab und parkte ordentlich auf dem Seitenstreifen. Sie löste ihren Gurt und öffnete die Tür.

Wage es bloß nicht, mich gehen zu lassen, ohne mich nach meiner Telefonnummer zu fragen!, dachte sie.

Sie setzte einen Fuß auf den Gehsteig. Dann den zweiten.

»Halt, warte!«, sagte er. »Sehen wir uns wieder?«

»Klaro!«

»Morgen, gleiche Zeit, vor der Schule?«

23

Thomas blieb eine halbe Stunde Zeit, um Tee aufzusetzen und seine Entscheidung zu bereuen, sich an den kauzigen Privatdetektiv gewandt zu haben.

Dann saß der riesige Kerl in seinem Behandlungszimmer, probierte mit spitzen Lippen vom Senchatee und musterte aus kleinen, hellwachen Augen die veränderte Inneneinrichtung. Ein zusammengerollter Schlafsack auf der Behandlungscouch und der geöffnete Reisekoffer auf dem Fußboden, neben dem er seine Notration Kleidung aufgestapelt hatte, bezeugten, dass sich seine Lebenssituation seit ihrer ersten Begegnung nicht eben verbessert hatte.

»Tut mir leid«, sagte Goldman.

Thomas machte ein tapferes Gesicht. »Sie glauben wirklich, Sie können mir dabei helfen, dass ich bald wieder in meinem eigenen Bett schlafe?«

Was den grünen Tee anging, schien er eine Entscheidung getroffen zu haben. Er stellte die Tasse neben sich auf den Schreibtisch und schob sie von sich weg. »Mein Angebot steht«, sagte er. »Unterstützen wir uns gegenseitig. Sie brauchen einen guten Privatdetektiv, ich einen guten Seelenklempner.«

»Sind Sie denn so gut, wie Sie behaupten?«

Goldman baute sich in seiner ganzen Stattlichkeit vor Thomas auf. »Der Beste!« Er breitete die Arme aus, seine rechte Hand streifte die Teetasse. Deren Inhalt schwappte bedenklich bis knapp unter den Rand.

Er hatte die Ausstrahlung eines Menschen, der Gold in Dreck verwandeln konnte, dachte Thomas. Aber halb so schlimm.

Ihm war ohnehin nichts als Dreck geblieben. Goldman konnte Thomas' Situation nicht nennenswert verschlechtern. »Sie nehmen den Mund ja ordentlich voll«, sagte er.

»Wieso? Sie haben es doch selber erlebt.«

»Was soll ich erlebt haben?«

»Na ja.« Goldman grinste breit. »Sie haben mir einen Haufen Sachen von sich erzählt, ohne es zu wollen. Sie haben sich mein Problem angehört, ohne es zu wollen. Und in wenigen Minuten werden Sie Ihre Bedenken über Bord werfen und sich auf meinen Vorschlag einlassen, obwohl Sie es erst nicht wollten. Wenn Sie das nicht von mir überzeugt, weiß ich auch nicht.«

»Okay, Sie können Menschen manipulieren. Das macht Sie weder zu einem guten Privatdetektiv noch zu einem geeigneten Psychotherapiepatienten.«

Goldman streckte ihm seine Pranke entgegen. »Sie haben sich doch längst entschieden, habe ich nicht recht? Schlagen Sie ein! Dann kochen Sie uns einen anständigen Kaffee, wir lassen das mit dem Sie, und du erzählst mir die ganze Geschichte.«

Der Kaffee schmeckte Goldman augenscheinlich besser als der Grüntee. Während er trank, schilderte Thomas ihm die Ereignisse der letzten Tage. Das meiste ging ihm deutlich leichter über die Lippen als bei seinem Gespräch mit Oberhauser, doch als er von Jennifers Sprung vom Kran erzählte, holte ihn das Grauen mit voller Wucht wieder ein.

»Furchtbar!« Goldman wirkte ehrlich betroffen. »Aber erzähl weiter!«

Zu Thomas' Überraschung war der Privatdetektiv ein guter Zuhörer. Er saß still auf seinem Platz, unterbrach ihn nicht, nickte hier und da.

»Na, dann liegt der Fall ja auf der Hand«, sagte er, nachdem Thomas geendet hatte.

Thomas sah ihn nachdenklich an. »Ich glaube, sie war paranoid, vielleicht sogar schizophren. Leider waren ihre Wahnvorstellungen stärker als ihr Vertrauen.«

»Schwachsinn.«

»Wie bitte?«

»Das ist Psychogeschwätz. Du denkst zu sehr in deinen eingefahrenen Bahnen.«

»Ach ja?« Im Schwatzen bist du doch der Experte, hätte Thomas gerne hinterhergeschoben. Er schluckte es hinunter. Sie waren jetzt Partner. Wo auch immer das hinführte. »Was meinst du denn?«

Goldman stand von seinem Stuhl auf, stemmte einen Arm in die Hüfte und führte die freie Hand zum Kinn. Eine Geste, die aussah, als hätte er sie sich in einem Sherlock-Holmes-Film abgeguckt.

»Eine Verschwörung. Klarer Fall«, sagte er. »Deine Patientin war die Geliebte eines mächtigen Mannes. Mr X. So eine Art Pate, der 'nen Haufen Kohle mit Drogen, Menschenhandel und Prostitution macht. So etwas. Die Stadt ist voll von dieser Scheiße. Sie will aussteigen, ist ihm aber hörig. Außerdem weiß sie, dass ihr Boss sie nie lebend ziehen lassen wird. Sie ist verzweifelt, greift tief in die Portokasse und wendet sich an dich. Wohl wissend, dass sie dich damit in ihren Schlamassel reinzieht.« Goldman verharrte in seiner Bewegung und sah Thomas erwartungsvoll an.

»Und der ganze Rest?«, fragte der. »Der Einbruch in meine Praxis? Die Kinderpornos auf dem gestohlenen Rechner?«

»Mr X gibt dir die Schuld an ihrem Tod, ist doch klar. Und das ist seine Art, sich an dir zu rächen.«

Thomas dachte darüber nach. Walters theatralische Art ging ihm auf die Nerven. Und die Geschichte, die er sich zusammenreimte, klang wie der Plot von einem dieser Kriminalromane, die man früher für ein paar Groschen am Zeitungskiosk hatte kaufen können. Aber, verdammt noch mal, so passte zumindest alles zusammen.

»Zeig mir mal den Abschiedsbrief!«, sagte Goldman.

»Der ist weg. Ich hatte ihn in der Praxis liegen gelassen. Der Einbrecher muss ihn mitgenommen haben.«

»Klar. Den haben die beiseitegeschafft, weil er dich entlasten würde.« Der Detektiv nickte. »Worauf gründet sich der Verdacht, du hättest sie vergewaltigt?«

»Auf einen zweiten Brief, den sie in Jennifers Wohnung gefunden haben wollen. Genaueres erfahre ich von meinem Anwalt, sobald er die Ermittlungsakte eingesehen hat.«

»Okay. Den haben die getürkt. Aber es wird Wochen bis Monate dauern, bis die Staatsanwaltschaft sich in die Karten schauen lässt. So viel Zeit haben wir nicht.« Goldman umfasste seinen Kopf mit beiden Händen, trommelte mit den Fingerspitzen an die Schläfen. Er schloss die Augen, als wartete er darauf, dass die Massage geniale Eingebungen in seinem Gehirn freisetzte.

»Wie geht es weiter?«, fragte Thomas. »Was wirst du unternehmen?«

»Ich will versuchen, ein paar Sachen herauszufinden«, sagte Goldman und machte die Augen wieder auf. »Das wird ein wenig dauern. Am besten treffen wir uns morgen Mittag in meinem Büro. Vielleicht sind wir dann schon etwas schlauer.«

»Du hast ein Büro?« Thomas nickte anerkennend. »So 'ne kleine Bude mit rauchgeschwängerter Luft, Glasfenster in der Tür, 45er in der Schublade unter dem Schreibtisch?« Begründet oder nicht: Thomas schöpfte tatsächlich Hoffnung.

»Beinahe so, ja.« Goldman strich sich mit der Hand über den Mund. »Und wann fangen wir mit der Therapie an?«

Thomas zuckte mit den Schultern. »Also, ich hätte Zeit.«

24

Thomas ruckte in seinem Sessel herum. Ungewohnt, wieder am Arbeitsplatz zu sitzen und seiner vertrauten Tätigkeit nachzugehen. Ungewohnt, aber gut!

Vor ihm auf der Behandlungscouch lag Walter Goldman, das Gesicht von Thomas abgewandt, und zappelte wie ein Karpfen im Kescher eines Anglers.

Das, was sie vorhatten, hatte nur noch wenig mit Psychoanalyse zu tun. Aber Goldman hatte sich für ihn mächtig ins Zeug gelegt. Thomas würde das Gleiche tun. Mit seinen Mitteln. Also hieß es Kopf freikriegen und zuhören.

»Was soll ich denn machen?«, fragte der Detektiv. Er verdrehte Hals und Oberkörper, um einen Blick auf den hinter ihm sitzenden Thomas zu erhaschen.

»Es ist ganz einfach. Und doch wieder schwer. Sprich aus, was dir durch den Kopf geht. Ohne zu filtern, zu sortieren oder Dinge wegzulassen! Alles andere ergibt sich.«

»Ehrlich gesagt hat es sich beim letzten Mal besser angefühlt.«

»Hast du schon auf so einer Behandlungsliege gelegen?«

»Das war eine andere Art von Behandlung. Bei Stella. Der Nutte. Sie hat mich gedrängt, einen Profi aufzusuchen. Jemanden wie dich.«

»Und hier bist du nun.«

Schweigen legte sich wie eine Bleiweste um sie. Goldman fing wieder an zu zappeln.

»Okay«, sagte er. »Ich werde von meiner Kindheit erzählen.« Er hob den Kopf seitlich in die Höhe, als wartete er auf eine Erlaubnis. Thomas sagte nichts. Goldman fing auch so an zu sprechen.

»Okay. Also meine Mutter, die hatte, als ich sieben Jahre alt war …«

»Nein!«, sagte Thomas.

»Ich meine, in meiner Kindheit, da hat sie oft …«

»Nein!«

»Weißt du, sie war so eine echt üble …«

»Nein!«

»Zum Teufel!« Goldman sprang von der Couch auf. Sein Gesicht versank in tiefem Rot, an seiner rechten Schläfe pochte eine Ader. »Warum sagst du zu allem Nein? Was willst du hören, verdammt noch mal!«

»Du erzählst Geschichten. Was hast du denn zu sagen, wenn du all diese Geschichten weglässt?«

Goldman starrte ihn an. Er ließ sich auf die Liege zurückplumpsen. Und rührte sich nicht mehr.

Sekunden vergingen, dann Minuten, und Thomas fragte sich, ob er seinen neuen Patienten zu sehr getriezt hatte.

Goldman schluchzte. Es war so leise, dass Thomas nicht sicher war, ob es nicht seiner Einbildung entsprang.

»Das ist mein Problem, nicht wahr?« Das war nicht mehr die Stimme des großen Kerls, der seinen Hals aus jeder Schlinge zu winden wusste. Das war der Tonfall eines kleinen Jungen, dem der Rotz aus der Nase lief und dem die Seele vor Kummer überquoll.

»Deine Geschichten schützen dich vor Gefühlen? Vor Traurigkeit?«

»Das haben sie schon immer.« Goldman schniefte. »Wirklich erinnern kann ich mich höchstens an Bruchstücke. Meine Mutter, die in der Küche steht, meckert und mit Töpfen klappert. So was. Bei allem anderen weiß ich nicht mehr, was echte Erinnerungen sind und was ich mir ausgedacht habe.«

»Das zu erkennen, ist doch ein Anfang«, sagte Thomas.

»Scheiße ist das!« Goldman setzte sich auf, wischte sich mit den Händen übers Gesicht. »Und so funktioniert Therapie? Ich will meine Potenz zurück. Stattdessen fühle ich mich nur noch beschissener.«

Thomas nickte. »Ich habe dir keine Wunderheilung versprochen.«

»Puh.« Goldman stand von der Liege auf, schüttelte sich. »Ich mach mich an die Ermittlungen. Wir sehen uns morgen in meinem Büro.«

25

»Ich habe die halbe Damenabteilung geplündert. Ich hoffe, es passt.« Manuel stellte zwei große Plastiktüten neben die Wohnungstür, von der ein kurzer Flur ins einzige Zimmer führte. Er griff in seine Jacke und zog einen dicken Umschlag hervor. »Und hier ist dein Geld«, sagte er. »Sauber und trocken. Der Mann am Bankschalter hat schön dumm geguckt. Aber letztlich hat er deine matschigen Scheine umgetauscht.«

»Was hast du ihm erzählt?«

»Dass ich meine gesamten Ersparnisse zusammengekratzt habe, um mir dieses eine Auto zu kaufen.«

»Ein Auto? Welches denn?«

»In der Preislage konnte es schon ein gebrauchter Porsche sein. 911er, Coupé, in Schwarz, Baujahr 1998. Unfallfrei. Die Karre hat schlappe 300 PS, steht seit fünf Jahren in einer Garage in Lüneburg und wartet auf mich.« Er riss die Augen auf wie jemand, der bereits als Kind von nichts anderem als ebendiesem Wagen geträumt hatte. »Tja, und dann dieses unglaubliche Pech mit meinem alten Parka, der in den Dreck gefallen ist und den ich kurz entschlossen in die Waschmaschine gesteckt habe. Mit meiner ganzen Kohle in der Tasche.« Er verzog gequält das Gesicht.

Jessica lachte. »An dir ist ein Schauspieler verloren gegangen.« Sie saß, mit Jogginghose und T-Shirt bekleidet, auf dem Bett und tingelte mit Manuels Laptop durchs Internet.

»Er hat's jedenfalls geschluckt und die Scheine umgetauscht. Zwanzigtausend. Abzüglich der Kosten für die Kleidung und den Sprit. Wo hast du so viel Geld her?«

»Hat es dich in Versuchung geführt?«

Er grinste, kam auf sie zu und warf den prallen Umschlag neben sie aufs Kissen. »Du führst mich in Versuchung. Nicht dein Geld.« Er beugte sich vor, um sie zu küssen.

Er wird mutiger, dachte sie. Sie ließ seine Lippen an sich abgleiten, die erotische Offerte endete als Trockenübung auf ihrer Wange. Nicht übermütig werden, Jungchen!

»Noch kannst du aussteigen«, sagte sie. »Es ist nicht zu spät.«

»Nein.« Er schüttelte den Kopf. »Das Fitnessstudio kommt ohne mich aus. Außerdem wollte ich schon lange nach Schweden. Wir verkriechen uns zwei Wochen in einem Blockhaus am See. Und dann fliegst du, wohin auch immer es dich zieht, und lässt mich mit gebrochenem Herzen zurück.«

Besser als mit gebrochenem Genick, dachte sie. »Also ziehen wir es durch?«

»Heute Abend geht's los.« Er schob sein Gesicht erneut an sie heran, sie ließ ihn gewähren. Eine kleine Belohnung hatte er sich verdient.

Nach Einbruch der Dunkelheit zogen sie los. Manuel trug eine Reisetasche mit dem Allernötigsten das Treppenhaus hinunter und steuerte auf einen dunklen Golf zu, der in Türnähe unter einer Laterne parkte. Eine echte Gurke von Auto.

»Sieht aus, als könnten wir froh sein, bis zur nächsten Straßenecke zu kommen«, sagte sie.

»Der ist super in Schuss.« Manuel fingerte an der Heckklappe herum, die sich offenbar nicht öffnen ließ, seinen Worten zum Trotz. Die Scheibe war mit Städteaufklebern übersät. Istanbul, Paris, Bangkok und etliche mehr.

»Bist viel rumgekommen für dein Alter.«

Manuel schüttelte den Kopf. »Schön wär's. Das Auto gehört einem Kumpel, der hat es von seiner Tante. Sie hat es ihm geschenkt, nachdem sie ihren Führerschein abgegeben hat. Sie ist die, die rumgekommen ist.«

Er brauchte einiges an Geschick und Kraft, bis er die Klappe besiegt hatte und die Tasche im Kofferraum verstauen konnte.

Er drehte sich zu ihr. »Vertraust du mir?«

»Wem sonst?« Sie küsste ihn auf den Mund.

»Dir wird nichts geschehen. Das verspreche ich.« Er schlug die Heckklappe wieder zu.

Sie setzten sich, Manuel startete den Wagen und fuhr los. Der Motor lief rund, der würde es noch eine Weile machen. Aus dem Radio rieselte entspannte Popmusik aus den Neunzigern, von draußen tropften die gedämmten Lichter der abendlichen Stadt zu ihnen herein. Jessica war müde. Nicht wegen der späten Stunde. Nicht wegen der aufregenden Tage. Jetzt, da sie auf dem Weg in ein neues Leben war, spürte sie, wie das Leben selbst sie in den letzten Jahren ausgezehrt hatte.

Das würde sich ändern. Sie würde jeden Augenblick ihrer Freiheit genießen. Eigentlich konnte sie gleich damit beginnen.

Sie ruckelte sich im Beifahrersitz zurecht, schloss halb die Augen. An einer roten Ampel griff sie hinüber zu Manuel, streichelte ihm über das Bein. Ihre Hände fanden sich zu einem zärtlichen Tanz, der nicht endete, als die Ampel auf Grün sprang und sie weiterfuhren.

Minuten vergingen, und um ein Haar wäre sie weggedämmert.

Aber etwas hielt sie ab. Etwas stimmte nicht. Als ob eine Warnlampe am äußersten Rand ihres Bewusstseins angefangen hätte zu blinken. Sie richtete sich im Sitz auf. Manuel war von der Hauptstraße abgebogen und steuerte auf die Einfahrt einer Tiefgarage zu.

»Was machen wir hier?«, fragte sie.

Er antwortete nicht. Der Wagen tauchte mit unverminderter Geschwindigkeit in den grauen Betonschlund, brauste an leeren Parkbuchten vorbei. Auf halbem Weg blockierte ein weißer Transporter mit abgedunkelten Scheiben die Durchfahrt. Manuel trat auf die Bremse, brachte den Golf mit quietschenden Reifen zum Stehen.

Die Seitentür des Lieferwagens wurde aufgerissen, und zwei Gestalten sprangen heraus. Jessica erstarrte. Es waren Knochen und Keule. Mr Krakes Kampfhunde. Sie hielten auf den Golf zu.

»Aber …« Jessica fühlte sich, als würde ihr Sitz ein lähmendes Gift in ihren Körper absondern. Sie konnte sich nicht rühren.

Manuel stieß die Fahrertür auf und stieg aus dem Wagen, dort stand Knochen. Beide hoben ihre Arme in die Höhe, als gingen sie in Kampfposition. Doch statt aufeinander loszustürmen, klatschten sie sich mit den Händen ab.

Ich schlafe! Das muss ein Albtraum sein, dachte sie. Aber warum kam er ihr so verdammt real vor?

»Pünktlich wie die Geldeintreiber«, sagte der Muskelmann mit der Lispelstimme. »Gute Arbeit, Marc.«

Marc. Der Name hallte durch ihren Kopf.

Keule öffnete die Beifahrertür, packte sie am Arm. Jessica war zu schockiert, um Widerstand zu leisten. Manuel …

Nein. Nicht Manuel. Sein echter Name ist Marc. Er hat mich von vorne bis hinten belogen.

… sah sie an, als Keule sie an ihm vorbei zur offenen Tür des Transporters schleifte. »Tut mir leid, Jessica«, sagte er. »Befehl ist Befehl.«

26

Zumindest behielt Knochen diesen furchtbaren Leinensack in seiner Tasche. Der war nicht nötig, die geschwärzten Scheiben im Heck des Transporters verhinderten den Blick nach draußen. Die beiden Schläger nahmen sie in die Mitte. Manuel, Marc oder wie immer er hieß, verriegelte die Tür von außen. Und setzte sich auf den Beifahrersitz. Sie konnte es nur hören. Der Fahrerraum war durch eine Extrawand abgetrennt.

Sie fuhren los, und Jessica brauchte wenig Fantasie, um zu erraten, wohin die Reise führte. Es war eine kurze Fahrt, und sie endete in der Tiefgarage des Schwarzen Turms. Das erschloss sie aus der Abwärtsneigung der Zufahrt zur Tiefgarage und dem vorherigen kurzen Zwischenstopp an deren oberem Ende, wo sie warten mussten, bis sich die Schranke öffnete.

Der Wagen hielt. Den Geräuschen nach stiegen Marc und der Fahrer aus. Es folgten schweigsame Minuten, bis das Mobiltelefon in Keules Hosentasche brummte und die beiden Muskelmänner sie aus dem Auto heraus, ein Stück an der Betonwand entlang und in den Fahrstuhl hinein eskortierten. Knochen hielt eine Chipkarte an eine Scanfläche, die in das Bedienfeld des Lifts integriert war, und drückte auf die Sieben.

Ein grünes Lämpchen leuchtete auf, und es ging hoch in den obersten Stock. Die Mitarbeiter nannten die Spitze des Gebäudes ehrfurchtsvoll »Leuchtfeuer«. Die Etage war als Loft konstruiert und mit einer gläsernen Kuppel überdacht. Wenn das Stockwerk bei Nacht beleuchtet war, so wie jetzt, strahlte es majestätisch über der Hafencity.

Dass Mr Krake sie hierherbringen ließ, war erst mal gut. Bedeutete es doch, dass er in Ruhe mit ihr sprechen wollte. Die handfesten Sachen passierten unten im Keller. In einer geheimen, dunklen Kammer, die von den wenigen, die davon wussten, »Zwinger« getauft worden war.

Der Fahrstuhl hielt, Keule zog sie aus der Kabine, über einen kurzen Flur und durch eine Schiebetür.

Sie betraten den größten der Räume in der oberen Etage, der mit Raumteilern vom Rest abgetrennt war und beinahe ein Viertel der Grundfläche umfasste. Der Blick, den die Glaskuppel auf den schlafenden Hafen und einen Teil der nächtlich beleuchteten Altstadt gewährte, war normalerweise überwältigend.

Diesmal nicht. Denn dort stand er. Vor dem riesigen Panoramafenster, die Hände auf dem Rücken verschränkt, sekundiert von seinem Folterknecht Doktor Hu, und wartete auf sie. Er. Mr Krake.

Jedes Mal, wenn sie ihn persönlich traf, schien er ein wenig dünner und gleichzeitig größer geworden zu sein. Wie immer trug er ein schwarzes Hemd und eine ebenso schwarze Tuchhose. Kleidung aus reinster Biobaumwolle und so geschnitten, dass sie das Kunststück vollbrachte, an seinem hageren Körper sowohl leger als auch höchst elegant auszusehen. Er ließ den

Stoff extra auf Schadstoffe überprüfen und die Kleidung dann von einem Schneider maßanfertigen. Zumindest hatte sie das gehört.

Das Alter hatte ihm in Form etlicher grauer Strähnchen im ehemals pechschwarzen Haupthaar und eines Netzes feiner Gesichtsfalten sein Siegel aufgedrückt.

Selbst für ihn gab es Dinge, denen er sich unterwerfen musste. Beruhigend, irgendwie. An den Anblick der vor Jahrzehnten gebrochenen und schief zusammengewachsenen Nase und der rosa Narbe, die wie ein fetter Wurm an der linken Schläfe Richtung Mund kroch, hätte sie sich eigentlich gewöhnt haben müssen. Trotzdem, auch wenn es ihr widerstrebte, bewunderte sie jedes Mal aufs Neue, mit welcher Würde und Eleganz er diese Trophäen vergangener Schlachten zur Schau trug.

Knochen führte sie bis auf einen halben Meter an ihn heran.

Mr Krake überragte sie um mehr als eine Kopflänge. Bevor er etwas sagen konnte, trat Jessica einen weiteren Schritt vor und spuckte ihm ins Gesicht. Eine satte Ladung. Sie traf ihn unter dem rechten Auge. Knochen packte sie sofort an der Schulter und zog sie zurück. Das hielt ihre Worte nicht auf. »Du Monster!«, schrie sie ihn an. »Wenn du mich töten willst, Timon, tue es einfach. Wozu das ganze Schmierentheater.«

Sie spürte, wie Knochen hinter ihr zusammenzuckte. Doktor Hu zog dezent eine Augenbraue in die Höhe. Jessica meinte, ihm am Gesicht ablesen zu können, wie er in Gedanken die Messer wetzte.

Ihr schaumiger Speichel klebte an seinem Unterlid, begann eine langsame Rutschpartie entlang der verbogenen Nasenseite.

Sie hatte gerade rote Linien überschritten. Sie hatte ihn bespuckt. Das war schlimm und hätte für die meisten Menschen tödliche Folgen. Aber das war es nicht, was einem hartgesottenen Schläger wie Knochen den Puls hochtrieb oder einer Mensch gewordenen Steinstatue wie dem Doktor einen Anflug von Mimik entlockte.

Nein. Sie hatte ihn hier im Schwarzen Turm, im Leuchtfeuer, dem Allerheiligsten, im Kreis seiner engsten Mitarbeiter mit seinem Namen angesprochen. Das war keine Majestätsbeleidigung mehr. Das war ein Sakrileg.

Er blinzelte nicht einmal.

»Du bist zornig, das verstehe ich.« Mr Krake, Timon, zog ein blütenweißes Tuch aus seiner Hosentasche und tupfte sich ihren Rotz aus dem Gesicht. Als er fertig war, hielt er den Lappen seitlich in die Höhe, wo Doktor Hu ihn beflissen in Empfang nahm.

»Wer behauptet, dass ich dich töten will, Jessica?«

Seine Stimme klang leise und sanft wie immer, und mit seinem Lächeln hätte er den Teufel persönlich zu Güte und Nächstenliebe bekehren können.

Reine Show. Jessica wusste es gut genug. Umso schlimmer, dass es trotzdem wirkte. Als sie den Raum betreten hatte, hätte sie ihm die Augen ausgekratzt, wenn sie die Möglichkeit dazu gehabt hätte. Inzwischen konnte sie ihm kaum mehr böse sein, trotz des Unfassbaren, das er ihr und Jennifer angetan hatte. Und in wenigen Minuten, das hatte sie oft genug erlebt, würde sie inständig hoffen, ihn wahrscheinlich anflehen, dass er ihr verzieh. Nicht, weil sie um ihr Leben fürchtete. Nein. Aus Angst, er könnte ihr seine Liebe entziehen.

»Uns wurde schon deine Schwester genommen. Wie könnte ich dich auch noch verlieren wollen?«

»Das müssen deine Schimpansen anders verstanden haben.«

»Die beiden?« Timons gütiger Blick glitt über seine zwei Muskelmänner hinweg. Er schüttelte den Kopf. »Nein. Sie haben alles so ausgeführt, wie ich es befohlen habe. Genau wie dein neuer Freund. Marc.« Er sah zur Tür.

Jessica hatte nicht bemerkt, dass Marc hinter ihr den Raum betreten hatte. Er nickte in Timons Richtung, dann zwinkerte er ihr zu und lächelte. Er stand zu weit weg, und Knochen klebte in ihrem Rücken. Sonst hätte sie ihn angesprungen und ihm das Lächeln aus dem Gesicht geprügelt.

»Auch Sebastian hat seine Aufgabe sehr ordentlich erledigt«, sagte Timon, und seine Stimme legte sich wie eine weiche Decke auf ihr Gemüt und besänftigte ihren Zorn. »Wir alle haben Opfer gebracht. Warum haben wir das getan? Um dir zu helfen, Jessica.«

Kein Hauch von Ironie. Keine Spur Bösartigkeit. Er meinte es vollkommen ernst. Ihr Verstand weigerte sich zunächst, die Tragweite seiner Worte zu begreifen.

Dann lief es ihr eiskalt den Nacken runter. Timon hatte Sebastian angewiesen, sie zu warnen und zur Flucht zu drängen. Mr Krake hatte sie einfangen, in den Kanal werfen und kurz vor dem Ertrinken von Marc retten lassen. Jetzt war sie wieder da, wo sie vor drei Tagen begonnen hatte. Und Timon, dieser Satan, verkaufte es als einen Akt, um …

»Mir zu helfen?« Ihre Fassungslosigkeit musste in großen Lettern in ihrem Gesicht stehen. Timon trat einen Schritt auf sie zu, umfasste ihre Oberarme mit seinen langen, knochigen Händen, die gleichwohl eine enorme Wärme ausstrahlten. Als ob in seinem Inneren ein riesiger Glutofen bollerte.

Irgendwie tat es gut, so freundlich von ihm berührt zu werden. Sie könnte den Kopf senken, vielleicht würde er ihr mit seinen Fingern durch ihr Haar …

Reiß dich zusammen, dummes Huhn! Sie biss sich fest auf die Unterlippe, um sich zur Besinnung zu bringen. Lass dich nicht von ihm einlullen!

Es wirkte, zumindest für den Augenblick. Sie hielt sich aufrecht. Konnte ihm sogar ernst in die Augen gucken. »Wozu das alles?«, fragte sie.

»Es war Diagnose und Therapie in einem.« Er zog seine Hände zurück.

Nein, lass mich nicht los. Lass mich nicht fallen.

Er blickte sie intensiv an. Sie sah Sorge in seinem Blick. Das verstärkte ihre Angst.

»Illoyalität ist wie Krebs, Jessica«, sagte er. »Sie wächst heimlich im Verborgenen heran, bis sie endlich hervorbricht und ihr wahres Wesen offenbart. Es dauerte lange, bis ich erkannt habe, in welchen Tiefen dieses Geschwür dich und Jennifer befallen hat.« Sein Gesicht verzog sich zu einem Ausdruck unsäglichen Schmerzes. »Je bösartiger die Krankheit, umso radikaler die Kur. Glaub mir, es hat mir ebenso wehgetan wie dir. Aber ich musste wissen, wie weit du gehen würdest. Wie groß die Gefahr war, die von dir ausging.«

Jessica drehte sich zu Marc herum, der von der Tür aus in den Raum geschritten war und dort mit gesenktem Kopf den blitzblanken Parkettboden studierte. Sie hatten darüber gesprochen, erinnerte sie sich. Sie hatte Marc gesagt, dass sie Timon nicht ans Messer liefern, sondern nur in Frieden leben wollte. Vielleicht hatte dieser Satz sie vor einer noch schlimmeren »Therapie« bewahrt.

»Als ich das wusste, musste ich dir eine Lektion erteilen, die du nie vergessen würdest. Die dich heilt. Damit wir uns wieder lieben und respektieren können, wie wir es immer getan haben.«

Er streckte die Arme erneut nach ihr aus. Eine Einladung zur Versöhnung. Jessica brauchte sich nur hineinfallen zu lassen. Ihn um Vergebung bitten. Er würde ihr verzeihen, natürlich. Alles wäre gut.

Von wegen! Sie riss sich aus dem unsichtbaren Netz, das er mit seinen Worten um sie spann, und trat einen Schritt zurück. Ein Hauch von Strenge und Ungeduld legte sich auf Timons Gesicht. Aber seine Arme hielt er weiterhin in die Höhe.

»Ergreife deine Zweifel, deine Vorbehalte, deinen Hass mir gegenüber! Und reiße alles an der Wurzel heraus!«, sagte er. »Ich habe dir gezeigt, welche Macht ich habe. Ich kann sie gegen dich oder jeden beliebigen anderen richten, der mir schadet. Oder sie mit dir teilen und dich lehren, darüber zu verfügen. Du hast viel von mir gelernt, Jessica. Es gibt noch mehr, das ich dir zeigen will. Damit du eines Tages an meine Stelle trittst.«

Der Satz bohrte sich mit sanfter Härte in ihren Verstand.

… eines Tages an meine Stelle trittst …

Es war bisher ein offenes Geheimnis gewesen, dass er seine geliebte Jennifer als Kronprinzessin auserkoren hatte, die irgendwann in seine Fußstapfen hätte treten sollen. Den Posten musste er nach ihrem Selbstmord neu besetzen.

… an meine Stelle …

Bleib stark, Jessi. Er hat dich gedemütigt und verletzt wie niemand zuvor in deinem Leben. Wegen ihm hast du dir vor Angst in die Hose gepinkelt. »Du hast mir vor allem gezeigt, dass ich nie eine Wahl hatte. Auch jetzt nicht«, sagte sie.

»Doch, die hast du.« Er nickte, wie um seine Worte zu unterstreichen. »Es gibt diesen Moment, an dem du dich entscheiden kannst. Entscheiden musst. Nun, da ich Gewissheit habe, dass du mir nicht schaden wirst, hindere ich dich nicht, falls du dich entschließt zu gehen. Du weißt, dass ich meine Versprechen halte.«

Die Ehrlichkeit in Person, dachte sie, in einer Welt voller Lügen und Verrat. Er konnte es sich erlauben, der einzige helle Punkt in seinem tiefschwarzen Universum zu sein.

»Du meinst, wenn ich jetzt da hinausgehe …« Sie wies mit der Hand zur Tür, vor der sich Keule mit seinem breiten Kreuz postiert hatte.

Timon nickte.

»Du hast Jennifer in den Tod getrieben«, sagte sie. »Hatte sie eine Wahl? Hatte sie dein Versprechen?«

Er schüttelte den Kopf. »Jennifer war weit schwerer erkrankt als du. Ich habe so viel mit ihr gesprochen. Immer wieder habe ich meine Arme zur Versöhnung nach ihr ausgestreckt, so wie ich sie jetzt nach dir ausstrecke.« Erneut arbeitete sich eine Woge von Schmerz durch sein Gesicht. »Ich hätte sie heilen können. Sie könnte leben und unter uns weilen. Aber es hat sich jemand eingemischt. Jemand Fremdes. Er hat alle meine Bemühungen zunichtegemacht.«

Meinte er Sebastian? Timon musste gewusst haben, dass die beiden ein Paar waren. Hatte dieser Hanswurst Timons Eifersucht geweckt? Lächerlich. Er musste jemand anderen meinen. Der Therapeut, fiel ihr ein. Klar. Jenni hatte ihr von ihm erzählt.

Er blickte sie bedeutungsvoll an. Sie hielt dem Blick stand und verzog keine Miene.

»Er hat sie mir aus den Armen gerissen. Er hat ihr eingeflüstert, mich zu belügen. Vor mir davonzulaufen. Eine zarte Seele wie die ihre konnte das unmöglich verkraften.«

Seine Stimme bekam eine Schärfe, die in die Ohren zu schneiden schien. So hatte sie ihn noch nie erlebt.

Timon kniff die Augen ganz zu, atmete tief durch, als müsste er unsagbare Kräfte niederringen, die sich seiner zu bemächtigen drohten. Dann riss er die Lider wieder auf, und für den Bruchteil einer Sekunde blitzte etwas für sie Neuartiges darin auf. Sie verstand nicht, was es war. Aber es machte ihr eine Heidenangst. Jessica erstarrte. Nicht bewegen, nichts sagen, nichts denken.

»Ich werde ihn spüren lassen, was er mir angetan hat.« Timons Stimme zitterte. Nur ein wenig, jeder andere hätte es überhört, aber sie kannte ihn gut genug. Und auf einmal ahnte sie, was mit ihm war. Für eine Sekunde wünschte Jessica, sie hätte auf dem Grunde des Kanals ihr nasses Ende gefunden.

Sie wusste, wozu Timon imstande war, wenn es darum ging, strategische Ziele der Firma durchzusetzen. Wenn er Menschen manipulierte, einschüchterte oder notfalls aus dem Weg räumen ließ. Sie mochte sich nicht ausmalen, zu was er in seiner jetzigen Lage fähig war. Timon war weit mehr als nur wütend. Jennifers Tod hatte ihn ins Mark getroffen. Ihr Tod? Oder ihr Verrat?

Er trat einen Schritt auf sie zu, die Arme noch immer ausgestreckt, und zog sie zu sich. Er nahm sie in den Arm. Oder stützte er sich auf sie?

Die Berührung vertrieb ihre Angst. Sie spürte seinen dünnen, knochigen, unglaublich warmen Körper, die gleichmäßige Bewegung seines Atems und seinen kräftigen, ruhigen Herzschlag. Sie tauchte ein in den beruhigenden Duft seines Rasierwassers.

Es tat so gut, wieder zu Hause zu sein. Sie war nicht das Ziel seines Zorns. Sie würde er beschützen. Vernichten würde er andere.

»Ich vergebe dir«, sagte er. Seine Stimme war dicht an ihrem Ohr, fast war es, als erklänge sie direkt in ihrem Kopf. »Ich brauche dich an meiner Seite, um meine Feinde zu besiegen. Kann ich mich auf dich verlassen, Jessica?«

27

Kriminalkommissar Jens Barbe lauerte seinem Kumpel am Eingang der Kantine auf. Ralf war in Begleitung zweier Kollegen, die Barbe nicht kannte, und die drei hatten sich bereits in den Strom hungriger Beamter eingereiht, der jenseits der Zugangstür an der Essensausgabe endete.

»Hey, Ralf!«

Sein Flüsterton hatte etwas Konspiratives, und genauso fühlte es sich auch an. Er war im Begriff, seine Nase in Angelegenheiten zu stecken, die ihn nichts angingen.

»Moin, Jens. Kommst du mit uns rein? Oder hat Hensel dich zu seinen Gemüsedrinks bekehrt?« Ralf war ein sportlicher, groß gewachsener Typ und somit optisch das ziemliche Gegenteil von Barbe. Sie kannten sich aus der Polizeihochschule, wo der strebsame Barbe seinem umtriebigen Kommilitonen durch so manche Klausur geholfen hatte.

»Ich muss dich kurz sprechen. Allein.«

»Oh! Will der junge Herr Kommissar mir einen Antrag machen? Ich habe so lange darauf gehofft.« Ralfs Begleiter lachten.

»Bitte! Ich meine es ernst.«

»Also gut. Männer, geht schon mal vor! Ich bin gleich da.«

Barbe zog seinen Kumpel weg vom Kantineneingang und einige Meter einen Gang entlang, der vor der Tür eines Lastenaufzugs endete. Hier waren sie ungestört. »Weißt du, was Hensel für ein Problem mit Psychiatern hat?«, fragte er.

»Holla!«, sagte Ralf. »Gerade ein paar Tage im Dienst, und du schnüffelst deinem Vorgesetzten hinterher.«

»Nicht so laut!« Barbe blickte sich hektisch um. Vor der Tür des Speiseraums herrschte reges Kommen und Gehen. Zum Glück beachtete sie niemand.

»Warum fragst du?«

»Wir ermitteln im Fall eines Therapeuten, auf dessen Rechner Kinderpornos gefunden wurden und der eine Patientin vergewaltigt haben soll, die sich daraufhin umgebracht hat.«

»Pfui.« Ralf verzog theatralisch das Gesicht. »Und?«

»Ich finde Hensels Vorgehen unverhältnismäßig und einseitig. An der Grenze des Erlaubten. Er lässt das Haus des Arztes am Abend durchsuchen und stellt ihn vor seiner Familie bloß. Der Vergewaltigungsvorwurf stützt sich einzig auf einen ausgedruckten und unterschriebenen Zettel, der in der Wohnung der Frau gelegen hat. Wir wissen nicht einmal, ob es ihre eigene Unterschrift ist. Und der Computer wurde aus der Praxis des Therapeuten gestohlen. Der Dieb hätte die Bilder und Videos locker selbst raufspielen können, um den Doktor zu belasten. Hensel zieht all das gar nicht in Betracht.«

»Ist halt ein alter Hase. Der kennt sich aus. Vertraut auf seine Instinkte.« Ralf hibbelte von einem Fuß auf den anderen.

»Ich habe das Gefühl, der fährt einen persönlichen Rachefeldzug. Und es gibt doch diese Gerüchte …«

»Klatsch und Tratsch, wenn du mich fragst. Mit seiner schroffen Art eckt Hensel überall an. Deswegen zerreißen sie sich das Maul über ihn.«

»Und was erzählen sie so?«

»Also gut«, sagte Ralf. Er beugte sich zu Barbe herunter. »Ich verrate dir alles, was ich aufgeschnappt habe. Aber falls Hensel je erfährt, dass du das von mir hast, erschieße ich dich mit meiner P99.«

»Kapiert.« Er zog sein Notizbuch aus der Brusttasche seiner Jacke und zückte einen Kugelschreiber. Ralf riss die Augen auf.

»Wenn du auch nur ein Wort davon in deinen blöden Block schreibst …«

»Schon gut.« Er steckte es wieder weg. Ralfs Augenöffnungen schrumpften wieder auf Normalmaß.

»Hensel ist seit ungefähr vier Jahren im PK 23«, sagte er. »Vorher war er eine halbe Ewigkeit im D. I. E.«

»Hensel war interner Ermittler?«

Ralf nickte. »Sogar ein richtig hohes Tier. Er hat im Dezernat Interne Ermittlungen einen Haufen Dreck unter den Behördenteppichen hervorgekehrt und einer Menge Leute gehörig ans Bein gepisst. Auch etlichen Polizisten. Deswegen ist er bei den Kollegen so beliebt.«

»Verstehe«, sagte Barbe. »Und was ist dann passiert?«

»Sie haben ihn rausgekickt. Dienstunfähigkeit. Wegen Burnout, Depressionen oder so. Letztlich haben ihn eine Handvoll psychologischer Gutachten seinen Job im Dezernat gekostet. Er war ein knappes Jahr weg vom Fenster und wurde anschließend ins PK 23 versetzt. In den Wald-und-Wiesen-Dienst.«

»Dürfte seine Laune nicht verbessert haben.«

»Und das ist nicht alles. Man munkelt, sozusagen Gerüchte zu den Gerüchten, dass es damals nicht mit rechten Dingen zugegangen ist.« Jetzt blickte sich auch Ralf nervös um. Er senkte die Stimme. »Dass Leute ihn loswerden wollten. Und dass die Gutachten getürkt waren. Beantwortet das deine Fragen?«

Barbe nickte. »Mein Chef ist also ein ehemaliger interner Chefaufklärer, der niemandem traut und jeden hasst.« Er musste schlucken. »Hoffentlich färbt das nicht auf mich ab.«

Ralf stupste ihn an die Schulter. »Paranoia ist nicht ansteckend, normalerweise. Kopf hoch. Wenn du den überstehst, kriegt dich zukünftig niemand mehr klein.«

28

Es war, als hätten das Gespräch mit Goldman und die anschließende Therapiesitzung einen Schalter in ihm umgelegt. Thomas hatte gar nicht mal so schlecht geschlafen auf seiner Behandlungscouch und fühlte sich erfrischt. Er war gespannt, ob der Privatdetektiv nachher Neuigkeiten präsentierte. Aber vorher hatte auch er etwas zu erledigen. Er würde kämpfen. Um die Liebe seiner Tochter.

Er überlegte, ob er ihr eine Textnachricht schreiben oder sie anrufen sollte. Allerdings hatte er das mehrfach versucht, und sie hatte kein einziges Mal reagiert. Außerdem wollte er sie sehen. Und er wusste, wo er sie um die Mittagszeit treffen konnte.

Er fuhr mit dem Wagen zu Nataschas Schule, parkte in einer Seitenstraße und stellte sich neben den Weg, der vom Schulgelände zur Bushaltestelle führte.

Hoch über ihm zog sich der Himmel zu. Dunkle Wolken, die aussahen wie schwarze, vollgesogene Schwämme, gingen in Stellung und schienen nur auf ein geheimes Startsignal zu warten, um ihre nasse Fracht abzuwerfen.

Natürlich hatte er keinen Regenschirm dabei. Aber er könnte seiner Tochter anbieten, sie im Auto mitzunehmen. Dann hätten sie Zeit zum Reden.

Lange musste er nicht warten, sie war eine der ersten Schülerinnen, die den Weg entlangliefen. Zum Glück war sie allein.

Er trat einen Schritt vor. »Tascha. Bitte, ich will mit dir sprechen.«

Sie zuckte zusammen, blieb stehen und starrte ihn an. Als wäre er ein Alien in dem schlecht sitzenden Kostüm ihres Papas. Es fühlte sich an, als würde sein Herz bluten.

»Ich will nicht mit dir reden.« Tascha machte Anstalten, einfach an ihm vorbeizugehen.

Er stellte sich ihr in den Weg. »Natascha, du musst wissen, dass ich unschuldig bin. Nichts von dem, was gesagt wird, ist wahr. Jemand versucht, mir etwas anzuhängen, das musst du mir glauben.«

Jetzt blieb sie stehen. Schmerz und Zorn färbten ihr Gesicht rot. »Niemand sagt mir, was ich glauben muss und was nicht. Du schon gar nicht.«

Links und rechts schoben sich Kinder und Jugendliche zu Fuß, auf Kickrollern oder Fahrrädern an ihnen vorbei. Thomas spürte, wie ihn misstrauische Blicke trafen. Einige Mädchen in Taschas Alter bauten sich hinter ihr auf. Bereit, ihre Klassenkameradin gegen den aufdringlichen Erwachsenen zu verteidigen.

Gott, das darf nicht wahr sein.

»Nein, so habe ich das nicht gemeint«, sagte er. »Du sollst doch nur …« Unwillkürlich hob er die Arme in die Höhe, um sie an der Schulter zu berühren.

Tascha war schneller. Ihre Hand klatschte in sein Gesicht. Nicht allzu fest. Und dennoch schmerzte ihn die Ohrfeige mehr, als wenn ein Boxweltmeister ihm einen Volltreffer verpasst hätte.

Verdattert stand er vor ihr.

»Lass mich einfach in Ruhe.« Sie schluchzte, und er unterdrückte seinen Reflex, sie zu umarmen. Wäre keine gute Idee gewesen.

Sie stapfte los, den Kopf hoch erhoben, den Blick starr geradeaus gerichtet. Sie ließ ihn stehen, und Thomas konnte nichts tun, nichts sagen. Er musste zusehen, wie sie mit energischen Schritten an der Bushaltestelle vorbei Richtung Hauptstraße ging.

Neben dem Gehweg parkte ein brauner Wagen. Ein alter VW, Polo oder Golf. Sie hielt geradewegs darauf zu. Und während Thomas überlegte, ob das Auto dort vorhin schon gestanden hatte, zog Natascha die Beifahrertür auf und stieg ein. Hinterm Steuer saß ein junger Mann, groß, lockige Haare, der sie, soweit Thomas das durch die Windschutzscheibe sehen konnte, besorgt ansah und sie etwas fragte. Tascha schüttelte den Kopf, daraufhin startete er den Motor, wendete und brauste davon.

Im selben Augenblick begann der Regen.

29

Natascha sank in den weichen Beifahrersitz. Das Geräusch der zuschlagenden Autotür klang beruhigend. Nach Sicherheit.

»Wer war der Kerl?«, fragte Marc. »Du siehst aus, als hättest du ein Gespenst gesehen.«

»Fahr los, bitte!«

Nur erst mal weg, dachte sie.

Zum Glück fackelte er nicht lange, ließ den Motor an und drehte auf der Busspur. Endlich verschwand ihr Vater aus dem Blickfeld.

Wie konnte er nur hier aufkreuzen und sie vor all ihren Freundinnen bloßstellen? War er von allen guten Geistern verlassen?

Klar hatte sie seine Textnachrichten gelesen und die Mailbox abgehört. Es hatte wehgetan, seine Stimme zu hören, so ein fieser, brennender Schmerz im Bauch, der sich durch die Eingeweide fraß. Tausendmal hatte sie überlegt, ob sie antworten sollte. Tausendmal hatte sie sich dagegen entschieden. Sie war noch nicht so weit. Brauchte Zeit.

Und jetzt das. Er hatte ihr aufgelauert. Ihr den Weg versperrt, sie betatscht und ihr gesagt, was sie tun sollte.

So eine Seite kannte sie gar nicht an ihm. Statt sie zu ermahnen oder zu bevormunden, hatte er lediglich seine Meinung gesagt und die meisten Entscheidungen dann ihr überlassen. Der Vater, den sie liebte, drängte sich nicht auf, stellte sich nicht in den Weg.

»Dein Vater?«, fragte Marc.

Dazu musste man kein Hellseher sein. Sie nickte. Sie wollte nichts sagen.

Dicke Regentropfen zerplatzten auf der Windschutzscheibe. »Wo fahren wir hin?«, fragte sie und versuchte, fröhlich zu klingen.

»Tut mir leid, wenn du Stress mit deinem Dad hast«, sagte er. »Ich freue mich trotzdem, dich so schnell wiederzusehen.« Marc sah sie an, die Andeutung eines Lächelns im Gesicht, das rasch breiter wurde, als sie es erwiderte.

»Ich freu mich auch.« Sie sahen einander an, und Natascha spürte ihr Herz in der Brust pochen. Jeder einzelne Schlag vertrieb etwas von der trüben Stimmung. »Und, wohin geht's nun?«

»Überraschung.« Er zwinkerte ihr zu.

»Ich liebe Überraschungen.«

Der Regen wurde stärker. Der Scheibenwischer des alten Golfs ratterte über die Windschutzscheibe wie ein müder Greis über einen holperigen Fußweg und hatte offensichtlich Mühe, die Wasserflut zu beherrschen.

»Du meintest gestern, ich könnte bei euch mitmachen. Wer seid ihr denn? Gehört ihr zur Antifa?«

»Nein.« Marc schaute konzentriert nach vorn in den Regen und steuerte im Schritttempo durch das an das Schulgelände angrenzende Wohngebiet.

»Sondern?«

»Wir machen viel mehr als das«, sagte er. »Wir diskutieren soziale Fragen, Umweltschutz und so. Aber unsere Gespräche hören bei diesen Themen nicht auf. Sie fangen dort erst an.«

»Ich verstehe nicht, was du meinst«

»Das ist auch schwer zu erklären.«

Sie fuhren auf eine vierspurige Hauptstraße zu. »Ich kann dir etwas zeigen von dem, was wir tun. Wenn du willst.«

»Okay.«

Statt an die rote Ampel vorzufahren, lenkte er den Wagen kurzerhand nach rechts in eine freie Parklücke und stellte den Motor ab.

Natascha sah ihn an. Das Fragezeichen musste ihr fett ins Gesicht geschrieben stehen. »Und jetzt?«

»Wir steigen aus.«

»Äh, falls es dir entgangen ist: Es regnet in Strömen.«

Er ging nicht drauf ein, löste den Gurt, stieß die Fahrertür auf und schwang sich aus dem Sitz. Er marschierte vorne ums Auto herum und zog ihre Tür auf. Das hatte nur Sekunden gedauert, aber seine Haare und sein T-Shirt waren bereits mit Regenwasser durchtränkt. Es schien ihn nicht weiter zu stören. »Willst du es nun kennenlernen oder nicht?«

Sei keine Mimose, Tascha, sagte sie sich. Und stieg aus.

Das Wasser legte sich wie ein nasses, kaltes Laken auf ihren Kopf und um ihren Körper. Sie würde sich die Erkältung ihres Lebens holen. Und das zwei Wochen vor ihrem achtzehnten Geburtstag. Ihre Stimmung sank mit jedem Regentropfen, der durch die Kleidung an ihre Haut drang. Sie hätte sich zumindest ihre Jacke überziehen können. »Und jetzt?«

Er zeigte auf eine Steinbank am Rande eines winzigen Parks, die, oh Wunder, gerade nicht besetzt war. Er führte sie dorthin. Sie setzten sich im Schneidersitz voreinander.

»Okay«, sagte er. »Bist du bereit?«

»Wenn du damit meinst, dass ich komplett durchnässt und durchgefroren bin? Ja, ich bin bereit.«

»Meine ich nicht.« Er lächelte. Wassertropfen perlten ihm über Nase und Kinn. »Bereit, dich auf eine Reise zu begeben.«

Sie blickte sich um. Alles lag hinter einem grauen Schleier. »Im Regen, hier auf dieser Bank?«

»Es ist völlig schnuppe, wo wir sind.« Er streckte die Arme aus und formte aus seinen Händen kleine Schalen, in denen sich sofort Regenwasser sammelte. »Leg deine Finger hier hinein!«

»Du meinst …« Sie zögerte.

»So, dass deine Fingerkuppen in meinen Handinnenflächen liegen. Komm, es tut nicht weh. Versprochen.«

»Also gut.«

Ihre Finger schienen in seinen großen Händen fast zu verschwinden.

»Jetzt mach die Augen zu. Behalt sie unbedingt geschlossen. Und achte drauf, wie es sich anfühlt.«

Nass und kalt, wie sonst, schimpfte sie im Stillen. Was sollte dieser Mist?

Sie schob ihren Unmut beiseite, schloss die Augen, versuchte, sich zu konzentrieren. Und tatsächlich war da viel mehr als Nässe und Kälte. Seine Haut war warm und sanft, und tief darunter meinte sie, eine vibrierende Kraft zu spüren. Und da war noch etwas. Es pochte kaum merklich an ihren Fingerspitzen. War das sein Puls? Oder ihrer? Sie wusste es nicht.

Der Regen, der weiter unablässig auf sie herabfiel, wurde zu einem unscheinbaren Rauschen am Rande ihres Bewusstseins.

Aufregend! Es fühlte sich aufregend an. Oh Gott, hoffentlich zittere ich nicht!

Tat sie nicht. Ihre Hände waren ganz ruhig. Dafür merkte sie, dass sich seine minimal bewegten. Im Takt seines Atems? Oder war es ihr Atem?

Wahnsinn, wie nah sie sich waren.

Sie musste an Gerrit denken, ein Junge aus der aufgelösten Antifa-Gruppe. Er war klug und witzig. Sie war nicht wirklich in ihn verliebt gewesen, trotzdem hatte sie sich ein paarmal mit ihm getroffen. Beim letzten dieser Treffen, eine Woche, bevor er mit seiner Familie nach München gezogen war und als ihnen beiden klar geworden war, dass es nichts zu verlieren gab, waren sie in seinem Zimmer gelandet. Sie hatten geknutscht, sich bis auf die Unterwäsche ausgezogen, sich gegenseitig gestreichelt, und er hatte unter der Hose einen Ständer bekommen. Viel mehr war nicht passiert. Womit sie, was ihre sexuellen Erfahrungen anging, gegenüber Freundinnen wie Rebecca unaufholbar zurücklag.

Es war nett gewesen mit Gerrit. Er hatte sie an all den Stellen angefasst, die Jungs an Mädchen interessant fanden.

Und nun das. Sie und Marc berührten sich gerade mal mit den Händen. Und, krass, trotzdem war es tausendmal intensiver. Natascha war noch immer aufgeregt. Dazu gesellte sich ein warmes, geborgenes Gefühl, das von ihren Fingerkuppen ausgehend durch ihren Körper strömte.

»Fühlt sich gut an«, sagte sie. Das beschrieb ihr Empfinden ungefähr so treffend wie das Wort »rot« einen Sonnenuntergang in der Südsee.

Ihre Arme wurden schwer. Gleichzeitig schien Marc seine Hände behutsam auf und ab zu bewegen.

»Jetzt sag mir, was du gerade denkst!«

Die Frage ließ sie zurückzucken. Aber er reagierte blitzschnell und folgte ihr, sodass die Berührung nicht abriss. Immerhin schaffte sie es, die Augen geschlossen zu halten.

»Wie meinst du das?«

»Du hast mich schon verstanden.«

Er federte weiter. Der gleichmäßige Rhythmus übertrug sich auf ihren Körper, schien sie mitzuziehen in einen sanften, wohligen Tanz. »Komm, trau dich!«

»Mir ist das peinlich«, sagte sie wahrheitsgemäß.

»Das verstehe ich. Das ist es immer am Anfang. Such dir was aus, was dir leichtfällt.«

»Okay.« Sie entspannte sich. Von Gerrit würde sie ihm nichts erzählen, das war klar. Gedanken an ihren Vater schossen ihr durch den Kopf, und unwillkürlich meldete sich der Schmerz in ihrem Bauch zurück. War es uncool, beim ersten Date wegen seiner Eltern zu flennen? Egal.

»Ich denke an meinen Vater«, sagte sie.

Marc federte weiter mit seinen Händen. »Das belastet dich, habe ich recht?«

»Die Polizei ermittelt gegen ihn wegen Kinderpornos. Und weil er vielleicht eine Patientin vergewaltigt hat, die sich deswegen umgebracht hat.« Die Tränen überfielen sie, und jetzt war sie froh, Marc nicht anschauen zu müssen. »Mama hat ihn rausgeschmissen und mir gesagt, ich soll mich von ihm fernhalten.«

Der Schmerz in ihrem Leib breitete sich aus. Wie beißender schwarzer Rauch des Feuers, das gerade ihre Gefühlswelt einäscherte. Sie hatte ihren Vater geliebt, solange sie denken konnte. Diese Liebe war einer der selbstverständlichen Grundpfeiler ihres Lebens gewesen. Und nun? Kinderpornos. Übergriff auf eine Patientin.

Asche und Rauch.

»Ich ertrag das nicht. Ich …«

»Konzentrier dich nur auf das Gefühl«, sagte er.

Sie spürte, wie Trauer und Schmerz sie überwältigten. Ein Krampf zuckte durch ihren Körper, und fast hätte sie sich zusammengekrümmt. Aber Marc saß vor ihr und hielt ihre Hände, schaukelte sie. Das gab ihr Kraft.

»Komm, du schaffst das! Bleib dran!«

Er intensivierte die Bewegung. Statt die Hände gleichzeitig auf und ab zu federn, hob und senkte er sie jetzt abwechselnd.

Es vergingen einige Sekunden, und tatsächlich schwächte sich das Gefühl ab. Sie stellte sich vor, wie die schwarze Wolke im Takt von Marcs Geschaukel in Schwingung geriet und sich allmählich verflüchtigte.

»Es wird besser, stimmt's?«, fragte er.

Sie nickte.

»Halt die Augen noch einen Moment geschlossen! Was nimmst du wahr?«

Sie holte tief Luft. Der Atem vertrieb den letzten Rest Rauch, und ihre Wahrnehmung richtete sich auf die Welt da draußen.

Es schüttete noch immer. Aber der Regen war jetzt irgendwie … lebendig.

Sie konnte die Tropfen spüren, die auf ihrer Kopfhaut zerplatzten oder in ihr Gesicht spritzten. Und jeder einzelne intensivierte das Gefühl, ein untrennbarer Teil von etwas zu sein, das viel größer war als sie selbst.

Geräusche hüllten sie ein. Millionenfaches Getrommel auf ihrem und Marcs Körper, auf der Sitzbank, der kleinen Rasenfläche und den angrenzenden Gehwegen streichelte ihre Sinne. Sie konnte den Regen sogar riechen. Ein sattes, erdiges Aroma, das sie in sich aufnahm, das sie von innen erfüllte.

So etwas hatte sie noch nie erlebt. Gänsehaut breitete sich über den Körper aus, aber kalt war ihr nicht. Ihr Hören, Sehen und Spüren war auf die Gegenwart ausgerichtet und ließ keinen Platz mehr für Gedanken oder Gefühle.

Sie öffnete die Augen. Die Welt hatte sich gewandelt. Vater war weg. Vor ihr saß Marc. Er sah sie an, hielt ihre Hände, lächelte ihr zu. Es brauchte keine Worte.

30

»Es hat funktioniert, stimmt's?«

Natascha schmiegte sich in die Wolldecke, die Marc aus dem Kofferraum geholt hatte. Kalt war ihr eigentlich nicht. Auch die durchnässte Kleidung störte sie nicht. Im Gegenteil. Ihr Körper schien zu glühen, ihre Sinne zu vibrieren. Die Regentropfen trommelten aufs Autodach, sie kuschelte sich in Marcs Decke, und sie unterhielten sich. Fast perfekt. »Ja, Wahnsinn«, sagte sie. »Was hast du gemacht?«

»Es heißt sensomotorische Katalyse.«

»Senso was?«

»Sensomotorische Katalyse. Wir nennen es einfach Tippsen. Ich könnte dir einen ewig langen Vortrag darüber halten. Letztlich geht es darum, schlechte Gefühle, die uns blockieren, aufzulösen und uns frei zu machen.«

»Es war unglaublich. Ich habe mich noch nie so lebendig gefühlt.«

»Und das war nur der Anfang. Deine erste Sitzung.« Er beugte sich zu ihr. »Unser Lehrer hat das entwickelt und sich auf diese Weise selbst geheilt. Er hat es uns beigebracht. Das und vieles mehr.«

»Seid ihr so eine Art Psychosekte, oder was?« Der Gedanke war nicht lustig. Trotzdem musste sie bei ihren Worten lachen.

»Was stellst du dir denn vor unter einer Psychosekte?«

»Eine eingeschworene Truppe, die einer verrückten Heilslehre anhängt und mit großen Versprechungen neue Anhänger ködert. Die ihre Mitglieder in ihr Glaubenssystem zwingt und sie von Freunden und Familie trennt.«

Er nickte. »Dann kannst du ja beruhigt sein. Ich dränge dich zu nichts. Ich manipuliere dich nicht.«

»Vielleicht manipulierst du mich ja gerade jetzt.«

»Dafür bist du zu klug.«

»Siehst du. Schon wieder.«

Er lachte, rückte dichter an Natascha heran, bis sich ihre Nasen fast berührten. »Also gut, du hast es so gewollt«, sagte er, und seine Stimme klang nach tiefem Ernst. »Ja, wir sind eine Psychosekte, eine von der übelsten Sorte. An der Oberfläche machen wir auf harmlos, aber wenn erst jemand in unsere Fänge geraten ist, ist es um ihn geschehen. Dann gehört er für immer uns.«

Er starrte sie an, mit finsterem Blick, als wäre er der Lieblingsschüler des leibhaftigen Teufels. Natascha saß ihm unbewegt gegenüber. Irgendwann zuckte sein Mundwinkel, als ob er das Lachen kaum länger unterdrücken konnte. Doch bevor dieses freche, süße Grinsen sein Gesicht zurückeroberte, neigte er den Kopf. Und küsste sie.

31

Es kam Thomas vor, als wäre es leichter, den Regen mit den bloßen Händen einzufangen, als das Vertrauen seiner Tochter wiederzugewinnen. Unter den grimmigen Blicken von Nataschas Mitschülerinnen schlich er zu seinem Auto und fuhr los. Der Anflug frischer Kraft vom Vormittag war jedenfalls dahin. Mit seinem ungestümen Kontaktversuch hatte er es nur schlimmer gemacht. Es tat weh, sich die Wahrheit einzugestehen. Aber tatsächlich blieb ihm nichts anderes übrig, als Tascha eine Weile in Ruhe zu lassen. Bis er und Goldman genügend Entlastendes zusammengesammelt hatten, um sie von seiner Unschuld überzeugen zu können.

Und wer war der junge Mann, in dessen braunen VW Tascha gestiegen war? Normalerweise hätte er sie am Wochenende bei einer Tasse Tee in der Küche oder bei einem ihrer Pizza- und Fernsehabende dezent danach gefragt. Das lag in weiter Ferne. Jetzt konnte er nur hoffen, dass er ein feiner Kerl war und sie es gut hatte bei ihm. Sie war beinahe erwachsen und volljährig. Sie konnte auf sich aufpassen.

»Okay!«, sagte er laut. »Konzentrier dich auf das, was zu tun ist.« Das war in seinem Fall die Fahrt durch den strömenden Regen zu Goldmans Büro, das seinem Navi zufolge in einer Nebenstraße eines der östlich gelegenen Stadtteile lag. Der triste Straßenzug schien wie geschaffen für die grauen Wolken.

Er fand einen Parkplatz direkt vor der Tür und starrte ungläubig aus dem Seitenfenster. Er überprüfte Straßennamen und Hausnummer, die Goldman ihm auf einen Zettel geschrieben hatte.

Thomas zog den Kragen seiner Jacke hoch, stieg aus seinem Auto und hastete zu einem flachen Bungalow. Das kleine Gebäude klebte wie ein Furunkel an der Fassade des dahinter aufragenden mehrgeschossigen Mietshauses.

Goldmans »Büro« war tatsächlich rauchgeschwängert. Und in die Eingangstür war ein Glasfenster eingelassen. Aber damit endete die Detektivromantik.

Thomas stand vor einer abgewirtschafteten Spelunke, die den Namen »Zur letzten Runde« trug. Ein Plastikschild an der Tür wies darauf hin, dass es sich um eine Raucherkneipe handelte und das Betreten ausschließlich Volljährigen gestattet war.

Er widerstand der Versuchung, sich nach allen Seiten umzusehen. Es war egal, ob ihn hier jemand beobachtete. Sein Ruf war sowieso dahin.

Er öffnete die Tür und trat ein.

Die winzige Wirtsstube war mit einer Handvoll Tischen und einem mächtigen Tresen vollgestopft. Überall standen Aschenbecher herum, daneben blühten unverwüstliche Plastikblumen in kleinen Töpfen.

An den Wänden hingen Blechschilder und Aufkleber mit vermeintlich lustigen Sprüchen und Fotos, auf denen traurige Gestalten mit bierseligen Gesichtern ihre gefüllten Krüge in die Höhe stemmten. Sogar einige Gamsgeweihe hatten sich hierher verirrt.

Zum Glück war die Luft besser, als Thomas befürchtet hatte. Kein frischer Rauch, allerdings schien das Aroma von Zigaretten, Schnaps, Bier und Schweiß aus allen Ritzen zu dunsten.

»Ey, Thomas. Komm her, setz dich!«

Walter Goldman war der einzige Gast. Er saß an einem der Tische in Fensternähe vor einer leeren Kaffeetasse, einem Teller mit Brötchenkrümeln, einem Mobiltelefon und einer gelben Pappmappe, auf der seine rechte Hand ruhte, als müsste er ihren Inhalt vor unsichtbaren Dieben beschützen.

Thomas trat an den Tisch und versuchte, seine Gesichtszüge zu kontrollieren.

»Guck nicht so entsetzt«, sagte Goldman, seinen Bemühungen zum Trotz. »Es ist netter, als es auf den ersten Blick aussieht. Hilke ist ein Herz von Mensch, und ihr Kaffee ist super.«

»Das möchte ich meinen!« Die rauchige Stimme gehörte einer hageren Frau mit dünnem, blondem Haar und grauer Haut. Sie trat aus einer hinter dem Tresen gelegenen Tür in den Schankraum, beäugte Thomas mit dem erfahrenen Blick einer Frau, die sämtliche Höhen und Tiefen der menschlichen Existenz zu Gesicht bekommen hatte und sich von nichts mehr überraschen ließ. Sie nickte ihm zu.

»Hilke, Schätzchen, sei so lieb und bring jedem von uns ’nen Pott Kaffee.«

Thomas überwand seine Vorbehalte gegen den versifften Holzstuhl, setzte sich Goldman gegenüber und lehnte sich zu ihm über den Tisch. »Hier kann doch jeder mithören«, flüsterte er.

»Keine Sorge. Hilke kenn ich seit zwanzig Jahren. Der trau ich mehr als mir selbst. Und sonst ist vormittags niemand hier. Sturmfreie Bude.«

»Dieser Prachtkerl hat mir mal aus der Patsche geholfen mit meinem Ex.« Die Wirtin kehrte mit zwei Kännchen und sauberen Tassen zurück, platzierte alles auf dem Tisch. »Deswegen ist er immer willkommen.« Sie lächelte voller Herzlichkeit. »Und seine Freunde auch.«

»Geschäftspartner«, sagte Goldman.

Die Wirtin schnappte die benutzte Tasse und verschwand hinter dem Tresen.

»Ich war auf der Baustelle.« Der Detektiv zappelte auf seinem Stuhl herum wie ein Schüler, der eine schwierige Matheaufgabe gelöst hatte und dies endlich kundtun wollte. »Wo deine Patientin vom Kran gesprungen ist.«

Thomas lief ein kalter Schauer über den Rücken. Die Bilder und Geräusche des furchtbaren Morgens rüttelten an der Tür zu seinem Bewusstsein. Er hielt sie fest zu. »Was hast du da gesucht?«, fragte er.

»Ich habe mich als Polizist ausgegeben.« Goldman grinste. »Die Arbeiter waren so erleichtert, dass ich nicht vom Zoll war und ihre Schwarzarbeiter hopsnehmen wollte, dass sie sofort drauflosgeplaudert haben.«

»Und, hast du was Neues erfahren?«

»Allerdings.« Nicht nur sein Grinsen wurde breiter, seine ganze Statur schien in die Höhe zu wachsen. »Keine Stunde, nachdem Polizei und Rettungsdienst abgezogen waren, ist jemand dort aufgetaucht. Ein junger Mann. Groß, dunkle, lockige Haare. Er hat behauptet, er sei der Bruder deiner Patientin und sie habe etwas bei sich getragen, das beim Sprung vom Kran verloren gegangen sei. Ein Gegenstand, der ihm unendlich viel bedeute, aber angeblich keinen materiellen Wert habe.« Goldman löffelte sich Zucker in den Kaffee und nahm einen Schluck.

»Und was soll das gewesen sein?«

»Genau da wird die Geschichte sonderbar«, sagte er. »Das hat er denen nicht verraten. Er hat gesagt, sie wüssten, was er meine, sollten sie es sehen. Er hat die Arbeiter aufgefordert, gründlich zu suchen. Im Dreck und in ihren Hosentaschen. Er hat zweitausend Euro geboten, wenn sie es finden und ihm geben.«

Thomas pfiff durch die Lippen.

»Das ist noch nicht alles.« Goldman öffnete seinen Ordner und zog einen Zettel heraus, auf den Zahlen gekritzelt waren. »Der große Unbekannte hat ihnen seine Handynummer gegeben. Für den Fall, dass sie es entdecken und scharf auf die zwei Riesen sind.«

Er hielt den Schnipsel voller Stolz in die Höhe wie ein Affe ein Stück erbeuteter Banane. Aber immerhin, es war eine Spur, dachte Thomas. Wer war dieser Mann? Was führte er im Schilde?

»Was machen wir damit?«, fragte er.

Der Detektiv griff nach seinem Mobiltelefon. »Na, ist doch klar. Wir rufen an.«

32

»Ja, Schröder hier. Ich bin Vorarbeiter auf der Baustelle Markfelder Straße Ecke Pauliplatz.«

Thomas staunte über die Verwandlung, die der Privatdetektiv innerhalb von Sekunden vollzogen hatte. Seine Stimme klang schroffer und voluminöser, als hätte der ruppige Umgang auf Hunderten Baustellen sie im Verlauf von Jahrzehnten aufgeraut. Sein Gesicht bekam den harten Ausdruck eines Mannes, der sich gegen alles und jeden zu behaupten wusste. Und sogar Goldmans Statur erschien Thomas auf einmal noch robuster. Wie geschaffen zum Anpacken, Stemmen und Heben.

Dieser Kerl steckte voller Überraschungen.

»Sie waren vorgestern bei uns und haben Geld geboten, wenn wir etwas Bestimmtes finden, das Ihrer Schwester gehört hat.«

»Haben Sie es?« Goldman hatte den Lautsprecher des Handys eingeschaltet, die Stimme des Gesprächspartners klang blechern und verzerrt.

»Sie sagten, wir wüssten sofort, dass es das Richtige ist, wenn wir es sehen. Sie hatten recht. Genauso ist es. Es lag einige Meter vom Kran entfernt im Schlamm.«

»Gut.« Kurzes Schweigen in der Leitung. »Was ist es denn?«, fragte die Stimme.

Klar, dachte Thomas. Der Unbekannte am Telefon würde seine zweitausend Euro nicht ohne Rückversicherung rausrücken.

Goldman warf Thomas einen fragenden Blick zu, der zuckte mit den Achseln. Mit dieser Frage musste der Detektiv doch gerechnet haben. Oder etwa nicht?

»Ich weiß es nicht«, sagte Goldman ins Telefon.

»Sie sagten doch, Sie hätten es gefunden.«

»Eine kleine schwarze Ledertasche. Es ist etwas darin, aber der Reißverschluss ist mit einem Schloss gesichert. Wenn Sie wollen, nehm ich meinen Schlosserhammer, hau das Ding platt und guck nach.«

Erneutes Schweigen. »Nein, lassen Sie das! Ich komme gleich vorbei und nehme das Täschchen mit.«

»Schlechte Idee«, sagte Goldman in einem Tonfall, als belehre er einen Aushilfsmaurer, der sich gerade in eine Wanne voll frischem Zement setzen wollte.

»Wieso?«

»Der Chef treibt sich heute hier rum. Wenn der sieht, wie ich zwei Riesen von einem Fremden einstecke …«

»Okay. Was schlagen Sie vor?«

»Auf der gegenüberliegenden Straßenseite ist ein Kiosk, der Kaffee und Brötchen verkauft. Wenn Sie mal ein richtig gutes Mettbrötchen essen wollen, sind Sie …«

»Einverstanden. In einer halben Stunde?«

»Nee«, sagte Goldman. »Gleich kommt doch der Laster mit dem Stahlgitter. Wenn ich mich davonmache und der Chef …«

»Schon gut. Wann passt es Ihnen?«

Goldman zwinkerte Thomas zu. »Morgen früh. Vor Schichtbeginn«, sagte er. »Sechs dreißig. Kleine Scheine wären nicht schlecht.«

Er legte auf und blickte Thomas an, als erwartete er, dass der vor Bewunderung niederknien, zumindest in euphorisches Klatschen ausbrechen würde.

Weit gefehlt. »Bist du wahnsinnig?«, fragte Thomas stattdessen. »Willst du dich wirklich treffen mit dem Kerl? Wir wissen nichts über ihn. Nur, dass er wahrscheinlich gefährlich und skrupellos ist.«

Der Triumph hielt sich in Goldmans Gesicht. »Meine Großmutter versteht mehr von verdeckter Ermittlerarbeit als du«, sagte er. »Selbstverständlich habe ich einen Plan.«

33

Der Kameramann schwenkte die fette schwarze Linse seines Arbeitsgerätes quer über das Publikum im Kleinen Saal der Laeiszhalle, in der normalerweise Konzerte, Lesungen oder Vorträge stattfanden. Jessica saß halb links in der fünften Reihe. Sie duckte sich hinter einer groß gewachsenen Frau in einem eleganten Abendkleid und hochgesteckten Haaren, die glücklicherweise vor ihr saß. Schlimm genug, dass sie hier war. Aber mit ihrem öffentlichen Kniefall auch noch ins Fernsehen zu kommen, wäre zu viel. Selbst wenn es nur im Regionalprogramm zu sehen war.

Oberhalb der Bühne flammten Deckenscheinwerfer auf und

beleuchteten ein schlankes Rednerpult und einen winzigen Tisch, auf dem ein Wasserkrug und Gläser sowie eine Minivase mit einer roten Rose drapiert waren. Am vorderen Rand des Podiums stand ein Konzertflügel für das musikalische Begleitprogramm bereit.

»Entschuldigung! Darf ich?«

Der Klang der Stimme ließ sie zusammenzucken. Sie drehte sich zur Seite und sah in Marcs Grinsegesicht.

»Was fällt dir ein!« Jessica schoss ihren bösesten Blick ab. Davon unbeeindruckt quetschte Marc sich die letzten Schritte durch die Sitzreihe und ließ sich auf den Sitz zu Jessicas Linken fallen.

»Tut mir leid«, sagte er. »Ich habe eine Platzkarte. Reihe fünf, Platz sieben. Jemand hat es für eine gute Idee gehalten, uns nebeneinanderzusetzen.«

Jessica zwang ihre Augen von ihm weg. Der kurze Blick hatte gereicht. Er trug einen makellos sitzenden schwarzen Anzug, darunter ein blütenweißes Hemd, dessen oberste Knöpfe geöffnet waren. Er sah umwerfend aus.

»Du sollst etwas wissen«, sagte er. Er beugte sich zu ihr, seine Stimme erklang dicht an ihrem Ohr. »Es hat mir nicht gefallen, dich hinters Licht zu führen. Ich hatte versucht, ihm seinen Plan auszureden, aber er hat nicht auf mich gehört. Und du weißt ja …«

»Befehl ist Befehl«, sagten sie gleichzeitig.

»Ich wünsche mir, dass du mir verzeihst. Ich glaube, wir beide wären ein herausragendes Team.«

In der Theorie hatte er natürlich recht. In der Praxis hatte er sie auf Geheiß von Mr Krake vor versammelter Mannschaft an einem Nasenring durch die Manege geführt.

»Was ist los mit ihm?«, fragte sie. »Er wirkt verändert, angefressen. So habe ich ihn noch nie erlebt.«

Er zuckte mit den Schultern. »Er trauert um Jenni. Ihr Tod hat ihn mitgenommen. Wundert dich das?«

Das war es nicht, was sie gestern Nacht oben im Leuchtfeuer gespürt hatte, dachte sie. Ein Mann wie Timon trauerte nicht. Nicht mehr. Früher war das anders gewesen. Aber jetzt gab es etwas anderes, das ihn umtrieb. Und im Gegensatz zu ihr wusste Marc vermutlich, worum es ging. »Wahrscheinlich hast du recht«, sagte sie.

»Du traust mir nicht. Das kann ich dir nach alldem nicht verdenken.«

In die vorderste Sitzreihe kam Bewegung. Eine Gestalt erhob sich von ihrem Sitz, nahm die fünf Stufen der Treppe hinauf zur Bühne mit federnden Schritten und stellte sich, die Hände lässig in die Hüften gestemmt, neben das Rednerpult. Er nickte erst in die Kamera, dann wanderte sein Blick über die knapp hundertfünfzig handverlesenen Ehrengäste.

Der Mann war es gewohnt, sein jungenhaftes Gesicht ins Rampenlicht zu halten. Jessica kannte Niels Renner, Staatsrat in der Innenbehörde, von unzähligen Besuchen im Schwarzen Turm.

Er griff ein Mikrofon vom Pult und wartete ein paar Sekunden, bis es ganz still wurde.

»Dieser Abend«, sagte er mit einer tiefen Stimme, die auch ohne elektrische Verstärkung den Saal gefüllt hätte, »gebührt einem besonderen Mann. Er hat nicht nur in meinem Leben, sondern im Leben vieler, die eine ähnliche Geschichte durchgemacht haben wie ich, eine zentrale Rolle gespielt und spielt sie noch immer. Es ist mir eine Ehre, ihm heute die Senatsplakette der Freien und Hansestadt Hamburg für sein herausragendes soziales Engagement übereichen zu dürfen.«

Applaus brandete auf. Der Kameramann nahm einen Platz in der ersten Reihe ins Visier, direkt neben dem leeren Sitz, den Staatsrat Renner hinterlassen hatte. Jessica konnte den Mann, der dort saß, von ihrer Position aus nicht sehen. Aber sie malte sich aus, wie er bei diesen Worten still in sich hineinlächelte.

»Ich kenne dich, Timon, seit zwanzig Jahren. Und es ist nicht übertrieben zu sagen, dass du damals mein Leben gerettet hast.« Die Stimme des Staatsrats klang belegt, und selbst aus der Entfernung meinte Jessica, die Tränen zu erkennen, die sich in seinen Augen sammelten.

Er wartete, bis die Kamera wieder auf ihn gerichtet war, bevor er sich, scheinbar beiläufig, mit dem Finger über die Lider wischte.

»Elender Kriecher«, raunte Marc ihr ins Ohr.

Er hatte recht. Nichtsdestotrotz war Niels Renner weit gekommen. Er war noch keine fünfunddreißig, was seinen Ambitionen auf höchste politische Ämter nach der Bürgerschaftswahl in zwei Wochen nicht im Wege stand. Da würde sich etwas öffentlich zur Schau gestellte Gefühligkeit auszahlen.

»Einige von Ihnen wissen vielleicht, dass ich als Waisenkind mehrere Jahre auf der Straße gelebt habe.«

Jessica verdrehte die Augen. Renners Autobiografie mit dem bescheidenen Titel *Von ganz unten* war vor einem Monat erschienen und bis auf Platz vier der Spiegel-Bestseller-Liste geklettert. Garantiert gab es hier im Festsaal niemanden, der die rührige Aufstiegsgeschichte nicht kannte.

»Und wahrscheinlich vor die Hunde gegangen wäre, wenn nicht dieser Mann …«, er wies in Richtung der ersten Reihe, und erneut wurde applaudiert, »… eines Tages vor mir gestanden und mir die Hand gereicht hätte.«

Der Staatsrat klatschte mit, bevor er weitersprach. »So wie mir hast du Hunderten junger Menschen ohne Wurzeln und Rückhalt eine Heimat, Hoffnung und Perspektive gegeben.

Deine Moses-Stiftung hilft Pflegefamilien, die Waisen- oder Findelkinder aufnehmen, und unterstützt deren Schul- und Weiterbildung. Du nutzt deine Kontakte aus der Wirtschafts- und Unternehmensberatung, um deine Kinder auch nach der Ausbildung in ihrer beruflichen Entwicklung zu fördern.«

Jessicas Finger krallten sich in ihre Oberschenkel. Es fiel ihr immer schwerer, ruhig zu sitzen und den schmierigen Lobhudeleien dieses Speichelleckers zuzuhören.

Aber der war noch nicht fertig.

»Du bleibst für uns jederzeit ein wertvoller Ansprechpartner und väterlicher Freund. So gibt es eine stetig wachsende Anzahl von Männern und Frauen, die ihre Karriere, vielleicht ihr Leben, wesentlich dir und deiner Stiftung verdanken.«

Der Staatsrat faltete die Hände vor der Brust zusammen, das Signal für die Klatschaffen im Publikum, ihrer Aufgabe nachzukommen.

Renner wartete, bis es wieder still war. »Ich weiß, Timon«, jetzt senkte er die Stimme auf eine vertraulich klingende Lautstärke, »du bist kein Mann der Öffentlichkeit und scheust Veranstaltungen wie diese. Umso mehr wissen wir zu schätzen, dass du nun selbst einige Worte an uns richten wirst.«

Unter erneutem Applaus verließ der junge Politiker die Bühne. Auf dem Weg zu seinem Sitz umarmte er Timon, der gerade aufgestanden war und sich auf den Weg zum Rednerpult machte.

Marc tippte Jessica von der Seite an. »Hast du hiernach schon was vor?«, fragte er.

34

In vino veritas.

Ulrich hockte in einem riesigen Ohrensessel, dessen kräftige rote Farbe die des Weines in seinem Glas beinahe übertrumpfte.

Im Wein liegt die Wahrheit.

Der Lieblingssatz von Doktor Himpel, Ulrichs Lateinlehrer von der achten bis zur zwölften Klasse. Den vielen roten Äderchen in Doktor Himpels Gesicht nach zu urteilen, war der ein eifriger Wahrheitssucher gewesen.

Ulrich selbst hatte noch keine tiefere Wahrheit im Wein gefunden. Erinnerungen, oh ja, die kamen nach einer Flasche Rotwein so zuverlässig wie der schwere Kopf am Morgen danach.

Meistens trank er eine weitere. In der vergeblichen Hoffnung, damit die Geister zu vertreiben, die die erste hervorgelockt hatte.

Er ließ die letzten Schlucke aus Flasche eins in sein Glas rinnen und schwenkte es in der Hand.

So richtig wusste er nicht, warum er das tat. Er hätte es als schlechte Angewohnheit abtun können. Andere Leute stopften sich Süßigkeiten rein, rauchten, betrogen ihre Frauen, schlugen ihre Kinder. Er soff einmal in der Woche zwei Flaschen Merlot oder Cabernet Sauvignon in seinem Ohrensessel, ein Erbstück seiner Mutter, und feierte eine Party mit den alten Geschichten.

Aber das war es nicht. Keine schlechte Angewohnheit. Schon gar keine Sucht oder so. Eher ein Ritual, vielleicht von der Sorte, die einen Querschnittgelähmten Jahr für Jahr den Ort aufsuchen ließ, an dem er einst mit dem Motorrad aus der Kurve geflogen war. Es schmerzte, seinem Schicksal immer wieder in die kaltherzigen Augen zu blicken. Und doch musste es sein.

Es half, sich daran zu erinnern, wer man war. Was einen geprägt hatte. Und in seinem Fall: Was man zu erledigen hatte.

Der heutige Abend bot sogar noch mehr.

Ulrich lehnte sich zurück und stellte mit der Fernbedienung den Ton des TV-Geräts lauter.

Hamburger Regionalprogramm. Live-Übertragung des Festaktes in der Laeiszhalle. Und da stand er.

Timon.

Gut sah er nicht aus. Zu dünn, sehr blass. Aber das bedeutete wenig bei jemandem wie ihm. Er trug schwarzes Baumwollzeugs, und es dauerte keine Sekunde, bis er das Publikum in seinen Bann gezogen hatte. Ein Seelenfänger durch und durch.

»Ich fasse mich kurz«, sprach der in die Kamera. »Wir alle haben Bedeutsameres zu schaffen, als einen Mann zu ehren, der lediglich getan hat, was ihm in die Wiege gelegt wurde.«

Er redete leise, wie immer. Doch nicht einmal die Verstärkung durch das Mikrofon und die Verzerrung durch die Fernsehübertragung und den eher mickerigen Lautsprecher des Fernsehers nahmen der Stimme die Wirkung. Sie schien einem vom Ohr direkt ins Gehirn zu kriechen und in die Gehirnwindungen zu sickern.

Ulrich regelte den Ton herunter und trank einen kräftigen Schluck Roten.

»Das meine ich durchaus wörtlich«, ging die Ansprache weiter. »Ich wurde als Säugling vor einer Kirche ausgesetzt. Ich habe nie erfahren, wer meine leibliche Mutter ist und warum sie mich weggegeben hat. Dieses Nichtwissen über den Menschen, der im Leben der meisten der wichtigste ist, war meine große Bürde.« Sein Blick wanderte die Reihen des Publikums entlang, das gebannt an seinen Lippen hing. »Aber ich habe

Gutes empfangen damals. Ich wurde herzlich aufgenommen in einer kleinen Familie. Mir wurden eine Mutter und ein Bruder geschenkt. Wo vorher nichts war, entstand ein Zuhause, wuchsen Liebe, Bindung und Vertrauen.«

Ulrich wusste, wovon der Mann sprach, wohl wahr. Der Tag, der sein eigenes Schicksal unwiderruflich an das des schwarz gekleideten Redners gekettet hatte, war einundfünfzig Jahre her. Zehn Tage zuvor war Uli sechs geworden. Er hatte abends auf dem Wohnzimmersofa gesessen und *Tom und Jerry* geguckt. Die Türklingel hatte geläutet. Ein markerschütterndes Klirren, das Tote aufwecken konnte. Im ersten Augenblick hatte er gedacht, das Geräusch gehöre zum Film.

»Uli, mach auf! Du weißt doch, dass ich beschäftigt bin!«

Mama werkelte in der Küche. Dem Geruch nach briet sie Frikadellen in der Pfanne. Pfui. Er hasste Frikadellen.

Er krabbelte vom Sofa, warf einen bedauernden Blick rüber zum Fernseher, wo Kater Tom die schlaue Maus gerade in die ultimative Falle gelockt hatte, aus der es nun wirklich kein Entrinnen mehr gab, und schlurfte zur Tür.

Komisch, dachte er. Normalerweise klingelte niemand um diese Uhrzeit. Für eine Sekunde stellte er sich vor, dass Vater an der Tür stand. Lächelnd, mit einem Blumenstrauß für Mama in der einen und einer Packung Schokolinsen für ihn in der anderen Hand. Er sagte, dass die Sache mit der Trennung und dem Auszug nur ein Missverständnis gewesen sei.

Es war Frau Zimmermann, die Auriel genannt werden wollte, wenn sie mit Mama und ihren Freundinnen zusammensaß.

Frau Zimmermann hatte rote Flecken im Gesicht und vergaß vor Aufregung, ihm über den Kopf zu wuscheln.

»Hallo, Uli! Ich will zu deiner Mutter. Lepha?«, rief sie in den Flur und drängte sich an ihm vorbei.

Uli hasste es, wenn jemand Mama so nannte. Lepha war Mamas Engelsname, so wie Auriel Frau Zimmermanns Engelsname war.

Der ganze Engelskram, zu diesem Schluss war Uli nach reiflicher Überlegung gekommen, hatte Papa vergrault.

»Auriel, bist du es?«

»Ja. Wir müssen dringend was besprechen.«

»Was ist denn los?« Mama kam aus der Küche, wischte sich die Hände an der Schürze ab.

Die beiden umarmten sich, wobei Frau Zimmermann versuchte, Mamas Kittel nicht zu berühren, weshalb die Umarmung ziemlich verrenkt aussah.

Die Besucherin flüsterte Mama ins Ohr. Uli verstand es trotzdem. »Können wir ungestört reden? Es ist etwas Wichtiges passiert.«

»Wir setzen uns in die Küche«, sagte Mama zu ihm. »Du darfst weiter fernsehen und dir ein paar Nüsse nehmen. Abendbrot gibt's später.«

Uli trottete ins Wohnzimmer. Dort hatte Jerry sich irgendwie doch aus Toms Hinterhalt befreit und flitzte zu seinem Mauseloch.

Er hörte, wie die Frauen in der Küche verschwanden und die Tür hinter sich zuzogen. Uli wartete einige Sekunden. Normalerweise hätte er für gesalzene Erdnüsse fast alles getan. Aber nicht heute. Er schlich zurück in den Flur.

Wenn er sich vor die Küchentür kniete, konnte er nicht nur hören, was die beiden besprachen. Er konnte durchs Schlüsselloch sogar sehen, wie sie am Küchentisch saßen und aufgeregt die Köpfe zusammensteckten.

»Gabriela hat mich vorhin angerufen«, sagte Frau Zimmermann. »Du weißt ja, dass sie im Jugendamt arbeitet. Vor drei Tagen wurde ein Säugling ausgesetzt. Am Donnerstag. Das war der 29. September. Dir ist klar, was das für ein Tag ist?«

»Der Michaelistag.« Mama flüsterte. »Der Namenstag unseres Schutzengels.«

»Genau.« Frau Zimmermann wackelte vor Aufregung mit dem Oberkörper. Ihr mächtiger Busen plumpste auf die Tischplatte wie ein Ball mit etwas wenig Luft. »Der Junge wurde in einer Tasche auf der Eingangstreppe der St.-Michaelis-Kirche gefunden. Vor dem Hauptportal, über dem die große Statue des Erzengels emporragt. Der Kleine lag direkt darunter, verstehst du? Als hätte ihn jemand seiner Obhut anvertraut. Ihm …«

»Dem heiligen Michael«, ergänzte Mama den Satz. Ihre Stimme klang beim Aussprechen dieses Namens so entzückt, als hätte dieser Engel ihr irgendwann einmal einen Sack voller Geschenke gebracht. Das war natürlich Stuss. Engel gab es nicht in echt. Obwohl Mama das behauptete.

Beide nickten heftig mit dem Kopf. Fast wären sie dabei mit der Stirn zusammengestoßen.

»Gabriela und ich haben uns vorhin mit Uriella getroffen.«

Uli verzog das Gesicht. Uriella war eine alte Frau mit langen grauen Haaren, die roch, als würde sie auf einem staubigen Dachboden hausen und ihn nur sonntagnachmittags verlassen, um Mutter und ihre Freundinnen zu besuchen und doofes Zeug zu reden. »Vielleicht ist es besser, wenn du Klaus bittest zu gehen. Dein Mann ist nicht gut für dich und deine Entwicklung«, hatte sie am Sonntag vor einigen Wochen mit ihrer Singsangstimme zu Mama gesagt, während Uli an der Wohnzimmertür gelauscht hatte. Da hatte er sich echt zusammenreißen müssen, um nicht hineinzustürmen und der Hexe die Haare vom Kopf zu reißen.

»Das Jugendamt sucht dringend eine Pflegefamilie für den Jungen«, sagte Frau Zimmermann. »Sie haben ihn Timon genannt. Uriella will, dass er zu einer von uns kommt. Sie glaubt, dass, nun ja, der heilige Michael ihn uns geschickt hat.«

Mutter schnaufte. Sie schob ihren Stuhl zurück und tigerte in der kleinen Küche herum. Schließlich blieb sie direkt vor der Tür stehen. Hätte einer seiner Finger durch das Schlüsselloch gepasst, hätte Uli ihren Rock berühren können.

»Ich kann unmöglich ein Kind aufnehmen«, sagte sie. »Klaus ist vor zwei Wochen ausgezogen. Uli hat gerade mal angefangen zu begreifen, was das für uns bedeutet.«

»Tu es für uns«, sagte Frau Zimmermann. »Tu es für unseren Schutzpatron. Für Uli ist es bestimmt eine schöne Abwechslung.«

Uli schüttelte den Kopf. Dumm eigentlich, das konnte eh niemand sehen. Er verstand nicht alles, was die beiden Frauen besprachen. Aber er wusste, dass er überhaupt keine Lust auf ein blödes Baby hatte, das in einer blöden Kirche unter einer blöden Statue gelegen hatte.

»Du musst ihn nicht behalten, wenn du nicht willst.«

Mama trat zurück an den Küchentisch und gab den Blick frei. Frau Zimmermann fuchtelte mit den Händen durch die Luft. »Gut möglich, dass die leibliche Mutter auftaucht und das Kind zurücknimmt.«

»Bis wann?«, fragte Mama.

»Ein paar Wochen. Höchstens.«

Uli kratzte sich am Kopf und dachte nach. Ein paar Wochen dauerten eine ganze Weile. Aber es war eine Zeit, die vorübergehen würde. Und danach hätte er Mama wieder für sich.

Was für ein Irrtum! Ulrich kehrte in die Gegenwart und zu den Bildern auf dem Fernseher zurück. Dafür, dass Timon sich kurzfassen wollte, sprach er schon recht lange.

»Meine Adoptivmutter hat mir auf ihrem Sterbebett etwas mitgegeben, das ich seitdem tief in meinem Herzen trage«, sagte er. »Acht Jahre war ich alt, als mir die genommen wurde, die mich so liebevoll bei sich aufgenommen hatte. Sie sagte zu mir …« Er sah hoch und schwieg einige Sekunden. Im Festsaal hätte man eine Fliege husten hören können. »Sie sagte: ›Du bist ein besonderer Mensch, Timon, vergiss das nie.‹«

Ulrich schaute weiter auf den Bildschirm. Doch statt der Live-Übertragung sah er Mutters sterbende Augen. Sie blinzelte ihm zu. Sein Name kam ihr nicht über die Lippen. Sie sparte die Worte, die ihr blieben, für jemand anderen auf.

»Timon!« Sie lächelte. »Komm näher.«

Timon hatte vor einer Woche seinen achten Geburtstag gefeiert. Angesichts ihrer im Sterben liegenden Mutter beschrieb »feiern« den Tag ungefähr so treffend, wie man ihre Zusammenkunft hier als nettes Familientreffen bezeichnen konnte.

Der Tod schien seinen ewigen Schatten auf die Gardinen, die Wände und die spärliche Einrichtung des Krankenzimmers geworfen zu haben. Uli war vierzehn Jahre alt, und sein Verstand hatte schon lange den Sieg über die Ängste der Kindheit davongetragen. Aber sogar ihn beschlich an diesem Ort das gruselige Gefühl, dass hier eine dunkle Macht residierte und gierig darauf wartete, die nächste Menschenseele aus ihrer sterbenden Hülle zu reißen und mitzunehmen. Wohin auch immer.

Dagegen konnten selbst die lächerlichen Bilder und Figuren nichts ausrichten, die Mutters Freundinnen im Zimmer verteilt hatten. Engelsfiguren aus Keramik und Metall bewachten den Nachttisch. Ein Mobile mit Feenpuppen aus bunten Stoffresten baumelte von der Decke, und kitschige Poster von Frauen mit blonden Haaren in wallenden Kleidern dekorierten die Wände. All die Engel, Feen und Leuchtwesen retteten Mutter nicht vor dem Krebs, der sich durch ihre Eingeweide fraß. Da konnten ihre Esoterikfreunde ranschaffen, was sie wollten.

Timon tapste an ihr Bett. Die Finger ihrer rechten Hand tasteten nach ihm. Sie war zu schwach, um den Kopf zu heben und nachzusehen, wohin sie greifen musste. Aber Timon verstand auch so und legte seine Hand in ihre.

Uli wurde nicht schlau aus seinem kleinen Bruder. Bis vor wenigen Stunden hatte Timon wahlweise geheult wie ein Schlosshund oder apathisch in seinem Zimmer gelegen und den Anschein erweckt, als würde er noch vor Mutter das Zeitliche segnen. Jetzt stand er kerzengerade und mit ernstem Gesicht neben ihr. Nicht einfach gefasst oder tapfer, wie es Achtjährige sein können, wenn das Schicksal sie vor eine harte Prüfung stellt. Nein. Wie er so dastand, mit leuchtendem Blick und durchgestrecktem Kreuz, hatte es etwas Erhabenes. Als wäre er ein junger Prinz, der wusste, dass er bald König und allmächtig sein würde. Uli rieselte es kalt den Rücken runter. Es war das erste Mal, dass Timon ihm unheimlich war.

Mutter versuchte, sich zu räuspern, schaffte nur ein hohles Krächzen. »Du bist ein besonderer Mensch, Timon, vergiss das nie.« Ihre Stimme brach, doch sie holte das Letzte aus sich heraus. »Auf dem Nachttisch liegt eine Schatulle. Bitte, Timon, bring sie mir!«

Er nickte und tat wie geheißen. Es war ein dunkles Holzkästchen. Uli erkannte ein Ornament in Gestalt einer Blume auf dem Deckel.

»Öffne es und gib es mir! Bitte!«

Ihre Hand zitterte bei dem Versuch, sie anzuheben. Timon machte es ihr nicht unnötig schwer. Er klappte den Deckel auf und führte ihre Finger an den Rand der Öffnung.

Mutters Gesicht entspannte sich zu einem kraftlosen Lächeln, als sie den Inhalt ertastete. »Das, Timon, ist für dich.«

Sie fand tatsächlich die Kraft, ihren Arm zu heben. Zwischen Daumen und Zeigefinger baumelte ein Goldkettchen. Der kleine Anhänger sah auf den ersten Blick aus wie ein goldenes

Kreuz, aber tatsächlich war es eine winzige Engelsfigur mit dünnem Rumpf und seitlich abgespreizten Flügeln. Das Ding war fein gearbeitet, es waren Gesichtszüge zu erkennen und einzelne Federn.

Timon packte zu.

»Diese Kette war in der Tasche, in der dich jemand kurz nach deiner Geburt vor die Kirche unter die Engelsstatue gelegt hatte«, sagte Mutter. »Sie ist für dich bestimmt. Sie ist ein Zeichen.«

Uli hätte am liebsten die Augen verdreht und einen Spruch rausgehauen. Aber er wusste, was sich gehörte, und riss sich zusammen. Die Geschichte mit dem Schuhkarton, der Statue und der Michaeliskirche hatte Mutter Timon schon vor Jahren eröffnet. Die Story von der Kette war neu, und Uli glaubte sie kein Stück. Wahrscheinlich eine Erfindung der Engelsschwestern, um den armen kleinen Timon zu trösten.

»Es heißt, nur alle hundert Jahre wird ein Kind bei der Geburt von einem Engel geküsst. Du, Timon, bist ein solches Kind.«

Es war die alte Leier. Mutter hatte Timon diesen esoterischen Firlefanz vom ersten Tag an eingetrichtert, nachdem sie ihn mit nach Hause gebracht hatte. Offenbar hatte sie nicht vor, ihn in ihren verbleibenden Stunden davon zu verschonen.

Mit größter Anstrengung hob sie erneut den Arm in die Höhe und streichelte Timon über den Kopf. »Vergiss es nie. Lass es dir von niemandem ausreden.«

Timon nickte zu ihren Worten, aber seine Aufmerksamkeit schien komplett von dem Goldkettchen und dem kitschigen Anhänger absorbiert. Er hielt es sich vor die Augen und starrte es an. Als führte er ein stummes Zwiegespräch mit diesem Goldengel.

»Versprich mir, dass du es nie vergisst!«

»Ich verspreche es.« Es klang wie ein heiliger Schwur.

»Meine Freundinnen werden sich um dich kümmern, wenn ich nicht mehr bin. Okay?«

Ihr Arm sank zurück aufs Bett.

»Uli!«

Er hatte mit vielem gerechnet. Mit Vorwürfen, Ermahnungen oder Beschimpfungen. Das war er gewohnt, und es wäre an ihm abgeprallt.

Aber seinen Namen noch einmal aus ihrem Mund zu hören, mit ihrer Zitterstimme, die ungewohnt freundlich klang, traf ihn unvorbereitet. Er spürte, wie ihm die Tränen in die Augen schossen, und kniff kräftig die Lider zusammen. So weit kam es gerade. Dass er flennte, während Timon den großen Max markierte.

»Deine Bestimmung ist es, deinen Bruder zu beschützen. Er ist schwach und verletzlich. Er braucht deine Hilfe, damit aus ihm werden kann, wofür er bestimmt ist. Versprich mir, dass du ihm beistehen wirst, egal was passiert! Ich bitte dich.«

Uli hatte das Gefühl, als nähmen ihre Worte sein Gehirn in die Mangel. Scheiße noch mal. Unter normalen Umständen hätte er gelacht und ihr irgendeine Frechheit an den Kopf geworfen. Aber hier war nichts normal.

Mutter starb. Und mit ihren letzten Atemzügen salbte sie Timon zu einem Heiligen und verlangte von ihm einen Treueschwur.

Die Feen und Engel im Zimmer schienen aufzuleuchten und ihn erwartungsvoll anzustarren.

Was würde passieren, wenn er ihren Wunsch abschlug? Würde sie ihn verfluchen? Würden ihn grelle Lichtblitze treffen und sein Antlitz von der Erde tilgen? Würden sich ätherische Wesen auf ihn stürzen und in den Wahnsinn treiben? Natürlich nicht. Diesen ganzen Scheiß, an den Mutter und ihre Freundinnen glaubten, gab es nicht in echt.

Und trotzdem ging eine fast überirdische Macht von ihren Worten aus. Jede Ermahnung, jede erdenkliche ihrer Beschimpfungen hätte er dankbar auf sich genommen. Denn in dem Augenblick, als sie ihm die Frage stellte, wusste er, dass er nicken und ein leises »Ja« murmeln würde.

Und dass er sich, sie und Timon für immer dafür hassen würde.

35

Der Mann im Fernseher beendete seine Ansprache. Die Menschen in der Festhalle klatschten begeistert. Manchen genügte selbst das nicht, sie übertönten den Jubel mit Bravo- und Danke-Rufen.

Ulrich drehte den Ton noch etwas leiser. Und hielt sich an seinem leeren Rotweinglas fest.

Timon trat vom Pult zurück, mit unbewegter Miene, als ob ihm das alles nichts bedeutete, und verließ die Bühne über die Treppe.

Leider war es damit nicht zu Ende. Ein dicklicher Mann im schwarzen Frack betrat das Podium von einem Seiteneingang. Er nickte ins Publikum, schritt zum Flügel, fummelte einige Sekunden am Hocker herum, setzte sich und begann zu spielen. Etwas von der Sorte, das aus dem Radio rieselte, wenn man sich bei der Senderauswahl vertan hatte. Ein ruhiges, besinnliches Stück. Die perfekte musikalische Untermalung für Weinflasche Nummer zwei. Und für traurige Erinnerungen.

Ja, Mutters Freundinnen hatten sich tatsächlich um Timon gekümmert. Nicht nur gekümmert. Sie hatten ihn zu ihrem Guru gemacht.

Diese dummen Gänse. In den Monaten nach Mutters Tod hatten sie sich damit begnügt, ihn zu ihren wöchentlichen Treffen einzuladen. Weil sie ihn regelmäßig mit Süßigkeiten und Spielsachen überhäuft hatten, hatte Timon nur zu gerne an Engelsanbetungen, Waldséancen, Reinigungsritualen und Neumondfeiern teilgenommen.

Und ja, er, Uli, hatte sein Versprechen gehalten und auf seinen kleinen Bruder aufgepasst.

Er war zu allem mitgegangen. So war er auch an diesem Sonntag dabei gewesen, als es komplett aus dem Ruder gelaufen war. Da war Timon ihm zum zweiten Mal unheimlich geworden. Eine der Engelsschwestern, Ruth, hatte den sieben oder acht anwesenden Frauen von ihrem Tumor erzählt. Irgendwas an den Eierstöcken, höchstwahrscheinlich bösartig.

Zunächst verschlug es den Engelsfrauen die Sprache, eine schaute betretener drein als die andere. Dann kamen die ersten Kommentare, die ersten Nachfragen und Vorschläge, dieses oder jenes Ritual durchzuführen.

Eine der Schwestern, Selena oder so, schaute plötzlich zu Timon hinüber und sagte: »Kann er nicht etwas tun? Er wurde von einem Engel geküsst.«

Zustimmendes Nicken und erwartungsvolle Gesichter brachten Timon dazu, aufzustehen, zu Ruth zu gehen und der verdutzten Frau beide Hände auf den Bauch zu legen.

Uli hatte keine Ahnung, wie Timon auf die Idee kam. Uli hätte nicht einmal gewusst, was Eierstöcke waren, geschweige denn, wo im Körper einer Frau man diese verdammten Dinger fand.

Aber Timon tat, was er tat, und der Effekt war enorm.

Ruth sank mit rollenden Augen vom Sofa auf den Fußboden und blieb dort so lange zitternd liegen, bis auch die letzte der Schwestern besorgt neben ihr kniete, ihren Kopf hielt oder ihren Arm tätschelte.

Timon tapste unterdessen an seinen Platz zurück, als ginge ihn der ganze Trubel nichts mehr an. Er setzte sich auf seinen Hocker und spielte seelenruhig mit den Fingern an dem Engelsanhänger und der goldenen Kette, die er seit Mutters Todestag um den Hals trug.

Beim folgenden Treffen hatte Ruth berichtet, dass sie vom Krebs geheilt sei.

Es war ein Wunder, das stand für die kleine Gruppe von Spinnern sofort fest. Und Wunder duldeten bekanntermaßen keine kritischen Nachfragen.

Für Timon hatte sich durch diesen Vorfall alles geändert. War er bis dahin ein Gruppenmaskottchen und eine lieb gewonnene Erinnerung an seine hoch geschätzte Adoptivmutter gewesen, wurde er jetzt zum mystischen Zentrum der Engelsanbeterinnen.

Das dritte Ereignis, bei dem Timon ihm unheimlich gewesen war, passierte ein halbes Jahr später. Sie waren bei Ulis Vater eingezogen, alles war noch verstörend neu. Uli kam am frühen Nachmittag von der Schule ins neue Zuhause. In der Wohnung war es ungewöhnlich still.

»Timon?«

Sein Bruder antwortete nicht. Er fand ihn in ihrem gemeinsamen Zimmer. Timon saß am Schreibtisch und starrte auf die brennende Birne der Schreibtischlampe.

»Timon, bist du okay?«

Er reagierte überhaupt nicht. Uli trat seitlich an seinen Adoptivbruder heran. Das grelle Lampenlicht spiegelte sich in dessen aufgerissenen Augen. Was sie anstarrten, schien nicht von dieser Welt zu sein. Er hatte die linke Hand zur Faust geballt, zwischen den Fingern baumelte das lose Ende seines Goldkettchens. Er musste es sich vom Hals gerissen haben.

»Ey, Alter!« Er fasste ihn an der Schulter. Timon zuckte heftig und kehrte zurück. Von woher auch immer.

»In so helles Licht zu gucken, ist scheiße für die Augen«, sagte Uli. »Warum machst du das?«

»Ich träume«, sagte Timon mit leiser Stimme. »Von einer Frau. Sie bekommt zwei Babys, zwei Jungen. Ich sehe sie bei der Geburt. Alles ist voller Blut und Schleim.«

»Krasse Scheiße«, sagte Uli.

»Das eine Baby drückt sie an sich, gibt ihm die Brust, kuschelt es und so. Doch das andere, das zweite, das will sie nicht.« Er schüttelte den Kopf, als wollte er unterstreichen, dass es so etwas unmöglich geben durfte. Seine Augen wurden wieder starr und fixierten die Glühlampe. »Es friert, hat Hunger, aber sie will es einfach nicht. Sie lässt es liegen.«

Er drehte sich um und sah Uli an mit seinem irren Psycho-Blick. »Das Baby ist ihr lästig, verstehst du? Sie liebt es nicht. Es schreit.«

»Krass«, wiederholte Uli. Natürlich dämmerte ihm, worauf Timon hinauswollte. »Du glaubst, du bist dieses Baby.«

Timon nickte. »Es schreit. In meinem Kopf.« Er wandte sich zurück zur Lampe und glotzte weiter, als könnte er das Problem lösen, wenn er nur lange genug ins Licht starrte. Uli wurde mulmig zumute. Sein kleiner Bruder tat ihm leid, klar, aber da war etwas anderes. Etwas, das ihm einen kalten Schauer über den Rücken rieseln ließ.

»Ein Traum halt«, sagte er. »Niemand weiß, warum deine echte Mutter dich vor die Kirche gelegt hat. Soll ich dir erzählen, was ich neulich geträumt habe?«

Timon reagierte nicht.

»Ich kletterte einen Baum hinauf, so ein Riesending, wie im Urwald. Ich konnte die Krone bereits sehen. Nur jedes Mal, wenn ich mich höherstemmte, wuchs der Stamm einfach …«

Timon schoss mit dem Kopf auf ihn zu. Sein Gesicht verwandelte sich in eine wütende Fratze. »Sie wollte mich nicht, verstehst du?«, zischte er. Und jetzt war es Uli, der zusammenzuckte.

»Sie wollte den anderen, nicht mich. Er bekam die Liebe. Und was bekam ich?«

Er funkelte ihn an.

Scheiße, Mann. Uli war sechs Jahre älter als sein Bruder, mindestens zwei Köpfe größer und wahrscheinlich zehnmal stärker. Es war unglaublich. Timon machte ihm Angst.

Er schien ihn mit seinen Augen zu packen und festzuhalten. Seine Lippen formten ein Wort. Er sprach es nicht laut aus, trotzdem war es, als hallte es als wütender Schrei durch den Raum.

»Nichts.«

Uli konnte sich nicht rühren. Er spürte, wie sein Herz klopfte. Wie er hektisch atmete, wie er wegwollte aus diesem Zimmer, das auch sein Zimmer war. Weg von diesem Jungen, der eigentlich sein Bruder war. Der sich in etwas verwandelt hatte, für das er keinen Namen wusste.

Und dann war es so schnell vorbei, wie es begonnen hatte. Der Zorn verpuffte regelrecht aus Timons Gesicht, Tränen schossen ihm in die Augen, und im selben Augenblick heulte er los. »Ich will kein doofer Heiliger sein. Ich will kein Kind sein, das von einem Engel geküsst wurde. Ich will diesen Schrei nicht mehr hören. Ich will, ich will doch nur …« Der Satz endete in lautem Schluchzen. Seine Faust öffnete sich. Die Kette mit dem Engelsanhänger glitt heraus und fiel ihm zwischen die Füße.

Endlich löste sich Ulis Erstarrung. Er hob die Goldkette auf und drückte sie seinem Bruder zurück in die Hand.

»Ich hab sie kaputt gemacht.« Timons Stimme ertrank in Rotz und Tränen. Uli tat das, was nette Jungs mit ihren heulenden kleinen Brüdern eben taten. Er nahm ihn in den Arm und hatte das Gefühl, dass ihn die vertraute Berührung mindestens ebenso beruhigte wie Timon.

»Die lassen wir reparieren, versprochen«, sagte er. Bereits nach Sekunden verblasste der Schrecken, und wenig später war Uli nicht mal sicher, ob er sich alles nur eingebildet hatte.

36

Die Klaviermusik in der Festhalle verstummte, und die Idioten im Publikum taten, was von ihnen erwartet wurde. Ulrich verdrehte die Augen.

Staatsrat Renner erhob sich von seinem Stuhl, erklomm erneut die Empore. Er hielt eine Schatulle in der Hand. »Ich möchte dich, Timon, zu mir auf die Bühne bitten«, sagte er.

Timon kam unter andauerndem Applaus der Aufforderung nach.

Die Veranstaltung steuerte auf die Zielgerade. Der Merlot hinterließ einen pelzigen Geschmack auf der Zunge. Egal. Weinflasche zwei war noch zur Hälfte gefüllt. Die Menge würde er brauchen, um den Höhepunkt seiner eigenen traurigen Geschichte zu ertragen.

»Warum bist du so streng mit ihm? Immerhin ist Timon dein Bruder.«

Daniela. Noch heute hatte Ulrich, wenn er an sie dachte, den Duft ihres Parfüms in der Nase, spürte die Weichheit ihrer nackten Haut unter seinen Fingerspitzen, und, weit aufregender, ihre zarten und geschickten Finger auf seiner.

»Nicht mein richtiger Bruder. Mutter hat ihn adoptiert. Und ich bin nicht zu streng. Timon führt sich auf wie ein Arschloch. Inzwischen glaubt er selbst an das Gefasel, mit dem die Engelsschwestern sein Ego pimpen.«

»Sie glauben an ihn. Es hilft ihnen. Was ist Schlechtes daran?«

Uli richtete sich auf und fischte mit den Händen nach seiner Unterhose, die irgendwo zwischen den anderen Klamotten neben dem Bett lag. Der romantische Teil des Tages war ganz offensichtlich vorbei.

»Timon hebt komplett ab«, sagte er und streifte sich die Shorts über. »Er lässt sich von Mutters früheren Freundinnen aushalten. Er hat unglaublich viel Geld für einen Siebzehnjährigen und gibt es aus, wie es ihm gefällt. Er säuft, nimmt ständig Drogen, vernachlässigt die Schule. Er verhält sich furchtbar arrogant. Weißt du, wie er seinen Mathelehrer genannt hat? In dessen Anwesenheit und vor der versammelten Klasse?«

»Eifersüchtig?« Daniela drehte sich zu ihm herum und zupfte mit ihren Lippen an seinem Ohrläppchen. Ob Absicht oder nicht. Die Decke rutschte von ihrer Schulter und entblößte ihre nackten Brüste.

Wenn er sich vorstellte, wie sie sich neben ihm auf seinem durchgelegenen Schlafsofa gerekelt hatte, erregte es ihn noch heute. Selbst nach über dreißig Jahren und zwei Flaschen Rotwein.

Er hatte sie geküsst. Sie hatte ihm die Shorts wieder ausgezogen, und sie hatten es miteinander getrieben, zum zweiten oder dritten Mal an diesem Nachmittag.

Damals war ihm jeder einzelne Tag mit Daniela kostbarer erschienen als ein ganzes Jahr seines bisherigen Lebens.

Für sie hätte er getötet. Eine Bank ausgeraubt. Oder wäre nach Nowosibirsk getrampt.

Hatte er zumindest gedacht.

Seine realen Heldentaten hatten sich darauf beschränkt, ohne Busticket zu ihr an den Stadtrand zu fahren, am Hauptbahnhof Stoff zu kaufen, den ein offensichtlich durchgeknallter Schwarzafrikaner als Marihuana ausgegeben und der ihnen beim Rauchen einen Höllenhusten beschert hatte, und einen herumstreunenden Schäferhund, der sie im Stadtpark angeknurrt hatte, mit zwei beherzten Fußtritten in die Flucht zu schlagen. Mann, was hatte er sich danach großartig gefühlt.

Daniela war die Tochter von einer von Mutters Engelsfreundinnen gewesen. Sie hatten sich auf einer Versammlung kennengelernt. Im Gegensatz zu ihm schien Daniela sich noch nicht entschieden zu haben, ob sie das Gewese der Engelsschwestern für abgedrehten Schwachsinn oder den Pfad zur vollkommenen Glückseligkeit halten sollte.

Aber das war ihm an diesem Nachmittag egal gewesen.

»Ich liebe dich«, hatte er ihr ins Ohr geflüstert und zum ersten Mal in seinem Leben die wahre Größe und Bedeutung dieser Worte abschätzen können.

Hatte er gedacht.

Zwei Wochen später bollerte Uli gegen die Schlafzimmertür in Timons kleiner Wohnung. »Timon, komm raus!« Seine Fäuste ließen das Türblatt erzittern. »Wir müssen reden.«

»Ich kann jetzt nicht.«

»Eben war die Polizei bei mir. Die suchen dich. Und die sahen nicht geduldig aus. Mach die verdammte Tür auf!« Er trat mit dem Fuß zu, irgendwo im Holz knackte es.

»Du hast doch Kontakte. Kümmere dich darum!«

»Vergiss es!«

»Du hast ihnen hoffentlich nicht gesagt, wo ich bin.«

Sehr witzig. Tatsächlich hatte Uli eine Sekunde gezögert. Niemand wusste von der kleinen Wohnung, die eine der Engelsschwestern Timon zur Verfügung stellte. Damit er sich zur Andacht und Meditation zurückziehen konnte. Uli hatte einen Schlüssel. Allerdings nur für die Wohnungstür, nicht für das beschissene Schlafzimmer. Vermutlich der Grund, warum Timon ebendiese abgeschlossen hatte.

»Ich bin nicht allein. Kannst du nicht später wiederkommen?«

»Timon, mach auf, verdammt noch mal! Oder ich trete die Tür ein.«

»Moment!«

Bettfedern quietschten, nackte Füße tappten über das Linoleum.

Ruth war die Frau, die Timon diesen Luxus finanzierte. Die Engelsfrau war bis heute felsenfest davon überzeugt, dass Timon sie vor zehn Jahren von ihrem Eierstockkrebs geheilt hatte.

Uli hätte darüber gelacht. Wenn es nicht so traurig gewesen wäre.

Timon war vor einigen Monaten siebzehn geworden und liebäugelte damit, die Schule hinzuschmeißen und sich ganz auf das zu konzentrieren, was er immer öfter als »seine Bestimmung« bezeichnete. Mutters verrückte Freundinnen bestärkten ihn darin. Die Engelsschwestern fragten Timon um Rat, bei Dingen, von denen er noch nie etwas gehört haben dürfte. Sie fragten ihn nach Träumen und Visionen. Vor wenigen Tagen hatte spätabends eine hochschwangere Frau an der Tür geklingelt und Timon gebeten, ihren prallen Bauch zu küssen und das ungeborene Kind zu segnen. Überhaupt waren Timons Küsse sehr gefragt. Seine Jüngerschar war davon überzeugt, dass er den Engelskuss, den er selbst bei seiner Geburt empfangen haben sollte, mit seinen Lippen weitergeben konnte. Und die jüngeren Frauen unter der Anhängerschaft schienen es ihren Blicken nach auf ganz andere Arten der Segnung anzulegen.

Deswegen war Timon diese Wohnung beinahe heilig. Hier konnte er nach Belieben seinen Segen verteilen.

Die Tür ging auf. Nur einen Spalt, darin erschien Timons Gesicht. Seine Haut leuchtete wie eine überreife Tomate. Sicher nicht aus Scham. Eher, weil er sich hinten im Bett maximal verausgabt hatte. Seine schwarzen Haare standen ihm wirr vom Kopf. Er stank nach Alkohol. An den Nasenlöchern klebte weißes Pulver, seine Augen bestanden, abgesehen von den knallroten Rändern, aus riesengroßen Pupillen.

»Verdammt, Timon! Bist du von allen guten Geistern verlassen? Ich habe dir gesagt, du sollst die Finger von dem harten Zeug lassen.« Uli drückte gegen die Tür. Timon blockierte sie mit dem Fuß.

»Du hast mir gar nichts zu sagen. Verpiss dich.«

»Die Polizei sucht dich, weiß der Teufel, warum. Dein Leben versinkt in der Scheiße, und du Penner hast nichts Besseres zu tun, als dir die Birne dicht zu koksen und dich mit irgendeiner Schlampe …«

Timon zog den Fuß weg.

Uli hatte sich später oft gefragt, ob es ein Versehen gewesen war oder Kalkül. Er drückte noch immer gegen die Tür, und die schwang jetzt auf und gab den Blick frei.

Kleidungsstücke, wild verstreut.

Zwei leere Wodkaflaschen. Eine stehend auf dem Nachttisch, eine umgekippt in einer Pfütze auf dem Boden.

Ein breites Bett, das aussah, als hätte darin ein Ringkampf stattgefunden.

Und Danni! Seine Danni! Das Mädchen, für das er Heldentaten vollbracht hatte. Sie lag nackt auf dem Laken und blickte betreten in seine Richtung. Mit der Hand tastete sie nach einer Decke und zog sie sich über den Körper.

Der Anblick pulverisierte die letzte Sicherung in seiner Gefühlswelt.

»Du verdammtes Schwein!« Uli stürmte vor und stürzte sich auf seinen Bruder. Er stieß und schlug mit Fäusten und Ellbogen auf ihn ein, trat mit den Füßen. Timon taumelte unter dem Prügelhagel.

Doch statt sich zu wehren, sich wegzuducken oder sich mit den Armen vor den Schlägen zu schützen, statt um Gnade zu winseln oder ihn zumindest zu beschimpfen, statt überhaupt irgendeine menschliche Reaktion zu zeigen, verfiel er in irres Gelächter. Das Geräusch krempelte Uli die Nackenhaut um.

Er drosch einfach weiter. Umso länger es dauerte, desto weniger aus Wut. Sondern damit dieses grelle Lachen endlich verstummte.

Wahrscheinlich hätte er ihn dazu totschlagen müssen. Es wäre nicht das Schlechteste gewesen.

Irgendwann drang Dannis Gekreische an sein Ohr. Sie war aus dem Bett gesprungen und stellte sich, nackt, wie sie war, schützend vor Timon. Beinahe hätte er auch sie mit der Faust erwischt.

»Aufhören!«, schrie sie. Die Verzweiflung in ihrer Stimme und die Angst in ihrem Blick brachten Uli zur Besinnung.

»Lass ihn in Ruhe.« Dannis Gesicht schien rot zu pulsieren.

»Ich wollte es so. Wenn du unbedingt jemanden verprügeln willst, dann schlage mich.«

Uli trat einen Schritt zurück. Neben Danni tauchte Timon auf und grinste ihn an. Seine Visage hatte sich in einen blutigen Krater verwandelt.

Nein. Er wollte Danni nicht schlagen. Er wollte mit ihr um die Häuser ziehen, verrückte Sachen machen und mit ihr vögeln, bis die Sterne in ihren Köpfen explodierten.

Was er nicht wollte, war diese Scheiße hier.

Er hob seine Hände in die Höhe. Sie waren blutverschmiert. Er taumelte rückwärts Richtung Tür.

»Genau, verpiss dich endlich!« Aus Timons Mund spritzte Blut. »Und lass dich nie wieder blicken!«

Staatsrat Renner legte Timon die Medaille um den Hals, umarmte ihn lange.

Wie rührend!

Ulrichs Hand zitterte. Er stellte das Weinglas auf den kleinen Tisch neben seinem Ohrensessel. Wäre es nach ihm gegangen, wäre es das damals gewesen mit seinem Adoptivbruder. Aber eines Nachts, ein halbes Jahr, nachdem er Timon und Danni überrascht hatte, hatte Ulis Telefon geklingelt.

Timons Stimme erklang am anderen Ende der Leitung.

»Uli, ich brauche deine Hilfe, bitte. Es ist dringend.«

»Vergiss es. Ich bin fertig mit dir.« Uli legte auf, aber bevor die Verbindung abbrach, schlüpfte ein letzter Satz Timons durch den Hörer. »Es geht um Danni.«

Verdammt! Uli hätte lieber einen Job als Schneeräumer am Nordpol angenommen, als Danni noch einmal unter die Augen zu treten. Die traurige Wahrheit war: Kein einziger Tag war vergangen, an dem er nicht an sie gedacht hatte.

Er rief sofort zurück.

»Wir hatten Streit. Ich habe sie geschlagen«, sagte Timon mit zitternder Stimme, die überhaupt nicht zu ihm passte. »Danni ist …«

Schwanger.

Das Wort krachte durch Ulrichs Gefühlswelt wie eine Abrissbirne in ein Glashaus. Danni wolle das Kind behalten, erzählte Timon mit knappen Worten. Er wolle das Kind auf keinen Fall. Und die Beziehung auch nicht. Danni sei ihm lästig geworden.

»Sie hat sich vor einer halben Stunde im Badezimmer eingeschlossen und ist nicht mehr rausgekommen.«

Uli raste los. Sein Herz begleitete die rasante Fahrt mit einem Trommelwirbel. Alles, was er in den letzten Monaten runtergeschluckt, von dem er sich abgelenkt, was er zu verdrängen versucht hatte, schien hochzukommen. Wie bei einem Vulkan voller Dampf und Magma, kurz vor dem Ausbruch.

Timon sah furchtbar aus. Blass und ausgemergelt. Der Zustand der Wohnung war kaum besser.

»Sie antwortet mir nicht«, sagte Timon und wies mit der Hand Richtung Badezimmer.

Uli schubste ihn zur Seite, stellte sich vor die Tür. »Danni! Ich bin's, Uli. Sag bitte was!«

Er legte das Ohr ans Türblatt und hörte …

Nichts.

»Falls du vor der Tür sitzt, geh zur Seite!« Er holte Schwung und tat, wozu Timon in seiner Verfassung offensichtlich nicht mehr in der Lage war: Er trat mit dem rechten Fuß gegen die Badezimmertür. Mit der Wucht hätte er zehn Türen auftreten können.

Das Schloss krachte, die Tür flog auf.

Der Anblick ließ alles Magma zu kaltem Stein erstarren.

Er hat sie kaputtgemacht, schoss es ihm durch den Kopf.

Danni, seine Danni, lag auf den Badezimmerfliesen. Ihr Blick verlor sich an der kalkweißen Zimmerdecke.

»Nein«, schrie er. Er fiel neben ihr auf die Knie, bettete ihren Kopf in seinen Händen. Er suchte den liebevollen Ausdruck in ihren Augen. Wollte den Duft ihrer Haare riechen, die Wärme ihrer Haut spüren, sich vom Anblick ihres wunderschönen Gesichts entzücken lassen.

Und ignorieren, was er stattdessen sah: ihren gebrochenen Blick. Den klaffenden Spalt an ihrer Kehle. Den zerbrochenen Einmalrasierer. Die freigelegte Rasierklinge, die in ihrer Hand lag. Das viele Blut, das an ihrem Hals und ihrem Oberkörper klebte und den halben Badezimmerfußboden bedeckte. Das in den Stoff seiner Jeans drang, sodass er es warm und feucht an seinen Knien spürte.

Hinter ihm stöhnte Timon.

»Danni.« Ein letztes Mal formten seine Lippen den Namen des Mädchens, das der strahlende Mittelpunkt seines Lebens gewesen war und immer hätte bleiben sollen. Er ließ ihren Kopf in die Blutpfütze zurücksinken.

Und drehte sich zu seinem Bruder herum.

»Es … es tut mir leid.« Timon stammelte. Er verzog das Gesicht und drückte sich die Fäuste seitlich gegen den Kopf, als hörte er ein lautes Geräusch. Schließlich tastete er mit einer Hand nach seiner Goldkette mit dem Anhänger.

»Du hättest sie alle haben können.« Kalter Zorn ließ Ulis Stimme beben. »Warum hast du die eine genommen, die ich geliebt habe?«

Er stand auf. Timon wich ins Wohnzimmer zurück. Er hob die Hände in die Höhe. »Bitte, tu mir nichts. Im Namen unserer Mutter.«

Wollte er seinen Bruder angreifen? Ihn umbringen? Er wusste es nicht. Seine Gefühle waren wie versteinert.

»Falls ich dir je wieder begegne, das schwöre ich bei unserer Mutter«, sagte er, »bringe ich dich um.«

Die Feier war zu Ende. Die Menschen im Publikum erhoben sich und applaudierten, als hinge ihr Leben davon ab. Die Kamera zoomte frontal auf Timon, der wieder auf seinem Platz in der ersten Reihe saß, und zauberte dessen unbewegte Miene im Großformat auf den Fernseher.

Ulrich hielt Weinflasche Nummer zwei in der rechten Hand, um sich den letzten Rest einzuschenken. Seine Finger verkrampften sich um den Flaschenhals.

Der Kameramann in der Laeiszhalle bekam von Timons Gesicht offenbar nicht genug. Mit der Folge, dass es immer weiter in Ulrichs Wohnzimmer vorzudringen schien.

Seine Hand zitterte. Er stemmte sich aus seinem Sessel und trat einen Schritt auf den Fernseher zu, aus dem ihm die hellblauen Augen seines Bruders entgegenstarrten.

Fast kam es ihm vor, als wüsste Timon, wer ihm da, etliche Kilometer entfernt und doch ganz nah, gegenüberstand.

Timon blinzelte. Der Hauch eines Grinsens huschte über sein Gesicht.

Ulrichs Arm fuhr zurück, schnellte wieder vor, die Hand öffnete sich, und die Weinflasche krachte mit voller Wucht auf den Bildschirm, prallte ab, polterte auf den Boden und blieb vor dem Fernseher liegen. Rote Flüssigkeit rann aus der Öffnung, floss übers Parkett.

Ein Volltreffer. Timon war noch immer da, aber die Flasche hatte seine Visage zerschmettert. Feine Risse zogen sich wie ein Spinnennetz über dessen Gesicht.

»Zeit für ein Wiedersehen, Bruder«, sagte Ulrich.

37

Jessica zog sich beim anschließenden Empfang an die Bar zurück und beobachtete von dort, wie Timon unzählige Hände schüttelte, Glückwünsche entgegennahm, Small Talks führte und sich kein bisschen anmerken ließ, wie zuwider ihm das alles war.

Marc wich nicht von dessen Seite, hielt sich dabei im Hintergrund und warf Jessica immer wieder Blicke zu. Sie tat, als bemerkte sie es nicht.

Nach einer knappen halben Stunde war der Spuk vorbei. Timon verabschiedete sich. Staatsrat Renner ließ es sich nicht nehmen, ihn persönlich aus dem Gebäude zu geleiten. Marc und zwei Bodyguards, die Jessica nicht kannte, deren Visagen und Umgangsformen aber in jedem Fall gesellschaftstauglicher waren als die von Knochen und Keule, begleiteten sie.

Wenige Minuten später kehrte Marc zurück. Er trat zu ihr an die Bar. In der linken Hand hielt er ein daumenbreit gefülltes Whiskyglas, in der rechten eine Champagnerflöte. »Einen Drink?« Er streckte ihr den Champagner entgegen.

Sie griff nach dem Whisky und nahm einen Schluck.

»Und? Zufrieden?«, fragte er.

»Etwas rauchig«, sagte sie. »Schmeckt ganz okay.«

»Witzig.« Marc grinste. »Ich meinte gestern, oben im Leuchtfeuer. Er hat dich vor seinen wichtigsten Leuten zu seiner Nachfolgerin erklärt.« Er nippte am Champagner und schielte über den Rand des Glases zu ihr herüber.

»Neidisch?«

Er zuckte mit den Achseln. »Weißt du, er hat mich vor vielen Jahren von der Straße aufgelesen und gefördert. Er hätte mich auf eine Eliteuni schicken können. In irgendeine Beraterfirma oder eine politische Kaderschmiede. Das, was er mit den Talentiertesten seiner Findelkinder macht.« Marc warf einen abschätzigen Blick auf das Champagnerglas. »Hat er nicht. Stattdessen hat er mich auf sämtliche Reisen und Auswärtstermine mitgenommen. Er hat mich selbst ausgebildet. Jetzt hat er mich endlich nach Hamburg und zu sich in den Turm geholt.«

Und die Geschichte mit mir war die Gesellenprüfung, dachte Jessica. Glückwunsch! Die hatte er mit Auszeichnung bestanden.

»Er bindet mich in alles ein. Ich kenne sein Unternehmen so gut wie er selbst. Ich bin seine rechte Hand. Er vertraut mir blind.« Marc stellte sein Getränk auf den Tresen und lehnte sich zu ihr herüber. »Warum, Jessi, sollte ich neidisch sein?«

Er drehte den Spieß um, wollte sie eifersüchtig machen, klar, dachte sie. Leider hatte er die Fakten auf seiner Seite. Sie bekam Timon oft wochenlang nicht zu Gesicht und hatte bestenfalls Einblick in die oberflächlichen Geschäftsstrukturen. Jennifer war immer seine erste Wahl gewesen und sie nur das Ersatzteil. Vielleicht, hatte Jessica oft gedacht, weil Timon ihre jüngere Schwester für formbarer und weniger eigensinnig gehalten hatte. Sie hatte das akzeptiert. Aber durch Jennis Tod war sie die Leiter raufgeklettert. Und dort wartete er, Marc, für den es nur einen Platz gab. Den oben an der Spitze. »Vertraust du ihm?«, fragte sie.

»Ich weiß, wie er denkt und fühlt. Ich kenne seine Motive, seine Ängste. Darauf vertraue ich.«

Schlaues Bürschchen. Sie nickte.

»Wenn man von dort kommt, von wo ich herkomme, vertraut man nur sich selbst.« Er rückte an sie heran, lächelte.

»Wir müssen uns nicht gegenseitig im Weg stehen«, sagte er. »Wir können zusammen gehen. Ich sag es gerne noch mal: Wir sind ein herausragendes Team. Ich glaube, wir passen perfekt zueinander.«

Sprach der Skorpion zur Spinne, dachte sie. Hatte er recht? Ihr Verstand feuerte eine ganze Batterie an Einwänden ab: Er hatte mit ihr gespielt. Sie gedemütigt. Er übertraf, was Skrupellosigkeit und Machthunger anging, sogar seinen Ziehvater. Kein Wunder, dass Timon ihn zu sich geholt hatte. Um ihn zu fördern. Aber vor allem, um ihn zu kontrollieren. Marc war zu gut, zu gefährlich, um aus den Augen gelassen zu werden. Timon wusste das. Marc würde nicht zögern, jeden, der ihm im Weg stand, aus dem Weg zu räumen, wenn es seinen Interessen diente. Sie und Timon eingeschlossen.

Der reinste Wahnsinn, sich mit ihm einzulassen.

Und doch fühlte sie sich animalisch zu ihm hingezogen.

Er kam immer näher. Sie roch sein Aftershave, dahinter seinen ureigenen, markanten Geruch, spürte seine Wärme, und jede Zelle ihres Körpers schien zu vibrieren.

Natürlich kannte Marc eine hippe Hotelbar in der Nähe. Der dortige Barkeeper servierte ihnen auf Marcs Kopfnicken hin zwei Whisky. In der Ecke spielte ein Barpianist launigen Jazz. Und, klar, es gab ein freies Zimmer mit duftenden Rosen auf dem Tisch und üppig bestückter Minibar.

Scheiß auf die Blumen. Scheiß auf die Drinks. Sie fielen sofort übereinander her.

Marc riss ihr das Abendkleid vom Leib, warf sie aufs Bett und küsste und biss sich an ihrem Körper entlang.

Er war ein fantastischer Liebhaber, das hatte sie geahnt. Dass seine Küsse tiefer drangen als bis an ihre Haut, überraschte sie dennoch.

Wie sehr sie sich ganz fallen lassen wollte. Wie sehr sie ihm vertrauen wollte. Wie sie sich wünschte, dass er es ehrlich meinte mit dem, was seine Worte, seine Hände, seine Lippen und seine Zunge versprachen.

Du dummes Huhn! Vergiss den romantischen Mist und amüsiere dich einfach!

Sie bäumte sich auf, brachte ihn unter sich und genoss, wie ihre Berührungen seinen Willen und seine Selbstbeherrschung wie heiße Butter zerrinnen ließen.

Er genoss und erduldete es minutenlang, dann kämpfte er sich wieder hoch, schob sich über sie.

Ihr Verstand trudelte. »Timon wird das nicht dulden«, sagte sie, ohne darüber nachzudenken.

»Er ist nicht hier, um es uns zu verbieten.«

»Du weißt, wozu er fähig ist, wenn er eifersüchtig ist.« Sie warf den Kopf zurück, seine Zähne bearbeiteten ihren Hals, wanderten tiefer.

Marc packte ihre Handgelenke, drückte sie mit sanfter Kraft nach hinten und küsste sie. »Glaub es mir oder nicht«, sagte er. »Aber ich habe mich in dich verliebt, Jessi.«

38

Goldman stand am nächsten Morgen oben vor der Praxistür. Von der Spitze des Regenschirms in seiner Hand tropfte das Wasser in eine stattliche Pfütze. Er schien es kaum abwarten zu können, dass Thomas ihn einließ.

»Wie ist es gelaufen?«, fragte er.

Goldman hängte Jacke und Schirm an die Garderobe im

Flur. »Ganz nach Plan.« Der Detektiv hob die rechte Hand und streckte den Daumen in die Höhe.

Sie gingen in die Küche. Thomas setzte Kaffee auf, fischte eine Packung Butterkekse aus dem Schrank.

»Gegenüber vom Kiosk, wo ich mit dem großen Unbekannten verabredet war, liegt ein Parkhaus«, sagte Goldman, während sie noch in der Küche standen. »Dort habe ich mich mit meiner Kamera auf die Lauer gelegt und gewartet. Es kam ein junger Typ, sportlich, gut aussehend. Er fuhr einen alten kackbraunen Golf. In einem Lieferwagen auf der anderen Straßenseite warteten zwei Kerle. Ich bin mir nicht sicher, ob die zu dem Schönling gehörten, aber es sah aus, als ob die Schmiere gestanden hätten.«

Sie wechselten rüber ins Behandlungszimmer. Thomas trug den Kaffee und zwei Becher, Goldman die Kekse. Einen schob er sich gleich in den Mund. Thomas setzte sich auf den Schreibtischstuhl. Der Detektiv blieb stehen und fasste in seine rechte Jackentasche. »Ich habe die Bilder auf CD gebrannt und ausgedruckt.«

Er reichte Thomas den Datenträger und einen Stapel kleinformatiger Fotos. Das erste zeigte die Frontscheibe eines weißen Lieferwagens, hinter der zwei Männer zu erkennen waren. Die nachfolgenden Bilder waren Nahaufnahmen der beiden. Grobschlächtige Typen von der Sorte, denen man nicht im Dunkeln begegnen wollte.

Das nächste.

»Das ist der Junge«, sagte Goldman. »Ein echter Schnösel, passt gar nicht zu seiner Schrottkarre. Du hättest ihn sehen sollen. Als er geschnallt hat, dass es nichts wird mit der Übergabe, hat er vor Wut einen Zeitungsständer umgetreten. Schade, dass ich sein Gesicht in dem Augenblick nicht erwischt hab. Der muss mächtig unter Druck stehen, das sag ich dir.«

Thomas starrte auf das Foto. Und wünschte, dass es nicht wahr wäre. Dass ihm zumindest diese Katastrophe erspart bliebe.

Goldman beugte sich herunter, tippte ihm auf die Schulter. »Ey, alles klar mit dir?«

Sein Leben lag in Scherben, das war schlimm genug. Aber was er sah, betraf nicht nur sein eigenes Leben.

»Ich kenne diesen Mann.« Seine Stimme klang dünn und trocken. Die Worte, mit denen er die schreckliche Wahrheit aussprach, kratzten in seinem Hals wie Sandpapier. »Das ist Nataschas neuer Freund.«

39

Jessica streckte im Halbschlaf den Arm zur Seite. Sie ertastete ein leeres Laken, ein zerknülltes Kissen. Mehr nicht.

Sie öffnete die Augen, richtete sich auf. Ihr Schädel brummte. Trübes Tageslicht sickerte durchs Fenster, Regentropfen trommelten gegen die Scheibe.

Sie gähnte, strich sich mit den Händen über ihr Gesicht und den Hals. Fast war es, als erinnerte sich ihre Haut an Marcs Küsse.

Nett war es gewesen. Abgesehen von dem kleinen Schönheitsfehler, dass er sich davongemacht hatte.

»Ich habe mich in dich verliebt, Jessi«, hatte er gesagt. Das hatte sich noch kein Mann bei ihr getraut. Sie lachte.

Nett, ja. Und dämlich und gefährlich. Falls dieser Psychopath sich wirklich in sie verschossen hatte, konnte sie froh sein, wenn ihre Kopfschmerzen die einzige Konsequenz der gestrigen Nacht blieben.

Sie stand auf, streckte sich, musterte ihre Kleidung, die wild im Zimmer verteilt war.

Auf dem Tisch lag eine rote Rose neben einem handgeschriebenen Zettel. Zackige Handschrift, klare Linien, ohne Schnörkel: *Musste früh los. Schlaf dich aus, ich melde mich! Marc.*

Wie die Blume hatte auch die Nachricht ihre Dornen. Er war es, nicht sie, der etwas Bedeutsames für Timon zu erledigen hatte.

Sie schaute auf ihre Armbanduhr, blinzelte Richtung Fenster. Das Wetter war tatsächlich zum Liegenbleiben.

Aber, was Marc nicht wusste: Auch sie hatte etwas zu erledigen. Timon wusste nichts von ihrem Plan. Möglich, dass er es als erneuten Bruch der unbedingten Loyalität betrachten würde, die er von ihr verlangte. Sie war bereit, das Risiko einzugehen.

40

Walter Goldman ruckte auf Thomas' Behandlungscouch herum. Irgendwann hatte er das Gefühl, seine Liegeposition nicht weiter verbessern zu können, also blieb er ruhig liegen und presste die Lippen aufeinander. Das hatte er sich so ausgedacht. Damit sein loses Mundwerk nicht drauflosplapperte. Hinter sich hörte er Thomas' leises Atemgeräusch. Gelegentlich veränderte auch der seine Sitzposition, dann knarzte der

Sessel. Goldman stellte sich vor, wie Thomas seine Sinne schärfte, um sich sofort auf jedes unbedachte Wort zu stürzen und es mit einem lapidaren »Nein« zurückzuweisen.

Also Stille, aber die wurde von Sekunde zu Sekunde schwerer erträglich. Verdammt, wie sollte diese scheiß Therapie funktionieren, wenn er nicht sprechen durfte, aber auch nicht schweigen konnte?

Sein Magen knurrte, als wollte der die Initiative ergreifen. Mist, er hätte schnell einen Happen essen sollen, in der knapp einstündigen Pause, die sie eingelegt hatten, damit Thomas die neuen Nachrichten verdauen konnte. So lag er hungrig auf dieser schrecklichen Couch. Und wusste nicht, was er sagen sollte.

»Was hast du denn zu sagen, wenn du all diese Geschichten weglässt?«, hatte Thomas ihn in der letzten Sitzung gefragt. Da war er furchtbar traurig geworden.

Jetzt fühlte er nichts. Außer dem Hunger.

Gut, ein bisschen Aufregung vielleicht. Und darunter, wenn er ehrlich war, eine gute Portion Ärger. Trotz traf es besser, und auf einmal tauchte das Gesicht seiner Mutter auf. Durfte er das sagen? Mal ausprobieren: »Ich denke an meine Mutter.« Er zog den Kopf ein, weil er mit einem missbilligenden Kommentar rechnete.

Es kam nichts. Thomas schwieg. Also weiter. »Ich konnte es ihr nie recht machen. Sie hat immer Nein gesagt, wenn ich etwas tat oder wollte.«

»Ach ja?«

Lag Häme in Thomas' Kommentar, oder bildete er sich das ein? Bei seiner Mutter hätte er sich das nicht fragen müssen. Er verschränkte die Arme auf der Brust. »Vielleicht sage ich besser nichts mehr.«

»Weil du das Gefühl hast, es hier auch nur falsch machen zu können? Egal was du sagst oder tust?«

»Es ist überall das Gleiche.« Er presste die Lippen aufeinander.

»Ich frage mich, wie sich das anfühlen muss. Es nur falsch machen zu können.«

»Wie soll sich das anfühlen? Dumm natürlich.«

»Verstehe.«

»Einen Scheiß verstehst du. Letztlich denkst du auch nur an dich. Hast den Kopf voller Sorgen um dein eigenes Leben. Was kümmert es dich, wie es mir dabei geht?«

»Hm. Wie bei deiner Mutter?«

»Ja, verdammt. Sie hatte ihren Job. Sie hatte ihre Kerle, mit denen sie rumgehangen ist und die sie nach Hause geschleppt hat. Um die hat sie sich gekümmert, die waren ihr wichtig. Ich war ihr nur im Weg. Eine Last, die sie durch ein Versehen in die Welt gesetzt hatte und fortan mitschleppen musste.«

»Mmh.«

Mehr hatte Thomas dazu wohl nicht zu sagen. Wie er das hasste. Geheuchelte Anteilnahme.

Er hasste seine Mutter. Er hasste sein Leben. Und, mehr als alles, hasste er diese dämliche Therapie. »Es hat keinen Sinn«, sagte er. Er setzte sich auf und wedelte mit den Händen durch die Luft. »Dieser Mist führt zu nichts. Nur zu schlechten …«

»Gefühlen.« Thomas saß, die Beine übereinandergeschlagen, auf seinem Sessel und blickte ihn an. »Ja, das kann ich mir vorstellen.«

Kein Spott, keine Häme, kein Ärger. Goldman kniff die Augen zusammen, aber Thomas' Blick blieb derselbe. Er sah tatsächlich freundlich aus. Der Anblick legte sich wie ein kühlendes, feuchtes Tuch auf sein erhitztes Gemüt.

»Ach, Scheiße! Du meinst das wirklich ernst, oder?«

»Natürlich«, sagte Thomas.

Er legte sich wieder hin. Presste die Lippen aufeinander.

Und setzte sich nochmals auf. Thomas saß noch immer da, machte dasselbe nette Gesicht.

»Also gut.«

Tatsächlich war es besser. Der Zorn hielt sich, aber in erträglicher Intensität. Leider lauerte dahinter ein weiteres Scheißgefühl.

»Traurig, ich werde traurig«, sagte er, und wie auf Kommando sammelten sich einzelne Tränen in seinen Augen und kullerten über die Wangen. »Meine Mutter war oft traurig.«

Und dann erzählte er, zum ersten Mal in seinem Leben, seine Geschichte. Er brauchte die Lippenpresse nicht. Die Lust aufs Schwindeln war ihm vergangen. Es kam ihm furchtbar banal vor, was er vorzubringen hatte. Keine wilden Dramen, keine Schläge. Lediglich eine triste graue Kinderwelt, mit einer vom harten Leben frustrierten Mutter, die sich, nachdem Walters Vater sie verlassen hatte, in immer neue, enttäuschende Männergeschichten geflüchtet hatte. Und die ihrem Sohn kaum mehr zu geben gehabt hatte als ein Dach über dem Kopf und gelegentlich eine aufgewärmte Mahlzeit nach der Schule.

Thomas hörte still zu. Goldman spürte den freundlichen Blick, der auf ihm ruhte, wie eine Taschenlampe, die einen Lichtstrahl in die graue Welt seiner Kindheit warf, ihn sehen und die Dinge beschreiben ließ.

Irgendwann hatte er nichts mehr zu sagen, und sie schwiegen beide. Es fühlte sich nicht schlecht an. Der Gedankenstrom in seinem Kopf, der unablässig Ideen und Geschichten produzierte, wich einer entspannten Ruhe.

»Was weißt du eigentlich von deinem Vater?«, fragte Thomas nach einer Weile.

»Ich kenne seinen Namen«, sagte Goldman. »Vor Jahren habe ich sogar seine Anschrift recherchiert. Möglich, dass er noch lebt. Ich habe mich nie getraut, ihn aufzusuchen.«

»Ach ja?«

Goldman war geneigt, eine Ermunterung aus Thomas' Kommentar herauszuhören. Er wollte nachfragen, aber das Klingeln an der Praxistür unterbrach ihn. Er richtete sich erneut auf. »Erwartest du jemanden?«

»Nicht, dass ich wüsste. Beachte es nicht weiter.«

Er legte sich wieder hin. »Okay.« Und schwieg.

Es klopfte an der Tür. Fest, energisch. Das Klopfen eines Menschen, dachte Thomas, der sich nicht durch bloßes Abwarten abspeisen ließ.

»Vielleicht guckst du doch mal nach? Nicht dass jemand hier hereinplatzt.«

Und mich hier so liegen sieht, führte Thomas Goldmans Gedanken fort. Tatsächlich war das Türschloss noch immer nicht repariert. Und die Sicherheitskette, mit der er nachts die Tür von innen versperrte, hatte er nicht wieder vorgelegt, nachdem er den Detektiv reingelassen hatte.

Es klopfte ein weiteres Mal.

»Also gut.«

Thomas erhob sich von seinem Sessel, trat in den Flur, schloss die Tür zum Behandlungszimmer und zog die Wohnungstür auf.

Er schrie vor Schreck und wich entsetzt zurück.

Eine Tote stand vor ihm. Jennifer, seine Patientin. Die vor seinen Augen vom Kran gesprungen war.

Sein Blut schien in den Adern zu gefrieren. Jennifer war quicklebendig und nickte ihm zu. »Sie sind Doktor Kern, richtig?«

Nein, sie ist es nicht, meldete sich die Stimme der Vernunft in seinem Gehirn. Die Frau in der Tür sah seiner Patientin zum Verwechseln ähnlich. Zumindest auf den ersten Blick. Genauso schlank. Ebenfalls lange schwarze Haare und ein Gesicht, in dem Sensibilität und eiserne Härte ein offenes Gefecht austrugen. Aber sie hatte keine Tätowierung am Hals und im Gesicht. Und ihre Stimme klang tiefer. Statt Lederkleidung trug sie ein dunkles Kostüm mit knielangem Rock, mit dem sie sich auf jeder Vorstandssitzung eines internationalen Konzerns hätte sehen lassen können, darüber einen schicken Regenmantel.

»Ich wollte Sie nicht erschrecken«, sagte sie. »Es ist die Ähnlichkeit, nicht wahr?«

»Wer ist es?« Goldman trat in den Flur. Er hatte einen Keks in der Hand, einen zweiten im Mund.

»Ich bin Jessica Rädler. Jennifer war meine Schwester. Ich kenne den Mann, der Ihnen Schwierigkeiten bereitet.«

Dem Detektiv blieb der Mund offen stehen.

Die Frau schritt an Thomas vorbei in den Flur, musterte ihn und Goldman und warf durch die geöffnete Tür einen Blick in den Behandlungsraum.

»Ich glaube, wir können uns gegenseitig helfen, ihn zur Strecke zu bringen. Sein Name ist Timon. Er ist ein skrupelloser und paranoider Fanatiker. Misstrauisch, dabei hochintelligent.« Sie holte tief Luft, als brauchte sie einen langen Atem, um zu ertragen, was sie noch zu sagen hatte.

»Und er ist mein Vater.«

41

Goldman pfiff durch die Zähne. »Na, da kommt doch Schwung in die Sache.«

»Bitte, kommen Sie herein«, sagte Thomas, ungeachtet der Tatsache, dass die junge Frau diesbezüglich bereits Fakten geschaffen hatte. Er war zu verdattert, um einen klaren Gedanken zu fassen.

Jessica Rädler drückte ihm ihren Regenschirm in die Hand, schlüpfte aus der Jacke, hängte sie an die Garderobe. Sie wandte sich an Goldman. Sie musste den Kopf heben, um ihn ansehen zu können. »Sie spielen eine Rolle in dieser Angelegenheit?«

Der Detektiv sah zu ihr herunter, reagierte aber nicht.

»Das ist Walter Goldman«, sprang Thomas ein. »Er ist …«

»Er ist hier und lässt sich die Kekse und den Kaffee schmecken.« Goldman kniff die Augenbrauen zusammen, funkelte ihn an. »Alles Weitere geht die nichts an.«

Die Besucherin zuckte mit den Schultern. »Nun denn. Können wir reden?«

Thomas schritt voran ins Behandlungszimmer, rückte drei Stühle zurecht. Die junge Frau ließ ihren Blick durch den Raum schweifen, als wäre in ihre Augen ein Radar eingebaut. Sie setzte sich auf einen der Plätze.

»Was können Sie uns über Ihren Vater erzählen, Frau Rädler?« Goldman schien schnell das Wort ergreifen zu wollen, bevor Thomas etwas Unüberlegtes von sich geben konnte.

»Nennen Sie mich Jessica.« Sie schlug die Beine übereinander. »Er leitet eine erfolgreiche Beratungsfirma. Und er ist Gründer der Moses-Stiftung, die Findel- und Waisenkinder fördert und bis ins Erwachsenenalter unterstützt. Er hat sich eine Vielzahl an Psycho- und Mentaltechniken angeeignet und weiterentwickelt, mit denen er und seine Mitarbeiter Führungskräfte in Wirtschaft und Politik coachen.«

»Das scheint mir nichts Unrechtes zu sein«, sagte der Privatdetektiv.

»Er ist eine Krake!« Jessicas Gesicht verfinsterte sich. »Er hat mithilfe seiner Stiftung und seiner Psychotricks jede Menge Menschen an sich gebunden. High Potentials, die dank seiner Unterstützung hervorragend ausgebildet sind und Führungspositionen besetzen. Sie vergöttern ihn und sind ihm ewig dankbar für die Hilfe, die er ihnen geleistet hat. Und er benutzt sie für seine Zwecke.«

»Eine Sekte?«, fragte Goldman. »Läuft das alles legal?«

»Es gibt Machenschaften, von denen kaum einer weiß. Mich eingeschlossen. Er beschäftigt ein paar Männer, die schmutzige Jobs für ihn erledigen. Timon ist gnadenlos. Er schreckt vor nichts zurück, wenn sich ihm jemand entgegenstellt.«

Für einen winzigen Augenblick huschte ein Schatten über Jessicas Gesicht. Als ob ein dunkler Schrecken aus den Tiefen ihres Gedächtnisses hervorsprang und sofort wieder darin verschwand. »Vor gar nichts.« Sie presste die Lippen aufeinander.

»Warum hat er unseren Doktor hier auf dem Kieker?«, fragte der Detektiv.

Jessica sah Thomas an, wieder die Souveränität in Person. »Er macht Sie für Jennis Tod verantwortlich. Er glaubt, dass Sie sie gegen ihn aufgehetzt haben. Sie ermuntert haben, abzuhauen, ihn zu hintergehen und zu verraten. Das, was Sie in den letzten Tagen erlebt haben, ist seine Art, sich zu rächen. Und ich fürchte, es ist erst der Anfang.«

Thomas atmete tief durch. Das war mehr, als er auf einen Schlag verarbeiten konnte. In seinem Bauch brodelte ein gäriges Gemisch aus Angst und Wut und wollte unbedingt aus ihm herausssprudeln.

Goldman blieb cool, beugte sich auf seinem Stuhl vor. »Was wissen Sie denn darüber, was ihm angetan wurde?«

»Nicht viel«, sagte sie. »Timon hat mich nicht in seine Pläne eingeweiht.« Sie sah sich demonstrativ im Raum um. »Aber manches erschließt sich ja von selbst.«

Thomas lachte. Es klang so hilflos, wie es sich anfühlte. »Ich habe ein einziges Mal mit Ihrer Schwester gesprochen. Dabei hat sie Ihren Vater mit keinem Wort erwähnt. Es wäre verrückt, zu glauben, ich hätte sie gegen ihn aufgehetzt.«

»Verrückt, ja. Genauso ist es. Von Argumenten wird er sich nicht überzeugen lassen.« Jessica schüttelte den Kopf. »Was genau hat Jenni Ihnen denn erzählt?«

»Sie hat …«

»Stopp!« Goldman sprang von seinem Stuhl auf. Er streckte die Hände aus und baute sich vor Thomas auf. »Sie kommt hierher, tischt uns Geschichten auf, lockt uns mit unverbindlichen Informationen. Und jetzt stellt sie Fragen. Welchen Grund haben wir, ihr zu trauen?«

Jessica neigte den Kopf. »Welchen Grund sollte ich haben, Sie zu hintergehen?«

»Wie wäre es damit?« Goldman drehte sich zu ihr. »Papas Töchterchen ist bei Dad in Ungnade gefallen. Um seine Gunst wiederzuerlangen, ist sie ein braves Mädchen und spioniert bei seinen Feinden.«

»Würde er euch als Feinde betrachten, wärt ihr längst tot. Er will sich rächen. Das ist etwas anderes.«

Thomas schluckte. Die Spontaneität ihrer Antworten, der vertrauliche Ton, in den sie verfiel, ging ihm unter die Haut. Er konnte Walters Vorsicht nachvollziehen. Aber sein Gefühl sagte ihm, dass Jessica es ehrlich meinte.

»Sie hat uns bisher nichts verraten, das für uns von Wert ist.« Goldman stapfte zwischen den Stühlen umher. »Hat dieser Timon einen Nachnamen? Wo wohnt er? Wo ist sein Firmensitz?«

»Rogall. Er heißt Timon Rogall. Der Sitz von Firma und Stiftung liegt in der Hafencity. Wir nennen das Gebäude den Schwarzen Turm. Wenn Sie es sehen, wissen Sie, warum.«

Goldman schüttelte energisch den Kopf. »Ich bin der Mr Universum der Lügner und Betrüger. Ich erkenne, wenn mich jemand verarscht.«

»Okay. Und nun?« Jessica verzog keine Miene. »Soll ich wieder gehen?«

»Nein!« Auch Thomas hielt es nun nicht mehr auf seinem Stuhl. Das fehlte gerade noch, dass der hitzköpfige Detektiv die junge Frau vergraulte, die der Schlüssel zur Lösung all seiner Probleme sein konnte. Er warf einen Seitenblick auf Goldman. »Vielleicht beruhigen wir uns ein wenig, und Jessica berichtet uns mehr über diesen Timon.«

»Von mir aus«, sagte die junge Frau. Thomas kehrte auf seinen Stuhl zurück. Goldman folgte widerwillig seinem Beispiel.

»Ihre Schwester hat mir erzählt, dass Sie beide auf La Gomera zur Welt gekommen und aufgewachsen sind.« Thomas ignorierte den bösen Blick, den der Detektiv ihm zuwarf. »Haben Ihre Eltern sich dort kennengelernt?«

»Timon hat mir und Jenni mehrfach seine Geschichte erzählt«, sagte Jessica. »Er wurde als Säugling ausgesetzt und adoptiert. Seine Pflegemutter ist gestorben, als er acht Jahre alt war. Er hatte als Jugendlicher massive Probleme mit Drogen und Alkohol. Er war ausgebrannt, wusste nicht, wer er war. Eine alte Freundin seiner Adoptivmutter hat ihm ein Flugticket nach Gomera bezahlt. Sie hat ihn zu ihrer Schwester geschickt, die dort in einem Hippiecamp gelebt hat. Timon hat immer betont, wie stark ihn die Jahre auf der Insel geprägt haben. Er hat seine Erinnerungen an diese Zeit sogar aufgeschrieben und mir und Jenni zu lesen gegeben.« Sie sah hoch. »Ich kenne seine Geschichte, als wäre es meine eigene. Wenn Sie wüssten, was ihm dort widerfahren ist, könnten Sie ihn und sein Handeln besser verstehen.«

Thomas schaute den Detektiv an, der nickte. »Okay.« Thomas eilte in die Küche, bereitete Tee und frischen Kaffee zu, verteilte gefüllte Tassen an Goldman und Jessica, die sich schweigend gegenübersaßen, und nahm selbst Platz.

Die junge Frau lehnte sich in ihrem Stuhl zurück. Und erzählte.

42

La Gomera, Sardinenbucht,
vor dreiunddreißig Jahren

Hier stand er nun. Dabei hatte er: seinen Ausweis, die Kleidung, die er am Leibe, und das alte Paar Turnschuhe, das er an den Füßen trug, natürlich seine Kette mit dem Engelsanhänger sowie knapp achtzig D-Mark und einen Fünfzigdollarschein.

Zurückgelassen hatte er: den ganzen Rest.

Das Taxi, das ihn hierhergebracht hatte, brauste zurück nach San Sebastián und zog eine graue Staubwolke hinter sich her. Hoch über ihm kletterte die Sonne den kanarischen Bilderbuchhimmel hinauf, wurde von Minute zu Minute heller und wärmer.

Sie gewann an Kraft. Leider war es bei ihm genau andersherum. Seit er in Hamburg in den Flieger gestiegen war, fühlte er sich stetig mieser.

Eine schwere Kette mit verrosteten Gliedern versperrte das Weiterkommen. An ihr baumelte ein Blechschild mit in die Oberfläche eingestanzten Buchstaben: *Privado*. Jenseits der Absperrung bahnte sich eine holperige Sandpiste ihren Weg durch eine unwirkliche Steinlandschaft.

Hier also sollte es beginnen, sein neues Leben.

Vom Flugzeug aus hatte La Gomera ausgesehen wie ein ehemals stolzer Vulkan, dem der Allmächtige vor langer Zeit mit einem kosmischen Werkzeug den übermütig aufragenden Kegel herausgeschnitten hatte.

Eine kastrierte Insel. Witzig.

Von der Fähre aus betrachtet, war Gomera ein schmutzig brauner Steinbrocken im Meer. Dort angekommen, war es einfach eine Geröllwüste, die sich mit Palmen, Kakteen, Gräsern und Sträuchern einen grünen Anstrich verpasste.

Ihm war heiß und übel. In seinem Kopf schrie das Neugeborene aus dem Traum, der ihn jede Nacht heimsuchte. Verrückt.

Das bin ich, der da brüllt, dachte er. Das Geräusch war mal lauter, mal leiser, aber er hörte es fast durchgängig.

Was für eine Scheiße. Er hätte seine rechte Hand für einen Drink gegeben und den ganzen Arm für ein paar Gramm Kokain, aber in der Hinsicht war wohl gerade kein Geschäft zu machen. Zumindest hätte er dem Taxifahrer dessen Wasserflasche abkaufen sollen.

Seine Beine fühlten sich an, als bestünden sie aus Wachs, das in dieser Affenhitze zu schmelzen begann. Warum sich nicht einfach in den Dreck legen und darauf warten, dass jemand kam? Mit Alkohol, mit Drogen. Wenigstens mit Wasser. Vermutlich käme niemand, und er würde elend verdursten.

Es half nichts. Timon zog seine dünne schwarze Lederjacke

aus und warf sie sich über die Schulter, stieg über die rostige Kette und folgte dem Sandpfad, der ihn in sein neues Leben führte.

Der Marsch nahm kein Ende. Sein Durst wurde fast so schlimm wie seine Laune. Die Sonne brannte und schien ihn von dort oben auszulachen. Nach unbestimmter Zeit, es mochten fünf oder fünfzig Minuten gewesen sein, keine Ahnung, hörte er Motorengeräusch. Er schaute hoch. Eine Sandwolke bewegte sich auf ihn zu, aufgewirbelt von einem Motorrad. Eine Vespa, erkannte er, als das Zweirad nahe genug war. Der Roller sah aus, als würde er nur noch von Rost und Staub zusammengehalten. Eine Frau saß darauf. Mittelalt, so um die vierzig. Sie trug Shorts und eine dünne bunte Bluse. An den Unterarmen und am Hals baumelten allerlei Ketten und Ringe. Sie stoppte die Vespa und stieg ab.

»Hi!«, sagte sie. »Ich bin Elisabeth. Aber alle nennen mich Betty. Du musst Timon sein.«

Er nickte.

Sie musterte ihn von oben bis unten. »Ruth hat mir von dir erzählt.« Sie verzog das Gesicht. »Aber dass es so schlimm um dich bestellt ist, hat sie wohl vorsorglich verschwiegen.« Sie lachte in einer Lautstärke, als gäbe es kein Gestern und kein Morgen. »Ruth hat gesagt, du hättest diese Gabe. Du hättest sie vom Krebs geheilt. Stimmt das?«

Klar stimmt das, hätte er ihr entgegenschreien wollen. Ich wurde bei meiner Scheißgeburt von einem Scheißengel geküsst, das geschieht genau einmal in hundert Jahren. Ich bin ein scheiß Auserwählter. Die Engel schicken mir Visionen und Antworten auf alle Fragen. Ich kann Wunder bewirken.

Aber das war Vergangenheit. Das war die schillernde Blase, in der er gelebt, die ihn getragen hatte.

Ich wurde nie geliebt, seit mein Herz angefangen hat zu schlagen. Meine Mutter hat mich aus sich herausgedrückt und entsorgt. Ihre Liebe galt einem anderen. Meine Adoptivmutter hat mir einen Haufen Schwachsinn eingetrichtert. Und deine Schwester Ruth ist eine einsame, hysterische Frau, die sich erst ihren Krebs und anschließend ihre Wunderheilung eingebildet hat. Ich bin kein Auserwählter. Ich bin …

Nichts, schrie es in ihm. Am liebsten hätte er sich die Ohren zugehalten. Obwohl er wusste, dass das nicht half. Stattdessen fanden seine Finger den Anhänger, den er um den Hals trug. Und hielten sich an ihm fest.

Nichts. Das war die traurige Wahrheit, die übrig blieb, nachdem die Blase zerplatzt war.

»Ich weiß es einfach nicht«, sagte er. »Es sind üble Dinge passiert, und ich habe mit alldem abgeschlossen. Das ist Geschichte.«

Betty lachte erneut und sah ihn mit einem Na-das-wollen-wir-mal-sehen-Blick an. Sie klappte den Sitz ihrer Vespa hoch und zog eine Wasserflasche heraus. »Hier, du siehst durstig aus. Trink einen Schluck. Und dann bringe ich dich ins Paradies.«

43

Das Wasser war warm wie die Pisse eines Fieberkranken und hatte einen salzigen Beigeschmack, trotzdem tat es gut. Dafür war der anschließende Ritt über die Sandpiste die reinste Tortur. Jedes Mal, wenn Betty mit der alten Vespa einen großen Stein, eine Bodenwelle oder ein Schlagloch mitnahm, rechnete er fest damit, dass der Roller sich in seine Einzelteile zerlegen und er sich bei der anschließenden Rutschpartie über das Geröll alle Knochen brechen würde.

Er klammerte sich an seine Chauffeurin und tröstete sich mit dem Gedanken, dass er es bald geschafft hatte. »Paradies«, das klang nach einer kalten Dusche, frisch geschnittenem Obst, kühlen Drinks, klimatisierten Räumen und sauberen Betten.

Betty lenkte das Zweirad in eine scharfe Rechtskurve und scheuchte ein paar Hühner auf, die am Rande der Straße zwischen den dürren Sträuchern nach Körnern pickten. Und dann waren sie da.

»Herzlich willkommen!«, sagte Betty.

Was Timon sah, verschlug ihm die Sprache.

Das »Paradies« lag in einer vielleicht hundert Meter durchmessenden, von schwarzen Felsen eingeschlossenen Senke. Zerfallene Baracken aus Holz und Wellblech bildeten einen Halbkreis um ein größeres Gebäude, das Einzige, das aus massiven Steinen gemauert war und ein Dach trug, das diesen Namen verdiente. Vor den Hütten lag eine mit faustgroßen Steinen eingefasste Feuerstelle mit verkohlten Holzresten. Zwischen den Hütten waren Schnüre gespannt, auf denen bunt bemalte Tücher aufgehängt waren. Abseits der Häuser, auf der anderen Seite der Sandpiste, stand das Wrack eines Campingwagens.

Aus dem Nichts galoppierte ein Hund heran, ein Untier von der Größe eines Kalbs, mit staubig grauem Fell. Timon zuckte zusammen.

Das Viech sprang an Betty hoch, die kaum das Gleichgewicht halten konnte. »Keine Angst«, sagte sie. »Das ist Beppo.« Sie tätschelte ihm über den Kopf. Beppo wandte sich Timon zu, schnüffelte an ihm herum, zögerte eine Sekunde – und ließ sich neben ihm auf den Boden fallen. Er schubberte mit dem Rücken an Timons Beinen und jaulte zufrieden.

»Dein erster Freund.« Betty lachte. »Dies ist eine alte Fischfabrik, in der früher Sardinen verarbeitet wurden, deswegen nennen die Einheimischen diesen Ort Sardinenbucht. Hier leben wir. Unten am Strand gibt es Höhlen in den Felsen, dorthin ziehen wir uns zurück, wenn uns danach ist. Wir bauen Gemüse an, haben ein paar Hühner, fangen Fische. Alle paar Tage fährt jemand in die Stadt, verkauft Batiktücher und besorgt Trinkwasser und die wenigen Sachen, die wir sonst zum Leben brauchen.«

Das durfte nicht wahr sein!

Ruth konnte unmöglich diese Müllhalde gemeint haben, als sie von dem Camp gesprochen hatte, in dem ihre Schwester lebte. »Ein Ort des Wachstums und der Heilung, mit Menschen, die dir guttun werden«, so hatte sie sich ausgedrückt.

Für eine Sekunde hoffte Timon, dass Betty in ihr lautes Gelächter ausbrechen und das Ganze als Riesenverarsche aufdecken würde. Ein klimatisierter Bus würde vorfahren, und in zwanzig Minuten würde er an einer Hotelbar sitzen und sich einen Gin Tonic reinknallen.

Betty sah ihn an. Keine Ahnung, was sie in seinem Gesicht las. Begeisterung konnte es nicht sein. »Das Ankommen fällt vielen schwer«, sagte sie.

Das war die Untertreibung des Jahrhunderts!

Er sank in die Hocke und vergrub den Kopf in den Händen.

»Vielleicht willst du dich erst mal ausruhen?«

Er nickte, richtete sich auf, und Betty führte ihn in das Hauptgebäude. Statt Fenstern und Türen klafften leere Öffnungen wie zahnlose Mäuler im Gemäuer. Drinnen sah es noch schlimmer aus. Im Zimmer links neben der Tür waren Mauerreste, zersplitterte Bretter, eine rostige Wanne und kaputte Plastikeimer entsorgt worden. Im nächstgelegenen, größeren Raum hatten sich kleinblättrige Pflanzen durch den Betonboden gebohrt. Zumindest lag hier kein Bauschutt, stattdessen standen ein alter

Schrank, ein gammeliges Sofa und ein Tisch herum. Grellbunte Batiktücher bedeckten Teile der Wände. Überall im Raum waren Kerzen und Öllampen verteilt.

»Du kannst dich dort hinlegen.« Betty wies in eine der Ecken. Die alte Matratze mit den Wolldecken hatte mit einem frisch bezogenen Bett ungefähr so viel gemein wie …

Ach, egal, dachte er. Etwas Besseres gab es eben nicht. Er knüllte seine Jacke zu einem provisorischen Kopfkissen zusammen, sank auf die Unterlage, kniff die Augen zusammen, rollte sich auf die Seite, drückte sich die Fäuste auf die Ohren und zog die Beine an. Entschlossen, einfach liegen zu bleiben und aufzugeben. Einfach nicht mehr aufwachen und diesem wahr gewordenen Albtraum entfliehen. Der Schlaf war nahe, er legte seine bleierne Hand auf Timons Gesicht. Das Babygeschrei in seinem Kopf verhallte.

»Ich weck dich nachher, wenn die anderen kommen«, hörte er Betty sagen. Es klang wie eine Drohung.

44

Timon erwachte. Die Welt war noch immer heiß und grell. Jemand schnaufte neben ihm. Er schreckte auf und blickte zur Seite.

Es war der Köter, Beppo, dieses graue Ungetüm. Er musste sich zu ihm gelegt haben, während er geschlafen hatte. Underdogs unter sich. Wahrscheinlich hatten Beppos Flöhe die Gelegenheit genutzt, um vom Vier- auf einen Zweibeiner umzusteigen.

Der Hund lupfte ein Augenlid, prustete erneut und schlief wieder ein.

Er rappelte sich hoch. Das neugeborene Baby in seinem Kopf erwachte mit ihm und begann zu schreien.

Timon fuhr sich mit den Händen durch die Haare. Er fühlte sich weder erfrischt noch ausgeruht. Im Gegenteil. Schweiß hatte sein Hemd fest auf die Haut geklebt, die Glieder waren schwer, sein Mund trocken wie Kreidestaub, und, ja, hungrig war er übrigens auch.

Und er war am wohl ungeeignetsten Ort der Welt, um Linderung zu erfahren. Sprich: eine Dusche, einen Drink, der was taugte, und eine warme Mahlzeit.

Er könnte sich einfach wieder hinlegen. Vielleicht gestattete ihm eine gnädige Macht ein paar weitere Stunden Schlaf. Na, ihr Engel da draußen, wie wär's mit einem Beweis, dass ihr wirklich existiert?

Falls es sie gab, ließen sie ihre Chance ungenutzt.

Er stellte sich auf die Füße. »Timon, alter Junge«, sagte er laut. »Du musst dich hier selber aus der Scheiße ziehen.«

Beppo grunzte. Als wollte er zustimmen.

Er schnappte sich seine Lederjacke und trat ins Freie.

Die Sonne stand deutlich tiefer, brannte aber noch immer in den Augen. Zu sehen war niemand. Die Vespa war verschwunden, offenbar war Betty noch mal los.

Er blickte sich um. Wohin sollte er gehen? Die Sandpiste, auf der er gekommen war, zog in einer sanften Kurve am Camp vorbei, durchquerte die Senke und verschwand am anderen Ende zwischen zwei Felsen. Das war sein Weg. Einen anderen gab es nicht.

Er stapfte los. Die Sonne schien ihm penetrant ins Gesicht, also musste der Pfad grob in südwestliche Richtung führen. Im hinteren Teil des Camps entdeckte er ordentlich angelegte Gemüsebeete, in denen Kräuter und Gemüse wuchsen. Außer ein paar Tomatensträuchern kannte er die Sorten nicht. Sogar ein Gewächshaus stand dort, wenngleich die meisten Glasscheiben zersplittert oder nicht vorhanden waren. Über die Tür eines winzigen, fensterlosen Holzhäuschens hatte jemand mit weißer Farbe *Toilet* geschmiert.

Der Sandweg führte unmerklich bergauf, Timon erreichte die Felsen, die die Senke begrenzten, und damit den höchsten Punkt des Pfades.

Der Anblick hätte das Herz eines jeden Postkartendesigners höherschlagen lassen. Das ruhige Meer, auf dessen Oberfläche die Sonne funkelte, die dunklen Felsen, die unten in einen ebenso schwarzen Steinstrand übergingen, darüber das strahlende Blau des Himmels, von ein paar unschuldigen Wölkchen mit weißen Tupfern verziert.

Eigentlich toll. Aber sein Herz schlug verdammt gleichgültig weiter. Er hörte das Meer, konnte es sogar riechen. Plätschernde Wellen, salzige Luft. Auch das ließ ihn kalt.

Er stieg den Hügel hinunter. In den ursprünglich feinen Kies des Weges mischten sich zunehmend größere Steine und kleine Felsen, und er war froh, seine Turnschuhe zu tragen.

Nach wenigen Schritten erreichte er das, was romantische Gemüter als Strand bezeichnet hätten. Er fand das Wort »Geröllfeld« passender, eine Ansammlung schwarzer Steine unterschiedlichster Größe, vom feinsten Sandkorn bis zum tonnenschweren Brocken. Es erstreckte sich in beide Richtungen über vielleicht hundert Meter und endete an schroffen Felsen.

Er marschierte weiter zum Wasser, blickte dabei nach unten, um nicht mit dem Fuß gegen einen Stein zu stoßen und umzuknicken.

Nach einer Weile hob er den Kopf.

Und er sah einen Engel.

Keine dieser biblischen Fürchtet-euch-nicht-Gestalten oder sphärischen Lichtwesen aus den Geschichten seiner Adoptivmutter.

Nein, dieser Engel war weiblich und aus Fleisch und Blut. Die Frau war kaum älter als er selbst. Sie hatte kurz geschorene Haare, eine helle Haut, die zu verletzlich schien für das grelle Licht. Sie stand, nur mit einer Bikinihose bekleidet, im hüfthohen Wasser und ließ die kleinen Wellen mit ihrem Bauchnabel spielen.

Jetzt schlug sein Herz tatsächlich schneller.

Timon hatte viele hübsche und etliche sehr hübsche Frauen gesehen und war mit den meisten von ihnen im Bett gelandet, wenn er es drauf angelegt hatte. Der Anblick einer schlanken Frau im knappen Höschen sollte nichts Besonderes sein.

Und doch. Bei dieser hier war es anders.

Sie hatte eine tolle Figur, keine Frage. Und, soweit er das auf die Entfernung einschätzen konnte, ein süßes, ebenmäßiges Gesicht. Aber sein Verstand weigerte sich, ihr eines seiner üblichen Etiketten anzuheften.

Es war nicht ihr Äußeres, das seinen Blick fesselte, seinen Puls in die Höhe trieb und ihn vergessen ließ, was er sagen oder tun könnte.

Sie schien zu spüren, dass er sie anstarrte. Sie drehte sich zu ihm um, lächelte und winkte, stieg aus dem Wasser und lief mit beherzten Schritten auf ihn zu.

»Komm!« Sie hielt ihm ihre Hand hin. Etwas an seinem Gesichtsausdruck ließ sie schmunzeln. Wahrscheinlich sah er sie an wie ein kleiner Junge einen Weihnachtsengel.

»Keine Angst«, sagte sie. »Ich heiße Hannah. Und ich beiße nicht.«

Winzige Sommersprossen drängten sich auf ihren Wangen. Sie schienen in ihrem Gesicht zu tanzen, wenn sie lächelte.

Er fasste zu, sie zog ihn über den Steinstrand.

»Was hast du …«

»Pscht«, machte sie. Sie führte ihn ins Meer, und er folgte, zunehmend verunsichert. Seine Füße steckten in Turnschuhen. Er hatte die Hosenbeine seiner Jeans hochgekrempelt und sein Hemd aufgeknöpft. So weit, so gut. Nur, Badekleidung war das nicht. Und er hatte nichts zum Wechseln. Aber der Engel hatte ihn zum Schweigen verdonnert, also hielt er die Klappe und tat, was sie wollte. Zumindest seine Lederjacke mit dem Geld und den Papieren schleuderte er zurück auf den Strand. Es war kälter als erwartet, und die Kleidung bremste das Fortkommen, je tiefer sie hineingingen.

Ich werde mich fürchterlich erkälten, dachte er.

Sie stoppte, als er bis zur Brust im Wasser stand. Hannah reichte es bis zum Hals.

Das Meer war so klar, dass er bis zum Grund gucken konnte. Kleine Fischchen huschten um ihre Füße.

»Jetzt hol Luft«, sagte sie. »So tief, wie du kannst. Und hab keine Angst.«

»Du meinst …«

»Pscht«, machte sie wieder. Er atmete ein und hielt die Luft an. Sie legte ihm eine Hand auf den Kopf und drückte ihn runter. Er beugte die Knie und ließ es geschehen.

Es war ein kleiner Schock. Er widerstand dem Reflex, sich sofort hochzustemmen.

Sie wollte es. Er tat es. So einfach konnte das Leben sein.

Er kniff die Augen zusammen. Aber er hörte das Rauschen des Meeres, dazu das aufgeregte Pochen seines Herzens, und …

Sonst nichts. Erst jetzt bemerkte er, dass das Schreien in seinem Kopf verstummt war.

Langsam brannte es in der Brust. Da spürte er ihre zweite Hand unter seiner Achsel. Hannah zog ihn hoch.

Er tauchte auf. Das Salzwasser lief ihm von den Haaren übers Gesicht und brannte in den Augen.

»Komm«, sagte sie und hielt ihm erneut ihre Hand hin. Er nickte, sie führte ihn aus dem Wasser. Timon war klamm und kalt. Er fühlte sich wie ein Hund, den jemand zum Baden in den Waschzuber geworfen hatte. Sie ließ ihn los. Beide standen nebeneinander im schwarzen Kies. Er sah sie an. Ihre nackte Haut glänzte in der Sonne.

»Darf ich was sagen?«, fragte er.

»Klar, warum denn nicht?«

»Wozu … ich meine, was sollte das?«

Ihr Lächeln ließ die Sonne am Himmel wie ein mickeriges Glühwürmchen erscheinen. »So machen wir das hier. Dein Körper ist jetzt angekommen.«

»Mein Körper?«

Sie nickte.

Und wo ist der Rest?, dachte er.

45

Abends saßen sie am Lagerfeuer. Timons Klamotten waren allenfalls notdürftig getrocknet, aber bei den milden Temperaturen war das kein Problem. Auch seine Gefühlswelt hatte sich beruhigt. Nicht, dass er sich entspannt oder gar zufrieden gefühlt hätte. Weder waren die schrillen Echos der Vergangenheit verklungen noch die schreiende Not der Gegenwart. Aber alles war angenehm gedämpft und somit erträglich. Irgendwie hatte Hannah das mit ihm gemacht.

Betty hatte eine Gemüsesuppe gekocht und brachte ihm und den anderen eine dampfende Schüssel. Dazu gab es trockenes Brot und Wasser.

Die anderen, das waren Andreas, ein ergrauter, hagerer Typ, der in seinem früheren Leben Grundschullehrer gewesen war. Er wohne seit einem knappen Jahr im Camp, erzählte er. Das »System« zu Hause habe ihn krank gemacht.

Birthe war eine kleine verhuschte Frau mittleren Alters, die wenig sprach, aber eifrig nickte, als Andreas über die Hektik und den Lärm in Deutschland schimpfte. Timon konnte sie sich gut als emsige Vorzimmerdame eines Steuerberaters in einer deutschen Kleinstadt vorstellen.

Pedro war nach Timon mit Mitte zwanzig der Jüngste, ein drahtiger Schönling mit braunen Augen und dunklen Dreadlocks. Er erzählte, dass er als Kind einer Deutschen und eines Spaniers auf Gomera aufgewachsen sei. Nach der Schule sei er zum Studieren nach Berlin gegangen, mit dem Leben dort aber nicht zurechtgekommen. Also sei er zurückgekehrt.

Der Letzte im Bunde war Henning, ein spindeldürrer Mann, der vermutlich die sechzig schon überschritten, sich aber eine zeitlose Fitness und Gelenkigkeit bewahrt hatte. Er saß als Einziger auf dem kahlen Boden, mit übereinandergeschlagenen Beinen, alle anderen auf Holzkisten oder flachen Steinen.

Die anderen schienen zu spüren, dass Timon noch nicht bereit war zum Reden. Sie ließen ihn in Ruhe, erzählten etwas von sich, streuten Belanglosigkeiten vom Tag ein oder schwiegen. Timon lauschte den Geschichten, lächelte zu den Scherzen und genoss die befreiende Leere, die sich allmählich in seinem Inneren ausbreitete.

Später am Abend holte Andreas eine Gitarre aus einer der Baracken. Zur Musik zauberte Betty eine Flasche mit einer gelblichen Flüssigkeit hervor und reichte sie herum.

»Bananenlikör«, sagte Hannah, nachdem sie einen Schluck getrunken hatte und die Flasche an Timon weiterreichte.

Er probierte. Süß, bananig, gar nicht schlecht.

Wenig später mischte sich ein vertrauter Duft in den Rauchgeruch des Lagerfeuers. Henning hatte sich einen Joint angezündet, zog und inhalierte mit einer Inbrunst, als hätte er die letzten dreißig Jahre auf diesen Augenblick gewartet. Er gab das Teil in die Runde, und Timon überraschte sich selbst damit, dass er die Haschfluppe einfach durchwinkte. Betty warf ein großes Holzscheit ins Feuer. Die Funken sprühten hinaus in den Nachthimmel.

Später lag Timon auf seiner Schlafstätte in der Baracke. Es raschelte und knisterte aus allen Ecken, vermutlich Kakerlaken und Spinnen, deren Stunde gekommen war. Kleine Schatten, die von Mäusen oder Ratten stammen mochten, huschten über den Boden. Aber das war vollkommen egal. In seinem Kopf lösten sich die Gedanken an Hannah in dem rauschigen Nebel des Bananenlikörs zu einer wohligen Schwere. Ruth, dachte er, bevor er einschlief, vielleicht war das doch keine schlechte Idee von dir.

46

Jemand weckte ihn am nächsten Morgen. Timon öffnete die Augen, blickte in Hannahs Sommersprossenlächeln, und bevor er sich fragen konnte, ob er wach oder müde, ausgeruht oder gerädert, gut oder schlecht gestimmt war, hatte sie ihn schon aus dem Haus gezogen. Draußen ging die echte Sonne auf. Pedro und Andreas erwarteten sie, gemeinsam pilgerten sie zum Strand, wo Betty, Henning und Birthe standen und aufs Meer hinausblickten. Die Bucht lag im Schatten des östlich gelegenen Felsens, aber wenige Meter weiter draußen auf den Wellen glitzerten die Sonnenstrahlen.

Sie streiften sich die Kleider vom Leib, als wäre Nacktsein die normalste Sache der Welt, und staksten ins Wasser.

Timon war es unangenehm, sich so zu zeigen, vor allem vor Hannah, und das kalte Wasser schreckte ihn mehr, als dass es ihn lockte. Aber er ließ sich mitreißen.

Henning zog mit kräftigen Kraulzügen davon, die anderen folgten ihm, in gemütlicherem Tempo, raus aufs Meer, bis an die Stelle, wo die aufgehende Sonne um den Felsen blinzelte.

Nach dem Baden versammelten sie sich auf einer vom Geröll befreiten sandigen Fläche. Sie stellten sich, noch immer nackt, im Kreis auf. Birthe führte eine Reihe langsamer, kreisförmiger Bewegungen vor.

Strandyoga oder so was. Unter normalen Umständen hätte Timon spätestens jetzt schreiend das Weite gesucht. Aber sein Widerstand schmolz, je länger er sich mit den anderen am Strand aufhielt. Das Rauschen des Meeres, die sattfeuchte, noch angenehm kühle Luft, der blaue Himmel, das hatte was. Die aufgehende Sonne flutete die Bucht mit hellem Licht.

Wenig später gab es Frühstück oben im Camp. Irgendeinen Getreidebrei, den Betty offenbar vorgekocht hatte, mit frischem Obst. Henning brühte über dem Lagerfeuer Kaffee auf.

»Ich fahr mit dem Roller nach San Sebastián«, sagte Betty. »Soll ich jemandem was mitbringen?«

Henning orderte einen Beutel Tabak, Hannah eine Zahnbürste und eine Tafel Zartbitterschokolade, Andreas erinnerte daran, dass Trinkwasser, Kaffee und Streichhölzer zur Neige gingen.

»Alles klar mit dir?« Timon spürte Hannahs Hand auf dem Rücken und zuckte zusammen. »Du bist so still.«

»Ja, alles gut.«

Er hatte das so dahergesagt, und sie dankte es ihm mit einem weiteren Lächeln.

Aber es stimmte, wurde ihm klar. Zum ersten Mal seit einer gefühlten Ewigkeit hatte er nicht von der Frau und der Zwillingsgeburt geträumt, war er ohne Babygeschrei in seinem Kopf erwacht. Eine ungewöhnliche Ruhe wuchs in ihm heran, seit er im Camp angekommen war. Er misstraute ihr, klar. So wie er einer Höhle misstrauen würde, die er in einer kalten, verregneten Nacht in der Wildnis entdeckt hatte. Und trotzdem würde er ohne Zögern hineinkriechen.

Falls ein gefährliches Tier im Dunkel lauerte, würde er es früh genug merken.

47

Am Nachmittag fragte ihn Hannah, ob er Lust zum Schwimmen habe.

Zum Schwimmen eigentlich nicht. Aber er wollte Zeit mit ihr verbringen. »Klar!«, sagte er.

Sie machten sich auf den Weg zum Strand.

»Wie lange bist du schon im Camp?«, fragte er.

»Ist das wichtig?«

Er zuckte mit den Achseln. »Ist es nicht?«

Sie erreichten die Anhöhe. Hannah sah aufs Meer hinaus. Er betrachtete sie von der Seite. Das glitzernde Wasser spiegelte sich in ihren Augen.

»Manchmal fühlt es sich so an«, sagte sie, »als wäre ich schon mein ganzes Leben hier. Und manchmal, als wäre ich erst gestern angekommen, so wie du. Klingt komisch, oder?« Sie drehte sich zu ihm, ihre Blicke trafen sich, und es fühlte sich an, als würde warmer Honig in seine Brust fließen.

»Nein, gar nicht«, sagte er schnell. »Der Geist lehnt sich zurück. Wie in einer Hängematte. Je länger man darin schaukelt, umso mehr vergisst man, dass es je anders gewesen ist.«

Meinte er das ernst? Oder war es eine dieser hohlen Esoterikphrasen, die er den Freundinnen seiner Adoptivmutter aufgetischt hatte?

Hannah jedenfalls schien es zu gefallen. Sie nickte und lächelte ihn an.

Unten am Strand zogen sie sich aus. Timon vermied es, zu ihr rüberzuschielen.

»Betty hat erzählt, du könntest heilen«, sagte sie.

»Hat sie das.«

Hannah faltete Shirt, Hose und Unterhose zusammen und deponierte alles auf einem Stein. »Und? Kannst du?«

Timon atmete tief durch. »Meine Adoptivmutter gehörte einer Gruppe an, die sich die Engelsschwestern nannte.« Er legte seine Kleidung neben ihre. »Als ich acht war, glaubte eine dieser Frauen, an Krebs erkrankt zu sein. Ruth, Bettys Schwester.«

Hannah nickte. »Und du hast sie geheilt?«

»Nein. Ich meine, ich weiß es nicht.« Alles in ihm sträubte sich, die Tür, hinter der er all das versperrte und die seit seiner Ankunft langsam ins Schloss glitt, wieder zu öffnen. Aber es war Hannah, die daran klopfte. »Sie hat es jedenfalls geglaubt«, sagte er. »Danach haben sie mich zu ihrem Guru gemacht. Sie kamen wegen allem Möglichen zu mir. Wollten Antworten auf drängende Fragen, Mut, wenn sie zweifelten, Trost, wenn sie traurig waren. Ich habe ihnen das gegeben, was sie brauchten.«

»Was ist schlecht daran?«, fragte sie.

»Es war nicht ehrlich.« Der Satz kam lauter heraus, als er beabsichtigt hatte. Hannah zog die Augenbrauen zusammen. »Sie glaubten«, sprach er weiter und senkte seine Stimme, »ich sei bei meiner Geburt von einem Engel geküsst worden und hätte übersinnliche Kräfte. Ich habe sie manipuliert und ausgenutzt. Ruth hat mir einen Haufen Geld gegeben und mir später eine Wohnung finanziert. Dort habe ich ...«

»Pscht.« Hannah tippte ihm mit dem Zeigefinger auf die Lippen und brachte ihn zum Schweigen. Sie sah ihn an mit einer Intensität, dass es fast wehtat. Sie standen sich nackt gegenüber, das war heftig genug. Aber ihr Blick drang weit tiefer. Timon fühlte sich von innen nackt.

»Vielleicht kannst du mehr, als du ahnst. Vielleicht betrügst du dich nur selbst.«

Er konnte nicht klar denken, geschweige denn etwas erwidern. Hannahs Satz hallte in seinem Kopf wider wie ein ewiges Echo. Sie packte ihn an der Hand. »Los, komm!« Sie zog ihn ins Wasser und befreite ihn aus seiner Erstarrung.

»Wie weit kannst du?«, fragte sie.

»Weiß nicht.« Er war in mieser körperlicher Verfassung, daran gab es keinen Zweifel. Er war nicht fett, im Gegenteil, das war nie sein Problem gewesen. Aber seinen Körper hatte er in den letzten Jahren hauptsächlich dazu benutzt, Drogen aufzunehmen, um seine Gefühle zu betäuben. »Finden wir's raus!«

Sie schwammen weit aufs Meer hinaus. Mehrere Hundert Meter, schätzte er. Es zog in den Armen, ging aber besser als erwartet. Nein, mehr. Es fühlte sich gut an.

Er blickte nach unten. Nahe am Strand hatte er den teils sandigen, teils felsigen Untergrund sehen können. Hier sah er nur seine zappelnden Beine, darunter starrte ihm dunkles Blau entgegen.

»Ganz schön tief«, sagte er.

Hannah lachte. »Hab keine Angst. Guck mal, das Wasser trägt dich von ganz alleine. Sie legte sich auf den Rücken und breitete die Arme aus. Tatsächlich wirkte es ganz leicht. Trotzdem verließ er sich lieber aufs Schwimmen.

»Wenn du willst, zeige ich dir mal unsere Höhlen.« Sie richtete sich auf, trat mit den Beinen und wies mit der Hand in Richtung der östlich vom Strand gelegenen Felsen. »Manchmal schlafe ich dort, wenn ich meine Ruhe brauche. Es ist toll.«

War das eine Einladung? Die Vorstellung, mit Hannah allein in einer Höhle am Strand zu übernachten, war …

Beängstigend. Ja, das war es. Hannah war wunderschön, liebevoll, sanft und intelligent. Die Vorstellung, ihr körperlich nahezukommen, ihr länger und intensiver in die Augen zu schauen, nackt und verletzlich, wie er sich in ihrer Gegenwart fühlte, war krass. Er hatte keine Ahnung, was passieren würde. Er sehnte sich danach, oh ja. Und es machte ihm eine Heidenangst.

Er ließ seinen Blick über die Klippen mit den Höhlen, zurück über den Strand und weiter in westliche Richtung wandern.

»Siehst du die Bucht da drüben?«

Jenseits des Felsens, der die Sardinenbucht in westliche Richtung begrenzte, lag ein winziger Strandabschnitt. Er konnte gerade mal fünf bis zehn Meter breit und kaum wesentlich tiefer sein. Landwärts ragten steile Felsen in die Höhe. Es sah nicht so aus, als könnte man die Minibucht auf dem Landweg erreichen. Vielleicht war das besser für den Anfang zu zweit.

»Sieht nett aus«, sagte er. »Komm, wir schwimmen hin!«

»Nein, besser nicht.«

»Warum denn? Keine Sorge, ich beiße auch nicht.« Er lächelte ihr zu.

»Das ist es nicht. Ich will da nicht hin.« Hannahs Gesichtsausdruck verfinsterte sich.

»Wir waren mal da«, sagte sie. »Es gibt da vorne eine gefährliche Strömung, die einen ins offene Meer zieht. Andreas ist da hineingeraten, es hätte ihn fast erwischt.«

»Oh. Okay.«

Hannah setzte sich in Bewegung. »Komm, wir schwimmen zurück. Wer zuerst am Strand ist.«

48

Die innere Stille wurde für Timon zu einem geschätzten Gefährten. Die Vergangenheit in Deutschland mit all ihren Dämonen verzog sich in einen hinteren Winkel seines Gedächtnisses. Die Gegenwart war Ruhe, Sonne, Meer und Gemeinschaft.

Er redete nicht viel. Musste er nicht. Der Tag nahm ihn einfach mit. Morgens weckte ihn Henning, wenn der sich aus seiner Decke schälte und dabei laut gähnte, oder Beppo, der den jungen Tag mit einem Geräusch begrüßte, das halb Bellen, halb Jaulen war. Das frühe Bad im Meer, spirituell verzierte Turnübungen am Strand und das anschließende Frühstück gehörten zum festen Ablauf, ebenso das gemeinsame abendliche Essen am Lagerfeuer. Es gab ein paar Pflichtaufgaben im Camp, die ohne große Diskussionen erledigt wurden. Beim Aufräumen halfen alle mit, das Einkaufen mit der Vespa übernahm meist Betty, beim Kochen griffen ihr Birthe, Pedro oder Andreas unter die Arme. Henning kümmerte sich um Reparaturen. Daneben blieb eine Menge Zeit zum Baden und Rumhängen.

Jeder hatte Erfahrungen mit einer oder mehreren, meist östlichen Heilslehren. Zweimal täglich stellten sie sich am Strand oder neben dem Lagerfeuer auf, und einer von ihnen war »an der Reihe«, wie sie es nannten, erzählte, was er wahlweise über Yoga, Zen, Vipassana oder Qigong wusste, beantwortete Fragen und leitete Übungen an.

Und Timon war dabei. Die Gruppe bezog ihn wie selbstverständlich mit ein. Er fühlte sich wie befreit. Er musste keine Rolle spielen. Er war kein Guru, kein von einem Engel Geküsster. Dafür lernte er ganz Lebenspraktisches: Pedro sprach fließend Spanisch und brachte ihm Alltagsvokabeln und grammatikalische Grundlagen bei. Andreas lehrte ihn ein paar Akkorde auf der Gitarre. Birthe zeigte ihm, wie man Tücher und Kleidungsstücke einfärbte, und Betty teilte bereitwillig ihr Wissen über Heilkräuter und Gewürze und verriet jedem, der sie fragte, das Rezept für ihre Gemüsesuppe.

Dass etwas nicht stimmte mit diesem Camp und seinen Bewohnern, wurde ihm erst allmählich klar. Es begann als kaum merkliches Gefühl am äußersten Rand seines emotionalen Radars, und von da an dauerte es weitere drei Tage, bis Timon begriff, was es war. Obwohl sich sein Geist sträubte, den heilsamen Frieden, den er gefunden hatte, wieder zu stören, ließ es ihn von da an nicht mehr los.

Es wurde wenig gesprochen. Nie steckten zwei oder mehr von ihnen die Köpfe zusammen oder verzogen sich zum vertraulichen Gespräch. Dass Hannah ihn allein zum Schwimmen abschleppte, wiederholte sich nicht. Auch auf ihr Versprechen, ihm die Felsenhöhlen zu zeigen, kam sie nicht zurück.

Sex schien in der Gruppe kein Thema zu sein. Hannah und Pedro waren altersmäßig und optisch wie füreinander geschaffen, behandelten sich aber wie Geschwister. Betty war wahrhaftig kein Kind von Traurigkeit und sicher nicht unattraktiv, nur schien das Henning oder Andreas bisher nicht aufgefallen zu sein.

Und da war noch mehr.

Er und Henning schliefen im Hauptgebäude. Betty und Hannah übernachteten meist zusammen in einer der Wellblechhütten. Gelegentlich zog es eine der Frauen zu den Höhlen unten am Strand, und sie blieben dort über Nacht. Pedro schlief mit Schlafsack und Isomatte unter freiem Himmel am Lagerfeuer, und Andreas betrachtete eine der Holzhütten als seinen persönlichen Rückzugsort. Beppo trieb sich überall herum. Er suchte zunehmend Timons Gesellschaft und hatte es sich zur Gewohnheit gemacht, neben ihm im Hauptgebäude zu schlafen.

Aber alle, der Hund eingeschlossen, mieden den verfallenen Wohnwagen.

Niemand sprach darüber. Niemand nutzte ihn, ja, es schien ihn nicht einmal jemand anzugucken. Der kleine Caravan, der jenseits der Sandpiste vor sich hin gammelte, war wie ein blinder Fleck im Lebensalltag der Gruppe.

»Wem gehört eigentlich der Wohnwagen?«, fragte er Henning an einem Nachmittag. Beide waren allein im Camp. Henning hatte Timon gebeten, ihm bei der Reparatur eines der drei mannshohen Wassertanks zu helfen, die neben dem Hauptgebäude standen. Über improvisierte Regenrinnen sammelte sich dort das Regenwasser vom Dach des Hauses. Sie nutzten es zum Duschen und zum Bewässern der Gemüsebeete.

Henning legte seine Werkzeugtasche auf den Boden, löste die Rohrverbindungen und entfernte den Deckel. Er trug nur eine kurze Hose, die Muskeln an seinem drahtigen Oberkörper spannten sich unter seiner sonnengebräunten Haut. Gemeinsam zogen sie das fast leere Plastikfass aus der Reihe heraus und kippten es auf die Seite. Eine braune Brühe floss ihnen vor die Füße.

»Wir müssen die undichte Stelle finden«, sagte Henning. »Sie muss recht weit unten liegen, sonst wäre mehr Wasser drin gewesen.«

»Wem gehört der Wohnwagen?«, wiederholte Timon seine Frage.

»Wohnwagen? Welcher Wohnwagen?«

Henning inspizierte den äußeren Rand des Behälters. »Hier ist der Riss«, sagte er.

»Na, der da.« Timon wies mit der Hand auf den Camper. Er stand, wie immer, gut sichtbar auf der anderen Seite der Sandpiste.

»Ach, der.« Henning sah nicht einmal hoch. Er kramte ein dünnes Messer aus seiner Ledertasche und bohrte an dem dünnen Riss im Kunststoff herum, bis ein fingerdickes Loch entstand.

»In das Loch stecken wir eine fette Stahlschraube. Von innen drehen wir eine Mutter dagegen, auf beide Seiten kommen Gummidichtungen und Unterlegscheiben. Dann ist das gute Stück wieder dicht.«

Henning wies Timon an, die in die Bohröffnung gesteckte Schraube festzuhalten. Er bewaffnete sich mit Mutter, Gummidichtung, Unterlegscheibe und Maulschlüssel und kroch in die Tonne. Er passte knapp durch die Öffnung und robbte so weit hinein, bis nur noch seine Füße herausragten.

Henning stöhnte, es musste eine arge Fummelei sein. Als er wieder herauskroch, war er von Kopf bis Fuß mit grünem Algenschleim bedeckt und roch, als hätte er in einem Abwassersilo gebadet. Aber er strahlte über das ganze Gesicht. »Geschafft«, sagte er.

»Wem gehört denn nun der Camper?«

»Gehört.« Henning artikulierte das Wort mit spitzen Lippen, als wollte er es eigentlich gar nicht in den Mund nehmen. Er wischte sich mit den Händen grünen Matsch von den Haaren. »Hier gehört niemandem etwas. Das Streben nach persönlichem Besitz ist die Keimzelle des Kapitalismus. Genau das sorgt dafür, dass …«

»Ich meine, wohnt einer von euch darin? Warum steht er da?«

»Jonas hat ihn rangeschafft und drin gelebt.« Jetzt starrte Henning doch auf das Gefährt. Für eine Sekunde verfinsterte sich sein Gesicht. »Er hat das Camp verlassen. Schon vor einer ganzen Weile. Niemand weiß, ob er wiederkommt. Am besten vergisst du das Ding.«

Die zaghafte Art, mit der er sprach, passte nicht zu dem Vitaltypen. Fast schien es, als müsste er sich erst mit großer Willenskraft aus einem Bann befreien, um den Blick vom Wohnwagen abwenden zu können.

»Genug mit der Plauderei«, sagte er. »Komm, wir schieben das Fass wieder zurück und schließen es an. Und dann brauch ich dringend ein Bad im Meer.«

Sie schoben den Behälter zurück, Henning befestigte die Rohre und den Verschlussdeckel. Wenig später machte er sich auf zum Strand.

Timon sah ihm hinterher. Er wartete, bis Henning die Anhöhe passiert hatte. Und schlenderte rüber zum Wohnwagen.

Das Teil war kaum länger als vier Meter. Vom rechten Reifen war nur eine sterbliche Hülle geblieben, das linke Rad fehlte komplett, die nackte Achse war mit Klinkersteinen, die mal zum Mauerwerk des Hauptgebäudes gehört haben mussten, abgestützt.

Die Witterung hatte der ehemals weißen Außenhülle eine

braune zweite Haut verpasst, auch die Fenster waren dermaßen verdreckt, dass man nicht in den Innenraum gucken konnte. Jedes noch so kleine Metallteil war von einer Rostschicht überzogen. Das Ding sah übel aus, fast schon ekelig, schien aber ansonsten intakt zu sein.

Timon umrundete den Camper. Er vermied jedes Geräusch beim Gehen und ließ das Gefährt nicht aus den Augen. Was für ein Quatsch, dachte er. Das war ein alter Wohnwagen und kein schlafendes Monster. Und doch …

Dies ist ein dunkler Ort, ein schwarzer Ort, hätte seine Pflegemutter vermutlich gesagt. Und dann hätten sie und ihre Esoterikschwestern mit Kerzen und Singsang einen Schutzengel herbeigerufen und ihn gebeten, den verderbten Ort mit Licht zu erhellen.

Scheiße. Eigentlich glaubte er nicht an diesen Mist.

Trotzdem. Der Camper hatte eine üble Aura, daran gab es keinen Zweifel.

Timon zögerte. Er könnte Henning einfach zum Strand folgen. Wahrscheinlich war Hannah dort unten. Er könnte baden, sein gefühlt tausendstes Steinmännchen bauen oder aufs Meer hinausschauen.

Er würde nicht zum Strand gehen. Dafür war es zu spät. Die Neugierde hatte ihn fest am Schlafittchen gepackt und würde ihn nicht mehr loslassen. Warum also warten? Früher oder später würde er sowieso nachsehen.

Er fasste in die runde Vertiefung und betätigte den Drehgriff. Die Tür hakte, aber mit etwas Kraft gelang es ihm, sie aufzuziehen.

Schwere, warme Luft strömte ihm entgegen. Als seufzte der Camper ihm zu: Endlich jemand da. Komm rein! Hier wartet eine Überraschung auf dich.

Timon trat auf die Stufe.

Durch die Tür fiel Licht hinein. Links, im hinteren Teil des Wagens, waren schmale Sitzbänke um einen kleinen Tisch gruppiert, darüber hingen offene Regale. Auf der gegenüberliegenden, vorderen Seite war eine von Einbauschränken umrahmte Spüle installiert.

Ameisen hatten den Wagen in Besitz genommen. Um ein Haar wäre Timon in das bunte Treiben hineingetreten. Die Tiere hatten einen Pilgerpfad zwischen dem Unterschrank und einem unsichtbaren Platz unter einer der Sitzbänke gebildet. Wahrscheinlich befand sich dort ein Loch im Unterboden.

Timon zog den Kopf ein, betrat den Innenraum.

Auf dem Tisch stand ein Kaffeebecher, in dem ein grüner Schimmelpilz blühte. Daneben lag eine deutsche Tageszeitung, die laut Datumsangabe sieben Wochen alt war.

Die Regalböden über der Sitzecke bogen sich unter unzähligen Büchern, die ohne erkennbare Ordnung neben- und übereinandergestapelt waren. Beim ersten Drübergucken fielen Timon die Bibel, etliche psychologische und esoterische Ratgeber, eine Ausgabe des Korans und ein fetter Wälzer über tibetischen Buddhismus ins Auge. Dieser Jonas, der laut Henning hier gewohnt hatte, hatte ein umfangreiches Selbststudium vorgenommen. Oder hinter sich gebracht.

Timon zog wahllos eines der Bücher heraus, ein dünnes Taschenbuch über indianischen Schamanismus, blätterte es durch. Auf nahezu jeder Seite waren in unleserlicher Handschrift Anmerkungen an den Seitenrand gekritzelt, Sätze oder einzelne Worte mit roter und blauer Farbe unterstrichen und Eselsohren in die Seitenecken geknickt.

Er nahm zwei weitere Bände zur Hand, einen über die geheime Macht der Sufis und ein Lehrbuch der Gestalttherapie, und entdeckte ähnliche Spuren intensiven Durcharbeitens. Er stellte sie zurück ins Regal.

Die Sitzecke ließ sich offenbar mit wenigen Handgriffen in eine ebene Fläche zum Schlafen umbauen. Unter einer der Bänke lugte ein Stoffrest hervor. Er hob sie an, in das darunterliegende Fach waren Bettwäsche, eine Wolldecke und Handtücher gequetscht. Unter einer weiteren Sitzbank befanden sich Shorts, Unterhosen, T-Shirts, ein Paar Jeans und ein paar lange Hemden.

Blieben die Einbauschränke auf der anderen Seite. Er durchquerte den winzigen Innenraum mit einem einzigen Schritt, der, das war kaum zu verhindern, einigen Ameisen den Garaus machte, und zog die Tür des über der Spüle montierten Schranks auf.

Langweilig. Nur ein paar Tassen, Teller und Gläser.

Im unteren Schrank fand er die Ursache für das rege Interesse der Ameisen: Eine offene Zuckertüte stand auf dem oberen der beiden Regalböden. Hunderte der Minitierchen turnten auf der Papiertüte herum und feierten eine wilde Party. Ständig krabbelten einzelne Tiere in die Öffnung. Ebenso stetig tauchten sie wieder auf, beladen mit einem der begehrten Zuckerkristalle, und machten sich auf den beschwerlichen Rückweg quer durch den Camper.

Zumindest die Ameisen hatten in diesem Wohnwagen ihre Erfüllung gefunden.

Er bückte sich, um das untere Regal in Augenschein zu nehmen.

Dort lag eine Axt.

Ein feines Kribbeln wanderte seinen Rücken hinauf. Als hätten die Krabbeltiere beschlossen, zur Abwechslung eine neue Route zu probieren.

Spinnerei oder nicht. Timon hatte das übermächtige Gefühl, dass diesem Hackebeil Unheil anhaftete. Seine Adoptivmutter hätte sicher eine treffende Erklärung dafür gehabt.

Eine dunkle Aura weist auf dunkle Taten hin. So was in der Art.

Er musste sich hinknien, um mit den Fingern an den Stiel zu kommen. Er zog das Beil heraus und hielt es ins Licht. Es lag schwer in der Hand.

Eine schwarze Kruste klebte zu beiden Seiten an der Schneide, einzelne Spritzer hafteten am oberen Rand des Schaftes.

Blut. Keine Frage.

Manche dunklen Taten hinterließen weltliche Spuren.

Timon verspürte das dringende Bedürfnis, das Teil zurückzulegen und den Wohnwagen zu verlassen.

49

Am nächsten Morgen waren er und Andreas mit dem Abwaschen dran. Es war eine überschaubare Menge an Geschirr. Sieben Becher, ebenso viele Schalen, Löffel und der Topf, in dem Betty ihren Brei anrührte. »Hannah und ich waren baden. Vom Meer aus habe ich eine kleine Bucht entdeckt, westlich von hier. Ich überlege, da hinzuschwimmen, was meinst du?«, sagte Timon.

»Davon muss ich dir dringend abraten.« Die Antwort kam genauso beiläufig wie die Frage. Und doch: Vibrierte ein angespannter Unterton in Andreas' Stimme? »Ich war mal dort. Vor der Bucht liegen haufenweise flache Felsen im Wasser, voller scharfer Muscheln. Die verwandeln deine Fußsohlen in Carpaccio. Lass es lieber bleiben.«

Timon knetete an seinem Geschirrtuch. Hannah hatte von

einer starken Strömung gesprochen, die Andreas beinahe mitgerissen habe. Der sprach von Felsen und Muscheln.

Offenbar gab es neben dem Wohnwagen einen zweiten dunklen Ort.

Am späten Vormittag machte er sich auf den Weg. Hannah hatte sich irgendwohin zurückgezogen. Andreas hielt sich in seiner Hütte auf und zupfte an seiner Gitarre, Henning und Birthe waren mit der Vespa unterwegs, Betty ackerte in den Gemüsebeeten, und Pedro döste in der Sonne.

Das Meer war ruhig, ein leichter Wind wehte Richtung Land. Perfekte Bedingungen.

Also los!

Timon schwamm gute fünfzig Meter hinaus, wandte sich nach rechts und bewegte sich von dort parallel zur Bucht. Hier konnte er den Meeresboden noch als verschwommene Fläche erkennen.

Er kraulte weiter, und seine Arme wurden allmählich lahm. Die Sardinenbucht mit ihrem flachen Steinstrand lag hinter ihm, stattdessen ragte landwärts eine zerklüftete Felswand aus dem Wasser. Voraus musste die verlassene Bucht liegen.

Wenn Hannah recht hatte mit der Strömung, würde es ungemütlich werden. Andreas war sicher ein besserer Schwimmer als er, und der war ihr knapp entkommen.

Er konnte nur hoffen, dass er mit seiner Ahnung richtiglag und es eine Lüge war. Genauso wie Andreas' Gerede von den scharfen Muscheln.

Endlich tauchte die Bucht in seinem Sichtfeld auf. Sie war größer, als er vermutet hatte, zwanzig bis dreißig Meter breit. Die schwarze Sandfläche schien sich nur mühsam gegen die seitlich und von hinten andrängenden hohen Felsen behaupten zu können.

Die Legende von der Strömung hatte er widerlegt. Er paddelte auf der Stelle, schaute unter sich ins Wasser und sah feinen Sand und einzelne Steine. Keine scharfen Muscheln.

Hannah und Andreas hatten ihn angelogen. Sie wollten ihn abhalten, herzukommen.

Sorry, ihr beiden. Hat nicht funktioniert.

Timon gelangte ohne Probleme an Land. Der Strand sah ähnlich aus wie in der Sardinenbucht. Weniger Geröll vielleicht, dafür mehr sandige Stellen. Landwärts endete er nach ein paar Metern mäßigen Anstiegs in dornigem Gestrüpp, dahinter ragte der Fels in die Höhe.

Was zum Teufel war an diesem Ort so besonders? Hatte er, ähnlich wie der Wohnwagen, eine düstere Aura?

Konnte er nicht sagen. Außerdem glaubte er ja ohnehin nicht daran.

Timon stapfte durch den Sand.

Etwas war merkwürdig. Er verstand nicht, was es war, drehte sich um die eigene Achse, nur um festzustellen, dass Strand und Meer noch immer da waren.

Dann wusste er es. Es war die Luft.

Kaum merklich, aber eindeutig, wenn er sich darauf konzentrierte. Ein fauliger Geruch, der einem direkt in den Magen fuhr und Unruhe stiftete. Als wäre in der Nähe ein Tier verendet. Oder etwas anderes.

Also der Nase nach. Sie führte ihn an den westlichen Rand der Bucht. Dort lag in etwa einem Meter Höhe eine Höhle. Sie war in der zerklüfteten Struktur der schwarzen Felswand kaum zu erkennen.

Er ignorierte seinen Magen, der, so fühlte es sich an, notfalls auch ohne ihn den Rückzug angetreten hätte, suchte mit den Händen nach geeigneten Haltegriffen im Stein und zog sich hoch.

Der Verwesungsgeruch war unerträglich.

Licht drang nur in den vorderen Bereich der Höhle, die sich offenbar meterweit in den Felsen erstreckte. Er musste warten, dann würde die sinkende Sonne die Finsternis weiter ausleuchten.

Es wurde zum Geduldsspiel. Der Lichtfleck kroch im Schneckentempo ins Dunkel und erhellte das Ende eines langen Steinhaufens. Wenn er den Schatten richtig deutete, reichte er gute zwei Meter in die Höhle hinein.

Er robbte auf Händen und Knien in den Gang und trug die Steine ab.

Das Erste, was er von der Leiche sah, war eine blasse, große Hand. Unter den Fingernägeln klebten dunkle Schmutzreste.

Er schuftete weiter, die Anstrengung lenkte ihn von der Übelkeit ab. Er legte den Kopf frei. Die Sonne schien auf diesen Moment gewartet zu haben, denn ihr Lichtschein wanderte die entscheidenden Zentimeter vorwärts.

Der Tote hatte dichtes braunes Haar, das vom Dreck der Steine einen stumpfen Grauschleier angenommen hatte. Das Gesicht sah aus wie bei einer Mumie. Dünne, faltige Haut, teils schwarz verfärbt, lag auf nacktem Knochen und ließ ehemals markante Gesichtszüge mit buschigen Augenbrauen und einer kräftigen Nase erahnen. Die Augen waren auf die Größe von Rosinen zusammengeschrumpelt. Der grinsende Mund entblößte zwei Reihen blanker Zähne, auf die so mancher Lebende neidisch gewesen wäre.

Eine verwesende Leiche war schlimm.

Aber es war etwas anderes, das Timon einen gruseligen Schauer über den Rücken warf. Er ließ den Stein, den er in der Hand hielt, einfach fallen, kletterte rücklings aus der Höhle und stürzte sich, ohne noch einmal zurückzublicken, ins Wasser. Mit hektischen Zügen schwamm er zurück zur Sardinenbucht.

Timon wusste, woran der Mann gestorben war.

In der Mitte seiner Stirn klaffte ein Spalt.

Die Axt mit der blutigen Schneide aus dem Campingwagen kreiste durch Timons Gedanken. Er konnte sich nur zu gut vorstellen, wie sie die Luft zerschnitten und sich von vorne in den Schädel des Mannes gegraben hatte.

Er war ermordet worden. Seine neuen Freunde im Camp wussten es. Und vermutlich kannten sie den Mörder.

50

Timon schleppte sich aus dem Wasser. Er fiel auf die Knie, seine Arme und Beine zitterten. Vor Anstrengung? Oder wegen des Bildes des Leichnams mit dem gespaltenen Schädel?

»Hey, da ist Timon!«

Hennings Stimme. Er saß mit Pedro und Hannah weiter oben zwischen den Steinen. Sie sprangen auf, rannten zu ihm herunter und verteilten sich um ihn. Hannah legte ihm ihre Hand in den Nacken, Henning packte ihn am Arm. »Alles klar mit dir, Junge?«

»Ich habe sie entdeckt.« Timon schnappte nach Luft. »Drüben in der Höhle. Wer ist er?«

»Wovon redest du?« Hannah suchte seinen Blick. Timon richtete sich auf, seine Beine wackelten wie Pudding. »Ich spreche von der …«

Ein gellender Pfiff drang zu ihnen. Alle sahen sich um. Betty stand oben auf der Anhöhe, wedelte mit den Armen. »Kommt schnell!«, rief sie. »Jonas ist zurück.«

Die Leute am Strand schienen die Luft anzuhalten. Hennings geschmeidiger Yoga-Körper versteifte sich. Über Hannahs Sommersprossengesicht huschte ein flüchtiger Schatten. Lediglich Pedro strahlte, als hätte Betty die Ankunft des Weihnachtsmannes verkündet.

Oben hatte sich ein alter VW-Bus postiert. Er blockierte die Sandpiste, als würde die eh nicht mehr gebraucht, nachdem sie dieser Karre den Weg zum Camp geebnet hatte. Neben der geöffneten Fahrertür standen Andreas und Birthe und unterhielten sich mit dem Neuankömmling.

Jonas sah aus wie ein Wikinger. Er war groß, hellhäutig, hatte lange, rotblonde Haare, einen entsprechenden Bart und derbe Gesichtszüge, die sich zu einem zufriedenen Lächeln verbogen, als er den kleinen Pulk auf sich zueilen sah. Er trug eine unterhalb der Knie abgeschnittene Jeans und ein durchgeschwitztes weißes T-Shirt.

»Meine Lieben!« Eine tiefe Stimme dröhnte ihnen entgegen. Er hob die Arme, als wollte er alle auf einmal umarmen. »Ja, ihr seht richtig. Ich bin wieder da.«

Beppo bellte. Er stürmte zwischen den Hütten hervor und hielt auf die Gruppe zu, als wollte er sie niederrennen. Aber wenige Meter vor dem VW-Bus legte er eine Vollbremsung hin, senkte den Kopf dicht über den Boden und schielte zu Jonas hinauf.

»Beppo, mein Freund, komm her und begrüße dein Herrchen.« Jonas streckte ihm die Hand entgegen. Der riesige Hund zuckte zusammen, kniff den Schwanz ein und schlich rückwärts zurück zu den Hütten.

»Was habt ihr mit ihm angestellt? Egal.« Jonas wandte sich wieder den Zweibeinern zu. Alle versammelten sich um ihn. Er umarmte jeden Einzelnen lange und intensiv und wechselte dabei ein paar Worte mit ihnen. Am Ende war Timon an der Reihe.

»Du musst der Engelsheiler sein.« Jonas' Tonfall balancierte auf dem schmalen Grat zwischen Spott und Neugierde. »Komm her, mein Sohn!«

Das Wort traf Timon wie ein Pfeil. Er versank in den Armen dieses Hünen. Sohn. Niemals zuvor hatte ihn jemand so genannt.

Die Umarmung war fest, beinahe schmerzhaft, und Timon spürte die enorme Kraft der Arme, die ihn umschlossen. Du gehörst mir, schien die Geste auszudrücken. Wenn ich es will, kann ich dich mit bloßer Muskelkraft zerquetschen. Oder vor jeder Gefahr dieser Welt beschützen.

Mein Sohn.

Es dauerte ein paar Sekunden, dann schob Jonas ihn eine halbe Armlänge von sich weg, packte ihn mit seinen Pranken an den Armen. »Sieh mich an!«

Timon tat wie geheißen. Feuer brannte in Jonas' Augen. Mit einer Macht, die Timon gleichsam faszinierte wie ängstigte. Der Wikingermann war stark wie ein Bär, dachte er. Aber seine eigentliche Kraft steckte nicht in den Muskeln, sondern in der Glut, die er im Herzen trug.

»Gut! Ja, gut!«, schrie Jonas, als hätte er gespürt, dass sein Feuer auf Timon übergesprungen war. Und von nun an unaufhörlich in ihm weiterbrennen würde.

Der Wikingermann entließ ihn aus seinem Griff. Einen Moment fühlte Timon sich wie betäubt. Jonas hatte ihn als einen der Seinen angenommen, wurde ihm klar. Er trug jetzt das Feuersiegel des Meisters im Herzen. Von diesem Augenblick an hatte er eine Familie. Einen Vater. Die Benommenheit wich. Was blieb, war reines Glück.

»Ich ziehe mich ein wenig zurück«, sagte Jonas. »Die Reise war anstrengend. Aber nachher, meine Lieben, müsst ihr mir berichten, wie es euch ergangen ist.«

Alle nickten. Auch Timon.

Jonas wandte sich um und marschierte mit ausladenden Schritten zu seinem Wohnwagen, riss die Tür auf und verschwand. Kurz darauf ging die Tür noch einmal auf, und die halb leere Zuckertüte flog heraus.

Später am Abend versammelten sie sich am Lagerfeuer. Jonas zog die Aufmerksamkeit der Gruppe komplett auf sich. Die Blicke wanderten wie von selbst zu ihm, wenn eine Schweigepause eintrat. Und wenn er sprach, hingen sie an seinen Lippen. Betty und Birthe schafften das Kunststück, alle mit Essen und Trinken zu versorgen, ohne Jonas' Erzählfluss zu stören. Henning hielt das Feuer am Brennen, die anderen saßen still an ihren Plätzen. Diese lebendige Gruppe von Individualisten, die sich in der Sardinenbucht ein selbstbestimmtes Leben organisierte, hatte sich binnen Stunden in einen schweigenden Trupp von Mitläufern verwandelt.

Timon nahm das zur Kenntnis. Er lief mit ihnen, und er fand es wunderbar. Wie die anderen sah er zu Jonas auf, wie die anderen ließ er sich von dessen Worten berieseln, wie die anderen nickte er, wenn Jonas einen bedeutungsvollen Blick in die Runde warf.

Jonas redete wie im Rausch. Er fuchtelte mit den Armen und modulierte seine Wikingerstimme auf wundersame Weise vom krachenden Lachen und Fluchen hin zu zartesten Hochtönen. Je weiter der Abend voranschritt, umso mehr untermalte der Schein des Lagerfeuers seine aufgerissenen Augen, seinen in freudiger Verzückung gespitzten Mund, seine in leidenschaftlichem Zorn gefletschten Zähne. Er habe einige Wochen in Wien, Prag und Bukarest verbracht, wo er bedeutende Leute getroffen und wesentliche Einsichten erlangt habe. Er erzählte von Fiodor, einem rumänischen Mystiker mit christlichem

Hintergrund, der normalerweise in einer Höhle hoch oben in den Karpaten lebe und ihn in die Geheimnisse der Aurareinigung eingeführt habe. Ein jüdischer Gelehrter habe ihm die tiefen Mysterien der Kabbala offenbart und ihm eine hundertfünfzig Jahre alte Übersetzung des Tanach, der heiligen Schrift des Judentums, für weitere Studien überlassen. Ein tibetischer Lama habe ihn auf eine Seelenreise in vergangene und zukünftige Leben mitgenommen. Er schilderte seine Erfahrungen intensiver Verbundenheit zu Gott, das Erleben tiefster Reinheit und Erkenntnis bis hin zur vollkommenen Erleuchtung und endete mit dem Versprechen, sie, die sie hier mit ihm am Feuer saßen, an all diesen Wundern teilhaben zu lassen.

Timon hatte das sichere Gefühl, einem wahrhaftig bedeutenden Ereignis beizuwohnen. An diesem Abend, dachte er Wochen später, als der große Schrecken hereingebrochen war, wäre er für Jonas gestorben. Und er hatte keinerlei Zweifel, dass die anderen genauso empfunden hatten.

Uhrzeit und Müdigkeit spielten schon lange keine Rolle mehr, als Jonas mitten im Vortrag innehielt und sich von seinem Platz erhob.

»Es ist genug«, sagte er. Er warf Hannah einen flüchtigen Blick zu und machte sich auf den Weg zu seinem Wohnwagen.

Hannah stand wortlos auf und folgte ihm, die Arme gegen den Körper gepresst, die Augen fest auf den Boden gerichtet. Sie verschwand hinter Jonas in dem kleinen Camper.

Die anderen schienen es eilig zu haben. Alle erhoben sich, allein Timon blieb sitzen und beobachtete die plötzliche Betriebsamkeit. Innerhalb weniger Minuten hatte Henning das Feuer gelöscht und Betty den Rest des Geschirrs weggeräumt. Birthe und Andreas waren bereits zu ihren Schlafplätzen im Innern der Gebäude aufgebrochen, und selbst Pedro zog eine der kleinen Baracken dem freien Himmel vor.

Timon saß am Feuer, aus dem statt glühender Funken und Rauch jetzt heißer Wasserdampf aufstieg, und zwang sich, nicht zum Wohnwagen hinüberzustarren. Nicht darüber nachzudenken, was sich hinter der dünnen Außenwand abspielte.

Henning packte ihn am Oberarm. »Komm!«, sagte er. »Die Party ist vorbei. Gehen wir!«

51

Fortan war es Jonas, der den Tagestakt vorgab. Er führte die Gruppe morgens zum Strand. Er entschied, ob er die Übungen anleitete, oder bestimmte, wer es stattdessen durfte. Er dominierte das gemeinsame Frühstück und das Abendessen, indem er das Wort erteilte, oder, was häufiger passierte, einfach selber sprach. Und zu erzählen hatte er viel. Sein Wissens- und Erfahrungsschatz schien unermesslich zu sein. Er griff am Lagerfeuer einen Gedanken auf und redete sich in Fahrt. Die Abende wurden lang und endeten stets damit, dass Hannah ihm in seinen Wohnwagen folgte und die anderen eilig das Feld räumten.

Tagsüber nahm er Einzelne von ihnen zu intensiven Gesprächen zur Seite. »Teachings« nannten sie das, und Timon musste nicht lange warten, bis er an der Reihe war.

Der Anführer holte ihn am frühen Nachmittag und zog ihn mit sich. Die Luft im Wohnwagen trieb Timon den Schweiß aus den Poren. Betty und Birthe hatten die Fenster auf Jonas' Geheiß weitgehend vom Dreck befreit, sodass Tageslicht den

Innenraum erhellte und ihn mächtig aufheizte. Noch immer irrten einzelne Ameisen über den Boden.

Der Nachmittag, an dem Timon heimlich den Camper inspiziert hatte, war eine gefühlte Ewigkeit her. Mit Jonas' Erscheinen im Lager hatte eine neue Zeitrechnung begonnen.

Der Wikingermann wies ihm einen Platz auf der Sitzbank zu, quetschte sich neben ihn und starrte ihn von der Seite an.

»Wer bist du?«, fragte er.

»Timon.« Es war offensichtlich, dass dies keine geistreiche Antwort war. Doch er war wie hypnotisiert von Jonas' Feuerblick, und ihm fiel nichts anderes ein.

»Deinen dämlichen Namen kenne ich. Aber wer bist du?« Er schlug Timon mit der flachen Hand gegen die Brust. Für eine Sekunde befürchtete er, sein Herzschlag könnte aussetzen.

»Ich bin …« Schweiß strömte ihm über die Stirn und brannte in den Augen. Statt stehen zu bleiben, verfiel sein Herz in wilden Galopp. Und irgendwo in seinem Kopf brüllte das Baby. Zum ersten Mal seit Wochen. Leise zwar, aber eindeutig. Timons Hand fuhr zum Hals, umschloss den Engelsanhänger, der dort wie immer an der goldenen Kette baumelte. »Ich bin nichts.«

Jonas beobachtete die Geste wie ein Adler ein Kaninchen. »Die Halskette mit dem Anhänger. Gib sie mir.«

Timon schluckte. Die kleine Figur in seiner Hand schien zu glühen. »Sie … sie beschützt mich. Seit meiner Kindheit höre ich den Schrei eines Babys in meinem Kopf. Der Engel ist das Einzige, was es lindert.« Er senkte den Blick, seine Stimme wurde dünn. »Er ist von meiner Mutter. Meiner leiblichen Mutter.«

Jonas lachte, so laut und unvermittelt, dass Timon zurückzuckte. »Du Narr glaubst, dass die Figur dich behütet.« Der Anführer packte ihn mit der linken Hand am Kinn und drückte seinen Kopf in die Höhe, sodass Timon Jonas' Blick nicht ausweichen konnte. »Tatsächlich kettet sie dich an deine Angst. Befrei dich davon! Du bist stark genug.«

»Ich kann nicht.«

Jonas verdrehte die Augen. »Ich bin nichts. Ich kann nichts.« Jonas gab seiner Stimme einen quäkenden Unterton. »Jämmerlich.« Er verstärkte den Griff um Timons Unterkiefer. Noch etwas fester, und der Knochen würde brechen.

»Lass uns beginnen!« Er beugte sich vor, bis sich ihre Nasenspitzen beinahe berührten. »Ich kann ein Feuer in dir entfachen. Ich brenne die Reste des alten Nichts aus dir heraus und forme dich zum besten Timon, der in dir steckt. Willst du das?«

»Ja!« Timon presste das Wort hervor. Sein Kiefer knackte.

Jonas hob die rechte Hand, tastete und knetete mit seinen Fingern in Timons Gesicht herum. Als ob er seinen neuen Besitz begutachtete und auf seine Qualität überprüfte. Eine Sekunde befürchtete er, der Wikinger könne ihm ein Ohr abreißen oder ein Auge aus der Höhle drücken. Einfach, weil er es wollte.

»Ich lehre dich meditieren«, sagte er. »Du wirst ruhen wie ein Fels am Grunde eines tiefen, klaren Sees, während über dir die stärksten Stürme toben. Willst du das?«

»Ja!«

»Wir schmieden deinen Willen und härten ihn im Feuer deines Herzens, bis nichts und niemand ihn je wieder biegen, geschweige denn brechen kann. Willst du das?«

»Ja!«

»Wir schärfen deine Sinne und deinen Verstand, dass du tief in die Seelen der Menschen blicken und sie nach deinen Vorstellungen formen kannst. Willst du das?«

»Ja!«

»Es wird der härteste Weg deines Lebens werden. Du wirst zögern und zaudern. Du wirst dich hassen. Du wirst mich hassen. Aber am Ende wirst du erlöst werden. Willst du das?«

Er gab Timons Kinn wieder frei. Der konnte den Mund kaum bewegen, Wangen und Lippen waren taub.

»Ich habe dich nicht verstanden.«

»Ja!« Timon schrie ihm seine Zustimmung ins Gesicht.

»Töten wir den Menschen! Befreien wir den Gott! Wollen wir das?«

»Ja!«, brüllten sie gleichzeitig.

Jonas behielt recht. Timon nahm die Engelskette nach dem Gespräch ab und steckte sie in die Hosentasche seiner Jeans. Nicht ganz das, was der Wikingermann gemeint hatte, aber ein erster Schritt. Das Babygeschrei kam nicht zurück. Und ja, er zögerte und zauderte und hasste Jonas, wenn der ihm stundenlanges Sitzen in Stille verordnete, tagelang feste Nahrung verbot, das Reden untersagte oder ihm schwierige Buchkapitel zu lesen gab, nur um das frisch angeeignete Wissen im anschließenden Gespräch zu zerpflücken.

Aber das Feuer brannte in Timons Herzen, es ließ ihn jede neue Schikane ertragen, die dieser Teufel für ihn ersann. Und tatsächlich, auch da hatte ihr Anführer recht behalten: Er fühlte sich stärker, klarer und freier.

Nur nachts, wenn er in der Ecke des großen Zimmers im Haupthaus auf seiner Gammelmatratze lag, krochen die Zweifel aus den Löchern. Wie die Ratten, die nach Einbruch der Dunkelheit über die Böden und Schränke huschten. Dann lag er wach, lauschte Hennings ruhigem Atmen und Beppos gelegentlichem Schnaufen.

Er dachte an Hannah.

Und doch vergingen sechs weitere Wochen, bis es ihn nicht

länger auf seiner Schlafstätte hielt. Er wartete, bis Henning eingeschlafen war, stand auf, schlüpfte in seine Jeans und die Turnschuhe und schlich zum erloschenen Lagerfeuer.

52

Jonas grunzte wie ein Wildschwein, das seine Hauer auf der Suche nach Fressen in den weichen Waldboden trieb und gierig darin herumwühlte. Timon setzte sich auf einen der flachen Steine am Rande der Feuerstelle. Obwohl Henning das Feuer gründlich gelöscht hatte, strahlte es noch immer eine beachtliche Wärme aus. Einzelne Holzstücke glühten und schickten dünne Rauchsäulen in den sternenklaren Himmel.

Ein Holzmöbel knarzte im Takt des Grunzens. Vielleicht der Tisch oder das umgebaute Bett im Wohnwagen. Minuten vergingen, bis er ein Geräusch von Hannah hörte. Ein leises Stöhnen, das nach Schmerz klang und in ein beständiges Wimmern überging.

Timon wäre am liebsten davongelaufen. Oder hätte sich zumindest die Ohren zugehalten.

Stattdessen sprang er auf, trat einige beherzte Schritte auf den Wohnwagen zu, zögerte, drehte sich um und trottete zum Feuerplatz zurück.

Dreimal wiederholte er die Prozedur.

Er blieb vor dem Lagerfeuer stehen. Seine Finger tasteten zum Hals, suchten den Anhänger, fanden ihn aber erst in der Hosentasche seiner Jeans. Er ließ ihn dort. Mutters Goldengel würde ihm hier nicht helfen.

»Ich mache dich zum besten Timon, der in dir steckt«, hatte Jonas gesagt. Und da stand er nun. Was sollte er tun, dieser beste Timon, der in ihm steckte?

Bestimmt nicht wie ein Esel im Kreis laufen, während dieses Monster sich an Hannah verging.

Er konnte nicht den Gott in sich befreien, wenn er dafür seine Seele an den Teufel verkaufte.

Nein. Dann blieb er lieber das Nichts, als das er auf die Welt gekommen war.

Timon fixierte die Tür des Wohnwagens mit seinem Blick. Nahm einen tiefen Atemzug.

Jonas' Gegrunze steigerte sich zu einem kurzen Crescendo, verstummte abrupt und ging in gleichmäßiges Schnarchen über.

Die plötzliche Veränderung der Geräuschkulisse ließ Timon zögern. Er verharrte in seiner Position.

Die Tür des Wohnwagens öffnete sich. Hannah huschte hinaus. Sie war barfuß, mit Slip und T-Shirt bekleidet, in der Hand hielt sie ihre Stoffschuhe und den Rock, presste beides gegen ihre Brust.

Sie schloss von außen die Tür, offensichtlich darum bemüht, kein Geräusch zu machen.

Sie stieg in den Rock, schlüpfte in die Schuhe und eilte, den Blick starr auf den Boden gerichtet, vom Wohnwagen weg.

Sie hatte Timon nicht bemerkt.

Hannah folgte dem Sandweg Richtung Strand, verließ den Pfad jedoch nach wenigen Metern an einer Stelle, die Timon nie besonders aufgefallen war.

Er schlich ihr nach. Seine Turnschuhe knirschten auf dem Sand, es kam ihm vor wie Höllenlärm, aber Hannah schien komplett damit beschäftigt, einen großen Abstand zwischen sich und den Wohnwagen zu bringen. Timon verließ die Sandpiste. Das schwache Licht der Sterne reichte, um ihn die Umrisse der dornigen Pflanzen und Steine erkennen zu lassen. Nach einigen Metern entdeckte er ein Steinmännchen, das den Beginn eines Trampelpfades bewachte.

Der war so schmal, dass Timon einen Fuß vor den anderen setzen musste. Der Pfad führte bergauf, hielt auf einen steil aufragenden Felsen zu.

Hannah baute ihren Vorsprung aus. Der Weg war ihr offenbar vertraut. Sie erreichte den Stein und begann zu klettern.

Timon kam Minuten später zu der Stelle. Hier endete der Trampelpfad und ging, wiederum markiert von einer Steinfigur, in einen Klettersteig über, der auf den etwa drei Meter hohen Felsen führte.

Also weiter. Er tastete nach Vorsprüngen zum Festhalten, und tatsächlich bot das zerklüftete Gestein ausreichend Halt für Hände und Füße. Lautlos erreichte er eine schmale Felsplatte.

Hannah stand am äußersten Rand des steinernen Plateaus. Sie wandte ihm den Rücken zu. Der Anblick, der sich hier oben bot, schien auch ihr den Atem zu verschlagen.

Vor ihnen tauchte die kreisrunde Mondscheibe aus dem spiegelglatten Wasser. Eine Geburt in absoluter Stille. Der Mond, so sah es aus, zog bei seinem Aufstieg einen weiß glitzernden Schleier hinter sich her. Das Meer schien das glänzende Spiegelbild auf seiner Oberfläche nur widerwillig herzugeben, konnte gegen die beständige Kraft des silbernen Riesen jedoch nichts ausrichten.

»Hannah!«, flüsterte er und trat neben sie. Sie zuckte zusammen, hob den Kopf. Das Mondlicht brachte die feuchten Spuren von Tränen auf ihrem Gesicht zum Glänzen.

»Geh weg! Bitte!« Ihre Stimme klang dünn und zerbrechlich.

Nein. Das würde er bestimmt nicht tun. Er griff ihre Hand. Sie versuchte, sich loszureißen. »Ich habe gesagt …«

»Pscht!«, machte er. Das ließ sie verstummen.

Sie standen nebeneinander. Er spürte ihren bebenden Atem. Der Vollmond befreite sich aus dem kalten Griff des Meeres, und Hannah beruhigte sich.

»Von hier oben guckt man anders auf die Welt, findest du nicht?«, sagte sie nach einer Weile. »Manchmal scheint die Freiheit nur einen winzigen Schritt entfernt.« Sie sah ihn an. »Und doch schrecke ich jedes Mal davor zurück, ihn zu gehen.«

Ihre Worte und ihr entrückter Blick bereiteten ihm eine Gänsehaut. Direkt vor ihnen endete das Felsplateau. Dahinter ging es senkrecht in die Tiefe, zwanzig, vielleicht dreißig Meter. Unten ragten spitze Felsen aus dem Wasser.

Er verstärkte den Griff um ihre Hand. »So darf es nicht weitergehen!«, sagte er.

»Es wird genau so weitergehen. Weil er es so will.«

»Wer gibt ihm die Macht, das zu entscheiden?«

»Ich. Du. Wir alle. Er ist unser Anführer. Er bestimmt, was wir tun, etwas anderes duldet er nicht. Du läufst ihm selbst hinterher wie ein Hündchen seinem Herrn.«

Timon musste schlucken. Es aus ihrem Mund zu hören, tat weh. Leider war es die Wahrheit. Noch vor wenigen Stunden, am Nachmittag, hatte er sich mit Begeisterung in eine anspruchsvolle Visualisierungsübung vertieft, die Jonas ihm gezeigt hatte. »Er manipuliert uns«, sagte er. Die Klarheit, mit der er jetzt alles sah, würde wie ein eisiger Windhauch das von Jonas entfachte Feuer entzaubern und auslöschen, bis nichts als ein Haufen Asche übrig blieb.

»Jonas ist ein Scharlatan«, sagte er. »Glaub mir, ich erkenne einen Betrüger, wenn ich ihn sehe. Er spürt, wonach wir uns sehnen, und genau das verspricht er uns. Das ist Psychologie, keine Zauberei.«

»Ach ja?« Hannah drehte sich zu ihm. »Und was soll das bitte sein, wonach wir uns sehnen?«

»Das ist bei jedem etwas anderes.«

»Ich bin ganz Ohr.«

»Okay.« Timon dachte einen Augenblick nach. Er hatte klare Eindrücke von jedem einzelnen Campbewohner im Kopf. Wie das Bild einer Landkarte, auf der alle wesentlichen Details einer Landschaft verzeichnet waren. Aber es in Worte zu fassen, war etwas anderes.

»Also Henning«, sagte er. »Er will frei sein, um fast jeden Preis. Offensichtliche Bindung und Verpflichtung sind ihm zuwider. Er braucht die Gewissheit, jederzeit eine Wahl zu haben und eigene Entscheidungen treffen zu können, sonst schottet er sich ab. Jonas behandelt ihn genauso. Er bittet ihn, hofiert ihn beinahe. Er gibt ihm das Gefühl, ein geschätzter Teil der Gemeinschaft zu sein, ohne ihn zu sehr unter Druck zu setzen.«

»Okay.« Hannah nickte. Timon konnte ihr nicht ansehen, was sie von seinem Vortrag hielt. »Betty?«

»Betty will gemocht werden. Am liebsten von allen, aber am meisten von Jonas. Ich glaube, sie ist in ihn verliebt, vielleicht waren die beiden sogar mal ein Paar. Hast du bemerkt, wie oft er sie anlächelt, wenn sie was sagt? Wie er sie beiläufig berührt?«

Hannahs Stirn legte sich in Falten. Sie schien zu spüren, dass er recht hatte. Und wollte es doch nicht wahrhaben. Sie setzte ihr Sonnenscheinlächeln auf. »Pedro?«

»Braucht einen Platz, wo er sich zu Hause fühlt, und einen Vater, zu dem er aufblicken kann. Deswegen bezieht Jonas ihn häufig ein, insbesondere …«

»Birthe?«

»Sie will gebraucht werden, sich nützlich fühlen. Jonas gibt ihr ständig kleine Aufträge. Hast du mal ihr glückliches Gesicht gesehen, wenn er sie lobt?«

»Andreas?«

»Andreas sucht ...«

Hannah hob die Hand. »Nein, hör auf damit!« Sie kniff die Augen zusammen, als bereiteten seine Worte ihr körperliche Schmerzen. »Woher weißt du das alles? Warum analysierst du uns heimlich?«

»Das geht bei mir wie von selbst. Ich mache das nicht bewusst.«

Er ließ ihre Hand los, fasste sie an der Schulter. »Bei Jonas ist es genauso. Er spürt unsere tiefen Sehnsüchte. Er benutzt dieses Wissen, um uns an sich zu binden. Auf diese Weise bekommt er von uns, was er braucht. So dringend wie Luft zum Atmen und Wasser zum Trinken.«

»Macht und Kontrolle!« Sie sprachen es gleichzeitig aus. Hannah flüsternd, Timon in normaler Lautstärke.

»Und ja, mich hält er ebenfalls in seinem Bann.« Timon zögerte. Aber auch das gehörte zur schmerzlichen Wahrheit. »Jonas spürt, wie ähnlich wir uns sind. Er behandelt mich wie seinen Lieblingsschüler oder seinen Sohn. Tut so, als wäre er der Vater, den ich nie hatte. Er verspricht mir, so stark und mächtig werden zu können wie er.«

Sie sahen sich an. Hannah nickte, presste die Lippen aufeinander, dann sprach sie doch. »Mir gibt er das Gefühl, etwas Besonderes zu sein. Seine Auserwählte. Er ist der Prinz, nach dem sich jedes Mädchen sehnt, das sich wie eine Prinzessin fühlen will.« Sie senkte den Blick. Timon schwieg. »Das ist es, nicht wahr?«, sagte sie.

»Ja.« Er biss sich auf die Unterlippe. »Und nein.«

»Was meinst du?«

»Das ist die eine Seite. Die helle Seite.«

Hannah schluckte. »Und … was ist die dunkle?« Ihre Stimme zitterte.

»Er kommandiert dich herum«, sagte er. »Macht abfällige Bemerkungen. Er holt dich zu sich in seinen Campingwagen, wenn ihm danach ist, und dort …«

»Ich mache das freiwillig. Er zwingt mich zu nichts.« Die Worte purzelten aus ihr heraus.

»… vergewaltigt er dich. Immer und immer wieder.«

Hannahs Gesicht erstarrte. Stumme Tränen rannen über ihre Wangen.

»Wir wissen beide, dass es so ist.«

Sie bewegte den Kopf. Es war mehr ein Zucken als ein Nicken.

»Und …« Er bekam einen Kloß im Hals. Aber auch das musste jetzt raus. »Du lässt ihn das machen, weil du im Innersten glaubst, es nicht besser zu verdienen.«

Hannahs Gesicht schien sich in Tränen aufzulösen. Ihr Körper fiel in sich zusammen, als hätten sämtliche Muskeln auf einmal den Dienst eingestellt.

Sie sank in seine Arme. Er hielt sie fest. Seine Hände legten sich wie von selbst auf ihren Kopf, streichelten über ihren Rücken.

Hannah ließ es geschehen. Es schien, als wollte sie für immer so liegen bleiben.

Aber es war noch nicht alles gesagt. Er half ihr, sich aufzurichten und ihn anzusehen.

»Und damit, Hannah …« Ihr Bild verschwamm vor seinen Augen, und er brauchte einen Augenblick, bis er verstand, dass es seine eigenen Tränen waren, die seine Sicht trübten. »Damit liegst du falsch. Du verdienst es besser. Viel besser.«

Sie schaute ihn an, ungläubig, fragend, ob er mit ihr spielte, sie verspottete.

Er hatte nie Wahreres gesagt.

Sie rückte mit dem Gesicht an ihn heran und küsste ihn. Ein zarter, flüchtiger Kuss. Der ihn am tiefsten Grund seiner Seele berührte. Als würde zu dem kältesten und schwärzesten Ort seines Selbst ein Sonnenstrahl vordringen. Er stand vor ihr, schaute sie an und wusste nicht, was mit ihm geschah. Ihre Hände fanden sich, ihre Finger glitten ineinander. »Bleib bei mir heute Nacht! Bitte!«, sagte sie.

Davon würde ihn keine Macht der Welt abbringen. Er nickte.

Hannah führte ihn an den seitlichen Rand des Plateaus.

Unterhalb der Steinplatte gab es einen Kletterpfad, der wie eine in den Felsen gehauene Treppe genügend Halt bot, um zum Wasser hinabzusteigen. Der Mond spendete ausreichend Licht.

Sie erreichten den Grund. Hannah wandte sich nach rechts. Sie stiegen über Felsen und kleine Inseln aus Sand hinweg und kamen zu den Felshöhlen.

Hier war Timon noch nicht gewesen. Die Brandung hatte die steile Felswand unterspült und in vermutlich Tausenden von Jahren einen meterbreiten und mannshohen, nach hinten flach zulaufenden Unterstand hineingegraben. Von der Decke hingen Batiktücher herab und schufen kleine, abgetrennte Schlafstätten. Der teils sandige, meist steinige Boden war mit Stroh- und Isomatten bedeckt, auf denen in wilder Ordnung Wolldecken und Kissen lagen.

Sie sprachen nicht mehr. Sie setzten sich an den vorderen Rand der Höhle und hielten sich in den Armen.

Das Meer schien in seiner ewigen Bewegung innezuhalten. Die Sterne glitzerten als silberne Pfützen im spiegelglatten Wasser. Der Mond schwebte wie ein riesiges, seelenloses Auge über dem Ozean.

53

Timon erwachte vor Sonnenaufgang. Die Morgendämmerung hatte einen dünnen Vorhang aus Zwielicht vor die Sterne gezogen. Der Mond war verschwunden. Ein leichter Wind kräuselte die Meeresoberfläche.

»Du musst gehen, sofort!« Hannah warf die Wolldecke, unter der sie geschlafen hatten, zur Seite und sprang auf.

Der anbrechende Tag hatte nicht nur Mond und Sterne vom Himmel, sondern auch die Wärme aus ihren Augen vertrieben. Härte und Kälte lagen in ihrem Blick. »Er darf nie wissen, dass wir hier zusammen waren.«

»Er wird es erfahren«, sagte Timon. Er stand auf und trat an den Rand der Höhle. Harmlose Wellen spielten mit den Steinen, die den Strand bedeckten. »Er wird dich nie wieder anrühren. Ich stelle ihn zur Rede.«

Hannah kam zu ihm. Die Entschlossenheit in ihrem Gesicht schmolz wie eine Maske aus dünnem Eis. Nackte Angst brach darunter hervor. »Jonas wird dich umbringen«, flüsterte sie. »Er ist dazu fähig.« Ihre Stimme verlor sich in stummem Entsetzen. »Er hat es schon einmal getan.«

Sofort waren die Bilder da. Die Leiche. Der gespaltene Schädel. Die blutige Axt im Camper. »Ja. Ich weiß.«

Er griff in seine Hosentasche, zog die Goldkette mit dem Anhänger hervor. »Dieses Schmuckstück ist das Kostbarste, was ich besitze.« Er hielt sie in die Höhe. »Jonas meint, dass mich diese Kette an meine tiefsten Ängste kettet. Ich glaube das nicht.« Er strich mit den Fingern über die fein gearbeitete Engelsfigur. »Sie steht für das winzige bisschen Liebe, die ich in meinem Leben erfahren habe.«

Er sah Hannah an. »Deswegen möchte ich sie dir geben. Ich will, dass du sie trägst.«

Hannah riss die Augen auf. Die Sommersprossen schienen sich in ihrem bleichen Gesicht zu verstecken. »Ich kann sie nicht annehmen«, sagte sie. »Jonas wird …«

»Pscht«, machte er. Er fasste ihre Hand, legte die Kette hinein und schloss ihre Finger darum. »Nimm sie an dich! Du wirst sie tragen, schon bald. Das verspreche ich.«

Oben im Lager war der Tag noch nicht angebrochen. Aus dem Wohnwagen dröhnte Jonas' Schnarchen, auch die anderen schienen zu schlafen. Timon setzte sich an die erkaltete Feuerstelle, wartete auf den Morgen und überlegte, wie er seine markigen Worte in die Tat umsetzen konnte. Ihren Anführer vor versammelter Mannschaft zur Rede zu stellen, kam ihm ähnlich tollkühn vor wie ein Gespräch unter vier Augen.

Er griff einen Stock, stocherte in der kalten Asche herum. Er stand allein gegen einen übermächtigen Gegner. Er hatte keinen Plan. Doch eines war gewiss: Hannah würde heute Abend nicht erneut mit Jonas in dessen Camper verschwinden.

Beppo tapste aus dem Haupthaus. Er hob das Bein, pinkelte an den Türrahmen, sah Timon, juchzte und galoppierte auf ihn zu.

»Hey, alter Junge!« Timon stand auf und parierte die ungestüme Begrüßung des Riesenhundes. Der warf sich hin, wälzte sich rücklings auf dem Boden und ließ sich ausgiebig streicheln. Eine willkommene Ablenkung.

Die Welt gewann an Farbe und Konturen. Das Geschrei der Möwen kündigte den nahenden Sonnenaufgang an.

Ein Campbewohner nach dem anderen stapfte aus den Behausungen ins Freie, kurz darauf stieß Jonas die Tür seines

Wohnwagens auf, trat nach draußen, gähnte und streckte seine Arme in den Himmel.

Timon vermied es, ihren Anführer anzuschauen. Sein Mut schwand mit jeder Minute, die der neue Tag voranschritt.

Hannah stieß unten am Strand zu der Gruppe. Sie schenkte ihm nicht einmal einen verstohlenen Blick.

Baden, Strandyoga und Frühstück verliefen wie immer. Timon hoffte beinahe, dass Jonas ihn zu einem Teaching in den Wohnwagen bitten würde. Dann wäre die Konfrontation unvermeidlich gewesen. Aber es traf Pedro. Der junge Deutschspanier trottete beseelt hinter ihrem Anführer her.

Der Tag verstrich in quälender Langsamkeit. Timon fühlte sich unfähig, einen klaren Gedanken zu fassen. Geschweige denn, einen Plan zu entwerfen.

Irgendwann schleppte Henning Holz für das abendliche Lagerfeuer heran. Bereiteten Betty und Birthe Gemüsespieße für das Abendessen zu. Setzten sich alle, Hannah eingeschlossen, im Kreis um das neu entfachte Feuer und aßen. Begann Jonas zu erzählen. Etwas von Erkenntnis, rechter Achtsamkeit und rechter Rede, wobei er nach kurzer Zeit abschweifte und davon berichtete, wie er vor Jahren in Indien versucht hatte, eine Kobra einzufangen und zu beschwören. Die Schlange habe ihn in den Finger gebissen, er habe drei Tage und Nächte im Fieberwahn gelegen und dabei bla, bla, bla.

Timon konnte sich nicht konzentrieren. Was er hörte, kam ihm schwammig und nichtssagend vor. Entzaubert.

Und er wusste einfach nicht, was er unternehmen sollte.

Die Sonne überließ dem Lagerfeuer die Beleuchtung und empfahl sich. Jonas redete ohne Unterbrechung. Die ersten Sterne bevölkerten den Himmel, weitere gesellten sich dazu. Jonas dozierte noch immer. Henning fütterte das Feuer mit neuen Holzscheiten.

Und dann stand ihr Anführer von seinem Platz auf, nickte Hannah zu, machte sich auf den Weg zu seinem Wohnwagen, und Timon wusste, dass es zu spät war, sein Versprechen einzulösen.

Hannah erhob sich, wie immer mit an den Leib gepressten Armen, die Augen starr auf den Boden gerichtet. Als trottete nur ihre körperliche Hülle hinter Jonas her.

Das Feuer knisterte, ansonsten war es gespenstisch still. Keiner wagte, sich zu rühren.

Es war zu spät, Chance verpasst. Es würde weitergehen. Die anderen würden verschämt das Feld räumen. Jonas würde wie ein Tier über Hannah herfallen. Und eines Nachts würde sie in ihrer Verzweiflung oben auf dem Felsvorsprung den letzten Schritt gehen.

»Hannah!«, flüsterte er.

Sie zuckte zusammen, stolperte beinahe über die eigenen Füße. Sie drehte den Kopf. Es war eine winzige Bewegung, aber sie reichte aus, dass ihre Blicke sich trafen. Dass Timon die Tränen sah, die sich in ihren Augen sammelten. Den stillen Schrei auf ihren Lippen hörte, der in seinen Ohren widerhallte wie Donnergrollen.

Er sprang auf. »Nein!« Er packte Hannahs Hand.

Jonas blieb stehen. Sein Körper spannte sich wie der einer Raubkatze, die sich einem unerwarteten Gegner gegenübersah. Und die keinen Zweifel hatte, ihm mehr als gewachsen zu sein.

Er wandte sich um. »Was hast du gesagt?«

Der Wikingermann schien in die Höhe zu wachsen. Der Schein des Feuers ließ seine Augen glühen. Nie war er Timon stärker und mächtiger vorgekommen.

Er wird mich umbringen, dachte er. Und doch hielt er Hannahs Hand fest in seiner.

»Sie will nicht!« Seine Stimme kam ihm schwach und piepsig vor. »Du bist unser Anführer, ja. Aber das gibt dir nicht das Recht, Hannah Abend für Abend zu vergewaltigen.«

Ein Holzscheit zerbarst im Feuer. Timon zuckte vor Schreck zusammen. Jonas grinste über die volle Breite seines Wikingergesichts. »Du sprichst von Recht? Woher nimmst du das Recht, das Wort gegen mich zu erheben? Mich infrage zu stellen? Mich anzuklagen?«

Jonas stürmte auf ihn zu. Timon stieß Hannah von sich weg. Ein Arm, mächtig wie ein Baumstamm, wirbelte durch die Luft. Eine Faust, schwer wie ein Felsbrocken, schwang auf ihn zu.

Sie traf und schien durch sein Gesicht hindurch mitten in seinen Schädel zu brechen. Timon flog rückwärts und krachte direkt neben dem Lagerfeuer auf den Boden.

»Wer bist du«, schrie Jonas, »dich gegen mich zu stellen?«

Etwas Großes, Dunkles schoss aus dem Schatten zwischen den Baracken hervor, sauste an Timon vorbei und stürzte sich bellend und knurrend auf den Anführer.

Der Wikingermann hob schützend seinen Arm. Beppo vergrub seine riesigen Kiefer darin.

»Beppo, nein!« Bettys Schrei ertönte von der anderen Seite des Lagerfeuers.

»Noch einer, der es wissen will, ja?« Jonas drosch mit der freien Hand auf den Hund ein und zog seinen Arm aus dem Maul, Beppos Zähne pflügten fleischige Furchen in Haut und Muskeln. Der Arm kam frei, der Riesenhund schnappte erneut zu, aber Jonas war schneller. Er packte den Kopf des Tieres mit beiden Händen und riss ihn in die Höhe. Beppos Winseln erstarb mit einem lauten Knacken, das Timon ins Mark fuhr. Als wäre es sein eigener Hals, der gerade brach. Der Hund wirbelte durch die Luft wie ein überdimensioniertes Stofftier, krachte auf den Sandweg und blieb dort liegen. Betty kreischte.

»Ich sage dir, wer du bist!« Jonas stand breitbeinig neben dem Lagerfeuer. Er hielt die Arme wie ein Ringer seitlich ausgestreckt, vom rechten tropfte Blut. Er kam auf Timon zu.

Der rappelte sich auf die Knie. Er ertastete das pochende Zentrum des Schmerzes in seinem Gesicht. Das, was seine Nase hätte sein müssen, hatte Jonas' Faust in einen fleischigen Klumpen verwandelt. Blut bedeckte Mund und Wangen und füllte von innen seinen Rachen. Seine rechte Hand wanderte wie von selbst zum Hals. Aber einen Anhänger gab es dort nicht mehr. Er ließ sie zu Boden sinken, betastete den erdigen Untergrund nahe der Feuerstelle. Seine Finger fanden einen Stock, dessen Ende im Lagerfeuer glimmte.

»Ein Nichts bist du. Und das wirst du immer bleiben. Ich hätte dich für klüger gehalten.« Er ragte über ihm in die Höhe wie ein unbezwingbarer Berg.

Jonas' Faust hatte ihn getroffen. Aber seine Worte prallten an ihm ab. Timon fühlte sich ganz ruhig. »Ich bin Timon«, sagte er. Er sah zu Hannah. Der Schein der Flammen erhellte ihr vor Angst verzerrtes Gesicht. »Und ich wurde von einem Engel geküsst.«

Der Anführer donnerte auf ihn zu. Timon sprang auf die Füße, riss den Stock aus dem Feuer und stach in Jonas' Richtung. Für den Bruchteil einer Sekunde war er sicher, dass sein Stoß das Ziel verfehlen, er sogleich durch die Luft fliegen und mit ebenfalls gebrochenem Genick neben Beppo im Dreck liegen bleiben würde.

Tatsächlich bohrte sich die glühende Spitze mit einem zischenden Geräusch in Jonas' Gesicht. Dessen rechtes Auge versank in einem blutigen Krater. Der Wikingermann erstarrte.

»Verschwinde, und kehre nie wieder!«, sagte Timon. Er hielt den Stock in der Hand wie ein Ritter sein Schwert. Neben ihm ertönte ein Echo. »Verschwinde!«

Henning stand vom Feuer auf und stellte sich an seine Seite. Er hob einen Stein vom Boden auf.

»Verschwinde!« Hannah trat zu ihnen. Sie hielt ebenfalls einen Stock.

»Ja, hau bloß ab!« Andreas hatte die Hände zu Fäusten geballt.

»Lass uns in Ruhe!« Das war Betty. Neben ihr stand Birthe und klammerte sich an ihren Arm. Lediglich Pedro blieb sitzen. Er zitterte am ganzen Körper.

Jonas bewegte den Kopf. Er taumelte, für einen Moment sah es aus, als würde er umfallen und für immer liegen bleiben. Aber er berappelte sich. Er presste seine Hand auf die rechte Gesichtshälfte. Sein verbliebenes Auge feuerte vernichtende Blicke auf sie ab. »Seht euch an. Ein lächerlicher Haufen von Verlierern.« Er wandte sich an Timon. »Du glaubst, du kannst mich von hier vertreiben wie einen räudigen Hund?« Er lachte, das dröhnende Geräusch schien von den Gebäuden und entfernt stehenden Felsen widerzuhallen. »Ich werde gehen, ja. Aber du und ich, wir sind lange nicht fertig miteinander.«

54

Jessica unterbrach ihre Erzählung, lehnte sich in ihrem Stuhl zurück und leerte ihre Tasse. Auch Goldman schien wie hypnotisiert.

»Puh!«, machte Thomas. Timons Lebensweg konnte locker einen Roman füllen. Eine Heldengeschichte, dachte er, die allerdings kaum zu dem gefährlichen Mann passte, der gerade sein Leben ruinierte. »Das war noch nicht das Ende der Geschichte, richtig?«, fragte er. »Wie geht es weiter?«

Jessica reagierte erst nicht, schließlich hob sie den Kopf. »Der Rest ist eine romantische Geschichte mit einem kurzen, schrecklichen Ende.« Sie setzte sich aufrecht hin, als müsste sie sich einen inneren Ruck geben, um weitererzählen zu können. »Meine Eltern waren glücklich«, sagte sie. »Sie bekamen zwei Töchter. Erst mich, dann Jennifer. Ich erinnere mich nur an Bruchstücke, aber wir hatten wohl schöne Jahre dort im Camp. Hannah trug Timons Engelsanhänger am Hals. Als Zeichen ihrer Liebe.« Jessicas Augenlider flatterten, der Anflug eines Lächelns zupfte an ihren Mundwinkeln. Thomas spürte das fast vergessene Glück, ihr eigenes oder das ihrer Eltern, das in ihr zum Leben erwachte. Verschüttet unter dem Geröll traumatischer Erinnerungen und überwuchert von der Zeit.

»Sie trug ihn bis zu ihrem letzten Atemzug. Eines Nachts kehrte Jonas zurück und ist über alle hergefallen wie ein wildes Tier.« Sie sprach mit leiser Stimme. »Er überraschte sie im Schlaf. Er tötete Henning, Birthe, Pedro und Andreas mit seiner Axt. Er schlug meinen Vater nieder. Meine Mutter flüchtete hoch auf die Klippe. Jonas verfolgte sie. Timon rannte beiden hinterher, aber er kam zu spät. Hannah sprang entweder selbst, oder Jonas stieß sie hinunter. So oder so war es vorbei für sie. Das Meer nahm sie mit. Ihre Leiche wurde nie gefunden. Jonas und Timon kämpften oben auf dem Felsen, am Ende stürzte auch mein Vater in die Tiefe. Sie fanden ihn später schwer verletzt zwischen den Steinen am Strand.« Jessica presste die Lippen aufeinander, ansonsten wirkte ihr Gesicht unberührt. »Es war ein Massaker. Jonas verschwand so rasch, wie er gekommen war. Timon hat als Einziger überlebt. Er hatte schwere Schädelverletzungen, lag monatelang im Koma, musste sich langsam zurückkämpfen. Er ist überzeugt, dass

Jonas ihn absichtlich am Leben gelassen hat. Er wollte es ihm nicht so leicht machen wie den anderen.«

Thomas schluckte. »Und wo waren Sie und Jennifer?«

»Vielleicht war es Zufall, vielleicht hatte unsere Mutter geahnt, dass etwas passieren würde. Sie hatte Betty nach San Sebastián geschickt, um Besorgungen zu machen. Jenni und ich waren bei ihr. Betty hatte dort eine Freundin, bei der sie von Zeit zu Zeit geschlafen hat. Wir haben bei ihr in der Stadt übernachtet. Das hat uns gerettet. Am nächsten Vormittag kehrten wir zurück. Betty muss sofort kapiert haben, dass etwas nicht stimmte. Sie hat uns verboten, das Camp zu betreten, und allein nachgesehen.«

Goldman hing in seinem Sitz. Er hatte lange geschwiegen und Richtung Fenster gestarrt. Jetzt drehte er sich zu Jessica. »Rührselige Geschichte«, sagte er. »Nur: Warum erzählen Sie uns das alles?«

Die junge Frau parierte den Blick des Detektivs. »Wenn wir gemeinsam gegen Timon vorgehen wollen, müssen Sie wissen, mit wem Sie es zu tun haben«, sagte sie. »Timon kam aus dem Nichts. Er hat auf Gomera sein Glück erkämpft und erneut alles verloren. Das hat ihn geprägt.«

Jessica wandte sich an Thomas. »Nachdem er aus dem Koma erwacht war, hat er mich und Jennifer zu sich geholt. Er war ein Wrack. Körperlich gezeichnet, seelisch zerrüttet. Er hat uns durchgebracht, so gut er konnte. Hat Gelegenheitsjobs angenommen, für uns gekocht und uns abends Geschichten vorgelesen, obwohl er sich kaum mehr als fünf Minuten am Stück konzentrieren konnte. Er hatte schlimme Aussetzer. Ich erinnere mich gut, wie er oft stundenlang ins Licht seiner Schreibtischlampe gestarrt hat. Im Schlaf hat er den Namen unserer Mutter gerufen. Es war schlimm. Jenni und ich lebten in der Angst, dass er komplett den Verstand verlieren würde.«

Goldman knetete seine Hände, aber er hielt sich zurück und ließ Jessica weiterreden.

»Timon hat sich zurückgekämpft«, sagte sie. »Seine frühere Gönnerin Ruth, Bettys wohlhabende Schwester, hat uns unterstützt. Sie hat für uns eine Wohnung gemietet und den Haushalt geführt. Sie war da, wenn wir aus der Schule kamen, und hat uns bei den Hausarbeiten geholfen. Sie hat Timon angetrieben, seine Reha durchzuziehen, und ihm, als es ihm endlich besser ging, sein Studium finanziert. Mit ihrer Hilfe hat er ins Leben zurückgefunden. Ruth hat ihn mit einflussreichen Leuten bekannt gemacht und ihm nach ihrem Tod einen Großteil ihres Vermögens vermacht. Der Grundstock seiner Beraterfirma und seiner Moses-Stiftung. Aber er hat die Erlebnisse auf Gomera nie überwunden. Jonas, der Mörder unserer Mutter, spukte wie ein Phantom durch seinen Verstand. Sobald er dazu in der Lage war, hat er Jonas gesucht. Er hat zahllose Leute befragt und unzählige Detekteien beauftragt, später dann nächtelang im Internet recherchiert. Alles vergeblich. Jonas blieb verschwunden. Das hat ihn zerrüttet. Nach außen ist Timon ein großzügiger, inspirierender Mensch, der in Not geratene Kinder und Jugendliche unterstützt. Aber im Innern haben ihn Hass und Rachsucht zerfressen.«

Thomas fuhr sich mit den Händen durch die Haare. Jessicas Worte hingen im Raum wie ein dunkler Schatten, der sich, wenn ihn niemand aufhielt, in alle Ecken und Ritzen ausbreiten würde. Dank der jungen Frau hatte ihr Gegner ein Gesicht, einen Namen und eine Geschichte. Nur je mehr Thomas von Timon erfuhr, desto auswegloser erschien ihm die Lage. Umso abwegiger kam es ihm vor, es mit diesem hasserfüllten Verrückten aufzunehmen und ihm Tascha wieder aus den Klauen zu reißen. »Was sollen wir tun?«, fragte er. Er rechnete nicht mit einer Antwort.

55

Jessica lehnte sich zurück. Sie wusste, dass keiner der beiden Männer ihr ansah, wie sehr sie das Erzählen dieser Geschichten berührte. Timon, immer Timon, ihr gesamtes Leben drehte sich um ihren Vater. Egal, darüber konnte sie später nachgrübeln. Zunächst wollte sie Antworten. Sie wandte ihre Aufmerksamkeit ihren Gesprächspartnern zu.

In die Stirn des Psychotherapeuten gruben sich tiefe Sorgenfalten. Offenbar wurde ihm zunehmend klar, mit welch gefährlichem, übermächtigem Gegner er es zu tun hatte. Und dabei wusste er längst nicht alles.

»Warum gehen Sie nicht zur Polizei?« Goldman hielt es nicht mehr auf seinem Sitz. Dieser aufgeblasene Kerl ging Jessica seit der ersten Sekunde auf die Nerven. Sie musste dringend herausfinden, wer er war. Ein alter Freund von Doktor Kern? Sein Anwalt? Wohl kaum. Der Doktor war nicht das Problem. Der griff in seiner Not nach dem kleinsten Strohhalm, und sein Misstrauen schwand mit jedem Häppchen, das sie ihm hinwarf. Falls er mehr über Jennifers Tod wusste, würde er auspacken. Aber dieser Goldman war eine harte Nuss. Er schritt im Zimmer auf und ab wie die Karikatur eines Kommissars beim Verhör einer Verdächtigen in einer Krimiserie. »So, wie Sie ihn beschreiben, muss er Dreck am Stecken haben.«

»Ich denke nicht, dass man ihm etwas nachweisen kann«, sagte Jessica. »Dafür ist er zu gerissen. Von seinen Eingeweihten wird niemand auspacken. Die würden eher für ihn sterben. Außerdem hat er mächtige Verbündete, die ihn im Zweifel decken. Sagt Ihnen der Name Niels Renner etwas?«

»Klar!« Doktor Kern nickte. Goldman blieb bei seinem Pokerface und reagierte nicht. »Der jüngste Staatsrat in der Geschichte Hamburgs«, sagte der Arzt.

»In wenigen Wochen wird er der jüngste Innensenator, in ein paar Jahren der jüngste Bürgermeister der Stadt sein«, sagte Jessica. »Er ist Timons Ziehsohn. Ihm verdankt Renner alles, was er erreicht hat. Und er ist nicht Timons einziger Verbündeter in einer hohen Position.« Sie schüttelte den Kopf. »Vielleicht gibt es eine Chance, dass sich jemand Aufrichtiges der Sache annimmt und Timon rankriegt. Aber bis es so weit ist, sind wir längst tot. Wir müssen es alleine hinkriegen. Wir drei. Das ist die einzige Möglichkeit.«

Goldman beendete seine Wanderung durchs Zimmer unmittelbar vor Jessicas Platz. Er versperrte ihr die Sicht auf den Psychiater. »Ich weiß, ich wiederhole mich.« Der massige Mann beugte sich über sie. »Aber nennen Sie uns auch nur ein Argument, warum wir Ihnen trauen sollten.«

»Es gibt einen simplen Grund.« Jessica hob den Kopf ein winziges Stück, gerade genug, um ihm ihren unterkühlten Blick zuzuwerfen. »Sie haben keine Wahl.«

»Das sehe ich anders.« Die Worte platzten aus Goldman heraus.

»Dann wünsche ich viel Glück. Allerdings wird Ihnen selbst das nichts nützen.«

»Stopp!«, sagte Doktor Kern. »Streit hilft uns am wenigsten weiter.« Jessica neigte den Oberkörper, um den Arzt sehen zu können. Der fuhr sich mit den Händen durch die Haare. »Sie sagen, wir hätten keine Wahl. Aber Sie, Jessica, haben eine Wahl. Sie standen jahrelang treu an Timons Seite. Warum wenden Sie sich von ihm ab? Warum gerade jetzt?«

Jessica atmete aus. Die entscheidende Frage. »Timon liegt falsch«, sagte sie, ohne zu zögern. »Nicht Sie sind für den Tod meiner Schwester verantwortlich. Sondern er. Er hat sie unter

Druck gesetzt, ihr gedroht, ihr seine Liebe entzogen. Jennifer war lange nicht so stark, wie man denken könnte. Sie hat es nicht ertragen.« Sie presste die Lippen aufeinander. »Sie war meine Schwester, ich habe sie geliebt. Timon soll für ihren Tod bezahlen.« Sie drückte den Rücken durch. Der letzte Satz war ihr erstaunlich leicht über die Lippen gekommen. Weil es die Wahrheit war? »Sagen Sie mir, was meine Schwester von Ihnen wollte! Warum hat sie Sie aufgesucht?«

Der Psychiater nickte. »Jennifer war verzweifelt, suchte Hilfe, gleichzeitig war sie zutiefst misstrauisch. Ich hatte ihr einen zweiten Termin angeboten. Statt mit mir zu sprechen, hat sie mir einen Abschiedsbrief unter der Tür durchgeschoben. Sie schrieb, dass ihr Leben aus den Fugen geraten sei. Dass sie keine Hoffnung mehr habe. Dass es für sie nur noch einen Ausweg gebe.«

Jessica nickte. »Sie trifft definitiv keine Schuld.«

»Seid ihr fertig?« Goldman schlackerte mit den Armen herum. »Was schlagen Sie vor? Was sollen wir unternehmen?«

»Wir wissen, was er will«, sagte sie. »Rache. Das können wir gegen ihn verwenden. Wenn er merkt, dass es für ihn nicht läuft wie geplant, wird er unbeherrscht und macht Fehler.«

»Geht das auch konkreter?« Goldman stand noch immer vor ihr, als wollte er sie, wenn nicht mit Argumenten, dann zumindest mit seiner bloßen Körperfülle in die Schranken weisen.

»Nein! Aber vielleicht haben Sie eine Idee, Sie Genie.«

»Moment«, sagte der Arzt. »Rache ist nicht alles, was Timon will. Walter, zeig ihr die Fotos!«

»Was?« Goldman drehte sich herum, stemmte die Hände in die Hüfte. »Ich halte das für keine …«

»Zeig ihr die Fotos!«

»Nein, Scheiße noch mal.« Goldmans Kopf färbte sich puterrot, er schloss seine Finger so fest, dass es knackte.

»Bitte«, sagte Thomas. »Wenn du ihr nicht vertraust, so zumindest mir.«

Der kräftige Mann schnaufte. Es dauerte ein paar Sekunden, dann verblasste das gefährliche Rot in seinem Gesicht. »Wie du meinst«, presste er hervor.

Er stapfte in den Flur, machte sich an seiner Jacke zu schaffen, kam zurück und reichte ihr einen Umschlag. Sie zog die Farbdrucke heraus, betrachtete sie nacheinander. Der Lieferwagen, Knochen und Keule.

Und Marc. Jetzt musste sie sich doch beherrschen, damit ihr die Gesichtszüge nicht entglitten. Was führten die im Schilde?

»Der junge Mann auf dem letzten Foto hat sich an meine Tochter Natascha herangemacht.«

»Hübscher Typ«, sagte Jessica. »Wie alt ist Ihre Tochter?«

»Ich sage doch, wir können ihr nicht trauen! Keinen Millimeter.« Goldman musste offensichtlich seinen Rest an Willenskraft aufwenden, um Jessica seine kostbaren Fotos nicht sofort wieder aus den Händen zu reißen.

»Sie suchen etwas, von dem sie glauben, dass Jennifer es bei sich hatte, als sie vom Kran gesprungen ist«, sagte der Arzt. »Der Mann auf dem Foto hat den Bauarbeitern eine Telefonnummer hinterlassen und eine hohe Belohnung versprochen, wenn sie es finden. Walter hat sich als Vorarbeiter ausgegeben und eine Übergabe vereinbart. So sind die Fotos entstanden.«

Da waren sie, die Informationen. »Hat er Sie gesehen?«, fragte sie Goldman.

»Nein, Schätzchen.«

»Ihr Glück.«

»Also kennen Sie ihn?«

Jessica gab ihm die Fotos zurück. »Er nennt sich Marc. Keine Ahnung, ob das sein richtiger Name ist. Aber wenn es einen in der Organisation gibt, der Timon in puncto Skrupellosigkeit und Raffinesse ebenbürtig ist, dann er. Die beiden Kerle im Auto gehören dazu. Das sind Timons Männer fürs Grobe. Sie heißen Robert Knocke und Mirko Keulig.«

»Was ist das für ein Gegenstand, den sie suchen?« Goldman steckte die Bilder sorgfältig zurück in den Umschlag.

Es gab nur einen Gegenstand, der ihr einfiel. Jessica hatte Timons Engelsanhänger nie zu Gesicht bekommen. Sie hatte nicht einmal gewusst, dass er sich noch in seinem Besitz befand. Aber sie wusste, welche immense Bedeutung er früher für Timon gehabt hatte. Jennifer musste ihn gefunden und mitgenommen haben. Zweifellos eine wichtige Spur. Aber das würde sie erst einmal für sich behalten. »Ich habe keine Ahnung«, sagte sie.

Die beiden Männer schwiegen. Mehr war hier nicht zu holen, dachte sie. »Worum es sich auch handelt, es scheint ihm überaus wichtig zu sein. Und das ist unsere Chance«, sagte sie. »Ich werde es herausfinden.«

56

»Hey, Tascha, hast du gehört, was Lars vorhin an die Tür der Mädchentoilette geschrieben hat?«

»Sorry, keine Zeit für Klogeschichten. Bis morgen, Ladys.« Natascha ging an den Freundinnen vorbei Richtung Bushaltestelle. Zu gerne hätte sie sich umgedreht, um Rebeccas Gesicht zu sehen. Sie spürte förmlich die Mischung aus beleidigter Empörung, dass sie sich den neuesten Klatsch entgehen ließ, und nackter Neugierde auf diesen Typen mit den braunen Locken, der sie zweimal im Auto mitgenommen hatte.

Tja, Pech gehabt, Mädels.

Das würde nicht folgenlos bleiben. Eine Rebecca durfte man nicht einfach stehen lassen. Das Strafmaß reichte von vorübergehendem Aufmerksamkeitsentzug über Aussetzen der Freundschaft auf Bewährung bis zur Freigabe zum Abschuss. Sie hatte es bei Saskia erlebt, einer netten, leider recht schüchternen Mitschülerin, die es innerhalb eines Halbjahres von Rebeccas bester Freundin zu deren bevorzugtem Hassobjekt geschafft hatte. Böse Geschichte, die damit geendet hatte, dass Saskia die Schule gewechselt hatte und sich niemand mehr mit Rebecca anlegen wollte.

Darauf würde sie es ankommen lassen. Natascha hatte keine Angst vor ihr. Dumm nur, dass Marc nicht auftauchte.

Sie tippelte von einem Fuß auf den anderen, sah in den Himmel, an dem sich schon wieder dunkle Wolken zusammenbrauten, dann Richtung Zufahrt. Wenn er nicht bald käme, stünde sie im wahrsten Sinne des Wortes da wie ein begossener Pudel. Das perfekte Ziel für Rebeccas Spott: »Kommt er nicht, dein Häuptling Braunlocke? Och, wie schade. Hab gleich gesehen, dass der zwei Nummern zu groß ist für dich. Aber da ist ja noch Mischa. Der ist deine Kragenweite. Wenn du willst, frag ich ihn für dich nach einem Date.«

Endlich bog Marcs brauner Golf um die Ecke, hielt auf sie zu und ließ alle Rebeccas und Mischas dieser Welt zur Bedeutungslosigkeit zusammenschrumpfen.

Dafür schien ihr Herz auf einmal auf seine doppelte Größe anzuwachsen und eine merkwürdige Energie in ihren Körper zu pumpen.

Marc winkte durch die Frontscheibe. Er lächelte ihr zu, Gott, was war nur mit ihrem Herzen los, stoppte neben ihr und stieß von innen die Beifahrertür auf.

»Hi, Tascha! Spring rein!«

Sie tat es, Marc wendete auf der Busspur, und sie fuhren los.

»Heute lernst du meine Leute kennen«, sagte er. »Wenn du das willst.«

»Klar will ich! Wo trefft ihr euch?«

»Lass dich überraschen. Ich glaube, es wird dir gefallen.«

Er fuhr sie durch die Stadt Richtung Elbe und rüber in die Hafencity. Der hippe Stadtteil mit seiner krassen Architektur war so ziemlich das Gegenteil ihres Wohnviertels mit den ultraspießigen Siebzigerjahre-Einfamilienhäusern, deren bloßer Anblick einen gefühlt ins Rentenalter katapultierte. Dort verdorrte das Leben. Hier pulsierte es.

»Da vorne ist es. Wir nennen ihn den Schwarzen Turm.«

»Wow!« Sie beugte sich vor und drückte ihr Gesicht gegen die Windschutzscheibe, um das glänzende Bauwerk, das zwischen den Bürotürmen emporragte, besser sehen zu können. Es sah aus wie ein verwunschener Turm aus einer Fantasygeschichte. Ein magischer Ort, der Zutritt zu einer unbekannten Welt voller Abenteuer. Und Marc würde sie dorthin mitnehmen.

Er steuerte seitlich um das Gebäude herum, die Straße führte an einer geöffneten Schranke vorbei und tauchte unter den Turm in die Tiefe.

Für den Hauch eines Augenblicks beschlich sie ein mulmiges Gefühl. Als würde hinter ihr ein schweres Tor mit lautem Krachen ins Schloss fallen und ihr würde klar, dass sie, statt mit ihrem Traummann eine Abenteuerwelt zu betreten, in ein dunkles Gefängnis gelockt worden war.

Aber schon flammten Deckenfluter auf, und das Abenteuer ging weiter. Vor ihnen erstreckte sich ein riesiges Parkdeck. Im hinteren Teil drängten sich verschiedene Fahrzeuge, der vordere Bereich schien einer Miniflotte baugleicher Kleinwagen, einem Transporter und einem schwarzen Edelmercedes vorbehalten. Marc brachte seinen Golf direkt neben der Limousine zum Stehen. Sie stiegen aus.

»Du darfst hier echt parken?«

»Klar. Ich gehöre dazu.«

»Wozu genau? Wen werden wir treffen?«

Er führte sie zur Fahrstuhltür, drückte auf eine silbrig glänzende Taste. Sie mussten warten. »Unser Lehrer, Timon, ist Gründer der Moses-Stiftung, die elternlose Kinder und Jugendliche unterstützt. Die Stiftung vermittelt sie in geeignete Pflegefamilien und fördert über Stipendien ihre Ausbildung. Aber Timons Hilfe geht weit darüber hinaus.«

»Wie das?«

»Er ist für uns da. Er bringt uns Sachen bei, die du in keiner Schule und an keiner Universität lernst. So etwas wie das Tippsen.«

Natascha nickte. Die Schaukeltechnik der Hände, die Marc ihr gestern gezeigt hatte, hatte ihr schwer imponiert.

»Ich habe nie jemanden getroffen, der so wissbegierig und neugierig ist wie er«, sagte Marc.

Die Fahrstuhltür öffnete sich. Die Kabine war größer, als Natascha erwartet hatte. Schade. Sie hätte sich gerne etwas näher an ihn geschmiegt.

Die Tür schloss sich, Marc drückte einen Zahlencode in ein Ziffernfeld und anschließend auf die Taste für den vierten Stock. Der Lift setzte sich in Bewegung. Mehr als ein leises Summen war nicht zu hören. Wahrscheinlich war ihr aufgeregter Herzschlag um ein Vielfaches lauter.

»Er hat Wirtschaft und Psychologie studiert, seinen Doktor gemacht. Er leitet eine erfolgreiche Unternehmensberatung. Aber die wichtigsten Dinge hat er sich selbst beigebracht und weiterentwickelt.« Er zog die Augenbrauen hoch. »Du wirst dir gleich selbst einen Eindruck verschaffen können.«

»Wir werden ihn treffen? Oh Gott!« Bei der Vorstellung, diesem Timon gegenüberzutreten, kam sie sich unendlich klein und dumm vor.

»Einmal in der Woche versammeln sich alle Stipendiaten hier im Schwarzen Turm. Wir schwatzen miteinander, hören Vorträge, lernen neue Techniken. Meist kommt Timon dazu, gibt ein Teaching oder leitet Übungen an. Er hilft uns, uns freier zu fühlen. Selbstbewusster mit unseren Stärken umzugehen, behutsamer mit unseren Schwächen. Er befreit das Beste, das in uns steckt. Die Manager großer Firmen zahlen Tausende Euro für Timons Unterweisungen. Für uns sind sie umsonst.« Ein zufriedenes Lächeln umspielte sein Gesicht. »Und heute bist du dabei.«

Die Fahrt endete, der Fahrstuhl entließ sie in einen hellen Flur mit edel aussehender Auslegeware. Natascha warf einen kritischen Blick auf ihre Schuhe, die zum Glück keine Schmutzabdrücke hinterließen. An den Wänden hingen große Ölgemälde mit abstrakten Formen, die zum Stehenbleiben einluden. Marc zog sie weiter. Lebhafte Stimmen waren zu hören, und Nataschas Aufregung wuchs mit jedem Schritt.

»Übrigens würden wir gerne mehr von deinen Antifa-Aktivitäten erfahren. Einige von uns überlegen, sich stärker politisch zu engagieren.«

»Okay. Sonst noch was, was mich einem Herzstillstand näherbringt?«

Marc blieb stehen, drehte sich zu ihr und gab ihr unvermittelt einen Kuss. Er landete, Absicht oder nicht, im Niemandsland zwischen Mund und Wange.

»Nein«, sagte er.

57

Kriminalkommissar Jens Barbe fühlte sich wie ein Verräter. Streng genommen war er das auch. Er drehte sich mehrmals um, als er durch den langen Flur im ersten Stock des Kommissariats Richtung Fahrstuhl ging. Er zuckte zusammen, als ihm aus der sich öffnenden Tür zwei Kollegen entgegentraten und ihn grüßten. Er hatte das ungute Gefühl, sich auf dünnem Eis zu bewegen. Bei jedem Schritt schien es bedrohlich zu knacken.

Aber: Er tat, was nötig war. Er war Polizist geworden, um Verbrecher zu fangen. Und nicht, um Unschuldigen das Leben zur Hölle zu machen. Dass sein Vorgesetzter dies andersherum sah, machte sein Vorhaben brisant. Richtig war es trotzdem, was er vorhatte.

Er dachte an Malte, einen der wenigen Mitschüler in der Mittelstufe des Gymnasiums, die ihn vor dem Schicksal des totalen Außenseiters bewahrt hatten, indem sie sich mit ihm abgegeben hatten. Malte hatte in einer Ecke des Pausenhofs mit verschwörerischer Geste ein I-Phone aus der Jackentasche gezogen. Das war damals noch etwas Besonderes gewesen.

»Wow«, hatte Jens gesagt und sich über das Gerät gebeugt. Sein pickeliges Gesicht spiegelte sich in dem schwarz glänzenden Display, das mit bunten Symbolen zum Leben erwachte.

»Wo hast du das her?«, fragte er, wohl wissend, dass sein Kumpel es mit dem Besitz anderer nicht so genau nahm. »Polnisch einkaufen«, nannte der das, woraufhin Jens sich regelmäßig empörte, um seine aus Polen stammende Großmutter, die nicht nur eine grundehrliche, sondern auch herzensgute Frau war, zu verteidigen.

»Is' doch piepe. Das Teil ist voll geil.«

»Du weißt schon, dass Corinna aus der 9b ihr I-Phone vermisst? Sie hat sogar die Polizei eingeschaltet.«

»Laber mich nicht voll, Mann!«

So ging es ein bisschen hin und her. Barbe steckte in einem Dilemma, das seine polnische Oma als ein »Zwei-Hintern-Problem« bezeichnet hatte: Egal, was man tat, man war in jedem Fall ein Arsch. Umso wichtiger, so die Großmutter, sei der moralische Kompass. Und der gab eine eindeutige Richtung vor.

»Entweder gibst du das Telefon zurück, oder ich melde es dem Direktor«, sagte Jens.

Malte sah ihn an, als wäre er, nun ja, ein Arsch.

»Wenn du willst, helfe ich dir«, sagte er. »Du kannst es anonym zurückgeben, dann kriegt keiner was mit. Aber es ist nicht richtig, das Handy zu behalten.«

Leider ließ Malte es nicht bei seinem Blick bewenden. Er stürzte sich auf Barbe, schlug ihm ins Gesicht, dabei fiel das Mobiltelefon auf den Boden und zerlegte sich in seine Einzelteile. Die Pausenaufsicht, Herr Claasen, ein grummeliger Geschichtslehrer, wurde auf die beiden aufmerksam, sah das kaputte Handy und fragte, was los sei.

Malte nutzte die Gunst der Stunde, setzte ein Unschuldsgesicht auf und behauptete, dass das Mobiltelefon Jens gehöre. Und der sah sich urplötzlich einem streng dreinblickenden Herrn Claasen gegenüber. »Stimmt das?«, fragte der.

Nein, das stimmt nicht. Malte hat das Handy gestohlen. Ich wollte ihn überreden, es zurückzugeben.

Das hätte er sagen sollen. Stattdessen bekam er vor Aufregung kein Wort heraus. Tränen stiegen ihm in die Augen, und Lehrer Claasen zog seine eigenen Schlussfolgerungen, die er mit »Das wird Ärger geben« zum Ausdruck brachte.

Es dauerte Stunden, bis Jens seine Sprache wiederfand. Es

stand Aussage gegen Aussage. Am Ende kassierten beide einen Tadel und teilten sich die horrenden Kosten für das I-Phone. Jens hatte sich fortan mitsamt seinem guten Gewissen allein auf dem Pausenhof herumtreiben müssen und hatte entschieden, Polizist zu werden, um der Gerechtigkeit zu ihrem Sieg zu verhelfen.

Der Fahrstuhl spuckte ihn im zweiten Stock aus. Er klopfte an einer Tür auf der rechten Seite des Ganges. Das Büro des Technikers, der den Computer des Therapeuten untersucht hatte.

Klar hätte Barbe auch anrufen können. Aber persönlich unter vier Augen zu sprechen, erschien ihm sicherer.

Er klopfte. Der junge Mann mit dem altmodischen Schnurrbart öffnete die Tür. Er trug noch das gleiche Hard-Rock-Café-T-Shirt wie vor drei Tagen, als er ihm und Hensel einen der Filme vorgeführt hatte. Er begrüßte Barbe mit Handschlag und bat ihn herein.

Der Raum hinter der Tür war mit lauter technischem Schnickschnack vollgestopft. Von überall flimmerten ihm Bildschirme entgegen. Barbe konnte sich kaum vorstellen, wie man in diesem Chaos arbeiten sollte.

»Ich komme wegen des Computers dieses Psychiaters.«

»Ich erinnere mich gut an den Fall, obwohl wir täglich Dutzende Fälle dieser Art bearbeiten«, sagte der Techniker. »Dein Chef Hensel hat uns mächtig Dampf unterm Hintern gemacht.«

»Und?«

»Was und?«

»Was habt ihr gefunden?«

»Einschlägiges Material. Kinderpornografie der harten Sorte. Mädchen in der Vorpubertät. Etwa fünfzig Bilder, eine Handvoll Filme. Nach und nach auf den Rechner kopiert, über einen Zeitraum von anderthalb Jahren. Ein klarer Fall für den Paragrafen 184b Absatz drei Strafgesetzbuch.«

»Könnten dem Beschuldigten die Dateien untergejubelt worden sein? Ohne sein Wissen?«

»Klar.« Das Grinsen des Computerexperten zog seinen Schnurrbart in die Breite. »So wie bei neunundneunzig Prozent dieser Pädowichser. Wenn's nach denen ginge, hat keiner was von dem Zeug auf seinem Rechner gewusst.«

»Möglicherweise liegt der Fall hier anders.«

»Davon hat Hensel aber nichts erwähnt.« Der Techniker verschränkte die Arme vor der Brust und verkniff die Augen. »Der Hauptkommissar ist sicher darüber informiert, dass wir miteinander sprechen? Ich bin gewiss kein Feigling, aber mit Hensel legt sich niemand freiwillig an.«

»Er wird es schon noch erfahren.«

»Oh Mann. Er weiß es nicht.« Der Techniker wurde blass um den Mund.

»Bitte!«, sagte Barbe. »Der Rechner ist aus dem Praxisraum des Verdächtigen gestohlen worden und erst Stunden später aufgetaucht. Möglich, dass die Pornobilder im Nachhinein aufgespielt wurden.«

Der Computermann schnaufte durch die Nase. »Also gut. Ich seh mir den Rechner noch mal genauer an. Es gibt ein paar aufwendige Untersuchungen, die nicht zur Routine gehören. Aber wenn was Relevantes dabei herauskommt, klärst du das mit deinem Chef, nicht ich. Klar?«

58

Der lang gestreckte Flur mit den Ölbildern endete an einer angelehnten Tür. Marc stieß sie auf.

Etwa zwanzig junge Leute, die meisten etwas älter als Natascha, standen zwischen u-förmig angeordneten Tischen, auf denen Softdrinks in kleinen Flaschen sowie Tee und Kaffee in silbernen Kannen neben Gläsern und Tassen aufgebaut waren. Auf einem kleinen Buffettisch warteten mit Käse und Gemüse belegte Brötchenhälften auf hungrige Abnehmer. Die Köpfe drehten sich zur Tür, als Marc den Raum betrat. Zur Gruppe gehörten etliche hübsche Mädchen, eigentlich waren es schon junge Frauen, denen Marcs Anblick erfreute Ausdrücke auf die Gesichter zauberte, und Natascha verspürte den heftigen Impuls, den Rückwärtsgang einzulegen. Aber Marc schob sie voran. Sofort waren sie von einer Menschentraube umgeben. Marc schüttelte Hände und erwiderte Umarmungen, aber auch Natascha wurde herzlich begrüßt. Nach wenigen Sekunden schwirrte ihr Kopf vor lauter Vornamen, viele der Mädchen umarmten auch sie, schnell fiel das Stichwort Antifa, und ehe Natascha wusste, wie ihr geschah, sah sie sich interessierten Gesichtern gegenüber, denen sie von Barfuß gegen Rechts erzählen sollte.

Nach kurzer Zeit hörten ihr alle zu. Sie erzählte von der Kampagne, die mit einer verrückten Idee im Frühling im Stadtpark begonnen und mit verhornten Fußsohlen und viel medialer Berichterstattung im Herbst geendet hatte.

»Bravo!« Die Stimme in Nataschas Rücken war so leise, dass Natascha sie von der Lautstärke her leicht hätte überhören können. Aber sie klang dermaßen durchdringend, dass sie ihre Aufmerksamkeit fesselte. Nicht nur ihre.

Sie drehte sich um. Dort stand ein dünner, fast zerbrechlich wirkender Mann, der sie sofort in seinen Bann zog. Er trug schlichte schwarze Kleidung, die Natascha an östliche Kampfkunstmeister erinnerte. Sein Gesicht sah tatsächlich so aus, als hätte er in seinem Leben den einen oder anderen Kampf bestritten. Die Nase war krumm und platt gedrückt wie bei einem Profiboxer. An der linken Schädelseite wand sich eine Narbe Richtung Mundwinkel. Der eigentliche Hammer waren die Augen. Groß und fast schwarz, strahlten sie eine dunkle Wärme aus, die die Temperatur in ihrem Herzen augenblicklich um einige Grad ansteigen ließ. Die Augen schienen direkt in ihren Geist einzutauchen. Und das, was sie ihrem Gegenüber normalerweise an Verstand, Willen, notfalls Widerspruch oder Zickigkeit hätte entgegensetzen können, mühelos zu überwinden. Sie wollte diesem Mann gefallen. Alles andere schien bedeutungslos.

Timons Mundwinkel zuckten. Die minimalen Veränderungen genügten, um dieses Gesicht lächeln zu lassen.

»Du musst Natascha sein.« Die Stimme war wie feinstes Schmirgelpapier, das sich in die Hirnwindungen rieb. Natascha war zu verdutzt, um etwas sagen oder tun zu können. Timon hob den Arm, drückte ihr sanft den Oberarm, nickte ihr zu, und dann schoben sich andere zwischen sie und ihn, und dieser unglaubliche Mann mit den unglaublichen Augen ließ sie wieder los, und Natascha wusste gar nicht, wie ihr geschah.

Marc stand noch immer neben ihr. »Alles klar mit dir?«

Sie nickte, fühlte sich aber ganz benommen. Wenn der Turm eine Welt voller Abenteuer und Geheimnisse war, dachte sie, so war dieser Mann im schwarzen Gewand, Timon, ihr uneingeschränkter Herrscher. Weise, gütig und klug.

In die Gruppe kam erneut Bewegung. Alles strömte zu den Tischen und setzte sich, Getränke wurden eingeschenkt, Stühle gerückt. Marc schob Natascha an eine Seite der Tischreihe, wo zwei Plätze frei waren. Timon trat an das offene Ende.

»Ich möchte euch eine Geschichte erzählen«, sagte er, und sofort war es mucksmäuschenstill. Niemand wagte mehr zu trinken, auf dem Stuhl umherzurutschen oder gar aufzustehen. Alle Sinne im Raum waren auf den Schwarzgekleideten gerichtet.

»Einige von euch wissen, dass ich als junger Mann einige Jahre auf einer kanarischen Insel, La Gomera, verbracht habe. Es waren bewegte Zeiten, ich habe dort die schönsten, aber auch dunkelsten Stunden meines Lebens erlebt. Ich hatte dort einen Lehrer, Jonas. Ein wilder, lauter, oft brutaler Mann, voll urwüchsiger Kraft und ungezügelter Intuition. Er war eine Furcht einflößende Erscheinung mit roten Haaren und feurigen Augen. Er hat mir mächtig Angst gemacht. Eines Tages packte er mich und zog mich runter bis zum Strand. Er tat mir weh, und ich verstand nicht, wie ich seinen Zorn auf mich gelenkt hatte. Unten am Wasser schrie er mich so laut an, dass meine Ohren noch Stunden später dröhnten. »Wer bist du, Timon?«, brüllte er. »Wer bist du wirklich?«

Timon hatte seine eigene Stimme um keinen Deut angehoben. Trotzdem bewirkte der Zauber seiner Schilderungen, dass die Frage in Nataschas Ohren in Überlautstärke widerhallte.

Wer bist du, Tascha? Wer bist du wirklich?

Den anderen im Raum schien es ähnlich zu gehen. Aus den Augenwinkeln sah sie gebannte, teils angestrengte, teils verängstigte Gesichter.

»Jonas wusste um meine Herkunft, so wie auch ich um die Herkunft der meisten hier weiß. Wir sind Findelkinder, Waisenkinder. Verlassene, Verstoßene, Aufgegebene. An dieser geheimnisvollen Stelle im tiefsten Inneren unserer Seelen, wo Menschen mit günstigeren Schicksalen die liebevollen Augen ihrer Mutter finden oder das herzliche Lachen ihres Vaters, da finden wir nur das, was ich damals, am Strand von Gomera, meinem Lehrer entgegengeschrien habe.«

Das große Nichts, die große Leere, von der Timon sprach, etwas anderes konnte er unmöglich meinen, schwebte wie ein dämonischer Schatten im Raum und jagte Natascha eine Gänsehaut über den Rücken.

Ein junger Mann mit kurz geschorenen Haaren, der an der gegenüberliegenden Tischreihe saß, fing an zu zittern und brach in lautes Schluchzen aus. Er schüttelte sich unter Tränen und versenkte seinen Kopf zwischen den Händen, als könnte er nur so zusammenhalten, was auseinanderzubrechen drohte. Sein Körper bebte, und seine Sitznachbarinnen, eine Frau, die die zwanzig sicher überschritten hatte, und ein deutlich jüngeres Mädchen mit roter Lockenpracht, warfen sich hilflose Blicke zu.

Timon war mit wenigen Schritten bei ihm. Er wirkte nicht im Mindesten beunruhigt oder besorgt. Er legte dem heulenden Jungen eine Hand auf den Kopf, eine zweite in den Nacken und schloss für einen Moment die Augen.

Dann sprach er einfach weiter, während der junge Mann allmählich ruhiger wurde.

Krass!, dachte Natascha.

»Wer bist du?«, fragte Timon in die Runde. »Was antworten wir üblicherweise auf diese Frage?«

Er schaute über die Reihen der Sitzenden. Kaum jemand wagte es, den Blick zu erwidern. Nataschas Hirn war leer gefegt. Sie hatte keine Antwort.

»Ich bin musikalisch. Ich kann gut zeichnen. Ich bin ein netter Typ. Ich habe viel Geld. Ich bin Klassenbester«, zählte Timon auf. »Versteht mich nicht falsch: Das sind feine Dinge. Aber als Antwort auf diese Frage sind sie nicht mehr wert als …« Er löste die Hände von Scheitel und Nacken des Jungen, der still geworden war und Anzeichen machte, den Kopf wieder anzuheben, und hielt sie in die Luft. »… getrocknete Ziegenscheiße. Und das ist es, wobei spirituelle Lehrer ihren Schülern helfen. Sich von der getrockneten Ziegenscheiße zu befreien, mit der sie ihre Herzen und ihr Denken verstopfen.«

Er schloss die Hände zu Fäusten, als würde er gerade eine gute Portion des Genannten zu Staub zerbröseln. Er schüttelte die Hände. »Wer es jedoch schafft, dem Nichts ins Antlitz zu blicken, der erfährt, das verspreche ich euch, eine einzigartige Transformation. Wem es gelingt, nur für einen Augenblick, für eine Sekunde, ja, für eine Zehntelsekunde zu der Leere vorzudringen und still zu werden, sie zu ertragen, sie anzunehmen, der erkennt, was auch ich damals unter der kanarischen Sonne erkannt habe. Nachdem Jonas mir mit roher Gewalt die Ziegenscheiße aus dem Verstand geprügelt hatte.« Er führte die Hände vor dem Bauch zusammen, ließ seine Worte nachwirken.

»Es ist keineswegs das Nichts in uns, das unser Leben im Klammergriff hält, das uns unfrei und zaghaft werden lässt. Nein, es ist allein die Angst davor! Die Angst hält uns gefangen. Die Angst beugt uns, sie bringt uns dazu, den falschen Göttern zu dienen.«

Natascha verstand die Anspielung sofort. Auch sie diente falschen Göttern. Sie ordnete sich den kruden Idealen ihrer sogenannten Freundin Rebecca unter. Litt unter den Verfehlungen ihres Vaters, als wären es ihre eigenen. Zappelte am Gängelband ihrer Mutter und folgte blind den hochtrabenden Karriereplänen, die sie für ihre Tochter schmiedete.

»Sagt euch der Name Luzifer etwas?«, sprach Timon weiter. »Der gefallene Engel, aus dem Himmel vertrieben, weil er es wagte, sich gegen Gott aufzulehnen. Er ist mit vielen Namen in noch mehr Erzählungen eingegangen. Satan, der Teufel. Die alte Schlange, die die ganze Welt verführt. Die Geschichtenschreiber waren sich schnell einig, ob er der Gute oder der Böse war. Aber ich sehe das anders. Welchen Gott beten wir denn an? Was ist uns so heilig, dass wir uns bedingungslos unterordnen? Familie? Die Gesellschaft? Geld? Jesus? Der Name Luzifer bedeutet, aus dem Lateinischen übersetzt, Lichtbringer. Luzifer war einer der talentiertesten, begabtesten unter den Engeln. Eine Gestalt von strahlender Schönheit, mit großer Willenskraft und ausgeprägtem Freiheitsdrang. Er war es leid, mit seinen Gaben ausschließlich dem Willen anderer zu dienen. Und das ist seine Botschaft an uns.«

Erneut kreiste sein Blick durch die Reihen der Zuhörer. Alle hingen an seinen Lippen.

»Erkenne dein Licht! Es gehört dir, niemandem sonst. Nimm es und zieh in die Welt hinaus! Bringe es zum Leuchten!«

Timon schloss die Augen, atmete mehrmals tief durch. Er öffnete sie wieder, und, Natascha stockte der Atem, er sah sie direkt an.

»Überwinde deine Angst, und du wirst erkennen, dass das Nichts voller Freiheit und Möglichkeiten ist. Dass es uns auffordert, uns geradezu anschreit, unser Leben in die eigenen Hände zu nehmen.«

Natascha nickte zu Timons Worten. Sie hatte mit ihrem Vater gebrochen. Sie ertrug es. Sie ergriff neue Freiheiten. Sie gehörte dazu.

Timon riss die Fäuste in die Höhe. »Sprengen wir sie auf, die Türen zu unserem Verstand! Vertreiben wir die Ziegenscheiße aus unseren Köpfen! Und schauen wir ins Licht!«

Er hob den Kopf und sah nach oben, als bestaunten seine großen Augen ein unsichtbares Wunder, das irgendwo unter der Zimmerdecke erschienen war. Mehrere Sekunden stand er einfach so da. Ein lebendes Fanal für die Segnungen der Freiheit.

Natascha war hin und weg. Am liebsten wäre sie aufgesprungen, hätte sich neben ihn gestellt und ihre Hände zum gleichen unsichtbaren Licht ausgestreckt.

Anderen schien es ähnlich zu gehen. Natascha sah in erregte Gesichter mit zuckenden Augen. Timons Rede hatte eine prickelnde Energie freigesetzt, der sich keiner entziehen konnte. Alle starrten an den imaginären Punkt unter der Decke. Alle wollten das Licht sehen, das Timon sah, teilhaben an dem, was er erlebte.

Es war Marc, der den entscheidenden Funken zündete. Er sprang von seinem Stuhl auf, eilte um die Tische herum zu Timon, der noch immer regungslos nach oben blickte.

Jetzt gab es kein Halten mehr. Einer nach dem anderen verließ den Sitzplatz. Einige kletterten über die Tische oder krabbelten unten durch, und auch Natascha ließ sich nicht mehr bremsen.

Sie nahm den längeren Weg um die Sitzreihe herum, wurde Teil der Menschentraube, in deren Zentrum Timon stand und alles überstrahlte, alle Zweifel tilgte, alle Fragen zu Staub zerbröselte. Sie streckten die Hände empor und starrten nach oben. Und ja, jetzt wusste Natascha, wovon Timon sprach. Sie sah das strahlende Licht hinter der Angst, spürte die kraftvolle Energie, die es freisetzte.

»Jaaaaaa!« Timon brach das pulsierende Schweigen, er ließ den Vokal lange nachklingen, und alle stimmten mit ein.

59

»Bist du von allen guten Geistern verlassen? Du breitest all unsere Geheimnisse vor dem Spitzel des Feindes aus. In welcher Welt lebst du, bitte schön? Glaubst du ernsthaft, die Tochter deines schlimmsten Albtraums marschiert in deine Praxis und serviert uns seinen Kopf auf einem Silbertablett?« Goldman stapfte durch den Behandlungsraum, blieb am Fenster stehen und starrte nach draußen, als wollte er Jessica Rädler böse Blicke hinterherwerfen. Da hatte er Pech, das Fenster zeigte zum Innenhof.

»Ich traue ihr auch nicht«, sagte Thomas.

»Ach so.« Goldman drehte sich zu ihm, stemmte die Hände in die Hüften. »Jetzt bin ich beruhigt. Dann bist du gar nicht naiv. Sondern nur strunzdämlich.«

»Bleib auf dem Teppich, Walter! Natürlich hat sie uns nicht alles verraten, was sie weiß. Und sie treibt ein doppeltes Spiel.«

Goldman verzog sein Gesicht zu einem schiefen Fragezeichen.

»Aber ich glaube, Jessica ist nicht sicher, für wen sie spielen soll. Das ist unsere Chance.«

Der Detektiv schüttelte den Kopf. Er schien nicht im Geringsten überzeugt.

»Ihre Schwester ist tot«, sagte Thomas. »Sie hat Fragen und wird Antworten suchen. Und anders als Jennifer ist sie vielleicht stark genug, zu ertragen, was sie herausfindet. Und kämpft auf unserer Seite.«

»Oder sie hilft Timon, uns den Rest zu geben.«

Thomas zuckte mit den Schultern. »Mein Leben ist im Arsch. Meine Tochter ist in den Fängen dieser Sekte. Schlimmer kann es nicht mehr kommen. Wir haben nichts zu verlieren. Sie ist unsere einzige Chance.«

Goldman schnaufte seinen Unmut heraus, wandte sich wieder dem Fenster und dem Hinterhof zu.

Thomas' Mobiltelefon machte sich bemerkbar.

»Du gehst besser ran«, murmelte der Detektiv.

Thomas schaute aufs Display. Er sah ein zweites Mal hin, bis er glaubte, was er sah. Es war Lea. Endlich rief sie ihn zurück. Vor Erleichterung fegte er beinahe das Handy vom Schreibtisch, statt es aufzunehmen und ranzugehen.

»Lea?«, sagte er.

»Ich habe nicht viel Zeit«, gab sie zurück. »Also, was willst du?« Ihre Stimme klang spröde wie ein Stück Knäckebrot. Aber es tat unendlich gut, sie zu hören.

Thomas trat vom Schreibtisch weg. Goldman wandte ihm den Rücken zu und schien ihn nicht weiter zu beachten, trotzdem zog er sich mit seinem Telefon Richtung Küche zurück.

»Es geht um Tascha. Sie ist in Gefahr.«

»Und was ist los?«

»Ein gefährlicher Mann will mein Leben zerstören. Er heißt Timon Rogall. Den Namen kannst du googeln, er unterhält die sogenannte Moses-Stiftung und eine Wirtschaftsberatungsfirma. Tatsächlich verbirgt sich dahinter eine Psychosekte. Seine Tochter war meine Patientin, sie hat sich vor ein paar Tagen umgebracht, und er gibt mir die Schuld an ihrem Tod.« Die Worte sprudelten aus ihm heraus.

Lea schwieg. Die Stille schwoll in seinem Kopf zu einem unheilvollen Rauschen an.

»Bist du noch da?«, fragte er.

»Du sagst, Tascha ist in Gefahr. Jetzt sprichst du nur von dir.«

Weil es doch zusammenhängt, verdammt!, hätte er am liebsten ins Telefon geschrien. Aber sie hatte recht. In ihren Ohren musste er wahlweise klingen wie ein verzweifelter Mann an der Schwelle zur Paranoia oder wie ein Delinquent, der um jeden Preis seinen Kopf aus der Schlinge ziehen wollte. Das Ergebnis war das gleiche. Er sah Leas Gesicht vor sich. Die zusammengekniffenen Augenlider, der schmale Mund. Sie glaubte ihm kein Wort und bereute bereits, ihn zurückgerufen zu haben.

Thomas hielt für eine Sekunde die Luft an, atmete aus. »Dieselben Leute, die mir diese Sachen anhängen, versuchen, Tascha in ihre Gewalt zu bringen«, sagte er, und tatsächlich war seine Stimme deutlich ruhiger. »Ich bilde mir das nicht ein. Es gibt einen jungen Mann, mit dem Tascha sich trifft. Er heißt Marc. Er gehört zu Timons Organisation.«

»Weißt du, wie das alles klingt?«

»Das kann ich mir denken, ja. Trotzdem ist es wahr.« Er legte sich seine folgenden Worte genau zurecht, bevor er sie aussprach. Auf die kam es jetzt an. »Es ist okay, wenn du an dem Teil, der mich betrifft, zweifelst. Falls du mich für ein perverses Scheusal hältst, kann ich es nicht ändern. Aber wir müssen unsere Tochter beschützen.«

»Wenn du ›wir‹ sagst, meinst du eigentlich mich.«

»Tascha geht nicht ans Telefon, wenn ich sie anrufe. Sie reagiert nicht auf meine SMS. Ja, genau, ich meine dich. Hilf ihr, bitte! Ruf sie an! Sprich mit ihr! Hol sie da raus, bevor es zu spät ist! Vielleicht hört sie auf dich.«

»Als ob sie je auf mich gehört hätte. Aber okay, ich will es versuchen.«

60

Jessica stand an ihrem Lieblingsplatz am Fenster ihres Büros im fünften Stock des Schwarzen Turms. Weit im Westen nutzte die Sonne die wenigen Wolkenlücken, um auf ein paar letzte Strahlen vorbeizuschauen.

Es war früher Nachmittag, und im Turm herrsche Hochbetrieb. Im vierten Stock lief ein Großgruppenseminar zum Thema Persönlichkeitsentwicklung. Timon war erst beim Stipendiatentreffen vorbeigeschneit und verhandelte jetzt mit dem Personalchef eines mittelständischen Finanzdienstleisters über ein umfangreiches Schulungs- und Fortbildungspaket für dessen Führungsmannschaft.

Und Jessica? Sollte eine Präsentation für einen drittklassigen Workshop überarbeiten. Wenn Timon sie zu seiner Nachfolgerin aufbauen wollte, sollte er allmählich damit beginnen.

Tatsächlich kam es ihr heute ganz gelegen, in Ruhe gelassen zu werden. So hatte sie Zeit gehabt nachzudenken. Und ihre nächsten Schritte zu planen. Sie verließ ihr Büro. Ihr Ziel befand sich am anderen Ende des Ganges.

Sie stieß die Tür auf. Sebastian schrie vor Schreck und verschluckte sich beinahe an dem Bleistift, auf dem er herumkaute, während er mit dem Zeigefinger etwas in seine Computertastatur tippte.

»Jessi«, stöhnte er. Der Stift fiel ihm aus der Hand und klapperte über den Schreibtisch. »Kannst du bitte anklopfen? Es erschreckt mich zu Tode, wenn du so hereinstürmst.«

»Wir müssen reden.«

Sebastian zuckte zurück. »Besser nicht.«

Jessica schloss die Tür, schritt durch das kleine Büro und

baute sich vor ihm auf. »Ich weiß, dass Jenni unserem Vater etwas weggenommen hat. Du warst ihr Freund. Du wirst mir jetzt alles sagen, was sie dir erzählt hat!«

Das Blut verflüchtigte sich aus seinem Gesicht. »Sie hat bei ihm rumgeschnüffelt. Du weißt, welch große Stücke er auf deine Schwester gehalten hat. Sie hatte Zugang zu wichtigen Informationen.«

Sie beugte sich über seinen Schreibtisch. »Und weiter?«

»Irgendwie ist sie an den Code seines Safes gelangt und hat ihn geöffnet.« Er senkte die Stimme. »Sein Allerheiligstes.«

»Weiter!«

Sebastian wand sich auf seinem Schreibtischstuhl, als bereitete ihm das Sprechen körperliche Schmerzen. Konnte er haben, wenn er sie noch lange hinhielt.

»Sie muss etwas entdeckt haben.«

»Lass dir nicht jedes Wort aus der Nase ziehen. Was hat sie gefunden?«

»Einen Ordner«, sagte er. »Einen roten Ordner. Du weißt, was ein roter Ordner bedeutet?«

»Natürlich.« Jessica nickte. »Was stand drin?«

»Darin waren Aufzeichnungen über diesen Therapeuten.«

»Doktor Kern?«

»So heißt er, ja. Die Akte enthielt biografische Daten, Wohnanschrift, Infos zu seiner Familie und so.«

»Was wollte er damit?«

»Woher soll ich das denn wissen?« Sebastians Stimme überschlug sich, fast konnte er einem leidtun. Was hatte seine Schwester nur gefunden an diesem Weichei?

»Du kennst ihn«, sagte er. »Wie er sich einschießen kann auf Leute, denen er etwas unterstellt. Erinnerst du dich an die Sache mit dem Dänen? Der hatte auch einen roten Ordner. Der Spediteur, von dem er dachte, es sei dieser …«

»Jonas. Klar.«

Es war etliche Jahre her, dass Timon sich am Ziel seiner lang gehegten Racheträume gewähnt hatte. Er hatte gemeint, den Mörder von Hannah auf einem Foto wiedererkannt zu haben. Ein tragischer Irrtum, wie sich später herausgestellt hatte. Tragisch für den groß gewachsenen, rothaarigen Unternehmer aus Esbjerg, dessen zerstückelte Überreste zu diesem Zeitpunkt am Grund irgendeines Fjords als Fischfutter dienten.

Und jetzt der Psychiater, dachte sie. Timon hatte ihn also bereits im Fadenkreuz gehabt, bevor Jenni ihn aufgesucht hatte. Welche alte Rechnung hatte ihr Vater mit ihm offen? »Warum dieser Therapeut?«, fragte sie.

Sebastian zuckte mit den Achseln. »Vermutlich wollte Jennifer genau das herausfinden, als sie ihn aufgesucht hat. Vielleicht hatte sie gehofft, dass Doktor Kern ihn kennt, womöglich ein alter Feind von ihm ist, der sie beim Kampf gegen ihn unterstützen kann.«

Doktor Kern taugte als Kämpfer ähnlich gut wie Sebastian, dachte sie. Jennifer hatte kein gutes Gespür für Männer gehabt.

»Irgendwann hat er spitzgekriegt, dass Jenni ihn hintergangen hat. Und dann ist sie selber in einem roten …« Seine Stimme verendete in einem heiseren Krächzen. Er riss die Augen auf. »Oh Mann, manchmal wache ich nachts schweißgebadet auf und denke, dass mein eigener Name auf einem roten Ordner steht.« Er schüttelte sich.

Da lässt sich ein Weg finden, dachte Jessica. Ein roter Ordner. Na schön. Das konnte kaum der Grund sein, warum jetzt alle am Rad drehten. Nein. Es ging um den Engelsanhänger. »Jenni hat Timon etwas weggenommen«, sagte sie. »Einen Gegenstand. Was weißt du darüber?«

Sebastian zog den Kopf ein, als sie den Namen laut aussprach. »Das hat sie mir nicht verraten. Es muss etwas Kleines gewesen sein, das sie auch in seinem Safe gefunden hat. Sie war vollkommen von der Rolle deswegen. Ich wollte sie gar nicht gehen lassen, so aufgebracht, wie sie war.«

»Wo wollte sie hin? Zu dem Psychiater?«

Sebastian schüttelte den Kopf. »Dort war sie erst am Tag darauf«, sagte er. »Sie hat mir ihr Ziel nicht verraten. Aber sie wollte sich mit jemandem treffen.«

Das war doch was, dachte sie. Sie konnte sich nur einen Menschen vorstellen, den Jenni in ihrer damaligen Situation ins Vertrauen gezogen hatte.

61

»Wow«, sagte Natascha. »Timon ist echt der Hammer. Sein Vortrag war der Hammer. Deine Leute dort sind …«

»… der Hammer?« Marc steuerte den Golf durch den Nachmittagsverkehr. Er zwinkerte ihr zu.

Die dunklen Wolken am Himmel sorgten für eine verfrühte Abenddämmerung. Die meisten Autos fuhren bereits mit Licht.

In ihr Lachen mischte sich das Klingeln von Nataschas Mobiltelefon. Sie zog es hervor und schaute aufs Display.

Na toll, dachte sie. Es gab Menschen, die hatten ein untrügliches Gespür für den unpassendsten Zeitpunkt. Mütter gehörten eindeutig dazu. Sie nahm das Gespräch trotzdem an. »Was willst du?«

»Hallo, Schätzchen. Wie geht es dir?« Mutters Stimme behauptete sich mühselig gegen lautes Stimmengewirr im Hintergrund. Offenkundig kam sie gerade aus einem Meeting.

»Gut«, sagte Natascha.

Schweigen. Wenn ihre Mutter etwas wollte, sollte sie es sagen, statt auf Konversation zu machen.

»Ich habe mit deinem Vater telefoniert. Er macht sich Sorgen um dich.«

Aha, geht doch. »Der sollte sich lieber um sich selbst kümmern und mich in Ruhe lassen.«

Mutter lachte. »Das sehe ich genauso. Trotzdem musste ich ihm versprechen, mich zu erkundigen. Er sagt, du hast einen neuen Freund. Der etwas mit so einer Organisation zu tun hat. Einer Art Sekte. Stimmt das?«

Scheiße, das konnte doch nicht wahr sein? Am liebsten hätte Natascha die Seitenscheibe des Golfs runtergekurbelt und ihr Mobiltelefon aus dem fahrenden Auto befördert. Sollte Mutter ein Verkehrsschild oder eine Litfaßsäule mit ihrer Fürsorge behelligen.

Drehte ihr Vater jetzt völlig am Rad? Woher in Gottes Namen wusste er von Marc und von Timons Organisation? Hatte er jemanden auf sie angesetzt? Ihr Handy angezapft? Vielleicht war das mit dem Fenster doch keine schlechte Idee.

»Totaler Quatsch«, sagte sie.

»Was? Das mit dem Freund? Oder mit der Sekte?«

Langsam wurde die Sache peinlich. Marc saß neben ihr und bugsierte sie durch den Feierabendverkehr. Sie verbrachte die aufregendste Zeit ihres Lebens. Und ihre Eltern? Machten sich Sorgen.

»Beides.«

Wieder Schweigen. »Du bist gerade bei ihm, richtig?«

Mütter und ihr untrügliches Gespür. Eine echte Plage. »So ist es.«

»Also, pass auf!«, sagte sie. »Ich komme heute Abend aus Frankfurt zurück. Dann setzen wir uns zusammen. Zu Hause, beim Italiener oder in der Sushibar. Kannst du entscheiden. Und du erzählst mir alles, einverstanden?«

»Einverstanden.« War sie eigentlich nicht. Aber zumindest war das Gespräch zu Ende. Sie starrte auf ihr Handy.

»Wer war es?« Marc sah zu ihr rüber.

»Meine Mutter. Sie hat irgendwas gehört und macht sich Sorgen. Sie kommt heute Abend aus Frankfurt zurück und will mich treffen.«

»Warum auch nicht?«

»Sie wird das nicht gut finden. Psychotechniken. Das große Nichts in sich zulassen. Bei ihr werden sämtliche Alarmglocken klingeln. Sie wird nicht wollen, dass ich weiter zu euch komme. Dass wir uns treffen. Sie wird mich auf eine Uni nach London oder Chicago schicken.«

»Ich weiß nicht«, sagte er. »Vielleicht solltest du auf sie hören. Sie ist deine Mutter. Sie kennt dich.« Marc neigte den Kopf zur Seite. »Ich habe meine Eltern nie kennengelernt. Stattdessen wurde ich von einer Pflegefamilie zur nächsten gereicht. Ich glaube, hätte ich eine Mutter gehabt – ich hätte auf sie gehört.«

»Das tut mir leid. Aber ganz ehrlich: Hättest du eine Mutter, würdest du nicht so einen Scheiß reden.«

»Wir kennen uns erst ein paar Tage. Von einem Studium im Ausland träumst du seit Jahren. Vielleicht stehe ich dir im Weg?«

»Nein!« Sie glaubte nicht, was er da sagte. Sie wusste mehr denn je, was sie wollte. Zu wem sie wollte. Sie hob die rechte Hand in die Luft und zerdrückte einen unsichtbaren Inhalt zu kleinen Krümeln. »Ziegenscheiße«, sagte sie.

Marc hielt vor einer roten Ampel, ließ das Lenkrad los, rückte an sie heran. »Sag es, ich muss es wissen.« Er machte ein furchtbar ernstes Gesicht, aus dem jedes Schelmische, jedes Spiel verschwunden war. So hatte er sie noch nie angesehen.

Natascha hatte das Gefühl, als würde ihr statt der Ziegenscheiße gerade alles, was ihr etwas bedeutete, zwischen den Fingern zerrinnen.

»Hast du das Gefühl, dass ich dir nicht guttue?«, fragte er. »Dass ich ein falsches Spiel mit dir treibe? Dass meine Freunde einen schlechten Einfluss auf dich haben? Dass Timon ein böser Mensch ist? Falls das so ist, dann muss ich es wissen. Dann …«

Zum Glück sprach er den Satz nicht zu Ende. Sein Gesicht drückte noch immer diese unheimliche Entschlossenheit aus. Falls du mir nicht vertraust, schien es zu sagen, müssen wir uns trennen. Selbst wenn es mir das Herz bricht.

Sie warf sich in seine Arme. »Du bist das Beste, was mir passieren konnte«, sagte sie. »Ich bin so gut wie volljährig und entscheide selbst, was ich will und was ich tue. Und ich will einen Kuss.«

Er gehorchte prompt.

62

Jessica kehrte in ihr Büro zurück, stellte sich ans Fenster und wartete. Marc würde kommen, das wusste sie. Früher oder später würde er bei ihr vorbeischneien, vermutlich unter einem Vorwand, oder wie rein zufällig.

Sie hatten Sex gehabt. Mehr noch, sie hatten den Rest der Nacht miteinander verbracht. Ich habe mich in dich verliebt, hatte er zu ihr gesagt und der romantischen kleinen Jessica das Herz aufgehen lassen.

Die nüchterne Wahrheit: Worte waren Schall und Rauch,

gerade bei einem Mann wie Marc. Sein Verhalten bei ihrer nächsten Begegnung würde zeigen, ob er mehr in ihr sah als einen Gelegenheitsfick und eine Konkurrentin auf dem Weg nach oben.

Es dauerte eine geschlagene Stunde, aber dann klopfte es an ihrer Tür, und Marc öffnete und trat ein, bevor sie ihn hereinbitten konnte.

Einen Strauß Rosen hatte er nicht dabei.

Er setzte sein Pokerface auf, baute sich vor ihr auf, und sie spürte, wie sich seine Antennen auf sie ausrichteten, um seinem analytischen Verstand eine Antwort auf die naheliegende Frage zu geben: War sie sauer, traurig, enttäuscht, zickig, flirtig oder verunsichert? Ein Mann wie er würde sich eher einen Finger abhacken, als seine coole Fassade abzulegen.

Nun denn. Kalt und unnahbar konnte sie auch. Die verliebte kleine Jessi musste zurück ins Kabuff.

»Sorry, dass ich so schnell wegmusste heute früh«, sagte er und setzte ein verschmitztes Lächeln auf, das augenblicklich an ihren eigenen Mundwinkeln zupfte. »Ich wäre gerne zum Frühstück geblieben und was der Morgen sonst noch gebracht hätte. Aber ich …«

»… musste früh los«, sagte sie. »Hast du ja auf den Zettel geschrieben. Schon okay.«

»Das war kein Spiel für mich letzte Nacht.« Er nahm sie in die Arme, zog sie zu sich, küsste sie auf den Mund. Sie ließ es geschehen. »Wir müssen das schnellstmöglich wiederholen. Wir könnten zusammen was essen. Ein Kumpel von mir betreibt eine Bar unten am Hafen. Danach gucken wir, wo es uns hin verschlägt.« Er rückte wieder etwas ab, lächelte sie an. »Morgendliches Frühstück inbegriffen.«

»Klingt gut«, sagte sie, mit gedrosselter Begeisterung in der Stimme. »Morgen Abend?«

Er verzog den Mund. »Da muss ich jemandem beistehen, der einen schweren Schicksalsschlag zu verkraften hat.«

»Ganz der barmherzige Samariter.«

»Ich bin da, wenn man mich braucht.« Er zwinkerte mit den Augen. »Also übermorgen? Ich reserviere einen Tisch. Die Zeit wird wie im Flug vergehen.«

»Abgemacht.«

Er wandte sich zum Gehen.

»Moment«, sagte sie.

»Bin ganz Ohr.«

»Ich habe gehört, dass mein Vater etwas sucht, das ihm wichtig ist. Weißt du etwas darüber?«

Marcs Blick wurde geschäftsmäßig. »Schon möglich.«

»Jennifer soll es am Tag ihres Selbstmords bei sich getragen haben.«

Ein leichtes Wippen des Kopfes, sonst keine Reaktion.

»Was ist das für ein Ding?«

»Das musst du ihn selbst fragen.«

Sie sah ihn lange an und versuchte, sein verschlossenes Gesicht zu ergründen. Er hielt dem Blick stand. »Du weißt es selbst nicht, stimmt's?«, sagte sie und konnte sich ein Grinsen nicht verkneifen. »Er lässt dich nach etwas suchen, ohne dir zu sagen, um was es sich handelt.«

Marc grinste. Ein hilfloser Versuch, seine Mimik unter Kontrolle zu bringen. Eins zu null für sie.

»Ich könnte helfen, es zu finden«, sagte sie. »Ich kannte Jennifer besser als jeder andere.«

Marc trat einen Schritt zur Seite, wies mit der Hand Richtung Tür. »Er sitzt oben in seinem Büro. Ich bin sicher, er ist dankbar für konstruktive Vorschläge seiner Tochter.«

Arschloch, dachte sie. Leider hatte er recht. Timon diskutierte seine Pläne nicht, schon gar nicht mit ihr.

»Ich ruf dich an«, sagte er. »Und dann gibt's Candle-Light-Dinner mit Live-Bandoneon.«

»Du weißt, wovon romantische Mädchen träumen.«

»Wenn du ein romantisches Mädchen bist, bin ich Roger Rabbit.« Er lachte, zwinkerte ihr zu, drehte sich um und war weg.

Bye, bye, Roger Rabbit, dachte sie.

63

Thomas saß am späten Abend an seinem Praxisschreibtisch und blickte in das Gesicht des Mannes, der es sich zum Ziel gemacht hatte, sein Leben zu zerstören. Er war im Internet rasch fündig geworden, nicht zuletzt, weil Timon vor wenigen Tagen unter großem Medienrummel mit der Hamburger Senatsplakette ausgezeichnet worden war.

Er sah in das blasse, hagere Gesicht eines Menschen, dem das Leben in Gestalt einer schlecht verheilten Nasenfraktur und einer hässlichen Narbe an der linken Schläfe sichtbare Stempel aufgedrückt hatte. Dank Jessicas Erzählung kannte er sogar die genauen Umstände. Wie musste sich ein Mann fühlen, den jeder Blick in den Spiegel an die Momente seines größten Triumphes und seines schlimmsten Verlustes erinnerte?

Gaben diese unergründlichen Augen die Antwort? Vielleicht war es Einbildung, aber Thomas fand, dass ihnen jegliche Wärme und Herzlichkeit fehlte. Sie ruhten wie zwei schwarze Steine in einem verhärmten Gesicht. Als wäre etwas, was einst offen und lebendig gewesen war, fähig zu lieben und geliebt zu werden, unter der brutalen Härte des Lebens zu einer kalten, starren Masse gepresst worden. Aus diesen Augen sprach ein tiefer, unversöhnlicher Hass. Ein Hass, der nun ihm galt.

Thomas ertrug den Anblick nicht länger und klickte das Bild weg. Er stand vom Schreibtisch auf und gönnte sich einen Blick nach draußen. Der Hinterhof des Hauses lag im Dunkeln, aus einigen der seitlich und gegenüberliegenden Fenster sickerte Licht durch Gardinen und Vorhänge hinaus in die Nacht.

Wie wehrte man sich gegen einen solchen Menschen? Er konnte ja nicht einfach in den Schwarzen Turm marschieren, Timon zur Rede stellen oder zum Duell auffordern.

Nein. Es war sein Wissen um die menschliche Psyche, das er ins Feld führen konnte, um seinen Gegner zu besiegen. Er brauchte eine Waffe. Einen psychologischen Giftpfeil, den er tief in Timons Unbewusstes schießen musste, um ihn von innen heraus zu schwächen.

Wenn stimmte, was Jessica gesagt hatte, war Timon angeschlagen. Jennifers Tod hatte ihn erschüttert, der Verlust eines wichtigen Gegenstandes schien ihn zu beunruhigen. Er wankte, rang um Kontrolle und musste erleben, wie sie ihm zunehmend entglitt.

Was brauchte es, um Timon endgültig zu Fall zu bringen?

Er hatte keine Ahnung. In seiner Arbeit als Psychoanalytiker ging es darum, Menschen, die ihn darum baten, in die Seele zu blicken und die Hürden zu erforschen, die unbewusste Konflikte ihnen in den Weg stellten. Das hatte er gelernt, darin war er gut. Was er nicht konnte: sein Wissen um seelische Prozesse benutzen, um jemanden zu bekämpfen. Er war Therapeut. Kein verdammter Psychokrieger.

Leider war es bei Timon andersherum.

64

Am nächsten Morgen bat er sie zu sich. Timons Büro und sein persönliches Sekretariat lagen im sechsten Stock des Schwarzen Turms. In derselben Etage befanden sich auch seine Privaträume. Jessi hatte keine Ahnung, wie es dort aussah – er hatte sie nie dorthin vorgelassen. Nach allem, was sie gehört hatte, bevorzugte er in der Innenausstattung die schlichte Eleganz, die auch seine Kleidung kennzeichnete.

Natürlich gab es repräsentative Büro-, Empfangs- und Konferenzräume, um die Erwartungen von Vorstandschefs und hochrangigen Politikern zu bedienen, die im Schwarzen Turm ein und aus gingen. Die waren, inklusive Empfangsdame, zwei weiteren Sekretärinnen und goldenen Teelöffeln, im vierten Stock untergebracht. Timon beherrschte die Klaviatur der Reichen und Mächtigen. Aber wann immer es ging, zog er sich in sein bescheidenes Arbeitszimmer zurück, das, abgesehen von einem Oberklasselaptop und einer modernen Telefonanlage, auch einem Literaturstudenten hätte gehören können. Zugegeben, einem mit gutem Geschmack und wohlhabenden Eltern.

Sie klopfte, wie es sich gehörte.

»Komm rein!«

Timon war allein. Er hatte die Gardinen zugezogen und saß im Schein einer Schreibtischlampe an seinem Arbeitsplatz, vor sich ein paar Zettel und Umschläge, neben sich eine Tasse. Seine Narbe am Schädel hatte einen tiefroten Farbton angenommen, ansonsten sah er ungewöhnlich blass aus. Als hätte er die halbe Nacht an seinem Schreibtisch gesessen. Und dunkle Pläne ausgeheckt.

Vielleicht lag es ja nur am Licht.

Timon sah flüchtig hoch, dann schien seine Aufmerksamkeit sich wieder irgendwelchen düsteren Welten in seinem Inneren zuzuwenden.

Sie trat weiter in den Raum, bemerkte etwas an den Füßen und sah nach unten. Auf dem Wollteppich war eine gut drei mal drei Meter große Plastikfolie ausgelegt. Sie reichte bis an den Rand des Schreibtischs.

»Hast du mir etwas zu sagen, Jessica?«, fragte er mit seiner leisen Stimme. Jessica hielt unwillkürlich die Luft an. Ein weiterer Test, verdammt, dachte sie. Wusste Timon, dass sie den Psychiater aufgesucht, auf eigene Faust herumgeschnüffelt hatte? Jessica entschied sich zur Flucht nach vorn. Sie nickte, zwang sich zu einem tiefen Atemzug. »Ich war bei Doktor Kern. Ich weiß, dass Jennifer ihn vor ihrem Tod aufgesucht hatte. Ich wollte herausfinden, was er weiß.«

»Und?« Timon hielt den Kopf gesenkt. Unmöglich herauszufinden, ob er überrascht, enttäuscht oder zornig war.

»Er arbeitet mit einem Mann zusammen, der Walter Goldman heißt. Ich habe ihn überprüft. Er ist Privatdetektiv …«

»Sechsundfünfzig Jahre alt, kinderlos, alleinstehend. Ehemaliger Polizist, jetzt privater Ermittler ohne nennenswerte Reputation«, beendete Timon ihren Satz. »Lebt von Sozialleistungen.«

»Okay.« Jessica schluckte. Er führte sie vor, zwang sie in sein Spiel, dessen Regeln er allein bestimmte. Und über dessen Ausgang er vermutlich bereits entschieden hatte.

»Haben sie dich in ihre Absichten eingeweiht?«, fragte er.

Sie neigte den Kopf. »Der Arzt scheint mir zu vertrauen, aber dieser Goldman ist extrem misstrauisch.«

Timon lehnte sich in seinem Stuhl zurück, schloss die Augen und legte die Hände aneinander, sodass sich die Fingerspitzen berührten. »Erzähl mir alles, was du ihnen erzählt und von ihnen erfahren hast.«

»Jennifer hat ein einziges Mal mit Doktor Kern gesprochen, dich dabei aber mit keinem Wort erwähnt. Sie hatte Angst, war verunsichert. Sie wollte weg. Von dir, von deiner Organisation. Sie wusste, dass du einen roten Ordner über den Psychiater führst. Offenbar wollte sie einen Eindruck gewinnen, ob Kern ihr irgendwie helfen kann.«

Sie berichtete von ihrer Begegnung am Vortag, Timon hörte zu, ohne sie zu unterbrechen.

»Hat Jennifer diesem Kern irgendetwas gegeben?«, fragte er, als sie geendet hatte. Ein winziges Beben in seiner Schmirgelpapierstimme verriet ihr, dass dies die eigentliche Frage war, die ihm unter den Nägeln brannte. Er wollte seinen Engelsanhänger zurück. Sie konnte ihm dabei helfen. Aber sie würde es nicht tun, wenn er sie nicht ins Vertrauen zog. Diese Zeiten sind vorbei, Daddy.

»Geld«, sagte sie. »Ich nehme an, sie wird ihn bezahlt haben.«

»Das meine ich nicht. Das Geld ist vollkommen bedeutungslos.«

Sie trat an den Tisch, beugte sich zu ihm vor. »Ich kann dir besser helfen, wenn du mir sagst, wonach du suchst und was du von diesem Psychiater willst.«

»Nein!« Es brach aus ihm heraus. Jessica zuckte zurück. Ihr Schuhabsatz verhakte sich in der Plastikfolie. Um ein Haar wäre sie gestürzt.

»Ich verbiete dir, dich einzumischen!«, sagte Timon. »Und andere mit deiner Neugierde zu behelligen.«

Andere. Wie aufs Stichwort wurde die Tür aufgestoßen. Jessica hielt den Atem an.

Doktor Hu trat herein. Er schob Sebastian vor sich her, der

wie eine Puppe mit starren Gliedern und unbewegter Miene zu Jessica stakste und neben ihr verharrte. Als hätte Folter-Hu ihm erneut einen Medikamenteneinlauf verpasst. Der Doktor schritt quer durch den Raum, mit federleichten, eleganten Bewegungen. In dem Dämmerlicht sah es aus, als schwebte er über den Boden. Jessica spürte einen kalten Luftzug, als er an ihr vorbeihuschte. Hu stellte sich neben Timon, der unberührt hinter seinem Schreibtisch saß.

»Ihr wisst, dass ich Verrat als das schwerwiegendste Vergehen überhaupt betrachte.« Er sah nicht zu ihnen hoch. »Ebenso ist euch bekannt, dass ich verzeihen kann und jedem eine zweite Chance gebe. Aber wenn selbst die verspielt wird …«

Jessica stand aufrecht, die Hände hinter dem Rücken verschränkt. Tatsächlich hatte sie nicht den Bruchteil der Angst, die der Situation angemessen wäre. Waren sie oder Sebastian in einem von Timons berüchtigten roten Ordnern gelandet? Klar, sie hatte ohne sein Wissen herumgeschnüffelt. Aber verraten hatte sie ihn nicht.

Im Gegensatz zu ihr hatte Sebastian sich eine höchst unvorteilhafte Position zum Verharren ausgesucht. Kopf und Schultern hingen herab, die Hände hielt er vor dem Bauch verschränkt. Ein zur Statue erstarrtes Schuldeingeständnis.

Jessica konnte nur mutmaßen, was der Junge angestellt hatte, um Timons Unmut zu erregen. Vermutlich wusste ihr Vater, dass sie Sebastian in die Mangel genommen und vertrauliches Wissen aus ihm herausgekitzelt hatte.

Wie auf ein geheimes Kommando huschte Hu auf sie zu, komplett lautlos und mit unbewegter Miene. Mehr denn je beschlich Jessica das Gefühl, dass dieser Chinese unmöglich ein Mensch aus Fleisch und Blut sein konnte. Unmittelbar vor ihnen zuckte sein rechter Arm in die Höhe. Etwas silbrig Glänzendes blitzte in seiner Hand auf, schoss vor und zurück, und dann war Hu schon wieder im Rückwärtsgang und stand einen Atemzug später neben Timon.

Sebastian stöhnte, sie drehte sich zu ihm.

Oh, Irrtum. Der Laut, den sie gehört hatte, war nicht aus seinem Mund, sondern aus seiner Brust gekommen. Dort klaffte ein Loch, und daraus sprudelte Blut. Sie trat einen Schritt zur Seite. Gerade rechtzeitig, denn Sebastian sackte im selben Augenblick zusammen. Er krümmte sich auf der Plane, zuckte einmal, und das war's. Sie würde keine weiteren Gedanken an diesen Waschlappen verschwenden. »Diesmal ist es wohl endgültig«, sagte sie.

Hu schritt seitlich an Sebastian vorbei und öffnete die Bürotür.

Knochen und Keule quetschten sich herein. Klar, dass sie den Putzjob übernahmen. Sie trugen Latexhandschuhe. Wortlos wickelten sie Sebastians Leiche in die Folie und schafften ihn hinaus.

Hu schwebte hinter ihnen her. Von irgendwo zog er eine winzige Lampe hervor und begutachtete im Schein des kleinen Lichtkegels den Teppich, schien mit dem Ergebnis hochzufrieden. Er ließ sie mit Timon allein.

»Sebastian ist zu einem Risiko geworden«, sagte der. »Er war schwach, ich konnte ihm nicht vertrauen.«

Sie zuckte mit den Achseln. Timon hatte ihn nicht ohne Grund vor ihren Augen sterben lassen, dachte sie. Bleib auf meiner Seite oder stirb, das war die Botschaft.

Ihr Vater schob seinen Schreibtischstuhl zurück, erhob sich und schlurfte zu ihr.

Nein, es war nicht das Licht. Der Mann, der ihr entgegentrat, war bestenfalls ein Schatten des vor Kraft und Selbstvertrauen strotzenden Anführers einer einflussreichen Organisation. Er wirkte geschwächt, gebrochen. Sie wusste nicht, was ihr mehr Angst bereitete: dass der große, mächtige Mr Krake, der die Firma und die Familie und damit auch sie beschützte, taumelte wie ein angeschlagener Boxer. Oder das Wissen darum, wozu er fähig war, um diejenigen, die ihm das angetan hatten, im Taumeln mit zu Boden zu reißen.

Sie unterdrückte den Impuls, vor ihm zurückzuweichen. Er griff ihre Schultern, als wollte er sich an ihr abstützen. »Es sind schwere Zeiten«, sagte er. »Für mich, für uns alle. Aber ich verspreche dir, es wird bald enden. Und dann wirst du alles erfahren. Aber bis dahin …«

Etwas in ihm schien sich aufzubäumen, ein Hauch der alten, unerschöpflichen Kraft, die ebenso schützen wie vernichten konnte, blitzte in seinen Augen auf. »Ich muss mich hundertprozentig auf dich verlassen können, Jessica. Ich würde es nicht verkraften, auch noch meine zweite Tochter zu verlieren.«

65

Kommissar Barbe legte den Telefonhörer auf. Würde er rauchen, wäre es der perfekte Moment gewesen, um sich eine Zigarette in den Mundwinkel zu schieben, sie anzustecken, tief zu inhalieren und sich für die Dauer eines Lungenzugs in die Illusion zu flüchten, dass alles in Ordnung wäre.

Die nüchterne Wahrheit: Er hatte noch nie geraucht. Nicht einmal, als Sandra, die hübsche Blonde aus dem Erdkunde-Leistungskurs, ihm auf der Abiparty einen Zug von ihrer Zigarette angeboten hatte.

Und: Nichts war mehr in Ordnung. Er hatte ein Zwei-Hintern-Problem. Und zwar im XXL-Format.

Seine Finger blätterten durch sein dickes Notizbuch, das aufgeschlagen vor ihm auf dem Tisch lag. Er hatte jedes Wort des Technikers mitgeschrieben. Punkt eins: Der Computermann hatte Barbes Verdacht bestätigt. Die widerlichen Dateien waren alle auf einmal auf den Rechner des Psychiaters gespielt worden, was untypisch war für einen Kinderpornokonsumenten. Und jemand hatte an irgendwelchen Systemeinstellungen herumgedreht, um das Datum des Aufspielens zu verschleiern. So fachkundig, dass es bei den Routineuntersuchungen nicht aufgefallen war.

Punkt zwei: der Abschiedsbrief, in dem die bemitleidenswerte Jennifer Rädler den Psychiater beschuldigte, sie vergewaltigt zu haben. Barbe hatte die Dokumentationsassistentin angelogen und behauptet, dass er in Hensels Auftrag handele, um an die Ermittlungsakte zu gelangen und den Brief einsehen zu können. Es war ein kurzer Text, auf dem Computer geschrieben, ausgedruckt und unleserlich unterschrieben. Er steckte in einer Klarsichtfolie zwischen dem Notarztprotokoll und dem Auszug aus dem Personenregister mit den persönlichen Daten von Jennifer Rädler. Als spräche der Brief für sich. Als wären nicht weitere Ermittlungen nötig, um dessen Authentizität zu bestätigen. Eine Schriftanalyse, die Untersuchung des Papiers auf Fingerabdrücke, die Identifizierung der Hardware, mit der der Text geschrieben und ausgedruckt worden war. Lauter Ermittlungsstandards, die jeder Schüler der Polizeiakademie im ersten Semester beigebracht bekam. Und die Hauptkommissar Hensel geflissentlich ignoriert oder zumindest hinausgezögert hatte.

Es gab keinen Zweifel, dass Barbes Vorgesetzter die Ermittlungen gegen den Psychiater fahrlässig schlampig führte. Auf eine Weise, die jeder Strafverteidiger und jeder Richter schneller zerpflücken würde, als Hensel einen Gemüsesmoothie hinunterstürzen konnte.

Ein alter Hase wie der Hauptkommissar wusste natürlich, dass ihm der Fall früher oder später um die Ohren fliegen würde. Offenbar war es ihm wichtig, vorher Doktor Kerns Leben zu ruinieren.

Puh. Im Geiste drückte er die Zigarette in einen überquellenden Aschenbecher. Okay, Jens, Zeit, sich der Realität zu stellen.

Die wartete in Gestalt des leitenden Oberstaatsanwalts im oberen Stockwerk des Kommissariats.

Er griff die Akte und sein Notizbuch und machte sich auf den Weg. Raus aus der Tür seines winzigen Büros, den grauen Flur runter, durch die Glastür ins Treppenhaus, die Treppe rauf, durch eine weitere Tür, noch einen Gang entlang. Schneller, als ihm lieb war, stand er vor dem Büro des Oberstaatsanwalts.

Er klopfte, bevor er es sich anders überlegen konnte.

Und wartete.

Nichts geschah. Nun, dann sollte es wohl nicht sein. Das Schicksal gewährte ihm eine Gnadenfrist. Oder winkte es mit beiden Händen und schrie ihm zu, sich seinen tollkühnen Plan aus dem Kopf zu schlagen? Weiter Hensels Wasserträger zu mimen und seine Nase nicht in Angelegenheiten zu stecken, die ihn nichts angingen?

»Herein!«

Fast wäre ihm vor Schreck die Akte aus der Hand gefallen. Also keine Gnadenfrist.

Er öffnete die Tür.

Oberstaatsanwalt Reichert war ein Papiertiger. Ein grauer, hochgewachsener Typ, dessen Haarwachstum sich seit Jahren auf die Augenbrauen konzentrierte. Auf dem Schädel sprossen nur ein paar kümmerliche Fransen, aber in den mächtigen Borsten oberhalb der Augen hätten Spatzen ein Nest bauen können.

Er hing über einer fetten Akte, an der man sich locker einen Bruch hätte heben können. Reichert stand kurz vor der Pensionierung, das war ein offenes Geheimnis im Kommissariat. Aber, daran ließen die wachen Augen und die konzentrierten Falten auf der Stirn keinen Zweifel, er würde bis zur letzten Dienstminute mit aller nötigen Akribie dem Gesetz zu seinem Recht verhelfen.

»Kommissar Barbe«, sagte der Oberstaatsanwalt mit einem Was-will-der-denn-Tonfall. »Haben wir einen Termin?«

»Nein. Aber ich muss mit Ihnen reden. Es ist dringend.«

»Also kommen Sie schon rein.«

Barbe betrat das Büro und stellte sich vor den Schreibtisch. Er presste sein Notizbuch wie einen Schutzschild vor die Brust.

»Was gibt's?« Reicherts Augen flogen noch immer über die aufgeschlagene Akte.

Barbe hatte sich seinen Text gut zurechtgelegt und spulte ihn herunter. »Ich habe Hinweise, dass Hauptkommissar Hensel im Fall des Psychotherapeuten Doktor Thomas Kern einseitig ermittelt und potenziell entlastende Indizien unterschlägt.«

So, jetzt war es raus. Reichert hob den Kopf und glotzte ihn an, als hätte er erzählt, dass auf dem Dach des Kommissariats gerade ein UFO gelandet sei. Er kniff die Augen zusammen, sodass sich seine Augenbrauen zu einem großen grauen Balken aus Haaren zusammenschoben. »Haben Sie schon mit Hensel gesprochen?«

Zum Glück war Barbe auf diese Frage vorbereitet. »Sie kennen den Hauptkommissar«, sagte er. »Er hat mich nicht einmal ausreden lassen.«

»Also gut.« Der Oberstaatsanwalt stieß einen Luftschwall aus, warf seiner Akte einen bedauernden Blick zu und stellte Kopf und Oberkörper in die Senkrechte. »Das sind schwerwiegende Anschuldigungen.« Seine hohe Stirn legte, was Anzahl und Tiefe der Falten anging, noch einen drauf. »Lassen Sie hören!«

»Der technische Dienst sieht Hinweise, dass jemand Drittes die Kinderpornodateien auf den gestohlenen Rechner des Arztes gespielt hat.« Barbe schlug sein Notizbuch auf. Nicht, dass er beabsichtigte, daraus vorzulesen. Aber das vertraute Gefühl in den Händen und der Anblick seiner Aufzeichnungen beruhigten ihn. Er referierte die Erkenntnisse des Computertechnikers in der Langversion. »Und das ist nicht alles«, ergänzte er. »Den belastenden Brief von Jennifer Rädler hat Hauptkommissar Hensel bisher nicht weiter untersuchen lassen.« Er schlug die Ermittlungsakte auf, die richtige Stelle hatte er vorher mit einem Aufkleber markiert, und reichte sie dem Oberstaatsanwalt. Der warf einen flüchtigen Blick auf den DIN-A4-Zettel in der Klarsichtfolie.

»Ich glaube, mit Verlaub, dass Hauptkommissar Hensel ein persönliches Problem mit Psychiatern hat, deswegen fahrlässig ermittelt und es darauf anlegt, das Leben dieses Mannes zu ruinieren.« Barbe stand der Schweiß auf der Stirn. Er hatte gerade seinen Chef in die Pfanne gehauen. Er war ein Arsch.

Reichert sah ihn mit glasigen Augen an und schwieg. Barbe fühlte sich wie ein Regenwurm auf einem Cerankochfeld, dessen Heizspiralen eine gefährliche Rottönung annahmen.

»Gute Arbeit.« Der Oberstaatsanwalt nickte. »Sie haben einen scharfen Verstand und den nötigen Mut, um ein guter Ermittler zu werden.«

Barbe hätte vor Erleichterung am liebsten einen Luftsprung

gemacht. Aber er wahrte die Fassung. »Vielen Dank, Herr Oberstaatsanwalt.«

»Wer ist alles eingeweiht?«

Barbe schüttelte den Kopf. »Niemand. Ich hielt es für das Beste, mich gleich an Sie zu wenden.«

»Gut. Solch delikate Dinge müssen mit der nötigen Diskretion behandelt werden.« Reichert erhob sich von seinem Sitz, sah auf seine Armbanduhr. »Warten Sie einen Augenblick. Ich bitte meine Sekretärin, meinen nächsten Termin zu verschieben, damit wir die weiteren Schritte abstimmen können. Ich gehe davon aus, dass Sie Zeit haben?«

»Selbstverständlich, Herr Oberstaatsanwalt.«

»Gut. Nehmen Sie gerne Platz!«

Reichert trat aus der Tür, schloss sie hinter sich und ließ ihn allein. Barbe lächelte in sich hinein. Seine polnische Oma wäre stolz auf ihn gewesen. Er hatte das Richtige getan.

Kurze Zeit später kehrte der Oberstaatsanwalt zurück, er balancierte ein Tablett mit zwei Tassen und einem Kaffeekännchen in der Hand, stellte es auf den Tisch. Er schenkte ein und reichte Barbe eine der Tassen.

»Also, Kommissar Barbe, was schlagen Sie vor, was wir tun sollten?«

»Wir sollten den Computer des Arztes bis auf die letzte Schraube auseinandernehmen und den Abschiedsbrief daktyloskopisch untersuchen lassen. Der gekritzelte Name muss grafologisch analysiert werden. Es dürfte kein Problem sein, eine echte Unterschrift von Jennifer Rädler zum Vergleich aufzutreiben. Und bis dahin …« Barbe schluckte. »Bis dahin sollte Hauptkommissar Hensel von diesem Fall entbunden werden.«

Reichert nickte.

Es klopfte an der Tür.

»Komm rein, Uli!«, rief der Oberstaatsanwalt. Die Tür ging auf, und Barbe verschüttete den Inhalt seiner Tasse auf sein Hemd, bevor sie ihm aus der Hand fiel und über den Zimmerboden polterte.

Hensel stand im Türrahmen. Er trat ein, nickte Reichert zu, schloss die Tür hinter sich und zog am Türgriff.

Er will sichergehen, dass sie wirklich zu ist, kommentierte eine Stimme in Barbes Kopf. Er saß starr auf seinem Stuhl, konnte sich nicht mehr rühren. Der heiße Kaffee saugte sich durchs Hemd und brannte auf der Haut.

»Er weiß es«, sagte Oberstaatsanwalt Reichert.

»Wie viel?«

»Genug.«

»Hat er jemanden eingeweiht?« Der Hauptkommissar stand mit vornübergebeugtem Oberkörper und vorgestrecktem Kopf an der Tür.

Er versperrt den Fluchtweg. Du sitzt in der Falle, sagte die Stimme.

»Nein, hat er nicht.« Reichert warf dem Mann an der Tür einen Blick zu, bei dem es Barbe kalt den Rücken herunterlief.

»Gut, dann ist nichts verloren.« Hensels Geiernase zielte auf Barbe. »Nur was machen wir mit dem da?«

66

Es war eine kleine Weltreise. Mit der Bahn weit raus in den Osten der Stadt, dann weiter mit dem Bus in die Ödnis des Hamburger Umlands, wo zunehmend kleinere Dörfer zwischen drögen Feldern und braunen Waldstücken vor sich hin vegetierten.

Der Bus spuckte ihn in einem Kaff aus, das gut das endgültige Ende der Zivilisation markieren konnte. Eine mit Schlaglöchern wie mit Geschwüren befallene Dorfstraße wand sich um heruntergekommene Gehöfte und spießige Einfamilienhäuser, einen sumpfigen Tümpel und eine schäbige Dorfkirche, die, sollte es einen gütigen Gott geben, mit einem heftigen Blitz vom Antlitz der Erde getilgt werden konnte.

Nein, dies war überhaupt nicht die Welt des Walter Goldman. Wenigstens gab es eine Kneipe, die dem äußeren Anschein nach diesen Namen verdiente, und einen Grillimbiss, der mit hausgemachtem Kartoffelsalat lockte. Damit könnte er sich stärken, wenn er nach der bevorstehenden Begegnung etwas Aufmunterung brauchte. Oder falls er nach seinem Termin noch eine Stunde auf den Bus Richtung Stadt warten musste.

Das Altenheim lag einige Gehminuten vom Imbiss entfernt in einer Nebenstraße. Winzige Fenster blinzelten aus maroden Holzrahmen auf eine verwilderte Grasfläche. Wenn der liebe Gott mit seinen Blitzen vorbeischaute, sollte er sich ein paar besonders kräftige für diese Ruine aufsparen.

Der Weg führte auf wackeligen Gehwegplatten zu einer hell erleuchteten Eingangstür, neben der ein Messingschild mit eingravierten Buchstaben angebracht war:

Magdalenenstift
Alten- und Pflegeheim

Warum war er hier? »Was weißt du eigentlich von deinem Vater?« Das hatte Thomas ihn am Ende ihrer letzten Therapiestunde gefragt, und es hatte für ihn wie ein Arbeitsauftrag geklungen. Erforsche deine Vergangenheit, nur dann kannst du etwas an der Gegenwart verändern! Das klang wie ein abgedroschener Klugscheißerspruch aus einem Lehrbuch für Hobbypsychologen. Aber gut. Er hatte versprochen mitzuarbeiten. Selbst wenn die Versuchung gerade riesengroß war, den unangenehmen Teil zu überspringen und sich gleich eine Bockwurst und hausgemachten Kartoffelsalat zu genehmigen.

Er drückte die Tür auf.

Aus dem dahinter liegenden Gang trat ihm eine blonde Frau in grauem Pflegekittel entgegen. »Guten Tag«, sagte sie.

»Walter Goldman. Ich hatte angerufen. Ich möchte zu Hans Botje.«

Sie nickte, lächelte ihn an. »Ich bin Schwester Klara.«

Schwester Klara war Mitte bis Ende vierzig, schätzte er. Und gut in Schuss. Ihr Lächeln gefiel ihm. Es war warmherzig, eine Spur verwegen und ließ sie glatt zehn Jahre jünger aussehen. »Ihr Lächeln ist mit Abstand das Erfreulichste, was ich in den letzten Stunden zu Gesicht bekommen habe«, sagte er.

Die verwegene Note gewann die Oberhand in ihrer Mimik. »Danke!«

Sie ging vor, er folgte ihr durch einen Gang mit schummerigem Licht, auf dem ein kleiner Wagen mit Pflegeutensilien und Wäschesäcken abgestellt war. Sie hielt vor einer Zimmertür. »Hier ist es. Was wollen Sie von Herrn Botje? Wenn ich fragen darf?«

»Dürfen Sie!«

Seine Hand fuhr wie von selbst in die Innentasche seiner Jacke, wo einige seiner Visitenkarten griffbereit steckten.

»Ich bin Privatdetektiv und ermittle im Auftrag einer Industriellenfamilie, die vor Jahrzehnten ein Mädchen adoptiert hat. Dieses Mädchen …« Er lachte. »Inzwischen ist sie eine junge Frau. Sie ist auf der Suche nach ihrem leiblichen Vater. Tja, und da komme ich ins Spiel.«

Die Worte sprudelten wie von selbst aus ihm heraus, und Schwester Klara reagierte erwartungsgemäß: Aus größer werdenden Augen sprachen erst Unglaube, dann Neugierde, schließlich Abenteuerlust und Bewunderung. Und, noch wichtiger: Sie fuhr sich mit der Zunge über die Lippen.

Vielleicht hatte dieses Kaff mehr zu bieten als hausgemachten Kartoffelsalat? Er könnte den Besuch abblasen und herausfinden, wie weit Schwester Klaras Abenteuerlust reichte.

Zu spät erklang Thomas Kerns mahnendes »Nein« in seinem Kopf. Zu spät erinnerte er sich an seine Technik, die Lippen fest aufeinanderzupressen und erst weiterzusprechen, wenn er etwas Wahres zu sagen hatte.

Zum Glück klopfte Schwester Klara an die Zimmertür und beendete sämtliche Ablenkungsmanöver. »Sie sollten wissen, dass Hans Botje …«

»Ich komme schon zurecht.« Goldman winkte ab. »Vielleicht hinterher.« Klara nickte, und der Detektiv schob die Tür auf.

Es war, als öffnete sich ein Vorhang zur Vergangenheit. Die Dekortapete hätte gut aus den Sechzigerjahren des vergangenen Jahrhunderts stammen können, die dunkelgrauen Stoffvorhänge an den Fenstern waren seitdem vermutlich nicht mehr ausgetauscht worden. Ein Sperrholzregal an der seitlichen Zimmerwand beherbergte eine Handvoll Bücher. Der ehemals weinrote Bezug eines Liegesessels hatte einen tristen

Grauschleier angenommen und erzählte seine eigene Geschichte vom Altwerden. Das einzig Moderne in diesem Raum waren ein kleiner Flachbildfernseher, auf dem irgendeine Serie dudelte, und ein Bett mit Gittern an den Seiten und Hebeln zum Verstellen.

Und dann war da noch er. Hans Botje.

Goldman hatte, das musste Jahrzehnte her sein, einmal ein Foto seines Vaters gesehen. Darauf war ein schlaksiger Kerl mit Schnurrbart und Zigarette im Mundwinkel zu sehen gewesen. Ein Leichtfuß, der, so hatte Goldman damals gedacht, sich aus jeder Verantwortung herauszuwinden wusste.

Die Jahre hatten den geschmeidigen Körper geschwächt und gebeugt, sie hatten tiefe Furchen in das ehemals verwegene Gesicht gegraben und es mit Alterswarzen übersät.

Der Alte mühte sich aus dem Sessel und baute sich vor ihm auf. Vielleicht war es nur ein müdes Blitzen in den Augen, das diesen Greis mit dem Hans Botje verband, der vor über fünfzig Jahren seine Mutter geschwängert und wenige Monate nach Walters Geburt sitzen gelassen hatte.

»Besuch? Was will er?«, krächzte der Alte. Sein linker Arm machte sich selbstständig und zitterte.

»Das ist Walter Goldman«, sagte Schwester Klara hinter ihm. »Er möchte …«

Goldman drehte sich zu ihr. »Das bespreche ich gerne selbst mit ihm. Wenn's okay ist.« Er legte Mantel und Schal aufs Bett.

»Ja, ja, wahrhaftig«, sagte Hans Botje und wedelte mit der Hand, als wollte er eine lästige Fliege aus dem Zimmer scheuchen. »Das kriegen wir auch ohne Frauenzimmer hin, was? Unter Männern. Vorausgesetzt, er will mir keine Rheumadecke aufschwatzen. Oder eine Lebensversicherung, wahrhaftig.« Er kicherte, was seinen Oberkörper in eine gebückte Haltung trieb.

Klara verzog die Mundwinkel, eher amüsiert als gekränkt.

»Na, dann viel Spaß, die Herren.« Sie zog sich zurück und schloss die Tür hinter sich.

»Also, Jungchen, spuck's aus. Was willst du von einem alten Mann?« Er grinste, entblößte dabei ein lückenhaftes Gebiss.

»Ich bin …« Goldman schluckte. Alles kam ihm auf einmal unwirklich vor. Wie ein inszeniertes Wiedersehen, das sich der Redakteur einer Nachmittagsshow im Privatfernsehen ausgedacht hatte. Mit Ramschkulisse und einem abgehalfterten Laienschauspieler. Aber gut. Er kannte seine Rolle in diesem Spiel.

»Ich bin Walter Goldman. Dein Sohn.«

Es brauchte etliche Sekunden, bis sich die Information einen Weg in den Verstand des alten Mannes bahnte. Dann riss Hans Botje die Augen auf. »Walter. Mein Sohn!« Der Greis tippelte auf ihn zu und umschlang ihn mit beiden Armen.

»Vater«, brachte er heraus. Er konnte seine Tränen nicht weiter unterdrücken.

Zitterige Hände tasteten über Goldmans Rücken, dann rückte der Alte von ihm ab. »Mein Sohn«, wiederholte er. »Lass dich ansehen! Ein stattlicher Mann bist du geworden, wahrhaftig. Ich habe so lange nichts von dir gehört.« Er zog eine Augenbraue in die Höhe. »Warum hast du dich nicht schon früher gemeldet?«

»Ich hatte immer gehofft, dass du dich bei mir meldest.«

Es klopfte, und Schwester Klara erschien in der Tür. Sie trug ein Tablett mit zwei Tassen und einer Thermoskanne. »Ich dachte, dass ein Männergespräch eine gute Tasse Tee vertragen könnte.«

Ein offensichtlicher Vorwand, um nach dem Rechten sehen zu können. Sie musterte erst ihn, dann den Alten. »Alles in Ordnung?«, fragte sie.

»Bestens«, sagte Hans Botje. Tatsächlich schien ihre Begegnung das Rad der Zeit zurückzudrehen. Er stand aufrecht, seine Augen funkelten, das Zittern am Arm war verschwunden. »Der Tee ist erwünscht. Ihre Anwesenheit nicht«, sagte er.

»Bin schon wieder weg«, sagte Klara. Sie stellte das Tablett auf einen kleinen Fernsehtisch und verschwand so schnell, wie sie erschienen war.

Goldman schenkte den Tee ein, Hans Botje ließ sich in seinen Fernsehsessel plumpsen, Goldman zog sich einen schäbigen Holzhocker heran.

»Ich hätte es tun sollen, wahrhaftig. Ich wünschte, ich hätte es getan«, sagte der Alte und schlürfte am Tee. Ich kann nicht von mir behaupten, ich hätte immer alles richtig gemacht. Wer kann das schon?«

Er sah Goldman an, und der konnte nicht anders, als zu nicken.

»Aber jetzt erzähl deinem Vater, was aus seinem stattlichen Sohn geworden ist.«

Goldman bemerkte, dass Worte sich in seinem Bewusstsein zu einer Geschichte formierten, die sich sofort in Bewegung setzten und sich seines Sprechorgans bemächtigen wollten. Etwas mit Immobilienwirtschaft, fetten Jahren und einem freiwilligen Rückzug aus dem allzu stressigen Geschäftsleben. Zwei Kinder kamen darin vor, inzwischen erwachsen, im Ausland lebend, und eine Frau, die ein Krebsleiden besiegt hatte und mit der er sich jetzt eine schöne Zeit machte. Diesmal bemerkte er es rechtzeitig. Er presste die Lippen aufeinander. Er wollte die Vater-Sohn-Wiedervereinigung nicht mit billigen Lügen vergiften. Wahrhaftig! Die Geschichte löste sich auf. Und ließ eine mehr als bescheidene Wirklichkeit übrig.

»Ich war für kurze Zeit bei der Polizei, bin dort rausgeflogen und schlage mich seit Ewigkeiten mit kleinen Jobs herum. Nichts Solides. Leider.«

Puh, ging doch, dachte er. Er schielte zu seinem Vater. Hans

Botje lachte herzlich. »Ich spüre, dass du das Herz am rechten Fleck hast«, sagte er. »Nur das zählt.«

Damit war das Thema durch, und Goldman fühlte sich auf ungewohnte Weise erleichtert. Er hatte die Wahrheit gesagt. Und es war okay. War das wirklich so einfach?

Hans Botje sparte beim Erzählen seiner eigenen Geschichte nicht an Details. Er sei zur See gefahren, habe alle Länder gesehen und sei nie ein Kind von Traurigkeit gewesen. »Immer eine Handbreit Wasser unter dem Kiel, das war mein Leben«, sagte er und zwinkerte. Es folgten eine Reihe romanreifer Geschichten quer über die Kontinente, mal lustig, mal traurig, und mit jeder erzählten Anekdote schien er sich an drei weitere zu erinnern.

Die Zeit verstrich wie im Flug, und irgendwann war es wiederum Schwester Klara, die sie unterbrach, an das bevorstehende Abendessen erinnerte und ein Ende des Besuchs anmahnte.

Goldman stand von seinem Stuhl auf.

»Warte noch!« Vater schob den Ärmel seines Hemdes in die Höhe und legte eine goldene Uhr frei. Er löste das Armband, seine Finger begannen dabei wieder zu zittern, und reichte sie seinem Sohn.

»Ich möchte, dass du sie nimmst«, sagte er. »Ich habe sie mein Leben lang getragen und mir immer gewünscht, sie jemandem zu schenken, der sie verdient.«

»Das … das kann ich nicht annehmen.« Goldmans Stimme zitterte fast ebenso wie die Hand des Alten.

»Nimm sie! Meine Augen sind eh zu schwach für das kleine Ziffernblatt. Es würde mich sehr freuen, wahrhaftig.«

Goldman streckte den Arm aus. Seine Finger berührten die seines Vaters, dann glitt die Uhr in seine Hand. Er würde sie tragen, schwor er sich, bis sie irgendwann im Grab von seinen knochigen Überresten fallen würde.

»Geh jetzt. Aber vielleicht kommst du deinen Alten wieder besuchen?«

»Ganz bestimmt. Schon bald. Vater.« Goldman drückte den dürren Greis an sich, und erneut purzelten Tränen über sein Gesicht.

Er griff seinen Mantel, winkte zum Abschied, trat aus dem Zimmer, schloss die Tür hinter sich und hatte das Gefühl, auf Wolken zu wandeln.

Schwester Klara kam ihm im Gang entgegen. »Und, haben Sie erfahren, was Sie wissen wollten?«, fragte sie.

»Oh ja, das habe ich.«

»Wahrhaftig«, sagten beide und lachten.

Goldman suchte in seinen Manteltaschen vergeblich nach seinem Schal.

»Ich habe meinen Schal vergessen«, sagte er.

Er machte kehrt, klopfte an Vaters Zimmertür, wartete aber nicht auf Antwort, sondern trat ein.

»Besuch? Was will er?«, fragte der Alte.

»Meinen Schal«, sagte er. »Ich habe ihn auf dem Bett liegen gelassen.«

Hans Botje hatte die Schublade seiner Fernsehkommode aufgezogen und beugte sich darüber. Im Vorübergehen warf Goldman einen Blick hinein.

In dem Schubfach lagen Dutzende Uhren der gleichen Bauart, die er ihm gerade geschenkt hatte. Der Greis wühlte mit beiden Händen darin herum, schließlich zog er ein neues Exemplar hervor und versuchte, es sich ums Handgelenk zu binden.

Goldman hatte das Gefühl, als gäbe es an zentraler Stelle seines Gehirns einen Kurzschluss. Er begriff nicht, was er sah.

»Warte, ich helfe dir«, sagte er und streckte die Arme aus.

»Finger weg!« Der Alte wandte sich zu ihm und musterte

ihn von oben bis unten. »Na, das nenne ich einen stattlichen Kerl, wahrhaftig. Aber die olle Uhr kriege ich selbst dran.«

Er fummelte das Armband zurecht, schien Goldman für einen Augenblick zu vergessen, dann schaute er ihn erneut an. »Was wollen Sie von einem alten Mann? Mir eine Lebensversicherung verkaufen?«

Goldman torkelte rückwärts durch die Tür aus dem Zimmer. Seine Beine gaben nach, er schwankte nach hinten – und landete in den Armen von Schwester Klara. Sie konnte ihn nicht halten, aber seinen Sturz zumindest abbremsen. Er plumpste auf den Hosenboden. Die Golduhr seines Vaters glitt aus der Hand und fiel neben ihn auf das Linoleum.

»Alles in Ordnung? Sie sehen aus, als hätten Sie ein Gespenst gesehen.« Klara kniete hinter ihm, stützte ihm den Rücken.

»Er hat mich nicht wiedererkannt.« Goldman japste nach Luft. »Ich war eine Minute draußen, und er schien unser Gespräch komplett vergessen zu haben. Das kann doch nicht sein.« Der Detektiv robbte auf dem Hosenboden zur Flurwand und lehnte sich dagegen.

»Korsakow-Demenz, Endstadium, Folge seines langjährigen Alkoholproblems. Ich wollte es Ihnen vorhin schon sagen.« Als wäre es das Normalste der Welt, setzte sie sich zu ihm an die nackte Wand. »Er ist seit Jahren trocken. Aber leider ist sein Gedächtnis quasi ausgelöscht.«

»Aber er hat mir so viel erzählt. Dass er zur See gefahren ist.«

»Er konfabuliert. Er denkt sich spontan Geschichten aus, die irgendwie zur Situation passen, und füllt damit die Lücken seines Gedächtnisses.«

»Das heißt …« Goldmans Kopf sackte nach vorn. »Nichts von dem, was er gesagt hat, ist wahr?«

»Höchstwahrscheinlich nicht. Jeder, der zu ihm kommt,

kriegt eine Räuberpistole aufgetischt und zum Abschied eine Uhr als Geschenk. Er hat vor Jahren eine ganze Kiste davon auf einem Flohmarkt abgestaubt.«

»Oh mein Gott.« Goldman versenkte den Kopf zwischen den Händen. Stille Tränen rannen über sein Gesicht.

»Er wird Ihnen bei Ihren Ermittlungen keine große Hilfe sein.«

»Er ist mein Vater.«

Klara pustete durch die Lippen. »Kein Scheiß?«

Er schüttelte den Kopf. »Ich habe ihn zum ersten Mal in meinem Leben getroffen. Und er hat sich so verhalten, wie ich es mir immer erträumt hatte. Nur, dass nichts davon echt war.«

»Oh weh!« Er spürte Klaras Hand in seinem Nacken. »Das tut mir leid«, sagte sie.

Er sah hoch. Klara lächelte auf eine Weise, die sein Herz streichelte. Nicht nur sein Herz. Ohne dass er es beeinflussen konnte, spürte er ein altbekanntes Kribbeln in der Hose. Vielleicht könnte er ihr erzählen, dass er in Wirklichkeit …

Stopp!, dachte er.

Klara zuckte zurück, ihrem überraschten Gesichtsausdruck nach hatte er sein »Stopp« nicht nur gedacht, sondern laut ausgerufen. »Entschuldigen Sie!«, presste er hervor. »Ich habe mich selbst gemeint.«

»Schon in Ordnung. Ich wollte Ihnen nicht zu nahe treten.«

»Nein, es ist … Es tut einfach gut, wie Sie mich trösten.«

»Na dann.« Ihre Hand fand zurück auf seinen Kopf. »Ich muss die Herrschaften zum Abendessen geleiten«, sagte sie. »Aber vielleicht wollen Sie bleiben? Meine Schicht endet in einer Stunde. Es gibt in der Nähe einen Imbiss, der hat einen ausgezeichneten Kartoffelsalat.«

67

Jessica stand, zum zweiten Mal innerhalb weniger Tage, vor dem unscheinbaren Mietshaus im tristen Straßenzug im Westteil der Hauptstadt, und die Erinnerung an ihren letzten Berlinausflug schnürte ihr die Kehle zu.

Timon hatte ihr verboten, weiter herumzuschnüffeln. Gut möglich, dass sie mit ihrem zweiten Berlinausflug ihr Leben riskierte. Warum stand sie trotzdem hier? Sie war es Jennifer schuldig, versuchte sie, sich einzureden, aber die wahren Gründe lagen tiefer. Es ging ihr nicht um ihre Schwester. Es ging um Timon. Rang sie um seine Gunst, indem sie ihm brachte, was er begehrte? Oder suchte sie nach dem letzten Puzzleteil, um endgültig mit ihm zu brechen. Nur zu, Jessi, sagte sie sich. Finden wir es heraus.

Im Hauseingang lungerten drei Halbwüchsige herum und quetschten ihre Gesichter vor ein winziges Handydisplay.

Sie drängte sich an den Jungs vorbei zu den Namensschildern und drückte die Klingel.

Es verging Zeit, zu viel Zeit, Jessica klingelte erneut und dann noch mal. Keine Reaktion. Sie hatte es befürchtet.

»Hey, Jungs!«

Zumindest einer der drei drehte sich widerwillig zu ihr herum.

»Ich möchte zu einer Frau, die hier wohnt. Elisabeth Parey. Eine alte Dame mit Gehwagen und Sauerstoffgerät.«

»Is' abgeholt worden.«

Jessica schluckte. »Ist sie gestorben?«

Der Junge zuckte mit den Achseln. »Da war ein Krankenwagen mit Notarzt und so. Sah schlimm aus. Keine Ahnung, ob sie es gepackt hat.« Er wandte sich wieder seinen Kumpels und dem Handyvideo zu.

Jessica klingelte bei einer der Nachbarwohnungen und hatte Glück. Sie wurde reingelassen, im zweiten Stock öffnete eine ältere, im Vergleich zu Betty aber geradezu jugendlich wirkende Dame mit Jeans und gepflegter Bluse.

»Entschuldigen Sie die Störung«, sagte Jessica. »Ich wollte eigentlich meine Tante Betty besuchen. Elisabeth Parey. Sie wohnt direkt gegenüber.«

Die freundliche Dame machte ein betroffenes Gesicht, bat sie herein, ließ sie auf einem Ikea-Sofa im Wohnzimmer Platz nehmen, bot Kekse und Tee an und erzählte endlich, dass der Pflegedienst Betty vor vier Tagen regungslos in ihrer Wohnung aufgefunden habe. Ihre Sauerstoffflasche habe sich wohl unbemerkt entleert, und ihr sei im wahrsten Sinne des Wortes die Puste ausgegangen. Sie sei im Wohnzimmer zusammengebrochen, ihr Armband mit dem Notrufknopf habe auf der Schlafzimmerkommode gelegen. Der Notarzt habe sie reanimiert und lebend ins Krankenhaus gebracht. Es stehe schlecht um sie. Sie sei nicht mehr zu Bewusstsein gekommen und inzwischen in ein Hospiz verlegt worden.

Jessica brauchte nicht viel Fantasie, um sich vorzustellen, dass Knochen und Keule bei Bettys Luftflasche nachgeholfen und den Funkknopf aus dem Weg geräumt hatten. Während Jessica in deren Kofferraum mit ihrer Panik gerungen hatte, war Tante Betty qualvoll auf ihrem Wohnzimmerfußboden erstickt. Zumindest fast.

Die nette Nachbarin genoss unverkennbar den unerwarteten Besuch und schaffte immer neue Plätzchen heran, aber Jessica hatte erfahren, was sie wissen wollte, und hielt es kurz. Am Ende fragte sie nach der Anschrift des Hospizes.

68

»Was glauben Sie, Barbe, was wir hier machen?«

Er konnte nichts sagen, geschweige denn sich rühren. Er hatte merkwürdige Aussetzer in der Zeitwahrnehmung. Hensel stakste auf ihn zu, erst im Zeitlupentempo, dann überschnell, als müsste die Welt vor seinen Augen die gerade verbummelte Zeit im Schnellvorlauf wieder einholen. Die Geiernase des Hauptkommissars zuckte auf und nieder.

»Barbe?«, sagte er und wedelte mit den Händen vor seinem Gesicht. »Noch jemand zu Hause?«

»Sie beide stecken unter einer Decke.« Barbe war überrascht von der plötzlichen Klarheit seiner Gedanken. Es war kein persönlicher Rachefeldzug seines Chefs, den er aufgedeckt hatte. Er hatte seine Nase in etwas Größeres gesteckt. »Sie führen die Ermittlungen gegen den Psychiater, um von einer anderen Aktion abzulenken«, sagte eine Stimme, die ihm bekannt vorkam. Kein Wunder. Es war seine eigene.

Hensel grinste ihn an. »Sie sind ein Genie.«

Barbes Herz stampfte in seiner Brust wie ein Kaffeevollautomat. Er hatte die Wahrheit herausgefunden. Er hatte die wahren Schurken aufgespürt und …

Klar, dachte er in einem weiteren Moment der Klarheit. Es war seine Rolle in diesem Spiel. In beinahe jedem Film gab es einen klugen, aber naiven Kerl mit mittelmäßigem Aussehen, der im Verlauf der Haupthandlung den Bösewichten in die Hände fiel und ein trauriges Ende fand. »Du bist ein Trottel, Jens Barbe. Wenigstens ein ehrlicher Trottel«, hörte er die Stimme seiner polnischen Oma, und fast meinte er zu spüren, wie sie ihm mit den Fingern durch die Haare wuschelte.

»Und ein Vollidiot gleichermaßen.« Hauptkommissar Hensel übertönte Barbes Großmutter. »Sie haben korrekt ermittelt und treffende Schlussfolgerungen gezogen«, sagte der. »Und das ist jetzt ein Problem. Sie lassen uns keine andere Wahl …«

Hensel warf Oberstaatsanwalt Reichert einen bedeutungsvollen Blick zu.

Das war's, dachte Barbe. Er hatte alles richtig gemacht. Und würde dafür mit seinem Leben bezahlen. Er kniff die Augen zu.

»… als Sie mit ins Boot zu holen.«

Hensels Worte sickerten durch eine zähe Schicht aus Panik und Resignation.

»Barbe? Hören Sie mir überhaupt zu?«

»Du machst ihm Angst.« Das war die Stimme des Oberstaatsanwalts. »Er steht unter Schock.«

Barbe öffnete die Augen einen winzigen Spalt. Reichert erhob sich von seinem Stuhl, trat um den Schreibtisch herum, schob den Hauptkommissar zur Seite und beugte sich zu ihm herunter. »Es ist alles in Ordnung, Junge. Wir tun Ihnen nichts.« Er hob die Tasse vom Boden auf, schenkte frischen Kaffee ein und drückte sie ihm in die Hand. »Trinken Sie!«, sagte er.

Barbe trank in kleinen Schlucken. Der Kaffee schmeckte viel zu bitter, aber er lockte seine Lebensgeister aus der Deckung hervor.

»Besser?«, fragte der Oberstaatsanwalt. Barbe nickte.

»Okay.« Hensel ergriff das Wort. »Dann spitzen Sie die Ohren. Was wir Ihnen jetzt erzählen, muss zwingend unter uns bleiben. Können Sie das zusichern?«

»Ja«, brachte er hervor.

»Oberstaatsanwalt Reichert und ich führen seit Jahren verdeckte Ermittlungen gegen einen gefährlichen Mann und seine Organisation. Er heißt Timon Rogall. Seine Finger stecken in einem Haufen Dreck. Und viele mächtige Leute stehen in seiner Schuld und decken ihn. Ist Ihnen bekannt, dass ich lange Zeit im Dezernat Interne Ermittlungen tätig war?«

»Hab ich wohl gehört.«

»Ich leitete ein Ermittlerteam, das eine mögliche Einflussnahme von Rogalls Organisation auf Mitarbeiter der Hamburger Behörden untersucht hat. Es ging anfangs um Wirtschaftsdelikte, wie das Zuschanzen von Aufträgen an seine Beraterfirma, um Schmierereien beim Bau seines Hauptquartiers in der Hafencity und um politische Einflussnahme zugunsten seiner Stiftung. Es sind mafiöse bis sektenähnliche Strukturen mit ihm an der Spitze. Je tiefer wir drangen, umso düsterer wurde es. Menschen, die ihm in die Quere kamen, verschwanden.«

Der Oberstaatsanwalt ergriff das Wort. »Uns wurden von Behördenseite Steine in den Weg gelegt«, sagte er. »Da wir nie handfeste Beweise vorlegen konnten, hat man uns schließlich abgesägt. Von höchster Stelle.«

Hensels Augen schrumpften zu funkelnden Schlitzen. »Die Ermittlergruppe wurde aufgelöst, und ich wurde, sagen wir mal, aus dem Verkehr gezogen. Oberstaatsanwalt Reichert und ich haben damals entschieden, keinesfalls aufzugeben. Nur fortan im Geheimen zu arbeiten. Und jetzt läuft uns die Zeit davon.«

»Wieso?«

»In ein paar Tagen ist Bürgerschaftswahl«, sagte Reichert. »Wenn das Ergebnis ausfällt wie erwartet, wird Staatsrat Renner, ein Ziehsohn Rogalls, neuer Innensenator. Renner wird alles in seiner Macht Stehende tun, um seinen Ziehvater zu schützen. Wir müssen der Schlange den Kopf abschlagen, bevor ihr ein weiterer Giftzahn wächst, gegen den wir machtlos sind.«

In Barbes Verstand ordneten sich die Informationen. Ohne

diese schreckliche Angst kam sein Gehirn rasch wieder auf Betriebstemperatur. Und mit ihm sein kritischer Geist. »Was hat das alles mit dem Psychiater zu tun?«

»Jennifer Rädler war Rogalls Tochter«, sagte der Hauptkommissar. »Wir wissen nicht, was in der Organisation vorgefallen ist. Aber irgendwie hat sie Staub aufgewirbelt. Sie ist daran erstickt. Ihr Tod war unsere Chance, Rogall aus der Deckung zu locken. Er macht Doktor Thomas Kern für ihren Tod verantwortlich und rächt sich an ihm. Wir haben sein Spiel mitgespielt. Sammeln Indizien und warten darauf, dass er den entscheidenden Fehler begeht.«

»Sie wissen, dass der Psychiater unschuldig ist. Aber Sie lassen ihn in dem Glauben, dass gegen ihn ermittelt wird? Das ist nicht richtig.«

Hensel verdrehte die Augen. Der Oberstaatsanwalt kam ihm mit einer Antwort zuvor. »Wir haben die Ermittlungen, formal gesehen, korrekt geführt. Klar muss Kern ein wenig zappeln. Ein kleines Opfer, wenn man bedenkt, was auf dem Spiel steht.«

»Wir nehmen ihn so bald als möglich aus der Schusslinie«, sagte der Hauptkommissar. »Und dann bin ich der Erste, der bei ihm ankriecht. Notfalls wird ihn der Bürgermeister persönlich um Verzeihung bitten. Scheiße noch mal, der gesamte Senat wird einen Hofknicks machen, wenn Sie dann besser schlafen können. Aber bis dahin brauchen wir noch etwas Zeit.«

»Zeit wofür?« Langsam gefiel Barbe sich in der Rolle des Zweiflers. »Was, wenn dieser Rogall keinen gravierenden Fehler macht?«

»Er hat schon welche gemacht.« Reichert nickte. »Wir sind dichter an ihm dran als je zuvor. Wir haben einen Kronzeugen. Jennifers Freund.«

Hensel nickte. »Ein junger Mann, ängstlich bis in die Haarspitzen mit einem Willen weich wie Pudding. Ich habe gestern mit ihm gesprochen. Er ist bereit, auszupacken.« Hensel grinste sein Geierlächeln. »Dann haben wir Rogall am Haken.«

69

Es war ein schönes, helles Zimmer mit Blick auf einen grünen Hinterhof, den die Hospizmitarbeiter für Elisabeth Parey ausgesucht hatten. Doch Tante Betty hatte nicht nur im Leben, sondern auch im Sterben ihren eigenen Kopf und war zur großen Überraschung des Pflegeteams aus ihrer tiefen Bewusstlosigkeit aufgewacht. »Vielleicht haben Sie Glück und können mit ihr sprechen«, hatte ein verschlafen dreinblickender Pfleger gesagt, der Jessica zum Zimmer geleitet und sie hineingelassen hatte.

Genau deswegen bin ich hier, dachte sie. Sie zog sich einen Stuhl heran und setzte sich ans Bett.

Tante Betty sah mehr tot aus als lebendig. Ihr Gesicht war eingefallen, die geschlossenen Augen schienen im Schädel zu versinken, die Lippen waren trocken. Und doch, unter der Steppdecke hob und senkte sich der Brustkorb der alten Frau und gierte nach dem Sauerstoff, den eine Sonde ihr in die Nase blies. Nein, Elisabeth Parey war noch nicht bereit zum Sterben. Knochen und Keule hatten Tante Bettys Lebenswillen unterschätzt. Und Timon hatte es versäumt, das Ergebnis ihrer Arbeit zu überprüfen. Ihr Vater stand offensichtlich unter Druck. Und machte Fehler.

»Tante Betty!«, sagte sie und fasste die Hand der alten Frau und beugte sich über sie. Die Finger waren kalt und dünn wie Knochen. »Ich bin's. Jessica.«

Betty seufzte, ihre Augenlider flatterten, öffneten sich. Es vergingen weitere Sekunden, bis das Bewusstsein in ihren Augen erwachte.

»Jessi!« Es war mehr Hauch als Stimme. Die trockenen Falten um ihren Mund ordneten sich zu einem angestrengten Lächeln. »Also haben sie dir nichts getan.«

»Sie haben mich am Leben gelassen.«

»Ein schöner Gedanke.« Die alte Frau seufzte, ihre Augen fielen wieder zu. »Ich werde ihn auf meine letzte Reise mitnehmen.«

Nicht so schnell, dachte Jessi. »Jennis Freund Sebastian hat mir erzählt, dass Jenni jemanden besucht hat. Sie war bei dir, stimmt's? Wenige Tage, bevor ich zu dir gekommen war.«

Betty regte sich nicht, und für einen Augenblick befürchtete Jessi, dass Elisabeth Parey sich tatsächlich auf den Weg gemacht hatte. Aber dann gingen die Augen wieder auf. »Ich habe mich gefreut, sie zu sehen«, sagte sie. »Du und Jenni, ihr wart wie Töchter für mich. Hätte ich geahnt, welch schreckliche Wendung alles nehmen würde – ich hätte ihr Klingeln ignoriert.«

Ihr Atem stockte, und der dünne Brustkorb bebte beim vergeblichen Versuch, Luft einzusaugen. Bettys Gesicht verkrampfte sich.

Jessi half ihr, den Oberkörper aufzurichten. »Ganz ruhig.«

Der Hustenkrampf löste sich mit dem pfeifenden Geräusch eines verrosteten Teekessels. Betty räusperte sich umständlich und sank erschöpft ins Kissen.

Jessi griff einen mit Wasser gefüllten Plastikbecher vom Nachtschrank und half der alten Frau, einige Schlucke zu trinken. »Was wollte Jenni von dir?«

»Sie hat mich Sachen gefragt. Über die Zeit auf der Insel.«

»Gomera«, flüsterte Jessi.

Betty nickte. »Sie sagte mir, dass Timon euch seine Geschichte erzählt hat. Wie er ins Camp gekommen ist. Wie er Hannah kennengelernt und Jonas vertrieben hat. Und wie alles endete.«

»Immer und immer wieder hat er es uns erzählt«, sagte Jessica. »Er hat es sogar aufgeschrieben. Es war ihm furchtbar wichtig, beinahe heilig.«

»Manches davon stimmt. Jonas war genial und charismatisch, aber auch brutal und unbeherrscht. Timon hatte den Mut, sich gegen ihn zu stellen.«

Jessica stutzte. »Manches« hatte Betty gesagt. Das Wort kratzte an ihrer Sicht der Vergangenheit. Als ob das heldenhafte Bild, das sie sich von Timons Vergangenheit auf Gomera gemalt hatte, einen Riss bekam. Winzig klein nur. Aber er reichte aus, um es als Illusion zu enttarnen.

Timons Geschichte war für sie und Jenni zum Mantra geworden. Er hatte seine dunklen Seiten, klar. Aber der berechnende, kaltherzige Timon von heute war unter dem Himmel von Gomera ein selbstloser, tapferer Mann, ein liebevoller Ehemann und Vater gewesen. Die Liebe, die sein Herz erfüllt hatte, war mit Hannahs Leichnam für immer im Meer verschwunden und hatte einen verbitterten Menschen zurückgelassen, der sich gleichwohl ein weiteres Mal den Weg zurück ins Leben erkämpft hatte. Timon, der tragische Held, dem sie und Jenni ihr eigenes Leben untergeordnet hatten, um zumindest etwas von dieser Liebe zu bewahren.

»Was an der Geschichte stimmt nicht?« Jessicas Stimme zitterte. Sie wollte es eigentlich nicht hören.

Betty sah ihr tief in die Augen. Als ob sie ahnte, was ihre Worte anrichten würden. »Nachdem Timon Jonas aus dem

Camp vertrieben hatte, wurde er unser neuer Anführer. Er war ein begnadeter spiritueller Führer. Er hat uns alle weitergebracht. Er verschlang Jonas' Bücher, schrieb Hunderte Seiten seiner eigenen Gedanken nieder, entwickelte Theorien und Techniken, die er uns lehrte. Aber gleichzeitig veränderte er sich.«

Jessica schluckte.

»Von Monat zu Monat wuchs seine Eifersucht«, sagte Betty. »Immer häufiger zog er sich in Jonas' Campingwagen zurück. Er versuchte, uns zu kontrollieren. Er forderte absolute Unterwerfung, witterte überall Missgunst und Intrigen. Und er wachte voller Argwohn über Hannah. Was sie tat, wo sie war, mit wem sie sich abgab. Als du und später Jenni auf die Welt kamen, weitete sich sein Besitzanspruch auf euch Kinder aus. Ständig gab es Konflikte zwischen ihm und eurer Mutter. Je stärker sie sich wehrte, umso unnachgiebiger wurde er. Er redete stundenlang auf sie ein, sperrte sie ein, schlug sie. Es ging so weit, dass sie Fluchtpläne schmiedete. Auch ohne Jonas und seine schreckliche Tat wäre es nicht mehr lange gut gegangen.«

Das viele Sprechen setzte Betty merklich zu. Sie schnaufte, ihre Stimme balancierte mühsam am Rande eines erneuten Hustenanfalls. Jessi saß wie versteinert neben ihr. Sie hörte die Worte der alten Frau, aber ihr Verstand sträubte sich, deren Bedeutung zu begreifen. Er klammerte sich an die dringlichste aller Fragen.

»Hatte Jenni etwas bei sich? Einen Gegenstand?«

Betty nickte. »Ja, hatte sie. Sie hat ihn mir gegeben. ›Verwahre ihn für mich‹, hat sie gesagt. Und das habe ich getan. Ich habe ihn sofort erkannt, aber nicht verstanden, warum sie ihn nicht behalten wollte.« Sie kicherte. »Ich habe ihn so gut versteckt, dass nicht einmal Timons Schergen ihn gefunden haben.« Ihr Kichern ging in hohles Gehuste über.

»Wo ist er jetzt?«

»Ich habe ihn bei mir. Sieh nur genau hin!«

Zuerst wusste Jessica nicht, was Betty meinte. Und dann sah sie ihn. Den Engelsanhänger, dessen Verschwinden Timon in den Wahnsinn trieb.

Sie kannte ihn bisher nur aus seinen Erzählungen. Sie wusste um die Bedeutung, die er für Hannah gehabt hatte und für Timon immer noch hatte. Timon musste ihn über die Jahre gut versteckt haben. Obwohl der Anhänger eigentlich …

Ihre Eingebung zerfetzte ihr Bild von ihrem Vater auf einen Schlag. Die kalte, brutale Gewissheit, die dahinter zum Vorschein kam, rüttelte an den Grundfesten ihres Verstandes.

Alles verschwamm. Betty, das Krankenbett, das Sauerstoffgerät, das Fenster zum schönen Hinterhof und auch die Kette mit dem Anhänger. Ihr Geist schien wie mit einer Mondrakete die irdische Welt zu verlassen, in rasendem Tempo durch die Wolkendecke zu stoßen und in die kalte Welt der Sterne einzutauchen.

Sie sah alles mit großer Klarheit. All die blendenden Lichter fügten sich zu einem großen, stimmigen, grausamen neuen Bild. Darüber spann sich eine Erkenntnis: Alles hatte vor Jahrzehnten in eine Katastrophe gemündet. Und es würde erneut in einer Katastrophe enden.

Sie wünschte, sie müsste nie zurückkehren in die irdische Welt, wo die Klarheit der Gedanken von der bleiernen Schwere ihrer Gefühle in einen nicht endenden Sturz gezogen würde. Aber der tiefe Fall begann bereits. Sie konnte ihn nicht aufhalten.

70

Jessica saß wenig später im ICE Richtung Hamburg. In der Hand hielt sie einen Pappbecher mit schwarzem Kaffee, den sie am Bahnsteig gekauft hatte. Ihre andere Hand ruhte in ihrer Handtasche und berührte das kleine Schmuckstück, das Tante Betty ihr überlassen hatte. Zum Glück hatte sie das Abteil für sich.

Sie verstand jetzt, warum ihre Schwester nach dem Gespräch mit Tante Betty keinen Ausweg gewusst hatte. Ihr ging es jetzt ähnlich. Das lieb gewonnene Bild der Vergangenheit hatte einen tiefen Riss bekommen, nein, mehr, es lag in Fetzen vor ihren Füßen. Damit verlor die Gegenwart jeglichen Sinn und die Zukunft jeden Reiz. Sie hielt kaum mehr bereit als die Aussicht auf eine andauernde Flucht vor ihrem Vater, der das Wissen und jeden Wissenden aus der Welt schaffen würde. Koste es, was es wolle.

Mit ihrem Sprung vom Kran hatte Jennifer ihm einen Teil dieser Arbeit abgenommen. Tante Betty hatte sich offenbar jahrzehntelang vor Timon verstecken können. Dann hatte Jennifer ihn auf ihre Spur geführt, und jetzt tickten die letzten Stunden auf Bettys Lebensuhr.

Und sie?

Sie würde nicht springen. Sie war älter und stärker, als Jenni es gewesen war. Sie wusste, wozu Timon fähig war. Sie hatte es am eigenen Leib erfahren und es ertragen. Das milderte ihre Angst. Außerdem war Timon angeschlagen. Er machte Fehler. Einem dieser Fehler verdankte Betty ihre letzten zusätzlichen Lebenstage.

Jessicas Finger tasteten über die zarten Konturen des goldenen Engels. Zu gern hätte sie ihn aus ihrer Handtasche gezogen und in Ruhe betrachtet. Aber das wagte sie nicht.

Ihre Schwester hatte weit mehr geöffnet als Vaters privaten Tresor. Sie hatte mehr gestohlen als diesen kleinen Gegenstand. Nein, sie hatte ein Loch gegraben zu den dunkelsten Abgründen in Timons Seele und dafür gesorgt, dass er es nicht wieder zuschütten konnte.

Vermutlich hatte Timon diese Seiten vor sich selbst ebenso verschlossen wie vor allen anderen. Mit der Legende, die er um die Zeit auf La Gomera geschaffen hatte, hatte er sich selbst am allermeisten überzeugen wollen.

Nun, Daddy. Das ist jetzt vorbei.

Sie zog ihre Hand aus der Tasche, stellte den Kaffee weg und wischte sich die Tränen aus dem Gesicht.

Sie hatte das Wissen und die Möglichkeiten, um alldem ein Ende zu bereiten. Und jetzt, wo sie die Wahrheit kannte, würde sie keine Sekunde zögern. Sie würde ihn vernichten. Wenn das erledigt war, konnte sie die Scherben ihres bisherigen Lebens aufsammeln und überlegen, wie es weiterging.

Das kleine, unscheinbare Ding in ihrer Handtasche war der vergiftete Dolch, mit dem sie ihrem Vater den tödlichen Stoß versetzen konnte. Der Stich allein würde schmerzhaft sein und ihn zur Raserei bringen. Aber erst das Gift würde, einmal freigesetzt, seinen Verstand zersetzen. Das Wissen, dass er sein lang gehütetes Geheimnis nicht länger verbergen konnte – weder vor sich selbst noch vor ihr –, würde ihn endgültig in den Wahnsinn treiben. Dann konnte sie es Raubtieren wie Marc und Doktor Hu überlassen, ihm den Rest zu geben. Die wären klug genug, sich von ihrem tödlich getroffenen Anführer abzusetzen.

Aber er ist dein Vater, meldete sich eine leise Stimme zu Wort. Du hast ihn dein Leben lang geliebt. Ihn vergöttert. Er hat seine schlechten Seiten, das hast du immer gewusst. Aber er hat so viel für dich getan. Du kannst ihm nicht schaden. Du kannst ihn nicht töten.

Die zarte Stimme in ihr gehörte der kleinen, romantischen Jessi, die nicht müde wurde, an Liebe und Vergebung zu glauben.

Vergiss es, Dummerchen.

Und doch brachte es sie auf eine Idee. Wäre es nicht klüger, wenn jemand anderes ihm den Dolch in den Leib rammte? Nicht, weil sie es nicht selbst könnte. Sondern weil er wie ein angeschossenes Tier um sich schlagen und beißen würde, bis das Gift seine volle Wirkung entfaltet und ihn zur Strecke gebracht hätte. Warum sollte sie sich unnötig in Gefahr bringen? Sie konnte ebenso gut aus sicherem Abstand beobachten, wie es mit Timon zu Ende ging.

71

Es wurde ein langer Nachmittag für Jens Barbe. Er musste sogar das wöchentliche Gulaschessen bei seiner Tante Irmi absagen, was die freundliche alte Dame mit einem wohlwollenden »So so« kommentierte. Vermutlich dachte sie, er hätte eine Verabredung.

Tatsächlich bestand sein Date aus einem fast meterhohen Aktenstapel, den Oberstaatsanwalt Reichert aus seinem Wandtresor geholt und ihm überlassen hatte, trotz Hensels widerwilligem Kopfschütteln. Bedingung war, dass die Unterlagen Reicherts Büro nicht verlassen durften.

Also saß Barbe im Arbeitszimmer des Oberstaatsanwalts, er selbst war zu einer Dienstbesprechung unterwegs, und wühlte sich durch altes Papier.

Ein Abschnitt enthielt Dokumente und Memos über Timons Lebensweg. Er war, wenige Tage nach seiner Geburt, vor dem Hamburger Michel aufgefunden, in einer Pflegefamilie, bestehend aus einer alleinerziehenden Mutter und einem damals sechsjährigen Jungen, aufgenommen und schließlich adoptiert worden. Barbe überflog Namen und Daten.

Früher Tod der Adoptivmutter, eine eher unstete Kindheit und Jugendzeit, polizeiliche Ermittlungen wegen Drogenbesitzes und Fahrens ohne Führerschein. Dann wurde es spannend. Ein Memo berichtete vom Suizid seiner schwangeren Freundin. Ein weiteres beschrieb, dass der dann Achtzehnjährige für mehrere Jahre nach La Gomera ausgewandert war. Es folgte ein voluminöser Ordner mit spanischen Dokumenten und ein weiterer mit den dazugehörigen deutschen Übersetzungen. Offenbar gab es reichlich Berichtenswertes über den Inselaufenthalt.

Barbe widerstand der Versuchung, sich gleich auf die Details zu stürzen. Erst wollte er sich einen Überblick verschaffen.

Also weiter. Die folgenden Unterlagen dokumentierten die frustranen Bemühungen der Ermittler, belastbare Indizien gegen Timon herauszuarbeiten. Es gab Verdachtsmomente wegen diverser Wirtschaftsdelikte und der Beteiligung an Gewaltverbrechen, aber sämtliche Spuren verliefen sich, je näher sie dem dunklen Zentrum dieses komplexen Geflechtes aus Stiftung, Sekte und Beratungsunternehmen kamen. Timon hatte hervorragende Mitarbeiter um sich geschart. Ein Tross von Wirtschaftsanwälten, Unternehmensberatern und Coaches, oft genug frühere Stipendiaten seiner Moses-Stiftung.

Die Akten enthielten einen eigenen Ordner mit Fotos. Aus den wohl öffentlich zugänglichen Farbaufnahmen herausgeputzter Männer und Frauen stach ein verwackeltes Schwarz-Weiß-Foto heraus, das aussah, als hätte es ein betrunkener Nachtschwärmer bei Nebel in aller Hektik mit seinem beschlagenen Handy geschossen.

Ein Asiat, so viel war zu erkennen. Das Bild erinnerte Barbe an Infrarotaufnahmen, die Tierforscher mit versteckten Fotofallen von seltenen Raubkatzen machten. Die verschwommene Gestalt auf dem Foto schien sich gerade in Luft aufzulösen, um in ihre dämonische Heimatsphäre zu entschwinden, nachdem sie irgendein teuflisches Werk in der diesseitigen Welt vollendet hatte.

Die Luft im Raum schien sich merklich abzukühlen. Ihm schauderte. Er suchte vergeblich nach einem Vermerk zu diesem Bild, zumindest einen Namen, aber da war nichts. Schatten haben keine Namen, dachte er.

»Hu!«

Barbe schrie vor Schreck. Er hatte nicht bemerkt, dass der Oberstaatsanwalt das Zimmer betreten und sich hinter ihn gestellt hatte. Reichert trug seinen Mantel. Offenbar wollte er gleich wieder gehen.

»Dieser Mann ist unter dem Namen Doktor Hu bekannt. Wir haben von ihm nur dieses unscharfe Foto und einen Haufen Gerüchte. Wenn die stimmen, ist er ein eiskalter Killer und Folterer, der für die chinesische Mafia aktiv war. Angeblich hat Timon ihn in seine Dienste gestellt.«

»Er sieht … unheimlich aus.«

Der graue Staatsanwalt nickte. »Seien Sie froh, dass Sie diesem Mann nie begegnen werden. Haben Sie etwas entdeckt, das uns weiterbringt?«

»Weiß nicht.« Barbe zuckte die Achseln. »Eher nicht.«

»Nicht schlimm. Wir erwarten von Ihnen, dass Sie ein paar Tage die Füße stillhalten, mehr nicht.«

72

Kommissar Jens Barbe ging zu seinem Rad, das im Unterstand vor dem Kommissariat stand, überprüfte den Sitz seines Fahrradhelms, atmete zweimal tief durch und fuhr los. »Füße stillhalten und schweigen.« Barbe hatte weder das eine noch das andere vor. Er radelte in der Dämmerung durch die halbe Stadt, die sich vom abendlichen Klammergriff des Feierabendverkehrs bereits befreit hatte. Die Bewegung tat gut, die frische Luft belebte seinen Geist und lenkte ihn von seinen Zweifeln ab.

Er hatte etwas Wichtiges zu erledigen, erst danach konnte er Feierabend machen. Er folgte Recht und Gesetz. Nicht dem auf Papier, das von tüchtigen Staatsdienern wie Reichert verteidigt und von abgebrühten Veteranen wie Hensel nach Gutdünken gebeugt wurde. Nein, er hatte seinen eigenen moralischen Kompass. Sein eigenes Gesetz. Und das besagte, dass er unmöglich ruhig schlafen konnte, wenn ein zu Unrecht Beschuldigter eine weitere Nacht im Ungewissen verbrachte.

73

Thomas schleppte zwei volle Einkaufstüten durch die Straßen. Wie immer, wenn es viel zu tragen gab, hatte er keinen Parkplatz vor der Tür gefunden. Müsli, Milch, frisches Obst und Gemüse, Kaffee, Tee und ein paar Suppen, die er in seiner Mikrowelle aufwärmen konnte, zogen an seinen Armen. Das Nötigste für die nächsten Tage. Wenn sein Anwalt recht behielt, würde Thomas noch einige Male volle Einkaufstüten in seine Praxis schleppen müssen. Der echte Johannes Eckert hatte ihm wenig Hoffnung gemacht, was ein schnelles Ende der Ermittlungen anging. Etliche Wochen, eher Monate konnten vergehen, bis die polizeilichen Ermittlungen abgeschlossen wären und die Staatsanwaltschaft über das weitere Vorgehen entschieden hätte. Klar würde sein Verteidiger die Polizeiakten einsehen und auf eine rasche Bearbeitung und Einstellung des Verfahrens drängen. Aber sonst konnten sie nur abwarten.

Goldman hatte sich für heute abgemeldet. Er wolle den Spuren seiner Vergangenheit folgen, hatte er vieldeutig am Telefon gesagt. Er werde in der folgenden Therapiestunde davon berichten. So blieb notgedrungen Zeit, sich dem Alltag zu widmen. Thomas hatte im Verlauf des Tages alle seine Patienten angerufen und mit Verweis auf gesundheitliche Probleme sämtliche Termine für die nächsten Wochen abgesagt. Erfreulicher war, dass der Handwerker am Nachmittag gekommen war und die aufgebrochene Tür repariert hatte.

Ein junger Mann mit teigigem Gesicht wartete vor der Haustür. Thomas hatte ihn schon einmal gesehen, konnte ihn aber nicht sofort zuordnen.

»Jens Barbe, Kriminalkommissar«, sagte der. »Ich bin der Assistent von Hauptkommissar Hensel.«

Die Erwähnung des Namens reichte, dass Thomas' Herzschlag den Turbo einschaltete. »Sie dürfen mich ohne triftigen Grund nicht belästigen, schon gar nicht am Abend. Das verstößt gegen das Gesetz.«

Der Polizist verzog den Mund. »Ich verstoße gerade gegen so manches Gesetz«, sagte er.

Thomas stellte die Plastiktüten ab, kramte den Schlüssel aus der Hosentasche. »Ohne meinen Anwalt spreche ich nicht mit Ihnen. Guten Abend!«

»Sie müssen nichts sagen. Es genügt, wenn Sie mir zuhören.«

Thomas wandte sich um. Der junge Kommissar knetete seine Hände so fest, dass die Finger knackten. »Hensel hat mich nicht geschickt. Ich bin quasi privat hier.«

»Haben Sie nichts Besseres zu tun in Ihrer Freizeit?« Thomas öffnete die Tür und betrat das Treppenhaus, zog die Einkaufstaschen hinter sich her. Neben dem Treppenaufgang waren die Briefkästen montiert. Barbe folgte ihm dorthin.

»Ich will, dass Sie die Wahrheit erfahren«, sagte er.

Thomas öffnete seinen Postkasten. Ein Schwall Briefe, Zeitschriften, natürlich Werbung und ein ausgebeulter brauner Umschlag fielen ihm entgegen. Er fing alles auf, nur den Umschlag verfehlte er knapp. Der landete auf dem Boden.

»Warten Sie!« Schneller, als Thomas widersprechen konnte, schnappte sich der Polizist das Kuvert. »Ich helfe Ihnen beim Tragen.« Mit der freien Hand griff er eine der beiden Tüten.

»Nun gut.« Thomas nahm die zweite Tasche. Barbe folgte ihm die Treppe hinauf und hinein in die Praxis. Sie deponierten die Einkäufe im Flur, die Post landete auf dem Schreibtisch im Behandlungsraum. »Also, schießen Sie los!«, sagte er.

»Was ich zu sagen habe, ist streng vertraulich. Ich dürfte es eigentlich selbst nicht wissen. Aber jetzt, wo ich es weiß, kann ich es Ihnen nicht vorenthalten. Das ist eine Frage von Recht und Gewissen.« Er spielte am Reißverschluss seiner Jacke herum. »Mein Chef schmeißt mich raus, und vorher reißt er mir den Kopf ab, falls er je erfährt, dass ich es Ihnen verraten haben. Deswegen wäre es nett, wenn ...« Der Polizist sprach, als hätte er einen Knoten in der Zunge.

»Wollen Sie es nun sagen oder die halbe Nacht drum herumreden?«

»Es ist so: Mein Chef, Hensel, also Hauptkommissar Hensel, er ging nie wirklich davon aus, dass Sie schuldig sind.«

Thomas widerstand der Versuchung, sich fest in den Arm zu kneifen, um sicherzugehen, dass er nicht schlief. Nicht schuldig? In den Tiefen seiner Gefühlswelt lieferten sich Verwunderung, Wut und Erleichterung ein Wettrennen. Die Wut gewann. Thomas sprang auf, packte den vor ihm stehenden Polizisten am Kragen seiner Jacke. »Wie kann das angehen? Ich bin unschuldig, er weiß es, und trotzdem passiert dieser ganze Mist hier?«

»Er ... lässt sich aus bestimmten Gründen Zeit, die Sache aufzuklären.« Barbe verkniff das Gesicht. »Wenn Sie mich loslassen und aufhören, mich anzuschreien, erkläre ich es Ihnen gerne.«

Thomas ließ ihn los. Er schaute auf seine Hände. Gerade hätte nicht viel gefehlt, und er hätte Barbe geschlagen.

Eine reingehauen.

Diese Hände waren es gewohnt, Patientengespräche mitzuschreiben und Texte in Computertastaturen zu tippen. Er konnte sich nicht erinnern, in seinem Leben schon mal jemanden gepackt, geschweige denn geschlagen zu haben. Musste er aufpassen, nicht so zu werden wie seine Feinde? Oder war ebendas notwendig, wenn er sie besiegen wollte?

So oder so, der junge Kommissar war das falsche Ziel. »Entschuldigen Sie«, sagte er.

Barbe richtete sich den Kragen. »Schon okay. Ich verstehe gut, wenn Sie mit den Nerven runter sind.«

»Warum tut Hensel das?«, fragte Thomas.

»Er führt seit Jahren eine verdeckte Ermittlung gegen einen gefährlichen Mann. Denselben, der für Ihre Schwierigkeiten verantwortlich ist.«

»Timon Rogall«, sagte Thomas. »Gründer und Chef der Moses-Stiftung.«

Barbe zog die Augenbrauen hoch. »Sie wissen von ihm?«

»Ich habe eine siebzehnjährige Tochter. Einer von Timons Leuten hat sich an sie herangemacht, offensichtlich in dem Versuch, sie in die Abhängigkeit dieser Sekte zu ziehen. Das ist, glaube ich, Teil von Timons Racheplan.«

»Au Backe.« Barbe fuhr sich mit der Hand vor den Mund. »Das ist neu für uns, soweit ich weiß. Mein Chef muss davon erfahren.« Er zückte ein dickes Notizbuch samt Kugelschreiber aus der Innentasche seiner Jacke, schlug es auf und kritzelte ein paar Stichworte hinein. »Wie heißt Ihre Tochter?«

»Natascha. Kern. Ich arbeite mit einem Privatdetektiv zusammen, Walter Goldman. Er hat Fotos von diesem Mann und zwei weiteren Gehilfen.«

»Kann ich die sehen?«

»Goldman hat sie bei sich. Aber ich habe die Bilder auf einer CD, die ich Ihnen mitgeben kann.«

»Ja, das wäre gut.« Barbe nickte. »Was haben Sie und der Detektiv noch herausgefunden?«

»Nun, wir haben mit Timons älterer Tochter Jessica gesprochen. Sie hat uns interessante Dinge über Timon verraten. Sie steht kurz davor, sich gegen ihn zu wenden.«

»Puh.« Jetzt war es Barbe, der sich einen Stuhl heranzog und sich setzte. Er schlug eine neue Seite in seinem Buch auf. »Dann lassen Sie mal hören.«

74

»Sicher, dass ich nicht mitkommen soll?«

»Süß von dir, mir das anzubieten. Aber diesen Kampf muss ich allein bestehen. Ich ruf dich an.«

Natascha drückte Marc einen Kuss auf die Wange und öffnete die Beifahrertür. Die Welt da draußen war dunkel, kalt und nass.

»Wie wär's damit?« Er zog einen kleinen Klappschirm von der Rückbank und reichte ihn ihr.

Sie winkten sich durch die Scheibe zu, dann brauste er davon.

Sie war früh dran, das hatte sie so geplant. Es waren noch ein paar Gehminuten bis zur Sushibar. Sie wollte nicht vor den kritischen Augen ihrer Mutter aus dem Auto ihres …

Freundes?

… steigen.

Ja, das war er jetzt wohl. Ihr Herz wummerte aufgeregt in der Brust. Es schien zu klein, um das Glücksgefühl festzuhalten, das jede einzelne Zelle ihres Körpers flutete.

Sie spannte Marcs Schirm auf und setzte sich in Bewegung. Was sollte sie ihrer Mutter erzählen? Sicher etwas von Marc. Und besser nichts von Timon.

Auf der Straße neben ihr blitzten Autoscheinwerfer durch die abendliche Dunkelheit und brachten die aufgewirbelten Wassertropfen zum Glänzen. Das war hübsch anzusehen. Würde sie nicht ihre Mutter treffen, hätte sie glatt den Schirm wieder zusammenklappen, über den Fußweg tanzen und den Regen auf ihrer Haut genießen können.

Später vielleicht. Natascha ging weiter. Die Sushibar duckte sich in die Häuserzeile, die rote Leuchtschrift über der Glasfassade spiegelte sich auf den regennassen Gehwegplatten.

Sie überlegte, reinzugehen und sich mit einem Grüntee aufzuwärmen. In diesem Augenblick hielt ein Taxi.

Mutter reichte dem Fahrer einen Geldschein, öffnete die Tür, spannte ihren eigenen Regenschirm auf. Und dann stand sie vor ihr, ganz die Geschäftsfrau, mit Aktentasche, dunklem Kostüm, Mantel und eleganten Schuhen, mit denen man alles konnte, außer vernünftig zu gehen. Das Taxi fädelte sich in den dichten Verkehr ein und verschwand in einer Wolke aus Spritzwasser.

»Hallo, Natascha!«

Nicht das übliche »Schätzchen« oder »Süße«. Nicht einmal Tascha, sondern Natascha. Und das ohne gedehnte Aussprache mit Betonung der mittleren Silbe, einer Rufweise, der üblicherweise eine Ermahnung, ein Vorwurf oder eine Missfallensäußerung folgte. Nein. Mutter sprach ihren Namen neutral aus. Erwachsen irgendwie.

Sie zögerten mit der Begrüßung. Ihre Blicke trafen sich. Vertraut und fremd zugleich. Als ob sie beide spürten, dass sich in den vergangenen Tagen etwas verändert hatte, von dem es kein Zurück mehr gab. Nicht, dass die Familie endgültig zerbrochen war. Nicht, dass Vater durch eigene Schuld zu einem Aussätzigen geworden war. Nein. Die Selbstverständlichkeit, mit der Mutter bisher ein elementarer Teil ihres Lebens gewesen war, über ihre Entwicklungen und Entscheidungen gewacht, diese oft genug infrage gestellt und zu beeinflussen versucht hatte, war verschwunden. Als ob Mutter, zumindest in diesen Sekunden, spürte, dass sie als Mutter nicht mehr gefragt war und sich in einer neuen Rolle als Freundin bewähren musste.

»Hallo«, sagte sie. »Wie war der Flug?«

Natascha fragte sich, ob sie sich später an diesen Augenblick als den Moment zurückerinnern würde, an dem ihre Kindheit endgültig geendet hatte.

Dann ging alles ganz schnell.

Aus dem Nichts tauchte eine dunkle Gestalt auf, hielt mit schweren Schritten auf sie zu. Hände in Lederhandschuhen griffen nach Mutters Aktentasche. Eine bullige Schulter in schwarzer Lederjacke rammte ihr mit brutaler Wucht in den Oberkörper. Der Stoß traf Mutter unvorbereitet und schleuderte sie Richtung Straße. Ihre Füße suchten zwischen Fußweg, Bürgersteig und Fahrbahn verzweifelt nach Halt. Ihre Arme ruderten hilflos in der Luft, dabei ließ sie den Schirm los, und der schwebte wie ein riesiges Herbstblatt über den Asphalt.

Mutter riss die Augen auf. Etwas, das wohl ein Schrei hatte werden sollen, drang aus ihrem Mund, wurde aber verschluckt vom Hupen eines heranbrausenden SUV.

Dann prallte Auto auf Mensch, und in Nataschas Bewusstsein fiel ein Vorhang.

75

Die Welt wurde zu einer Ansammlung von Lärm, grellen Farben und Gerüchen, deren Bedeutung sich Natascha nur häppchenweise erschloss.

Menschen schrien, einige benutzten Worte, vielen blieben nur Geräusche des Entsetzens. Reifen schlitterten über den nassen Asphalt. Hupen quäkten. Im Nu war die gesamte Straße mit Autos verstopft, zwischen denen aufgebrachte Leute herumliefen. Erste Warnblinker blinzelten. Personen huschten an Natascha vorbei, andere blieben stehen, Blitzlichter von Handys flammten auf.

Etliche Meter weiter rechts auf der Fahrbahn bildete sich eine Traube von Menschen um etwas, das regungslos auf dem Boden lag.

Natascha sah hilflose Gesichter. Hände, die sich durch die Haare fuhren.

Ein erstes Martinshorn erklang in der Ferne, kam rasch näher, dann ein zweites und ein drittes. Am Ende der Straße schob sich ein Krankenwagen an die Blechkolonne heran und spritzte Blaulicht in die Dämmerung.

Arme wurden in die Höhe gestreckt und winkten die Helfer herbei.

Ein Mann in feuerwehrrotem Overall mit einem Metallkoffer in der Hand bahnte sich einen Weg durch die stehenden Autos, hin zu der Menschentraube, ihm folgte ein zweiter. Von irgendwo rannte ein Polizist heran, dann weitere Sanitäter.

»Mama!« Ein erster Anflug von Begreifen ließ Natascha zur Seite schwanken. Sie fing sich, schrie erneut, taumelte vom Bürgersteig auf die Fahrbahn und bewegte sich auf die Menschengruppe zu, die jetzt überwiegend aus Rettungskräften bestand.

Zwischen den Füßen der Herumstehenden sah sie eine blasse Hand, deren Finger sich in den Straßenbelag zu krallen schienen.

Ihre Beine gaben nach, und sie sank auf die Knie.

Ein Arm hielt sie fest, ein Frauengesicht schob sich vor sie und redete auf sie ein, aber sie verstand nicht, was es sagte.

Vor ihr tauchten zwei rot Bekleidete auf, ein Mann und eine Frau, sprachen sie an, hoben sie auf die Füße und zogen sie von den Menschen weg, hin zu einem Krankenwagen.

Rums.

Die zuschlagende Fahrzeugtür trennte sie von der lauten, hellen Welt da draußen. Im Inneren des Wagens gönnten gedimmtes Licht und gedämpfte Geräusche ihren Sinnen und ihrem Verstand eine Verschnaufpause. Das brachte sie zurück. Der Vorhang hob sich, und auf einmal war alles da.

Ihre Mutter. Der Mann, der nach ihrer Handtasche gegriffen und sie auf die Straße gestoßen hatte. Der SUV, der sie aus voller Fahrt getroffen und meterweit durch die Luft geschleudert hatte.

Natascha schlug die Hände vors Gesicht und schluchzte hemmungslos.

Die Sanitäter, eine hagere Frau mit langen schwarzen Haaren und ein stiller Typ mit Hornbrille, der sich im Hintergrund hielt und der Frau das Reden überließ, waren nett zu ihr. Sie ließen sie weinen. Trösteten sie. Gaben ihr eine Beruhigungstablette. Boten ihr heißen Tee an und versicherten ihr, dass die Rettungskräfte alles Erdenkliche täten, um ihrer Mutter zu helfen.

»Können wir jemanden anrufen, bei dem du dich wohlfühlst?«, fragte die Frau, als Natascha sich etwas beruhigt hatte. »Deinen Vater vielleicht?«

»Den als Allerletzten. Wir haben keinen Kontakt mehr.«

»Älterer Bruder, ältere Schwester? Onkel? Tante?«

Natascha schüttelte den Kopf.

»Du bist noch nicht volljährig«, sagte die Sanitäterin. »Und du stehst unter Schock. Am besten bringen wir dich in ein Krankenhaus. Dort wird man sich um dich kümmern.«

»Marc«, sagte sie. »Er ist mein Freund, und er ist volljährig. Seine Nummer ist auf meinem Handy gespeichert. Ich möchte zu ihm, bitte.«

Die Frau warf ihrem Kollegen einen fragenden Blick zu. Der verzog den Mund, nickte dann aber. »Meinetwegen«, sagte er. »Aber wir müssen seine Personalien aufnehmen. Die Polizei wird dann deinen Vater informieren. Willst du deinen Freund selbst anrufen?«

Sie wollte, und es brauchte nicht viele Worte. Marc schien ihre Not sofort zu spüren. Er würde augenblicklich vorbeikommen.

76

Der junge Kommissar hatte Thomas mit mehr Fragen als Antworten zurückgelassen. Okay, Hensel hielt ihn nicht für einen Sexualverbrecher, das war gut. Er verschleppte die Ermittlungen, um Timon in Sicherheit zu wiegen und im entscheidenden Moment gegen ihn und seine Organisation ins Feld zu ziehen. Gut für die Ermittlungen, schlecht für Thomas.

Aber, und damit begannen die Fragen: Wie lange würde es dauern, bis Hensel genügend Beweise gegen Timon gesammelt hatte? Bis er die Tarnung fallen lassen und Timon aus seinem Schwarzen Turm zerren würde?

Die Antwort: Jeder weitere Tag, den Natascha in den Fängen dieser Sekte hing, war einer zu viel. Jeder Tag vergrößerte die Schäden, die das alles im Seelenleben seiner Tochter hinterlassen würde. Er konnte nicht abwarten und sich damit trösten, dass sie und er Opfer von Kollateralschäden einer lange geplanten Polizeiaktion geworden waren.

Er setzte sich an seinen Schreibtisch, stützte den Kopf in die Hände und massierte mit den Fingern seine Schläfen. Was konnte er tun? Gab es einen Weg, Hauptkommissar Hensel unter Zugzwang zu setzen und so die Sache zu beschleunigen?

Sein Blick fiel auf den Haufen Post. Barbe hatte den braunen

Umschlag, der auf den Boden gefallen war, getrennt vom Rest in die Tischmitte gelegt.

Er war nicht beschriftet.

Thomas nahm ihn zur Hand. Tatsächlich. Kein Absender, keine Anschrift, kein Porto. Jemand hatte ihn direkt in seinen Briefkasten geworfen. Etwas Sperriges befand sich darin. Es beulte den Umschlag aus.

Er riss ihn auf. Ein kleiner Zettel flog ihm entgegen, handbeschriftet:

Dies ist der Gegenstand, den Timon verzweifelt sucht. Ich habe Ihnen die Geschichte erzählt, und ich denke, Sie wissen, was er bedeutet und welche Macht er hat. Machen Sie was draus!
Jessica

Thomas wusste, worum es sich handelte, noch bevor er den kleinen Engelsanhänger mit der Goldkette aus dem Kuvert zog.

Jessica hatte ihn erwähnt, als sie von Timons Gomera-Erlebnissen berichtet hatte. Er hatte ihn jahrelang um den Hals getragen, wie eine Art Schutzamulett, um seine Ängste zu lindern und das Babygeschrei in seinem Kopf zum Verstummen zu bringen, und ihn später seiner großen Liebe Hannah geschenkt.

Er hielt die Kette hoch, betrachtete den Anhänger im Licht der Schreibtischlampe. Das goldene Metall war stumpf und angelaufen, der Engel detailreich gefertigt, aber sicher kein Meisterwerk der Juwelierskunst. Vermutlich war er bestenfalls vergoldet oder komplett aus Messing.

Allein für Timon war dieser Anhänger kostbarer als alles Geld der Welt. Er war nicht weniger als der Schlüssel zu seinem Unbewussten.

Irgendwie musste Jessica in seinen Besitz gekommen sein.

Und hielt es für eine gute Idee, ihn nicht selbst zu Timon zu bringen.

Das Läuten der Türklingel ließ Thomas hochschrecken. Er sah auf seine Armbanduhr: weit nach 23 Uhr. Zu spät für Besuch. Kam Kommissar Barbe noch einmal zurück? Oder war es vielleicht …

Er sprang von seinem Stuhl auf, eilte zur Wohnungstür und betätigte den Öffner für die Haustür.

Konnte es Natascha sein? Die über alles nachgedacht hatte und mit ihm sprechen wollte? Das wäre zu schön, um wahr zu sein.

Schwere Schritte, die unmöglich von seiner Tochter stammen konnten, stapften die Treppe herauf. Auf dem Treppenabsatz erschien ein uniformierter Beamter. Er war älteren Baujahrs, schnaufte hörbar und zog sich sofort die blaue Polizeimütze vom Kopf, als er Thomas in der Tür stehen sah.

»Sind Sie Doktor Kern?« Der Polizist hatte eine tiefe, rauchige Stimme. Wie geschaffen zum Überbringen schlechter Nachrichten.

77

»Soll ich dich nach Hause bringen?« Marcs Stimme klang, wie alles andere, merkwürdig gedämpft. Natascha schüttelte heftig den Kopf. Es fühlte sich an, als würde ihr Gehirn im Schädel herumkreiseln. Sie wartete, bis der Schwindel nachließ.

»Da kann ich jetzt nicht sein«, sagte sie.

»Dann komm mit zu mir. Im Schwarzen Turm gibt es kleine Appartements. Da können wir pennen.«

Wow. Wir gehen zu ihm, dachte sie, und auch die Gedanken waren merkwürdig benebelt. »Gern!«, sagte sie. Ihre Freude darüber passte nicht zu den Ereignissen. Ihre Mutter war tot. Die Armee der Rotgekleideten hatte alles Erdenkliche versucht, um sie zu retten. Sie hatten es nicht geschafft.

Einer von denen, dem Schriftzug auf der Jacke nach ein Notarzt, war zu ihr in den Rettungswagen geklettert und hatte es ihr mitgeteilt.

Tot.

Das Wort blinkte in ihrem Bewusstsein wie eine riesige rote Leuchtschrift, deren grelles Licht sie blendete. Aber sie stand zu dicht davor, um die Bedeutung erfassen zu können.

Marc hielt ihre Hand. Irgendwie kriegte er es hin, trotzdem den Wagen zu steuern. Die schrecklichen Eindrücke schwanden mit jedem gefahrenen Meter, den sie sich der Hafencity und dem Schwarzen Turm näherten. Vielleicht lag es an der Beruhigungspille, die die Sanitäter ihr gegeben hatten. Das Zeug packte ihr Bewusstsein in weiche weiße Watte, und sie ließ sich nur zu gerne hineinfallen.

Sie tauchten in die Tiefgarage ein, und endlich verblasste das entsetzliche Wort in Leuchtschrift. Sie betraten die Abenteuerwelt. Hier existierte eine andere Wirklichkeit.

Ihre ersten Schritte durch das Parkdeck waren etwas wackelig. Aber sie hakte sich bei Marc unter, und alles fühlte sich leicht an.

Er drückte im Fahrstuhl die Taste für den zweiten Stock. Sie umschlang ihn mit beiden Armen, und der Lift schien sie wie mit Zauberkraft in die Luft zu heben. Sie schwebten durch einen kurzen Flur. Marc zog eine Plastikkarte aus der Tasche, hielt sie vor das Schloss einer der unzähligen Türen.

Er schob sie in ein winziges Zimmer. Die Kraft in den Beinen reichte noch, um an einem kleinen Tisch vorbei zum schmalen Bett zu torkeln und sich hineinfallen zu lassen.

»Du solltest zumindest Hose und Schuhe ausziehen«, hörte sie ihn sagen, und wenig später lag sie, mit Slip und T-Shirt bekleidet, in seinem Arm auf der weichen Decke.

»So weit okay?«, fragte Marc.

Sie drehte sich zu ihm. Feine Bartstoppeln bedeckten sein Kinn und die Wangen, seine Haare tummelten sich auf dem Kissen, und seine Augen ergossen einen heißen Strom mitten in ihr Herz.

»Halt mich ganz fest!«, sagte sie. »Gib mir einen Kuss!«

»Ich weiß nicht, ob wir das jetzt tun sollten.« Er wich etwas zurück. Nicht erschrocken oder empört, eher vorsichtig und fürsorglich. Das bestärkte sie in ihrem Wunsch. Sie rückte ihm hinterher, küsste ihn. »Ich will es.«

»Du hast starke Beruhigungsmittel bekommen. Ich kann auch auf dem Fußboden schlafen.«

Ernste Worte. Und doch sagte er mit den Augen, dass er sie genauso wollte wie sie ihn. »Ich werde dich morgen früh nur umso mehr lieben!«, sagte sie.

78

Thomas betrat das von unzähligen Lampen taghell erleuchtete Gelände der Universitätsklinik. Hierher hatten sie Lea gebracht. Die tote Lea. Das hatte der Polizist gesagt, am Ende seiner Ausführungen. Danach hatte er mit knappen Worten sein Beileid ausgedrückt, Thomas einen Flyer mit Hilfsangeboten in die Hand gedrückt, seine Polizistenmütze aufgesetzt und sich davongemacht.

Die Nachricht von Leas Tod war in das Trümmerfeld seines Lebens eingeschlagen wie eine Bombe. Sie hatte alles pulverisiert. Jetzt waren nicht einmal mehr Trümmer übrig.

Sein Verstand trudelte schwerelos durch die monströse Leere und versuchte verzweifelt, sich an irgendetwas festzuklammern. Thomas hatte als Erstes versucht, Tascha auf ihrem Handy zu erreichen. Sie hatte alles mit angesehen und war, wie der Polizist gesagt hatte, von ihrem Freund abgeholt worden. Thomas hatte keine Ahnung, wo sie sich gerade aufhielt. Und wie in den Tagen zuvor reagierte sie nicht auf seinen Kontaktversuch. Also blieb nur dieses Krankenhaus. Er wollte seine tote Frau sehen, wenngleich er wusste, dass er es nicht ertragen würde. Aber jeder Schmerz der Welt, so heftig und endgültig er auch sein mochte, war ihm lieber als dieses …

Nichts.

Der Pförtner, der in seinem Kabuff an der Zufahrt zum Klinikgelände hockte, verwies an die zentrale Notaufnahme. Irgendwie fand er dorthin und einen Weg hinein. Drinnen irrte er zwischen überfüllten Wartebereichen, vollgestellten Fluren und Behandlungszimmern umher. Überall wuselten Patienten, Krankenschwestern, Ärzte und Rettungspersonal herum. Kranke und verletzte Menschen standen, saßen und lagen in den Gängen, sie wurden von Helfern gestützt, auf Stühlen gerollt, auf Betten herumgeschoben, von hier nach dort und wieder zurück. Der typische Krankenhausgeruch – menschliche Ausdünstungen, im Zaum gehalten von Desinfektionsmittel – setzte sich in der Nase fest. Irgendwo grölte ein Betrunkener seine Lebensweisheiten in die Welt.

Thomas schaffte es, eine Krankenschwester im blauen OP-Dress, die an ihm vorbeihuschte, anzusprechen und aus dem Gewimmel herauszulösen. »Ich suche meine Frau. Sie wurde vom Rettungsdienst hierhergebracht.«

»Chirurgischer oder internistischer Notfall?« Sie war vielleicht Anfang zwanzig und damit nur wenig älter als Natascha. Ihrer betriebsamen Körperhaltung, ihrem freundlich abgeklärten Gesichtsausdruck und der festen Stimme nach hatte sie in ihren jungen Jahren bereits mehr Leid und Elend gesehen und gemeistert als die meisten in ihrem gesamten Leben.

»Sie ist tot«, sagte er.

»Oh.« Sie sah ihn an, jetzt wie einen Menschen und nicht mehr wie einen weiteren Punkt auf ihrer To-do-Liste. Sie presste die Lippen aufeinander. »Mein Beileid.«

»Ich weiß nicht, wohin sie gebracht worden ist.«

Sie nickte, als hätte sie die Entscheidung getroffen, sich für zumindest einige Sekunden aus dem Ameisengewusel auszuklinken. Um ihm weiterzuhelfen. Zum ersten Mal, seit der Polizist die Bombe geworfen hatte, fühlte Thomas sich nicht allein in seiner pulverisierten Welt.

»Geben Sie mir den Namen und das Geburtsdatum Ihrer Frau«, sagte die Krankenschwester. »Ich sehe im Computersystem nach.«

»Lea Kern. 13. August 1968.«

»Warten Sie einen Augenblick!« Sie ließ ihn im Flur stehen, wurde wieder zu einem Teil des Gewimmels. Für bange Sekunden fürchtete er, sie habe ihn vergessen. Dann tauchte sie vor ihm auf.

»Institut für Rechtsmedizin«, sagte sie. »Dorthin wurde Ihre Frau gebracht. Aber man wird Sie dort nicht zu ihr lassen.«

Das musste er selbst herausfinden. Er dankte ihr, ließ sich den Weg schildern und ging los.

Sie behielt recht. An der Sicherheitsschleuse des Instituts war für ihn Schluss. Leas Leiche werde möglicherweise obduziert, sagte ein weiß bekittelter, muskulöser Mann, der dort in einer Glaskanzel Nachtdienst schob und über eine Sprechanlage mit Thomas kommunizierte. In wenigen Tagen, nach Abschluss der Untersuchung, werde der Leichnam freigegeben. Thomas müsse sich an die Polizei wenden, wenn er Genaueres erfahren wolle.

Die Worte schleuderten ihn zurück ins Nichts. Das Bild des zweigeschossigen Flachbaus mit der breiten Fensterfront und dem Bodybuilderpförtner …

Irgendwo dort drinnen lag Lea. Seine tote Frau.

… bot ihm keinen Halt.

Er sank auf eine kleine Bank, die im Schein einer Straßenlaterne in Sichtweite des Institutseingangs stand. Wie geschaffen für Menschen wie ihn, die nicht mehr wussten, wohin mit sich.

Einen brutalen Raubüberfall hatte der Polizist das genannt, was Lea zugestoßen war. Thomas hatte für sich behalten, was er gedacht hatte: nein, kein Überfall. Es war ein gezielter Mord gewesen, im Auftrag Timons, getarnt als Alltagsverbrechen.

Thomas hatte gemeint, dass es nicht schlimmer kommen könne. Doch offenbar hatte Timon noch immer nicht genug. Er hatte Lea töten lassen. Er war so voller Hass und Rachsucht, er würde auch Natascha nicht verschonen.

Seine rechte Hand fand in die Hosentasche. Dort hatte er Timons Goldkette mit dem Anhänger verstaut. Er holte ihn hervor und betrachtete den winzigen Engel.

Er wusste jetzt, wie er seinen Feind besiegen konnte. Er selbst war der Pfeil. Und dieser Anhänger war das Gift. Ja, das war es. Allein die Aussicht, etwas tun zu können, verlieh ihm neue Kraft.

Wenn seine Überlegungen stimmten und sein Plan funktionierte, konnte er Hauptkommissar Hensel zum Handeln zwingen und Timon endgültig in den Wahnsinn treiben. Und vermutlich nicht sein eigenes Leben, aber zumindest das seiner Tochter retten.

Er zückte sein Telefon und aktivierte Goldmans Handynummer. Die Mobilverbindung stand. Der Detektiv ging nicht ran. Nach dreimaligem Klingeln sprang die Mailbox an. Auch gut. Vielleicht sogar besser. So gab es keine Nachfragen. Thomas begann zu sprechen.

79

Der Schwarze Turm schraubte sich in den Himmel wie die unbezwingbare Festung eines düsteren Hexenmeisters. Selbst die Sonne schien vor dem Bau zu kapitulieren. Die glatte Glasfassade ließ ihre zarten morgendlichen Strahlen einfach an sich abprallen. Als ob dort drinnen ewige Kälte und Finsternis herrschten.

Thomas schauderte. Er würde jetzt da hineingehen und den Hausherrn zum Kampf herausfordern.

Er folgte einem mit schwarzen Natursteinen gepflasterten Pfad bis zu einem Eingangsportal, das aus vier riesigen Glaselementen bestand. Eines von ihnen surrte automatisch zur Seite und gab den Weg frei.

Thomas betrat den Turm. Keine ewige Kälte. Keine Finsternis. Stattdessen ein helles, weiträumig gestaltetes Foyer mit großem Empfangstresen und einer Sitzecke, die mit Ledersesseln, Kaffeeautomat, Wasserspender und Zeitungsständer zum Bleiben einlud. Es hätte auch die Empfangshalle eines besseren Hotels sein können. Die dunklen Bodenfliesen, die Möbel und die Farbfotografien an den Wänden zeugten von dezentem Luxus. Ein Stil, der es sich leisten konnte, nicht zu protzen.

In der Mitte der Lobby streckte sich eine schwarze, viereckige Marmorsäule vom Boden bis zur Decke. Eine Art Turm im Turm. Sie hatte eine Kantenlänge von gut einem Meter, und alles im Raum, vom Empfangstresen bis zum kleinsten Beistelltisch, schien sich an den klaren Kanten dieses Monolithen auszurichten.

Es herrschte eine geschäftige Stille. Ein Schwarm Menschen, die meisten in Businesskleidung, strömte vom Eingang zu einer Barriere von Drehkreuzen, die den Zugang zu den Fahrstühlen im hinteren Teil des Raums versperrte. Die Mitarbeiter trugen kleine Chipkarten an der Kleidung, die ihnen offenbar das Weiterkommen ermöglichten.

Thomas trat an den Empfang. Eine junge Frau im schwarzen Kostüm mit akkurat glatt frisierten Haaren begrüßte ihn. »Guten Morgen, was kann ich für Sie tun?«

Und da war er, dieser eine Moment. Die Schwelle, hinter der es kein Zurück mehr gab. Wenn er jetzt seinen Spruch sagte, setzte er eine Kette von Ereignissen in Gang, die unweigerlich das Schlusskapitel dieser Geschichte einleiteten. Thomas war entschlossen, es zu Ende zu bringen. »Mein Name ist Doktor Thomas Kern«, sagte er. »Ich möchte zu Timon Rogall.«

Die junge Frau blickte ihn freundlich an. Ein kurzes Zucken ihrer Augen verriet, dass sie ihn musterte.

Offensichtlich blieb er nach der langen Nacht im Krankenhaus, der fehlenden Dusche und der nicht mehr ganz frischen Kleidung optisch weit unter dem Durchschnitt der Menschen, die normalerweise vor diesem Tresen standen. Sei's drum.

»Haben Sie einen Termin?«

»Er weiß, wer ich bin. Sagen Sie ihm, ich habe etwas, das er vermisst!«

»In Ordnung. Bitte, nehmen Sie einen Moment Platz.« Sie wies mit der Hand auf die Sitzecke. Thomas ließ sich in einen der weichen Sessel fallen, und schlagartig spürte er, wie erschöpft er war. Er hätte gut die Augen schließen und einnicken können.

Die Empfangsdame führte ein kurzes Telefonat und kam zu ihm. »Tut mir leid, Doktor Kern«, sagte sie. »Ihr gewünschter Gesprächspartner ist nicht im Haus.«

Thomas drehte sich zu ihr. Das entsprach nicht dem, was er erwartet hatte. »Er wird einen Vertreter haben. Sagen Sie denen einfach, wer ich bin!«

»Das habe ich.« Stimme und Gesichtsausdruck der jungen Frau kühlten merklich runter. »Hinterlassen Sie gerne eine Nachricht mit Ihrem Anliegen. Wir werden uns bei Ihnen melden. Ansonsten muss ich Sie bitten zu gehen.«

Die Worte ließen den notdürftig erlangten Halt, den sein tollkühner Plan ihm geboten hatte, verdampfen wie einen Wassertropfen in einem Laserstrahl. Er war auf Kampf eingestellt. Auf Schmerzen. Auf den Tod, wenn es sein musste. Nicht darauf, eine Nachricht auf einen beschissenen Zettel zu schreiben und von dannen zu ziehen. Es gab keinen Ort mehr, an den er gehen, und nichts, was er noch tun konnte. Warum funktionierte sein Plan nicht? Warum biss Timon nicht an?

»Er will etwas von mir, verdammt noch mal!« Thomas' Stimme überschlug sich. »Er kann mich nicht einfach wegschicken.«

Seine Worte schienen von den Wänden widerzuhallen. Einzelne Vorüberziehende drehten sich zu ihm um.

Die Kiefermuskeln der jungen Empfangsdame bebten. »Bitte mäßigen Sie sich!«, sagte sie. »Wir wollen Ärger gerne vermeiden.«

»Nein!« Er verschränkte die Arme vor der Brust. »Ich werde nicht gehen, bis ich mit Timon gesprochen habe.«

»Wie Sie meinen.« Der Tonfall der Empfangsdame schrammte nahe am Gefrierpunkt. Sie stolzierte zurück zu ihrem Tresen und ließ ihn allein mit seinem Trotz, seiner Verzweiflung und der vagen Hoffnung, dass doch noch etwas passierte.

Es vergingen etliche Sekunden, dann schwang neben den Fahrstühlen eine Tür auf, und zwei in dunkle Anzüge gequetschte Muskelberge traten heraus. Thomas fragte sich, ob es die beiden Kerle waren, die Jessica auf Goldmans Foto identifiziert hatte. Knochen und Keule. Aber die hier sahen deutlich seriöser aus. Sie kamen zu ihm, einer baute sich links, der andere rechts neben seinem Sessel auf.

»Doktor Kern?«, fragte Rechts. Thomas nickte. »Uns wurde aufgetragen, Sie nach draußen zu begleiten. Wenn Sie so freundlich wären?« Links streckte Thomas den Arm entgegen. Eine Hand, groß wie ein Teller, schwebte vor seinem Gesicht. Ich kann dir freundlich hinterherwinken, wenn du kooperierst, schien sie ihm zuzuraunen. Oder dir auf dem Weg nach draußen ein paar Knochen brechen. Deine Entscheidung.

Thomas wusste kaum, wie ihm geschah. Aber er wusste, dass er keine nähere Bekanntschaft mit dieser Pranke machen wollte. Er stand auf und trottete, flankiert von Rechts und Links, am Tresen vorbei, wo ihn die Empfangsdame mit einem frostigen Blick verabschiedete. Von dort ging es zum Eingang, durch die gläserne Schiebetür nach draußen und den dunkel gepflasterten Zugangsweg hinab.

Die Kerle ließen ihn stehen und stapften zurück.

Der Schwarze Turm hatte ihn wieder ausgespuckt. Thomas hatte nichts erreicht, und er war weiter von seinem Ziel entfernt denn je.

Er schlich den angrenzenden Bürgersteig entlang. Wohin sollte er gehen? Ebenso gut könnte er sich auf den akkurat geschnittenen Rasen legen, der die Freifläche zwischen Straße und Turm begrünte. Ein kurzes Nickerchen. Wahrscheinlich würde das nur erneut die Wachmänner auf den Plan rufen.

Ein weißer Lieferwagen brauste von vorne auf ihn zu und hielt unmittelbar neben ihm. Die Seitentür schwang auf, ein Gesicht erschien im sich öffnenden Türspalt. Thomas kannte die Schlägervisage von Goldmans Fotos. Knochen oder Keule. Das Fahrzeug passte ebenfalls.

»Sie wollen zu ihm?« Der Mann lispelte, offenbar hatte sein Sprechwerkzeug bei einer Prügelei Schaden genommen. »Dann steigen Sie ein!«

80

»Noch einen Kaffee?«

Walter Goldman streckte den Arm mit der Tasse über den Küchentisch, und Klara, die Krankenschwester, die den besten Kaffee des bekannten Universums kochen konnte, schenkte sie ihm voll bis an den Rand.

»Ehrlich gesagt«, Klara schmunzelte und stellte die Kanne neben den Brötchenkorb zurück auf den Küchentisch, »hatte ich gedacht, dass du bloß auf eine schnelle Nummer aus warst.« Sie zuckte mit den Achseln. »Wäre auch okay gewesen. Aber ich hätte nie gedacht …« Sie beugte sich zu ihm, kraulte ihm mit der Hand durchs Haar. »… dass in diesem stattlichen Körper eine so liebenswerte Seele wohnt.«

»Mmh.« Goldman neigte den Kopf zur Seite. Sie sollte ewig so weitermachen.

»Eine ganze Nacht nur kuscheln und reden. Hätte nicht gedacht, dass das geht. Mit einem Mann.«

»Hätte ich auch nicht gedacht.« Er drehte den Kopf, sodass er ihre Augen sehen konnte. »Hat es dir gefehlt? Das andere, meine ich.«

Klara lachte. »Alles zu seiner Zeit, oder?«

Goldman trank einen Schluck. Einfach wunderbar, dieser Kaffee. Er fühlte sich pudelwohl in seiner Haut. »Vielleicht wäre jetzt eine gute Zeit?«

Klara sah ihn an. Mit einem Blick, der ihm direkt in die Hose griff. Sie nickte. »In einer Minute? Im Schlafzimmer?«

Sie stand auf, verschwand im Bad. Goldman trat aus der Küche. Auf dem Weg durch den Flur sah er sein Mobiltelefon. Es lag auf der Anrichte neben seinem Portemonnaie. Eine grüne LED blinkte an der Oberseite des Gehäuses.

Er zögerte. Er könnte es sich im Bett gemütlich machen und auf Klara warten. Aber die brauchte eh noch zwei oder drei Minuten. Da konnte er ebenso gut schnell nachsehen.

Er nahm das Handy hoch, schaltete das Display an. Ein Anrufversuch von Thomas. Eine hinterlassene Nachricht. Goldman verzog den Mund. Er wählte die Nummer der Mailbox und hielt das Telefon ans Ohr.

»Alles in Ordnung?« Klara trat aus dem Bad, schmiegte sich von hinten an ihn, ihre Hände wanderten zielgerichtet an seiner Vorderseite entlang. Schwer, sich dabei auf die Sprachnachricht zu konzentrieren.

»Hallo, Walter, hier ist Thomas.« Die Stimme auf der Mailbox klang hohl und kratzig, und das lag nicht an der Sprachqualität. »Ich weiß, dass die Polizei mich nur zum Schein verdächtigt, um verdeckt gegen Timon ermitteln zu können. Jessica hat mir Timons Goldkette mit dem Engelsanhänger gebracht. Das ist der Gegenstand, den Timon sucht. Ich ahne, wieso.«

Eine kurze Schweigepause. Es klang, als müsste Thomas einen Eimer Tränen hinunterschlucken, bevor er weitersprechen konnte.

»Sie haben meine Frau Lea umgebracht, und ich befürchte, dass sie auch Tascha etwas antun werden. Ich fahre da jetzt hin, Walter. Ich gehe in den Schwarzen Turm und versuche, meine Tochter zu retten.«

Goldman hielt die Luft an, aber mehr kam nicht. Eine Computerstimme verkündete das Ende der Nachricht.

»Das darf nicht wahr sein. Dieser Idiot!« Er schaltete das Handy wieder aus.

»Ärger?«, fragte Klara. Sie stoppte den Vormarsch ihrer Hände, ungefähr in Höhe seines Bauchnabels.

Er drehte sich herum und sah erst jetzt, dass sie die Kleidung gewechselt hatte. Sie trug ein knappes, echt heißes Seidenteil, das danach schrie, mit den Zähnen vom Leib gerupft zu werden.

Oh Mann!

Ganz offensichtlich hatte die Therapie ihn geheilt. Das spürte er in der Hose, mehr noch im Herzen. Er mochte Klara, und sie mochte ihn. Das war weit wichtiger als eine Erektion auf Abruf.

Thomas hatte ihm geholfen. Jetzt war Goldman am Zug, ihm zu helfen. »Es tut mir so leid. Aber ich muss einen Mandanten retten, der gerade eine Riesendummheit begeht.«

»Einen Mandanten?«

»Ein Mandant, der gleichzeitig mein Seelenklempner ist. Und vielleicht mein einziger Freund.«

»Und der steckt echt in Schwierigkeiten?«

»Bis zum Hals. Ein gefährlicher Sektenführer will sich an ihm rächen und hat seine Tochter entführt. Und diesem Idioten fällt nichts Besseres ein, als schnurstracks in die Höhle des

Löwen zu rennen und zu versuchen, ihm seine Tochter eigenhändig aus den Klauen zu reißen. Das kann nur übel enden.«

Klara starrte ihn an. Und brach in schallendes Gelächter aus. »Walter, du bist unglaublich.« Sie zog ihn zu sich, küsste ihn. »Versprich mir einfach, dich zu melden, mein Goldmännchen, ja?« Sie zwinkerte ihm zu. »Sobald du deinen Freund gerettet hast.«

81

Der Transporter hatte verdunkelte Scheiben, durch die man nicht hinaussehen konnte. Der Mann mit der Lispelstimme, Thomas entschied aus dem Bauch heraus, dass es Knochen sein musste, übernahm das Kommando: »Ich muss Sie durchsuchen.«

Thomas ließ es geschehen. Knochen tatschte an ihm herum, nahm ihm Brieftasche und Mobiltelefon ab, klopfte dann gegen die vordere Trennwand. Der Wagen setzte sich in Bewegung.

»Wohin bringen Sie mich?«, fragte Thomas.

»Na, wohin wohl? Zu ihm!« Die Antwort kam von Keule. Er war muskulöser als sein Kumpan, trug eine kreisrunde Narbe auf der Stirn und sprach mit einem Tonfall, der das Ende jedweder Konversation nahelegte.

Die Fahrt dauerte keine Viertelstunde. Der Wagen stoppte. Keule zog eine Augenbinde aus der Jackentasche und hielt sie Thomas hin. »Bitte anlegen!« Da gab es offenbar keinen Diskussionsspielraum. Er wickelte sich das Teil um den Kopf, und es wurde dunkel. Einer der beiden öffnete die Seitentür, der andere packte Thomas am Oberarm und schob ihn aus dem Fahrzeug. Kühle, trockene Luft, Stille, fester Untergrund und ein dezentes Hallen der Schritte wiesen auf ein Parkhaus oder etwas Ähnliches hin. Es folgten ein kurzes Durch-die-Gegend-geschoben-Werden, Türen, die geöffnet und geschlossen wurden, und dann nahmen sie ihm die Binde ab. Thomas musste schlucken.

Ein Kellerloch. Kerker traf es noch besser. Ein kleiner, nachlässig verputzter Raum ohne Fenster mit der entsprechenden Luft. An der Decke baumelte eine nackte Glühlampe an einem Stromkabel. Vor der Wand stand eine Pritsche, die dem Aussehen nach bereits im letzten Weltkrieg ausgemustert worden war. Ein Blecheimer in der Ecke diente offenbar als Behelfsklo.

Das einzig Moderne im Raum war die Tür aus solidem Stahl, gesichert mit einem Hightech-Schloss mit Zahlenfeld und Scanfläche für eine Chipkarte.

Knochen und Keule schoben sich rückwärts aus der Tür. »Warten Sie hier!«

Das war ein ganz schlechter Witz.

Thomas probierte, die Tür zu öffnen: fest verschlossen.

Wie lange würden sie ihn zappeln lassen? Es konnten fünf Minuten sein, fünf Stunden oder fünf Tage. Verdammt, wenn Timon es wollte, könnte er ihn hier unten verrotten lassen, ohne dass ihn jemand finden würde.

Thomas setzte sich auf die Pritsche, die ihn mit einem morbiden Quietschen begrüßte.

Wenigstens hatten sie die Deckenlampe brennen lassen, dachte er. Im selben Augenblick ging das Licht aus.

82

Der Turm hatte sich verändert. Das tiefe Schwarz der Glasfassade wirkte matt, beinahe stumpf. Und statt stolz und mächtig in den Himmel aufzuragen, schien sich das Bauwerk nur mit Mühe seinen Platz unter den andrängenden Nachbargebäuden zu behaupten.

Im Foyer war es merkwürdig still, und auch oben in den Fluren kam ihr die Stimmung gedämpft vor. Als ob alle spürten, dass das ehemals ruhige und kräftige Herz, das alles hier am Leben hielt und stetig vorantrieb, aus dem Takt geraten war. Es flatterte, und mit jedem Schlag verlor es an Kraft und Macht. Es schien nur eine Frage der Zeit, bis es …

Stopp!, dachte Jessica. Sie wäre nicht die Erste, die Timon unterschätzt oder frühzeitig abgeschrieben hätte. Und dies später teuer bezahlen würde. Bleib auf der Hut, altes Mädchen! Halte Augen und Ohren offen. Nutze deinen Verstand. Dann wird deine Zeit schon kommen.

Ihr Weg führte sie zu Marc. Eigentlich hatte er sich melden wollen. Aber es war wichtiger, mit ihm auf Tuchfühlung zu bleiben, als die beleidigte Diva zu spielen. Sie hatte im internen Computersystem nachgesehen und festgestellt, dass er eines der Appartements im zweiten Stock geblockt und noch nicht wieder freigegeben hatte.

Sie klopfte. Die Tür ging auf. Statt Marc stand ein junges Mädchen vor ihr. Keine zwanzig, lange dunkle Haare und auffallend hübsch, trotz rot geränderter Augen und eines blassen Teints. Sie trug einen der weißen Morgenmäntel, die zur Standardausstattung dieser Appartements gehörten.

»Oh, hallo!«, sagte Jessica und gratulierte sich still zu ihrem

Schauspieltalent. »Ich dachte eigentlich, jemand anderen anzutreffen.«

»Marc musste früh los.« Sie reichte ihr die Hand, schwankte aber plötzlich zur Seite und musste sich am Türrahmen abstützen.

Was zum Teufel hatte dieses Flittchen in Marcs Appartement verloren? Jessicas Augen entging nicht die zerknitterte Bettwäsche. Die vor dem Bett liegenden Straßenschuhe, Jeans, Jacke und Bluse. Das Mädchen war nicht zum Saubermachen hier. Die kleine romantische Jessica in ihrem Inneren stieß einen wütenden Schrei aus. Natürlich gelang es ihr, ihre Gefühle und Gedanken zu verbergen. »Schön, dich kennenzulernen«, sagte sie und lächelte. »Ich bin Jessica. Und du bist …«

»Ich bin Natascha Kern. Ich bin, nun ja, ich bin Marcs Freundin.«

Bist du das?, dachte Jessica. Sie schüttelten sich die Hände. Fester Händedruck. Diese Kleine hatte mehr Power, als ihr auf den ersten Blick anzusehen war. Das würde Jessi berücksichtigen, wenn sie diese Lolita in Stücke riss und die Einzelteile in alle Himmelsrichtungen …

Natascha Kern?

Der Name ratterte durch ihren Verstand. Die Tochter des Psychiaters. Für den Bruchteil einer Sekunde war sie nicht mehr sicher, ob sie ihre Mimik im Griff hatte. Aber Natascha schien nichts zu bemerken.

»Ah ja«, sagte sie. »Ich bin eine Arbeitskollegin von Marc. Schön, dich kennenzulernen, Natascha.«

Sie trat einen Schritt nach vorn, Natascha wich vor ihr zurück. »Komm doch rein!«, sagte sie noch. »Aber ich weiß nicht, wann Marc zurückkommt.«

»Nicht schlimm, eilt nicht.« Jessica schloss die Tür hinter sich. »Deine erste Nacht hier im Turm?«

Das Mädchen nickte. Im selben Moment verfinsterte sich ihr Blick, und sie schwankte zur Seite. »Entschuldigung! Sie haben mir Schlaftabletten gegeben. Ich bin noch nicht wieder ganz …«

Jessica packte sie an den Armen. »Was ist passiert?«

»Meine Mutter!« Blut schoss Natascha ins Gesicht. »Sie hatte einen Unfall. Gestern Abend.« Ihre Worte schwammen in einem Schwall Tränen. »Sie wurde auf die Straße gestoßen. Sie ist … Sie hat es nicht überlebt.«

»Mein Gott!« Jessica dirigierte Natascha zum Bett, setzte sich neben sie auf die Matratze. Gerade rechtzeitig. Denn ihre eigenen Beine fühlten sich ungewohnt weich an. Was hatte Marc zu ihr gesagt? Dass er jemandem beistehen müsse, der einen schweren Schicksalsschlag zu verkraften habe. Das war vorgestern gewesen. Etliche Stunden vor dem Tod von Nataschas Mutter.

Ohne darüber nachzudenken, nahm sie das Mädchen in die Arme. Natascha sank an ihre Schulter und schluchzte hemmungslos.

Sie heulte einen ordentlichen Fleck in Jessicas Bluse, aber allmählich beruhigte sie sich. Irgendwann hob sie den Kopf, lächelte tapfer. »Entschuldigung. Ich habe deine Bluse versaut.«

»Nicht schlimm. Ich habe einen ganzen Schrank von dem Zeug.« Jessica stand auf, holte eine Box mit Kosmetiktüchern aus dem Bad. Die gehörte ebenfalls zum Inventar der Appartements. Sie reichte sie Natascha.

Diese zog zwei der Tücher heraus, tupfte sich übers Gesicht, putzte sich die Nase. »Zum Glück war Marc da gestern Abend. Ich habe nicht gewusst, wohin mit mir. Nach Hause konnte ich nicht. Also hat er mich hierher mitgenommen. Hier bin ich sicher.«

So sicher wie eine blinde Maus in einer Schlangengrube, dachte Jessica. Sie atmete tief durch. »Hast du schon gefrühstückt?«, fragte sie.

83

Thomas flog

oder fiel?

mit dem Kopf voran in eine Art Tunnel

oder Schacht.

Es war stockfinster, aber er spürte, wie nahe die Wände waren und mit welch irrem Tempo sie an ihm vorbeirasten. Er presste die Arme eng an den Körper, streckte den Kopf in den Nacken, um nach vorne

oder unten?

sehen zu können.

Es waren keine Wände aus Stein oder Fels. Sie pulsierten, dehnten sich vor ihm, zogen sich hinter ihm zusammen, gesteuert von einer kalten, berechnenden Intelligenz.

Der Schlund, dachte er. Das Ungeheuer, das ihm in den dunkelsten Stunden seiner Kindheit aufgelauert hatte – es war erwacht und hatte sich aus seinem Kerker befreit. Das Monstrum hatte sich aus den Trümmern von Thomas' Leben erhoben, ihn mit seinen schwarzen Augen aus reinem Nichts angestarrt, sein Maul aufgerissen und ihn verschlungen. Es würde ihn nie wieder hergeben. Dieser Sturz ins Leere war für die Ewigkeit.

Weit vor ihm

unter ihm?

blitzte etwas auf. Ein kleiner, greller Leuchtpunkt in der Finsternis.

Doch es war nicht wie erhofft das Ende dieses engen Schlauchs. Kein Ausgang, der Tageslicht, frische Luft und Bewegungsfreiheit versprach.

Eine Lanze aus Licht, etwa daumendick, schwebte im Zentrum des kreisrunden Tunnels.

Thomas sauste darauf zu. Der Schlund war zu eng, um dem Lichtspieß auszuweichen.

Die Spitze der Lanze stach zwischen seine Augen, bohrte sich durch Schädel, Hals und Rumpf und füllte die Welt mit glühendem Schmerz.

»Wachen Sie auf!«

Thomas fuhr hoch. Keine Laserlanze, sondern das grelle Licht der Glühbirne an der Decke bohrte sich in seine Augen. Vor seiner Pritsche stand eine Gestalt, stumm und düster wie ein Gespenst. Geblendet, wie er war, konnte er nur Umrisse erkennen.

Wie lange hatte er geschlafen? Es konnten Minuten, aber auch Stunden gewesen sein.

Thomas blinzelte, zwang seine Augen, sich an das grelle Licht zu gewöhnen.

Timon stand neben ihm, Thomas erkannte ihn sofort. Ein Mensch, kein Gespenst. Schwarz gekleidet, groß und hager, die Hände in Höhe der Körpermitte ineinandergelegt. Die dunklen Augen, aus denen Timon ihn anstarrte, ließen ihn frösteln. Triumph und Genugtuung lagen darin.

»Es ist mir eine Freude, Sie persönlich kennenzulernen, Doktor Kern.«

Eine Stimme wie mit Sirup versüßtes Gift. Thomas drehte sich herum, sodass seine Beine seitlich von der Liege baumelten.

»Wenn Ihnen so viel daran liegt, hätten Sie mich einfach anrufen können. Statt mein Leben zu ruinieren.«

Timon schmunzelte. Wie ein nachsichtiger Lehrer, der seinem Schüler eine kleine Aufmüpfigkeit verzieh. »Wie Sie sich denken werden, entspricht dies hier eher meinem Stil.«

»Warum das Theater mit dem Rausschmiss aus dem Foyer? Auch Ihr Stil?«

Der dunkle Mann schüttelte den Kopf. »Eine notwendige Vorsichtsmaßnahme. Dort sind Videokameras und Mikrofone installiert.« Timon neigte den Kopf. Thomas kroch der Duft eines herben Parfüms in die Nase. »Sie werden kaum in meinen Turm gekommen sein, ohne vorher jemanden darüber informiert zu haben. Ihren nichtsnutzigen Privatdetektiv, nehme ich an. Walter Goldman.«

Er sah ihn an, und Thomas konnte spüren, wie Timon mit allen Sinnen seine Gedanken und Gefühle sondierte. Wie eine Spinne, die mit ihren behaarten Beinen die Oberfläche eines Beutetieres abtastete, um eine passende Stelle zu finden. Für den nächsten giftigen Biss.

»In wenigen Stunden wird jemandem Ihr Auto in der Nähe des Elbufers auffallen«, sagte er. »In einigen Tagen treibt ein Schuh oder ein Kleidungsstück von Ihnen an Land.«

Thomas sah aus dem Augenwinkel die Metalltür seines Kerkers. Sie war fest verschlossen. Er und der schmächtige Mann waren allein. Wie lange würde es dauern, bis Hilfe kam, wenn Thomas sich mit aller Gewalt auf diesen Irren stürzte?

Timon schien seine Angriffspläne zu erahnen. Er beantwortete sie mit einem angedeuteten Lächeln und sprach einfach weiter. »Mit der Videoaufzeichnung kann ich belegen, dass Sie mein Gebäude wohlbehalten verlassen haben, bevor Sie sich das Leben genommen haben. Der tragische Freitod eines Menschen, dem nichts geblieben ist als die Freiheit zu dieser letzten, einsamen Entscheidung.«

Thomas wurde schummerig. Die Säuselstimme lullte seinen Verstand ein, der kalte Hass nagte an seinem Willen.

Wehr dich dagegen! Du hast einen Plan! Thomas stellte sich vor, wie er sich selbst anschrie. Das half, zumindest kurzfristig.

»Ich bin im Besitz des Gegenstandes, den Sie vermissen«, sagte er. »Wenn Sie ihn wiederhaben wollen, werden Sie wohl oder übel mit mir kooperieren müssen.«

»Kooperieren?« Timon sprach es aus wie ein Fremdwort, das er zum ersten Mal benutzte.

»Sie bekommen ihn, wenn Sie meine Tochter in Ruhe lassen.«

»Natascha? Ja, ich hatte das Vergnügen, sie kennenzulernen. Ein kluges, ein begabtes Kind. Aus ihr kann etwas werden. Mit dem richtigen Lehrer. Mit der passenden Förderung. Vielleicht wissen Sie, dass ich eine Stiftung leite, die Waisenkinder bei der beruflichen Ausbildung unterstützt.«

Thomas rang die Gefühle nieder, die in ihm hochkochten. Angst und Zorn brachten ihn gewiss nicht weiter. »Lassen Sie sie ziehen!«

»Oh, sie ist freiwillig hier.« Timon lächelte. Ohne diese kalten Augen hätte es herzlich wirken können. »Sie hat sich verliebt. In einen ebenfalls höchst klugen und begabten jungen Mann. Wenn ich richtig informiert bin, hat sie ihm bereits ihre Unschuld geschenkt. Ist es nicht wunderbar, wo die Liebe so hinfällt?«

Timon wollte ihn immer weiter provozieren, das war klar. Dummerweise funktionierte es. Thomas verspürte den überwältigenden Impuls, sich auf dieses Scheusal zu stürzen und ihm Herz und Seele aus dem Leib zu prügeln.

Timon bemerkte auch dies. Sein Lächeln vertiefte sich. Vermutlich standen seine Schlägertypen bereit, um sofort einzugreifen, wenn bei Thomas die Sicherung durchknallte. Einen solchen Kampf würde er sicher verlieren.

»Lassen Sie und Ihre Mitarbeiter Ihre dreckigen Finger von meiner Tochter. Dann bekommen Sie Ihren Gegenstand zurück.«

»Was soll das denn sein, dieser Gegenstand, den ich Ihrer Meinung nach suche?« Timon tat gleichgültig und herablassend. Aber Thomas meinte, eine minimale Veränderung der Tonlage wahrzunehmen. Und vielleicht ein winziges Zucken der Augenlider. Timon war weder eine Maschine noch ein Teufel. Er war ein Mensch aus Fleisch und Blut. Einer mit Wünschen. Und Ängsten.

»Es ist ein goldener Anhänger in Form eines kleinen Engels. Er hängt an einer Kette, die ebenfalls aus Gold ist.«

Timon nickte. »Den möchte ich haben, in der Tat. Haben Sie ihn dabei?«

Jetzt war es an Thomas, milde zu lächeln. »Natürlich nicht. Ich habe ihn an einem Ort versteckt, wo Sie ihn nicht finden werden.« Verbuddelt unter einer Parkbank am Ausgang des Instituts für Rechtsmedizin, dachte er. Gut, dass Timon keine Gedanken lesen konnte.

»Dass Sie von seiner Existenz wissen, beweist nicht, dass er sich in Ihrem Besitz befindet.«

»Ich habe ein Foto davon auf meinem Handy. Aufgenommen, kurz bevor ich in den Turm kam. Der Engel liegt auf einer aktuellen Tageszeitung.«

»Gut! Sie werden mir verraten, wo der Anhänger ist. Und zwar, ohne Bedingungen zu stellen.« Timon trat von der Liege weg, durchmaß den Raum und klopfte mit den Fingerknöcheln gegen die Tür.

»Ich werde kein Wort sagen.«

Die Tür des Kerkers öffnete sich. Ein schmächtiger Asiat trat herein, nickte erst Timon, dann Thomas zu.

»Oh doch«, sagte Timon. »Ich denke, das werden Sie.«

84

Barbe hockte im Zimmer seines Chefs und wartete auf eine Gelegenheit, ihm die Neuigkeiten aus dem Gespräch mit dem Psychiater mitzuteilen und die Fotos von Doktor Kerns CD zu zeigen. Das Problem: Er würde beichten müssen, den Arzt eingeweiht zu haben. Und Hensel hatte gerade denkbar schlechte Laune. Der Hauptkommissar tapste in dem Raum herum, haute alle paar Minuten irgendeinen verächtlichen Kommentar raus, wahlweise über Politiker, Ermittlungsrichter oder Ehefrauen, die ihren geschiedenen Männern den letzten Cent abknöpften. Wenigstens erwartete Hensel von ihm keine Zustimmung zu diesem Unsinn.

Der Grund für den Ärger war ohnehin ein anderer. »Dieser verdammte Informant.« Sein Chef sprach es aus. Ihr vermeintlicher Kronzeuge, Sebastian Krenz, Jennifers früherer Freund, war zu dem geplanten Treffen nicht erschienen und wie vom Erdboden verschluckt.

Nebenher verfasste Barbe einen Bericht zum Stand der Ermittlungen gegen den Psychiater. Eine komplett sinnfreie Tätigkeit, wie inzwischen klar war. Das Verfahren würde früher oder später eingestellt, die Tatvorwürfe niemals zur Anklage gebracht werden. Gleichwohl, Hensel wurde nicht müde, dies zu betonen, musste der äußere Schein aufrechterhalten werden. Und dazu brauchte es regelmäßige Zwischenberichte. Entsprechend enthusiastisch hämmerte Barbe auf der Computertastatur herum.

»Vielleicht hat er kalte Füße bekommen«, sagte Barbe.

Klar war es riskant, Hensels Aufmerksamkeit und damit seinen Ärger durch einen unbedachten Wortbeitrag auf sich zu lenken. Aber allmählich hatte Barbe sich an die Sticheleien seines Chefs gewöhnt.

»Kalte Füße. So oder so.«

»Wie meinen Sie das?«

»Kalte Füße aus Angst. Oder weil er nicht mehr lebt.«

»Sie meinen, Timon hat ihn aus dem Weg geräumt? Weil er wusste, dass er auspacken wollte?«

»Ist ihm zuzutrauen.«

Hensel setzte seinen Frustgang fort, Barbe machte mit seinem Bericht weiter. Das Klopfen an der Tür wäre beinahe im Tastengeklapper untergegangen.

Einer der Schutzpolizisten des Kommissariats öffnete die Tür. Er hatte ein blasses Gesicht, ein Schweißtropfen glänzte auf seiner Nasenspitze. »Unten ist ein großer Kerl, der Sie unbedingt sprechen will. Er sagt, er heißt Walter Goldman.«

Hensel unterbrach seinen Zimmerrundgang, um theatralisch die Augen zu verdrehen. »Schmeißen Sie ihn raus! Worauf warten Sie noch?«

»Er sagt, er weiß Bescheid. Über Timon. Über Thomas Kern. Er will dringend mit Ihnen sprechen. Alternativ, so sagt er, könne er sich auch unten auf die Straße stellen und alles herausbrüllen.«

»Oh Mann.« Hensel rieb sich mit den Händen die Schläfen. »Also schicken Sie diesen Irren schon her. Wir bringen ihn zur Vernunft.«

Der Polizist eilte davon. Hensel warf Barbe einen hilflosen Blick zu. »Wer zum Teufel ist Walter Goldman?«

»Ein Privatdetektiv, der für Doktor Kern arbeitet«, sagte Barbe. Sein Chef kniff die Augen zusammen.

»Warum wissen Sie etwas, das ich nicht weiß?«

Die Tür wurde aufgestoßen, die massige Gestalt des Privatdetektivs verdunkelte den Spalt.

»Halten Sie Ihre Griffel fern, Mann. Ich schaffe das schon allein.« Goldman schüttelte die Hand des Schutzpolizisten vom Oberarm und baute sich breitbeinig in der Tür auf. Der Beamte warf Hensel einen fragenden Blick zu. Der nickte, und der Uniformierte machte sich davon.

»Ich bin Hauptkommissar Hensel.« Er stellte sich in die Mitte des Raums. »Was wollen Sie?«

»Walter Goldman.« Der Detektiv sah sich flüchtig im Zimmer um. »Die Freude ist ganz auf meiner Seite.«

»Noch einmal: Was in Gottes Namen wollen Sie?«

Statt einer Antwort zog der stämmige Mann sein Handy aus der Jackentasche, hantierte daran herum, hob es in die Höhe. »Diese Nachricht wurde mir heute früh auf die Mailbox gesprochen.«

Die Stimme von Doktor Kern erklang. »Hallo, Walter, hier ist Thomas. Ich weiß, dass die Polizei mich nur zum Schein verdächtigt, um verdeckt gegen Timon ermitteln zu können. Jessica hat mir Timons Goldkette mit dem Engelsanhänger gebracht. Das ist der Gegenstand, den Timon sucht. Ich ahne, wieso. Sie haben meine Frau Lea umgebracht, und ich befürchte, dass sie auch Tascha etwas antun werden. Ich fahre da jetzt hin, Walter. Ich gehe in den Schwarzen Turm und versuche, meine Tochter zu retten.«

Barbe fühlte ein merkwürdiges Kribbeln am Rücken. Er drehte langsam den Kopf in Richtung seines Chefs.

Hensels scharfer Blick traf ihn wie ein Gummigeschoss. »Woher weiß Doktor Kern das?«

Barbe schluckte. Scheiße. So hatte es ja kommen müssen. Er streckte das Kreuz durch und parierte den Geierblick seines Chefs. »Ich war gestern Abend bei ihm und habe es ihm erzählt.«

Zum ersten Mal, seit Barbe dem Hauptkommissar als Assistent zugeteilt worden war, verschlug es dem die Sprache. Er kam mit langsamen Schritten auf ihn zu, als wollte er ihn aufschlitzen mit seiner spitzen Nase. »Wir waren ein Team, schon vergessen?« Das Sprechen schien Hensel körperliche Schmerzen zu bereiten. »Wir haben Sie ins Vertrauen gezogen. Und was machen Sie? Plaudern streng geheimes Zeug aus.« Die Augen des Hauptkommissars verengten sich zu gefährlichen Schlitzen. »Das ist Ihr Ende bei der Kripo, Barbe. Sie werden für den Rest Ihres Lebens Knöllchen an Falschparker verteilen, dafür sorge ich höchstpersönlich. Packen Sie Ihre Sachen und hauen Sie ab.«

Barbe lief es heiß den Nacken runter. Am liebsten hätte er mit einer Spitzhacke ein Loch in den Boden gegraben, um darin zu verschwinden. Er ignorierte es. »Weiß Oberstaatsanwalt Reichert eigentlich, dass Timon Ihr Bruder ist?«, sagte er stattdessen.

Hensels Gesicht gefror zu einem Ausdruck reinsten Erstaunens. »Was reden Sie da?«

»Timon wurde als Säugling vor dem Michel ausgesetzt und wenige Tage später von einer Frau Rogall adoptiert.« Barbe suchte Hensels Blick. »Ihrer Mutter. Timon ist Ihr Adoptivbruder. Sie und er sind zusammen aufgewachsen. Timon hat den Namen Ihrer Mutter behalten. Sie haben später den Familiennamen Ihrer Frau angenommen.«

Der Hauptkommissar senkte Oberkörper und Kopf, funkelte ihn an. Als ob er sich nicht zwischen Frontalangriff und Rückwärtsverteidigung entscheiden konnte. »Woher zum Teufel wissen Sie das?«

Barbe zuckte mit den Achseln. »Aus den Akten. War nicht schwer rauszufinden.«

»Zumindest sind Sie der Erste, dem es aufgefallen ist.«

»Es gibt eine kurze Notiz zum leiblichen Sohn von Frau Rogall. Er war zum Zeitpunkt von Timons Adoption gerade sechs Jahre alt geworden. Sein Name ist …«

»Uli«, sagte Hensel.

Barbe nickte. »Ich habe die Geburtsdaten abgeglichen. Der 22. September. Übermorgen. Ihr Geburtstag.«

»Ich erwarte keinen Kuchen.« Hensels Blick ließ keinen Zweifel daran, dass er seinen jungen Assistenten in diesem Augenblick am liebsten tot mit einem Betonklotz an den Füßen auf den Grund des tiefsten Meeres wünschte. Barbes Glück, dass gerade weder Klotz noch Meer in Reichweite lagen.

»Barbe, Ihre Neugierde und Ihr Scharfsinn werden Sie früher oder später ins Verderben stürzen.«

»Reichert weiß nichts davon, habe ich recht?«

Hensel schüttelte den Kopf.

»Na, das ist doch was.« Goldman klatschte in die Hände. Barbe und Hensel zuckten gleichzeitig zusammen, wandten sich ihm zu. Offenbar hatte auch der Hauptkommissar vergessen, dass der Detektiv noch immer vor der Tür stand. »Was hat Timon Ihnen angetan, dass Sie Ihr halbes Leben lang versuchen, ihn zu fassen?«

Hensel drehte sich zu dem Detektiv zurück. »Geht Sie einen Scheiß an.«

»Wissen Sie«, sagte Goldman und wedelte mit seinen Armen, »letztlich sind Sie gar nicht so viel anders als Timon. Sie manipulieren und instrumentalisieren Leute, die Ihnen vertrauen oder Ihnen ausgeliefert sind. Sie sehen zu, wie die Existenz von Menschen zerstört wird, um Ihre eigenen Ziele zu erreichen. Und notfalls gehen Sie über Leichen.«

Barbe musste schlucken. Vor seinem geistigen Auge sah er, wie der dürre Hensel sich auf den Detektiv stürzte und so lange auf ihn eindrosch, bis nur noch eine rostrote Smoothiepampe von dem Mann übrig blieb. Aber Hensel beherrschte sich. Und schwieg.

Goldman baute sich vor dem Hauptkommissar auf. »Es gibt bei der Polizei eine Spezialabteilung, die zuständig ist, wenn Polizeibeamte Dreck am Stecken haben. Das Dezernat Interne Ermittlung. Vielleicht haben Sie schon davon gehört.«

Hensels Kiefermuskeln spannten sich seitlich an seinem dünnen Schädel. »Was wollten Sie doch gleich?«

Der Detektiv hob das Handy in die Höhe. »Timons Leute haben die Frau von Thomas Kern ermordet. Einer seiner Mitarbeiter hat Thomas' Tochter Natascha um den Finger gewickelt. Und Thomas ist heute früh dort hingegangen. Was ich will?«

Sein Blick wanderte zwischen Hensel und Barbe hin und her.

»Ich will, dass Sie die Pferde satteln, die Waffen durchladen, zum Schwarzen Turm reiten und diesen Timon ausräuchern.«

Hensel atmete tief ein und aus. Er gab sich keine Mühe, dies geräuschlos zu tun. »Das stellen Sie sich ein bisschen zu einfach vor.«

»Ja, sehr einfach. Sie trommeln Ihre Leute zusammen, besorgen sich einen Durchsuchungsbeschluss, und los geht's.«

»Soweit ich weiß, ist Oberstaatsanwalt Reichert gar nicht im Haus.«

»Hat er ein Telefon?«

»Womöglich hat er recht«, sagte Barbe, und fing sich einen waffenscheinpflichtigen Blick seines Chefs ein. »Timon hat eine Menge Staub aufgewirbelt. Sehr wahrscheinlich hat er Doktor Kern gefangen genommen. Vielleicht hat er Sebastian Krenz umbringen lassen, das haben Sie selbst gesagt. Irgendetwas müssen wir bei einer Durchsuchung einfach finden. Schlagen wir los!«

»Ganz meine Worte!« Der Privatdetektiv schien vor Tatendrang beinahe zu platzen. »Stürmen wir ihn, diesen Schwarzen Turm, bevor noch mehr Leute zu Schaden kommen! Sie können Ihren geliebten Adoptivbruder höchstpersönlich aus seiner Behausung zerren.«

»Wenn Sie Kripokommissare sehen wollen, die Hals über Kopf losstürmen und mit gezogenen Waffen gefährliche Gangster stellen, schalten Sie sonntags den *Tatort* ein. Mit der Wirklichkeit hat das wenig zu tun.«

»Was ist mit Doktor Kerns Frau?«, fragte Barbe. »Sie ist tot, behauptet er?«

Goldman zuckte mit den Achseln. »Da weiß ich auch nicht mehr als Sie.«

»Das werden wir herausfinden, bevor wir blind losstürmen.« Hensel streckte sich in die Höhe. Aber er hätte schon auf einen Stuhl steigen müssen, um nicht trotzdem zu Goldman aufblicken zu müssen. »Wir haben nur diese eine Patrone in der Trommel«, sagte er. »Wenn der Schuss danebengeht, war's das. Ich werde nicht leichtfertig losschlagen, nur weil dieser Psychiater den Helden spielt. Aber ich spreche heute Nachmittag mit Reichert. Sobald der wieder im Haus ist.«

Goldman verzog angewidert das Gesicht. »Feigling!«, sagte er. »Mir reicht's.« Er wandte sich um. »Ich fahr da jetzt hin. Wenn ihr nicht den Mumm dazu habt, lasst es halt.« Er hob den Arm, zielte mit dem Zeigefinger auf den Hauptkommissar. »Und Sie, Hensel, sind so oder so am Arsch.« Der Detektiv stapfte zur Tür.

»Warten Sie!«

Goldman hatte die Türklinke bereits in der Hand, blieb aber stehen.

»Geben Sie uns eine Stunde«, sagte Hensel.

85

Natascha stocherte lustlos in ihrem Rührei. Sie hatte gerade mal zwei Gabeln verdrückt. Die Kaffeetasse stand unberührt neben dem Teller.

»Du musst etwas essen und trinken«, sagte Jessica. »Damit du zu Kräften kommst.«

Natascha zuckte mit den Achseln. »Meine Mutter ist tot. Mein Vater ist ein Triebtäter. Vielleicht will ich gar nicht zu Kräften kommen. Vielleicht ist es im Wachkoma leichter zu ertragen. Es gibt eh nicht viel, was ich gerade zu tun hätte.«

Wenn du wüsstest, dachte Jessica. Was auch immer Timon und Marc an üblen Plänen für das Mädchen ausgeheckt hatten: Sie würde das letzte Quäntchen Aufmerksamkeit, Klugheit und Kraft aufbieten müssen, um ihnen zu entrinnen.

Immerhin. Die dritte Gabel mit Ei befand sich auf dem Weg zu ihrem Mund.

Viel war nicht los, am Vormittag in der Kantine. Nur zwei der knapp zwanzig Tische waren besetzt. Die meisten Mitarbeiter im Turm gingen zu dieser Zeit ihren Beschäftigungen nach und schauten erst gegen Mittag vorbei. Das Essen war streng vegetarisch, knackfrisch zubereitet und schmeckte herausragend. Für jemanden, der selber kaum aß und von Macht und Hass zu leben schien, ließ Timon sich die Ernährung seiner Mitarbeiter, Kunden und Stipendiaten einiges kosten.

»Was ist mit deinem Vater? Wieso nennst du ihn einen Triebtäter?«, fragte Jessica, nachdem Natascha den Bissen mit einem Schluck Kaffee runtergespült hatte.

»Er hat eine Patientin vergewaltigt. Und hatte Kinderpornos

auf seinem Computer. Ich habe den Kontakt zu ihm abgebrochen.«

Jessi versuchte, überrascht dreinzublicken. Scheiß verkehrte Welt, dachte sie. Ihr eigener Vater war ein Monstrum, nur hatte sie es bis zuletzt nicht erkannt. Der Vater dieses Mädchens war ein grundehrlicher, netter Kerl. Und die Kleine hielt ihn für ein Scheusal. »Du solltest nicht alles glauben, was die Leute sagen.«

»Wie meinst du das?«

»Ich meine, solange die Polizei nicht ihre Ermittlungen abgeschlossen und ein Richter darüber befunden hat, solltest du kein Urteil über ihn fällen. Manchmal stellen sich solche Behauptungen als falsch heraus.«

Das Mädchen kniff die Augen zusammen. Ein Anflug von Misstrauen blitzte darin auf, verschwand aber sofort wieder. »Merkwürdig. Du bist die Erste, die das so sieht.« Sie sah hoch. »Bist du auch eines der Waisenkinder? Kennst du deinen Vater?«

Jessica entglitten die Gesichtszüge. Was auch immer Natascha darin gesehen hatte, ließ sie erschrocken die Hände heben. »Entschuldige! Das war eine zu intime Frage.«

»Schon okay.« Verdammt, dachte Jessica. Sie musste sich im Griff behalten, wenn sie das alles hier überleben wollte.

Die Kleine gab sich mit der knappen Antwort zufrieden. Das Frühstück tat ihr offensichtlich gut. Auf ihren Wangen vertrieb ein zartes Rot die vorherige Blässe. Und sie schien allmählich selbst zu merken, dass sie hungrig war, zumindest steigerte sich ihr Esstempo merklich.

»Wie toll muss es für dich sein, hier zu arbeiten. Mit so netten Kollegen wie Marc. Mit einem Förderer wie Timon.«

Dieses arme Mädchen hatte seine Seele an den Teufel und dessen Adjutanten verkauft. Und merkte es nicht. Scheiße, das kam ihr verdammt bekannt vor. Willkommen in der Hölle, Kind, dachte sie. Hoffentlich wachst du früher auf als ich. Und hoffentlich ist es dann nicht schon zu spät.

Jessica stocherte in ihrem eigenen Rührei herum. Helle Eiweißfäden spannten sich zwischen gelben Brocken. Sie legte die Gabel beiseite. Sie hatte keinen Appetit mehr.

86

»Das ist Doktor Hu«, sagte Timon. »Ein geschätzter Mitarbeiter.«

Der Asiat trug einen Schuhkarton in den Händen und eine Umhängetasche über der Schulter. Thomas erkannte den Karton, und sofort kochte die Wut wieder hoch. »Wo haben Sie den her?«, fragte er.

»Aus Ihrem Haus natürlich.« Timon nahm Hu die Pappschachtel ab. »Meine Leute haben dort zwar nicht meinen Anhänger gefunden, aber dafür dies hier.« Vorsichtig, fast andächtig, hob er den Deckel herunter. »Die letzten fehlenden Teile eines Puzzles, über dem ich seit einer Ewigkeit brüte.«

Er griff in die Pappschachtel, zog den Zeitungsartikel und die Fotos heraus. Es war, als würde Timon mit seinen verderbten Fingern in die verborgenste Ecke seiner Seele greifen. Thomas fuhr von der Pritsche hoch.

»Diese Dinge betreffen nur mich. Das geht Sie überhaupt nichts an!« Er streckte die Hände in Richtung des Kartons. Schneller, als er gucken konnte, schoss Hu einen Schritt vor. Sein Zeigefinger tauchte wie aus dem Nichts direkt vor Thomas' Gesicht auf. Er spürte kaum mehr als einen Lufthauch und die Ahnung einer Berührung der Fingerspitze des Asiaten an seiner Nase.

Thomas erstarrte. Das war eindeutig. Hu hätte ihm, statt ihm an die Nase zu tippen, mit der gleichen Geschwindigkeit auch ein Auge ausstechen oder den Kehlkopf zertrümmern können. Warnung verstanden. Thomas sank zurück auf die Liege. Der Asiat zog seinen Finger ein und trat einen Schritt nach hinten.

»Ist das nicht bemerkenswert?« Timon tat, als wäre nichts gewesen. »Sie haben einen Schuhkarton mit alten Zetteln und Fotos. Ich einen vergoldeten Engelsanhänger. Schlichte Dinge, man könnte sie billig nennen. Und doch sind sie das Einzige, das uns mit unserem Ursprung verbindet. Habe ich nicht recht?«

Timon stellte den leeren Karton neben Thomas auf die Pritsche, überflog den Artikel. »Säugling aus Müllwohnung gerettet«, las er vor. Er schloss die Augenlider, senkte seine Stimme. »Haben Sie sich je gefragt, wie es für diese Frau gewesen sein muss? Alleine ein Kind auf die Welt zu bringen? Ohne Hilfe. Ohne medizinische Versorgung?« Er öffnete die Augen, blickte sich um, als wäre er zum ersten Mal in dieser Kammer. »Vielleicht war es ähnlich wie hier. Ein kleiner, hässlicher Raum mit nichts als einer Liege und einer nackten Glühbirne an der Decke.«

»Meine Mutter war psychisch krank. Schizophren. Sie war kaum in der Lage, sich um sich selbst zu kümmern. Sie wird schreckliche Ängste ausgestanden und furchtbare Schmerzen gehabt haben. Warum interessiert Sie das?«

»Ich selbst wurde vor der St.-Michaelis-Kirche ausgesetzt. Am 29. September 1966. Dem Namenstag des Erzengels Michael. Niemand hat je herausgefunden, wer meine leibliche Mutter ist. Ich habe sie nie gesehen.«

Timon betrachtete die Fotografien. Seine Augen weiteten sich. Für eine Sekunde deuteten seine Gesichtszüge ein Lächeln an, nur um sofort zu ihrer alten Kälte zurückzufinden. »Das Einzige, was ich von ihr weiß, ist, dass sie mich nicht wollte.«

Thomas fühlte sich, als würde eine riesige Klaue nach ihm greifen. Sehnige Finger schienen sich um seinen Körper zu legen. Und langsam zuzudrücken. Das Atmen fiel ihm schwer.

»Seit meiner Kindheit plagt mich ein Albtraum.« Timon ließ den Zeitungsausschnitt und die Bilder in den Karton zurückfallen. »Immer wieder träume ich von einer verwirrten, einsamen Frau in einem kargen Zimmer. Unter Höllenqualen bringt sie nacheinander zwei Jungen zur Welt. Zweieiige Zwillinge. Den ersten nimmt sie zu sich, stillt ihn, umsorgt ihn. Von dem anderen will sie nichts wissen. Sie schiebt ihn von sich, überlässt ihn sich selbst, lässt ihn hungern und frieren.« In Timons Gesicht spiegelte sich ein Ausdruck tiefer Qual wider. »Er schreit noch immer. Hier drinnen.« Er tippte sich mit dem Zeigefinger gegen die Schläfe. »In meinem Kopf. Immer und immer wieder.« Er flüsterte, als wollte er das Baby, das ausnahmsweise schlief und Ruhe gab, nicht aufwecken.

Verrückt.

Timon beugte sich zu Thomas herunter. »Es war Ihr Geburtsdatum, das mich auf Sie hat aufmerksam werden lassen. Der 29. September 1966. Verstehen Sie jetzt, warum ich mich für Sie und Ihre Geschichte interessiere? Ich habe nachgeforscht, bis ich fast alles über Sie, Ihre Vergangenheit und Gegenwart zusammengetragen hatte. Von jedem Detail, das ich erfuhr, fühlte ich mich in meinem Verdacht bestätigt.«

Die unsichtbare Klaue, die Thomas' Körper umschloss, verstärkte den Griff. Er schnappte nach Luft. »Niemand weiß, an welchem Tag ich auf die Welt gekommen bin«, brachte er hervor. »Ein Kinderarzt hat mein Alter geschätzt, nachdem ich aus der Wohnung meiner Mutter geholt worden war. Wahrscheinlich hat ein Standesbeamter mit geschlossenen Augen auf einen Kalender getippt, um einen konkreten Tag in meine Geburtsurkunde eintragen zu können. Zufällig ist es der 29. geworden. Mein wahrer Geburtstag könnte etliche Wochen früher oder später gewesen sein.«

»Oder exakt an diesem Tag.«

»Wer kann wissen, wie viele verzweifelte Mütter im Herbst 1966 Babys zur Welt gebracht, ausgesetzt oder bei sich behalten haben? Es ist nicht mehr als eine theoretische Möglichkeit, dass Sie und ich Brüder sind.«

Brüder.

Das Wort schien jetzt, wo es ausgesprochen war, unsichtbare Bande zwischen ihnen zu knüpfen. Es gab Jahre in Thomas' Leben, da hätte er vieles darum gegeben, einen leiblichen Verwandten außer seiner Mutter gehabt zu haben. Einen Gefährten für den verwaisten Bereich seiner Seele, in dem er sich so furchtbar einsam gefühlt hatte.

Was, dachte er, wenn der dunkle Mann recht hatte?

Timons Blick traf ihn wie ein Pfeil aus Eis. »Du hast mir viele Jahre vor Jennifers Tod jemanden unendlich Wertvolleres weggenommen«, sagte er.

Durch Thomas' Kopf rasten die unterschiedlichsten Gedanken. Leider jeder in eine andere Richtung. »Es ist komplett unwahrscheinlich, dass wir dieselbe Mutter haben«, sagte er. »Um Gewissheit zu erhalten, müssten wir einen Gentest machen.«

»Ich brauche keinen Gentest. Ich weiß, was ich weiß.«

Aussichtslos, ihn davon abzubringen, dachte Thomas. Genau das war der Unterschied zwischen einer Überzeugung und einem Wahn. Ein lediglich Überzeugter hätte sich mit den Wahrscheinlichkeiten abgefunden. Ein Wahnkranker klammerte sich mit starrem Griff an seine vermeintliche Gewissheit.

»Selbst, wenn es so sein sollte. Werfen Sie es der toten Frau vor, deren Bild in diesem Schuhkarton liegt, nicht mir. Ich war ein Säugling. Ich kann überhaupt nichts für Ihr Schicksal. Ich war es nicht, der Sie ausgesetzt hat.«

»Da hast du recht. Du trägst keine Schuld an meinem früheren Leid.« Timon schenkte ihm sein vergiftetes Lächeln, das jetzt, wo er ihn duzte, umso stärker zu wirken schien. »Gleichwohl wirst du wesentlich dazu beitragen, es zu lindern. Du hast allein gekriegt, was uns beiden zugestanden hätte.«

»Sie bekommen nichts zurück, wenn Sie mir alles nehmen, was mir etwas bedeutet. Das wird Sie für gar nichts entschädigen.«

Timon beugte sich vor. Unverhohlener Hass funkelte in seinen Augen. »Ich will keine Entschädigung. Ich will Gerechtigkeit.«

»Sie wollen Rache.«

»Nenn es, wie du willst!« Er trat einen Schritt zurück. »Du wirst erfahren, was es bedeutet, mit leeren Händen in dieser Welt zu stehen. Ich nehme dir alles. Nichts wird dir bleiben. Gar nichts. Kurz vor dem Ende wirst du mir freiwillig verraten, wo der Anhänger ist. Allein dafür, dass ich dich endlich erlöse.«

Die Riesenhand setzte sich in Bewegung. In einer irren Kreiselbewegung zog sie Thomas in einen schwarzen Schlund.

Was hatte er sich dabei gedacht, herzukommen? Sich diesem Psychopathen entgegenzustellen, war so aussichtsreich wie der Versuch, einen tollwütigen Wolf zu besänftigen – mit einer Dose Hundefutter in der Hand. Klar, er war gekommen, um das Leben seiner Tochter zu retten. Und notfalls sein eigenes zu opfern. Zumindest Letzteres schien prächtig zu funktionieren. Eine irrwitzige Angst hatte ihn gepackt und hielt ihn fest im Griff.

»Es wird Ihren Schmerz nicht lindern, wenn Sie mich vernichten«, sagte er.

Timon sah ihn lange an. »Ich denke doch.«

Aus den Augenwinkeln sah Thomas, dass Doktor Hu in seine Umhängetasche griff und etwas herauszog. Die Hand des Asiaten flog auf ihn zu, er hielt ein weißes, bauschiges Knäuel darin. Ein stechender Geruch zog Thomas in die Nase. Im selben Augenblick schwanden ihm bereits die Sinne. Er sank rückwärts auf die Liege.

87

Thomas erwachte in Finsternis und Stille. Er brauchte einige Sekunden, bis er begriff, dass etwas sich verändert hatte.

Sein Hinterkopf drückte auf die feste Unterlage. Aber der Rest, halsabwärts, fühlte sich an wie … schwerelos? Nein, taub. Er spürte seinen Körper nicht mehr.

Panik wallte auf. Er riss die Arme hoch, wollte die Beine aufstellen, sich aufrichten.

Es passierte: überhaupt nichts. Keine Arme. Keine Beine. Es gab keine Bewegung, nicht einmal ein Gefühl. Als wäre er ein einsamer Kopf, der von seinem Körper versehentlich in einer dunklen Abstellkammer liegen gelassen worden war.

Er drängte die Panik zurück. Kniff die Augen zusammen, bewegte Mund und Zunge. Das ging. Auch den Kopf konnte er drehen, aber weiter unten war Sense.

Die Angst bebte in ihm wie ein Dampfkochtopf mit defektem Ventil kurz vor der Explosion. Was hatten die mit ihm gemacht?

Zum Glück konnte er atmen. Luft strömte durch seine Nase und seinen Rachen, also mussten irgendwo da unten ein Brustkorb und eine Lunge sein. Hektische Pulsschläge wummerten in seinem Kopf und pochten gegen das Schädeldach. Ein Herz gab es auch.

Träumte er? Wäre möglich.

Kneifen konnte er sich nicht ohne Hände und Finger. Also biss er sich auf die Lippe. Das geriet heftiger als geplant und tat scheiße weh, führte aber nicht zu einem plötzlichen Erwachen in der Normalität.

Die naheliegende Schlussfolgerung ruckelte an den Sicherungen seines Verstandes. Er war wach, sein Körper halsabwärts gelähmt und taub. Dieser Albtraum war Realität.

Seine Nasenspitze kitzelte. Reflexhaft wollte er seinen Arm heben und sich kratzen, nur gab es keinen Arm, keine Hand, keine Finger, und ihm wurde bewusst, dass eine verstopfte Nase, ein heftiges Verschlucken, ein Hustenreiz, ja, eine winzige beschissene Fliege ihn an den Rand des Erstickens bringen konnten.

Thomas schrie. Der Schrei vibrierte in der Kehle, am Schädel, in den Ohren.

Er schrie weiter. Weil er panische Angst hatte. Weil es guttat, überhaupt etwas zu hören und zu spüren. Weil es das Einzige war, das er tun konnte.

Irgendwann konnte er selbst das nicht mehr. Er verstummte. Das Echo seiner Schreie hallte einen Moment in seinen Ohren, dann wurde es auch innen still.

Sein Rachen kratzte. Ansonsten fühlte er sich tatsächlich besser. Ruhiger.

Die Dunkelheit lag wie ein schweres schwarzes Tuch auf seinen Augen, aber sein Atem floss, sein Herz schlug. Er lebte.

Viel konnte er noch immer nicht tun. Er starrte ins Leere. Und lauschte in die Finsternis.

Und hörte Atemgeräusche. Es waren nicht seine eigenen. Er war nicht allein.

Mit einem Schlag war die Panik wieder da.

»Wer ist da?«, rief er. »Ich höre Sie. Hu? Timon? Was habt ihr mit mir gemacht?«

Keine Antwort. Natürlich nicht.

Thomas zwang sich zur Ruhe. Der Atmende befand sich in seiner unmittelbaren Nähe, das spürte er.

Er drehte den Kopf in die Richtung, konzentrierte sich auf seinen Geruchssinn. Einbildung oder nicht, nach einiger Zeit meinte er, den Duft eines markanten Aftershaves zu erkennen.

Timon. Vermutlich saß er neben der Pritsche auf einem Stuhl und ergötzte sich an Thomas' hilflosem Geschrei.

Reiß dich zusammen! Er war zum Kämpfen gekommen. Er hatte sich die Rahmenbedingungen anders vorgestellt, zugegeben. Aber er konnte denken. Er konnte sprechen. Also los!

»Warum ist der Anhänger so wichtig für Sie?«, fragte er. Er musste sich räuspern, das Brüllen hatte ihn heiser werden lassen. »Es ist wegen des Kindergeschreis, nicht wahr? Er bringt es zum Verstummen.«

Stille.

»Ich weiß, dass Sie da sind, Timon. Egal ob Sie reden oder schweigen.«

Das Atemgeräusch wurde intensiver. Es vergingen einige Sekunden. Dann erklang Timons Flüsterstimme in der Dunkelheit. »Gut geraten.«

Noch nie war Thomas so erleichtert gewesen über den Klang einer Stimme. Selbst wenn es Timons Gesäusel war.

»Nein, nicht geraten«, sprach Timon weiter. »Ich weiß, dass Jessica dir und deinem Detektiv davon erzählt hat, als sie bei euch war.«

Thomas war froh, dass Timon nicht sein überraschtes Gesicht sehen konnte. Wieso wusste er von Jessicas Besuch? Hatte sie ihm im Nachhinein von dem Treffen berichtet? Oder hatte er sie sogar selbst zu ihnen geschickt, um zu spionieren? Verdammt, Walter, du hattest recht mit deinem Misstrauen.

»Der Anhänger ist von meiner leiblichen Mutter. Das Einzige, was ich von ihr habe. Meine Adoptivmutter überreichte ihn mir an ihrem Sterbebett, als ich gerade acht Jahre alt war. Ich habe ihn lange Zeit getragen.«

»Und er erinnert Sie daran, eine Mutter gehabt zu haben? Dass Sie ihr doch irgendetwas bedeutet haben müssen?«

»Unsere Mutter. Zeit, dass du das akzeptierst, Bruder. Aber ich weiß, worauf du hinauswillst.«

Timons Stuhl knarzte, offenbar stand er auf. »Lange Zeit habe ich so gedacht.« Timons Stimme erklang jetzt aus der Mitte des Raumes, begleitet vom Geräusch langsamer Schritte. »Dass die hungrige, schreiende Seite meines Selbst mich festklammern lässt an ein Symbol der Liebe meiner Mutter. Sogar Jonas ging davon aus, mein Lehrer auf La Gomera. Er meinte, ich müsse es nur loslassen, um frei zu sein.« Timon lachte. Das Lachen eines Irren. »Nachdem Jonas mich von der Klippe gestürzt hatte, habe ich eine Weile im Koma gelegen. Nach meinem Erwachen wurde mir klar, dass ich mich geirrt hatte. Dass Jonas sich geirrt hatte.« Die Stimme kam wieder näher. »So wie du dich auch irrst. Das war mein wahres Erwachen.«

Timon verfiel in längeres Schweigen. Thomas hörte das gleichmäßige Geräusch seines Atmens, spürte die körperliche Präsenz an seiner Seite, und es hatte etwas befremdlich Vertrautes. »Was meinst du damit?«, flüsterte Thomas.

»Kennst du die Geschichte des Erzengels Michael? In der Johannesoffenbarung wird erzählt, dass er Luzifer besiegte und aus dem Himmel warf. ›Michael hat ihn gestürzt‹, so heißt es wörtlich in der Offenbarung, ›den großen Drachen, die alte Schlange, die Satan oder Teufel heißt und die ganze Welt verführt.‹«

Erneutes Schweigen. Als würde Timons Aufmerksamkeit immer wieder wegdriften. An einen noch dunkleren Ort.

»Der Legende nach war Luzifer einer der Engel Gottes. Der Lichtträger, dazu auserwählt, das Licht vor dem Thron des Herrn zu hüten. Doch Luzifer scharte einige Engel um sich und erhob sich gegen den Schöpfer. Er dachte, er könne selbst sein wie Gott. Dies erzürnte den Erzengel. Michael zog gegen Luzifer in den Kampf, und als er ihn aus dem Himmel schleuderte, rief er ihm die Worte nach, die ihm seinen Namen gaben: Mi-ka-el. Das ist Hebräisch, heißt übersetzt: Wer ist wie Gott? Meine Adoptivmutter und ihre Freundinnen haben Michael verehrt. Diesen treuen Diener Gottes und mutigen Verfechter des rechten Glaubens. Für sie war Luzifer der Abtrünnige, der Böse, der sich anmaßte, die göttliche Macht infrage zu stellen und herauszufordern.«

Erneut erklang Timons irres Lachen. Es hallte von den Wänden des Raumes wider, schien von allen Seiten zu kommen.

»Damals, als ich Tage und Wochen erst ans Krankenhausbett gefesselt war und später in den Krankenhausfluren umherschlich und auf meine Genesung wartete, da wurde mir klar, dass es genau andersherum ist.« Timon setzte seinen unsichtbaren Gang im Zimmer fort. »Dieses Baby in meinem Traum, dessen Geschrei ich bis heute in meinem Kopf höre, es schreit nur vordergründig nach der Liebe und dem Licht seines Schöpfers. So wie auch Luzifer sich nicht nach der Liebe seines Gottes sehnte. Nein. Es ruft nach Freiheit. Es brüllt, um sein eigener Gott zu werden. Es schreit aus Wut gegen alle, die sich ihm, im scheinheiligen Mantel der Liebe, in den Weg stellen. Liebe ist eine Falle. Liebe ist eine Illusion.«

Die Worte verhallten. Thomas fand, dass sich der Raum plötzlich noch finsterer, noch kälter anfühlte. »Totaler Quatsch«, sagte er.

Timon stapfte auf ihn zu. Offenbar verschätzte er sich mit der Entfernung und stieß gegen die Liege. »Was weißt du schon, um das auch nur ansatzweise behaupten zu können?«

»Ich weiß genug, um die Wahrheit hinter deiner Lüge zu erkennen.«

»Die Wahrheit! Erzähl mir nichts von der Wahrheit.« Timons Stimme vibrierte. Ein feiner Speicheltropfen traf Thomas im Gesicht. Timon musste sich über ihn gebeugt haben. Instinktiv führte Thomas die Hand nach oben. Aber die war noch nicht wieder zu ihm zurückgekehrt.

»Du hast die Liebe selber kennengelernt. Und an sie geglaubt«, sagte er. »Damals, auf Gomera. Bis zu diesem Zeitpunkt verklebte der Engelsanhänger wie ein Pflaster die riesige Wunde, die die fehlende Mutterliebe in deine Seele gerissen hatte. Aber Hannah hat dich wirklich geliebt. Du hast ihr den Anhänger geschenkt. Du hast kein Pflaster mehr gebraucht.«

Timon schien den Atem anzuhalten. Thomas konnte nur hoffen, dass seine Worte halbwegs die erhoffte Wirkung erzielten. »Aber dann muss etwas passiert sein«, sagte er. »Es ist dir entglitten.«

»Das kann ich dir sagen.« Timons Stimme erklang unmittelbar vor Thomas' Gesicht. »Nicht etwas. Jemand. Jonas. Er kehrte zurück. Tötete alle, Hannah eingeschlossen. Und stürzte mich den Felsen hinab.« Sein Atem streifte Thomas' Wangen und Lippen. »Damals habe ich an die Liebe geglaubt«, sagte er. »Ich war ein Narr!«

Timons Schritte hallten wieder durch den Raum, diesmal energisch und zielstrebig. Ein metallisches Klopfen erklang von der Tür, und Thomas fragte sich, was wohl als Nächstes …

Licht!

Es durchbohrte Thomas' Schädel, bevor er die Augenlider zukneifen konnte. Etliche Sekunden flackerten Lichtblitze über sein Sichtfeld. Er öffnete langsam die Augen.

Er lag noch immer in dem Kerker, in den Knochen und Keule ihn gesperrt hatten. Das hatte er erwartet. Er hob den Kopf und erhaschte einen Blick auf seinen eigenen Körper, der, soweit er sehen konnte, unversehrt war. Timon schritt von der Metalltür zurück zu seinem Stuhl neben der Liege.

Thomas schaute Richtung Wand. Dort stand, zwischen Pritsche und der kargen Mauer, ein Infusionsständer. Eine Glasflasche, die an einer Halterung baumelte, gab im Sekundentakt Tropfen einer trüben Flüssigkeit in ein Schlauchsystem ab, das in Brusthöhe unter seinem Körper verschwand.

»Hu hat dir einen Katheter gelegt.« Timon stand neben ihm, sah auf ihn herab. »Für eine, wie hat er es genannt, Rückenmarksnarkose.« Timon lächelte. »Verzeih einem Nicht-Mediziner seine Unwissenheit. Ein kleiner Schlauch im Wirbelkanal, über den ein Medikament verabreicht wird, das deinen gesamten Körper unterhalb des Halses lahmlegt. Genial, nicht wahr?«

Gerade fühlte es sich an, als würde die Lähmung auch auf Thomas' Kopf übergehen. Ihm wurde schwindelig. Leider konnte er sich weder aufsetzen noch abstützen. Wenn er sich jetzt übergeben müsste, würde er an seiner eigenen Kotze ersticken. Er konnte nichts tun außer …

Atmen! Einfach atmen!

Timon beugte sich zu ihm herunter. »Du kannst denken. Du kannst fühlen. Du kannst sehen«, sagte er, und seine Stimme schien direkt in seinen Verstand zu sickern wie eine ätzende Flüssigkeit. »Du wirst zuhören, wenn ich dir davon berichte, wie deine Tochter Natascha die Nachricht vom Selbstmord ihres Vaters verkraftet.«

Der Schwindel wurde stärker. Hör einfach nicht hin! Atme einfach, verdammt noch mal!

»Ob sie sich bewährt in meiner Organisation. Oder leider ausgemustert werden musste.«

Das Licht im Raum schien zu flackern, obwohl Thomas die Augen aufriss und an Timons Gesicht vorbei die Birne an der Decke anstarrte.

Er will, dass du vor Angst verrückt wirst, dachte Thomas. Er hat dir deine Familie genommen. Deinen Beruf. Jetzt raubt er dir den Verstand. Und als Letztes nimmt er dir das Leben.

»Du wirst wach sein, wenn ich es will, und schlafen nur dann, wenn ich es dir gestatte. Hu sagt, so ein Rückenmarkskatheter kann Wochen, sogar Monate liegen bleiben. Er will noch ein Gerät heranschaffen, über das er die Infusion exakt dosieren kann. Vielleicht lasse ich dich auch verhungern oder verdursten, wer weiß. Vielleicht weise ich Hu an, dir Flüssigkeit und eine Nährstofflösung zu verabreichen, damit du am Leben bleibst.«

Thomas' Verstand schien zu zerbröseln. Hoffentlich werde ich bewusstlos, dachte er. Vielleicht ersticke ich, wenn die Schlundmuskulatur erschlafft und meine Zunge die Atemwege blockiert.

Gedanken zerfielen zu Worten, Worte zu einzelnen Buchstaben, selbst deren Formen schienen sich aufzulösen wie eine Sandspur im Wind. Was blieb, waren Leere und Dunkelheit. Was blieb, war nichts.

88

Sie stürmten den Schwarzen Turm. Nicht auf Pferden und mit geladenen Revolvern, wie Goldman es verlangt hatte. Dafür mit einer schwer bewaffneten Einheit des Spezialeinsatzkommandos, gut zwanzig Beamten von Kripo und Staatsanwaltschaft und etlichen Schutzpolizisten. Sowie einem Privatdetektiv, der damit gedroht hatte, sich mit der ganzen Geschichte an die Presse zu wenden, wenn sie ihn nicht mitnahmen. Goldman lümmelte neben Barbe auf der Rückbank des Einsatzfahrzeugs herum, ein zufriedenes Grinsen im Gesicht. Seine gute Laune, dachte Barbe, ging offensichtlich auf Kosten des Hauptkommissars vorne auf dem Beifahrersitz ihres BMW. Hensel starrte während der gesamten Fahrt mit düsterer Miene durch die Frontscheibe. Was auch immer sein Chef mit seinem Adoptivbruder Timon für eine Geschichte teilte – vermutlich hoffte er, heute das letzte Kapitel aufzuschlagen.

Der Konvoi aus Einsatzfahrzeugen bahnte sich seinen Weg durch die Stadt und die Hafencity bis zum Fuße des Schwarzen Turms. Der Plan sah vor, sich aufzuteilen. Reichert würde mit seinen Mitarbeitern und der halben SEK-Einheit zur Vordertür hineinmarschieren und den Durchsuchungsbeschluss auf den Tisch legen. Entsprechend hielt ein Teil der Kolonne oben auf der Straße, von wo aus ein kleiner Fußweg zum Eingang führte. Hensel würde mit dem Rest der Leute das Untergeschoss und den untersten Treppenabschnitt sichern. Anschließend sollte es gemeinsam weitergehen.

Ihr Wagen fuhr weiter um das Gebäude herum und hinunter in die Tiefgarage, stoppte dort unmittelbar hinter den zwei schwarzen Kleinbussen des SEK. Die schwer bewaffneten, mit

Helmen, Sturmhauben und Beschuss hemmenden Westen ausgestatteten Beamten sprangen heraus und gruppierten sich um ihren Einsatzleiter. Der Fahrer des BMW, ein Kriminalobermeister aus dem Kommissariat, verließ als Erster den Wagen. Hensel schälte sich aus seinem Sitz, trat um den Wagen herum und öffnete die Kofferraumklappe.

Auch Barbe und Goldman stiegen aus. Hensel zog eine Schutzweste aus dem Kofferraum, streifte sie sich über, reichte eine an den Fahrer, eine an Goldman und eine vierte an Barbe weiter. »Haben Sie Ihre Waffe, Soldat?«, fragte er.

Barbe hob das Holster in die Höhe, in dem seine Dienstwaffe steckte. Eine P99 der Firma Walther.

»Sehr gut«, sagte der Hauptkommissar. »Laden und sichern.«

Barbe legte seine Weste auf den Beifahrersitz des Autos, zog die Pistole aus dem Lederholster. Das Teil lag schwer und klobig in seiner Hand. Waffen waren einfach nicht sein Ding. Das Schießtraining samt Prüfung auf der Polizeiakademie hatte er nur unter größter Überwindung durchgestanden. Er spannte den Verschluss an der Oberseite, was die erste Patrone aus dem Magazin in den Lauf katapultierte. Das mechanische Klicken ließ ihn zusammenzucken.

»Barbe, reißen Sie sich zusammen!«, sagte Hensel von der Seite.

Er nickte, steckte die Waffe zurück ins Holster und behielt sie erst mal in der Hand. Verdammt. Von seinem Schreibtisch im Kommissariat aus hatte die Aktion geklungen wie ein behördlicher Vorgang. Anklopfen, Papiere vorzeigen, Räume durchsuchen und alle erdenklichen Unterlagen beschlagnahmen. Aber was die Hamburger Polizei hier an Personal und Gerät aufgefahren hatte, sah mehr nach einem Kriegseinsatz aus. Und er mittendrin. Seine Knie schienen sich in Wackelpeter zu verwandeln.

»Barbe, was ist los mit Ihnen? Gehen Ihnen die Nerven durch?« Hensel taxierte ihn mit seiner Geiervisage. Trotz seiner weiterhin gebückten Körperhaltung machte der Hauptkommissar in seiner Schutzweste eine recht passable Figur.

Barbe presste die Lippen aufeinander. »Alles gut!«

Sein Chef verstand die Botschaft. »Okay, Sie bleiben hier unten und …« Hensel sah sich um, verzog den Mund. »Und bewachen die Autos. Ja.« Er klopfte ihm fest auf den Oberarm, wandte sich ab.

»Und … wenn jemand kommt?«

Hensel drehte sich herum, grinste. »Sie sind Polizist, Jens Barbe. Wenn's ein Schurke ist – verhaften Sie ihn.«

Er ließ ihn stehen, schob den Kriminalobermeister und den Privatdetektiv in Richtung der SEK-Männer. Zwei von denen enterten den Fahrstuhl, die anderen stürmten das Treppenhaus. Hensel und Goldman folgten in sicherem Abstand.

Barbe lauschte den verhallenden Schritten der Kollegen. Jetzt war er allein. Streng genommen stimmte das nicht. Weiter vorne versperrte ein mit zwei Schutzpolizisten besetzter Streifenwagen die Zufahrt zur Tiefgarage, und im Erdgeschoss des Gebäudes musste es geradezu wimmeln von Einsatzkräften. Reichert setzte alles auf eine Karte. »All in«, so viel verstand Barbe vom Pokerspiel. Entweder fanden sie genügend Material, um Timon hinter Gitter zu bringen, oder Reicherts Karriere erhielt, wenige Monate vor seiner Pensionierung, eine Delle von der Größe eines Meteoritenkraters.

89

Thomas hörte den Schrei eines Babys. Für eine Sekunde glaubte er, es wäre sein eigener. Oder eine Halluzination in seinem Kopf von der Art, unter der Timon litt. Aber dann erkannte er es, und zu dem Geräusch tauchten Bilder auf.

Er hielt einen Säugling im Arm. Winzig klein, zerbrechlich, das Gesicht verschmiert mit Blut und Schleim, darin zwei leuchtend blaue Augen, die ihn anschauten mit einer Tiefe und Intensität, die sein Herz, seine Seele, ja, eigentlich alles erfüllten.

Natascha. Ein Krankenpfleger hatte sie ihm Sekunden nach der Geburt in den Arm gelegt, während Lea medizinisch versorgt worden war.

Thomas hatte geweint, überwältigt vom Glück. Über dem Ozean aus Liebe, der sich aus diesen strahlenden Augen direkt in sein Herz ergossen hatte, war dieser eine Gedanke aufgestiegen, klar und stark und unerschütterlich: Was immer dich in deinem Leben erwartet, ich werde da sein, wenn du mich brauchst.

Seine Frau Lea hatte er mehr geliebt als jeden anderen Menschen vor ihr. Aber für seine Tochter Natascha wäre er von der damaligen Sekunde an, als sie in seinen Armen gelegen und sich ihre Blicke berührt hatten, durch jedes Feuer gegangen.

Und genau das musste er jetzt für sie tun. Aus dem Grund hatte er sich Timon zum Kampf gestellt. Und deswegen musste er sich verdammt noch mal zusammenreißen und zur Besinnung kommen.

Tatsächlich fand er zurück. Der erste Schrei seiner neugeborenen Tochter und das Blau in Nataschas Augen schienen durch Raum und Zeit zu ihm zu finden und ihm den Weg aus der Dunkelheit zu weisen. Der Schlund des namenlosen Ungeheuers spie ihn aus, der Sturz ins Nichts endete abrupt, und aus der Leere heraus bildeten sich Formen und Farben. Der Kerker. Die nackte Glühbirne an der Decke. Der Körper unterhalb seines Halses, der seiner war und auch wieder nicht.

Und Timon, mit den dunklen Augen und der hasserfüllten Seele, die Reinkarnation seines Albtraums, der noch immer neben ihm saß und Thomas' pure Angst aufsaugte wie eine Spinne die Körpersäfte ihrer Beute, die in ihrem Netz zappelte.

Genau dort will er dich haben, dachte er. Und wie an einem unsichtbaren Faden aus den Tiefen seines Bewusstseins herbeigezogen kamen weitere Gedanken: Er bringt dich dazu, dich so zu fühlen wie er. Einsam, hilflos und ausgeliefert. Abgeschnitten von jeder Wärme und Liebe. Als ob Timon sich von seinem eigenen Monster befreien könnte, wenn er Thomas dieselbe Angst, dieselbe Leere empfinden ließ.

Konzentrier dich!, sagte er sich. Er zwingt dich in sein Spiel. Nach seinen Regeln, auf seiner Spielfläche.

Nein, Thomas würde die Kontrolle über das Spiel nicht Timon überlassen. Thomas war nicht mit leeren Händen in den Kampf gezogen. Er musste Timons verwundbare Stelle freilegen. Und das Gift genau dort reinjagen. Thomas beruhigte seinen Atem. Drehte den Kopf, sodass er Timon aus nächster Nähe direkt in die Augen sehen konnte. »Du klammerst dich an diesen unbändigen Hass, um nicht zu spüren, dass du nicht lieben kannst. So ist es heute. So war es auch auf Gomera. Habe ich recht?«

Timon antwortete nicht. Zumindest nicht mit Worten. Aber nach etlichen Sekunden des Starrens wandte er den Blick ab. Das war auch eine Antwort. Also weiter.

»Du hast es nie ertragen, keine liebende Mutter gehabt zu

haben«, sagte Thomas. »Stattdessen hast du dich in den Wahn geflüchtet, dass jemand dir die Liebe, die eigentlich dir gebührte, weggenommen hat. Jemand, den du aus tiefstem Herzen hassen konntest. Einen Sündenbock. So ist es hier mit mir. Und so war es auch auf Gomera. Was ist dort wirklich passiert, Timon? Hat Hannah sich von dir abgewendet? Hatte sie jemand anderen?«

»Ich habe bereits gesagt, dass Jonas …«

»Deine Tochter hat den Engelsanhänger entdeckt. Sie hat herausgefunden, was wirklich auf Gomera passiert ist.«

»Du stocherst im Nebel, Bruder, und wirst doch nichts finden, was dich rettet. Du verschwendest deine und meine Zeit. Ich bräuchte nur ein Kissen auf dein Gesicht zu drücken, um dich für immer zum Schweigen zu bringen.«

»Warum durfte niemand wissen, dass sich der Anhänger in deinem Besitz befand? Wieso musstest du ihn vor aller Welt verstecken?«

Timon blickte starr auf den Boden, als würde er es vermeiden, Thomas in die Augen sehen zu müssen.

»Ich verschloss ihn in meinem Safe«, sagte er schließlich. »Gelegentlich holte ich ihn hervor, um mich daran zu erinnern, dass Freiheit wichtiger ist als Liebe. Das ging niemanden etwas an.«

»Nein. Es ist etwas anderes. Niemand durfte davon wissen, weil es den Anhänger eigentlich nicht mehr geben konnte!«

Timon hob den Kopf. Starrte ihn an. Zum ersten Mal meinte Thomas, etwas wie Verunsicherung darin zu erkennen.

»Du hast ihn Hannah auf Gomera geschenkt. Sie hat ihn bis zu ihrem Tod getragen.«

»Vielleicht hat sie ihn mir vorher zurückgegeben.«

»Hannah hat den Anhänger nie mehr abgelegt. Sie hat ihn bis zu ihrem letzten Atemzug getragen So hast du es deinen

Töchtern erzählt. Er hing um ihren Hals, als Jonas sie von der Klippe warf. Als das Meer ihren Leichnam wegspülte. Sie wurde nie gefunden. Wenn deine Geschichte stimmt, wäre der Anhänger zusammen mit Hannah im Meer versunken. Aber er lag jahrzehntelang in deinem Tresor. Streng versteckt vor deinen Töchtern. Weil er der Schlüssel zur Wahrheit ist.«

Timons Augenlider zuckten. Er öffnete die Lippen, um etwas zu erwidern, aber Thomas war schneller. »Nicht Jonas hat Hannah und all die anderen auf La Gomera getötet. Du warst es.«

90

Für einen Moment sah es aus, als hätten Thomas' Worte Timon in eine Art Wachkoma versetzt. Er saß stumm und unbewegt auf seinem Stuhl, die Augen auf etwas gerichtet, das sich nicht in diesem Raum befand. »Ist es wahr?«, flüsterte Timon. Gefühlsausdrücke zuckten über sein Gesicht wie flüchtige Bilder über eine Leinwand. Trauer, Wut, Angst.

Scham.

»Du hast sie umgebracht«, sagte Thomas. »Du weißt es.«

Timon beugte sich vor, drückte die Hände seitlich an den Kopf. »Ja, vielleicht habe ich es wirklich getan.« Seine Stimme erklang wie aus weiter Ferne. »Die Erinnerungen sind wie die Fetzen eines fast vergessenen Albtraums aus einer unruhigen Nacht«, sagte er. »Ich könnte jeden Schwur dieser Welt leisten, dass es Jonas war und nicht ich. Aber …« Er kniff die Augen zusammen, als zuckte ein heftiger Schmerz durch seinen Kopf.

»Du erinnerst dich. Ich sehe es dir an.«

»Einem Seelenklempner entgeht so etwas nicht.« Timon lachte. Falls es souverän klingen sollte, misslang das gründlich.

»Warum erzählst du sie mir nicht? Die Wahrheit.«

»Nein!« Timon riss die Augen auf. Er zeigte mit dem Zeigefinger auf seinen Kopf. »Falls es wahr ist, so ist es hier drinnen verwahrt. Eingeschlossen, wie es der Engelsanhänger in meinem Tresor war.«

»Kein Safe ist so sicher, dass nicht eines Tages jemand den Schlüssel finden und hineinschauen kann.«

Timon starrte ihn an. »Vielleicht hast du recht.« Seine Augenlider zuckten voller Misstrauen.

Jemand klopfte laut gegen die Metalltür, und beide fuhren zusammen. Timon blickte irritiert Richtung Tür, die bereits aufschwang und den Blick auf Hus zierliche Gestalt freigab, der hinter der Tür in einem schmalen Gang wartete. Timon stand auf, ging zu ihm. Der Asiat flüsterte seinem Chef etwas ins Ohr. Zu leise, als dass Thomas es verstehen konnte. Aber was auch immer Timon gerade erfuhr – es trieb ihm grimmige Falten auf die Stirn.

Schlechte Nachrichten für Timon waren gute Nachrichten für Thomas.

Wenn nur diese verdammte Körperlähmung nicht wäre. Eher zufällig wandte er den Kopf Richtung Wand und Infusionsständer.

Der stete Fluss des Betäubungsmittels – er stockte. Die trübe Flüssigkeit schien sich nur mühsam aus der Glasflasche in den darunterliegenden Plastikzylinder und das daran hängende Schlauchsystem zu quälen. Statt einer zählte er sieben oder acht Sekunden, bis der Tropfen so weit angeschwollen war, um in die Tropfkammer zu fallen.

Vielleicht lag der Katheter nicht richtig. Möglicherweise hatte er mit seinen Kopfbewegungen unwillkürlich den Körper mitbewegt und den Plastikschlauch abgeklemmt.

So oder so. Mit jedem Tropfen, der nicht oder nur verzögert in seinen Körper gelangte, stiegen seine Chancen, sich wieder rühren zu können.

Er presste den Kopf auf die Unterlage. Er konnte mithilfe seiner Nackenmuskeln seinen Rumpf minimal bewegen. Und tatsächlich: Wenn er den Kopf Richtung Brust neigte, verringerte sich die Tropfgeschwindigkeit der Infusion.

Er versuchte das Kunststück, sein Gesicht vorsichtig zur Tür zu drehen, ohne die Position seines Kopfes zum Brustkorb wesentlich zu verändern.

Timon stand neben Hu draußen vor der Tür, raunzte dem Asiaten offenbar eine Reihe von Anweisungen ins Ohr.

Das Zwiegespräch endete mit einer angedeuteten Verbeugung Hus. Timon kehrte in den Raum zurück. Hu verschwand eilig in dem Gang, die Metalltür fiel ins Schloss, und Timon setzte sich zurück auf den Stuhl neben Thomas' Liege und fesselte ihn mit seinem Blick.

»Ich werde dir die Geschichte erzählen«, sagte er. »Zum ersten und zum letzten Mal. Dann wirst du der Tresor sein, in dem mein Wissen sicher verwahrt ist. Und zusammen mit dir wird es diese Welt für immer verlassen.«

91

Timon schlug die Beine übereinander, faltete die Hände im Schoß und schloss die Augen. »Zu Beginn und am Ende war Gomera die Hölle«, begann er. »Zwischendrin verliebte ich mich in Hannah, sie sich in mich. Ich vertrieb Jonas aus dem Camp, nahm seinen Platz ein und wurde zum Anführer der Gruppe. Ich machte, glaube ich, meine Sache gut. Ich studierte die Schriften, die Jonas zurückgelassen hatte, und lehrte sie, was ich wusste. Ich entwickelte neue Techniken zum psychischen und spirituellen Wachstum und verfeinerte bereits bestehende. Hannah brachte Jessica und Jennifer zur Welt. Sie war eine gute Mutter. Aber sie veränderte sich.«

Thomas drehte den Kopf zum Infusionsständer. Die Flasche war noch zur Hälfte gefüllt. Er zählte die Sekunden von einem Tropfen zum nächsten und kam bis zehn. Demnach kam nur ein Bruchteil der von Hu vorgesehenen Dosis bis zu seinen Nerven. Konnte er womöglich schon etwas spüren? Die Zehen bewegen?

Timon räusperte sich, und Thomas drehte rasch den Kopf zurück. Timon saß, offenbar tief in seine Erinnerungen versunken, auf seinem Stuhl. Ein feines Mienenspiel begleitete die Schilderungen.

»Die Gruppe veränderte sich«, sagte er. In seine Stimme mischte sich ein schneidender Unterton. »Klar, sie hörten mir zu, folgten meinen Unterweisungen, brachten mir Respekt entgegen. Aber wann immer sie sich unbeobachtet fühlten, steckten sie ihre Köpfe zusammen. Sie tuschelten, hatten Geheimnisse vor mir, heckten Pläne aus.« Timons Mundwinkel zuckten. »Ich hatte im Kampf gegen Jonas mein Leben für sie riskiert. Ich legte ihnen alles, was ich wusste, was ich konnte, was mich ausmachte, zu Füßen. Und dankten sie es mir? Nein, im Gegenteil. Sie wollten mich loswerden, das spürte ich immer deutlicher. Vielleicht wünschten sie sich ihren alten Lehrer Jonas zurück, vielleicht sehnten sie sich nach einem neuen. Ich weiß es nicht. Aber, was noch schlimmer war: Hannah …«

Das Zittern breitete sich über sein gesamtes Gesicht aus. »Auch Hannah wandte sich von mir ab. Die schleichende Krankheit, die die Gruppe befiel, ergriff auch sie. Sie verbrachte ihre Zeit mit den Kindern und den anderen aus der Gruppe. Mich mied sie zusehends.« Timons Oberkörper schwankte vor und zurück. Er riss die Hände in die Höhe und presste sie seitlich gegen den Kopf. Das Weitersprechen bereitete ihm sichtliche Mühe. »Sie entzog mir ihr Vertrauen, ihre körperliche Nähe, ihre Liebe. Stattdessen wandte sie sich Pedro zu. Diesem braunhaarigen Esel, der nie mehr als drei Worte am Stück von sich gab. Natürlich sah ich, was zwischen den beiden lief. Dass meine Töchter ihn ins Herz schlossen. Ich wusste, dass Pedro plante, aufs spanische Festland zu gehen, um neu anzufangen. Ich musste kein Hellseher sein, um zu erraten, dass er Hannah drängte, ihn zu begleiten. Und die Mädchen mitzunehmen. Wer weiß. Vermutlich hätten die anderen sich ihm angeschlossen. Und mich zurückgelassen.«

Die letzten Worte brachen als Schrei aus ihm heraus. Timon sprang vom Stuhl hoch, stellte sich vor die Liege. Er riss die Augen auf. Hätte Thomas sich bewegen können – er wäre aufgesprungen und zurückgewichen, hätte zumindest die Hände erhoben zum Schutz vor der Welle aus Hass, die ihm entgegenbrach. So traf sie ihn mit voller Wucht. Und sie schien alles Gute, alles Lebendige mitreißen zu wollen. Der verschlingende Hass eines Menschen, der Liebe mit Besitz, Vertrauen mit Kontrolle verwechselte. Der sich wieder und wieder vom Leben verhöhnt und verraten fühlte. Und der in seinem archaischen Zorn all jene vernichten würde, die miteinander teilten, was ihm verwehrt war.

Thomas hielt den Atem an. Sein Gesicht kribbelte. Eine Sekunde befürchtete er, Timon würde sich in seiner blinden Wut auf ihn stürzen, ihn am Hals packen und zudrücken. Natascha, dachte er. Wie soll ich dich vor diesem Ungeheuer beschützen?

Aber Timons Zorn verebbte so schnell, wie er angeflutet war. Er holte tief Luft. Und setzte sich zurück auf seinen Stuhl, schloss wieder die Augen.

Thomas' Herz schlug einen wilden Trommelwirbel. Aber langsam beruhigte auch er sich wieder. Du lebst! Du hast einen Plan, sagte er sich. Er schielte zum Infusionsständer, begann zu zählen. Bei vierzehn hatte sich noch immer kein Tropfen gebildet, der es mit der Schwerkraft aufnehmen konnte.

»Eines Nachts nahm ich die Axt, die Jonas im Campingwagen zurückgelassen hatte.« Timon sprach jetzt mit leiser, entrückter Stimme, die die Luft im Kerker zu elektrisieren schien.

»Ich ging zur Baracke, in der Pedro schlief«, sagte er. »Hannah lag bei ihm, ihren Kopf an seinen Hals geschmiegt, den Arm auf seiner Brust. Ein Bild von Frieden und Geborgenheit. Ich ließ die Axt auf ihn niedersausen. Sie spaltete sein Gesicht und seinen Schädel. Hannah erwachte, schreckte hoch. Sie war halb nackt. Das Einzige, das sie außer einem Slip noch am Körper trug, war die Goldkette mit dem Anhänger. Ich hob die Axt, bereit, zuzuschlagen. Aber sie sah mich an. Verwundert, überrascht, unschuldig. Zum ersten Mal seit langer Zeit erkannte ich wieder den Engel in ihr. Die wunderschöne, liebevolle Hannah, der ich Jahre zuvor am Strand begegnet war. Die Hannah, in die ich mich verliebt hatte. Ich konnte sie nicht töten. Hannah sah Pedro, ihr Blick verwandelte sich, und der Zauber verschwand. Wenn es in ihrer Macht gestanden hätte, mich umzubringen – sie hätte nicht gezögert. Aber das entsprach nicht ihrem Wesen. Sie sprang auf und rannte davon wie ein aufgeschrecktes Reh. Sie wusste, dass ich ihr folgen würde. Doch vorher musste ich meine Aufgabe im Camp vollenden. Henning kam als Nächster dran. Er wachte auf, als ich mich über ihn beugte, war aber zu benommen, um zu reagieren. Mein Hieb trennte seinen Kopf vom Körper. Andreas schlief fest. Ich trieb ihm die Axt tief in die Brust. Als Letzte kam Birthe. Auch sie starb im Schlaf. Dann machte ich mich auf und suchte nach Hannah. Ich ahnte natürlich, wo ich sie finden würde. Sie wählte eine Zuflucht, von der es für sie nur einen einzigen Ausweg gab. Sie stand oben auf der Klippe, einen Fußbreit vom Abgrund entfernt, zitternd vor Angst, vom Mond in blasses Licht getaucht wie ein Gespenst. ›Warum tust du das?‹, fragte sie. ›Warum zerstörst du alles?‹ Sagen konnte ich nichts. Ich ließ die Axt fallen. Streckte die Hand nach ihr aus. Hannah erstarrte. Und erst jetzt sah ich, dass an meiner Hand und dem Arm Blut klebte. Das Blut der Menschen, die sie liebte. Die in den letzten Jahren ihre Familie geworden waren. Die ich umgebracht hatte. Tränen schossen ihr in die Augen. Stumme Tränen voller Trauer, Schmerz und Vorwurf. Sie kam auf mich zu, hob ebenfalls die Hand. Es waren nur wenige Zentimeter Abstand zwischen unseren Fingern. Doch statt meine zu ergreifen, legte sie mir den Engelsanhänger hinein. Sie musste die Kette abgenommen haben, als sie dort oben allein gestanden und auf mich gewartet hatte. Sie sagte nichts. Sie wandte sich einfach um, trat über den Rand des Vorsprungs und verschwand in der Tiefe. Ich trat an den Abgrund, blickte hinunter. Das Wasser stand hoch in dieser Nacht und brandete an die Felsen. Hannah war fort. Die Wellen hatten sie mitgenommen.

Ich weiß nicht, wie lange ich dort oben verharrte. Dem Meer

lauschte. Die Kälte des Mondlichts in mein Herz und meine Seele ließ. Irgendwann nahm ich die Axt und schleuderte sie ins Meer, so weit ich konnte. Ich schloss die Augen und sprang. Wollte ich sterben? Wollte ich Hannah dahin folgen, wohin sie gegangen war? Ich weiß es nicht. Welche Macht auch immer darüber zu entscheiden hatte, sie spülte mich bewusstlos und mit zerschmettertem Leib an den Strand zurück. Ich wurde gefunden und gerettet, lag wochenlang im Koma, erwachte, erholte mich. Ich konnte mich an die Nacht auf Gomera nicht erinnern, glaubte der Version der spanischen Polizei, die sich wesentlich auf Bettys Erzählungen berief. Jonas war es gewesen, klar. Er hatte schon früher gemordet. Er hatte mir gedroht. Er war zurückgekommen und hatte sich gerächt.

Irgendwann brachte mir eine Krankenschwester eine Tüte mit meinen Habseligkeiten. Ein paar Kleidungsstücke und Kosmetikartikel, Ausweis, etwas Geld. Und die Kette mit dem Anhänger. Ich hatte sie fest umschlossen in meiner Hand gehalten, als Helfer mich bewusstlos am Strand gefunden hatten. Schlagartig war sie da, die Erinnerung an meine Tat. Wie ein greller Blitz im Nachthimmel. Für den Bruchteil einer Sekunde siehst du ihn deutlich vor dir, und sofort ist er wieder weg. Ich sperrte alles weg. Den Anhänger ebenso wie die Erinnerungen. Es war nur ein böser Traum, nichts weiter, redete ich mir ein.«

Timon atmete durch, sah sich im Raum um, als wäre er aus einer tiefen Trance erwacht und müsste sich erst orientieren. Winzige Schweißtropfen bedeckten seine Stirn. Seine Augen zuckten irre in den Höhlen, und seine Hände wanderten rastlos von seinem Hals hoch zum Kopf und wieder zurück. »Ich fühle mich ganz leicht.« Seine Stimme klang schrill, sie überschlug sich beim Sprechen. Er lachte. »Die Redekur mit dir hat mich befreit.«

Er stand auf, schwankte, stützte sich an der Rückenlehne des Stuhls ab. »Bitte entschuldige mich.« Timon taumelte zur Tür, klopfte dagegen. Ihm wurde geöffnet, er verschwand, und die Metalltür fiel zu. Mit einem Geräusch, das nach Ewigkeit klang.

92

»Wie ich sehe, habt ihr euch bereits bekannt gemacht.«

Marc stand neben ihnen, auf seinen Lippen das unschuldigste Lächeln, das sein Gesicht hervorbringen konnte. Natürlich verfehlte es seine Wirkung nicht.

»Endlich bist du da!« Natascha flog von ihrem Stuhl direkt in seine Arme. Sie küssten sich, Marc drückte Natascha an sich. Er drehte dabei Jessica das Gesicht zu. Ihre Blicke begegneten sich. Er zwinkerte.

Klar, was er ihr sagen wollte. Klar, dass sie das Spiel mitspielte. Sie nickte, als hätte sie verstanden. Dass es nichts Ernstes war mit Natascha. Dass er nur einen von Timons morbiden Plänen ausführte. Mit vollem Körpereinsatz. Leider wollte das ihren Hass kein bisschen besänftigen. Sie wandte sich ab und studierte den Boden ihrer leeren Kaffeetasse.

Nach einer gefühlten Ewigkeit waren die beiden fertig mit ihrer Begrüßung und setzten sich zurück an den Tisch. »Die Polizei ist im Haus«, sagte Marc.

»Ach ja?« Jessica setzte sofort ihr Pokerface auf. Ein Reflex. Zum Glück konnte Marc nicht sehen, dass ihr Herz vor Aufregung in ihrer Brust Polka tanzte.

»Die Polizei, mein Gott.« Natascha hatte keinen Grund, ihre Gefühle zu verbergen. »Was wollen die?«

»Durchsuchungsbeschluss. Die stellen alles auf den Kopf.« Er grinste. »Ich schätze, die meisten von uns haben heute einen kurzen Arbeitstag.«

»Timon bekommt doch hoffentlich keinen Ärger!«, sagte Natascha, die Augen vor Aufregung weit aufgerissen.

Hoffentlich zerren sie ihn an seinem eigenen Gedärm aus diesem schrecklichen Turm heraus, dachte Jessica.

»Mach dir keine Sorgen«, sagte Marc. »Ein junger Mitarbeiter der Firma ist spurlos verschwunden. Ich glaube, das ist der Grund für die Durchsuchung. Wir bleiben einfach hier sitzen und warten, bis alles vorbei ist.«

Marc deckte sich mit Brötchen und frischem Kaffee ein und ließ es sich schmecken. Jessica konnte den Augenblick kaum erwarten, an dem Natascha aufstand, sich entschuldigte und Richtung Toiletten verschwand. Sie beugte sich zu Marc über den Tisch.

»Was ist los?«, fragte sie.

»Sie haben einen Durchsuchungsbeschluss, nicht mehr. Ein Schuss ins Blaue vermutlich. Sie suchen nach Spuren, die deinen Vater mit dem Verschwinden von Sebastian und Doktor Kern in Verbindung bringen könnten.«

»Wo ist er?«

»Hat sich mit Hu unten im Zwinger verkrochen. Die Angestellten wurden nach Hause geschickt. Nur seine engsten Vertrauten und ein knappes Dutzend Stipendiaten sind noch im Turm.«

»Die Stipendiaten? Was sollen die hier?«

»Timon will später zu ihnen sprechen. Sie beruhigen, vermutlich. Und sie bitten, das Chaos zu beseitigen, das die Polizei hinterlassen wird.«

»Was meinst du?« Sie sah ihm offen ins Gesicht. »Werden die etwas finden, das ihn belastet?«

Marc ließ sich Zeit mit der Antwort. Biss von seinem Marmeladenbrötchen ab. Kaute. Spülte es mit einem Schluck Kaffee hinunter. Schließlich schüttelte er den Kopf.

93

Es war sterbenslangweilig unten in der Tiefgarage.

Eine Weile lauschte Barbe den Geräuschen im Treppenhaus. Er rechnete sekündlich mit Pistolenschüssen oder anderen Kampfgeräuschen. Es blieb friedlich. Er schlenderte zu den Streifenwagen vor der Tiefgaragenzufahrt. Die Schutzpolizisten waren offenbar erfahrener mit Einsätzen dieser Art und hatten sich mit Brötchen und zwei Thermoskannen Kaffee ausgerüstet. Sie zeigten wenig Bereitschaft, Barbe in ihre Unterhaltung einzubeziehen, umgekehrt hatte er nur bedingtes Interesse an Fußballergebnissen und dem neuesten Polizistenklatsch.

Er stapfte zurück in die Tiefgarage, setzte sich auf den Fahrersitz des Dienstwagens, schaltete das Radio ein. Im Kulturprogramm lief eine Reportage über das ebenso karge wie wildromantische Leben chilenischer Krabbenfischer. Später wechselte er zu einem Nachrichtensender, anschließend zu einem Unterhaltungsprogramm, das ihn leider überhaupt nicht unterhielt. Er zog sein Notizbuch aus der Jackentasche, blätterte durch die Seiten und überflog seine Aufzeichnungen. Neue Erkenntnisse stellten sich nicht ein. Höchstens die eine: Dies hier war die reinste Zeitverschwendung. Hätte er das geahnt, wäre er gleich im Kommissariat geblieben. Oder hätte sich zumindest Akten zum Lesen mitgenommen.

Er steckte das Notizbuch zurück in die Innentasche seiner Jacke, schaltete das Radio ab, griff seine Schutzweste und Dienstwaffe. Er stieg aus dem Wagen und schlenderte herum, diesmal in die andere Richtung, weg von der Zufahrt, in den hinteren Bereich der Tiefgarage. Sein Blick verlor sich auf dem nackten Betonboden und den kahlen Wänden. Jenseits des Treppenaufgangs und der Fahrstuhltür knickte die Mauer rechtwinklig ab und verbreiterte so den Raum um einige Meter. An der seitlichen Wand hing eine meterhohe Plastiktafel mit Sicherheitshinweisen.

Das übliche Zeug: kein offenes Feuer, nicht rauchen und Motor nicht laufen lassen.

An einem unüblichen Ort, wo kaum jemand es je zu Gesicht bekommen würde, dafür in Übergröße. Wenn alle Stricke rissen, dachte er, könnten sie Timon zumindest wegen eines Verstoßes gegen irgendwelche Feuerschutzbestimmungen drankriegen.

Er wandte sich zurück. Und hörte ein Geräusch.

Ein dumpfes Klacken, als ob eine schwere Tür ins Schloss fiel. Es schien direkt aus der Wand gekommen zu sein. Oder war es nur eine Sinnestäuschung? Er fixierte das Schild mit seinem Blick. Das brachte ihn nicht weiter, also trat er einen Schritt vor und presste ein Ohr auf die Kunststofftafel.

Barbe stutzte. Er hörte Stimmen in der Wand. Ganz leise nur, als würde jemand tuscheln.

Er hielt sich das andere Ohr zu, in der Hoffnung, besser hören zu können. Stattdessen vernahm er das, was von einer massiven Betonwand zu erwarten war: nichts.

Offenbar war so viel Langeweile nicht gut für sein Gehirn. Er wandte sich ab, machte sich auf den Rückweg zum Wagen. Und hörte echte Geräusche. Schwere Schritte, Stimmen gedämpfter Unterhaltungen. Die Tür zum Treppenhaus wurde aufgestoßen. Die Kollegen kehrten zurück, der Einsatz war beendet, und Barbe sah auf den ersten Blick, dass sie verloren hatten.

94

Hensel wirkte gebückter als sonst, sein Gang schlurfender. Ein Mann auf Halbmast, niedergedrückt von Misserfolg und Enttäuschung. Hinter ihm traten die SEK-Beamten aus dem Treppenhaus. Sie hatten ihre Helme abgenommen und marschierten auf ihre Kleinbusse zu.

Der Hauptkommissar streifte Barbe mit seinem Blick. »Vorbei«, sagte er. »Wir haben nichts gefunden. Nichts!« Er schüttelte den Kopf. Schlich auf den Dienstwagen zu wie ein verwundetes Tier, das sich nur noch in seiner Höhle verkriechen wollte. Er schälte sich aus seiner Schutzweste und schmiss sie in den Kofferraum.

Die Stimmung seines Chefs übertrug sich sofort auf Barbe. »Das kann nicht sein!«, sagte er, mehr zu sich selbst.

Der Fahrer des BMW trottete mit tapferem Gesicht hinter Hensel her. Auch er befreite sich von der Weste, lief um den Wagen herum und setzte sich ans Steuer.

»Klar gibt es einen Haufen Unterlagen auszuwerten«, sagte der Hauptkommissar, ohne sich umzudrehen. »Aber Timon ist nicht so blöd, einen Ordner oder einen Speicherstick mit seinen Schandtaten herumliegen zu lassen. Wir haben ihn gar nicht zu Gesicht bekommen, angeblich ist er nicht im Haus. Es gibt keine Spur vom verschwundenen Sebastian Krenz. Immerhin war Thomas Kern tatsächlich hier, heute Morgen. Sie haben uns Videoaufzeichnungen vom Eingangsbereich gezeigt. Er kam, machte Rabatz und wurde postwendend wieder rausgeschmissen.«

Hensel öffnete die Beifahrertür und ließ sich hineinplumpsen. »Timon hat keine Leiche im Keller. Er hat außer dieser Tiefgarage ja nicht einmal einen Keller.« Er schlug die Tür zu, fuhr allerdings die Seitenscheibe herunter. »Packen Sie Ihren Kram ein, Barbe! Goldman ist schon oben. Wir sammeln uns vor dem Gebäude und fahren zurück. Vergessen Sie nicht, Ihre Waffe zu sichern.«

Er sah an sich hinab, tatsächlich hielt er seine Walther P99 samt Holster noch immer in der einen Hand, seine Schutzweste in der anderen. Sein Blick ging zurück zum hinteren Ende des Parkdecks. Er dachte an das Warnschild und die merkwürdigen Geräusche, die er gehört hatte. »Ich komme gleich zu Fuß hoch«, sagte er.

»Wie Sie meinen.« Hensel ließ die Scheibe hochfahren, der dunkle BMW rollte Richtung Ausfahrt. Die SEK-Autos folgten. Es war gut, den Chef vorerst allein zu lassen. Sollte der Fahrer die erste Welle an Frust abbekommen.

Barbe stand in einer Wolke aus Autoabgasen. Er tapste in den verborgenen Bereich der Tiefgarage und betrachtete die riesige Tafel erneut.

Das konnte einfach nicht sein. Timon war ein Bösewicht, daran gab es keinen Zweifel. Dies hier war sein Hauptquartier. Also musste es Spuren und Beweise geben. Vielleicht hatten sie nicht gründlich genug gesucht?

Barbe starrte auf das Schild, als könnte er es auf diese Weise zwingen, das Geheimnis des Schwarzen Turms zu lüften.

95

Sobald die Metalltür ins Schloss gefallen war, drehte Thomas sich nach dem Infusionsständer um. Der Flüssigkeitspegel in der Flasche sah unverändert aus, das Getropfe schien zum Erliegen gekommen zu sein. Er zählte. Bei zweiundzwanzig ging das Licht aus.

Wieder lag er im Dunkeln. Die altbekannte Panik krabbelte wie Ungeziefer aus den Ritzen seines Gehirns.

Beweg deine Zehen! Beweg deine Finger!, sagte er sich. Irgendwann muss das Gefühl zurückkehren.

Er spürte in seinen Körper.

Und tatsächlich war da etwas.

Eine Ameise krabbelte über seinen großen Zeh. Dann eine zweite. Nach wenigen Sekunden schien eine ganze Kolonie ein Wettrennen auf seinen Füßen zu veranstalten.

Thomas wäre am liebsten vor Freude aufgesprungen. Ging natürlich nicht. Noch nicht.

Das Kribbeln wanderte die Beine hoch, erfasste die Hände. Und, als hätte sich ein Schalter in seinem Hirn umgelegt, konnte er mit den Zehen und Fingern wackeln. Sein Körper kehrte zu ihm zurück. Die Erleichterung trieb ihm Tränen in die Augen.

Zeitgleich kam die Sorge. Eine falsche Bewegung, eine unbedachte Drehung konnte ausreichen, um den abgeklemmten Schlauch zu öffnen und die Infusion wieder in Schwung zu bringen. Dann wäre es sofort vorbei mit der Bewegungsfreiheit.

Er musste als Erstes Hus Rückenmarkskatheter loswerden. Thomas schluckte. Er hatte keine andere Wahl, als kräftig am

Schlauch zu ziehen. Nicht gerade keimarme Bedingungen. Und ein steriles Pflaster zum Versorgen der Einstichstelle war nicht in Griffweite. Egal.

Er wanderte mit der linken Hand am Bein hoch bis zur Hüfte, von dort weiter hinauf, bis er den dünnen Plastikschlauch ertasten konnte. Er folgte dem Verlauf des Schlauchs mit den Fingern bis zu der Stelle, wo sein Rücken die Liegefläche berührte.

Ein Ruck mit der aus der Lähmung erwachten Hand reichte aus. Es schoss elektrisierend die Wirbelsäule hoch. Aus dem offenen Ende des Schlauches tropfte die Infusionslösung über seine Finger. Er ließ das Ding zur Seite fallen.

Das war geschafft, aber das nächste Abenteuer wartete. Das Heruntersteigen von der Liege. Er musste es vorsichtig anstellen. Wenn die Kraft der Beine und des Rumpfes nicht ausreichte, würde er übel auf den Boden knallen.

Die Glühbirne an der Decke flammte auf.

Thomas kniff die Augen zusammen, der Rest seines Körpers erstarrte, als hätte Hu ihm einen kleinen Nachschlag aus der Infusion verpasst.

Die Tür ging auf.

Thomas' linker Arm fühlte sich an wie aus Beton, und er brauchte sämtliche Willenskraft, um ihn zu bewegen. Mit der Hand fischte er nach dem losen Ende des Katheters. Er bekam den Schlauch zwischen die Finger, knickte ihn einmal um, steckte ihn sich unter den Rücken. Und blieb regungslos liegen.

Timon betrat den Raum. Er torkelte nicht mehr, aber jede Spannung war aus seinem Körper gewichen. »Ich habe Neuigkeiten«, sagte er. »Die Polizei war hier. Dein Freund, der Privatdetektiv, hat sie begleitet.« Seine Mundwinkel zuckten. Was wohl ein triumphierendes Lächeln werden sollte, endete in einer irren Grimasse. »Sie haben sich umgesehen, einen Haufen Ordner und Computer beschlagnahmt und das Video gesichtet, das dich beim Betreten und Verlassen der Eingangshalle zeigt.« Er beugte sich über die Liege. Sein Kopf schien zu glühen. »Sie sind wieder gegangen.«

Jeden Augenblick konnte Timon zum Infusionsständer blicken, dachte Thomas. Bemerken, dass etwas nicht stimmte.

»Was wirst du nun tun?«, fragte er. »Mit der Wahrheit über Hannahs Tod.«

»Sie wird für immer ausgelöscht.« Wieder dieses verrückte Lachen. »Als wäre es nie passiert.« Er richtete sich auf. »Wie du gesagt hast. Meine Tochter hat die Wahrheit herausgefunden. Sie hat den Anhänger aus meinem Tresor gestohlen und die richtigen Schlüsse gezogen.« Timon verschränkte die Hände auf dem Rücken. Trat einen Schritt von der Liege weg. »Jennifer ist mitsamt ihrem Wissen in den Tod gesprungen. Schlimm, aber ich werde über den Verlust hinwegkommen. Die Polizei hat nichts gegen mich in der Hand. Jessica wird sich beruhigen. Mit ihr an meiner Seite wird mein Licht heller erstrahlen als je zuvor. Meine Leute stehen bereit, es in die Welt zu tragen.« Er wandte den Kopf Richtung Zimmerdecke. »Wozu braucht Luzifer einen Himmel, wozu braucht er einen Gott, wenn sein eigenes Licht die Welt erhellt?« Er neigte den Kopf, streifte Thomas mit einem Blick, der ihn erschauern ließ. »Mein Geheimnis wird die dunklen Orte, an denen es enthüllt wurde, nie verlassen.«

Thomas atmete aus. Ganz langsam. »Ich meinte nicht Jennifer«, sagte er.

»Wie bitte?« Timon kniff die Augen zusammen.

»Als ich sagte, deine Tochter habe die Wahrheit herausgefunden, meinte ich nicht Jennifer. Sondern Jessica. Sie weiß, was du getan hast. Sie weiß, dass du ihre Mutter umgebracht hast. Dass du ein Monster bist, das zerstört, was anderen lieb und teuer ist. Ich bin sicher, sie hat es nicht für sich behalten.«

»Nein!« Timon sprang zur Liege, packte Thomas am Kinn und drehte sein Gesicht herum, sodass er ihm direkt in die Augen blicken konnte. »Sieh mich an!«

»Jessica hat den Anhänger aufgetrieben und ihn mir gegeben. Das Wissen, das du jahrzehntelang vor deinen Töchtern versteckt hast, es ist raus, und du kannst es nicht wieder einfangen und verstecken. Weder vor der Welt. Noch vor dir selbst.«

»Eine Lüge. Das ist eine Lüge!«

Die Stahltür wurde aufgestoßen. Das Geräusch schneller Schritte hallte durch den Raum, und die zierliche Gestalt des Asiaten tauchte in Thomas' Blickfeld auf.

»Dein Licht, das die Welt erleuchten soll, es erlischt«, sagte Thomas. »Dir wird nichts bleiben außer der Dunkelheit in deinem Herzen.«

»Sieh mich einfach nur an.« Timon kam mit seinem Gesicht ganz nah heran, beinahe berührten sich ihre Nasenspitzen. Er schien Thomas mit seinen Augen zu sezieren, um in den hintersten Windungen seines Gehirns nach Beweisen für die vermeintliche Lüge zu suchen.

Er fand sie nicht. Thomas hielt dem Blick stand. Er hatte nichts zu verbergen.

Hu trat an die Liege. »Darf ich meine Dienste anbieten?«

»Er sagt die Wahrheit.« Timons Stimme klang ganz dünn. Er kam hoch. Tränen glänzten in seinen Augen. Seine Finger fuhren zum Hals, suchten dort nach etwas, was sie nicht fanden. »Die Wahrheit!« Er presste sich die Hände seitlich gegen die Ohren.

Hu sah zu ihm auf. »Alles in Ordnung?«

Timon reagierte nicht. Er schwankte, atmete schwer. Schweißtropfen rannen über sein Gesicht.

Der chinesische Doktor wusste augenscheinlich nicht, was er tun sollte. Ganz langsam, als hielte er es selbst für keine gute Idee, hob er den Arm, fasste seinen Chef an der Schulter. »Alles in Ordnung?«, wiederholte er.

»Das Licht!« Timons Augenlider flatterten. »Luzifer«, flüsterte er und stieß eine irre Lachsalve aus.

Hu hob eine Augenbraue. »Wer ist Luzifer?«

»Der abtrünnige Engel Gottes. Der Lichtbringer.« Er kniff die Augen zusammen, drückte mit den Händen an seinen Schläfen herum. Hu traute sich wohl nicht, Timons Schulter wieder loszulassen, aus Angst, er könnte sonst umfallen.

Er nahm die zweite Hand zu Hilfe und versuchte, seinen Chef rückwärts zum Stuhl zu bugsieren.

»Das Licht!«, schrie Timon. Seine Gesichtsmuskeln spannten sich zu einem Ausdruck reinsten Zorns. Er packte seinerseits den Asiaten an den Oberarmen. »Wir werden es ihnen bringen.« Er schob Hu Richtung Tür. »Und sie werden es nie vergessen.«

96

Marcs Mobiltelefon klingelte. Er sah aufs Display, seine Lippen formten Timons Namen, ohne ihn laut auszusprechen.

Natürlich ging er sofort ran. Er stand vom Tisch auf, entfernte sich einige Schritte. Was auch immer er mit Timon zu besprechen hatte, dachte Jessica, wollte er nicht mit ihnen teilen.

Nach einer Minute kam er zurück.

»Wir müssen los!«, sagte Marc.

»Was ist denn?«, fragte Jessica.

»Gute Nachrichten. Die Polizei ist weg. Timon ruft eine Versammlung ein. Oben im Leuchtfeuer. Alle Stipendiaten sollen kommen, so schnell es geht. Er will uns etwas Wichtiges mitteilen.«

»Ich auch?« Natascha bekam große Augen.

Marc nickte. »Deinen Namen hat er genannt, ja.«

»Wie aufregend.«

»Was will er von uns?«, fragte Jessica.

»Ich kenne niemanden, der sich trauen würde, ihn das zu fragen. Er sagt, wir sollen zusammenkommen. Wir kommen zusammen. Befehl ist Befehl.« Marc schmunzelte. »Aber er hat gesagt, es ist etwas Bedeutsames.«

Sie machten sich auf den Weg, im Flur vor der Kantine wartete der Fahrstuhl. Marc drückte auf die Taste für den siebten Stock, ein Signalton und ein rotes LED-Lämpchen forderten ihn auf, den fünfstelligen Zahlencode einzugeben oder wahlweise die Chipkarte vor den Scanner zu halten. Marc tippte auf das Ziffernfeld, zu schnell, als dass Jessica die Zahlen hätte erkennen können, die Lampe schaltete auf Grün, und der Fahrstuhl setzte sich in Bewegung.

Oben am Ausstieg warteten Knochen und Keule und nahmen sie in Empfang. Sie trugen schwarze Anzüge, darunter blütenweiße, frisch gebügelte Hemden. Ihre Schlägervisagen ließen sich mit dem härtesten Eisen nicht mehr glätten. Unter dem Stoff ihrer Anzugjacken zeichneten sich in Brusthöhe die Umrisse von Pistolenholstern ab.

Jessica beunruhigten weniger die Waffen als die merkwürdige Unruhe, die von Timons Kampfhunden ausging. Sie bugsierten die Dreiergruppe mit hektischen Armbewegungen über den Flur und durch die Schiebetür.

Marc tippte Jessica an die Seite. »Geht schon mal weiter! Ich komme gleich.« Er wandte sich zurück, steckte mit den beiden Muskelmännern die Köpfe zusammen. Knochen griff unter sein Jackett und drückte Marc etwas in die Hand. Leider versperrte Keules Schrank von einem Kreuz die Sicht.

Jessica zog Natascha hinter sich her. Sie betraten das Leuchtfeuer.

Etwa zehn Stipendiaten hatten sich hier oben versammelt. Sie standen in kleinen Gruppen herum und wirkten verloren in dem riesigen Raum mit der Glaskuppel und der atemberaubenden Aussicht auf den Hafen. Das Treffen war offenkundig in aller Hektik anberaumt worden. Entgegen den Gepflogenheiten gab es weder Getränke noch Schnittchen, nicht einmal ausreichend Sitzgelegenheiten waren aufgestellt. Natürlich hatte sich die Sache mit dem Polizeieinsatz herumgesprochen, und die Verunsicherung unter den jungen Menschen war mit Händen zu greifen. Sie warteten ungeduldig auf ihren Mentor und Führer, der alle Fragen mit wenigen Worten aufklären und die Stimmung beruhigen würde.

Jessica hatte da so ihre Zweifel.

Natascha erkannte offenbar einige Gesichter wieder, ihr wurde zugewunken, und sie gesellte sich zu einer Vierergruppe, die sie sofort begrüßte und in ihr Gespräch einschloss.

Ihre Gelegenheit. Jessica drehte sich herum. Gerade trat Marc durch die Schiebetür. Knochen und Keule hasteten in entgegengesetzte Richtung, den Flur entlang. Marc verbarg den rechten Arm hinter dem Rücken, aber sie sah, dass er einen Revolver in der Hand hielt. »Was zur Hölle geht hier vor sich? Warum die beiden? Warum die Waffen?« Sie sprach so leise, dass Natascha und die anderen sie nicht hören konnten.

Marc packte sie am Arm und zog sie Richtung Flur. »Wir zwei gehen jetzt.« Sein Flüsterton hatte eine ungewohnte Schärfe.

Jessica sperrte sich. Marc verstärkte seinen Griff. »Komm mit!« Es lief ihr kalt den Rücken runter. »Was ist hier los?«

Er zog sie weiter, jetzt ließ sie es zu. »Timon dreht komplett am Rad«, sagte er.

Jessica schluckte. »Ich dachte, die Polizei wäre abgezogen. Gute Nachrichten und so.«

Marc zuckte mit den Achseln. »Keine Ahnung. Er hat stundenlang mit diesem Psychiater rumgehockt. Unten im Zwinger.«

»Thomas Kern. Nataschas Vater.«

»Scheißegal, wie er heißt und wer er ist. Timon ist komplett von Sinnen. Irgendwas muss der Seelenklempner mit ihm angestellt haben, was ihm den Stecker gezogen hat.«

Gomera. Mutters Tod, dachte sie. Der Psychiater hatte die Bedeutung des Engelsanhängers erkannt und Timon den Schleier der Verdrängung heruntergerissen. Kein Wunder, dass der jetzt durchdrehte. Sie gab sich alle Mühe, den Triumph aus ihrer Mimik fernzuhalten. Dafür war es zu früh. Wenn Thomas Kern ihrem Vater verraten hatte, woher er den Anhänger hatte, war sie selbst in größter Gefahr.

»Sag mir, was du weißt!« Marc ließ ihren Arm los. Aber packte sie mit seinem Blick.

Jessica schüttelte den Kopf. »Ich habe keine Ahnung, was mit ihm ist.«

»Lügnerin!«, sagte er. Es schien ihn eher zu verzücken als zu ärgern. »Timon hat Knocke und Keulig angewiesen, alle Stipendiaten hier raufzubringen. Dich, mich und Natascha eingeschlossen. Das haben die beiden mir verraten. Sie sollen das Geschoss abriegeln. Sodass niemand mehr rauskommt.«

Jessica schluckte. »Was hat er davon, uns einzuschließen?«, fragte sie, obwohl sie die Antwort bereits ahnte.

»Nach Jennifers Verschwinden hat Timon die Bodenspots

im gesamten Leuchtfeuer austauschen lassen. Von einem Mann, der bei der chinesischen Mafia einen guten Ruf als Sprengstoffspezialist genießt. Hu hat den Kontakt vermittelt.«

Jessica schluckte ihre aufkommende Panik herunter.

»Timon hat sich auf einen spektakulären Abgang vorbereitet.«, sagte Marc. »Er hat etwas Bedeutsames vor. Etwas Finales. Und, glaub mir, das wollen wir nicht aus der Nähe erleben.«

97

Thomas hatte sich bis jetzt nicht vorstellen können, dass ihm das Heruntersteigen von einer Liege Höhenangst bereiten könnte. Aber es war stockdunkel, und Kraft und Gefühl waren noch nicht vollständig zurück. Trotzdem wollte er keine Minute länger warten. Es gelang ihm, den Oberkörper aufzurichten, sich mit den Händen abzustützen, erst ein Bein, dann das zweite seitlich über den Rand der Liege zu schieben. Was für ein Gefühl, als seine Füße auf dem Boden aufsetzten!

Beinahe hätte es zum Stehen gereicht, aber die Knie gaben nach, und er sank auf den Beton.

Nicht weiter schlimm. Arme und Beine waren wieder kräftig genug, um langsam über den Betonboden zu krabbeln, in die Richtung, in der er die Tür vermutete.

Er erreichte die Betonwand, bewegte sich seitwärts, dann ertasteten seine Finger das kalte Metall der Tür.

Die war verschlossen, klar. Weiter als hierher würde er erst mal nicht kommen. Ganz zu schweigen, dass er keine Ahnung hatte, wo er sich überhaupt befand. Knochen und Keule waren mehrere Minuten mit ihm durch die Gegend gefahren, bevor sie ihn ausgeladen und in diesen Kerker gebracht hatten. Er konnte überall sein. Oder waren die beiden einfach irgendwo umgedreht und hatten ihn zurück in den Schwarzen Turm gebracht, um seine Verwirrung auf die Spitze zu treiben?

So oder so gab es nicht viele Handlungsoptionen. Er schlug mit der Faust gegen die Tür. Das schwere Metall verschluckte das Geräusch vollständig. Also zog er einen Schuh vom Fuß, umfasste den Schaft mit der Hand und hämmerte den ledernen Absatz gegen die Tür.

Das Geräusch erfüllte, was Hall und Lautstärke anging, eher seine Erwartungen. Blieb nur zu hoffen, dass es jemanden gab, der ihn hörte. Jemanden von den Guten.

Er schlug weiter.

98

Barbe starrte auf das Hinweisschild. Ein neues Geräusch war dazugekommen, es hatte vor wenigen Augenblicken begonnen: ein dumpfes, metallisches Klopfen.

Er kam nicht drauf, was es bedeutete und woher es stammte. Vielleicht eine Maschine? Oder ein Handwerker, der etwas reparierte? Unwahrscheinlich.

Er ging einen Schritt auf die Wand zu, lauschte erneut. Ganz klar, das Schlagen kam von einem Ort hinter der Mauer.

Es folgte einem Rhythmus, der ihm sofort bekannt vorkam. Dreimal kurz, dreimal lang, dreimal kurz. Ein oder zwei Sekunden Pause, dann das Gleiche wieder von vorn.

Er tastete mit den Fingern am Rand des Schildes entlang und zuckte zurück. Zusätzlich zum Klopfen ertönte ein kratzendes Geräusch. Es klang so nah, als fräste sich ein langsamer Bohrer direkt durch den Beton.

Barbe schluckte. Die Schupos waren lange fort, SEK und die Kripokollegen auch. Niemand würde ihn hören, wenn er rief.

Er ging einige Schritte zurück, starrte weiter auf das Schild. Und traute seinen Augen nicht.

Die Warntafel versank in der Mauer und schob sich zur Seite. Dahinter kam ein enges, schummerig beleuchtetes Loch zum Vorschein.

Verflixt, dachte Barbe. Wäre er besser mit den anderen gegangen. Wer immer diesen Gang benutzte, es war vermutlich nicht der Hausmeister.

Sondern ein Schurke.

In der rechten Hand hielt er das Holster mit seiner Walther P99. Immerhin. Mit der linken umfasste er die Schutzweste. Es war zu spät, die noch anzulegen.

Die Umrisse einer Gestalt tauchten im Gang auf, und Barbe starrte in die Fratze seines jüngsten Albtraums.

Der Chinese. Der brandgefährliche Doktor – seien Sie froh, dass Sie diesem Mann nie begegnen werden – Hu.

Der Asiat stieg aus der Maueröffnung wie ein Dämon aus dem Tor zur Hölle und taxierte ihn mit kalten, berechnenden Augen.

Barbe erstarrte. Die Schutzweste fiel ihm aus der Hand und klatschte auf den Fußboden. Er zog seine Pistole aus dem Holster und richtete sie auf den Asiaten. Das beeindruckte den offenbar überhaupt nicht. Hu kam auf ihn zu.

Ich muss ihn verhaften, dachte er. Meine Waffe ist auf ihn gerichtet.

Die Gedanken schienen in seinem Hirn zu Eis zu gefrieren. Er konnte nicht mehr denken, geschweige denn sich rühren.

Hu grinste, als ob er spürte, dass von Barbe keine Gegenwehr zu erwarten war. Er huschte auf ihn zu, übermenschlich schnell, unheimlich leise. Wie aus dem Nichts tauchte eine schlanke Klinge in seiner Hand auf.

Jetzt wäre ein wirklich guter Zeitpunkt zum Schießen, dachte Barbe. Aber er konnte sich nicht rühren. Sein rechter Arm, seine Hand, der Zeigefinger am Abzug, sie gehorchten einfach nicht. Hu stand vor ihm, der Dolch zerschnitt die Luft.

Barbe spürte einen heftigen Druck an der Brust, der Stahl bohrte sich durch seine Jacke und tief in ihn hinein.

Der Chinese zog seine Hand zurück. Sie war leer. Barbe sah entgeistert an sich herab.

Die Spitze der Klinge steckte in seinem Oberkörper, der schlanke Griff ragte vorne aus seiner Brust.

Hu hatte ihn aufgespießt. Wie einen Fisch.

Der chinesische Doktor schien selbst überrascht, dass ihm sein Dolch beim Zurückziehen aus den Fingern geglitten war.

Und dann begriff Barbe, was geschehen war. Seine Lähmung löste sich. Er konnte seinen Arm bewegen, seine Hand, den Zeigefinger am Abzug, und er drückte ab. Das Geräusch des Schusses vertrieb das Grinsen aus dem Gesicht des Asiaten. Für die Dauer eines langen, letzten Atemzugs glotzte er Barbe an. Dann fiel er in sich zusammen wie eine dieser Wackelfiguren aus Holz, wenn man auf die kleine Platte unter dem Podest drückte. Hu klatschte auf den Boden. Ein roter Blutfleck wuchs auf der Vorderseite seines Hemdes.

Barbe starrte ungläubig auf den vor ihm liegenden Toten. Seine Walther schien auf einmal unerträglich schwer, er ließ die Pistole fallen, und sie klapperte neben dem leblosen Doktor auf den Beton.

Der Dolch. Er steckte noch immer in Barbes Brust. Nein, nicht der Brust. Er öffnete den Reißverschluss seiner Jacke. In der linken Innentasche war sein Notizbuch. Hus Klinge hatte es glatt durchbohrt, innen ragte die Spitze einen Millimeter aus dem Lederumschlag und hatte einen winzigen Punkt in die Haut gepickt. Wow.

Er zog den Dolch aus dem Buch und legte beides neben die Walther und Hus Leiche auf den Boden.

Erst jetzt spürte er, wie seine Knie zitterten. Er schwankte.

Schwere Schritte von hinten. Kräftige Hände packten ihn an den Armen und hielten ihn fest. »Ey, Junge. Immer schön den Kopf oben halten!« Barbe zuckte zusammen und drehte sich um.

Goldman stand neben ihm und starrte erst auf die Öffnung in der Mauer, dann auf die Leiche am Boden, um die herum sich eine beachtliche Blutpfütze ausbreitete. »Wer ist der Kerl?«

»Er heißt Doktor Hu. Er ist ein Schurke.«

»Na dann.« Goldman nickte. »Gut gemacht!«

Der Detektiv beugte sich zu dem Asiaten hinunter und griff nach etwas, das der in der linken Hand hielt. Es war eine kleine Plastikkarte mit integriertem Chip. »Wofür ist die wohl gut?« Der Detektiv hielt sie in die Höhe. »Eigentlich bin ich gekommen, um dich raufzubringen. Aber dein Chef wird wohl noch etwas warten müssen bis zum Feierabend.«

»Hören Sie das?« Barbe tippte sich mit dem Zeigefinger auf die Lippen, das brachte Goldman zum Schweigen.

Das Klopfgeräusch ertönte wieder. Dreimal kurz, dreimal lang, dreimal kurz. Pause. Es kam eindeutig aus dem Gang und war jetzt viel lauter zu hören.

Der Privatdetektiv stellte sich vor die Öffnung. »SOS«, sagte er. »Da klopft jemand um Hilfe.«

99

Thomas war am Ende seiner Kräfte. Seine Hände fühlten sich taub an. Arme und Schultern brannten, als hätte er die letzten Stunden, statt in einer dunklen Zelle zu hocken, Felsbrocken durch einen Steinbruch geschleppt. Seine Trommelfelle waren regelrecht wund getrommelt. Ansonsten hatte er offenkundig nichts erreicht. Niemand war gekommen, um ihn zu retten. Das einzig Gute war: Auch Hu und Timon hatten sich nicht mehr blicken lassen.

Er ließ die Hand mit dem Schuh auf den Boden sinken und lehnte sich mit dem Rücken gegen die Wand, schnaufte durch und wartete darauf, dass sich sein Körper weniger mies anfühlte.

Leider hatte der es nicht eilig damit.

Was konnte er sonst tun? Mit dem Infusionsständer auf die Tür einschlagen? Sinnlos. Auf dem Zahlenfeld des Schlosses im Dunkeln wahllos Ziffern eintippen, in der Hoffnung, zufällig die richtige Kombination zu erwischen, bis der Sauerstoff im Raum verbraucht oder er verdurstet war? Da war es wahrscheinlicher, dass ein Blitz in das Gebäude einschlug, die Mauern zerschmetterte und ihn befreite.

Und das waren nicht mal seine größten Sorgen. Timon hatte genüsslich ausgemalt, was er für Tascha vorgesehen hatte. Jetzt lief der, dank der Konfrontation mit Thomas, komplett aus dem Ruder. Hoffentlich konnte sie sich seinem Zugriff entziehen.

Die Ausweglosigkeit seiner Situation legte sich wie eine Bleiweste um Geist und Körper. Er hätte weinen wollen, aber selbst das kam ihm sinnlos vor.

Na toll. Statt dass er sich erholte für die nächste Klopfrunde, rutschte er in eine handfeste Depression.

Thomas kniff die Augen zusammen. Atmete tief durch. Und fasste einen Plan: sehr langsam bis zehn zählen und versuchen, an nichts zu denken. Wenn er damit fertig wäre, würde er erneut mit dem Schuh gegen die Metalltür schlagen, bis er nicht mehr konnte. Dann wieder eine kurze Pause.

Und so weiter.

100

Vielleicht nimmst du besser die Pistole mit!«, sagte Goldman. »Aber schieß mir nicht in den Rücken.«

Barbe verkniff sich die Widerrede, hob seine Walther vom Boden auf und steckte sie zurück ins Holster. Er folgte dem stämmigen Mann durch die entstandene Öffnung in der Mauer. Sie durchschritten einen knapp einen Meter breiten und zwei Meter hohen Gang.

Der Weg verbreiterte sich und endete gleich darauf an einer massiven Metalltür, die von einer darüber angebrachten Leuchtstoffröhre angestrahlt wurde. Neben der Tür war eine moderne Schließanlage mit Zahlenfeld und Scanvorrichtung angebracht. Eine rote Leuchtdiode unter den Ziffertasten machte die Hoffnung auf ein rasches Weiterkommen zunichte. In den Kasten integriert war ein kleiner Monitor, der unscharfe Infrarotbilder übertrug.

Zu sehen waren die verschwommenen Umrisse einer Liege an der hinteren Zimmerwand, ein Stuhl – und ein Mann, der vorne neben der Tür mit hängenden Schultern und gesenktem Kopf an der Wand kniete, offensichtlich komplett erschöpft. Er hielt einen länglichen Gegenstand in der Hand.

»Thomas!«, schrie Goldman. Er fasste den Türknauf und rüttelte daran herum. Natürlich bewegte das die Tür keinen Millimeter.

»Halten Sie Hus Chipkarte vor den Scanner«, sagte Barbe.

Der Detektiv nickte und zog die Karte, die er dem erschossenen Asiaten abgenommen hatte, aus der Hosentasche.

101

Gedanken und Gefühle rotierten durch Jessicas Bewusstsein wie ein buntes Karussell mit absurd lauter, verrückter Musik, grellen Farben und grauenhaften Formen, das ihren Willen und ihren Verstand mitzureißen drohte. Dabei war es wichtiger denn je, einen kühlen Kopf zu bewahren. Ihr Plan war, was Thomas und Timon anging, aufgegangen wie obergärige Hefe. Aber wieder einmal hatte sie seine Bösartigkeit unterschätzt. Jetzt war nicht nur sie selbst in höchster Gefahr.

Also reiß dich zusammen!

Die Stimmen der Stipendiaten drangen zu ihr. Sie unterhielten sich miteinander, in freudiger Erwartung irgendeiner Botschaft ihres hoch geschätzten Lehrers. Jessica sah in die Gesichter der jungen Menschen, die Timon aus ihrem persönlichen Elend befreit, denen er eine Heimat und Perspektive gegeben hatte. Sie waren seine eigentlichen Kinder, dachte sie. Ihre Bewunderung nährte ihn, ihre Liebe sollte ihn vergessen lassen, dass er selbst nicht lieben konnte. Sie wollte er jetzt, in monströser Selbstüberschätzung, als wären sie ein untrennbarer Teil von ihm, allesamt auslöschen. So hatte er es auf Gomera mit den Campbewohnern getan. Er würde nicht zurückschrecken, es zu wiederholen.

Zwischen den Satzfetzen erklang das Lachen von Natascha, die mit einem der Mädchen in ein angeregtes Gespräch vertieft war. Offenbar konnte sie für einen Augenblick vergessen, dass ihr Leben von einer Macht, deren Absichten sie nicht ansatzweise verstand, ergriffen und in Stücke gerissen worden war.

Timon hatte die Pläne ausgeheckt. Und Marc, dieser charmante Schönling, der sie umwarb und vorgab, sie zu lieben, hatte ihn beraten und die Vorhaben in die Tat umgesetzt.

Er stand noch immer vor ihr. Sein Blick flog zwischen ihr und der Fahrstuhltür hin und her. Die Zeit drängte.

»Bald sind Timon und der Schwarze Turm Geschichte«, sagte er. »Für uns beide könnte es dann erst richtig beginnen. Ich habe es schon einmal gesagt: Ich glaube, wir wären ein gutes Team.«

Klar, er brauchte sie, dachte Jessica. Sie war Timons leibliche Tochter. Seine einzige. Was auch immer am Ende von seiner Firma, seinen Kontakten, seiner Stiftung und seinem Vermögen übrig blieb, fiel an sie. »Was ist mit all den Kindern hier? Mit Natascha?«

Marc zuckte mit den Achseln. »Geschichte.« Er streckte ihr die Hand hin. »Komm mit mir. Oder stirb mit ihnen!«

Jessica zögerte. Die Kälte, mit der er gerade das Todesurteil gegen die jungen Menschen bekräftigte, ließ sie frösteln.

»Nur mit mir kommst du hier lebend raus«, sagte er. »Du musst dich entscheiden. Jetzt!«

Natascha beendete ihre Unterhaltung. Sie sah sich um, entdeckte Jessica und Marc vorne an der Tür und kam zu ihnen. »Na, ihr beiden, was gibt es zu tuscheln?« Sie lachte zu ihren Worten, aber ihre verkniffenen Augen verrieten ihre Unsicherheit.

»Hey, da ist Marc.« Ein Mädchen, Monika oder so, ein rotblonder, sommersprossiger Sonnenschein, eilte schnurstracks auf Marc zu. Sie hob die Arme, offenbar fest entschlossen, ihn zu umarmen. »Was versteckst du hinter deinem Rücken?« Andere Stipendiaten lösten sich aus ihren Kleingruppen und kamen zu ihnen.

Marcs Kiefermuskeln bebten. In wenigen Sekunden wären sie umringt von aufgeregten jungen Menschen. Eine schnelle, unauffällige Flucht rückte in immer weitere Ferne.

Marc zog den Arm mit dem Revolver hervor. »Okay, Leute!« Er hielt die Waffe in die Höhe. »Alle zurück, sofort. Ich möchte niemanden erschießen müssen.«

Alle Augen richteten sich auf ihn. Die Stipendiaten, die sich zu ihnen gesellen wollten, blieben abrupt stehen. Jessica sah in irritierte Gesichter. Die meisten glaubten offenbar an einen Scherz. Oder hofften darauf.

»Los, zurück!« Marc drückte ab. Der Revolver donnerte los und vertrieb jeden Zweifel, dass er es ernst meinte. Die Kugel durchschlug die Glaskuppel. Eine Sekunde befürchtete Jessica, die Dachkonstruktion könnte einstürzen und sie alle unter riesigen, messerscharfen Scherben begraben. Aber die gläserne Halbkugel hielt.

Dafür wichen die Stipendiaten zurück. Mit aufgerissenen Augen, ängstlich tuschelnd, sich an den Händen haltend und fassungslos, warum der witzige, kluge, allseits beliebte Marc plötzlich mit einer Waffe rumballerte und sie bedrohte.

Natascha war die Einzige, die stehen blieb.

Marc ignorierte sie, blickte stattdessen zu Jessica. »Was ist jetzt?«, fragte er, streckte ihr energisch die Hand entgegen. Sein letztes Angebot.

Jessica ergriff sie. »Okay, ich bin so weit«, sagte sie.

»Prima, dann nichts wie …«

»Beinahe.«

»Was denn?«

»Gib mir einen Kuss!«

»Hier? Lass uns erst mal weg!«

»Ich will es. Sofort. Zeig mir, dass du es ernst meinst mit uns!«

»Nun, dann …« Er grinste. Er war unter Druck, klar. Aber offenbar machte es ihn auch an.

Er sah zu Natascha, die noch immer neben ihnen stand. »Nimm es nicht persönlich, Kleine.«

Er zog Jessica zu sich, fest, ruppig. Ihre Lippen fanden zueinander. Jessica schloss die Augen, erwiderte die ungestüme Aufforderung seiner Zunge in ihrem Mund. Er küsste fantastisch. Selbst hier. Oder gerade hier, unter den Blicken all seiner Leute, mit einem Revolver in der Hand, den er, als Teil seiner Umarmung, gegen ihren Hintern presste. Sie kostete es aus. Eine lange, wunderschöne Sekunde durfte die kleine romantische Jessica in ihr noch einmal den Traum der großen Liebe träumen. Sich fallen lassen in das kribbelnd warme Gefühl, geliebt und begehrt zu werden. Eine Sekunde. Nicht mehr. Die schönsten Träume endeten mit dem bösesten Erwachen.

Sie biss zu, so fest sie konnte, und riss ihr Gesicht von ihm weg. Aus seinen halb geöffneten Lippen spritzte ihr Blut entgegen. Sie lösten sich voneinander. Jessica packte seinen rechten Arm mit der Waffe und zerrte daran.

Von der Seite erklangen entsetzte Rufe der Stipendiaten.

Auch Marc schrie. Der Revolver glitt aus seinen Fingern und

polterte auf den Boden. Er fuhr mit der Hand zum Mund. »Mmmnschk!« Es sollte wohl »Miststück« heißen, aber es kam vor allem Blut.

Zwischen Jessicas Zähnen zuckte ein Stück warmes Fleisch. Die Spitze von Marcs Zunge. Sie spuckte sie ihm vor die Füße.

Marc brauchte kaum mehr als die Dauer eines Atemzugs, um die Fassung wiederzuerlangen. Sein Blick gefror. Die Muskeln an seinen Unterarmen spannten sich an, seine Finger ballten sich zur Faust. Er sah sich nach dem Revolver um. Jessica folgte seinen suchenden Augen. Die Waffe lag direkt vor Nataschas Füßen. Das Mädchen reagierte blitzschnell und kickte den Revolver mit dem Fuß weg. Das Teil schlitterte quer durch den Raum. Was auch immer Marc tun würde – erschießen würde er sie nicht.

Er trat auf sie zu. Mit den erhobenen Händen, den blutverschmierten Lippen und dem mordlüsternen Blick sah er aus wie ein Zombie aus einem Horrorfilm. Es war offensichtlich, dass sich Marcs Prioritäten verschoben hatten. Der Fahrstuhl war jetzt egal. Die knappe Zeit war egal. Für ihn zählte nur noch, ihr den Garaus zu machen.

Da hatte sie ein Wörtchen mitzureden. Ihr rechter Fuß fuhr in die Höhe, sauste auf direktem Weg zu dem neuralgischen Punkt zwischen seinen Beinen. Marc reagierte blitzschnell, fing ihren Fuß mit beiden Händen und drehte ihn mit Wucht herum. Ihr Sprunggelenk krachte, und ein überwältigender Schmerz schoss ihr in den Unterschenkel. Der Rest ihres Körpers folgte unwillkürlich der Drehbewegung des Fußes. Jessica verlor das Gleichgewicht und knallte auf den Boden.

Sie rollte sich sofort herum, kniete sich hin. Ihr rechter Fuß war ein Feuerball aus glühendem Schmerz.

Marc stand vor ihr. Er grinste sie an, aus seinen sich öffnenden Lippen ergoss sich ein Blutschwall. Das schien ihn nicht weiter zu kümmern. Sein rechter Arm fuhr zurück. Jessica hob die Arme, um irgendwie ihren Kopf zu schützen.

Etwas Rotes sauste von der Seite heran. Ein Feuerlöscher. Der hing normalerweise in einer Halterung neben der Schiebetür. Natascha hielt den schweren Zylinder in beiden Händen und stieß ihn, die Unterseite voran, in Richtung von Marcs Kopf. Der war offenbar damit beschäftigt, sich Gemeinheiten für Jessicas letzte Lebensminuten auszudenken, und bemerkte es zu spät.

Die Unterkante des Feuerlöschers traf ihn seitlich am Schädel. Ein Volltreffer. Marc schwankte, wollte sich herumdrehen, taumelte stattdessen zur Seite und plumpste wie ein nasser Sack in sich zusammen. An der Schläfe klaffte eine Wunde. Allmählich musste das Blut in seinem Kopf knapp werden.

Nataschas Gesicht erstarrte in purem Entsetzen. Sie ließ den Feuerlöscher sinken. Jessica biss die Zähne aufeinander, rappelte sich hoch, wischte sich mit dem Unterarm Marcs Blut von Lippen und Kinn. Ihr gebrochenes Sprunggelenk schmerzte höllisch, aber wenn sie es nicht belastete, war es gerade so zu ertragen.

Sie legte Natascha die Hand auf den Rücken. Die hektische Atembewegung des Mädchens ließ ihren Körper vibrieren.

Ihre Stimme zitterte. »Es … es war nicht echt, das mit ihm und mir, oder?«

»Nichts ist echt an ihm.« Jessica blickte auf Marc hinab. Der lag auf dem Rücken, die Augenlider geschlossen. In seinem halb geöffneten Mund sammelte sich rote Suppe und rann seitlich über die Wange. »Na ja. Das Blut vielleicht.«

»Ist er tot?«

Gute Frage. Romane waren voll mit Geschichten von Psychopathen, die, eigentlich tot geglaubt, mit zermatschtem Gesicht doch noch einmal zum letzten Schlag ausholten. »Gib mir den Feuerlöscher«, sagte sie.

Natascha hielt ihn in die Höhe. Beide sahen sich an. Nataschas Blick war voller Angst und Fragen. Aber dahinter war noch etwas. Eine innere Härte und Stärke, die sie erst einmal in den Augen eines so jungen Mädchens gesehen hatte. In ihren eigenen.

Marcs rechte Hand zuckte. Er stöhnte. Ein Blutschwall quoll aus seinem Mund.

»Du hast Schlimmes erleben und ansehen müssen, Natascha.« Jessica packte den schweren Zylinder, stemmte ihn in die Höhe. »Deswegen guckst du besser weg.«

Natascha schüttelte den Kopf. Dieses Mädchen würde nicht wegsehen, dachte Jessica. Eher würde sie selbst den Feuerlöscher nehmen und tun, was getan werden musste.

Marc stöhnte erneut, diesmal lauter. Die Bewegung breitete sich über seinen Körper aus, von der Hand auf den Arm, von dort auf die Schulter. Er kam zu sich.

Jessica ließ den Feuerlöscher niedersausen.

102

Thomas stutzte. Hatte er seinen Namen gehört? Gebrüllt, von der anderen Seite der Tür? Oder spielten ihm die Stille und Dunkelheit einen Streich und ließen ihn halluzinieren?

Eigentlich war es an der Zeit, mit dem Krach weiterzumachen. Aber er entschied sich, erst mal abzuwarten und zu lauschen.

Jemand machte sich an der Tür zu schaffen, er hörte leises Getuschel. Kamen Timon oder Hu zurück, um zumindest den Teil des Plans, der ihn betraf, in gekürzter Version zu Ende zu bringen? Panik stieg in ihm auf. Er konnte versuchen, sie zu überrumpeln. Ein Mann mit den Kampfreflexen des Asiaten hätte damit vermutlich Erfolg. Thomas nicht.

Das Geräusch eines unsichtbaren Riegels, der zurückgeschoben wurde, ließ ihn zurückzucken.

Und dann drang erst helles Licht, dann die brummende Stimme von Walter Goldman durch den sich öffnenden Türspalt. »Thomas!«, rief er. »Wir kommen rein.«

103

Jessica stellte den Feuerlöscher neben das, was einmal Marcs Kopf gewesen war, drehte sich zu den Stipendiaten und hob die Hände in die Höhe. »Hört mir zu.« Die jungen Leute waren zu schockiert, um etwas anderes zu tun, als ihr die volle Aufmerksamkeit zu schenken. »Timons Leute haben uns hier eingesperrt. Auf seine Anweisung hin. Er wird nicht herkommen. Er wird nicht zu uns sprechen. Wir sind auf uns gestellt. Und wir müssen zusehen, dass wir hier wegkommen.«

Weil das Stockwerk, vielleicht der ganze Turm, in Kürze explodiert und wir sonst alle draufgehen, verkniff sie sich zu ergänzen. »Natascha, du musst mir helfen. Bring mir Marcs Revolver. Mein Fuß ist gebrochen.«

Das Mädchen sprang sofort los. Sie hob die Waffe auf, als wäre sie die Fernbedienung einer Stereoanlage, eilte zu ihr zurück. Jessica steckte sie unter ihren schmalen Ledergürtel. Der diente eigentlich zur Zierde, musste nun aber Dienst an der Front verrichten. Sie stützte sich auf Natascha, und dann ging es los. Jeder einzelne Schritt durch den Raum, die Schiebetür und den Flur entlang hätte einen eigenen Schmerzensschrei verdient. Sie verschob das Geheule auf später. Hinter ihr folgten, in respektvollem Abstand, die Stipendiaten.

»Dein Vater ist übrigens unschuldig«, sagte sie stattdessen zu Natascha. »Timon hat das alles inszeniert. Er hat Beweise gefälscht und Marc auf dich angesetzt, um sich an ihm zu rächen.« Und er hat deine Mutter auf dem Gewissen, dachte sie. Aber auch diesen Gedanken behielt sie für sich.

»Zu rächen? Warum denn das?«

»Später.«

Sie erreichten die Tür zum Treppenhaus. Jessica rüttelte am Türöffner, erst allein, dann zusammen mit Natascha. Vergeblich, die Tür war bombenfest verriegelt. Und sie war so solide, dass diesmal selbst der Feuerlöscher nichts ausrichten konnte. Blieb der Fahrstuhl.

Sie starrte auf die Emaille-Verkleidung neben der verschlossenen Lifttür. Es war die gleiche Konstruktion wie an allen Fahrstuhltüren. Eine viereckige Taste zum Herbeirufen der Kabine, daneben waren ein Zahlenfeld und eine glatte Fläche zum Scannen in die glänzende Oberfläche integriert.

Sie drückte auf die Ruftaste. Die Elektronik antwortete mit einem roten Signallämpchen, das dreimal blinzelte. Mehr passierte nicht.

Scheiße noch mal, sie hatte es gewusst. Der siebte Stock mit dem Leuchtfeuer war genauso wie der Zugang zu Timons Privaträumen in der sechsten Etage speziell gesichert. Dorthin kam nur, wer den aktuell gültigen Zahlencode eingab. Oder der …

»Die Chipkarte«, rief sie. Sie wandte sich herum, trat dabei mit dem rechten Fuß auf. Diesen Schrei konnte sie nicht unterdrücken. Der Schmerz schien vom Fuß direkt in ihren Kopf zu schießen und dort zu explodieren. Für eine Sekunde wurde ihr schwarz vor Augen.

Natascha packte sie am Arm, stützte sie. »Was für eine Chipkarte?«

»Wir brauchen sie, um den Fahrstuhl in Gang zu setzen. Das ist unsere einzige Chance.«

»Okay. Wo kriegen wir die her?« Nataschas Stimme klang so trocken, als hätte sie einen Staubsaugerbeutel verschluckt. Vermutlich wusste sie die Antwort bereits.

»Es ist ein kleines Plastikteil, so groß wie eine Kreditkarte. Du musst zurückgehen und Marc durchsuchen. Ich würd's selbst machen, aber …«

Allein der Gedanke an den Schmerz brachte sie an den Rand der Bewusstlosigkeit.

»Ich schaff das!«, sagte Natascha. Obwohl ihre Stimme und ihr Gesichtsausdruck das Gegenteil herausschrien.

Sie lief zurück, an den wartenden Stipendiaten vorbei, und ließ Jessica mit ihren Gedanken allein. Auf dem Weg nach oben hatte Marc den Fahrstuhl nicht mit einer Chipkarte, sondern mithilfe des Zahlencodes aktiviert. Fünf Ziffern, die Timon alle paar Tage änderte und die auswendig gelernt werden mussten von dem winzigen Kreis Auserwählter, zu dem sie nie gehört hatte.

Natascha kam zurück. Sie presste die Lippen aufeinander. Ihr Gesicht war um einige Nuancen blasser als zuvor. Sie sah Jessicas fragenden Blick. Und schüttelte den Kopf.

Keine Karte. »Wir sind am Arsch!«, sagte Jessica.

»Hast du ein Handy?«, fragte Natascha.

Jessica zog es aus der Tasche. »Klar, wieso?«

»Rufen wir die Polizei!«

Das widersprach so ziemlich jedem ihrer Instinkte. Aber klar. Die Kleine hatte recht. Das konnten sie tun. Allerdings würden auch die sie nicht rechtzeitig herausholen.

104

Mein Gott, was haben die mit dir gemacht, Kumpel?«, sagte Goldman. Er betatschte Thomas' Kopf, Arme und Rumpf, als wollte er sichergehen, dass noch alles an der richtigen Stelle saß. Barbe stapfte derweil mit großen Augen durch den Raum.

»Wo ist Tascha? Ist sie in Sicherheit?«

Goldmans Gesichtsausdruck ließ Thomas' anfängliche Euphorie verpuffen. »Die Polizei war hier, ist aber wieder abgezogen«, sagte er. »Ehrlich gesagt habe ich keine Ahnung, wo sie ist.«

»Timon plant etwas Übles.« Thomas versuchte, sich aufzurappeln. Seine Beine schienen statt aus Knochen und Muskeln noch immer aus Weichgummi zu bestehen. Aber mit Goldmans Hilfe kam er auf die Füße. »Wir müssen sie suchen. Sofort.«

Der Privatdetektiv schaute an Thomas herunter. Auf seiner Stirn bildeten sich Falten. »Du schaffst es nicht einmal, im Stehen zu pissen. Wie willst du da deine Tochter finden?«

»Es wird schon gehen. Und die Polizei muss wiederkommen.«

Der junge Kommissar kehrte von seinem Inspektionsgang zu ihnen zurück. »Das sehe ich genauso.« Er zückte sein Mobiltelefon.

»Lassen Sie uns bitte an dem Plausch mit Ihrem Chef teilhaben«, sagte Goldman. Barbe nickte und stellte sein Handy auf laut.

Hensel ging beim ersten Klingelton ran. »Barbe, wo stecken Sie, verflucht noch mal?«

»Ich bin noch im Schwarzen Turm. Wir haben …«

»Gerade ist ein Notruf eingegangen. Von Jessica Rädler, Timons Tochter. Sie ist mit zehn jungen Leuten im obersten Stockwerk des Turms eingeschlossen. Die Tochter des Psychiaters ist bei ihr. Die Türen sind blockiert, der Fahrstuhl lässt sich nur mit einem Code oder einer Karte aktivieren. Offenbar hat Timon dort Sprengstoff oder Brandsätze deponiert und plant, diese hochgehen zu lassen.«

Hensels blechern verzerrte Stimme hallte durch den Kellerraum. Thomas fuhr sich mit den Händen durch die Haare. Was er hörte, bestätigte seine schlimmsten Befürchtungen.

Barbe nutzte eine Atempause seines Chefs, um ihn zu unterbrechen und seinerseits zu berichten. Der junge Kommissar hielt es kurz und sachlich. Hensels anschließendes Schweigen dauerte fast genauso lang wie Barbes Rapport.

»Okay. Timon ist mehr als geliefert, so viel steht fest. Aber Ihre Sicherheit hat Vorrang.« Hensels Stimme vibrierte vor Anspannung. »Sie schieben sofort Ihren Arsch da raus. Den Psychiater und den Detektiv nehmen Sie mit. Wir schicken eine Einheit mit Spezialisten da hoch. Die erledigen das. Haben Sie mich verstanden?«

Thomas sah zu Goldman rüber. Der erwiderte den Blick. Beide schüttelten den Kopf. Der Detektiv hob eine Plastikkarte in die Höhe, neigte den Kopf in Richtung Gang. »Los, gehen wir. Ich stütze dich.«

105

»Die Polizei schickt Leute her«, sagte Natascha zu den an der Schiebetür wartenden Stipendiaten. Zum ersten Mal blitzte Zuversicht in ihren Augen auf. In den Gesichtern der jungen Menschen löste sich ein Teil der Anspannung.

Sie werden zu spät kommen, dachte Jessica. Falls der Turm noch steht, wenn sie da sind, gelangen sie nicht hierherauf. Selbst wenn sie sich Zutritt zum Leuchtfeuer verschaffen, wird weitere Zeit vergehen, bis sie alle hinausgebracht oder wahlweise Timons Bomben entschärft haben.

Jeder einzelne Gedanke krachte wie eine Abrissbirne in das zarte Geflecht aufkeimender Hoffnung. Es blieb dabei. Wenn niemand Timon aufhielt, wartete nur noch die Hölle auf sie.

»Du glaubst nicht, dass sie es rechtzeitig schaffen, nicht wahr?« Natascha suchte Jessicas Blick. Sie flüsterte, damit die anderen sie nicht hörten.

Das war nicht die gutgläubige Frage eines Mädchens, das mit den Augen darum bettelte, Mut und Trost zugesprochen zu bekommen. Es war die aufrichtige Frage nach der Wahrheit, gestellt von einem Menschen, der bereit war, sie zu ertragen.

»Sie werden es nicht schaffen«, sagte Jessica, ebenfalls flüsternd. Natascha presste die Lippen aufeinander. Auf ihren Augen bildete sich ein glasiger Schleier. Aber was auch immer hochwallte an Angst oder Verzweiflung, sie rang es nieder. Ihr Blick wurde klar.

»Gehen wir zu den anderen?«

Hammer, wie stark die Kleine war. »Ja«, sagte Jessica. »Das sollten wir tun. Stützt du mich?«

Sie wandten sich Richtung Flur. Aber ein unerwartetes Geräusch hielt sie ab.

Im Inneren des Gemäuers, in der Tiefe des unsichtbaren Schachtes hinter der Fahrstuhltür, erwachte der Lift zum Leben.

Die Anspannung wich aus Nataschas Gesicht. »Sie kommen«, rief sie und reckte die Fäuste in die Höhe.

Die Abrissbirne sauste mit neuem Schwung herbei. Waren die Polizisten schon da? Genauso gut konnten es Knochen und Keule sein mit einem letzten tödlichen Auftrag, oder Timon selbst, der seine Schäfchen höchstpersönlich ins Licht führen wollte. »Wir wissen nicht, wer es ist.« Jessica griff an ihren Hosenbund, zog Marcs Revolver hervor und richtete den Lauf auf die Fahrstuhltür.

Natascha postierte sich hinter ihr. Die beiden warteten. Jessica wusste, dass der Lift einer von der schnellen Sorte war, trotzdem kam es ihr vor, als ruckelte das Ding im Zeitlupentempo das Gebäude rauf.

Endlich kündete ein Signalgeräusch die Ankunft der Kabine an. Die Tür schwang auf.

Jessica legte den Finger an den Abzug des Revolvers. Sie spürte Nataschas gepressten Atem in ihrem Nacken.

106

Thomas' Muskeln schienen sich allmählich wieder an den aufrechten Gang zu erinnern. Die Erleichterung darüber, endlich diesen schrecklichen Kerker zu verlassen und seine Tochter retten zu können, war der beste Motivator. Goldman hatte drauf bestanden mitzukommen, trotz der Gefahr, dass Timons Bombe jederzeit hochgehen konnte. Allein Barbe war unten zurückgeblieben, nachdem er zunächst versucht hatte, die beiden von ihrem Plan abzubringen. Als das nicht gelungen war, hatte er unbedingt mitkommen wollen. Ihn hatte überzeugt, dass jemand die nachrückenden Polizeieinheiten informieren und einweisen musste.

Auf dem Display baute sich die Zahl Sieben auf, der Fahrstuhl stoppte, die Tür schwang auf.

Thomas blickte in den Lauf eines Revolvers.

Jessica hielt ihn auf den Lift gerichtet, senkte die Waffe aber sofort, als sie ihn und Goldman erkannte.

Dann sah Thomas seine Tochter, und die Freude und Erleichterung ließen seine Beine für eine Sekunde die wiedergewonnenen Fähigkeiten vergessen. Er schwankte aus der Fahrstuhltür. »Tascha!«, rief er.

»Papa!« Sie sprang auf ihn zu, landete in seinen Armen und warf ihn fast um. Zum Glück stand Goldman hinter ihm.

Sie drückten sich aneinander, und die aufgestauten Gefühle schienen sich durch die Berührung auf einen Schlag zu entladen. Freude und Erleichterung über das Wiedersehen und die Hoffnung auf Rettung. Aber gleichzeitig die Trauer über den Verlust, den sie erlitten hatten. Lea war tot, und wie auch immer diese Sache ausgehen würde, niemand konnte Tascha ihre

Mutter zurückbringen. Thomas drückte noch ein wenig fester. Tascha schluchzte und heulte in seinen Armen, seine eigenen Tränen rannen stumm über die Wangen.

Sie hätten ewig so stehen bleiben können. Goldmans hektische Bewegungen erinnerten ihn daran, dass in diesem Stockwerk eine Bombe tickte. Es gab keine Zeit zu verlieren.

Thomas sah hoch. Sein Blick streifte Jessicas Gesicht. Sie hatte die tränenreiche Begrüßung zwischen Vater und Tochter aus nächster Nähe beobachtet. Ihr Anblick ließ ihn erschauern. Blass sah sie aus. Auf ihrer Stirn glänzte ein dünner Schweißfilm. Die Gesichtsmuskeln waren bis zum Anschlag gespannt. Die starre Maske einer Frau, die die Härten ihres Lebens ertrug und nicht daran zugrunde ging. Daraus blickten die traurigen Augen eines Mädchens, hinaus in eine Welt, die ihm Liebe, Vertrauen und Geborgenheit auf grausame Weise vorenthielt.

Jessica wandte sich an die wartenden Stipendiaten. »Alle müssen nacheinander mit dem Fahrstuhl runter. In Vierergruppen, mehr passen nicht auf einmal hinein.« Einzelne aus der Gruppe nickten.

Goldman klatschte in die Hände. »Also los.«

Thomas trat zur Seite, um den Weg frei zu machen.

Jessica humpelte vor. Die Geste war eindeutig. Sie wollte als Erste runterfahren. Klar, dachte Thomas. Wer konnte ihr das verdenken. Er löste seine Tochter von sich und schob sie hinterher. »Wir sehen uns unten«, sagte er. Ihre Augen protestierten, aber ihre Beine gehorchten. Sie stellte sich neben Jessica in die Kabine.

Goldman packte ihn am Arm. »Geh mit ihr!«, sagte er. »Ich bringe das zu Ende.«

Thomas sperrte sich. »Ich kann dich hier oben nicht allein lassen.«

»Du kannst. Du musst sogar. Deine Tochter hat bereits ihre Mutter verloren. Sie braucht dich. Das weißt du genau.«

»Aber …«

»Ich schaffe das hier. Und dann trinken wir heute Abend zusammen ein Bier bei Uschi. Und falls nicht …«

Thomas schluckte. »Falls nicht?«

»Im Osten Hamburgs liegt ein Ort namens Auenfeld, dort gibt es ein Pflegeheim, das Magdalenenstift, in dem eine Frau arbeitet. Schwester Klara.«

»Auenfeld, Magdalenenstift, Schwester Klara. Und weiter?«

»Sag ihr, dass es die Wahrheit war.«

»Die Wahrheit? Was meinst du damit?«

»Sag es ihr einfach! Bitte!«

Thomas nickte. Goldman schob ein junges Mädchen aus der Gruppe der Wartenden zu den dreien in die Kabine. Er hielt Hus Karte an den Scanner, das Display schaltete auf Grün, er drückte die Taste fürs Erdgeschoss und trat zurück in den Flur. Die Fahrstuhltür schloss sich, und das Letzte, was Thomas von Goldman sah, war sein spitzbübisches Lächeln.

107

Die Kabine setzte sich in Bewegung. Noch bevor er richtig in Schwung kam, hob Jessica ihre Hand und drückte auf die Taste mit der Sechs. »Was wird denn das?«, fragte Thomas.

Der Fahrstuhl bremste bereits wieder.

»Timon ist in seinen Räumen. Ich muss zu ihm. Vielleicht kann ich ihn umstimmen. Oder zumindest Zeit gewinnen.«

Aus ihrem Gesicht sprach eine unverrückbare Entschlossenheit. Thomas' Blick wanderte an ihr hinab, bis zur Ausbuchtung an ihrem Gürtel, wo der Revolver steckte. Er schluckte, in seinem Kopf meldeten sich alle erdenklichen Einwände zu Wort. Die zweifellos vergeblich wären. »Passen Sie auf sich auf!«, sagte er nur.

Sechster Stock. Der Fahrstuhl stoppte. Die Tür öffnete sich.

»Was ist mit deinem Fuß?« Natascha streckte ihre Hand nach der jungen Frau aus. Aber Thomas wusste, dass auch das sie nicht umstimmen würde. Jessica biss die Zähne zusammen und humpelte auf den Flur. Dort drehte sie sich noch einmal um, zwinkerte Natascha zu. »Wird schon gehen.«

108

Es wurde richtig hart. Jessicas Fuß fühlte sich an wie ein brennender Klumpen aus Knochensplittern und Fleischfetzen, auf den jemand mit einem Vorschlaghammer eindrosch. Mehrmals schwankte sie. Befürchtete, es nicht zu schaffen, einfach umzufallen und ohnmächtig liegen zu bleiben. Und quälte sich doch weiter, Schritt um Schritt, den Flur entlang, der von den Deckenspots in dezentes Licht getaucht wurde, hinein ins Vorzimmer, in das durch ein schmales Fenster spärliches Abendlicht suppte. Die Tür zu Timons Arbeitszimmer stand offen, und Jessica spürte, dass sie richtiglag. Er war hier. Er hatte die Vorhänge zugezogen und die Lampen gelöscht. Wie beim vorherigen Mal, als sie ihn aufgesucht hatte. Er hatte sein Zimmer in eine dunkle Behausung verwandelt, die Zuflucht einer tödlich verwundeten Kreatur, die zu einem letzten Schlag gegen die verhasste Welt ausholte.

Sie zog den Revolver aus dem Hosenbund und humpelte an die Tür. Sie versuchte gar nicht erst, leise zu sein.

Fahle Finger aus Licht huschten, aufgescheucht durch Jessicas Schatten, im Raum umher, betasteten die schmale Gestalt, die mit geschlossenen Augen hinter dem Schreibtisch saß. Vor ihm lag sein Mobiltelefon. Seine rechte Hand schwebte über dem Display, als wollte er mit telekinetischen Kräften den Zünder der Bomben aktivieren.

Er hätte es längst tun können, dachte sie. Hatte er auf sie gewartet? Um mit ihr zusammen zu sterben?

Vermutlich hatte er ihr Erscheinen längst bemerkt, trotzdem zuckte er mit dem Kopf, als hätte sie ihn aus einer tiefen Trance erweckt. »Wage es nicht, näher zu kommen«, sagte er. Seine Stimme klang schwach, sterbend. Aber in ihr vibrierte zumindest das Echo seiner alten Kraft. »Es konnte nur so enden. Das wissen wir beide.« Er hob die Arme in die Höhe, streckte ihr die Handflächen entgegen. »Das Blut deiner Mutter klebt an diesen Händen. Ich bin schuld an ihrem Tod.«

»Ja. Ich weiß.«

Timons Hände schwebten gute zwanzig Zentimeter über dem Tisch. Ein geübter Schütze hätte den Revolver hochreißen und ihm eine Kugel in den Kopf jagen können, so schnell, dass er keine Zeit mehr gehabt hätte, zum Handy zu greifen und alles in die Luft zu sprengen.

Leider hielt sie heute zum ersten Mal so ein Ding in den Händen. Dumm. Jessica zögerte. Und Timon senkte seine Arme wieder auf den Tisch hinab.

»Mein Leben lang habe ich mich gefragt, warum meine Mutter mich nicht wollte. Warum sie mich ausgesetzt hat.

Vielleicht hat sie schlicht gespürt, was ich wirklich bin. Ein schlechter Mensch«, sagte er.

»Niemand wird so geboren. Ein schlechter Mensch wird man durch schlechte Taten.«

Timon ergriff das Telefon, hob es in die Höhe. Das Display leuchtete auf. »Dies wird meine letzte Tat sein. Ich werde mich auslöschen, zusammen mit allem, was ich erschaffen habe. Alles wird verglühen in einem einzigen, hellen Licht.« Aus seiner Stimme klang die verzweifelte Entschlossenheit eines Menschen, der nichts mehr zu verlieren hatte.

»Es ist falsch, uns alle umzubringen. Deine Stipendiaten, die dich anhimmeln wie einen Gott. Deine treuesten Helfer.« Jessica schluckte. »Und mich.«

»Falsch?« Timon sah sie aus dunklen, müden Augen an. »Ist es falsch, wenn eine Mutter ihren neugeborenen Säugling wegwirft? Ihr eigenes Fleisch und Blut, ihre Schöpfung?« Er schüttelte den Kopf. »Sie fragte nicht danach. Sie tat es einfach.«

»Du bist nicht deine Mutter. Du musst nicht wegwerfen, was du erschaffen hast«, sagte sie. »Gib mir das Telefon.«

»Wirst du mich sonst erschießen?« Er ließ den Daumen über dem Touchscreen kreisen. »Und hoffen, dass ich nicht mit dem letzten Zucken meines Fingers den Zünder aktiviere?« Er verzog den Mund zu einem bitterbösen Grinsen. »Versuch es doch!«

Jessica hob den Revolver, zielte auf den grinsenden Kopf. Sie spürte den federnden Widerstand des Abzugs an ihrem Zeigefinger.

Wenn sie traf und die Revolverkugel ihm den Schädel wegpustete, blieb ihm nicht einmal dieser Bruchteil einer Sekunde, die er bräuchte, um seinen teuflischen Plan auszuführen. Timons dunkler Blick ruhte auf ihr. Das Grinsegesicht verhöhnte sie und ihre kühnen Gedanken.

Ihre Hand mit dem Revolver zitterte.

Timon hatte den Tod verdient, keine Frage. Wenn sie ihn erschoss, wären die anderen oben im Leuchtfeuer gerettet. Und alle könnten friedlich nach Hause gehen.

»Ich konnte dir nie schaden. Papa.« Sie spuckte ihm das Wort entgegen. »Mein Leben lang habe ich mich nach einem Vater gesehnt, den ich lieben, zu dem ich aufblicken kann. Bis vor wenigen Tagen habe ich fest daran geglaubt, dass du dieser Vater bist. Jetzt weiß ich es besser.«

Mehr hatte sie nicht zu sagen. Sie bewegte den Finger am Abzug. Wollte ihn bewegen. Doch ein zentnerschweres Gewicht zog an ihrem Arm.

Erschieß ihn, diesen beschissenen Bastard!, schrie es in ihrem Kopf. Aber ihr Arm sank hinab, Zentimeter um Zentimeter. Sie konnte es nicht verhindern, obwohl sie wusste, dass sie damit ihr Leben aus den Händen gab.

»Ich kann es nicht tun«, sagte sie. Tränen schossen ihr in die Augen, bedeckten Timon, seinen Schreibtisch, das ganze verfluchte Zimmer mit dünnen Schlieren. »Zum Teufel.« Sie schluchzte heftig, es kamen immer mehr Tränen. Gott, was hasste sie sich dafür. »Ich wünschte, ich könnte es. Ich wünschte, ich wäre nicht so verdammt schwach.«

Timon starrte sie an. Das Grinsen war aus seinem Gesicht verschwunden, hatte eine leere, ausdruckslose Fratze zurückgelassen, mit zwei toten Augen, die sie aus tiefen Höhlen anglotzten.

»Verrate mir noch eins, bevor es endet!«, sagte sie unter Tränen. »In dieser Nacht auf Gomera, als du alle umgebracht hast. Wenn Betty uns nicht in die Stadt mitgenommen hätte. Wenn Jennifer und ich im Camp gewesen wären. Hättest du uns auch mit der Axt erschlagen?«

Timon schwieg mit unbewegter Miene. Sie war nicht einmal

sicher, ob er sie gehört hatte. Seine Hand mit dem Handy bewegte sich.

Vorbei, dachte Jessica. Er wird die Bude hochjagen. Vielleicht hatten zumindest die anderen es hinausgeschafft. Bye, bye, geliebte Scheißwelt. Bye, bye, kleine romantische Jessi. Das hier geht auf dich.

Timon schluckte. Zuckten seine Mundwinkel? Bebten seine Augenlider? Jessica war nicht sicher. Aber er legte das Telefon auf die Schreibtischplatte. »Komm her«, sagte er.

Jessica wischte sich die Tränen aus den Augen, humpelte auf den Schreibtisch zu. Sie sah ihm offen ins Gesicht, aber Timon wich ihrem Blick aus und senkte den Kopf. Er öffnete mit der nun freien Hand eine Schublade, zog einen Zettel heraus und kritzelte etwas darauf.

»Der Zahlencode für den Fahrstuhl. Nimm ihn! Und dann lass mich allein!«

109

Unzählige Mannschafts- und Streifenwagen der Polizei, Feuerwehrautos und Rettungswagen hatten sich auf der Straße unterhalb des Schwarzen Turms in Stellung gebracht, ihre Blaulichter erhellten die Abenddämmerung. Eine schwer bewaffnete Polizeieinheit wartete auf der Rasenfläche neben dem Zugangsweg offensichtlich auf Anweisungen. Ein Hubschrauber kreiste in respektvollem Abstand über der gläsernen Kuppel.

Tascha wich nicht von Thomas' Seite. Eng umschlungen traten sie aus dem Eingangsportal. Die junge Frau, die mit ihnen im Fahrstuhl gefahren war, hielt sich eng in ihrer Nähe. Zwei direkt am Eingang postierte Polizisten nahmen sie in Empfang. Mit ihren Helmen, Visieren, der robusten Körperpanzerung und den Maschinenpistolen sahen sie aus wie moderne Raubritter. Aus einer weiter unten stehenden Gruppe von Beamten löste sich eine Gestalt heraus und eilte ihnen entgegen: Hensel. Der Hauptkommissar legte ein erstaunliches Tempo vor. »Ich übernehme«, sagte er. Die Ritter wandten sich wortlos ab und marschierten zurück zu ihren Posten neben der Tür.

Hensel nickte Thomas zu. »Wer ist noch alles da oben? Und wo steckt Timon?« Er führte sie runter zur Straße.

Thomas brauchte alle Konzentration, um seine Füße und Beine zu koordinieren, trotzdem erstattete er Bericht. Seine Worte erzeugten tiefe Sorgenfalten auf der Stirn des Kripomannes.

Barbe gesellte sich zu ihnen, klopfte Thomas auf den Rücken und schien kaum zu wissen, wohin mit seiner Freude. Unten an der Straße, hinter einem roten Absperrband, warteten Rettungssanitäter, legten ihnen Decken um, musterten sie aufmerksam, stellten Fragen. Thomas hörte gar nicht hin. Tascha war in Sicherheit, das allein zählte. Er hielt sie in seinen Armen und hatte nicht vor, sie in absehbarer Zeit wieder loszulassen.

Hensel wuselte zwischen den Einsatzkräften herum, gestikulierte, redete, einmal stampfte er mit dem Fuß auf. Mehr geschah nicht. Offenbar hatte man sich fürs Abwarten entschieden.

Alle Augenpaare waren auf den Schwarzen Turm gerichtet, auch Thomas konnte sich dem düsteren Anblick nicht entziehen.

Das dunkle Gebäude streckte sich in den Himmel wie ein in die Ecke gedrängtes Tier. Todgeweiht, aber noch immer kampfbereit und gefährlich. Die gläserne Kuppel des Leuchtfeuers erstrahlte in hellem Glanz über der Spitze des Turms.

Es vergingen angespannte Minuten, dann ertönten laute Rufe. Eine Vierergruppe junger Leute trat aus dem Gebäude, wurde in Empfang genommen, den Weg herunter und hinter die Absperrung geführt, von Sanitätern versorgt, von Polizisten befragt. Nach einer gefühlten Ewigkeit folgten vier weitere.

Jessica und Goldman waren nicht unter ihnen. Wenn Thomas richtig gezählt hatte, waren sie die Einzigen, die sich noch im Dachgeschoss des Turms aufhielten. Thomas zog Tascha zu sich. »Sie werden es nicht schaffen, oder?«, sagte sie.

Die Kuppel leuchtete auf. Als hätte dort oben jemand eine riesige Wunderkerze gezündet. Der Farbton wandelte sich innerhalb von Sekunden von grellem Weiß in tiefdunkles Rot. Die gläserne Spitze des Gebäudes glühte auf und zerbarst unter lautem Fauchen. Das befreite Feuer spuckte Flammen, Glut und Rauch in den Abendhimmel und verwandelte den Schwarzen Turm in eine gigantische Fackel. Nahe der Hauswand stürzten Glas- und Steinsplitter herab und vertrieben die Polizeiritter von ihren Posten.

Tascha schluchzte in Thomas' Armen. Unter den Einsatzkräften an der Straße breitete sich bedrücktes Schweigen aus, lediglich die Feuerwehrleute gerieten in Wallung. Die schweren roten Fahrzeuge manövrierten sich in Stellung, um mit den Löscharbeiten zu beginnen. Eine Gruppe von Männern mit Atemschutzgeräten machte sich bereit, den brennenden Turm zu betreten. Um zu retten, wer noch zu retten war. Thomas schluckte einen dicken Kloß hinunter.

Auenfeld. Magdalenenstift. Schwester Klara. »Sag ihr, dass es die Wahrheit war!«, wiederholte er in Gedanken Walter Goldmans letzten Wunsch an ihn.

Du hast uns alle gerettet, Alter, dachte er. Ohne ihn und Jessica würde er jetzt nicht hier stehen und seine Tochter im Arm halten.

Unter den Feuerwehrleuten, die Richtung Eingang strömten, breitete sich Unruhe aus. Laute Rufe ertönten. Zwischen den Männern bildete sich eine Gasse.

Unter dem Schein des Feuers hoch oben im Turm traten Goldman und Jessica aus der Eingangstür, sie humpelnd, auf ihn gestützt und am Ende ihrer Kräfte, er angestrengt, aber unverkennbar stolz und zufrieden.

Tascha stieß einen Freudenschrei aus. Sie und Thomas hielt es nicht an ihrem Platz. Sie kletterten über das rote Flatterband und eilten auf die beiden zu, erreichten sie noch vor den Sanitätern, die mit ihren Decken und Koffern gestartet waren.

Natascha überfiel Jessica mit einer Umarmung und drückte sie an sich, die ungestüme Begrüßung zauberte den Ansatz eines Lächelns in ihr schmerzverzerrtes Gesicht. Thomas und Goldman standen sich gegenüber. Keiner von ihnen sagte etwas, und Thomas meinte, einen Anflug von Verunsicherung in Goldmans Augen zu erkennen. Als ob plötzlich nicht der mutige Held vor ihm stand, der selbstlos zahlreiche Menschenleben gerettet hatte. Sondern der kleine Junge, der, allen Heldentaten zum Trotz, allein dem Urteil seines strengen Gegenübers ausgeliefert war, dem nichts recht zu machen war. Thomas dachte nicht lange darüber nach. Er packte Goldman an den Schultern und schüttelte ihn. »Das hast du gut gemacht! Verdammter Teufelskerl!«

Epilog

Es war ein weiter Weg. Vierhundertzweiundfünfzig Stufen. Die Zahl hatte ihm vor Jahren der junge Pastor genannt, ein ehemaliger Stipendiat, als er Timon die Schlüssel für den Treppenzugang ausgehändigt hatte. Der Weg führte über eine zunächst steinerne, später metallene Treppe. Vorbei an fünf in das Gemäuer eingezogenen Böden, die eine Orgelwerkstatt, die riesige alte Mechanik der Turmuhr, einen Veranstaltungsraum und die sechs Glocken für das sonntägliche Geläut der St.-Michaelis-Kirche beherbergten.

Timon beachtete das alles nicht weiter. In der rechten Hand hielt er die Schlüssel für die unzähligen Türen, die den Weg hinauf zum Kirchturm sicherten, in der linken eine kleine Taschenlampe, deren Licht eben ausreichte, um den vor ihm liegenden Treppenabschnitt zu beleuchten.

Das Baby schrie durchgängig. Es war nicht zu ertragen. Immer wieder hatte er in den vergangenen Tagen den Drang niederringen müssen, seinen Kopf kräftig gegen eine Wand zu schlagen, in der vagen Hoffnung, das Kind in ihm auf diese Weise ruhigzustellen. So war die Idee entstanden, den Ort aufzusuchen, an dem es, auf den Tag genau vor zweiundfünfzig Jahren, begonnen hatte. Die Bronzestatue des heiligen Michael, der als stummer Wächter über dem Eingangsportal der Kirche aufragte, die Flügel weit ausgebreitet, die Hand mit dem Speer erhoben, bereit, sie dem Satan, der sich in verkrüppelter Gestalt unter seinen Füßen wand, in den Wanst zu stoßen, verhöhnte ihn. »Wer ist wie Gott?«, schien er Timon zuzurufen.

Die körperliche Anstrengung trieb ihm den Schweiß auf die Stirn. Die Muskeln in den Beinen brannten, aber das war egal.

Er überwand die letzte Treppe, öffnete die letzte Tür.

Kalter Nachtwind fegte über die Aussichtsplattform des Michel, fuhr unter seine Jacke, betastete seine vom Schweiß feuchte Haut und ließ ihn frösteln. Er trat aus dem mittig auf der kreisrunden Plattform gelegenen Zugang, stellte sich an das rundherum angebrachte Absperrgitter und sah hinab auf die Stadt, in der er geboren, groß geworden – und vernichtet worden war. Taschenlampe und Schlüssel steckte er in seine Manteltasche und umfasste mit jeder Hand einen Gitterstab.

In südöstlicher Richtung erhob sich der Schwarze Turm in den Nachthimmel. Die Flammen hatten kaum mehr als einen verkrüppelten Stumpf von seinem einst so stolzen Monument zurückgelassen.

Aber war das nicht der Lauf der Dinge? Musste es nicht genauso sein?

Auf Schöpfung folgte Zerstörung, auf Licht die Dunkelheit, auf Liebe Hass und Verbitterung. Auf Fülle folgte das Nichts. Wollte ihn das Leben genau dies lehren? Hatte es ihn gar zum Gehilfen dieses ewigen Wechselspiels auserkoren? Zu einem Diener des Niedergangs?

Luzifer hatte nie den Hauch einer Chance gegen einen allmächtigen Gott und seinen streitlustigen Engel gehabt. Aber er hatte gekämpft und getan, was er für richtig gehalten hatte, selbst wenn er wusste, dass sein Aufbegehren für den ewigen Herrn kaum mehr war als ein Zeitvertreib. War es das, was am Ende übrig blieb?

Timon lächelte. Sein Feuer war weithin sichtbar gewesen. Es hatte die ganze Nacht gebrannt und den gesamten Folgetag über gequalmt. Sämtliche Zeitungen hatten davon berichtet, im Internet kursierten unzählige Fotos und Videos. Alle hatten darauf gestarrt, als wäre es ein göttliches Zeichen.

Jessica war entkommen, ebenso die Stipendiaten, auch der

Psychiater und seine Tochter. Warum hatte er sie ziehen lassen? Er spürte die Antwort in seinem Herzen. Sein brennender Hass war verglüht. Thomas Kern hatte mit seinem Gequatsche die Brennkammer in seinem Inneren freigelegt. Das vernichtende Feuer war ein letztes Mal aufgeflammt – und verkümmert. Jessica hatte mit ihren Tränen die letzte Glut gelöscht.

Zurückgeblieben war ein elender Haufen Asche. Er hatte nicht einmal mehr die Kraft aufgebracht, selbst in den Tod zu gehen. Er hatte sich feige davongemacht, als alle auf den brennenden Turm gestarrt hatten.

»Glückwunsch zum Geburtstag, Bruderherz!«

Timon zuckte heftig zusammen. Diese Stimme stammte nicht aus seinem Kopf. Er drehte sich um.

Eine Gestalt trat um den Rundbau, der den Zugang zur Treppe und zum Fahrstuhl beherbergte, und blieb einen guten Meter vor Timon stehen. Im blassen Licht der Sterne sah sie mit ihrer gekrümmten Haltung und dem Geiergesicht aus wie ein böser Gnom. Bittere Ironie: Statt des strahlenden Erzengels schickte der Herrgott seinen niedersten Diener.

»Uli. Oder soll ich Hauptkommissar Hensel sagen?«

Sein Adoptivbruder trug Lederhandschuhe und hielt eine Schusswaffe in der Hand. »Ich wusste, dass du hierherkommen würdest«, sagte er. »Zum Michel. An deinem Geburtstag. Gut, dass du dir nicht noch mehr Zeit gelassen hast. Ich muss allmählich pissen.«

»Hier hat es begonnen. Hier soll es enden. Ist es das, was du willst?«

Uli trat neben ihn an die Gitterstäbe. Er behielt Timon im Blick, schien darauf zu achten, den Abstand zwischen ihnen nicht zu verringern. »Sieh ihn dir an! Diesen schrecklichen schwarzen Steinklotz, den du hast bauen lassen, um dir ein

Denkmal zu setzen. Um zu vergessen, wer du eigentlich bist. Sieh ihn dir an. Ein rauchender Schutthaufen.«

Timon nickte. »Ein Denkmal der Zerstörung. Ich habe in den Herzen so mancher Menschen derlei Ruinen hinterlassen.«

Sein Adoptivbruder schluckte. Für eine Sekunde huschte der vor Wut und Trauer verzerrte Ausdruck des jungen Uli über sein Gesicht. Hensel schnaufte Luft durch seine Geiernase.

»Übrigens haben wir Jonas aufgespürt.«

Das Babygeschrei nahm an Lautstärke zu. »Wo ist er?«, fragte Timon.

»Tot, seit über fünfundzwanzig Jahren. Mein Assistent hat tagelang recherchiert, bis er auf die Spur eines rothaarigen Hünen mit nur einem Auge gestoßen ist. Jonas hat sich unter falschem Namen nach Osteuropa durchgeschlagen. Er ist offenbar immer irrer geworden und im rumänischen Kreuzburg in einer Nervenklinik gelandet. Von dort ist er abgehauen, hat sich wochenlang in der Wildnis der Karpaten versteckt und ist dort ums Leben gekommen. Ein Jäger hat gefunden, was die Wölfe und Bären von ihm übrig gelassen haben. Du hast jahrzehntelang einen Toten gejagt, Bruder.«

»Das macht jetzt auch keinen Unterschied mehr.« Das Geschrei in Timons Kopf schwoll weiter an.

Uli grinste. »Ich bin noch nicht fertig. Wir haben einen DNA-Abgleich durchgeführt. Das Feuer hat genug Spuren hinterlassen. Unsere Genetiker können mit über neunundneunzigprozentiger Sicherheit ausschließen, dass du der Zwillingsbruder von Doktor …«

Das Geschrei im Kopf übertönte die letzten Worte. Timon presste die Hände auf die Schläfen. Er wollte nicht hören, was Uli zu sagen hatte. Und noch weniger ertrug er dieses elendige Gebrüll.

Uli griff in seine Jacke. »Ich habe etwas, das dir gehört. Hier!«, rief er und warf es ihm vor die Füße. Timon bückte sich. Seine Hand schloss sich um den Engelsanhänger. Mit zitternden Fingern legte er sich die goldene Kette um den Hals. Ein gutes, vertrautes Gefühl, das das Geschrei ein wenig dämmte. Er streckte den Rücken durch, atmete tief ein und aus. »Wie geht es weiter, Bruder?«

»Es gibt zwei Wege, wie du von diesem Turm kommst. In Handschellen den Fahrstuhl runter und von dort direkt in den Bau. Oder …« Er wies mit seiner Pistole Richtung Absperrgitter.

Timon sah in den Lauf der Waffe wie in einen geöffneten Mund, der ihm einen Befehl zuraunte: »Geh zum Gitter, klettere hinauf! Bereite alldem ein Ende!«

»Ich fürchte mich nicht vor dem Tod«, sagte er. »Vor dem letzten Schritt. Schon lange nicht mehr. Möglich, dass ich genau deswegen hier bin.«

Hensels Gesicht verhärtete sich. »Worauf wartest du dann noch?«

Timon nickte. Er stellte sich erneut an die Absperrung. Fast meinte er, die Stimme des bronzenen Michael vom Eingang der Kirche zu hören: »Ja, komm runter! Unter meinem Fuß ist noch Platz für dich.«

Es war gar nicht so einfach, sich am Gitter hochzuziehen. Er stellte einen Fuß auf eine der Querstreben, zog sich mit den Händen in die Höhe, fand festen Halt. Die oberen Enden der Metallstangen waren nach innen gebogen und liefen spitz zu. Man hatte sie augenscheinlich so konstruiert, um es jemandem wie ihm möglichst schwer zu machen. Aber er stand hoch genug, um die Absperrung zu überwinden.

Er drehte sich zu Uli. Der verharrte wie versteinert vor dem Metallgitter und starrte ihn an.

»Falls es dir was bedeutet«, sagte Timon. »Die Sache mit deiner Freundin damals. Sie tut mir leid.«

»Sie hieß Danni.« Uli sprach den Namen aus, als hätte er vor einer halben Stunde mit ihr telefoniert. Und nicht vor fast fünfunddreißig Jahren ihren Kopf gehalten und in ihre toten Augen geblickt.

Mehr war nicht zu sagen.

Timon wuchtete sich hoch, der obere Rand des Absperrgitters huschte unter ihm weg.

Vielleicht fiel er schon sein ganzes Leben lang, dachte er, und hatte sich zwischendurch eingeredet, er würde fliegen. Doch in Wirklichkeit war der harte Boden immer auf ihn zugerast.

Die Luft griff nach seinen Haaren, strich über seine Haut. Er schloss die Augen. Seine Hände fanden den Anhänger an seinem Hals und hielten ihn fest. Das Babygeschrei in seinem Kopf verstummte. Und ja. Für einen Augenblick fühlte es sich tatsächlich an, als würde er fliegen.

Nachwort

Aus der Vielzahl an Büchern über Sekten und Sektenführer möchte ich ein einziges herausgreifen. Es war mir beim Schreiben von *Nichts wird dir bleiben* eine wichtige Informations- und Inspirationsquelle und ist zudem sehr unterhaltsam geschrieben: *The Devils Party – A History of Charlatan Messiahs* (auf Deutsch: *Tanz der Teufel. Scharlatane, Gurus, Sektenführer)* von Colin Wilson. Wer mehr über Shōkō Asahara, David Koresh, Jim Jones oder Charles Manson erfahren will, wird hier fündig. Wenngleich mir beim Schreiben die Biografien dieser düsteren Gestalten durch den Kopf spukten, sind Jonas und Timon, wie auch alle anderen Figuren meines Buches, frei erfunden. Auch der Schwarze Turm existiert nicht in Wirklichkeit. Obwohl er sich in der Hamburger Hafencity zwischen Marco-Polo-Tower und Grasbrookpark bestimmt gut machen würde.

Mein persönlicher Dank gilt zuallererst Ihnen: meinen Lesern. Erst durch Sie werden geschriebene Worte und Sätze zu Gedanken, Gefühlen und Fantasien, erwachen die Figuren und Geschichten zum Leben. Wenn Sie mir mitteilen möchten, wie es Ihnen mit Thomas, Walter Goldman, Jessica und Timon ergangen ist, wenn Sie Fragen oder Anregungen haben, kontaktieren Sie mich gerne über die sozialen Netzwerke oder meine Homepage www.krauskrimi.de. Ich antworte!

Danken möchte ich den Unterstützern aus meinem persönlichen Umfeld, die mich auch bei meinem jetzt dritten Roman beharrlich begleitet haben. Allen voran meiner Frau Inken, die bei entscheidenden Textstellen oft besser weiß, was ich eigentlich ausdrücken will, als ich selbst. Meinem Freund Simon, der wie ich versucht, den Beruf des Psychiaters mit dem des Schriftstellers zu verbinden, danke ich für den regelmäßigen Austausch bei Pizza und Cappuccino. Danke auch an Ole, Rainer, Sabine und Thorben für wertvolle Anregungen. Ihr helft mir, das Beste aus meinen Texten herauszuholen.

Ich hatte das Glück, meinen neuen Roman erneut in professionelle Hände legen zu dürfen. So danke ich meinem Agenten Dirk Meynecke von der Agentur Buchplanung für seine unermüdliche Unterstützung und der Lektorin Dr. Clarissa Czöppan für die wunderbare Zusammenarbeit beim Überarbeiten des Manuskripts. Mein Dank gilt abschließend dem Team von Droemer Knaur: Christine Steffen-Reimann, Monika Neudeck, Hanna Pfaffenwimmer und ihren Kolleginnen und Kollegen.

Hamburg, im März 2019

Traue niemandem.
Vor allem nicht dir selbst.

CHRISTIAN KRAUS

TÖTE, WAS DU LIEBST

Psychothriller

Ihr Gesicht ist so schön. Sie trägt Lippenstift, ein tiefdunkles Rot. Ihre Haut ist blass und dünn wie Butterbrotpapier.

Verletzlich.

Ein Jammer, dass Sie sie nicht sehen können.

Ich bin kein Dichter oder so. Aber bestimmt ahnen Sie, was ich meine. Wie ein dicker Tropfen Blut auf frischem Schnee.

Ein Mörder geht um in Hamburg. Getrieben von einem alten Versprechen aus dunkler Vergangenheit, tötet er erst Katzen, dann Menschen.

Der junge Kriminalkommissar Alexander Pustin tritt seinen Dienst bei der Mordkommission an. Er trifft auf die unnahbare Gerichtsmedizinerin Luise Kellermann, zu der er sich magisch hingezogen fühlt.

Und setzt damit eine verhängnisvolle Entwicklung in Gang.

Abgründig, verstörend und hoch spannend –
ein Psychothriller von einem Experten für gestörte Seelen.

DROEMER